新时期中国散文的生命意识

李文莲 著

人民出版社

序

　　中国散文有悠久的传统，古代散文历经秦汉、唐宋、明清三大创作高峰的积淀，逐渐规范成熟，奠定了现代散文发展的基础。在此根基上，现代作家同时借鉴吸收外国散文创作的经验，开创了散文发展的新局面，在二十世纪二三十年代取得了辉煌的成绩，鲁迅认为其成就在小说、诗歌和戏剧之上，周作人称赞散文小品是"文学发达之极致"；到二十世纪九十年代，散文随笔的发展更加令人欣喜，无论是创作还是社会的认可接受，都有许多值得人们去研究的现象。新时期散文研究者韩小蕙在评价九十年代散文发展状况时风趣地说是"太阳对着散文微笑"。从古至今，散文在不停地发展着。新时期散文的繁荣得益于开放的社会环境下个体生命的解放，更与散文的本体特征相关联。关注新时期散文中表现的生命个体，探究新时期散文发展的根本原因和特征，近年来许多学者做出了不懈的努力，取得了一些成果。然而，从生命意识的角度来深入探究新时期散文的发展规律、对散文中的生命形态进行沉潜的思考与梳理，是散文研究的亟待解决而又没有很好地解决的学术问题，也是散文研究领域一个有待深入拓展的区域。从这一角度来说，李文莲的博士论文《论新时期中国散文中的生命意识》是一个非常具有学术价值、社会价值和文学史价值的选题。说实话，散文的篇幅无论在新时期进行了怎样的拉长改进，其短小精悍的特点都没有根本改变，这为散文研究带来极大的挑战，散文研究成为一项繁杂而困难的工作。李文莲没有被吓退，她凭借自己对读书的酷爱和对散文的浓厚兴趣，从发生学的角度来探讨新时期散文繁荣的社会根源、个体生命特质和文体渊源。应该说，她的探索是令人欣喜的，今天，这部在博士论文基础上修订而成的《新时期中国散文的生命意识》要出版了。几年过去，现在看来这依然是散文研究领域里一部具有探索精神和创新意识的开拓著作，其学术的创新点或闪光点体现于方方面面，摘其要者评述主要有这样几个特点。

发掘新时期散文的新意蕴。本书作者以生命意识作为研究的切入点，遵循着文学—哲学、个体—存在的研究理路，以生命意识建构著作的研究线索，以文本细读为基础，理性和感性相结合的阐述方式，来探求新时期散文在本体建构及精神诉求上的转向和达到的新境界，进而开掘出新时期散文的新的文学意蕴。对生命意识的界定是研究的关键和基础，也是论著的难点。作者借助前人的理论，结合新时期散文的新的特征对其进行了开创性的论证。作者这样来界定新时期散文的生命意识："个体生命对于自身存在及其意义和价值的体认和感悟，在新时期散文中它表现为个体生命摆脱对政治的依附，以文化和审美的方式建构和展示个体生命的独立和尊严。它具体表现为对个体生命情感世界的重新体认，个体与故乡及自然的休戚与共，以及对个体生命人生旅程的感悟、生存痛苦与焦虑的宣泄及个体生命价值的思考等。"这一论断抓住了新时期散文的本质特征，开创了新时期散文研究的新意蕴。作者从社会发展及文体特征两个方面分析了该论断的来源及合理性。散文的繁荣常常发生在"王纲解纽"的时代，新时期散文独树一帜的发展正是得益于社会改革开放大环境：伴随着改革开放出现了思想解放运动，这是个体的生命意识苏醒与重新建构的历史契机。文艺从政治的束缚下解放出来，散文作家重新获得了抒发个人感情、表现个体性情的话语权，个体的生命在创作中又回到中心位置。散文创作者在社会的解放中获得了主体地位和主体意识，作者的这段论述充分展现了自己宏观掌握事物本质的能力。另外，散文没有自己的文类规范，这为创作者提供了自由发挥的广阔空间，使创作者享受到恣意创作的欢欣。作者总结说社会的发展及散文的特有文体特征使新时期散文中的生命意识得到张扬，这样作者从宏观上把握了新时期散文发展的要点，是客观、科学的。从微观处条分缕析新时期散文是本论著的主要使命，作者出色地完成了自己的使命。作者首先探讨了新时期散文中生命意识重新发现与建构的历程，接着从生命的本体发现、文化建构及审美书写三个方面钩沉出新时期散文发展的整体面貌。在生命的本体发现中，作者抓住新时期散文创作者对待自身和他者的生命态度来论述：继承了五四新文化运动中对个人的发现，自我意识得到重建，又汲取了中国文化中的仁爱传统，以平等的眼光看待他人及其他生命，达到生命与生命间的契合与和谐。作者认为文化对生命具有塑造作用，中国新时期散文作家由于学识、经历的不同，表现出不同的风格面貌：老一代学者的睿智、中年学者的深刻、年轻学人的激情都带有人生积淀的痕迹，文化对个体生命的建构又使他们都善于思考，基于现实及历史的思索是他们共同的特征，这也赋予他们的散文作品丰富深刻的思想内涵。新时期散文作者由于对传统散文模式的突破和对散文文体的重新建构，表现出对审美人生的追求，确立了自己生命的意义。对情景的精心营造和设置、对意识流动的描写打破了桎梏散文自身的壁垒，形成开放的格局。在话语方式的选择上，许多作品对话与独语并举，形成生命间的交融回还。在语言运用上，老生代散文善于运用整齐的四字短语和古体诗词；年轻一代作家如李存葆、余秋雨等往往运用排比、对偶等修辞方式，使语言整齐中富有变化，这反映出他们不同的生命特征和文化阅历。总之，无论是宏观勾勒还是细微雕刻，作者都能抓住新时期散文的生命特质，挖掘出新时期散文的意蕴，这得益于作者的刻苦研读、认真思索和深入探究，身为导师，颇感欣慰。

灵活运用既有的概念或范畴给新时期散文研究以创新性的概括和阐释。作者不仅对新时期散文的文化意蕴和审美意识进行发掘，而且对散文背后所隐含的作者的思想世界和内心诉求有新的发现、新的感悟和新的认识。散文与时代社会的变迁紧密相连，其中展现出的新的信息和内涵仅从自己既有的理论知识或思维范式里，不能找到恰如其分、显豁精当的理念予以表述，这就迫使作者积极开动脑筋借用既有的概念或范畴以建构新的学术话语系统，这实际上是对包括现当代文学研究在内的整个人文科学的创新追求。本书学术创新所显示的重要特色，并不是自创了多少新概念及新理论，而是出色地借用了原本具有的一些说法，结合研究对象的独特需求做出新的有深度的解释阐述，既能使借用的理念更加丰盈充实，又能使研究者的论著更加具有说服力。作者在建构生命意识的概念时，活用了梁漱溟的人的一生要解决三个方面问题的论断，从人和物的关系、人和人的关系及人和自己的关系三个方面来界定并阐明自己的观点。随后作者分别用三章从人与自然、人与人、人与自己三方面来论述：第二章探究个体生命对家园的寻找与回归，求索人与自然和谐的诗意家园；第三章对个体生命在家庭与社会关系的生存书写中，探讨个体的情感旨归；第四章梳理个体生命的人生感悟，探讨个体生命的生存理想。作者活用既有的理论，将新时期中国散文的生命意识阐述得富有层次和条理，又如此新颖。如此的架构组成了论著的鲜明特色：整体性。第一章整体论述，第二章至第四章从三方面阐述，活用前人学术理论的同时，使自己的论著架构浑然一体，不得不说论者在建构自己个性化的学术话语时的确具有匠心巧思。

选择恰切的研究方法是论著的第三大特色。散文是作家人格智慧的艺术体现，优秀的散文展示的是散文作家真实的心灵世界与精神轨迹，在这视像传媒的文化生态环境里，散文之所以能够独树一帜、大量刊行，创造了视像审美世界的奇迹，是因为每一篇散文的背后都有一个"生命的热源"，每一篇散文都是作者"生命、情感和内在现实"的直接外化。"要真正体验生命，你必须站在生命之上！为此要学会向高处攀登，为此要学会俯视下方"，只有在生命的巅峰，才能领略无限风光在眼前，每一位散文作者提笔为文时，往往已经具有俯视众生的胸襟和气度，其作品中包蕴着作家精神世界的独特景观，这就使新时期散文作品往往具有生命的质感，这也是新时期散文能够创造奇迹的真正原因。如何选择合适的研究方式，走进新时期散文作者的"生命、情感和内在现实"，是研究者面对的严峻的课题。李文莲没有退缩，而是知难而进，面对文本，穿透文字的魔障，将自己的生命体验与散文作者的文字融合在一起，努力捕捉文字背后的个体生命的灵魂。为了实现自己的研究目标，作者首先是立足于对散文作者的生命价值的充分体认，倾注了自身的生命体验和激情，把自己的生命与散文作者的生命联系在一起，以心灵去体贴心灵，碰撞出火花，建立起生命间的联系，达到生命间的理解和同情。比如作者在"人生驿站的纵情歌哭"一节中分析总结了"青春咏叹"的散文作品后，不由自主地评论道："纵观新时期散文中的青春书写，我们发现：青春的确是敏感的时期，社会的变化给每一代青年留下了印记，但是社会的转型也窒息了青年的激情和幻想，因此在作品中，大多理性思考，从容面对，坦然接受现实，而少了青春的激情和躁动，少年老成的面孔多，朝气蓬勃的心灵少，这不能不说是新时期散文的遗憾，也让人感到忧虑。青春需要背景，但任何背景下的青春都应该有自己的内涵，对理想的坚持应是青春特有的内容，可惜在新时期散文中这样的文章非常少见，难道经济发展了，年轻人的生命力倒减退了？这值得人深思。"透过简短中肯的评论，我们可以看到作者对散文背后所站立的"那个人"的关注；作者不由自主流露出的话语体现出对散文作者心灵体贴入微的体验。当然，这样的评论在论著中俯拾皆是。说到底，批评是把自己的生命和文学联系起来的一种方式，学术批评更是一种创作，需要倾注批评者自身的生命体验和生命激情，需要研究者在面对文本时，充分调动自己的知识储备和生活经验、现实经验，作者的成功得益于此。以生命体验的方式研究新时期散文、以领悟作品中所凸现的人格，这是作者研究的根基，更是作者成功的关键，也是这部散文研究著作的特色。

《新时期中国散文的生命意识》即将问世，这是李文莲在学术道路上走出的坚实的一步，相信她凭借自己的努力和执著，会取得丰硕的成果，衷心祝愿她在未来的学术道路上越走越远！

王景科

目录

导　论

　　中国散文的发展具有悠久的历史，古代散文历经秦汉、唐宋、明清三大高峰期的创新与积淀，由奠基、成熟到规范，形成了中国古代散文的特色与传统，这成为后世散文发展的宝贵资源。现代散文根植于古代散文尤其是明清散文的基础上，同时借鉴外国散文的成就，开创了崭新的局面，取得了辉煌的成绩。在二十世纪二三十年代，散文小品被周作人称为"文学发达之极致"[①]，鲁迅也认为其成就在小说、诗歌和戏剧之上。及至二十世纪九十年代，散文随笔一路走红，更是令戏剧、诗歌乃至小说黯然失色，正如韩小蕙所总结的九十年代的散文发展状况是"太阳对着散文微笑"。[②] 散文的繁荣有其本体性的原因，散文是人朴素的精神与自由的空间，而人的精神背后往往都有一个生命的热源，这样散文就往往成为个体生命表达的最直接、最有效的方式。并且"每一个作家的每一篇散文里所表现的个性，比以前的任何散文都来得强"。[③] 新时期的散文站在巨人的肩膀上，取得了长足的发展，它吸纳中国古代散文及外国散文的精华，立足于五四以来鲁迅、周作人、林语堂、冰心等文学家开拓的广阔散文天地，借助改革开放等社会发展的东风，三十年来创造了辉煌灿烂的散文成就，这与个体生命的解放是分不开的。解读新时期散文，理解散文中表达的生命意识，关注新时期散文中表现的生命个体，为文学、人学补充新鲜的血液是我们文学研究者义不容辞的责任。从生命哲

[①]　周作人：《知堂序跋·近代散文抄序》，岳麓书社 1987 年版，第 329 页。

[②]　韩小蕙：《太阳对着散文微笑》，《文学报》1991 年 11 月 28 日。

[③]　柯灵主编：《中国现代文学序跋丛书·散文卷》，海南人民出版社 1988 年版，第 891 页。

学的高度解读新时期散文中的个体，了解个体的生命意识，是研究新时期散文的一个切入点。

其实，灿烂的中国古代文学中不乏深刻蕴含着生命意识的作品，如古诗十九首里就有"生年不满百，常怀千岁忧。昼短苦夜长，何不秉烛游"的叹惋和劝勉；首揭建安风骨大旗的陈子昂有"前不见古人，后不见来者，念天地之悠悠，独怆然而涕下"的穿越时空的深沉悲歌；李白有"相看两不厌，只有敬亭山"的吟唱；杜甫也诵出"感时花溅泪，恨别鸟惊心"一类的心物交融之作。他们用文学的手法表达自己对个体生命历程中的生死爱欲的体验，对时空存在中的个体生存困境的感悟，在与他人及世界的关联中对个体生命存在意义和价值的体认。新时期散文继承了古代文学中对生命个体的关注及对生存价值和意义的追问。当然，新时期的社会经济思想政治等方面与前面的任何一个时代都有所不同。在新时期，新中国成立以来的政治运动终于结束，闭关锁国的局面又一次打破，现代化建设全面展开，改革开放进一步深入，西方哲学、思潮汹涌而至，两岸三地不断地进行文化交流，这一切不仅改变着散文创作所处的文化格局，更拓展了散文创作者的胸襟与气度。作家原来能够"会当凌绝顶，一览众山小"就堪称大胸襟、大气魄，能做到"胸怀全球，放眼世界"的简直少之又少，而开放的文化格局拓展了作者的视野，他们能够真诚地探索世界作为一个整体的存在特征，能够进一步探究自我与世界、自我与他人的关系以及自我存在的价值和意义，并试图用新的语言符码来表现个人情感与社会生活。

社会的开放与散文的本体特征促进了生命意识的发展，生命意识是个体生命对自身存在及其意义和价值的体认和感悟。在新时期散文中它表现为个体生命摆脱对政治的依附，以文化和审美的方式建构和展示个体生命的独立和尊严。它具体表现为对个体生命情感世界的重新体认，个体与故乡及自然的休戚与共，以及对个体生命人生旅程的感悟、生存痛苦与焦虑的宣泄及个体生命价值的思考等。新时期散文中的生命意识就是指新时期中国散文作品中所表现出的个体生命在与自我、与他人、与故乡及自然的各种关联中所表征出的个体的心理、情感和意志，体现为生命的本体发现、文化建构和审美抒写三个维度。三个维度彼此融合，使日常存在的生命有了意义，使生物个体成为文化主体与审美主体，并走向自由的精神境界。散文也由此成为个体生命为自己拓展的诗意居所。在本书中，新时期散文中的生命意识，就是指个体生命意识或个性意识，主要体现为自我意识，作为与自我相对的个体生命，在书中被称为"他者"，他者与自我彼此独立又相互关联，体现出新时期散文中的个体生命既联系又区别的关系。

新时期散文中的生命意识经历了从苏醒、确立到张扬的过程，这既有改革开放经济发展的社会原因，又有散文的本体根源。

一、生命意识增强的社会契机

个体生命只有在一定的社会条件下才能拥有自己的生命意识。漫长的封建社会，历代王朝统治的鼎盛时期，往往会控制整个社会的思想，个体在残酷的专制统治下，思想被迫就范于既定的规范，内心失去突破束缚、表现自我的强烈要求，这必然导致人格的萎缩和个体的生命意识的淡薄。五四时期，统治中国两千年的封建社会解体，西学东渐，个性得到解放，个体生命意识逐渐增强，相对于"坐稳了奴隶的时代和想做奴隶而不得的时代"，这可以说是个性解放甚至个性张扬的时代。郁达夫在《〈中国新文学大系·散文二集〉》导言中曾经说："五四运动的最大的成功，第一要算'个人'的发现。从前的人，是为君而存在，为道而存在，为父母而存在的，现在的人才晓得为自我而存在了。我若无何有乎君，道之不适于我者还算什么道，父母是我的父母；若没有我，则社会、国家、宗族等那里会有？"[①] 这既是对扼杀个体生命意识的两千年封建社会的否定，又是对五四时期兴起的追求个性解放的整个文化思潮的肯定。然而，不过几年时间，启蒙救亡的社会需求就占

---

① 柯灵主编：《中国现代文学序跋丛书·散文卷》，海南人民出版社1988年版，第891页。

据主导地位，个体很快汇入社会的洪流中。战争环境也不可能有个体自由存在的空间。新中国成立后，政治运动接踵而至，没有个体存在的空间。"文革"时期，以工农兵为主要对象的一元化专制体系占绝对支配的主流地位，个体的情感和自由让位于"阶级感情"和"社会群体自由"，"我"基本消失了，只有作为批判、检讨对象时才能用，到处充斥的都是"我们"的阶级情感。启蒙、救亡、革命给个人留下的生存空间总是如此狭厌，个人总是被划归到某一个阶级、某一个群体中，这极不利于个体价值的实现，更不可能建构个体的生命意识。克尔凯戈尔（Soren Kierkegaard）就对群体、集体、整体深恶痛绝，他说："一个群体，不管是这一个还是那一个群体，不管是现存着的还是消亡了的群体，不管是卑贱的还是高贵的群体，不管是富人的还是穷人的群体，——一个群体在概念上就是错误，因为它把个人变得彻底地顽固不化与不负责任。或者退一步说，它削弱了个人的责任感，使人的责任成为一种幻觉。"① 群体意识为推诿责任提供了借口，一个随波逐流的人在任何时候、任何情况下，都会把责任推卸给集体。一个没有责任感的人，不可能拥有生命的尊严，也就不会拥有完整的生命意识。只有一个存在的个体才会为自己选择和参与的后果承担全部责任，也才具有完整的生命意识。

新时期，伴随着改革开放出现了思想解放运动，这是个体的生命意识苏醒与重新建构的历史契机。十一届三中全会以后，中国开始步入全面进行社会主义现代化建设的新时期，经济建设成为社会发展的当务之急，"实践是检验真理的唯一标准"的口号的提出与实现，使思想解放成为现实。九十年代以后，市场经济确立，法治建设、民主建设日益深入并逐步完善。这些都为个性生命意识的建构提供了社会、经济、思想条件，无论是创作者还是阅读者，都开始有了比较宽裕的物质经济条件、相对自由充实的精神生活，每一个个体的生命开始张扬起来。当然，这种生命的张扬，需要有一定的物质做基础，尤其是精神的张扬，周作人曾经说过："我卤莽地说一句，小品文

---

① 赵敦华：《现代西方哲学新编》，北京大学出版社 2001 年版，第 24 页。

是文学发达的极致，它的兴盛必须在王纲解纽的时代。"①所谓"王纲解纽"，就是"大一统"的崩溃，是自由精神对权力的战胜，是个体的生命意志得以展现并且能够实现。相对于延安时期王实味、丁玲、罗烽的遭遇，新中国成立后历次政治运动对知识分子的思想改造，"文革"时期知识分子作为"牛鬼蛇神"的非人待遇，新时期的确是"王纲解纽"的时代，这是权力对文学的解放，对文学自由发展的鼓励，文艺不再是附属于政治的工具。邓小平在《在中国文学艺术工作者第四次代表大会上的祝词》中指出："党对文艺工作的领导，不是发号施令，不是要求文学艺术从属于临时的、具体的、直接的政治任务，而是根据文学艺术的特征和发展规律，帮助文艺工作者获得条件来不断繁荣文学艺术事业，提高文学艺术水平，创作出无愧于我们的伟大人民伟大时代的优秀的文学艺术作品和表演艺术成果。"并说我们要"坚持百花齐放、推陈出新、洋为中用、古为今用的方针，在艺术创作上提倡不同形式和风格的自由发展，在艺术理论上提倡不同观点和学派的自由讨论"。"文艺的路子要愈走愈宽，在正确的创作思想的指导下，文艺题材和表现手法要日益丰富多彩，敢于创新，要防止和克服单调刻板、机械划一的公式概念化倾向"②。1980年7月26日《人民日报》发表社论，明确了"文艺为人民服务，为社会主义服务"的社会主义文艺方针，文艺从政治的束缚下解放出来，回归到自己的本体位置。自然，散文作为文艺园地里的一种文体，也逐渐回到本体位置上。散文作家依然关注社会现实，但更注重表现个体生命的生存本相与存在困境，生命个体的生存经验与向往成为散文创作的重要主题。散文作家重新获得了抒发个人感情、表现个体性情的话语权，个体的生命在创作中又回到中心位置。新时期为文艺创作提供了广阔的空间，散文创作也抓住了历史给予的契机，作者个体的生命意识在新时期散文作品中彰显出来。

---

① 周作人：《知堂序跋·近代散文抄序》，岳麓书社1987年版，第329页。
② 邓小平：《在中国文学艺术工作者第四次代表大会上的祝词》，《光明日报》1979年10月31日。

二、散文是生命诗意存在的家园

海德格尔（Martin Heidegger）说过，语言是生命存在的家园。而散文因其文体的自由而给生命更多的创作自由，生命拥有了自由才具有了活泼的灵气，散文因此成为生命诗意存在的家园。诚如余光中所说："散文是一切文学类别里对于技巧和形式要求最少的一类，譬如选美，散文所穿的是泳装。散文家无所依凭，只有凭自己的本色。"余光中的论述表达了两个层面：第一，从文体上说，散文束缚最少，是最自由的文体；第二，从创作主体来说，散文最重视文章背后的那个人，注重个人笔调。

首先，散文是自由的文体。诗歌对韵律、对意象的创造有自己的规范，小说对故事情节、对人物塑造有特殊的要求，戏剧对矛盾冲突情有独钟。当然，现在诗歌、小说、戏剧都有所发展和突破，但它们无论如何突破，都会有自己的一定之规，它们基于自身的文学本体特征是显而易见的。只有散文，似乎人人举笔能文，但无论是散文作者还是散文理论研究者都还没有对散文的文类特征达成共识。尤其是新时期以来，人们努力建构散文理论，但所有的努力也仅能成就一家之言，有人对"形散神不散"提出质疑，提出"真情实感"论，但哪一种文学作品不是因为深蕴真情实感而流传的呢？这显然不能成为散文的"独门秘笈"。"大散文"观还没有深入人心，散文净化论的调子已经唱响。但是理论的羸弱挡不住创作的兴盛，二十世纪九十年代，出现了专门创作散文的作家，如周涛、刘烨园、斯好、王英琦等，但大多数作者往往身兼数职，学者、诗人、小说家、艺术家等都参与到散文创作中来。社会也为散文的发表提供了优越的条件，有专门刊发散文的刊物如《散文》、《散文选刊》、《散文百家》等，还有一些杂志如《收获》、《十月》、《人民文学》等也开辟了散文专栏，许多报纸副刊腾出版面来发表散文和随笔，还有不少出版社也相继出版了大量散文书籍。散文热的形成毋庸置疑，这是读者与作者良性互动形成的良好局面。而散文创作的空前热情则与散文的本体特征有关，无文类规范客观上降低了散文创作的门槛，为创作者提供了自由发挥的广阔空间。早在五四时期鲁迅先生就提出现代散文创作"是大可以随便的，有破绽也无妨"①。新时期散文作家、文学评论家南帆总结散文的特征时说："散文并没有形成一个系统的文类理论，散文的游移不定致使它的文类理论始终处于一鳞半爪之中。因此，散文很难冲破诸种显赫文类的强大声势，抢先登上制高点。然而，九十年代的散文汛期或许恰恰同这个悖论式的结论有关：散文的文类表明，散文的理论即是否定一套严密的文类理论。诗学之中没有文类的位置。散文的文体旨在颠覆文类权威，逸出规则管辖，拆除种种模式，保持个人话语的充分自由。"②的确，没有文类规则的约束，个人就可以根据自己的现实自由发挥，并充分保持个人话语的特色。从散文的写作手法来说，记事、抒情、写景、议论皆可；从内容来看，个人琐事、英雄豪杰、风花雪月等都能见诸笔端。内容、形式和写法的不拘一格，使作者既可以放开笔端，洋洋洒洒，又可以字斟句酌，字字珠玑，写作者可据其所长，缘其所好，自由落笔，真实地记述所见所闻，畅快地宣泄内心的感受，坦率地表达思想志趣。从作者的角度来看，散文确实是自由的文体。

散文写作的无所规约并不代表作者可以信马由缰，散文如何能够凭依散淡的形式抓住读者是散文作者与散文研究者共同关心的问题。英国女作家弗吉尼亚·伍尔芙（Virginia Woolf）颇有体悟，她从英语散文写作的角度总结散文的特征时说："在文学的所有形式中，散文是最不要求使用长音节词的。支配它的原则很简单：它必须给人以愉悦。促使我们从书架上取下它来的愿望纯粹就是获得乐趣，散文中的一切都应该服从于这个目的。从第一个词开始，它就应该使我们陶醉；到最后结束时，我们才应如大梦初醒而且感到充满活力。在这其间，我们会经历到极其多种的欢娱、惊奇、意趣和愤慨的体验。……在篇幅如此短小的散文中，散文作家能运用何种技巧来使我们高度清醒和沉浸于一种迷离恍惚之中呢？这种状态并不是沉睡，而是一种生命的强化——在各种人体的功能都活跃时于乐趣的阳光下敞开身心。……散

---

① 鲁迅：《三闲集·怎么写》，《鲁迅全集》第四卷，人民文学出版社 1981 年版，第 24 页。
② 南帆：《文类与散文》，《文学评论》1994 年第 4 期，第 97 页。

文中的一切应该是为了我们，为了永恒，而并非仅仅为了《双周评论》的三月号。"① 使读者在散文阅读中敞开身心，在愉悦的情感享受中得到生命的强化，这是伍尔芙对散文创作的要求，也是她认为散文能够吸引读者的魅力所在。显然，能够唤醒读者的只有散文作者自己，只有以生命去理解生命，以心灵去体贴心灵，以激情去燃烧激情，才能碰撞出火花，建立起生命间的联系，达到生命间的理解和同情，散文作者与读者之间要达到这种生命之间的理解和同情，只有依靠自己的独特性才能与读者建立生命间的通联。

其次，作者要有自己独特的个性。中国的现代散文自诞生之日起就注重散文作者的主体和个性意识，厨川白村（くりやがわ はくそん）在《苦闷的象征》、《出了象牙之塔》等文中对现代散文的描述以及对散文中个性的肯定，为中国的散文家所接受，因而被称为"中国现代散文批评的启蒙者"②，尤其是他对个性的强调，深深影响了中国现代作家的散文观念。厨川白村认为"自己生命的表现，也就是个性的表现，个性的表现，便是创造的生活了罢"③。"在 essay，比什么都紧要的要件，就是作者将自己的个人底人格的色彩，浓厚地表现出来"④。他的观点得到中国作家的热烈响应："鲁迅在《摩罗诗力说》、《文化偏至论》中一再推崇的尊个性而张精神以及周作人、林语堂对言志的虔诚，无疑都和厨川白村的影响有着内在的联系。"⑤ 正是在厨川白村的影响下，鲁迅有了对杂文主体人格的推重："根本问题是在作者可是一个'革命人'"⑥；林语堂提出："文章即文人整个性灵之表现"，"在文学上主张发挥个性，向来称之为性灵，性灵即个性也"，"性灵就是自我"⑦；胡梦

---

① （英）弗吉尼亚·伍尔芙:《论现代散文》,《伍尔夫随笔集》，孔小炯等译，深圳: 海天出版社1993年版，第200页。
② 范培松:《中国散文批评史》，江苏教育出版社 2000 年版，第 18 页。
③ 范培松:《中国散文批评史》，江苏教育出版社 2000 年版，第 16 页。
④ 范培松:《中国散文批评史》，江苏教育出版社 2000 年版，第 17 页。
⑤ 范培松:《中国散文批评史》，江苏教育出版社 2000 年版，第 18 页。
⑥ 范培松:《中国散文批评史》，江苏教育出版社 2000 年版，第 152 页。
⑦ 范培松:《中国散文批评史》，江苏教育出版社 2000 年版，第 61 页。

华则说絮语散文"是个人的，一切都是从个人的主观发出来"。^① 现代作家接受厨川白村对散文的见解并在此基础上有所发展，新时期作家则对此进行了重新认识和思索。

新时期作家及评论家推动了现代散文理论对个性的重视，尤其强调散文创作主体的人格。文学评论家谢有顺就认为散文的后面站着一个人，他说："笔墨是从一个人的胸襟里来的。胸襟小，笔墨里的气象就小；旨趣俗，文字里的味道也俗。散文随笔的写作尤其如此，所以梁实秋说，'有一个人便有一种散文'"^②。要做革命文，先做革命人，散文作者要表现出独特的个性，就要有自己"独立之精神，自由之人格"，否则就会被淹没在众声喧哗声中，所以钱谷融先生告诫："一切没有真性情的人，或者不是真有话要说的人，最好不要来写散文。"^③ 对散文作家个性的重视，是现当代作家的共性，而新时期作家更重视个性的独立，在时代共性中坚持自己的个性成为新时期散文作家及理论家关注的焦点。林贤治对个人笔调的强调值得关注，他在个人与时代的关系上着重于个人的经验、个人的眼光以及由此造成的"个人笔调"的不同，他更加重视散文作者作为个体如何以自己的方式反映时代。他认为："散文更多的是表现社会制度的细部变化，是情感、意识、态度的变化，是对世界的最实际的描写，最质朴的叙述，最由衷的咏叹。真正的散文是不戴面具的。在这个意义上可以说，散文对自由精神的依赖超过所有文体。"^④并引用洪堡特（Wihelm Von Humboldt）的话来印证散文与时代的互生关系，"诗歌只能够在生活的个别时刻和在精神的个别状态之下萌生，散文则时时处处陪伴着人，在人的精神活动的所有表现形式中散文与每个思想、每一感觉相维系。在一种语言里，散文利用自身的准确性、明晰性、灵活性、生动性以及和谐悦耳的语言，一方面能够从每一个角度出发充分自由地发展起

---

① 范培松：《中国散文批评史》，江苏教育出版社 2000 年版，第 105 页。

② 谢有顺：《对现实和人心的解析》，《文艺争鸣》2007 年第 6 期，第 9 页。

③ 钱谷融：《真诚·自由·散淡——散文漫谈》，《钱谷融论文学》，华东师范大学出版社 2008 年版，第 333 页。

④ 林贤治：《五十年：散文与自由的一种观察》，《书屋》2000 年第 3 期，第 23 页。

来，另一方面则获得了一种精微的感觉从而能够在每一个别场合决定自由发展的适当程度。有了这样一种散文，精神就能够得到同样自由、从容和健康的发展。"① 精神不断地发展和提高自己，无论其表现形式如何千差万别，都是从自由天性出发与外部世界相联系的。开放的社会为个人的表现提供了广阔的空间，促进了个体精神的发展和提高，而个体则以自己精微的感觉感应着时代的变革并以自己独有的方式对世界进行描写、叙述。

人，总是渴望着一种自由，"散文是没有一定格式的，是最自由的"②，这使作者享受到恣意创作的欢欣，"同时也是最不容易处置的，因为一个人的人格思想，在散文里绝无隐饰的可能，提起笔来便把作者整个的性格纤毫毕现地表示出来"③，在这个意义上说，"散文是作家人格的再现"④。作者须用自己的文句与思想让灵魂在这个世界上发出独立、有力的声音，让读者触摸到作者那颗纯朴的心。只有这样，才能实现作者与读者之间的对话，使散文真正成为生命诗意存在的家园。

---

① 林贤治：《五十年：散文与自由的一种观察》，《书屋》2000 年第 3 期，第 23 页。
② 梁实秋：《论散文》，俞元桂主编《中国现代散文理论》，广西人民出版社 1983 年版，第 35 页。
③ 梁实秋：《论散文》，俞元桂主编《中国现代散文理论》，广西人民出版社 1983 年版，第 36 页。
④ 王景科：《中国散文创作艺术论》，山东教育出版社 2002 年版，第 88 页。

第一章　新时期散文中生命意识的重构

新时期散文从哀祭散文发展到新散文，知识分子从政治的桎梏中解放出来，从能够比较自由地抒发自己的心声到对散文文体的自觉创新，表现出他们对审美人生的不懈追求。他们在对历史的反思中重建自我意识，在对自我的现实关注中建构身体意识，在对他者的尊重和关怀中表现出自己的人文情怀，物我一体的理想表达，表征出作者对个体生命尊严的努力建构。他们以文化的尊严同构学者的尊严，老中青三代学人以各自不同的方式关注现实、关注社会和历史，以理性和创造性彰显出自己的特色。在新时期散文中，跨文体书写和恰当的话语方式的选择是散文创新的关键，也是散文热得以形成的文体基础。无论是作者的广泛参与，还是读者的热烈响应，都表明：随着社会的开放和经济的发展，个体的生命意识得以苏醒、重构并张扬起来，个体生命的尊严在作者与读者同声相应的共同追求中凸现。

第一节　生命意识发展概述

新时期散文创作突破了极"左"思潮的桎梏，抛弃了虚假的政治热情，代之以真实的生命体验；抛弃了"大我"理想，代之以具体的"小我"感受。新时期散文的发展大体经过了哀祭散文、反思散文、文化散文、闲适散文、新散文几个过程，散文中的生命意识也随之历经恢复、确立、新的迷失及张扬的过程。

散文中的生命意识的恢复主要体现在哀祭散文和反思散文中。哀祭散文是指悼念和回忆亡者的散文。"文革"十年动乱，很多人被迫害致死，"文革"结束后，人们以沉痛的心情、诚挚的情感来悼念这些亡者，抒发自己的哀思。一些感人至深的作品不仅当时起到了与专制主义斗争、解放思想的政治作用，而且某些优秀篇章用实事求是、不虚美、不隐恶、敢于直言的手法，纠正了长期以来哀祭散文只能歌颂的传统。表现个体生命悲剧，痛悼死者的有巴金的《怀念萧珊》、陶斯亮的《一封终于发出的信——给我的爸爸陶铸》、黄宗英的《星》、荒煤的《阿诗玛，你在哪里？》等作品，"这类散文在民族大悲剧的背景下，叙述生命的毁灭与灵魂的破碎，以悲天悯人的情怀，抒发对死者的哀思，对极'左'政治的声讨。而更为重要的意义在于，哀祭散文的出现表明了作家有抒发个人感情的话语权利"①。拥有了话语权，作家的自我意识开始苏醒，看待事物包括对死去的人，也不再戴着有色眼镜，而是客观地指出优点与不足，展现死者的各个侧面，使笔下的人物完整、活泼起来，如楼适夷的《痛悼傅雷》、夏衍的《悼念田汉同志》等作品。"文革"刚结束时，哀祭散文书写的对象比较单一，大多是受极"左"路线迫害致死的无产阶级革命家及斗士。又由于中国古来就有为尊者讳、为亲者讳的传统，因此当时颂扬死者的风气非常普遍，以致出现了"批斗会上无好人，追悼会上无坏人"的说法，这种现象引起了人们的不满。夏衍在《悼念田汉同志》的结尾就表达了自己对此的意见："特别是解放以后，（作者）不肯在传记中写上他要写的那些人的缺点或者错误以至于怪癖之类的情况。而事实上任何一个人都可能有些缺点、短处，为什么不能写呢？为什么不能用历史唯物主义者的角度来完整地描写一个人呢？这是我再三想不通的一件事。"②想不通，心中不满，就要改正，在《悼念田汉同志》一文中，作者就写了田汉的特性：无我，就是说田汉根本不考虑自己。不管写书、演戏、办杂志、搞剧团，甚

---

① 王尧：《乡关何处——20世纪中国散文的文化精神》，东方出版社1996年版，第46页。
② 袁鹰主编：《中国新文艺大系1976—1982散文卷》，中国文联出版公司1984年版，第198页。

至于请客吃饭，心目中从来不考虑到钱的问题。有了钱，如一本书出版了，拿到一点版税，就大伙用；用完了，没钱了，就大家掏腰包，买大饼油条过日子。不考虑自己，不考虑社会上的一些必须要注意的事情，常常出些奇事、怪事，比如田汉身无分文可以邀请许多人一起到菜馆去吃饭，吃了之后无法付账，就大家掏腰包来解决。有的时候，甚至于凑不够钱，留下几个人质，分头去找钱来付账。因此在话剧界有了"田汉请客"的歇后语，它的下半句就是"得自己带钱"。对田汉这一不懂人情世故的特性的描述，并没有影响人们对田汉这位戏剧天才、戏剧界领导的尊敬，相反使田汉显得更可亲、可爱。同样，楼适夷在悼念傅雷时，也没有只是唱赞歌，而是描述了傅雷对儿子过于严厉的家长作风："我亲眼看见他抓住孩子的头发，提着小脑袋往墙上去撞，好像立时三刻要把孩子处死的神情，母亲在旁边两手发抖，不敢上前营救。"①能够抓住人物的特性大胆"暴露"，使笔下的人物丰满起来，个体的生命在散文作品中活跃起来，更重要的是说明了作者主体意识的增强，能够以相对平等、客观的眼光来看待笔下的人物。哀祭散文的出现，使个体的生命由边缘又回到文学表现的中心，作家的主体意识也随之逐渐回复。

反思散文与哀祭散文一起构成了对"文革"控诉的双翼：哀祭散文以强烈的抒情叙述个体生命毁灭的悲剧，反思散文则控诉造成个体生命悲剧的原因，是在反思基础上的议论，因此反思散文的体裁多为杂文。代表作家有严秀、牧惠、邵燕祥、林放等。范培松总结了这些杂文作家的共同特点："一是他们大多是杂文宿将，对杂文的批判功能非常熟悉和精通；二是他们是社会活动家，不是纯文学家，熟悉社会熟悉民间，因为他们中多数曾沉到社会最底层，饱经风霜和沧桑，使得他们的杂文苦难意识重，问题意识强烈；三是他们是文化人，他们敏感，有思想。其中多数原在主流文化体制阵营中，后来被驱逐，是主流文化体制的直接受害者，对主流文化体制的弊端，尤其是专制文化主义的危害，有切肤之痛。"②拥有敏锐的思想、强烈的问题意识，

① 袁鹰主编：《中国新文艺大系1976—1982散文卷》，中国文联出版公司1984年版，第184页。
② 范培松：《中国散文史》，江苏教育出版社2008年版，第572页。

15

又精通杂文的批判功能，这些特征使散文作家的主体意识十分鲜明。他们以杂文为"矛"，直刺"左"倾专制主义的心脏，在社会批判中完成了自己作为一位知识分子的使命。如邵燕祥对专制主义的代表"皇帝"进行了彻底的否定。他认识到一个封建皇帝的民主作风毕竟是有限的，所以告诫人们"切不可巴望好皇帝"，体制内的专制同样害人不浅，因此呼吁"土皇帝也不能要"，"仅仅不受气、不挨骂，仅仅改变'人不人鬼不鬼'的处境，还只是起码的要求，要摆脱已有的和杜绝未来的'土皇帝'的羁绊，还要实现一系列的改革。"[①] 不管是好皇帝，还是土皇帝，都是专制主义的代表，都不利于国家的民主建设，都可能对国家对人民造成灾难，邵燕祥对专制主义的批判是不遗余力的。与邵燕祥对体制的批判不同，林放的敏感则使他对社会问题非常感兴趣，"他直面人生，把'问题'作为兴奋点，使他的杂文清醒而鲜活"。[②] 如针对社会上的空谈问题，他写作《多谈些社会问题 宣传好社会主义》一文，声讨空谈主义，表达了自己"为了宣传主义，必须研究好社会问题"的主张。在《江东子弟今犹在》一文中要人们警惕造反派头头这类江东子弟会卷土重来，把一个严峻的社会问题摆到了人们面前。在《伽利略心有余悸》中，把一本外国读物里讲的宗教裁判所滥杀无辜和囮探告密的丑行与"文革"现实相联系，发出了"杀人如草不闻声，这（指十年浩劫）跟三五百年前的宗教裁判所有什么两样？"的控诉，借用布鲁诺临刑遗言："国家无命令人们作如何思想之权，社会不得以武力惩罚那些不赞成公认的教条的人"，发出了"永别了，宗教裁判所，永别了，十年浩劫"的呼告，表明了自己对命运对生存权利的思考。林放对社会问题的敏感，实质上是一种对苦难的敏感，彰显了自己作为一位知识分子的良知。不管是邵燕祥还是林放、严秀等，作为反思散文的作者，他们大都有清醒的自我意识，可以说，新时期散文作者的自我意识在他们身上得以建立并发扬，这在邵燕祥的文章中体现得更为明显，在《我代表我自己》一文中，邵燕祥宣告："我以为，我只代表我自己，

---

① 邵燕祥：《邵燕祥杂文自选集》，百花文艺出版社 1996 年版，第 14—15 页。
② 范培松：《中国散文史》，江苏教育出版社 2008 年版，第 573 页。

而且，只有我代表我自己。自己的代表权，是没有人能替代的。""我只代表我自己，我只能说我自己的话。"①这是自我觉醒的宣言，觉醒了的自我，开始审视社会、审视历史、审视他人，更重要的是能审视自己，勇于自我解剖，在《代自传》中作者反省自己："谈到延续十年的所谓'文化大革命'，尽管那时我已经不是党员，而是辗转在专政'铁拳'之下，但我既然以革命者自许，我的表现是否像一个真正的革命者呢？今天回首往事时，我能够仅以曾受迫害而毫无愧怍吗？"深刻的自责溢于言表，一个勇于承担责任的知识分子形象也凸现出来。有了责任感，有了理性的自觉，也就有了追求真理的信心及行动，因此，在《代自传》结尾，作者说道："真理并不是一个宝器，一块笏板，一张招牌，只消牢牢抓在手里，抱在怀里，就算坚持它而万事大吉了。真理只存身于你不辞为之赴死的追求之中。"②所以，在二十世纪末他激情地呼喊："反法西斯！反法西斯！永远地反法西斯！"从哀祭散文到反思散文的出现，说明散文家的自我意识从苏醒到重构的努力，他们由能够自由地表达自己的感情，到对这场民族灾难的主动反思、自觉承担，作者的主体意识由此建构起来。

新时期散文作者中有很多是学者，这些作者通过恢复文化的尊严恢复了个体生命的尊严，同时也代表了散文中的生命意识的正式确立。二十世纪八九十年代，一些人文学科和从事社会科学研究的学者，创作了一些融会了学者的理性思考和个人感受的散文，这些散文称为学者散文或文化散文。八十年代，较早进入散文创作的有金克木、张中行、杨绛等学者。九十年代，从事艺术文化史和戏剧美学研究的余秋雨，把此前在《收获》杂志上发表的作品结集出版，名为《文化苦旅》、《文明的碎片》，结果在文坛引起极大的轰动。从此，文化散文不仅占据散文领域的主流，而且在整个文坛影响都很大。其实，文化散文在中国有悠久的历史，无论是先秦诸子散文还是唐宋古文运动的散文抑或明清小品，都可算是文化散文，但是具有现代意识的文化

---

① 邵燕祥：《邵燕祥杂文自选集》，百花文艺出版社 1996 年版，第 100 页。
② 邵燕祥：《邵燕祥杂文自选集》，百花文艺出版社 1996 年版，第 100—101 页。

散文应该是在二十世纪二十年代已具雏形的语丝体，周作人在《山中杂信》中对自己的散文创作有过一段精彩的论述，可视为现代文化散文早期的论断："托尔斯泰的无我爱与尼采的超人，共产主义与善科学，耶佛孔老的教训与科学的例证，我都一样的喜欢尊重，却又不能调和统一起来，造成一条可以行的大路，我只将这种思想，凌乱的堆在里头，真是乡间的杂货一店了。"可见，文化散文从它产生的那一刻起，就以思想性、前沿性、高雅性为主要特征，引经据典的杂谈是它的强项。据梁锡华研究，文化散文必须具备两个品格："第一是要有尖端性和非大众性，冶古今中外于一炉且引经据典，在整个散文的广大世界中，是造诣较高、弹性较大、内涵较丰的。第二是对社会能持公论，站在独特的思想或文化立场上，对社会持有一种文明批判的精神，具有独特的学者和思想者的品格。文化散文是现代散文发展的方向，在散文世界，学者的作品肩负责无旁贷的大任，就如研究机构领导学术一样。"[①]新时期的文化散文比起周作人的"一样的喜欢尊重"多了批判意识和建构能力，梁锡华所讲的文化散文的第二个特征其实不仅是指散文，更是对从事散文写作的知识分子的要求。法兰克福学派的思想家们，向来都主张知识分子应该是每一时代的批判性良知。而萨义德（Edward W.Said）则"觉得知识分子扮演的应该是质疑，而不是顾问的角色，对于权威与传统应该存疑，甚至以怀疑的眼光看待"[②]。也就是说要以一种批判意识、一种怀疑意识进入公共领域。新时期文化散文创作的初始阶段，作者们就是这样一批既有丰富的知识素养，又具有文化批判意识和文化建构意识的作家。他们彻底消解了散文的政治身份，确立了它的文化身份，以恢复文化的尊严来恢复了个体生命的尊严。除上述提到的作家外，还有王小波、刘小枫、周国平、陈平原、许纪霖、葛兆光、葛剑雄等。但是，当文化散文成为一种时尚，成就为一种文体之后，这种大规模的写作潮流耗费了一批人的心智和才情，"在历史叙述中向后看的话语策略，突出了知识分子面对现实时的暧昧态度，在价值取向上的局限

---

① 转引自范培松：《重塑自我灵魂的狂欢——范培松散文论集》，江苏人民出版社2005年版，第10—11页。

② （美）爱德华·W.萨义德：《知识分子论》，单德兴译，北京三联书店2002年版，第103页。

也更加明显。更为重要的是，在文化大散文的发展过程中，知识谱系也已经发生了大的变化，中国思想文化界解释中国历史、解读知识分子心灵史，解读文明史的理论、方法和视点等都有了大的变化，读者的知识背景、文化期待也已经发生了大的变化。但多数'文化大散文'的作者似乎与这些变化没有大的关系。这已经不是余秋雨一个人的问题。"① 王尧对文化散文的批评切中要害，在急剧变化的现实面前，文化大散文作者不变的话语策略及应对现实的暧昧态度，表现出知识分子的迷茫和对社会发展的无所适从，价值取向的局限限制了作者自身的发展，进而束缚了散文文体的发展。

二十世纪九十年代，市场经济开始成为社会发展的主要形式，中国社会转型，都市文化的兴起和生活节奏的加快使得人们更渴求心理的放松，一种以娱乐休闲为目的的散文应运而生，这类休闲娱乐散文以"小女人散文"为主要标志，当然后来还有所谓"小男人散文"。报纸副刊是这类散文的主要园地，名人逸事、奇闻异趣、花鸟虫鱼、油盐酱醋等是它的主要题材。从作者的创作心态上看，"作者心态平和，既不想对'道'进行敷衍和迁就，也不想用弦外之音招惹是非，对于文化，他们也顺其自然，不刻意求之，以捎带为主。他们对题材的处理多是从客观到客观，从休闲到休闲，从娱乐到娱乐，以休闲娱乐为始终。他们不以朋友的身份出现，更多的是把自己视作演员，把读者视为观众，以愉悦作为和读者建立关系的有效手段"②。休闲娱乐散文在一定程度上是文学作品商品化的结果，虽然其形式活泼、内容轻松，但如果一味地追求娱乐化，也难免媚俗之弊和思想的缺失。

二十世纪末，一批年轻的散文作者对散文的写作进行创新，作者的生命意识在创造中得以张扬。散文的发展走过了百年的路程，有成就，更有不足，最大的不足就是散文的独立精神的缺乏，散文一直没有自己独立的文类规范，作者们在传统的惯性写作中摸索，但正像新散文的代表作家祝勇所言："近百年的中国散文，像鲁迅《野草》这样的特立独行之作并不多见，绝大

---

① 王尧：《脱去文化的外套》，花城出版社 2007 年版，第 154 页。
② 范培松：《重塑自我灵魂的狂欢》，江苏人民出版社 2005 年版，第 13 页。

部分耍的还是唐宋散文和明清小品那几招，不是主题升华，就是性灵闲适，除了把文言文翻译成白话文，我们的散文家什么事都没干，甚至连翻译都是三流翻译。散文长久地寄生于一种虚弱的安全感中，平庸成为中国散文最主要的特征。即使诗歌、小说、戏剧的突破性进展，也丝毫没有打破那些人在平庸中获得的自足。"①祝勇的观点不免偏颇，但他对散文的批评也不是完全的无稽之谈，百年散文的发展历程，能够体现创作者的生命意识的作品并不多，"散文领域原有的清规戒律，都有必要重新考虑，比如篇幅短小、一事一议、小中见大等等。现在需要考虑的不是'散文不能做什么'而是'散文还能做什么'"②。正是对散文成规的不满及对散文艺术元素的探索，促使一批新生代作家对散文的写法进行了大胆的试验，这批新生代作家创作的散文就被称为"新散文"，二十世纪九十年代末期形成一种创作思潮。此前老愚编选了《上升——当代大陆新生代散文选》、《群山之上——新潮散文选萃》两个散文选本，有意进行归纳总结，因此有研究者将入选的散文称之为"新艺术散文"、"新潮散文"或"探索性散文"，王兆胜则将这批侧重艺术探索的散文概括为"现代主义散文"，2003 年 1 月由祝勇编选、中国广播电视出版社出版的《新散文九人集》可看作新散文创作理论与实践的集中展现，编者选择有代表性的新散文作家梁小斌、于坚、翟永明、冯秋子、张锐锋、庞培、李敬泽、祝勇、周晓枫九人的散文创作主张及作品，他们的理论探索及创作实绩由下可见一斑：

李敬泽把散文创作作为一种"变量"的探索，实验各种可能性，他说："应该把自己置于一种危险的、游移的、边际模糊的状态，现在的散文可能是太安稳了，对于什么是'好'散文我们知道得过分清晰。我们现在所说的那种散文是文化中的一个'常量'，也许需要对'变量'的探索，这种探索我宁可像法国人那样称之为'写作'，在这个动作中我们实验各种各样的可能性，不是我们必须如此书写，而是我们可能怎样书写，就像文体秩序尚未

---

① 祝勇编：《新散文九人集》，中国广播电视出版社 2003 年版，序言第 2 页。
② 祝勇编：《新散文九人集》，中国广播电视出版社 2003 年版，第 3 页。

形成，世界混沌未开，我们可以像庄子那样想怎么写就怎么写——对庄子来说，那是天真，对我们来说则是深思熟虑的冒险。"①

与李敬泽"深思熟虑的冒险"不同，于坚把散文看做是像人生一样的片断："散文就像人生本身那样，乃是由各种片断所组成。这些片断并不是一个有头有尾的小说。人生并不像小说所虚构的那样，为结构、情节所组成，似乎后面还有一个指挥，多声部、复调……人生其实只是一些偶然的片断，记叙的流水账式的早晨、诗歌的正午、哲学般沉闷的中午、下午的小说式的细节、戏剧性的夜晚、入睡之前文学批评式的自省……我把人生看成一段段变化着的文体，而只有散文的氛围可以把它们连接起来。"②

翟永明则强调以自己独有的视角对生活和时代做出回应："'她被重新发现了'，兰波这句话可以说是我心目中诗歌的功用。这个'她'既是文字，也是社会，既是经验，也是生活。这个'重新发现'就意味着一种特殊的对待世界和对待事务的视角，意味着对人类普遍生存境况的更深的洞察，意味着一种诗性的参与，一种自由思索的方式的参与，它是与时代和生存境况有关的，虽然它不是最直接地反映现实，但却以一种不同于人们普遍认同的方式在回应生活和时代。"③

冯秋子更重视过程，她的散文《以人的方式舞蹈》讲的是舞蹈怎样才能呈现对"活着"的尊重，其实这是对舞蹈，也是对写作的领悟："现代舞和写作，很多时候有相似之处。尤以无规定性最吸引人，内心的余地和力量，为思维的伸展，开辟出通过炽热气流的线路。它尊重所有的方式，不以简单的概念论断对错，而尊重它形成的真实过程，看重真实过程的方向、高度和在那个方向上承载的重量和质量，看重它所选择的方法，是否能够准确地表达出人（或是那个作品）。它更遵循自然规则。"④

① 祝勇编：《新散文九人集》，中国广播电视出版社 2003 年版，第 338 页。
② 祝勇编：《新散文九人集》，中国广播电视出版社 2003 年版，第 66 页。
③ 祝勇编：《新散文九人集》，中国广播电视出版社 2003 年版，第 129 页。
④ 祝勇编：《新散文九人集》，中国广播电视出版社 2003 年版，第 198 页。

　　无论是李敬泽的回到散文的原初、对散文变量的探索，于坚的散文就像人生，还是翟永明的重新发现论，冯秋子的尊重形成的真实过程说，都是对已经形成的散文体制的拒绝。他们以崭新的写作姿态"叙写个体的在场感受和生存体验；以支离破碎的意绪、感觉、隐喻、象征和生活细节，对抗传统的明晰性和整体性；以语言的粗陋和无限增殖来嘲弄传统语言的精致和优雅"。新散文的这些艺术探索对传统散文规范的突破意义重大，但它对散文体制的粗暴无礼，对传统的蔑视和恶劣的"个性化"却引起了一些学者的反感。陈剑晖于 2006 年 5 月 13 日于《羊城晚报》发表了长文《新散文：是散文的革命还是散文的毒药？》，对新散文进行批评，但是正如新散文代表作家之一张锐锋在一次题为《新散文的几个问题》的演讲中所指出的，新散文"推翻了人们对散文的某些看法……丰富了散文的内涵，增强了散文的表达功能，提升了散文的地位……极大地推动了散文的繁荣"。"我们也可看到散文观念正在悄悄地发生变化，同时散文正在不断地调整自身，为自己的生存发展寻找新的出路。尽管这种寻找是艰难曲折的，但它开拓了散文的艺术视野，使人们明辨了某些理论是非，从而推动了散文创作的发展和散文理论的完善，并使当代的散文研究逐渐进入到一种新的语境。'"[1]

　　新散文作家们对散文创作可能性的探索是难能可贵的。正像世界上没有两片树叶是完全相同的，作为表达人的自由思想的最自由的文体，散文的写作应该有无限的可能性，只有那样，散文世界才是丰富多彩的。新散文作家周晓枫的看法更理性也更能说明新散文创作探索的意义，"对散文可能带来建设的作品不一定是完善的，因为它还处在不稳定的生长期，还有潜能和爆发力。那种平稳、妥帖、得体的文字当然赏心悦目，但如果散文园地里全是这个品种，就像一个社会里全是中年绅士，未来已经不需要猜测，也不会带来意外和惊喜，那种平静美好，掩盖不住道德上的乏味"[2]。世界因为丰富而可爱，因为新奇而给生命以惊喜，柏格森认为人是创发性的，创造是人的一

---

①　陈剑晖：《新时期散文观念与散文论争》，《文艺评论》2009 年第 3 期，第 26—27 页。
②　祝勇编：《新散文九人集》，中国广播电视出版社 2003 年版，第 428 页。

种本能，只有在创造中才能体现人的价值和意义，新散文作家们对散文创作的探索体现了人的创发性本能，也就彰显了人的价值和意义。从这个意义上来说，只要人在发展，对散文的探索、创造就要继续进行，就会不断产生新散文及新新散文，但我们实在没有必要更不会再在散文的前面加上更多个新字，这毕竟是散文的发展变化，新散文只是散文发展中的一个阶段，未来还会有更多的散文被称为新散文。

新时期散文中生命意识的发展不是一帆风顺的，从恢复到张扬的过程也不是截然分开的，正与散文发展的几个阶段并不是泾渭分明的一样。散文发展的几个阶段之间有交叉地带，尤其是反思散文与文化散文之间，有的散文作家从文化的角度来反思历次政治运动产生的原因，这样就造成了两者兼属的状况，如邵燕祥、王小波的许多作品。但是，从散文发展的几个阶段我们明显可以看出作者的主体意识、生命尊严在作品中逐渐恢复的过程，及个体生命在新时期经济发展中的新的异化现象。纵观新时期散文发展的经过，可以寻觅到散文作者生命意识不断张扬以及作者对生命尊严不懈追求的踪迹。

第二节　生命的本体发现

生命的存在是亘古就有的事实，然而环境的千差万别、文化的迥然相异使人们对生命的认识与态度截然不同，尤其对个体生命意义与价值的体悟，每个国家、地区的人们往往各不相同。与西方文化中重视个体生命的独立性不同，"中国文化设计中的人，并非一个独立的个体，而是包含着与己身相关联的另外一个人，也就是两人的对应关系。儒家经典中，将'人'界定为'仁'。而'仁'则是指爱他人的人。这就是说，'仁'是指人们之间的心意相通。离开了与他人的交往和关联，就不成其为人了。这种文化设计，是由二人关系来界定一个人"①。这种由"我们"来确定"我"的价值和意义的文化传统，深刻影响了中国人的自我意识和生命意识，我们传统上不重视个体生命的独立性，而注重家国、天下的整体性与和谐性。与西方的人类中心主义和个人中心主义不同，中国传统文化的核心理念是"天人合一"。然而五四文化的洗礼，使中国的传统理念受到极大的冲击，作为个体的"我"终于从传统的"我们"中解放出来，获得了独立的自由和尊严。新时期散文既继承了五四新文化运动中个人的发现，自我意识得到重建，个体的生命意识凸现出来，又汲取了中国文化中的仁爱传统，以平等的眼光看待他人及其他生命，达到生命与生命间的契合与和谐，建立生命间的"主体间性"。在继承中发展，在发展中超越，是新时期散文的生命意识的特征。

一、自我意识的苏醒与重建

人只有意识到自己是谁，应该做什么的时候，才会自觉地采取行动，因此，自我意识在个体发展中具有重要的意义。具有自我意识，就会拥有独立的个人意志，就能够根据自己的经验、知识、性格和利益对外界事物做出判断，而不是根据他人、传统、习俗做出判断。人格心理学认为，自我意识与一个人的健康人格有密切的关系，"健康人格的自我意识至少应该具备这样几个特点：恰当的自我认识、真实的自我体验、合理的自我控制，自我意识的这三种特点可以促进自我意识的不断发展，可以促进健康人格的形成"②。然而，新中国成立后几十年间，个人多附着在国家、人民这块"皮毛"上，以国家、人民的代表——领袖的意志作为个人的意志，即使在最应表现个人性情的散文中，也不可能抒写自己的所见、所闻、所感，作者在作品中表达的常常是参与国家建设的使命感和自豪感，高涨的革命热情充斥文本，在主

---

① 杨宜音：《关系化还是类别化：中国人"我们"概念形成的社会心理机制探讨》，《中国社会科学》2008年第4期，第152页。

② 李徽昭：《自我意识与文学形象塑造》，《淮阴师范学院学报》2009年第2期，第260页。

流意识形态规范下作家失去了以个体的真实体验去表现时代侧影的机会，作家的自我意识终究被遗弃于时代的洪流中。"文革"中知识分子的灵魂被彻底放逐，包括散文在内的各种文学样式沦为极"左"政治的工具，作家则以充分的悲剧内涵留存于历史的这一截面中。伴随着"四人帮"的倒台，新时期到来，人们从狂热、虔诚、幻灭中苏醒，富有良知的知识分子开始觉醒，尤其是历次政治运动及"文革"中备受打击的知识分子，他们开始反省自己的行为，反思自己的命运，知识分子的自我意识就在对自身命运的省察中复苏并建构起来。

（一）自我意识的苏醒

新时期为散文作家的自我恢复主体地位发出第一声呐喊的是叶至诚，他的《假如我是一个作家》是散文家的自我觉醒的第一个先兆。在文中，作者宣告："假如我是一个作家，我要努力做一件在今天并不容易做到的事。那就是：在作品里要有我自己。""不勇于'有我'是懦怯，因为懦怯，作品必定也是脆弱的。有意把'我'隐瞒起来犹如欺骗，欺骗的作品必定为读者所不齿。""我要是我的作品里没有我，就没有存在的价值！""我将信奉这样一条原则：即使是真理，即使是人民的呼声，如果还没有在我的感情上找到触发点还没有成为我的血肉，我的灵魂，我就不写，因为我还没有资格写。要是鹦鹉学舌地去写，那不是我。""我必须披肝沥胆去爱、去恨、去歌唱、去诅咒、去创造、去荡涤……把我的灵魂赤裸裸地呈现给读者。"[1]在反思十七年散文文风的沉痛教训后，作者的这一宣言的确道出了散文创作的真谛——要有自我。"恢复我在散文中的主角地位，为个性和人格旗帜鲜明地招魂，使这篇短文具有了新时代散文的艺术宣言意义！"[2]刘锡庆对这篇短文的评价切中肯綮，叶至诚的呼吁也振聋发聩，可惜，由于作者是无名小辈，况且发表这篇文章的《雨花》杂志在全国的影响也不够大，所以当时并没有起到一

---

① 叶至诚：《假如我是一个作家》，《雨花》1979 年第 7 期。

② 刘锡庆：《世纪之交：对散文发展的回顾与思考》，《中国新时期散文研究资料》，山东文艺出版社 2006 年版，第 77 页。

呼百应、唤醒散文作家的自我意识的作用。真正标志着作家的自我意识的苏醒与重建的是巴金、韦君宜、杨绛、季羡林、陈白尘等老作家及邵燕祥、林放、斯妤等中青年作家，还有朱学勤、林贤治等思想家、学者兼作家，他们不约而同地对"文革"进行了反思、研究，而作家的自我意识就在对"文革"这场民族灾难的反思中得到重建。

首先对"文革"这段历史进行客观评价和反思的是巴金，他在自我解剖中重建自己的人格。巴金坦诚地揭示自己自觉地接受批斗的心理状况，写下《说真话》、《再论说真话》《三论说真话》、《说真话之四》、《未来（说真话之五）》、《解剖自己》、《十年一梦》:

> 我已无法独立思考，我只是感觉到自己背着一个沉重的"罪"的包袱掉在水里，我想救自己，可是越陷越深。脑子里没有是非、真假的观念，只知道自己有罪，而且罪名越来越大。①

在《十年一梦》中作者继续写道:

> 六六年九月以后在造反派的引导和威胁之下（或者说用鞭子引导下），我完全用别人的脑子思考，别人大吼"打倒巴金"！我也高举右手响应。这个举动我现在回想起来，觉得不大好理解。但当时我并不是做假，我真心表示自己愿意让人彻底打倒，以便从头做起，重新做人。我还有通过吃苦完成自我改造的决心。我甚至因为造反派不谅解我这番用心而感到苦恼，我暗暗对自己说:"他们不相信你，不要紧，你必须经得住考验。"每次批斗之后，造反派照例要我写《思想汇报》，我当时身心都十分疲倦，很想休息。但听说要马上交卷，我就打起精神，认真汇报自己的思想，总是承认批判的发言打中了我的要害，批斗真是为了

----

① 巴金:《十年一梦》，人民日报出版社 1986 年版，第 86 页。

挽救我。造反派是我的救星。那一段时期，我就是只按照造反派经常高呼的口号和反复宣传的真理思考的。我再也没有自己的思想。①

没有自己的思想，不用自己的头脑来思考，当然对自己的遭遇安之若素，丧失了对是非曲直的判断能力，对别人遭受的苦难也就失去了同情和愤慨。我已经不是"我自己"，我被完全放逐了，这种状态下，自然"别人举手我也举手，别人讲什么我也讲什么。而且做得高高兴兴"，这的确是"当代知识分子最深刻的精神悲剧，也是当代思想文化史的灾难"②。但是，青山遮不住，毕竟东流去，人不可能在所有时候欺骗所有的人，骗局总有被戳穿的时刻，随着运动无休止地进行，社会的动荡有目共睹，某些人的丑行也暴露在光天化日之下。知识给予人的理性精神、思辨能力终究会让人看清现实，被蒙蔽的知识分子开始用自己的眼睛看、用自己的头脑思考了。接受过中西方文化熏陶的巴金更不乏理性与智慧，况且巴金一直是以自己的良知和热情著称的作家，目睹现实中的种种怪现状，感受着自己身体与心灵遭受的创痛，涌动在内心深处的道德和良知开始复苏。巴金叙述道："在外表上我没有改变，我仍然低头沉默，'认罪服罪'。可是我无法再用别人的训话思考了。我忽然发现在我周围进行着一场大骗局。我吃惊，我痛苦，我不相信，我感到幻灭，我浪费了多么宝贵的时光啊！但是我更加小心谨慎，因为害怕，当我向神明的使者虔诚跪拜的时候，我倒有信心。等到我看出了虚伪，我的恐怖增加了，爱说假话的人什么事都做得出来！无论如何我要保全自己。我不再相信通过苦行的自我改造了，在这种场合连陀斯妥耶夫斯基的道路也救不了我，我渐渐地脱离了'奴在心者'的精神境界，又回到了'奴在身者'了。换句话说，我不是服从'道理'，我只是屈服于权势，在武力之下低头，靠说假话过日子。"③意识到自己的奴性，就要与之抗争直至决裂，经受了几年

---

① 巴金：《十年一梦》，人民日报出版社1986年版，第126页。

② 王尧：《乡关何处》，东方出版社1996年版，第77页。

③ 巴金：《随想录选集》，三联书店2003年版，第90—91页。

考验后，巴金终于拾回了丢开了的希望，走出了牛棚，巴金说："我不一定看清别人，但是我看清了自己。虽然我十分衰老，可是我还能用自己的思想思考。我还能说自己的话，写自己的文章。我不再是'奴在心者'，也不再是'奴在身者'。我是我自己。我回到自己身上了。"①

经过艰难的精神旅程，巴金终于回到了自身，他重新找到了自我，他又能够以自己的眼睛看世界、以自己的头脑思考历史了。巴金认识到"文革"是场大骗局，在这场人人自危的骗局中，假大空话满天飞，告密、揭露、无中生有的捏造破坏了人与人之间的真诚关联，作为个体的知识分子被关押在牛棚，他人则成为个体的地狱，存在主义的悖论在"文革"中真实地上演。灾难给予巴金幻灭，幻灭后的巴金则有了一份清醒与理性，他深切地体悟到真话对个人、对社会、对民族精神建构的重要性，他分析假话横行的原因、假话造成的严重后果，接连写作了六篇文章不遗余力地提倡大家要说真话。巴金首先认识到"讲真话并不那么容易"②，因为有许多人就是"靠说假话起家的"，进而意识到自己也有责任。作者毫不留情地解剖自己："我相信过假话，我传播过假话，我不曾跟假话作过斗争。别人'高举'，我就紧跟；别人抬出'神明'，我就低首膜拜。即使我有疑惑，我有不满，我也把它们完全咽下。我甚至愚蠢到愿意钻进魔术箱变'脱胎换骨'的戏法。正因为有不少像我这样的人，谎话才有畅销的市场，说谎话的人才步步高升。"③正因为有靠假话起家者及像"我"这样的怯懦的胁从者，才使文革成为黑白颠倒的时代，人与人之间没有真诚的信任，而"现在那一切都已经过去，正在过去，或者就要过去"。我与朋友"不谈空洞的大好形势。……大家都把心掏出来，我们又能够看见彼此的心了"④。然而，说真话并不能靠一声呐喊来实现，应该具体分析假话横行的原因，对症下药，才能解决问题。事情并不简

① 巴金：《随想录选集》，三联书店 2003 年版，第 1 页。
② 巴金：《随想录选集》，三联书店 2003 年版，第 3 页。
③ 巴金：《随想录选集》，三联书店 2003 年版，第 7 页。
④ 巴金：《随想录选集》，三联书店 2003 年版，第 9 页。

单，四人帮垮台了，但遗毒仍在，巴金的《随想录》（第一集）在香港的《开卷》杂志受到了"围攻"，可是作者坚信：人们可以点起火来烧毁《随想录》，但真话却是烧不掉的。无情的时间对欺世盗名的假话是不会宽容的。作者反思自己一步步变为怯懦的说谎者的原因是一次次运动、一张张勒令的大字报把自己的公民权利剥夺干净了，背着"罪"的包袱想救自己，结果脑子里没有了是非、真假的观念。作者意识到自我已经完全没有了，完全被假话淹没了。作者总结那段时期："那些年我就是在谎言中过日子……起初为了改造自己，后来为了保全自己；起初假话当真话说，后来假话当假话说。"①原来，说假话是为了保全自己，但是作者认识到要能够认真地活下去，就只有讲真话，因为讲假话的收获"竹篮打水一场空，只是混时间"②。作者从主客观两个方面探索假话横行的原因，一方面是社会大环境的因素，造反派"用压力、用体刑推广假话"，自己不仅"是在听话的教育中长大的"，而且"还是经过四人帮的听话机器加工改造过的"③，已经"再也没有自己的思想"，是"奴在心者"。④作者进一步探索艺术创作中的创新问题时同样指出要说真话，"艺术的最高境界，是真实，是自然，是无技巧"，因为在创作中有个熟能生巧的经验，"写熟了就有办法掩盖、弥补自己的缺点，突出自己的长处"，作者在艺术中探索的是要"把心交给读者"，"把它（《随想录》）当作我的遗嘱写"，"我要把我的真实的思想，还有我心里的话，遗留给我的读者"⑤。拳拳之心昭示于此，基于自己的良知，真诚地呼唤真话的内心世界也表露无遗。

真诚地呼唤真话、反思假话的成因是《随想录》重要的一部分内容，除此之外，在这部著作中，巴金还有许多怀人记事之作，这些作品不仅表达了作者对逝者的怀念，更表露出深深的愧疚之情，其中最能震撼读者的是《怀念萧珊》。此文是作者在妻子逝世六周年后写的，其沉痛的感情依然难以抑

---

① 巴金：《随想录选集》，三联书店2003年版，第26页。
② 巴金：《随想录选集》，三联书店2003年版，第86页。
③ 巴金：《随想录选集》，三联书店2003年版，第34页。
④ 巴金：《随想录选集》，三联书店2003年版，第335页。
⑤ 巴金：《随想录选集》，三联书店2003年版，第330页。

制："每天坐三四个小时望着面前摊开的稿纸，却写不出一句话"，"头上仿佛压了一块大石头，思想好像冻结了一样"①。在作者被当作罪人和贱民对待，感觉日子难过时，妻子总是同情并鼓励自己要"坚持下去"；住在病房里，她含泪望着我说："我不愿离开你。没有我，谁来照顾你啊？！"② 就是这样一位心地善良的人，被人骂作"巴金的臭婆娘"，被罚扫大街、示众、陪斗，得病不能得到及时的救治，病危时不能得到亲人的照顾，萧珊带着对儿子的牵挂，对丈夫还不能解放的遗憾离开了人世。悲剧是把有价值的东西毁灭给人看。萧珊的遭遇就是一个极大的个人悲剧，然而，在当时，这却是知识分子及家人的普遍命运，因而更应该说是时代的悲剧。巴金的内疚无以言说，"我后悔当初不该写小说，更不该生儿育女"③。萧珊离世已经十二年了，作者"再忆萧珊"，她最后一次离家的情景还历历在目；作者还"摆脱不了那些做不完的梦。总是那一双泪汪汪的眼睛！总是那一副前额皱成'川'字的愁颜！总是那无限关心的叮咛劝告"。④ 情感的狂澜汹涌不止，亡妻的音容犹在，痛苦锥心刺骨。这篇散文既是对亡妻的悼念，更是对文化暴力的控诉及清算，"是作者倡导的把散文'当遗嘱一样写'的范本，也是作者捐献给他想构筑的'文革'博物馆的一件珍品。"⑤ 在这类作品中，作者还揭示自己在历次运动中的所作所为，对受害者表达自己的歉意，无情地鞭笞自己。《怀念胡风》当属此类代表作。在这篇文章中，作者回忆了在鲁迅葬礼上与胡风相识及以后与其交往的过程，记叙了胡风由解放前学校里的活跃分子、才华横溢的文艺理论家在后来的历次运动打击下，变为面无表情的病人的经过。重点交代了自己在反"胡风集团"的斗争中写的几篇批判文章，叙写了自己对胡风的伤害。在文章中作者郑重向受害者道歉，并"对自己的表演，也感

① 巴金：《随想录选集》，三联书店 2003 年版，第 174 页。
② 巴金：《随想录选集》，三联书店 2003 年版，第 187 页。
③ 巴金：《随想录选集》，三联书店 2003 年版，第 179~180 页。
④ 巴金：《随想录选集》，三联书店 2003 年版，第 188 页。
⑤ 范培松：《中国散文史》，江苏教育出版社 2008 年版，第 580 页。

到恶心"，表达了"只是为了那些'违心之论'，我决不能宽恕自己"①的决绝心态。

巴金在《随想录》中倡导和实践讲真话，被誉为"当代中国知识分子的良心"②，韦君宜的《思痛录》不仅可视为《随想录》的同道，而且有所超越。"已经痛定犹思痛，曾是身危不顾身"，韦君宜省察自身又审察他人的严格求实精神，体现了一个"忠诚的老共产党员"③的胸怀和气度，一度迷失的自我在对历次政治运动的反思和探究中得到恢复和重建。

（二）自我意识的重建

苏格拉底（Socrates）曾经说过，没有省察的人生是没有意义的，人的确是要经常反思自己，韦君宜在《思痛录》里就时时检视自己的行为，毫不留情地解剖自己。她认为，受苦受穷、吃糠咽菜之类的艰苦生涯，根本不值得一写，真正使人痛苦的是一生中所经历的历次运动给党、国家造成的难以挽回的损失，是在"左"的思想影响下，自己既是受害者，也成了害人者。作者思索十年来痛苦根源后，发现"左"的思想的危害早在延安"抢救失足者运动"中就开始了。当时那么多出色的学生满腔热情投奔共产党，结果却在"审查干部"中被无端怀疑为特务，造成大量冤、假、错案。在五六十年代的几次运动中正是由于对党、对领袖的绝对信任直至迷信，使自己由受害者最终而变为害人者。老伴杨述的堂兄杨肆早年原本是打进敌营为共产党舍命工作的，在肃反运动中被错误地打成敌人，结果因为自己对组织上深信不疑，就一直对他冷冷的，也跟着对一个遭冤枉的人采取了打击迫害的态度，令人难过的是杨述至死都不知道堂兄是冤枉的，造成了无可挽回的悲剧！在反胡风运动中，自己抓住一点材料就把冯大海等人打成了反革命，在反右运动中违背自己的良心写了批判同伴黄秋耘的文章。虽然在历次运动中自己也深受其害，但作者对自己由于轻信而给他人造成的人生悲剧一桩桩记录下

① 巴金：《随想录选集》，三联书店2003年版，第281页。
② 巴金：《随想录选集》，三联书店2003年版，封底介绍。
③ 韦君宜：《思痛录》，文化艺术出版社2003年版，封底。

来，努力担当起自己应该担负的责任，以此来表达自己的愧疚之情。作者的爱人杨述已经说不出几句话了，还计议自己的工作，由于作者清醒地知道这已经不可能，就没有安慰使其宽心。爱人的突然离世使作者感到"自己在最后的时间里实际上也是在虐待他，我自己同样有罪，虐待了这个老实人"。①号啕痛哭悔恨锥心都已无济于事。韦君宜愧疚：自己竟然做出这样的事，那自己该是一个什么样的人呢？痛苦悔恨无以言表，内心的煎熬更无法诉说。

其实，愧疚悔恨有利于个人接受教训、告别过去，对于将来"懊悔不仅引起纯粹的观念转变，甚至纯粹的向善决心，而且导致真正的观念转向"。②韦君宜从一个个人生悲剧里总结出：如此频繁搞运动是在蹂躏一些人的孩子似的心，会造成严重的后果。她说："这样做的后果是使年轻的后来者觉得，这里完全不重视忠诚，忠诚信仰只会换来乱批乱斗和无穷无尽的精神虐待，这叫后来者在抉择道路的时候怎么会不瞻顾徘徊啊！这局面，在使我们终于不能不幡然改图，不只搞掉四人帮，而且必须认识到搞运动整人的做法必须改变。"③在对自我的省察中，关注的始终是党和国家的命运，超越了一己的悲欢和恩怨，作者的人格因此得以升华。舍勒（Max Scheler）曾研究懊悔对一个人的行为与思想的拯救作用，"懊悔并非指向一位神性的审判者，而是一种始于往昔的内在化的监察。""懊悔既不是灵魂的累赘，也不是自我欺瞒；既不是灵魂不和谐的明显征兆，也不是我们的灵魂对不可改变的往事的徒劳干预。恰恰相反，从纯道德的角度出发，懊悔是灵魂自我治愈的一种形式，甚至是重新恢复灵魂失去的力量的唯一途径"。④作者的主体意识在忏悔中得以展现，这"忏悔乃是一种以负向型方式体现的道德真诚，它最终唤起麻木良知的觉醒，迷失人性的复苏，见证了道德律令的真切认同，并在这一意义上使人的尊严得以捍卫"⑤。反思历史，应当从记述自己的愧怍起，否则"很

---

① 韦君宜：《思痛录》，文化艺术出版社 2003 年版，第 3 页。

② （德）马克斯·舍勒：《舍勒选集》（下），刘小枫选编：上海三联书店 1999 年版，第 687 页。

③ 韦君宜：《思痛录》，文化艺术出版社 2003 年版，第 48 页。

④ （德）马克斯·舍勒：《舍勒选集》（下），刘小枫选编：上海三联书店 1999 年版，第 678 页。

⑤ 杨金文：《忏悔话题热的原因略析》，《惠州学院学报》2007 年第 8 期，第 7 页。

容易在记忆的筛眼里走漏得一干二净"。韦君宜的记愧，唤醒了自己的良知，彰显了自己作为一个人的尊严，提升了自己的人格境界。

以仁爱为传统的中国人，向来不喜欢揭别人的短，结果就有了"隐讳"的传统。季羡林在《牛棚杂忆》中提到的人物，就有三种情况："不提姓名，只提姓不提名，姓名皆提。据作者介绍，前两种目的是为当事人讳，后一种只有一两个人，作者认为这种人对社会主义社会危害极大，全名提出，让他永垂不朽，以警来者。"①巴金的《随想录》也是这样，有很多地方巴金是姓也不提的。巴金回忆自己接受"革命群众"批斗的经历时，一个人名都没有说出："我从一个批斗会走到另一个，走完了数不清的不同的会场，我没有看见一张相熟的面孔。不是说没有一位熟人登台发言，我想说那些发言并未给我带来损害，我当时就不曾把它们放在心上，事后也就忘记得一干二净。"并且还设身处地为那些批斗他的人考虑，"当时大家都以'紧跟'为荣，我因为没有'效忠'的资格，参加运动不久就被勒令靠边站，才容易保持了个人的清白"②。因为自己也有丧失清白的可能，就原谅了那些登台发言的人，真是"己所不欲，勿施于人"，而鲁迅先生至死还是一个都不原谅的。应该说，巴金与季羡林一样，这样做的目的是为当事人讳。

但是，巴金对自己写胡风的批判文章是决不宽恕的，怎么熟人对自己的批判就可以忘得一干二净呢？只能说巴金在为当事人隐讳的同时，有意识地遮蔽了一些东西，这些被遮蔽的东西恰是揭示文革之痛的深刻之处，不可言说处潜伏着我们的"另一种文化"，这种文化往往阻止我们说出历史的真相，保持暧昧的态度。历史的不可言说之处常常潜伏着了解历史真相的枢纽。正因如此，福柯（Michel Foucault）对历史的解析着眼点并不放在历史说了什么，而是历史为什么这样说。"为了弄清什么是文学，我就不会去研究它的内在结构。我更愿意去了解某种被遗忘、被忽视的非文学话语是怎样通过一系列的运动和过程，进入到文学领域中去的。这里面发生了些什么呢？什么

---

① 邓九平编：《季羡林散文全编》（四），中国广播电视出版社 1999 年版，第 182 页。
② 巴金：《随想录选集》，北京三联书店 2003 年版，第 45 页。

东西被消除了？"①被巴金所"消除"的伤害应该是探索"文革"发展的人性根源和文化根源，可惜受传统文化的影响太深了，或者是作者的顾虑太多了，阻止了他做进一步的探索与思考。基于此，孙绍振对他的忏悔提出了质疑。孙绍振认为：巴金的忏悔"并不是很深刻的。第一，他的忏悔停留在道德的表层。第二，他的忏悔，只限于和当时作家同样的、广为人知的一切。历史上的忏悔大师，不管是奥古斯都还是托尔斯泰，不管是卢梭还是郭沫若，都是指向不为人知的隐私。第三，他缺乏对体制的、民族的、历史的特殊心理文化环境的探索。"②反复阅读《随想录》，自忖孙绍振言之有理。韦君宜则在巴金止步的地方，在季羡林隐讳的地方迈出了一大步，她检讨自己不留情面，直陈他人的错误也不躲躲藏藏，她把自己和他人都敞开在阳光下。

"文革"中很多人的人格扭曲，往往有两副面具，韦君宜就揭示了一些人的两面人格，如刘白羽。据作者回忆，在作家协会一次全体大会上，刘白羽作报告说："中国作家协会藏污纳垢，等于一个国民党的省政府。"③言辞非常尖锐，但散会后，单个去拜访，他又会真的像一个作家一样，跟你谈作品、谈普希金等，两人交流作品的情景给作者留下了深刻的印象。两相对照，韦君宜不由感慨："他这么说着，好像与作报告意欲将别人置之死地的人，不是一个人"④。对坐在台上的人，作者不隐其丑，对文化大革命的新一代，作者也不掩饰自己对他们的失望。"这些'文革'期间的红卫兵，被赶到农村受够了苦，有些人把自己的苦写成小说，如梁晓声、阿城、张抗抗、史铁生、叶辛……现在已经成名。但是，他们的小说里，都只写了自己如何受苦，却没见一个老实写出当年自己十六七岁时究竟是怎样响应文化大革命的号召的，自己的思想究竟是怎样变成反对一切、仇恨文化、以打砸抢为光荣的，一代青年是怎样自愿变作无知的？"⑤对年轻一代的失望与责备溢于言表，但

---

① （法）福柯：《权力的眼睛》，严锋译，上海人民出版社1997年版，第90—91页。
② 孙绍振：《道德忏悔与历史反思》，《文艺争鸣》2008年第2期，第160页。
③ 韦君宜：《思痛录》，文化艺术出版社2003年版，第119页。
④ 韦君宜：《思痛录》，文化艺术出版社2003年版，第118—119页。
⑤ 韦君宜：《思痛录》，文化艺术出版社2003年版，第48页。

是无论点出谁的姓名，我们发现作者没有私心，她不是为了报私仇，她仅仅是为了探讨"文革"这场灾难发生的原因。她认为："所有这些老的、中的、少的，所受的一切委屈，都归之于'四人帮'，这够了吗？我看是还不够。"①作者认识到如果只有"四人帮"这几个人兴风作浪，"文革"这场灾难是不可能造成这样严重的后果的。说出事实，把事情一件件摆出来，目的只有一个："就是让我们党永远记住历史的教训，不再重复走过去的弯路。让我们的国家永远在正确的轨道上，兴旺发达。"②对党、对国家的无限忠诚，使作者突破了传统的束缚，不避直陈事实、指名道姓给一些人造成的不快甚至因此给自己造成的伤害。到目前为止，"很少能有人像她这样把'左'的思想和毒害义无反顾地倾吐出来"，她"启发了不少知识分子反思历史的责任感和使命感，因而被文化界称为'韦君宜现象'"③。

作者揭露某些人的人格扭曲，并在此基础上反思自己参加的革命，不回避自己对革命的伤心："我从少年起立志参加革命立志变革旧世界，难道是为了这个？为了出卖人格以求取自己的'过关'？如果这样，我何必在这个地方挣这点嗟来之食？我不会听从父母之命远游美国，去当美籍华人学者？参加革命之后，竟使我时时面临是否还要做一个正直的人的选择。这使我对于'革命'的伤心远过于为个人命运的伤心。"④ 在记叙杨述的人生悲剧时，作者进一步强调了被戏弄的痛苦：实际上他最感痛苦的还是人家拿他的信仰——对党、对马列主义、对领袖的信仰，当作耍猴儿的戏具，一再耍弄。他曾经以信仰来代替自己的思想，大家现在叫这个为"现代迷信"，他就是这么一个典型的老一代信徒。但是，人家那种残酷的游戏终于迫使他对这宗教式的信仰发生疑问。我们不仅要问：如果革命变成了对个体人格的扭曲和对个体生命的戏弄，那么这样的革命有存在的必要吗？作者通过个体的悲剧

---

① 韦君宜：《思痛录》，文化艺术出版社 2003 年版，第 102 页。
② 韦君宜：《思痛录》，文化艺术出版社 2003 年版，第 102 页。
③ 韦君宜：《思痛录》，文化艺术出版社 2003 年版，第 6 页。
④ 韦君宜：《思痛录》，文化艺术出版社 2003 年版，第 48 页。

完成了对革命的反思和对政治运动的否定。

韦君宜在《当代人的悲剧》中写道："我哭，比年轻人失去爱人哭得更厉害，因为这不只是失去一个亲人的悲痛，更可伤痛的是他这一生的经历。为什么我们这个时代要发生这种事情，而且发生得这么多？人们常说年老一代与年轻一代之间有一条沟，不能互相了解，我要哭着说：年轻人啊，请你们了解一下老年人的悲痛，老年人所付出的牺牲吧！这些老人，而且是老党员，实际是以他们的生命为代价，换来了今天思想解放的局面的。实际上我们是在踩着他们的血迹向前走啊！你能不承认吗？"[①] 这痛彻骨髓的哭诉，这殷切的嘱托是我们阅读《思痛录》、了解韦君宜的一把钥匙，也是作者写作这部书的真正目的。一次次的运动彰显了一些人的无知和罪恶的本性，也凸现了一些人明智和敏感的政治觉悟。诺贝尔和平奖得主、纳粹集中营的幸存者罗马尼亚裔美国作家威塞尔（Elie Wiesel）反思历史时，曾做过这样一番陈述：任何人都无法从历史之网中逃出，最终是要被捉住。任何不愿做出反省、企图与历史玩捉迷藏的人终将会受到历史的惩罚。我们都是在历史中生活着的人，而不是为历史生活着的人，没有人愿意接受历史的惩罚。让我们学会去聆听、去感受韦君宜等老一代人的经历，而不是仅仅"旁观他人的痛苦"。老一代在反思历史中重塑自我，我们在倾听中重新书写我们的历史。

与巴金、韦君宜一起书写"文革"遭遇的还有杨绛的《干校六记》、季羡林的《牛棚杂忆》、陈白尘的《云断梦忆》、丁玲的《牛棚小品》等著名作家的作品，其中杨绛用客观呈现的方式描写"文革"遭遇的《干校六记》颇受好评，作者在严酷的环境里记劳、记闲、记趣等，以小插曲反映大背景，不仅文体特征独树一帜，而且凸现出作者"依然故我"的坚韧。如果说丁玲对待"文革"是活着比死去更痛苦的控诉，季羡林是主动跳出来应战其结果是伤痕累累的伤心，陈白尘是在鸭群里比在人群中快乐的孤独，那么杨绛的叙写中自有一种"悠然见南山"的洒脱与自得，在严酷的环境中能够苦中作

---

① 韦君宜：《思痛录》，文化艺术出版社 2003 年版，第 119 页。

乐，找到生活的乐趣，反映了作者面对现实的坚强和不屈不挠的韧性。

（三）自我意识的确立

汉娜·阿伦特（Hannah Arendt）在《黑暗时代的人们》中曾提到，"如果公共领域的功能，是提供一个显现空间来使人类的事务得以被光照亮，在这个空间里，人们可以通过言语和行动来不同程度地展示出他们自身是谁，以及他们能做些什么，那么，当这光亮被熄灭时，黑暗就降临了。"[①]"文革"十年，自然是一个"黑暗时代"，而"文革"结束后，巴金、韦君宜等表现出来的忏悔意识以及陈白尘、杨绛、丁玲等彰显出的坚韧、执著、达观的性格应该就是照亮这黑暗的光亮。尤其是忏悔意识，是我们这个民族极端缺乏的一种思维品质，它更应该成为我们照亮"文革"这个"黑暗时代"的光亮。余开伟在中国第一部以忏悔命名的书《忏悔还是不忏悔》的前言中说："忏悔是一种道德自觉、灵魂自律、良心发现，更是博大的胸襟、气度和宽广的文化视野和文明的进化，品格低下、灵魂浑浊、格调庸俗者永远不会'忏悔'。当然，群体的忏悔比个体的忏悔更为重要。试想，一个灵魂过于纯洁者在混沌莫测、光怪陆离的社会中如何生存？现实与理想强烈的反差会冲击每一个人的信念。但是，应该说的是，即使所有的人善于拒绝清洗自己的灵魂，也有人勇于清洗自己的灵魂。"[②]能够以笔绘出自己及同类在"文革"中的灵魂里的"小"来，自然属于勇于清洗灵魂的人。对于没有经历过"文革"，或者仅仅瞅见了"文革"的尾巴的人，也对"文革"发源及"文革"中的人感兴趣，从而从不同的角度来研究、还原"文革"，这些人也应该是善于清洗灵魂的人。他们清洗的是我们民族的灵魂，他们的自我意识是在对民族灾难的自觉承担上显现出来的，责任使他们的自我意识愈加鲜明，朱学勤、林贤治、王尧等学人是他们的代表。

近年来林贤治从还原历史、记忆历史的角度去研究"文革"期间被打倒的"地富反坏右"等人的子女的生活，他去聆听、去记录、去访谈、去感受

---

① （美）汉娜·阿伦特：《黑暗时代的人们》，王凌云译，江苏教育出版社 2006 年版，作者序第 2 页。
② 余开伟编：《忏悔还是不忏悔》，中国工人出版社 2004 年版，第 1 页。

他们的痛苦生活，了解他们的经历，打开他们的记忆，为文革留下另一种纪念。他把自己走访的记录汇编成《可以教育好的子女的历史》一书，为"文革"学增添了新的一页。林贤治在书中解释自己如此做的原因："历史首先意味着还原真实。但是，清除了个人记忆，惟以制度文物和公共事件构成的历史肯定是残缺不全的，不真实的。鲁迅所以说中国的二十四史是帝王将相的家谱，就因为史官单一地从帝王的视点出发，忽略了更广大的人群，尤其忽略了他们的精神状况。在我们的历史读物当中，应当有更多的传记、自传、回忆录，更多的个人关系史、迁流史、生活史、心态史，等等。必须有私人性、精神性的内容对历史的补充。惟有把我们每一个人的创伤记忆尽可能地发掘出来，并且形成对于人道主义、社会公正的普遍的诉求，包括'文革'在内的民族苦难的历史，才能转化成为有意义的历史。"①对人道主义、对社会公正的诉求，是林贤治记录"文革"时期被称为可以教育好的子女的生活的原动力。

阅读巴金、韦君宜等老一代作家的作品，尽管可以还原部分历史，但这毕竟仅是知识分子眼里的历史，若历史只有一种声音，其公正性就值得怀疑。与林贤治追求社会的普遍公正一样，王尧追求历史的公正，他想把五七干校学员笔下的生活重新考察过，并且倾听房东的声音。作者在考察了五七干校后，重新记述了知识分子的行状和心理："知识分子通常会在叙述自身的苦难中保留种种温情的故事，无论是在写实的还是虚构的文本中。当我现在检索自己的阅读经验时，我感到，在大的历史背景中，'房东'们的暖意确实弥足珍贵，但仅在伦理道德的意义上叙述知识分子与'房东'们的关系显然不够，这正如那时在'接受贫下中农再教育'的论述中认识知识分子与'房东'们的关系一样，都偏离了历史的轨道。我在意的是，很长时期以来，知识分子叙述的历史几乎都是以自己为中心的，这种叙述，在今天看来并不充分。我说的不充分，除了指知识分子没有能充分叙述历史的真相，还表达了

① 林贤治：《可以教育好的子女的历史》，《炎黄春秋》2009 年第 2 期，第 67—68 页。

各种叙述忽略边缘之声的遗憾。边缘的声音来自那些当年被赋予'改造'知识分子的'房东'们（通常都是'贫下中农'），这一群体的地位在当年是虚妄的，在今天则是渺小的，这些没有话语权的群体和知识分子构成了历史的一部分。但是在历史叙述中，'我们'和'他们'的界限是明显的。到今天为止，我没有读到一本书，由这一群体讲述知识分子以及讲述包括知识分子和他们自己在内的历史。即使将来有这样的书，无疑也是知识分子的记录。但是，不管怎样，记录'房东'的声音应该是知识分子不可推卸的责任。"①让被遮蔽的敞亮开来，把历史的真相还原，是王尧呼吁要倾听"房东"的声音的真实意愿。而王尧作为一个有历史责任感的知识分子的形象得以确立，他的独立的个人意志得到显现。

　　"文革"是新时期文学的重要话语，是二十世纪末及二十一世纪初知识分子话语的主要文本或潜文本，他们在"文革"的言说中重新找到自我，在反思与研究中重塑自我。无疑，研究"文革"打开了我们曾经经历的历史，扩展了我们的生存经验，增强了我们应对生存困境的能力。当然，"文革"不会也不能是知识分子的唯一话语，新时期生活毕竟丰富复杂了许多，但是知识分子的自我毕竟是在对"文革"的反省中苏醒并重新建构的。拥有了自我的主体意识，才能对社会与生活做出自己的批评与判断。在新时期散文中直接叙写自我、代表自我意识的文章也不少，如邵燕祥的《我代表我自己》、毕淑敏的《我很重要》等，他们从自我在社会及家庭中的位置着眼，写出了"我"的独一无二的重要性，而尤其值得关注的是周国平的《自我二重奏》，对自我从生命的轻与重等方面进行了全方位的思考，是生存意义上的自我书写，这说明拥有了主体意识的知识分子能够全面地分析自己、寻找自己的位置了。找到了自我的位置，明白了自己的责任的知识分子，对待自己、对待别人都有了一份清醒、自觉和关爱，他们能够以多样化的标准、以温和宽容的眼光看待世界，在他们眼里，崇高的生命值得赞美，平庸的生命也不应该

---

①　王尧：《脱去文化的外套》，花城出版社 2007 年版，第 12—13 页。

受到责备，平凡也是生命存在的一种方式。社会应该是多维度的，人生也是多维度的，在此基础上作者呼吁"为你自己高兴"（刘心武语），多维标准的建构完成了对文革的政治一体化标准的解构，作者的自我终于挺立于社会中。

二、身体意识的重构

人的存在，首先是身体的存在。身体是人赖以认识世界和认识自我的出发点与媒介，在辉煌的中国文化中，有丰富的关于身体的叙述。在早期的神话中，就有盘古化为万物的传说，这个神话用盘古的身体来解释世界，反映出古人很早就认识到身体与世界的密切关系。其实，身体不仅是古人认识世界、解释世界的基点，更是认识自我、解释自身的原点。中医作为对身体关注的成果，就隐含着我国人民对医学的尊重和对身体的呵护。《黄帝内经》作为远古人们对生理身体认识的最高成就，既是关于身体治理的经典，又是人们认识世界与自我的经典。与医学一样，道家也十分重视人的生理身体，他们把黄帝作为养生术的代言人，以此论证保养身体的合法性与正统地位。老子曾说："吾所以有大患者，惟吾有身；苟吾无身，吾有何患。"直接把幸福和忧患都看作是身体性的，庄子在妻子去世后鼓盆而歌，表面看似乎已经达到超越生死的境界，实质上仍然是对自己生命与自由的珍惜。道家在将养生术理论化、系统化，把对身体的呵护提升到科学的高度的同时，也拓展了身体想象的空间。庄子《逍遥游》中的姑射山上"不食五谷，吸风饮露，乘云气，御飞龙，而游于四海之外"的仙人是道家身体修行的终极理想。孔子说："夫仁者，己欲立而立人，己欲达而达人"，承认人是一个有欲的身体的人。然而，儒家是把身体置入孝与礼的社会规范中的，《孝经》开篇就说："身体发肤，受之父母，不敢毁伤，孝之始也"，保护自己的身体的根本目的在于孝，将身体视为父母的所有物，以此突出身体的重要性。孔子倡导的"非礼勿视，非礼勿听，非礼勿言，非礼勿动"的训条将身体纳入了礼的规范之中。所谓"士可杀，不可辱"是为了所谓浩然之气就可抛却身家性命的，而"饿死事小，失节事大"则把妇女的节操看得比生命都重要。朱熹的"存天理，灭人欲"就直接将身体的欲望消灭殆尽了。在儒家看来，身体是要为仁义、礼、孝、信、天理等献身的。道家从正面肯定身体，儒家则以否定身体的形式来承认身体的存在与重要，没有身体，人、孝、礼等就无以附着。佛家消弭了生与死的界限，以来世、轮回唤起人们对天堂的向往，忘记此在的痛苦，麻醉当世的身体。总之，在中国文化中，儒释道三家各以自己不同的方式塑造了中国人的身体观 ，而对国人影响最大的儒家则是要压抑甚至消灭人体的欲望的，因此鲁迅在《狂人日记》中揭露两千年的仁义道德的历史实际是"吃人"，从而发出救救孩子的呼声，就是首先要把身体从封建礼教的束缚中解放出来。

文学是文化的一部分，文学作品里常常蕴含着一个民族的文化传统，中国古代的文学作品里就不乏反映人的身体意识的作品。《西游记》中孙悟空那些分身术、变身术的描述集中体现了中国人对身体自由的想象，"三言二拍"中也有许多篇章反映人的欲望，《金瓶梅》、《红楼梦》包含有大量的个体身体的叙述。五四文学运动不论是人生派还是艺术派，都有许多讲述争取婚姻自主的作品。婚姻自主首先是身体的自主，没有身体的解放就没有人的解放，更不可能有婚姻的解放，但是无论哪一派文学、哪一种体裁，都很少有对人的身体的艺术发现。新时期散文则接续了古代文学的传统，填补了五四文学以来的空白，并在此基础上大大推进了一步，不仅对肉身进行了艺术的发现，并且进行了求真的探求，进而进行了文化上的建构和思索。应该说，身体的发现与建构是新时期散文的一个亮点。周涛的《谁在轻视肉体》可以说是对人的肉身的艺术发现的宣言：

> 肉体是那么地精密，那么好。这来历不明的、神妙莫测的美妙之物显示着独一无二的创造，每一个肉体都是一件无法复制的个例。它被人操纵有时也反过来操纵人；它了解人而人却似乎永远不可能彻底了解它；

它就是一个人的全部但人却耻于把它暴露出来，一年四季总是要把它装在一些厚薄不一的布袋（衣服）里才觉安心，好像它是一种不配展现在光天化日之下的东西。

不尊重生命而崇拜偶像是多么滑稽。

不热爱肉体而恋织物又是多么可笑。

每一个肉体都是珍贵的，无价的，都是由两个肉体交合的激情创造出的不可代替的生命体，都是秉承了天、地、人、神的造化而结晶的灵物，为什么要取笑和亵渎呢？

肉体不仅是精密的，而且是美的。它不仅是超科学的，而且是超艺术的。

21世纪不是在食物上感恩的世纪，而是肉体感恩的世纪，人们将越发意识到肉体的重要，越发深入地认识生命本身的意义！同时，也因为人们越来越痛切地感受到，随着高度科技文明的突飞猛进、无所不能，人的肉体却在这个世纪的巨大温棚里日渐退化、日渐变态，它正发生着可怕的非人化剧变！

这是一个迫使人们格外关注肉体的年代！①

这的确是个关注肉体的时代，南帆、萧春雷、周晓枫等与周涛一样在从不同的视角关注我们的肉身。当然，肉身不仅指一个感性的生物体，弗洛伊德在《自我与本能》中曾经指出："自我首先是一个肉体的自我，它不仅在外表是一个实在物，而且它还是自身外表的设计者。"南帆的散文集《叩访感觉》就是从躯体及与躯体有关的世界两个方面来思考建构人的肉身的。这部书是作为文学评论家的南帆对"人"自身进行深入省察之后写下的专题性系列散文集。分两辑，第一辑以"躯体"自身为主题，围绕人的躯体生物链、人的躯体与自身意识的关系、躯体的感觉和变幻、性等问题展开想象和讨论，

---

① 周涛：《谁在轻视肉体》，韩小蕙编：《20世纪90年代散文选》，上海文艺出版社2000版，第304-310页。

叩问躯体感觉；第二辑主要讨论了躯体与生活中息息相关的物什、躯体与周围世界的关系，揭示在现代文明与躯体之间存在的紧张关系。如果说第一篇《循环的链条》在生存意义上探求人的生老病死四个方面，那么《躯体的牢笼》一文则在自我与躯体之间的关系上进行了形而上的存在思考。作者发现躯体是一个物质的实体："尼采在《权力意志》之中说过：'要以肉体为准绳——信仰肉体比信仰精神更具有根本的意义。'这是一个提示：人们始终是以一副血肉之躯委身于世界。没有人能够将'自我'从躯体之中分离出来；躯体是自我的物质实体。许多时候，服装、手提包以及种种佩戴的饰物可以从'自我'形象之中脱落，但是，皮肤、毛发或者手指头无疑是'自我'不可分割的组成部分。躯体的轮廓明晰无误地构成了'自我'的边缘。躯体从国家、民族、阶级、党派这些重大的概念背后顽强地浮现，成为一个坚硬的存在。躯体的存在是不可漠视的。"[①] 作者进而比较尼采与卡夫卡对待肉体的视角不同，却同样重视人的肉身，"'超人'是尼采的理想，信仰肉体是他强力意志的组成部分。许多方面，卡夫卡是一个与尼采相反的人物。然而，这个'弱的天才'却说出了另一种格言：'殉道者们并不低估肉体，他们让肉体在十字架上高升。'"，"尼采将躯体视为终点；卡夫卡却企图将这个终点视为起点。"[②] 不管是起点还是终点，对躯体的重视均是显而易见的，又是殊途同归的，这也是南帆自己的意见。肉体是生活思考的基点，没有肉体，自我将不复存在。

萧春雷的散文与南帆一样，同为传统文化观念的突围，因此被孙绍振称为当代审智散文的双子星座，但他俩是一个路子上的两种风格，《叩访感觉》更多地关注日常现象背后文化成规的颠覆，萧春雷的《我们住在皮肤里——人类身体的人文细节》则更多地依赖历史和人文典故。萧春雷自己宣称：他的目的就是从人的躯体的许多不完整的片断里寻求历史、风俗，发现其中的文化智慧。南帆发现的是日常的躯体，萧春雷看到的是文化的躯体，孙绍振

---

① 南帆：《叩访感觉》，东方出版中心 1999 年版，第 159 页。
② 南帆：《叩访感觉》，东方出版中心 1999 年版，第 173 页。

在为《我们住在皮肤里》写的序言中比较过两者的不同，抓住了两者的根本
特征：

> 南帆是从表面的视而不见的躯体现象中进行文化去蔽，揭示其潜在
> 的文化成规。他所凭借的是罗兰·巴特式的睿智，进行了深入的颠覆以
> 后，再回到感觉的表层来，对日常生活进行新的阐释。在南帆那里，除
> 了偶尔一点儿文字和语源学的资料以外，南帆的目光往往就盯住人的现
> 实的生活，很少做历史的追寻。萧春雷却不然，他的法宝是文化历史的
> 思考。两个人散文的主题常常有一种英雄所见略同的感觉，但是作为散
> 文艺术，却是风格迥异的。萧春雷的看家本领是每当有所发现，就拿出
> 他那丰富得叫人惊讶的文化历史资料，真是古今中外，杂学旁收，神话、
> 传说、历史故事、文人逸事，好像飞蝗一样群集到他笔下，驯顺地听从
> 他的思路的安排和调遣，其文化资源之密集，在当前学者散文中少见。
> 密集的文化资源的有序性，使得他的散文充满了特殊的趣味，他的文化
> 资源，往往有经典性的文献性的根据。他对于现成的观念的颠覆性，奇
> 而趣，然而，他的经典性的引述，却使这种奇趣增加了庄重的成分。①

周涛对肉体进行审美描述，南帆与萧春雷对躯体进行了知性思考，周晓
枫对身体进行的则是求真的探索。周晓枫在《你的身体是个仙境》的封底说
出了自己的追求："作为一名女性写作者，我希望自己能够写出女性真实的
成长、疲倦、爱和疼感。我知道有些读者保留着美化女性的期待，概念中的、
史诗中的、长得像天使的抽象女性将我们战胜。我不想把写作当作化装在散
文里的个人赞美诗。但愿我能获得能量和勇气，越过自恋、唯美和抒情的重
重阻碍，追近生存本相。在花儿和种子之间，我选择种子，它笨拙、不美，
但它结实，具有生命力……"真实就像种子一样富有生命力，因而周晓枫坚

---

① 萧春雷：《我们住在皮肤里》，百花文艺出版社 2006 年版，序言第 5 页。

持忠直的写作立场，《你的身体是个仙境》就"真挚、痛切而富于诗意地表达了女性的成长经验"。作者起笔从看望生育后的女友写起，女友剖宫产留下吓人的刀口，做了母亲的女友脸和身材都变形得厉害，女友怀抱满身通红的褶皱婴儿的样子在作者眼里像是"陌生人抱着小怪物"，然而这就是女人的幸福。美与丑就这样相辅相成，作者甚至写到了妇科医院里那个叫凤梅的女子的不可爱：没完没了地吃喝拉撒，长得不好看，还说蠢话，微胖的身体制造太多的麻烦，并且作者不回避女性成长过程中要面临的那么多的险境：幼年时来自异性的欺辱，成年后异性的期许，它们成为女性成长过程中的异己的力量，阻碍着一个女孩子身体的健康发展。女性成长的疼痛与战栗就这样在周晓枫的笔下得到真实的再现。

我们的身体从政治中解放出来，从国家、集体的征用中得到解脱，但我们是否真正获得了身体的所有权？实际上，在工业化的进程里，对身体的轻蔑、无视和奴役依然存在，郑小琼、王十月的"打工散文"和夏榆的反映窑工生活的散文里，身体备受凌辱。他们以自己的身体为支点，在肉体和灵魂的分离中，既感到了一份痛苦，又感到了一份实在。这是他们对于所生存的世界产生的焦虑，也是其对于世界、人生和生命本真的一种消解。

生命虽如瓷器般脆弱，却拥有至高无上的价值和意义，郑小琼、王十月和夏榆等人召唤身体意识的复苏，使草芥般的个体生命得到肯定、尊重，使个体精神凸显出区别于集体精神的支撑和独立自由。他们常常能调动其所有丰富而敏锐的感官，对一切存在之物，产生直接、丰富的身体感应，郑小琼的散文就充满尖锐的疼痛，在其作品《铁》中："拇指盖的伤痕像一块铁样重量的黑点扎根在我内心深处，它像有着强大穿透力的乡村修理铺或者乡间医院一样，正从那个黑点出发、扩散、充满了我的血液与内心，它在嚎叫着……""他们的疼痛对于他们的家庭来说，如此的尖锐而辛酸，像那些在电焊氧切割机下面的铁一样，那些疼痛在剧烈的、嘈杂的、直入骨头与灵魂的尖叫，不断在深入他们的生活，他们将在这种尖叫的笼罩中生活"。郑小琼散文中有关现代人情感与身体疼痛的一个关键词——尖锐，频频出没，构成其散文中与"嚎叫"、"尖叫"彼此呼应的现代人的战栗感。

叶芝（William Butler Yeats）说过，诗叫我们触、尝并且视、听世界，它避免抽象的东西，避免一切仅仅属于头脑的思索，凡不是从整个希望、记忆和感觉的喷泉喷射出来的，都要避免。因此叶芝干脆把写作视作"身体在思想"。理由很简单，创作不依赖我们自以为完备的明辨是非的判断能力。诗歌写作如此，散文写作也是如此。真正的散文写作，起码要做到身体在场，要有个人精微的感觉和独特的心灵感受，有自我的血泪参与、心灵跳动和精神的痛苦，以及人性的冲突与升华。始终能够抓住并传达出底层生存意味的散文作品，是可以令人一目了然的，那简直就是一种标志——是从文字之间弥漫出来的特有气味。王十月在《关卡》里写道："印刷车间里弥漫着刺鼻的天那水气味。苯已深入到了我的身体里，融入了血液中，成为了我们身体的一部分。无论走到哪里，别人都能从我身体里弥漫出来的刺鼻气味判断出我的职业。甚至在离开工厂一年后，我的身体里还散发着天那水的味道。"

身体的伤害让人痛心，王十月浓缩了自己的打工经历的《关卡》一文中的文字更让人揪心："丝印技术伴随了我十年的打工生涯，十年中所有的选择，几乎都没有离开这个行当，总是和天那水、油墨打着交道：调色工、丝印工、晒版工，甚至当生产主管，也还是丝印车间的生产主管……直到有一天，我得知长期和这些含苯极高的化学品接触容易中毒时，才意识到这个职业的危险。强烈的逃离工厂的愿望，迫使我做出学习的努力。我希望能在丝印之外，寻找到另外能养家糊口的技能。这一愿望后来终于实现了，我的生活已不再和天那水有关。……我庆幸我离开了苯的威胁。然而，现在我们的生活越来越离不开卡了，这就意味着，有越来越多的打工者，他们的身体处于这种威胁之中。"[①]

疼痛，来自王十月切身的体验，来自他身边那些与他一样命运的打工者们。这些疼痛，在车间的流水线上，在打工者的鲜血和生命里，在社会上任

---

① 王十月：《关卡》，《天涯》2007年第6期。

何一个看得到看不到的角落、任何一根扯不断理不清的触须间。从他的散文《小民安家》、《总有微光照亮》、《关卡》、《声音》中我们都可以看到那些从骨子里发出的疼痛。散文《小民安家》写的是一介小民艰难的安家过程。为了建一座红砖房，让孩子们安身立命，父亲贫困至极，母亲丢了性命，自己远去他乡打拼。结果，父母建起的房子闲置在一边无人居住，自己在他乡安家耗尽了青春。作者不仅为父母孩子而痛，还痛的是：在这个贫富悬殊的社会，在这个金钱至上的时代，小民安家，何等艰辛！《关卡》给我们揭示的是这个社会太多的关卡、太多的不公。关和卡，是射进打工者内心深处的两块弹片、两道伤口，我们一次次地反省和发问：我们为什么要经历如此众多的关卡？我们怎样才能拆除这些关卡？

王十月没有一味地述说疼痛和苦难，而是在疼痛和苦难中寻找人生的走向，探索社会的问题，反思人类和社会共通的命运。夏榆的文字与王十月有异曲同工之妙，他在《白天遇见黑暗》、《悲伤的耳朵》等散文中记述了自己对煤矿生活的体验与观察，那种在黑暗和死亡的重压下而有的孤独和眼泪。在一种痛楚的书写中，夏榆完成了对梦想、幸福和自由的肯定：

> 重要的不是灾难，不是祸患，而是我们在灾难和祸患到来之前是否内心无憾。
>
> 重要的也不是幸福，不是如意，而是我们在幸福和如意到来的时候能否洞察，能否聆听和安享。

尼采（Friedrich Wilhelm Nietzsche）说过，关键的是：从身体出发，以身体为引导。身体是更为丰富而可以更清楚予以观察的现象。确立对身体的信仰胜过对精神的信仰。不过，尼采所谓的"身体"绝不是感性主义者所理解的纯感性的身体。在《查拉图斯特拉如是说》中，尼采说得很清楚："感官（sense）和精神（spirit）是工具和玩物：它们后面还站着自己（the self），自己用感官的眼睛寻找，也用精神的耳朵聆听。自己总是在听、在找，它比较、支配、征服、破坏、它统治着，也是我（ego）的统治者。我的兄弟呀，在你的思想和感觉后面有一个强有力的主人，一个不知名的智者，它叫自己。它住在你的身体内，它就是你的身体。"①有了身体，有了身体意识，才具有了"自己"：有感觉有思想有情怀的个体生命。新时期散文作品中，无论是对身体成长的本真描述、文化建构、审美书写，还是对身体感受的展现，都表明我们未必拥有完整的个体生命，但是我们拥有了自我，有了自我的感应，通过感官的血脉，我们重新建构了自己的生命，我们将作为一个精神健旺的个人重新站在世界面前！

三、他者的发现

人具有不同于其他动物的特性，埃利希·弗洛姆（Erich Fromm，）认为："他意识到自己是一个独立的实体，他有回忆过去、展望未来的能力，有用符号表示客体和行动的能力；他用理性规划并理解着世界；他的想象力远远超出他的感觉之范围。"②意识、理性、想象力是人的特性。弗洛姆接着指出：

> 自我意识、理性和想象力破坏了"和谐"，而这种和谐是动物存在的特征。它们的出现使人成为宇宙的反常物、畸形物。人是自然的一部分，他遵从自然法则，且无力改变这些法则；但他又超然于自然的其他部分。当他是自然的一部分时，他却被与自然分开了；他无家可归，但又与所有动物一样，被囚禁在家中。他在偶然的时间和地点被抛入这个世界，却又偶然地被迫离开这个世界。他意识到自己，他明白他是无能为力的，他的存在是有限的。他看到了自己的结局：死亡。他永远无法摆脱这一存在的二律背反而获得自由。即使他想达到忘我的境界，他也不能做到这一点；只要他活着，他就无法消除自己的肉体——他的肉体

---

① 转引自余虹：《审美主义的三大类型》，《中国社会科学》2007年第4期，第165页。
② （德）埃利希·弗洛姆：《为自己的人》，孙依依译，生活·读书·新知三联书店1988年版，第55—57页。

使他想要活下去。

　　理性，是人的福分，也是人的祸根；理性迫使人永无止境地设法克服那不可解决的二律背反。在这一点上，人的存在不同于其他所有生物；人永远处在不可回避的不平衡状态中。人的生命不可能靠重复人种的模型而"活着"，他必须靠自己而活着。人是唯一能感到厌烦、感到不满、感到被驱逐出伊甸园的动物。人是唯一会感到他自己的存在是个问题、他不得不解决这个不可回避的问题的动物。他不能返回与自然和谐的前人类状态中；他必须继续发展理性，直至成为自然和他自己的主人。①

　　弗洛姆的这段论述告诉我们：人既不能摆脱肉身的局限，又不甘接受这种局限带来的痛苦。肉身的局限告诉人们，人必须走向死亡；同时，肉身的局限也时时提醒人们，只有尽量摆脱生与死的二律背反，才能使人感到"活着"的意义。也就是说，既然理性赋予人们思考如何去"活着"，那么只有"消除自然分离、与同伴分离、与他自己分离的祸根"，才能实现人对生与死这一基本二律背反规律的否定。弗洛姆接着指出，"人除了要忍受生与死这一二律背反外，还要忍受历史上的二律背反"②。也就是说，人毕竟生活于社会之中，而人在社会遇到的许多矛盾都属于人类社会所造成的无法回避的矛盾。因为人除了为自己而"活着"外，也得为社会而"活着"。所以，"如果人镇静地面对真理，他就会认识人除了通过发挥其力量、通过生产性的生活而赋予生命以意义外，生命并没有意义。"③人不同于其他动物的独具的特性及人的社会性存在说明人重视自我的存在，更要重视"他者"的存在，人与自然、社会之间的关系是每个人生存的前提。在中国传统的儒家文化中，就特别重视人与人之间的关系。孔子说："仁者人也。""仁"指的是二人并立，即人与人之间的关系，就是说人是一种关系性存在。这种关系是人人互爱的

①（德）埃利希·弗洛姆：《为自己的人》，孙依依译，生活·读书·新知三联书店1988年版，第58页。
②（德）埃利希·弗洛姆：《为自己的人》，孙依依译，生活·读书·新知三联书店1988年版，第58页
③（德）埃利希·弗洛姆：《为自己的人》，孙依依译，生活·读书·新知三联书店1988年版，第60页。

关系，在人类世界中没有绝对的他人，也没有绝对的自我，他人与自我的一体相关性决定了他人的事也就是你的事，他人今天的不幸，可能就是你明天的遭遇，因此，维护他人的权利与社会正义就是守护你自己的权利与生存的家园。梅特林克（Maurice Maeterlinck）说得好，爱需要一种意识的转变，懂得这个世界上没有"别人"，我们共处在一张神奇的生活之网中，彼此有着千丝万缕的联系，这是宇宙的力量之源。

在新时期散文作品中，个体的价值得以体现，人与人之间平等互爱的关系得到反映，人们重新认识到他人与自我的一体相关性，"他者"不仅指对历史的进程有影响的人物或是卓有成就的人，而且还有生活在底层的人物，对生活在底层的小人物遭遇命运的展现表现出作者的人文情怀。不仅如此，作者对自然社会中动物植物的关爱与体悟细致入微，对它们的发现更能展现作者的情怀。这在苇岸、刘亮程的作品中表现得尤为突出。

在苇岸的作品中，人类与自然一体。他面对周围的事物，注重的是生命，以及同生命相关的部分。"他取材较为随意，因为任何生命在他的眼中都一样地伟大而神奇……他是长于描述的，因为他总是致力于生命的发现；其中，不但有着生命个体的丰富性，而且有着生命与生命间的最潜隐的交流，从而显示出自身的深度"①。苇岸对生命的体察的确细腻，这背后是作者尊重生命的那颗敏感的心。在《大地上的事情》中，作者对大自然中的生物体察入微，如写麻雀"在地面的时间比在树上的时间多，它们只是在吃足食物后，才飞到树上。""从一棵树到另一棵树，从一片树林到另一片树林的啄木鸟，它们夏在山林，冬去平地。它们迅急的、灵动的、优美的、波浪起伏的飞行，使大地上到处都投下过它们漂泊的身影"。这些描写，显示出大自然的本色，而在《去看白桦林》中"白桦林的叶子已经脱尽。尽管我面对的是萧瑟凄凉的景象，我也没有必要为白桦林悲伤。在白桦林的生命历程中，为了利于成长，它们总会果断舍弃那些侧枝和旧叶。我想我的一生也需要这样，如果我

---

① 林贤治、肖建国主编：《中国作家的精神还乡史》散文卷二，花城出版社 2008 年版，第 122 页。

把渐渐获得的一切都紧紧抓住不放，我怎么能够再走向更远的地方？在落满叶子的林间走动，脚下响着一种动听的声音，像马车轧碎空旷街道上的积水。当我伸手触摸白桦树光洁的躯干，如同初次触摸黄河那样，我明显地感觉到了温暖。我深信它们与我没有本质的区别，它们的体内同样有血液在流动"。在《我的邻居胡蜂》、《鸟的建筑》中，则强调我们应当向生物学习。在苇岸的所有作品中，体现出"土地的伦理学和美学"，展现了"无论是人类还是昆虫，渺小的生命必须得到尊重"[1]的理念。

刘亮程与他村庄里的动物们声息相通，他们彼此共乐，异体同悲，共住一村。刘亮程说自己是个"通驴性的人"："我没当过驴，不知道驴这阵子咋想的。驴也没做过人。我们是一根缰绳两头的动物，说不上谁牵着谁。时常脚印跟蹄印像是一道的，最终却走不到一起。驴日日看着我忙忙碌碌做人，我天天目睹驴辛辛苦苦过驴的日子。我们是彼此生活的旁观者，介入者。驴长了膘我比驴还高兴。我种地赔了本驴比我更垂头丧气。驴上坡陷泥潭时我会毫不犹豫地将绳搭在肩上四蹄爬地做一回驴。我的年月成了这些家畜们的圈。从喂养、使用到宰杀。我的一生也是它们的一生。我饲养它们以岁月，它们饲养我以骨肉。"[2]作者何止是个"通驴性的人"呢？对虫性也通晓："时值夏季，田野上虫声、娃声、谷物生长的声音交织在一起，像支巨大的催眠曲。……我的身边爬满各种颜色的虫子，它们已先我而醒忙它们的事了。这些勤快的小生命，在我身上留下许多又红又痒的小疙瘩，证明它们来过了。我想它们和我一样睡了美美的一觉。……对这些小虫来说，我的身体是一片多么辽阔的田野，就像我此刻爬在大地的这个角落，大地却不会因瘙痒和难受把我捉起来扔掉。大地是沉睡的，它多么宽容。在大地的怀抱中我比虫子大不了多少。我们知道世上有如此多的虫子，给它们一一起名，分科分类。而虫子知道我们吗？这些小虫知道世上有刘亮程这条大虫吗？有些虫朝生暮死，有些仅有几个月或几天的短暂生命，几乎来不及干什么便匆匆离去。没

---

① 林贤治、肖建国主编：《中国作家的精神还乡史》散文卷二，花城出版社2008年版，第122页。

② 刘亮程：《一个人的村庄》，春风文艺出版社2006年版，第7页。

时间盖房子、创造文化和艺术。没时间为自己和别人去着想。生命简洁到只剩下快乐。我们这些聪明的大生命却在漫长岁月中寻找痛苦和烦恼。一个听烦市嚣的人，躺在田野上听听虫鸣该是多么幸福。大地的音乐会永无休止。而有谁知道这些永恒之音中的每个音符是多么仓促和短暂。我因为在田野上睡了一觉，被这么多虫子认识。它们好像一下子就喜欢上我，对我的血和肉的味道赞赏不已。有几个虫子，显然乘我熟睡时在我脸上走了几圈，想必也大概认下我的模样了。现在，它们在我身上留了几个看家的，其余的正在这片草滩上奔走相告，呼朋引类，把发现我的消息传播给所有遇到的同类们。我甚至感到成千上万只虫子正从四面八方朝我呼拥而来。我的血液沸腾，仿佛几十年来梦想出名的愿望就要实现了。这些可怜的小虫子，我认识你们中的谁呢，我将怎样与你们一一握手。你们的脊背窄小得签不下我的名字，声音微弱得近乎虚无。我能对你们说些什么呢？"①狗对于村庄也必不可少："人一睡着，村庄便成了狗的世界，喧嚣一天的人再无话可说，土地和人都乏了。此时狗语大作，狗的声音在夜空飘来荡去，将远远近近的村庄连在一起。那是人之外的另一种声音，飘远、神秘。莽原之上，明月之下，人们熟睡的躯体是听者，土墙和土墙的影子是听者，路是听者。年代久远的狗吠融入空气中，已经成寂静的一部分。"飘远神秘的狗语声融入寂静的村庄的夜，成了村庄的梦境的必不可少的亲密的一个元素。"有时想想，在黄沙梁做一头驴，也是不错的。只要不年纪轻轻就被人宰掉，拉拉车，吃吃草，亢奋时叫两声，平常的时候就沉默，心怀驴胎，想想眼前嘴前的事儿。只要不懒，一辈子也挨不了几鞭。做一条小虫呢，在黄沙梁的春花秋草间，无忧无虑把自己短暂快乐的一生蹦跶完。虽然只看见漫长岁月悠悠人世间某一年的光景，却也无憾。许多年头都是一样的，麦子青了黄，黄了青，变化的仅仅是人的心境。在黄沙梁做一个人，倒是件极普遍平凡的事。大可不必因为你是人就趾高气扬，是狗就垂头丧气。在黄沙梁，每个人都是名人，每个人都默默无闻。每

---

① 刘亮程：《一个人的村庄》，春风文艺出版社 2006 年版，第 16 页。

个牲口也一样，就这么小小的一个村庄，谁还能不认识谁呢。谁和谁多少不发生点关系，人也罢牲口也罢。"①人、狗、牲口、虫子都是村庄里不可缺少的亲密元素。

梭罗（Henry David Thoreau）在《瓦尔登湖》里，记叙了自己与自然融为一体的生活，在自然的怀抱里，没有寂寞："在任何大自然的事物中，都能找出最甜蜜温柔、最天真和鼓舞人的伴侣，即使是对于愤世嫉俗的可怜人和最最忧悒的人也一样。只要生活在大自然之间而还有五官的话，便不可能有很阴郁的忧虑。对于健全而无邪的耳朵，暴风雨还真是伊奥勒斯的音乐呢。什么也不能正当地迫使单纯而勇敢的人产生庸俗的伤感。当我享受着四季的友爱时，我相信，任什么也不能使生活成为沉重的负担。……温和的雨丝飘洒下来，我突然感觉到能跟大自然做伴是如此甜蜜如此受惠，就在这滴答滴答的雨声中，我屋子周围的每一个声音和景象都有着无穷尽无边际的友爱，这个支持我的气氛一下子把我想象中的有邻居方便一点的思潮压下去了，从此之后，我就没有再想到邻居这回事。每一支小小松针都富于同情心地胀大起来，成了我的朋友。我明显地感到这里存在着我的同类，虽然我是在一般所谓凄惨荒凉的处境中，然则那最接近于我的血统，并最富于人性的却并不是一个人或一个村民，从今后再也不会有什么地方会使我觉得陌生的了。"②人在自然中是自足的，不需要同类的安抚，大自然中的一切都是人的朋友，在自然的怀抱中，没有孤寂可言。不仅如此，自然像人一样能够感动，它与人有同样的情怀："太阳，风雨，夏天，冬天，——大自然的不可描写的纯洁和恩惠，它们永远提供这么多的康健，这么多的欢乐！对我们人类这样的同情，如果有人为了正当的原因悲痛，那大自然也会受到感动，太阳黯淡了，风像活人一样悲叹，云端里落下泪雨，树木到仲秋脱下叶子，披上丧服。难道我不该与土地息息相通吗？我自己不也是一部分绿叶与青菜的泥土吗？"③

---

① 刘亮程：《一个人的村庄》，春风文艺出版社 2006 年版，第 47 页。
② （美）梭罗：《瓦尔登湖》，徐迟译，上海译文出版社 2006 年版，第 116-117 页。
③ （美）梭罗：《瓦尔登湖》，徐迟译，上海译文出版社 2006 年版，第 121-122 页。

人与自然中的一切都是息息相通的，梭罗在《瓦尔登湖》中体现的情怀在苇岸、刘亮程的作品中得到同样的展现。

人与他人、与自然万物的平等互爱、息息相通被称之为"人文情怀"或"人文文化"，具体来讲，就是"以生命、人性为基点所构成的生命意识、信念伦理及其以想象和通悟与世界（自然、社会）进行沟通与对话的独特能力和方式。在我看来至少在这几个方面是不能有所动摇的。人文文化也非常看重'人'的价值和人之可贵之处，但它是由尊重生命和企望人性健全发展的角度来理解这一切的。它尊重人之生命，也视宇宙万物为秉有灵性的存在而给予充分的尊重，祈求在彼此会通、契合的和谐中生息发展。……在人与人的关系上也是同样，人文文化重视的是彼此平等、友爱、互助及对所有不幸都会产生悲悯之心的人性化氛围和生存原则，与'个人中心主义'的标榜是严格有别的。西方学者已经有人认识到：'现代世界的弊端都是来自把人与人之间的个人我与你关系，把人与上帝之间的个人我与你关系降为一种非个人的主体与客体的我与它经验，而不是把这种对待自然的我与它态度提高到我与你关系。'是把人与自然、社会视为互为主体的我与你关系，还是以我为中心的我与它关系，是问题的关键所在。"[①]孔范今教授的论述切中肯綮，平等互爱、悲悯之心、互为主体是人文情怀或人文文化的核心和关键，有了这样的文化和情怀，"他者"成为与自己同样的生命，个体与社会、自然的和谐共处才能实现。

第三节　生命的文化建构

文化与文明不同，在十八世纪以前，西方只有"文化"一词，它源于拉

---

① 孔范今主编：《中国现代新人文文论》总序，山东文艺出版社 2005 年版，第 4 页。

丁文 culture，有耕作、培养、发展、尊重等含义，表明人类的一种开化状态，与不开化的自然状态相对立；近代"文化"一词的意义不断引申，到 18 世纪后，"文化"逐渐涵盖了整个社会存在和社会生活的全部内容，凡人类产生以来所创造和积累的一切劳动结晶，包括物质成果和精神文化成果，均被称作文化。事实上，"文化"的界定并不统一，威廉斯（Raymond Williams）就概括了文化的三种界定方式："第一种是理想的文化定义。这种定义把文化界定为人类完善的一种状态或过程，在这一项下文化是指我们称之为伟大传统的那些最优秀的思想和艺术经典。其次是文化的文献式定义，根据这个定义，文化是知性和想象作品的整体。第三种是文化的'社会'定义，文化是一整体的生活方式，正是这最后一种定义，奠定了文化研究的理论基础。根据这种定义，文化研究的目的不仅仅是阐发某些伟大的思想和文化作品，而且是阐明某种特殊的生活方式的意义和价值，理解某一文化中'共同的重要因素'。文化的'社会'定义不仅涵盖了前两种定义，而且包括了被前两种定义排斥的，在很长时间里根本就不被承认是文化的众多内容，它们包括'生产组织、家庭结构、表现或制约社会关系得制度的结构、社会成员借以交流的独特方式等等'"。威廉斯要求我们把"文化过程看作一个整体"①。杰出思想家斯宾格勒（Oswad Spengler）在《西方的没落》中划分文化和文明的区别，他说文化是人类的精华，是活生生活泼泼的，永远充满创造力，带着彩色和味的有情人的世界，是永远发展更新的。而文明则是指文化终结的物化晶体，是个器物的世界。也就是说，文化作为"整体的生活方式"，能够促进人类的发展，千百年来，人类在文化的熏陶下走向文明，人类精神的文明进步是通过文化来表现和实现的，也是通过文化来塑造的。显然，长期浸润于人类文明成果中，个体生命的思想、行为等能够发生巨大的变化，文化对生命具有塑造作用。中国新时期散文作家由于学识、经历的不同，表现出不同的风格面貌，而文化对个体生命的建构，又赋予他们的散文作品以

---

① 罗钢、刘象愚主编：《文化研究读本》，中国社会科学出版社 2000 年版，第 7 页。

理性的精神特征。

一、三代学人的风采及散文作品的特色

新时期中国散文界最有成就、最有影响的是一批老年作者及其作品。这些散文家被论者称为老生代。"文革"结束三十年来，老生代一直引领中国散文的风骚，如今作为独特的文化现象和文学现象已近尾声。纵观老生代散文的创作实绩，可以说："他们取得的不仅仅是散文发展的一个阶段的成绩，他们最好的作品将作为中国散文最主要成果的一部分而流传后世。"[①] 从社会接受情况来看，老生代散文的发行与大众视像审美转型并行不悖，这的确是让人惊奇的事情。

九十年代以来，中国社会发生了极大变化，尤其是传播媒介的变化已促使大众的审美发生转型。音像制品高度发展，大众由文字阅读转向图像阅读，正像丹尼尔·贝尔（Daniel Bell）所说："当代文化正变成一种影像文化，而不是一种印刷（或书写）文化，这是千真万确的事实。"[②] 的确如此，中国九十年代以来占据主流地位的是"视像传媒"，电视制品铺天盖地，流行歌曲随处可闻。在这视像审美的文化生态环境里，老生代散文却被大量印行，广为传颂，甚至成为后几代散文作者学习、模仿的对象，这是中国"散文史上的奇观"[③]，更是视像审美社会的奇迹。散文是作家人格智慧的艺术体现，优秀的散文展示的是散文作家真实的心灵世界与精神轨迹，老生代散文就是他们"生命、情感和内在现实"的直接外化。而老生代作家的内在现实世界又是如此丰富浩瀚。他们大多受到良好的中国传统文化的教育，与此同时，他们多数还受过正规的外国文化的教育与熏陶。深厚的文化学养为他们老年的散文创作奠定了坚实的根基。五四文化精神的浸染开启了他们的个体

---

① 楼肇明、止庵：《瀚海冰川仿沧桑——关于老生代散文的对话》，《南方文坛》1997年第2期，第30页。

② 吕林：《论九十年代散文在多重辩证关系中的艺术发展》，中国当代文学网，下载时间：2009-5-5。

③ 楼肇明等：《繁华遮蔽下的贫困——九十年代散文之路》，山西教育出版社1999年版，第21页。

的生命意识，而动荡的岁月、"文革"的洗礼使其在坎坷中体悟生活、磨砺性格；人到老年的宁静平和又平添了他们咀嚼回味的勇气、梳理升华的智慧。学养、经历、岁月；感悟、积累、思考，这一切使老生代作家充满了理智和智慧。"会当凌绝顶，一览众山小"是东方的人生哲学；"要真正体验生命，你必须站在生命之上！为此要学会向高处攀登，为此要学会俯视下方"①，这是德国哲学家尼采的人生智慧。可见，无论东方西方，都认为只有在生命的巅峰，才能领略无限风光在眼前。老生代作家就已经攀登于生命的高处，拥有了俯视"众山"的胸襟和气度，他们已经达到"世事洞明，人情练达"的生命境界。兼具如此生命的密度和长度的老生代一旦举笔为文，往往就包含着生命的质感。而新时期老生代的散文创作常常是与他们的个体生命历程互释互读互会互融的过程。老生代散文是他们风雨人生的见证，包蕴着作家精神世界的独特景观。楼肇明先生研读老生代散文后曾经称赞老生代说："他们是开放眼光的爱国主义者，是胸襟广阔的生命的挚爱者，是平和谦实的存在的诠释者。"② 这不是奉谀之词，而是一位研究者的理解、同情与尊重。

　　如果说老生代作家及散文作品有着铅华落尽后的从容与睿智，那么，中年学者及随笔则带有学理性的深刻。他们多为大学、科研院所的学者、教授，在各自领域内取得骄人的成就，为一门学科或流派的权威诠释者，他们大多受过正统的学院式教育，拥有扎实的学业基础，是中国传统文化的继承者，更是中华文化精神的凝聚者。与此同时，他们中的许多人还沐浴了西方文化光泽的照耀。"其中西合璧的知识结构、博大精深的国学底蕴、有心于物外而不为外物所羁的自由心境，使其属文举重若轻，单指抗鼎，运斤成风。特殊的学术氛围环境又使其气定神闲，不急不躁地过滤思想，不温不火地舒展思绪，从容不迫地谋篇布局，字斟句酌地锤词炼句，充满'通''识'之慧。如果说祖国大陆自五十至七十年代一度与中国传统文化和世界当代文化脱节造成两个巨大的断裂带，那么这些学人正是这段断裂带的修补者，是中

---

①　周国平：《尼采——在世纪的转折点上》，上海人民出版社1986年版，第61页。

②　楼肇明、止庵：《瀚海冰川仿沧桑——关于老生代散文的对话》，《南方文坛》1997年第2期，第32页。

华文化的真正传人。他们锤炼秦汉风骨，沐浴欧风美雨，与古今大贤大哲对话，在自己的一方天地中深耕细犁、各领风骚的同时，也往来鸿儒，羽扇纶巾，舒展自如地煮字蒸文，与这种文学上的极致文体做智力博弈。他们借鉴、整合、吸纳了二十世纪机器前代的整个人类文明的全部优秀成果，在文化的丹炉中历练，佐以历史的沉思、哲学的思辨、宗教的悲悯、人文的情怀，而至披沙沥金，炼蜜为丸，以其文化批判品格、人文思考的高度和对散文艺术品质的创新和提升，与老一辈学人一起创造了当下散文、随笔所应达到的最高成就，是此界的支柱和中坚。冯骥才的艺术随笔，肖复兴的音乐随笔，葛兆光的思想史随笔，葛剑雄的历史随笔，何怀宏的伦理学随笔，王蒙、邵燕祥对'文革'的回忆，钱理群对鲁迅思想的体认，刘军宁对自由精神的追求，雷达对文艺理论的研究，周国平对尼采哲学的诠释，梁治平对法律文化的解释，韩少功对米兰·昆德拉的解读，朱学勤对知识分子灵魂的拷问，林贤治对'五四'精神的反思，谢泳对《观察》杂志和中国自由主义知识分子的关注，潘旭澜对太平天国的质询，张守仁、林非、谢大光、楼肇明对散文理论的研究，崔道怡、舒乙对中国现、当代文学的热忱，以及陈平原、王岳川、陈思和、孟繁华、周明、汪辉、蒋子丹、李辉、南帆、吴亮、李书磊等都贡献了个性、优秀的作品。"①

年轻一代学人、作家，是在更加开放的社会、文化氛围中成长起来的，他们生命的激情使其作品充满了创造的活力，"青春激情和人文精神的展现，对意识形态话语方式的颠覆，对个体生存的体验，对固有模式的冲击，对中国汉语结构、节奏、句法的创新，使他们充满创造的力量。从他们的创作实践中可以看到他们的思想更趋开阔，探索涉及文学、艺术、历史、哲学、宗教等，艺术手段更趋多样，行文更趋自由，或汪洋恣肆，或凝重尖锐，或飘逸隽永。……每一个个体都发出个性的声音，云蒸霞蔚，气象万千，字里行间不经意便把他们的才情学识、品质个性、气质风范一览无余地呈现出来，

---

① 桂苓、刘琅编：《思想站在散文上》，《思想者说》，青岛出版社2002年版，第4—5页。

在感性和知性上达到了极好的结合，改变了几十年来板结、凝固的思想叙述和传播方式，改变了固有的机械、僵化的接受方式，同时让文化恢复到了质疑和批判的功能，让历史理性精神得以回归。"①

三代学人风采各异，虽然其文化学养并不相同，但相对深厚的文化背景，使其散文作品都体现出深刻的思想内涵及清醒的理性精神。老一代学者的睿智、中年学者的深刻、年轻学人的激情都带有人生积淀的痕迹，不同的文化背景也造成他们各不相同的风度特色，但是智慧、思索、创造都离不开理性思维，文化对个体生命的建构又使他们都善于思考，基于现实及历史的思索是他们共同的特征，这也赋予他们的散文作品丰富深刻的思想内涵。

二、新时期散文的思想构成

强调散文的思想内涵，增加散文的理性厚度是新时期散文作家及理论家的共识，也是读者的要求。史铁生认为："散文最要紧的是真切的感受和独到的思想，是对生命的发问。"周涛认为："散文是思想的美丽的容器。"韩小蕙认为："好的作品不能仅仅满足于反映了现实（包括深刻地反映现实），而且还要站在时代思想的峰巅，回答出新的历史时期所面对的社会思潮新困惑。"楼肇明认为，散文质的规定性就是"文化本位性，与史与哲学相缡结的思维性，以及在审美变革中的先驱地位"。1994 年中国作家协会散文研讨会在湖南岳阳举行，大家一致认为"散文须有思想"，"人类的精神能走多远，散文的精神就能走多远。散文创作不可缺少精神指引"②。

新时期的社会环境一步步开放，人们的思想、言论越来越自由，传统文化的回归及各种外来文化的引进，不仅拓宽了人们的思路，而且使人们的思想富有历史的纵深感。散文作家根据自己的文化积淀和人生经历，接受不同的思想影响。作家们思考的角度方法不同，关注的内容、写作的方式也不相

---

① 桂苓、刘琅编：《思想站在散文上》，《思想者说》，青岛出版社 2002 年版，第 6 页。

② 景秀明：《论 90 年代散文创作的理性精神》，《当代文坛》2000 年第 1 期，第 19 页。

同。众多的作者思考的角度和方法呈现出多元复调的状态，既有启蒙话语，又有人道主义话语；既有自由主义的话语，还有道德理想主义的话语，作家思考问题的多种角度和方法，使作者的思想具有了包容性，不再盲目地排斥他人。

新时期散文思考的内容主要包括以下几个方面：

（一）在回忆中亲近历史

回忆过去，亲近历史，是新时期散文写作的一大特点。中国在二十世纪发生的大事件与名人，人类有史以来发生的大事件与名人，个人的小事件与无名之辈，都成为散文关注与表现的对象。回忆这些事件与人物并不仅仅是为了记忆，更重要的是表现这些事件和人物所蕴含的精神特质，为今天的人们提供精神经验。谢有顺在《每个作家都是一个广阔的世界》一文中，借用丹麦哲学家克尔凯戈尔的话强调了回忆的重要性："你可以记住某件事，但不一定能回忆它。'回忆力图施展人类生活的永恒连续性，确保他在尘世中的存在能保持在同一进程上，同一种呼吸里，能被表达于同一个字眼里'，而简单的记忆，记忆的不过是材料，它因为无法拥有真实的、个人的深度，必定走向遗忘。因此，从哲学意义上说，回忆有时比记忆更有价值，精神的真实有时比经验的真实更为重要。"[1] 首先是对具有"独立之精神，自由之思想"的历史人物的亲近与回忆。散文作者从不同的角度再现这些人物的精神风貌与人格魅力，建构当今知识分子的"独立之精神，自由之思想"。如张中行笔下的"可感"、"可传"之人，积淀着民族的文化心理，以富有魅力的文化人格显示出文化之至美。如写章太炎，"总是先想到他的怪，而不是先想到他的学问"。多怪之中，最突出的是"自知"与"他知"的不同。"他知"中的章太炎"学问方面，深奇；为人方面，正，强。学问精深，为人有正气，这是大醇。治学好奇，少数地方有意钻牛角尖，如著文时好用生僻字，回避甲骨文之类；脾气犟，有时近于迂，搞政治时有时就难免轻信；这

---

① 谢有顺：《每个作家都是一个广阔的世界》，《当代作家评论》2008 年第 5 期，第 100 页。

是小疵。""自知"呢？"章太炎先生就更甚，说自己最高的是医道，这不只使人生疑，简直使人发笑了。"① 记熊十力，由怪写出其脱俗：与其说是不随和，毋宁说是不可及。就拿一件小事来说吧，夏天，他总是穿一条中式白布裤，上身光着，无论来什么要人，年轻的女子，学界名人，政界要人，他都是这样，毫无局促之态。张中行写文化人，表达自己对文化的缅怀，而对文化的缅怀将唤醒可能会丧失的文化良知。黄永玉写那些"比我老的老头儿"，写出老头儿们的精神气度。谢泳研究《观察》，由此开始描写了许多能够体现"独立之精神，自由之思想"这一人格理想的中国式自由知识分子的形象，也体现出其对独立自由人格理想的不胜向往。第二，关于"文革"及其他政治运动的话题。以"文革"为代表的历次政治运动是新时期散文的重要话题之一。巴金的《随想录》、丁玲的《牛棚小品》、杨绛的《干校六记》等都是反思"文革"的代表作，韦君宜的《思痛录》则将新中国成立前的干部审查制度、批判王实味、批判胡风、反"右"运动等事件都纳入反思的范围。在反思"文革"及历次政治运动的同时，勇敢地解剖自己进而反思被扭曲了的知识分子的人格。第三，回忆自己成长的经历。主要是中青年一代作者。他们在人生的黄金时期，大都经历红卫兵大串联、知识青年上山下乡、"文革"中的各种政治运动、八十年代改革开放等重大历史事件，他们的思想有一个由单纯信仰到怀疑觉醒的过程。如朱学勤回忆自己的读书生活，寻找"思想史上的失踪者"，写出属于自己的"文革"经历，徐友渔在《精神和文化记录片段》一文中，将自己精神和文化生活的片断记录下来，将自己的思考变成言说，获得一种立场："我认为诗化哲学不行，终极关怀不够，后现代不可取，80 年代民主与科学的旗帜不该倒，启蒙与理性思想不会亡，但这些导向应深化和具体，落实为险症构架的思想与学理的支撑"；梁晓声的《地主研究》写出了对所谓"地主"的摧残及自己当时的心理。梅洁、尹慧等对自己童年生活的回忆，坚定了对美好情感的追求。

---

① 张中行：《记章太炎》，《负暄琐话》，中华书局 2006 年版，第 3–4 页。

（二）在现实中的思考

改革开放、市场经济，社会的变化如此惊人，知识分子面对风云变幻的社会现实，做出了自己的选择。第一，人文理性思考。一批深受五四精神和鲁迅精神传统影响的作家与学者，如赵园、汪晖、钱理群、王晓明、徐麟、孙郁、余杰等，对世俗化物欲化的时代提出批判，表现出对人文精神的关怀。他们有很强的自审意识，对知识分子作为一个阶层的弱点和其在当今的社会地位与作用有很清醒的认识，发挥知识分子的批判职能，试图在主流意识话语之外建立知识分子意识形态和批判传统。第二，道德性思考。主要有韩少功、张承志、张炜等，他们面对当今物欲横流、腐败滋生、道德丧失、精神空间逐渐萎缩的时代，探寻精神出路，关怀人类的终极命运。韩少功批评这个"缺乏灵魂的时代"，对技术至上的物质化社会给予尖锐的抨击；张承志皈依宗教，引进清洁的精神，对现实展开道德批判；张炜融入野地，汲取大地的力量，抵抗投降；余秋雨则立足于中华民族，对整个民族的出路进行不懈探求，用中国的传统文化，对现实猥琐的人格进行改造与重构，从而显示出道德理性的思想品格。第三，自由性思考。主要作家有张汝伦、朱学勤、陈平原、王小波、葛兆光等。他们比较辩证地看待现实的变化，认为市场经济虽然带来物欲横流、腐败滋生、道德沦丧的一面，但也给人们带来从未有过的自由空间。他们比较坦然地看待知识分子的边缘化，比较辩证地看待人文精神。如陈平原在《学者的人间情怀》里说道："以继续坚持思想启蒙和文化批判的鲁迅道路来否认前二者，似乎不大公允。我把这三条路抽离特殊语境，还原为普泛化的概念：从政、述学、文化批判（或者政治家、学者、舆论家）。我以为鲁迅体验到的同一战阵中伙伴的变化，是大的政治变动或文化转型期必然出现的知识分子的分化——如今亦然"，"在我看来，这三条路都能走，很难区分正负高低，只不过是个人性格、才情、机遇不同，选择的路向不一样而已。但至今仍有好些坚持'前进'的朋友，似乎对'高升'

和'退隐'者评价过苛。"①

　　（三）自然与个体生命的本体思索

　　苇岸、刘亮程、韩少功的作品表达了对自然的亲近和感悟，李存葆、于坚等的生态散文则反思人类对自然的破坏，他们从正反两个方面表现出人类是自然的一部分，人与自然应和谐共处的观念。对自然中的生命的体察与重视是这部分散文作品的共同特色。

　　对人的生命本体进行知性与感性的思索，追求审美人生也是新时期散文的重要内容。作者或形而下地书写生命的感觉与记忆，或形而上地思考生命的存在意义，为生命找回自己。周国平认为"守望者"的职责是与时代潮流保持适当的距离，找到"安静的位置"，守护人生的那些永恒的价值，守望和关心人类精神生活的基本走向；史铁生不断追问人生的意义，将地坛的一切都与人生联系起来，对自然万物，对生命，尤其是生命的精神性存在进行沉重思考；刘小枫提倡有"怕和爱"的理想生活；张锐锋在自然与怀旧中书写生命感觉与记忆。他们的散文对世界的关注仅仅是表象，其中心是对自我生命的关注，是写作者主体生命内在经历的图景式呈现。

　　卡尔·波普尔（Sir Karl Raimund Popper）说过通过知识获得解放，新时期散文作者中的三代学人，则通过文化获得尊严，获得自己独立的生命意识，他们以思想的穿透力、以充满生命激情的创造力直接触摸人的心灵世界。他们的体现学者的学术理念与人文精神又渗透个体生命感悟的文字，不仅扩大了学术本身的影响范围，而且表现出对人的终极关怀。

---

①　陈平原：《学者的人间情怀》，《游心与游目》，四川人民出版社 1997 年版，第 24—25 页。

第四节　生命的审美抒写

生活的真正价值，就在于它的艺术性；人类生活之所以优越于其他生物的生存，就是因为人生在世，始终都有可能成就充满创造精神的艺术作品。尼采早就说过："且让我们如此地设想自身：对于艺术世界的真正创作者来说，我们就已经是图画和艺术投影本身，而我们的最高尊严就隐含在艺术作品的意义之中；因为只有作为一种审美现象，人生和世界才显得是有重组的理由的。"[①] 新时期的散文作品，由于对传统散文模式的突破和对散文文体的重新建构，而具有了新的艺术价值，新时期散文作家借助对散文文体的创新而确立了自己生命的意义。

一、跨越文体的书写，生命创造的需要

"文类包含了强大的权力，文类可能始于说明性的类别归纳；可是，一旦这种归纳得到认同，它将随即变成某种必须遵守的章程和约束。文类既是读者的'期待视野'，又是作家的'写作模式'。"[②] 文类一旦被认同，就会牵制作家和读者，具有一定的权力意义。中国当代散文在很长一段时期内都遵循着"形散神不散"的文类规范，写景—抒情—升华的模式规范成为大家一致认定的结构。这种模式化、规范化的结构特征束缚了散文作家的创作才能，也引起读者的审美疲劳，新时期的散文作家突破了这种文类规范，这主要得益于"遁而作他体"的小说家、诗人、学者及画家等。王国维在《人间词话》中说："盖文体通行既久，染指遂多，自成习套，豪杰之士，亦难于其中自出新意，故遁而作他体，以自解脱。一切文体所以始盛而终衰者，皆

---

① 尼采：《悲剧的诞生》，周国平译，上海三联书店 1987 年版，第 105 页。
② 南帆：《文学的维度》，上海三联书店 1998 年版，第 273 页。

由于此。"① 小说家、诗人、学者、画家等闯入散文创作领地，给散文创作带来了新的创作方式和思维方式。散文本来就是自由的文体，没有一定的文类规范，这给予创作者自由挥写的广阔空间，散文因为有了新的因素的介入而呈现出新的气象，于是社会上流传着这样的观点："好的散文大都出自小说家、诗人或是学者之手。"新时期散文创作成就较突出的诗人有周涛、邵燕祥、舒婷、于坚等，小说家有史铁生、贾平凹、张抗抗、张承志等，学者有余秋雨、雷达、周国平、刘小枫、许纪霖、葛剑雄、葛兆光，还有许多画家举画笔为文，别有一番情趣，如黄永玉、黄苗子、郁风、韩美林、范曾等，散文领地一时呈现出"万类霜天竞自由"的热闹景象。

中国自古有"旁观者清"的说法，这些闯入散文领域的小说家、诗人、学者、画家作为曾经的散文旁观者更能看清散文存在的问题，进而在自己的散文创作中扬长避短。有人就曾经问周涛当代散文的弊端究竟在哪里，周涛认为乃在于当代散文不是当代人的心灵。他说："为什么要还散文以自由的生命？说透了，就是要用当代人的眼睛、当代人的思想、当代人的笔墨方式去表达今天的人们的意识形态。九十年代的人们，谁还会接受那些五六十年代的并非人生真味的说教？"此话一语中的，正因看到了散文创作者曾经的政治代言人角色带来的尴尬及在新时期散文创作中所遭遇的困境，在自己的散文创作中，他们才不再代言、说教，他们把真实的"自我"亮出来，确立自己的主体地位。郁达夫在评价现代散文时曾说："现代的散文，却更是带有自叙传的色彩了，我们只消把现代作家的散文集一翻，则这作家的世系，性格，嗜好，思想，信仰，以及生活习惯等等，无不活泼泼地显现在我们的眼前。这一种自叙传的色彩是什么呢，就是文学里所最可宝贵的个性的表现。"② 这话用在新时期散文作家的身上同样恰切，翻开新时期散文作家的散文集，作家的思想、性格、追求历历在目：周涛的英雄情结、史铁生的通透、

---

① 王国维：《人间词话》，中华书局 2016 年版，第 35 页。

② 郁达夫：《中国新文学大系散文二集·导言》，柯灵主编：《中国现代文学序跋丛书 1919—1949》散文卷，海南人民出版社 1988 年版，第 891—892 页。

黄苗子的幽默、周国平的哲思等，阅读他们的散文，如见其人。他们把赤诚的心献给读者，读者给以诚挚的回应，作者与读者间的对话得以完成。

当然，作为旁观者，他们对散文创作中的弊端看得格外真切，他们直陈利弊，切中要害。周涛就把八十年代的散文的病态归纳为八种："病人养病鸟"、"正宗丈夫心理"、"沉默主义"、"巫婆气"、"范文笔调"、"武大郎提倡短小""二郎神的脑门不长肉眼"以及"九斤老太越生越小"①，正因为对弊端看得准，当他们投入散文创作领域时，就能够以全新的姿态进行创作。他们蔑视散文长期以来的政治性的隐喻传统，把自己原本坚守的文体革命精神带到散文领域，为散文创作提供了丰富的经验。

在新时期散文创作中，对小说笔法的借鉴尤其值得关注。首先是对情景的精心营造和设置，但与小说不同，写小说的情景是虚构的，散文中的情景则力求真实。余秋雨在谈到自己的散文创作经验时提出："我在散文中追求的情景，会使有些段落写法上近似小说。但小说中的情景是虚构的，而我在散文中的情景则力求真实；小说中的情景延绵连贯，而我在散文中的情景则数量不多，召之即来，挥之即去；小说中的情景主要发挥叙述功能，而我在散文中的情景则主要选择精神效能。其中，最根本的是精神效能。早在研究文化人类学和戏剧人类学的时候我已经懂得，天底下没有什么比仪式更能发挥精神效能的了，人类的整体本性也能在仪式中获得酣畅的体现。这一点曾深刻地影响了我的艺术观，甚至可以说，我对艺术的认识，总是从仪式出发再回归仪式的。仪式使所有被动的接受者变成了主动的参与者，而这恰恰又成了我在艺术上的一个目标，我无法让我的散文摆脱这种向往。情景，正是我在散文中营造的仪式。"②也就是说，余秋雨追求散文中的情景仪式，是有意识地引进小说的创作笔法，是把小说营造情景的方法运用到散文创作中来。如此一来，结果就与众不同，而恰能发挥他的所长，他觉得《文化苦旅》"与朱自清相比，我所营造的仪式或许会开阔一点，而与周作人相比，我的

---

① 周涛：《散文和散文理论》，《周涛散文》，东方出版中心 1998 年版，第 416 页。
② 栾梅健：《雨前沉思——余秋雨评传》，当代世界出版社 2001 年版，第 64—65 页。

仪式则会通俗一点，戏剧化一点"①。如在《道士塔》一文中，作者在简单介绍了莫高窟的地形及形状后，笔锋一转，接着写道："有一座塔，由于修建年代较近，保存得较为完整。塔身有碑文，移步读书，猛然一惊，它的主人，竟然就是那个王圆箓！"若不是事先知道《文化苦旅》的散文体裁，很多读者会误以为这是一篇小说，甚至是一部通俗小说，然而"这正是《文化苦旅》的典型叙述风格。它不是用传统的散文笔法记事抒情，而是刻意营造与追求一种小说化的味道，并更由小说叙述变为剧场化效果"②。作者接着叙述王道士的生活和行为："王道士每天起得很早，喜欢到洞窟里转转，就像一个老农，看看他的宅院。他对洞窟里的壁画有点不满，暗乎乎的，看着有些眼花。亮堂一点多好呢，他找了两个帮手，拎来一桶石灰。草扎的刷子装上一个长把，在石灰里蘸一蘸，开始他的粉刷。第一遍石灰刷得太薄，五颜六色还隐隐显现，农民做事就讲求认真，他再细细刷上第二遍。这儿空气干燥，一会儿石灰已干透。什么也没有了，唐代的笑容，宋代的衣冠，洞中成了一片净白。道士擦了一把汗憨厚地一笑，顺便打听了一下石灰的市价。他算来算去，觉得暂时没有必要把更多的洞窟刷白，就刷这几个吧，他达观地放下了刷把。"③读过之后，不用细细品味，我们发现：这其实更像小说创作中的想象，而人物、道具、动作、音响加上宋代的衣冠，这更是一段绝妙的戏剧文学剧本。在戏剧方面的长期积累和熏陶，余秋雨不用刻意追求戏剧化的剧场效果，他的散文常常充满了舞台画面般的描述，如《白发苏州》的开头描写："前些年，美国刚刚庆祝过建国 200 周年。洛杉矶奥运会的开幕式把他们两个世纪的历史表演得辉煌壮丽，前些天，澳大利亚又在庆祝他们的 200 年，海湾里千帆竞发，确实也激动人心。与此同时，我们的苏州城，却悄悄地过了自己 2500 周年的生日。时间之长，简直有点让人发晕。入夜，苏州人穿过 2500 年的街道，回到家里，观看美国和澳大利亚国庆的电视转

---

①　栾梅健：《雨前沉思——余秋雨评传》，当代世界出版社 2001 年版，第 67 页。
②　栾梅健：《雨前沉思——余秋雨评传》，当代世界出版社 2001 年版，第 67 页。
③　余秋雨：《道士塔》，《白发苏州》，《出走十五年》，南海出版公司 2004 年版，第 66-67 页。

播。窗外，古城门藤葛垂垂，虎丘塔隐入夜空。在清理河道，说要变成东方的威尼斯。这些河道船楫如梭的时候，威尼斯还是荒原一片。"①一幅幅画面闪现在读者的眼前，如同置身于一个个时空交错的舞台之中。类似小说创作中的情景设置，典型的剧场效果，在余秋雨的《文化苦旅》中是一种普遍的存在，这种艺术手法的运用，使余秋雨的散文跌宕起伏、曲折多变，充满了阅读的张力。《都江堰》、《酒公墓》、《信客》等都充满了这种剧场化的效果，而《牌坊》、《家住龙华》、《腊梅》、《庙宇》等篇章更是戏中有戏、奇中带奇，常常能够提升起读者的阅读兴趣，《五城记》在对开封、南京、成都、兰州、广州五个城市的说古道今、娓娓而谈中，读者感受到的是这篇散文恰似一部多幕剧中的五幕剧，轻松愉悦的氛围中，读者的阅读兴趣也更加盎然。

当然，借用小说创作的情景设置的方法来叙写散文，并不是只有余秋雨一人，还有其他作家采用了这种方式，同样取得了较好的效果。如苏叶的《总是难忘》，作者从六十年代读中学写起，用分镜头叠合的方法，把许多画面自然地组合成壮阔的历史场景，画面上充满了笑声，写她所在女生班上课要笑，吃零食要笑，作弄老师要笑，演话剧要笑，一切都在笑，殊不料到最后，她猛然来了一个逆转：用几笔把那位"喝了笑婆婆的尿"的笑得最厉害的王悦雅的悲剧推出，因为王受到未婚夫的株连而被逼疯自杀，造成错位效应，强烈的画面对比使《总是难忘》一文成为一部充满喜怒哀乐的悲怆历史。斯好也是借助小说笔法的高手，《困难时期的伙伴》中有一篇写养兔经历，作者徐徐道来，水波不惊，都是关于兔子的琐事，但在文章最后写杀兔时，惊心动魄的场景出现了："兔子刚刚扔进水中，就像箭一样反跳出来，滚烫的开水像大雨般飞溅。这兔子，被呛得半死又烫得半死，居然还会认得我。它以一种惨不忍睹的模样向我直奔而来，要从我的裤腿里钻上来。我也许是尖厉地大喊大叫了吧。我的腿被烫得直跳起来。兔子抬起头看我。它的眼膜已被烫得有点发白了。它就这样在我腿下滚来滚去。它在那种惨死的状况下，

---

① 余秋雨：《道士塔》，《白发苏州》，《出走十五年》，南海出版公司 2004 年版，第 115 页。

还深深地认定了我，向我奔来。它是多么真诚地相信了我平时对它的爱。我简直无法相信，我和兔子之间的爱，竟是如此微薄的徒劳！"这杀兔的场面描写得如此紧张：冲突的形势、强烈的情绪，引出了刻骨铭心的体验。类似的冲突性场景在《鹰》和《虎》等篇章中都有涉及。

　　与余秋雨、苏叶、斯妤等不同，写小说出身的李国文则是"以小说的高潮处理手法来主宰散文的情感脉络，用漩涡激荡的高音显示他的情感走向。这种漩涡，在语言处理上也和通常散文语言的处理有别，他是采取近乎虚构的语言，把要'刺'的对象类型化，而后采用情绪化的笔法，把读者导入某种情绪状态，强化效果，他的器官系列散文《舌头的功能》《鼻子的功能》《头发的功能》以及《屁股的功能》都显示了这一特色"。[1]如在《鼻子的功能》中，作者对待同行的"病"，忍不住情绪激动起来："就以文学的造势为例，若是突然有一天，文坛上没有人起哄架秧子，没有人抬轿吹喇叭，没有人搞排行榜游戏，没有人嗜痂成癖转捧女作家的金莲，没有人算命打卦谁传世谁不朽谁大师谁小卒谁完蛋谁永恒，恐怕这一亩三分地里，也会冷清得让有些人五脊六兽而不安生的。"[2]排比句式的运用，使语势冲动激切，情绪热烈而愤懑，形成情感的漩涡、激荡的高音，恰似小说中的高潮。

　　其次，散文对小说创作方法的借用，还体现在对意识流动的描写上，类似西方现代派意识流的创作方法，在女性散文作家中尤为突出。如张洁的《过不去的夏天》、曹明华的《一个女大学生的手记》，以及胡晓梦、周晓枫等作家的作品，王兆胜称其为现代主义散文。曹明华的《一个女大学生的手记》具有划时代的意义，她的散文"极其细腻而真实地描写了当今女大学生的日常生活，毫无遮掩地袒露女大学生的内心世界，津津有味地讲述平常生活中的微妙心理活动。它无疑是人对自身的逼近和深入，对潜意识的开放，对恍惚、瞬间状态的描述，使她的作品从根本上震撼了理性的座基，内心空间的展开，使人从平面走向立体，她对确定无疑的东西的追究，引发了一系

---

① 范培松：《中国散文史》，江苏教育出版社 2008 年版，第 738 页。
② 李国文：《鼻子的功能》，《李国文散文》，浙江文艺出版社 2001 年版，第 126 页。

列人们忽视或不敢正视的结论"①。如在《更为富有的一刻》中："——是你，给她带来了灵魂中的充实感，但同时，是不是还带来了陶醉中的懒惰、满足后的慵散呢？……她知道，你也是在无意中掠走了本属于她的生机勃勃的奋发，掠走了她在她那些纯真的伙伴们中间寻觅友情的渴望。"这时作者在内心里虚拟了一个对话的对象，内心世界在与虚拟对象的交流中得以展现；有时作者又将自身一分为二，或者将自我摆放在"他者"的位置上，对"她"进行审视，如《这样的年龄》："她发现了——有很多次出发，你会折回；有很多次跋涉，你会扑倒；很多个夜晚，你点不亮灯；很多个黎明，你吹不灭蜡烛。"无论是"你"还是"她"，都不过是作者的影子，作者与其的交谈，都是自己内心所发生的一场自我对话。曹明华的散文展示了自我在青春期的全部细微而生动的感觉和情绪，也许是在这个意义上，楼肇明先生说她"在艺术上的一个重要的突破就在于率先运用了一种发散式的思维方式"②。这种发散式的思维方式在其他的作家笔下，表现为直接将自己的所思所想倾泻出来，如陈染的《我究竟在这艘人世之船上浮想什么》中有一段描写自己担心猫咪的心理，就可说得上是思绪飞扬："车子在路面上飞奔，也在我脑中的'轨道'上飞奔、漫溢：……断壁残垣、连绵废墟中，我家的狗狗三三侧躺在折断的钢筋水泥的夹缝中，浑身是血，小嘴半张着，像是倾吐什么。它的身体已经僵硬，一动不动，只有黑色弯卷的毛毛在荒凉的废墟中随风拂动。它那双惊恐万状的大眼睛用力张大，似乎依然等待着我回家……"这个场景绘声绘色，然而都是作者的想象，并且作者的思绪并没有就此结束，而是一直想到了逃生之路上，想到了《犹太教法典》中一个小故事，对于只能救活一个人的那瓶水，结伴而行的两个人到底应该如何处置。作者一路上浮想联翩，然而，仅仅是作者的想象罢了，一切风平浪静，什么都没有发生，但为此，作者感激上苍的厚爱。把自己的心理活动搬进散文中，在以纪实为传统的散

---

① 张振金：《中国当代散文史》，人民文学出版社 2003 年版，第 372 页。
② 老愚：《上升的星群——论当代新生代散文》，转引自沈义贞：《中国当代散文艺术演变史》，浙江大学出版社 2000 年版，第 217 页。

文创作中是一个创举，它改变了传统散文的创作模式，也改变了人们对散文的阅读习惯。

新时期散文的跨文体写作在理论界引起了很大的反响，有人反对，如刘锡庆主张净化文体，作者认为："汉语散文必须走自己的路，无论是古典散文，还是现当代散文，和世界其他国家、民族散文相比较，它都当之无愧是举世无双的；旧有散文范畴的'文体净化'已是当务之急，不同审美特质的文体是不能人为地将其捆绑在一起的。"[1]韩小蕙对散文的跨文体写作则持积极支持态度，作者列举了三条理由：首先，从本文的写作来说，真正的大作品都是不分文体的，绝不会被形式束缚住手脚。如普鲁斯特（Marcel Proust）的《追忆似水年华》运用了纪实、日记、书信、散文、小说等多种文体，融其优势而合为一体；中国的例子则是史铁生的《我与地坛》，作品发表后，无论小说界还是散文界，都欢呼兴奋，都认为《我与地坛》是自己领域的一篇好作品，而作者本人则更愿意还其散文真身。其次，从读者的阅读来说，读者要求你的是写得好，能震撼他们的心灵，而并不是要求你一定要用散文笔法或是小说笔法写作。第三，从社会生活的大背景来说，当代生活已变得越来越商业化、媒体化和繁复化，文学越来越处于边缘化状态，单纯的书斋里只剩下一小部分读者，文学比以往任何时候都需要借助其他行当的力量，以尽可能多的艺术手段来壮大自身。叫什么名字并不重要，张秀英还是玛格丽特都必须写得精彩才能被接受，就好比那些世袭贵族，光有高贵的封号没有谋生的本领，在当代社会里就要挨饿。[2]雷达从散文文体发展的角度认可新时期散文创作的跨文体写作，他说："90年代散文最大的突破，乃在于打破了桎梏自身的壁垒，形成开放的格局。中华民族历史上的三次大规模异族入侵，都打破了旧的平衡，不得不开始革新局面，结果是推动了前

---

① 刘锡庆：《世纪之交：对散文发展的回顾与思考》，《中国新时期散文研究资料》，山东文艺出版社2006年版，第79页。

② 韩小蕙：《百年盛事　期待未来——梳理90年代散文的八个问题》，《二十世纪九十年代散文选》，上海文艺出版社2000年版，第5页。

进。拿这个道理比之散文的发展，也只能是不断打破旧秩序，思变革，求发展，形成新的平衡；然后再打破，再平衡，一波一波地前进。"① 散文的变革不可阻挡，散文文体不会按照旧的规范来净化。作者的思想、心理等随着社会的变化而变化，直接反映作者生命现实的散文理应随之变化，从读者的角度来讲，旧有的规范常常会产生审美疲劳，鲁迅先生早就说过，天堂里的桃花，即使大如车轮，如若天天观看，也会厌倦的。散文文体的创新，是社会发展的结果，更是变化了的生命现实的直接反映，打破桎梏自身的壁垒，形成开放的格局，是散文文体自身的调整。

二、话语方式的选择，生命感受的交流

中国现代散文自诞生起便有了自己的话语方式：对话与独语。对话，主要指任心闲谈，鲁迅翻译厨川白村的一段话成为经典："如果是冬天，便坐在暖炉边的安乐椅上。倘在夏天，则披浴衣，啜苦茗，随随便便，和好友任心闲话，将这些话照样地移在纸上的东西，就是 Essay。"② 可见，对话，强调的是"随便"与"任心"，心灵完全敞开，彼此契合，具有心心相通的愉悦，而被鲁迅称为自言自语的"独语"则是孤寂的现代人于生命之境中与自己灵魂的对话，独语者本身就是倾听者，是说与自己心灵的话语。朱光潜在《论小品文》中曾说："我常觉得文章只有三种，最上乘的是自言自语，其次是向一个人说话，再其次是向许多人说话。第一种包含诗和大部分文学，它自然也有听众，但是作者用意第一是要发泄自己心中所不能不发泄的，这就是劳伦斯所说的'为我自己而艺术'。这一类的文章永远是真诚朴素的。第二种包含书信和对话，这是向知心朋友说的话，你知道我，我知道你，用不着客气，也用不着装腔作势，像法文中一个成语所说的'在咱们俩中间'。这

① 韩小蕙：《百年盛事　期待未来——梳理90年代散文的八个问题》，《二十世纪九十年代散文选》，上海文艺出版社 2000 年版，第 4 页。
② 厨川白村：《出了象牙之塔·Essay》，《鲁迅译文集》，人民文学出版社 1958 年版，第 113-114 页。

一类的文章的好处是家常而亲切。第三种包含一切公文讲义宣言以至于《治安策》《贾谊论》之类，作者的用意第一是劝服别人，甚至于在别人面前卖弄自己。他原来要向一切人说话，结果是向虚空说话，没有一个听者觉得话是向他自己说的。这一类的文章有时虽然也有它的实用，但是很难使人得到心灵默契的乐趣。"① 彼此真诚才会亲切，就这点看来，朱光潜所说的第一种与第二种文章强调的其实都是真诚，无论是对自己说，还是对友人说，都有一种不吐不快的酣畅与痛快。这种生命之间的交流体现出个体的生命意志，既体验着自己，又肯定了人生。直到今天，对话与独语依然是散文主要的话语方式，当然也衍生出新的方式，如巴金的"遗嘱"说，正像海德格尔（Martin Heidegger）所指出的，在死神威逼下的时刻，生命最为真实，巴金说的写文章要像写遗嘱一样，强调的就是要把自己真实的生命呈现出来，在真实的基础上明自己之志，以唤起生命间真诚的应答，是对话与独语的结合体，更增添了庄重感与神圣感。新时期散文作者既尊重自己的生命意志，又重视尊重其他的生命，许多作品并不像鲁迅的《野草》、何其芳的《画梦录》一样单独使用一种话语方式，而是两种方式常常并举，形成生命间的交融回环。

　　无论是独语还是对话，都表现出作者主体意识的增强，作者内心的诉求及思想在独语中表现得更淋漓尽致，这种话语方式更能体现出作者的性情。被鲁迅先生称为"自言自语"的独语是《野草》所开创的一种话语方式，这种话语方式在新时期散文作者史铁生、张炜、安然等人的作品中体现得较为明显。独语是作家"径直逼视自己灵魂的最深处，捕捉自我微妙得难以言传的感觉（包括直觉）、情绪、心理、意识（包括潜意识），进行更高、更深层次的哲理思考"②，表现着作家在孤寂的生命之境中与自我灵魂的对话，它"是个体陷入自我精神反思的一种心理结构，它展现的是个体有关生命和存在的思考。独语体现着主体面对自我与周围世界的一种生存关联，表达的是主体

---

① 朱光潜：《论小品文》，孔范今主编：《中国现代新人文论》，山东文艺出版社 2005 年版，第 11 页。
② 钱理群等：《中国现代文学三十年》，北京大学出版社 1998 年版，第 52 页。

面向自我存在的灵魂言说，它是主体在孤独生命体验下的深层生命意志的语言显形，是有背景的生命过程的缓缓展开，是主体面对灵魂的演说和不屈地对灵魂深处的彰显与照亮，并通过诗意的形式予以表达的灵魂话语"[1]。人生有不同的阶段与侧面，也有不同的活法与意义，唯有诸如疾病、衰老、死亡却是任何人也绕不开的最大无奈。当人面对这些人生的无奈时，往往选择独语的方式对灵魂话语，如史铁生面对自己的残疾而沉思，写成《自言自语》、《我与地坛》、《墙下短记》、《私人大事排行榜》等文章，这些作品用独语的方式，思考生命、存在和死亡，以挣脱命运的打击，树立生活的信心和希望，摆脱命运的束缚进入自由的境界。他因深彻明了生存的困境，超越了同时期大多数作家对生死的麻木与冷淡，达到了思想的深邃，实践了鲁迅所倡导的独语的深刻性，彰显出自我的通融圆透。

在对话中更要显示出作者的性情，才能进行平等的交流，这在新时期散文作者如汪曾祺、金克木、柯灵等人的作品中表现得尤为突出。对话的话语方式在散文中体现出"闲话"的特色，来自鲁迅翻译厨川白村的关于 Essay 的论述，周作人拟想了一种对话的氛围并把这种话语方式发扬光大，他设想了对话的情境："今年冬天特别的多雨，因为是冬天了，究竟不好意思倾盆的下，只是蜘蛛似的一缕缕的洒下来，雨虽然细得望去都看见，天色却非常阴沉，使人十分气闷。在这样的时候，常引起一种空想，觉得如在江村小屋里，靠玻璃窗，烘着白炭火钵，喝清茶，同友人谈闲话，那是愉快的事。"[2] 周作人认为对话者之间的率意畅怀、自由平等是对话的条件，后来林语堂把这种方式又发展为"以自我为中心，以闲适为格调"，也就是说闲适冲淡是其作品的风格，"名士"是其追求的人格风范，后来随着社会环境的变化，闲话式的散文不再多见。在十七年文学发展中，出现了散文三大家：杨朔、秦牧、刘白羽，其中秦牧更多地继承了闲话的话语方式，他在《艺海拾贝》

---

[1]　王景科、崔凯旋：《论鲁迅、史铁生独语中的生命哲学之异同》，《散文心语》，山东友谊出版社 2006 年版，第 100 页。

[2]　周作人：《雨天的书·自序一》，人民文学出版社 1988 年版，第 223 页。

中说："我想寓理论于闲话趣谈之中"，表明了与"闲话"传统的联系与区别。尽管他一再表示不回避流露自己的个性，要酣畅淋漓地保持自己在生活中形成的语言习惯，但是不能"脱离政治"的语言环境，使作者不可能在"海阔天空"中走得更远，他追求思想性、知识性、趣味性的统一，但他始终紧握思想的红线，正如他在《海阔天空的散文领域》中所宣称的："思想是主心骨。如果没有这个主心骨，那么作品就变得松松垮垮不知所云了。思想是统帅，是灵魂。没有正确的思想，就像没有灵魂一样"，"思想像一根线串起了生活的珍珠。没有这根线，珍珠就只能弃蔽在地"，"秦牧选择了闲话，但未能避免讲一般道理的局限；选择了趣谈，但趣味更多的来自对象，而非自身性情"①。王尧的话指出了秦牧闲话中的伪对话性，的确，没有袒露自己的性情的闲话不能称其为对话，也正是在这个意义上，林贤治也批评秦牧实际上遗弃了自己的个性，担当了"教师与保姆的角色"。②当文学从政治的禁锢中解放出来，散文中任心闲谈的话语方式又复活了，柯灵重提闲话："胸襟放达，神情潇洒。饮食男女，生老病死，七情六欲，人生世相，固然在在萦怀；名山大川，远村近郭，清风明月，花鸟鱼虫，不但怡情悦性，兼可格物致知；遐思玄想，心会神游，宇宙洪荒，低徊求索，精神世界更是上不巴天，下不着地，宽不见边；也不忌议古今，论是非，说文化，侃科学，谈笑风生。信笔所至，不拘形迹，如悠悠浮云，款款流水，陶然忘机。"并说闲话的意义是"闲话不闲，如目之于色，耳之于声，舌之于味，鼻之于香，不可或缺。正言谠论，多是刻意而为，志为布道，时或矫饰；谈天说地，率意随心，却大抵发乎自然，类乎天籁，如梁间燕语，阶下虫鸣，湛然天真。闲话可以抒发性灵，交流心得，活跃思路，调节神经，是理想的精神度假村"③。柯灵在理论上提倡，在实践中也创作了大量闲话式的散文，如《龙年谈龙》等。汪曾祺比柯灵的创作更有说服力，他继承了周作人、林语堂等的闲话传统，在

---

①　王尧：《乡关何处——20世纪中国散文的文化精神》，东方出版社1996年版，第233页。

②　林贤治：《对个性的遗弃：秦牧的教师和保姆角色》，《文艺争鸣》1995年第3期，第54页。

③　柯灵：《闲话与随笔》，《沧桑忆语》，江苏文艺出版社2005年版，第301页。

散文中采取"娓娓而谈"的絮语方式，颇有宁静淡泊、优雅闲逸的名士作风，但他的作品中消除了周作人的"苦涩味"，林语堂的轻松、浅直，富有"情趣"，《故乡的食物》、《四方食事》、《昆明菜》等散文充满了情趣盎然的风俗描写，《泰山片石》、《岳阳楼记》等作品，更能体现出作者主体意识的增强，《泰山片石》中一句"泰山太大"的收尾让读者看到了一副傲岸的文人风骨，达到了彻悟后返璞归真的境界，宋代青原禅师的"禅中彻悟，看山仍然山，看水仍然是水"的最高境界应该包含有汪曾祺的这种况味。汪曾祺在这类作品中显示出温和、富有情趣但是独立的性情。在新时期的散文作品中，闲话的传统才真正得到继承和发扬。

平等、率意、坦诚相见是对话的基础，彼此之间能够达到精神的建构，对话才更有价值，生命间的体验是实现这种对话的必要条件。安然的《你的老去如此寂然》中对外婆的体验，葛兆光的《最是文人不自由》中与陈寅恪的心心相通，黄苗子在《风雨落花——忆画家梁白波》中对梁白波的理解，就是彼此体验基础上的对话，可以说是独语与对话方式的融合，因而给人的印象更深刻，给予心灵的震撼力更强。

葛兆光写陈寅恪，有一种揽镜自照的况味，因此《最是文人不自由》一文既是对话，更是独语，他"看到了那个时代知识分子心灵深处，那深处有一种无计排遣的悲哀。这也许是作茧自缚，也许是自寻烦恼，可是'入山浮海均非计，悔恨平生识一丁'，但凡人一识字，又有谁能逃脱这命运之网的纠缠和悲剧心灵的笼罩呢"①？当市场经济的大潮席卷各个领域，葛兆光的这番感叹可谓不由自主，时代尽管在变化，书生内心的困惑没有减少，陈寅恪的烦恼何尝不是葛兆光的烦恼呢？黄苗子写梁白波则有无限的理解、爱与宽容，他说："梁白波是 30 年代中国社会从几千年的封建桎梏主见转变为要求解放和民主、自由的激荡时代中，被牺牲的女性。一方面，邓肯的精神在召唤她，另一方面，残余的封建礼教还有力量来束缚她。此外，艺术生活和

---

① 葛兆光：《最是文人不自由》，《考槃在涧》，辽宁教育出版社 1996 年版，第 43 页。

妇女对家庭温暖生活的矛盾，也缠绕着她。'心比天高，命如纸薄'的梁白波，于是被幻灭终结了一生。"作者最后说"其实她的心情，只有她自己理解"①，并不是说作者不能理解梁白波，而是认为无论怎样分析，都不能感同身受地说出梁白波内心的挣扎和伤痛。

安然体验外婆，首先注视到时间在外婆的身体上留下的痕迹：

　　我轻轻一叹，叹过后不得不面对事实，事实就是，那具制造过我生命之源的肌体，也曾经如此这般饱满过，光亮过，有弹性过，那头发甚至比我的还黑亮过，那眼神曾经比我美丽过。就是那具肌体，在我未曾留意的时光里轰然老去。等我终于留意到了时，一切，已经不再。只有那黄豆眼里的泪花，千斤万斤重地提醒说，看看吧，记住吧，我的现在就是你的将来。

　　……

　　一个风华正当的女子，与一个寂然衰零的女子，就那么坐着，没有一句对话。像一株花树上次第排列的两朵花儿，一朵开着，一朵谢了。②

安然在注视中融入外婆的生命，倾听到外婆生命的律动，体验了外婆的心路历程。倾听与融入密切相连、互为表征。"倾听是生命体验的另一种方式，它是个体生命把握人生意义和感受宇宙自然的一种特殊的认识功能。……在德国浪漫哲学尤其在海德格尔那里，格外强调倾听。不过海氏贬低观看，强调凝神静思的倾听"，"通过超验的沉思即倾听体悟神灵的话语……"，"在倾听中，我学会了谦让、理解、爱与宽容。"③正像文章中说的："一个人的老去原来不是轰然一声的，它是慢慢的，寂无声息的，连贯的，不由自主的，

---

① 黄苗子：《风雨落花——悼画家梁白波》，《风雨落花》，作家出版社2005年版，第12—13页。
② 安然：《你的老去如此寂然》，黎晶主编：《第三届老舍散文奖获奖作品》，台海出版社2006年版，第4页。
③ 陈剑晖：《中国现当代散文的诗学建构》，江西高校出版社2004年版，第100页。

点点滴滴的……"①安然在外婆的寂然老去中体验到生命的孤寂，由外婆老去的孤独审视生命存在的价值和意义，并开始了生命的追问：一个生命强大起来，另一个生命衰零下去，生命间的代谢让人无可奈何，生命的意义、价值到底何在呢？安然回忆了外婆对自己的疼爱与支持，这样安然经由外婆的衰老触摸到的就不是"黑暗"与"虚无"，而是一种紧握现实的实在。她体悟到：作为个体，生命太脆弱；活着，就要好好体味拥有的幸福，珍惜自己及他人的生命。安然一次次逼真地凸现等待死亡的老境，表达自己对衰老垂死者的怜爱、悲悯。在《摇啊摇，摇到外婆桥》中，写农村妇女年复一年的晒嫁妆，岁月流去，只剩一只陶罐，只怕人去了，陶罐也啪的一下碎掉：是生命如陶罐那般脆弱，一朝破碎就是生命无可挽回的消逝！在《月照空山》里，一位农村老妪对后辈反复叮嘱自己后事的细节，显示的却是一字不识的乡间老妪对于死亡之神一步步逼近的镇静与从容，更不必说《你的老去如此寂然》中外婆对待死亡的挣扎后的平和。在卑微者的身上，彰显着人性的崇高与光辉。老年的冰心说："一个生命会到了'只是近黄昏'的时节，落霞也许会使人留恋、惆怅。但人类的生命是永不止息的。地球不停地绕着太阳自转。东方不亮西方亮，我窗前的晚霞，正向美国东岸的慰冰湖上走去……"②在体验别人的不幸与幸福中，获取自己的幸福。阿尔贝特·史怀泽（Albert Schweitzer）说："共同体验发生在你周围的不幸，对你来说是痛苦，你应这样认识：同甘与共苦的能力是同时出现的。随着对其他生命痛苦的麻木不仁，你也失去了同享其他生命幸福的能力。尽管我们在世间见到的幸福是如此之少；但是以我们本身所能行的善，共同体验我们周围的幸福，是生命给予我们的唯一幸福。"③体验别人，就是体验自己，珍惜别人的生命，也就是珍惜自己的生命。

生命在彼此体验中感受到美好与脆弱，林语堂说："这个宝贵的人生，竟美到不可言喻，人人都愿一直活下去，但是冷静一想，我们立即知道，生

① 安然：《你的老去如此寂然》，黎晶主编：《第三届老舍散文奖获奖作品》，台海出版社2006年版，第7页。
② 冰心：《霞》，陈平原编：《生生死死》，复旦大学出版社2005年版，第217—218页。
③ （美）阿尔贝特·史怀泽：《敬畏生命》，陈泽环译，上海社会科学院出版社1992年版，第23页。

命就像风前之烛。"①生命是何其脆弱，达观如林语堂，都"时常对于这个生命觉到一种深愁"，但是即使是"风前之烛"也毕竟发出过光和热，也有自身存在的价值，金克木对于仅见过两次面而终身不忘的朋友侯硕之就有这样的感叹："在宇宙之大中，一颗流星的闪过，不论多么闪耀，也是极其渺小的。在中国之大中，一个极有希望的青年中途夭折也是非常微末的。但是在逝者的亲人和好友的心中，不论流星的放光时间是多么短暂的一瞬，它是永恒的，不会熄灭的。"②亲人和好友因为彼此体验的深刻而深知彼此的冷暖，在生命间的冷暖相知中，建立起对所有生命的敬畏感："我的生命意志不仅由于幸运而任意发展，而且体验着自己。但愿我不要让这种自我体验消失在无思想中，而是充分认识它的价值，这样我就能领悟到精神自我肯定的奥秘"，"敬畏我自身和我之外的生命意志。由于敬畏生命意志，我内心才能深刻地顺从命运，肯定人生。"③个体的生命组成了人类生命的路，"生命的路是进步的，总是沿着无限的精神三角形的斜面向上走，什么都阻止他不得。"④

不管是对话还是独语，都是具有独立的生命意识的个体对真诚情感的追求，是对生命个体的尊重，倾听和诉说在一定程度上应该是合而为一的，因为个体是独立的，但个体的人又是社会性的存在，"文学更要紧的是生命感受的交流，是对存在状态的察看，是哀或美的观赏，是求一条生路似的期待，迷途的携手或孤寂的摆脱，有人说得干脆那甚至是情爱般的坦露、切近、以命相许、海誓山盟。这可是少数几个人承担得起的么？……写小说（或写散文）应该是所有人的事，不是职业尤其不是几个人的职业，其实非常非常简单那是每一个人的心愿，是所有人自由真诚的诉说和倾听。"⑤只有真诚的倾听和诉说，才能达到生命间的交融回环。

---

① 林语堂：《林语堂文集》第 8 卷，作家出版社，1998 年版，第 386 页。

② 金克木：《记一颗人世流星——侯硕之》，谢冕编：《金克木散文选集》，百花文艺出版社 2004 年版，第 130 页。

③ （美）阿尔贝特·史怀泽：《敬畏生命》，陈泽环译，上海社会科学院出版社 1992 年版，第 26 页。

④ 鲁迅：《生命的路》，张明高、范群选编，《鲁迅散文》（二），中国广播电视出版社 1992 年版，第 250 页。

⑤ 史铁生：《随笔十三》，《史铁生散文选》，人民文学出版社 2005 年版，第 61 页。

三、诗化的语言，生命的表征

据语言学家研究，与印欧语系相比，汉语"在单音节词根语的基础上，非常注重对称与对偶，注重声调的抑扬顿挫，因此，如果说印欧语是一种适宜于认识对象与描述对象的理性语言，那么汉语则主要是一种简练、含蓄、非常优美、韵味十足的艺术语言"①。汉语是一种诗化的语言，新时期的散文语言深具汉语的诗化特性，当然在不同的作者那里，这种诗化的特征体现在不同的方面，如研究老生代散文的陈亚丽博士发现："在老生代散文里，整齐的四字短语已然是一道独特的风景。"②另外在老生代散文中还有大量的古体诗词。这使老生代作家的散文语言简洁、含蓄、内敛；年轻一些的作家如李存葆、余秋雨等的散文语言整齐中富有变化，颇有一泻千里、汪洋恣肆的气势，他们往往运用排比、对偶等修辞方式达到语言诗化的目的。如李存葆《大河遗梦》中写黄河的一段：

> 黄河，你从巴颜喀拉山流出后，一路喷珠溅玉，款款前行。当你腾跃下青海高原后，愈来愈威风凛凛，疏狂不羁。你这孔武的东方巨龙，以铜头铁臂撞开八大峡谷，用尖牙利齿撕碎黄土高原。巉岩壁立的刘家峡里，你龙尾一甩，卷起千堆雪；嵯峨陡峻的青铜峡中，你龙身一抖，搅起万叠浪；至壶口，你一声短吟，撩起泻天瀑布；抵龙门，你长吼一声，唤来动地狂飙……趱行到华北大平原，你才得以舒展一下那硕大无朋的身躯，既是闲庭信步走东海，仍不失大河傲然于世的浣浣之风……你所到之处，无不泼洒下奔泻征服的快感，无不闪耀着独一无二的个性。你径流的峰谷崮梁里，无处不留有你仁慈与暴戾的标记；你怀抱的城邑屯落中，到处都刻有你毁灭与创造的印痕……③

---

① 张卫中：《母语的魔障——从中西语言的差异看中西文学的差异》，安徽大学出版社1998年版，第63页。
② 陈亚丽：《文海晚晴——20世纪末老生代散文研究》，首都师范大学出版社2008年版，第53页。
③ 李存葆：《大河遗梦》，解放军文艺出版社2002年版，第32页。

排比句式的运用往往使语句整饬，增强了气势，并使语言富有音乐美，这在余秋雨的散文中也俯拾皆是：

如在《风雨天一阁》中，作者感叹："只要是智者，就会为这个民族产生一种对书的企盼。他们懂得，只有书籍，才能让这么悠久的历史连成缆绳，才能让这么庞大的人种产生凝聚，才能让这么广阔的土地长存文明的火种。"[①] 铺排的句式，不仅增强了语言的气势，更表达出作者对书籍的珍重。

《废墟》的开篇就富有特色："废墟是毁灭，是葬送，是诀别，是选择。实践的力量，理应在大地上留下痕迹；岁月的巨轮，理应在车道间碾碎凹凸。没有废墟就无所谓昨天，没有昨天就无所谓今天和明天。废墟是课本，让我们把一门地理读成历史；废墟是过程，人生就是从旧的废墟出发，走向新的废墟。营造之初就想到它今后的凋零，因此废墟是归宿；更新的营造以废墟为基地，因此废墟是起点。废墟是进化的长链。"[②]

其实，很多作者的语言具有诗化的特征，"诗化"是汉语的特色，也是文学家的追求，在语言的运用中显示出自己的特色是文学家努力的目标之一。阅读新时期的散文我们发现，语言不仅代表作者作品的特征，而且具有作者的生命特征，老生代散文语言简洁含蓄的风格与他们老年后铅华落尽、从容睿智的人生特色相吻合，而年轻一代富有气势的语言，也与他们激情飞扬的生命相类似，从这一角度来说，形式的确就是内容，语言呈现了作者生命的内容。

无论是跨文体书写、话语方式的选择还是诗化语言的继承发展，都是散文作者对散文文体的创新。不断挣脱传统的束缚，获得创作的自由，既是作者对创作的追求，也是作者追求审美人生的体现。正如尼采所言，只有在审美中，生命的意义才得到显现。

---

① 余秋雨：《文化苦旅》，东方出版中心2001年版，第150页。
② 余秋雨：《文化苦旅》，东方出版中心2001年版，第264页。

第二章　新时期散文中生命家园的追寻

　　我是谁？我从哪里来？我到哪里去？在人类发展演变的历史进程中，我位于时空交错的哪一个点上？自古至今，从中到外，这些问题一直是人们思索的焦点，人们从未停止对自己生命起源地和栖息地的寻找和思考。新时期散文作品中充满了作者对故土的依恋与牵挂，作者在与故土血脉相连的书写中找到了个体生命存在的精神家园。而作为自然整体的一分子，作者不仅在对自然的沉醉中恢复了个体的自然感受力，而且在人与自然的反思中，重新确立人在自然中的位置：个体生命在与自然的交融中，精神世界更加丰富。

第一节　魂牵梦萦的故土

　　"人情同于怀土兮，岂穷达而异心。"王粲《登楼赋》中这一传诵千古的名句，曾引起多少文人士子的共鸣。的确，对故乡的眷恋乃人之常情。长久的农耕文明，使中国人的乡土情结更加浓厚，漂泊的游子写下一首首脍炙人口的思乡曲。对故乡的思念一直萦绕在游子的心头，这种思乡之情有时表现为一种乡愁。余光中的诗把乡愁诗的境界推向了极致："小时候／乡愁是一枚小小的邮票／我在这头／母亲在那头　长大以后／乡愁是一张窄窄的船票／我在这头／新娘在那头　后来／乡愁是一方矮矮的坟墓／我在外头／母亲在里头　而现在／乡愁是一湾浅浅的海峡／我在这头／大陆在那头"。在余光中的散文中，也有不少表现思念故乡的篇章，如《从母亲到外遇》、《听听那冷雨》等作品，就充满着对故土的思念之情。在散文创作中，老舍的《想北平》更是把这种感情表达得细致委婉：

"我真爱北平。这个爱几乎是要说而说不出的。我爱我的母亲。怎么爱？我说不出。在我想作一件事讨她老人家喜欢的时候，我独自微微的笑着；在我想到她的健康而不放心的时候，我欲落泪。言语是不够表现我的心情的，只有独自微笑或落泪才足把内心揭露在外面一些来。我之爱北平也近乎这个。夸奖这个古城的某一点是容易的，可是那就把北平看得太小了。我爱的北平不是枝枝节节的一些什么，而是整个儿与我的心灵相粘合的一段历史，一大块地方，多少风景名胜，从雨后什刹海的蜻蜓一直到我梦里的玉泉山的塔影，都积凑到一块，每一小的事件中有个我，我的每一思念中有个北平，这只是说不出而已。""我的最初的知识与印象都得自北平，它是在我的血里，我的性格与脾气里有许多地方是这古城所赐给的。"①

老舍用"粘合"来表现故乡与自己的关系，在粘合的状态下，重温的旧梦如此温馨、如此美妙。老舍与故乡的这种血脉相连、气脉相通，在新时期散文作家的笔下不仅没有消失，而且以一种更加理性、更加急切的形式表现出来。季羡林、汪曾祺、贾平凹、莫言、张炜、摩罗等作家以自己不同的方式表达着对故乡的挚爱与怀念。

一、故乡：成全着一个作家的存在

夏志清在他的《中国现代小说史》里指出："鲁迅的故乡是他创作灵感的源泉"②。鲁迅不是个例，沈从文在谈到自己的创作时也说过，自己的作品稍稍异于同时代作家处，在于一开始写作时，取材的侧重在写家乡，生于斯长于斯的一条延长千里水路的沅水流域。事实上，故乡成为作家创作灵感与

---

① 老舍：《想北平》，《老舍散文选集》，百花文艺出版社 2004 年版，第 133-134 页。
② 夏志清：《中国现代小说史》，香港友联出版有限公司 1979 年版，第 29 页。

创作素材的源泉仅仅是故乡成就一个作家的一个方面，故乡对作家的影响是多方面的：故乡铸造作家的精神气质，影响作家观察世界和创作的视角，等等，不一而足。满怀浪漫主义与古典主义情怀的沈从文，坦言自己的艺术神殿里供奉的是"人性"，这在他的系列湘西创作中得到了集中体现。的确，故乡成全着一个作家的存在，与鲁迅、沈从文等一样，新时期的散文作家在自己的作品中也表达了故乡对自己创作的影响，商州之于贾平凹、高邮之于汪曾祺、苏州之于陆文夫、山东高密之于莫言等等，都对作者的创作产生了深远的影响，而作者在自己的散文作品中也一次次地深情倾诉对故乡的怀念和感激之情。

在城市生活了近三十年后，贾平凹依然认为自己是个农民，《我是农民》一文就是贾平凹对自己身份的重新确认，在这确认里，说明作者的商州经历已经成为一种心理积淀，塑造着他的人格，锻造着他的精神，渗透到他的血脉里，体现在他的创作追求中。可以说，商州融透在了贾平凹精神生命的血水里。当他离开商州来写商州的时候，正如作者在《商州世事》的序言中所说："商州已不再是行政区域的商州，它更多的是文学中的商州，它是一个载体，我甚至极力要淡化它。"的确，商州成全着贾平凹作为一个作家的存在，如同鲁镇之于鲁迅，湘西之于沈从文一样，商州孕育着贾平凹和他的文学艺术。当贾平凹的文学艺术越来越成熟，逐步走出中国走向世界的时候，商州对于贾平凹的意义就更加明显，贾平凹对故乡的感情更加深厚：

> 商州，实在是一个神奇的土地呢。它偏远，却并不荒凉；它贫瘠，但异常美丽。陕西的领土，绝大部分属于黄河流域，但它偏为长江流域。它是八百里秦川向汉中盆地的过渡。其山川河谷，风土人情，兼北部之野旷，融南部之灵秀；五谷杂粮茂生，春夏秋冬分明，人民聪慧而不狡黠，风情纯朴绝无混沌。《在商州山地——〈小月前本〉跋》
>
> 商州是生我养我的地方，那是一片相当偏僻、贫困的山地，但异常美丽，其山川走势，流水脉向，历史传说，民间故事，乃至天上飞的地

上跑的，构成了极丰富的、独特的神秘天地。在这个天地里，仰观可以无奇不有，俯视可以无其不盛。一座高山，一条丹水，使我度过了整个童年和少年。《答〈文学家〉编辑部问》

商州曾经是我认识世界的一个法门，坐在门口唠唠叨叨讲述的这样那样的故事，是不属于"山中有座庙，庙里有一个和尚"的一类，虽然也是饮食男女，家长里短，俗情是非，其实都是藉于对我们民族过去、现在和未来的认识上的一种幻想。 不能忘怀的，十几年里，商州确是耗去了我的青春和健康的身体，商州也成全着我作为一个作家的存在。《〈商州世事〉序》①

贾平凹赞美商州，关注着商州，认为是商州成全了自己作为一个作家的存在。其实从鲁迅伊始的现代作家到今天的年轻作者，故乡对作者一生的塑造都是难以磨灭的。故乡成就了一个作家的事实屡见不鲜，这种感情在众多作家的笔下流溢出来。莫言在《听来的故事》、《我的故乡与我的小说》等文章中直言故乡对自己创作的影响，尤其在《我的故乡与我的小说》一文中，作者很早就感觉到故乡对一个人的制约："对于生你养你、埋葬着你祖先灵骨的那块土地，你可以爱它，也可以恨它，但你无法摆脱它。"② 所以当作者拿起笔写作的时候，涌到作者脑海中的情景，都是故乡的情景。"故乡的土地、故乡的河流、故乡的植物，包括大豆，包括高粱。缭绕在我耳边的是故乡的方言土语，活动在我眼前的是故乡形形色色的人物。当时我没有明确地意识到我的小说必须从对故乡的记忆里不断地汲取营养"。但是"在以后的一系列创作活动中，我感觉到那称为灵感的激情在我胸中涌动，经常是在创作一篇小说的过程中，又构思出了新的小说。这时我强烈地感觉到，二十年农村生活中，所有的黑暗和苦难，从文学的意义上说，都是上帝对我的恩赐。

---

① 转引自曾令存：《贾平凹散文研究》，中国社会科学出版社 2003 年版，第 98—99 页 。
② 莫言：《我的故乡与我的小说》，孔范今主编：《中国现代新人文文论》，山东文艺出版社 2005 年版，第 563 页。

虽然我身在异乡，但我的精神已回到故乡；我的肉体生活在北京，我的灵魂生活在对于故乡的记忆里"。①作者总结故乡与其小说的关系，认为：故乡的风景变成了小说中的风景；自己在故乡的经历以及故乡的传说与故事也都变成了小说中的素材。事实上，故乡与作家的创作关系要比说出来的复杂得多，故乡对作者的精神塑造更是不可忽视的。莫言自己说道："故乡对我来说是一个久远的梦境，是一种伤感的情绪，是一种精神的寄托，也是一个逃避现实生活的巢穴。那个地方会永远存在下去，但我的精神却注定了会飘来荡去。当然，我最后的希望是死后埋葬在那里，埋葬在我祖父母的坟墓旁边，尽管他们生前并不喜欢我这个嘴馋貌丑的孩子。"②

　　与莫言对出生地一往情深的表达不同，张炜把对故乡的感情与对物质世界的对抗联系在一起，把故乡当作了反抗世俗、反抗物质极端发展的根据地，正是在这个意义上，作者认为自己是这样一个作家："一直不停地为自己的出生地争取尊严和权利的人，一个这样的不自量力的人；同时又是一个一刻也离不开出生地支持的人，一个虚弱而胆怯的人。"③作为一个对故乡怀着挚爱、怀着无比的责任感的人，张炜进一步解释说："我觉得身上有一种责任，就是向世人解说我所知道的故地的优越，它的不亚于任何一个地方的奥妙。一方面它是人类生活的榜样，是人类探索生活方式的重要补充；另一方面它也需要获得自身的尊严，需要来自外部的赞同和理解。奇怪的是，我有时甚至觉得它的尊严的取得必须加上作家的一份努力才行。基于这样的理念，我没有过多地回避，相反我是更深刻地介入了当前的生活。我的一大批文字正是因此才充满了呼喊之尖利的。将眼前这个世界与我心目中即过去的海边世界作一比较就可以发现许多问题。大遗憾大觉悟，还有一些想法，也就产生

---

　　①　莫言：《我的故乡与我的小说》，孔范今主编：《中国现代新人物文论》，山东文艺出版社 2005 年版，第 563 页。

　　②　莫言：《我的故乡与我的小说》，孔范今主编：《中国现代新人物文论》，山东文艺出版社 2005 年版，第 565 页。

　　③　张炜：《我所跋涉的莽原》，孔范今主编：《中国现代新人物文论》，山东文艺出版社 2005 年版，第 551 页。

了。"① 故乡的生活是童话一样美好的生活，故乡的变化也预示着世界的变化，张炜通过故乡的巨变来理解世界的变化，故乡，那个有着童话世界里才有的茂密的树林、蓝蓝的大海和洁白的沙滩的地方在一次开垦中被破坏了，作者因此而痛，并因痛而生恨。张炜把对故乡的爱与责任变为对世界的爱与责任，他的作品中充满了理想主义的光芒。

故乡也影响作家的文学风格和文学观念，我们常说一方水土养一方人，环境不同，人们的性情观念也有很大差异。北方人的豪放与南方人的婉约与当地的气候有直接的联系，南方温润的气候滋润了作家，作品里也带有了水的气息。出生在江苏高邮的汪曾祺，他的小说里总是有水，即使没有写到水，也有水的感觉。作者认为这是很自然的，在散文《我的家乡》中，作者总结说："我的家乡是一个水乡，我是在水边长大的，耳目之所接，无非是水。水影响了我的性格，也影响了我的作品的风格。"② 汪曾祺的文章不管是小说还是散文，总是那么温和，氤氲着一层"水汽"，并且故乡的环境也影响了汪曾祺的文学观念，他认为文学对人的影响是通过"滋润"的方式实现的。从汪曾祺的身上我们发现不论是作品的取材、风格还是作者的文学观念，都有着故乡抹不去的影子。

故乡是鲁迅创作灵感的源泉，是沈从文精神和心灵的栖息地，是张炜对抗物质世界的根据地，是莫言创作的素材，故乡成全着贾平凹作为一个作家的存在，同样也影响着汪曾祺的文学观念和文学风格，一句话，故乡是作家的福地。但是，农业大国的现实，经济发展的极不平衡，让那些离开家乡到城市谋生的农民的儿子们感到了深深的悲痛，城乡差距是他们心灵的伤疤，农村苦难的生活是心头挥之不去的伤痛，对于那些年轻的作者们来说，故乡不是他们的福地，故乡给予他们肉体及精神的痛苦难以磨灭。

---

① 张炜：《我所跋涉的莽原》，孔范今主编：《中国现代新人物文论》，山东文艺出版社2005年版，第555页。
② 汪曾祺：《我的家乡》，《随遇而安》，京华出版社2009年第二版，第15页。

二、乡情：寄托着作家精神的家园

鲁迅的《故乡》被认为是中国现代乡土散文的代表作，作品中闰土由活泼的少年变成麻木的中年人，这让作者很难过，荒野中横着的破落的村庄给予作者无限的悲凉，对故乡的热望让作者对面前的一切感到心冷，物是人非的故乡让作者感到了一种心痛。接近一个世纪过去了，作为与鲁迅一样的走出农村的儿子，他们内心的伤痛是否有所改变？摩罗、刘亮程、朝阳、杨献平、谢宗玉等人的乡情叙述给予我们重新认识农村的机会。

由于年轻的作者们和父老乡亲们血肉相连，因此他们更多的是关注农民个体的命运。农民生活的变化，那片土地的变化都牵动着作者的心，他们为之焦虑，为之痛苦，也为农民些许的快乐而欣喜。虽然他们都对那片土地有着情感上的深深依恋，那是他们的情感的归属，是心魂的居所，但那里太单调，太落后，不足以承载个人的梦想，即便有再多的不舍，他们最终选择了离开，来到城市。尽管身处闹市，而割舍不断的还是乡情。

作为农民的儿子，摩罗格外关注农民在这个社会中的处境。近半个世纪的发展，农民的生活也有改善，但是与城市的发展相比较，农村是更落后了，农村为城市发展提供了大量的物资，但农民依然处在社会的最底层，这有历史的原因，也与国家人口管理方式及资源分配方式有关：

按照最近半个世纪流行的说法，很早很早以前，人类被分为两类，一类叫奴隶主，一类叫奴隶。过了一些世代，一类叫地主，一类叫农民。再后来，一类叫资本家，一类叫工人。

历史延伸到最近半个世纪，中国人的分类方法有所改变，一类叫作农业人口，一类叫作非农业人口。这两类人的社会地位，他们所拥有的经济资源，他们的劳动方式和分配方式，他们在社会各种阶层和各种行业中流动的权利和机会，样样都判若天壤。在这个历史时期，除了死刑之外，政府对自己认定的坏人最大的惩罚就是让他像农民一样从事农业劳动。

　　经过最近二十多年的社会变革，农业人口和非农业人口的基本格局依然没有改变。我们考虑中国的问题，很少将农民视为中国的一个群体而纳入视野之中，很少把农民作为一个完整的人来考虑他的需求、权利和感受。比如讨论图书馆、博物馆等等文化设施建设问题，讨论健康保健体系、国民福利待遇、国民权益、老年人生活保障和文化娱乐、弱智残疾人员救助等问题，农民肯定不在其中。①

　　趋利避害是人的天性，农村艰苦而又单调的生活留不住年轻人的心，托不起年轻人的梦，小山干脆说："我从来没有想回去定居过。那些怀念乡村、喜爱乡村的人，想去乡村买房子生活在那里吗？如果成帮结伙去旅游农民们碰到也未必觉得怎么新鲜和感动。当年知识青年返城想尽办法离开村子，农民们理解他们的急迫和焦虑。我坐在山崖上遐想上大学，憧憬走出山坳的梦想，一些老年人是夸我有志气的。就是这样，中国乡村，留守的人都是无奈，走出去的孩子几乎没有返回的。城市人口，有多少来自乡村亦永别乡村？让我选择我的定居生活，无疑愿意在伦敦或北京，怎么我也不会再到山坳里安身立命。"② 在城市里安身立命，是多少乡村孩子的梦，尽管可能经历比城市孩子更多的艰难，付出更多的辛劳，但作为一个乡村人，他太了解乡村生活的残酷了，不说别的，单就过重的体力劳动，就会毫不留情地摧毁一个人所有的梦想，其实，在乡村容不得人的梦，过度的劳动，不仅使亲情淡薄，而且会严重地摧残人的身体。

　　"过于艰苦的劳动会使人对自然的感觉变得十分迟钝。……当劳动被异化成为对劳动者的束缚时，劳动连接人与自然的那层关系被扭曲，人对自然的感觉就被同样扭曲，人由自然中所获得的愉悦也被劳动所引起的痛苦、怨恨所遮蔽。可是，一旦沉重的劳动结束，或者是劳动的意义发生了变化，这

---

① 摩罗：《我是农民的儿子》，林贤治编选：《我是农民的儿子》，花城出版社 2005 年版，第 1-3 页。
② 小山：《关于乡村》，林贤治编选：《我是农民的儿子》，花城出版社 2005 年版，第 196 页。

些原来因劳动而产生的人的自然感性，就会复活，重新绽放。"① 其实，过于艰苦的劳动不仅异化人的感觉，更重要的是对身体不可治愈的伤害："在整个关中平原，在整个中国的土地上，我不知道有多少像我母亲和祖母那样的农民，他们把生活叫作受苦，把农民叫作下苦人。你仔细看看那些下苦人吧，他们的腰一律向下弯，他们的腿几乎都变成了罗圈腿。他们告诉你，劳动是一种受难，他们告诉你，工作着不是美丽的。劳动，是怎样使我的祖父祖母们变得丑陋！"② "以土为命的人，哪一个身体上没有一两个未愈合的伤口？"③ 正因如此，作者才"鄙视一切把农村视作田园的人们，他们不能理解劳动给予身体的痛苦和重压"④。

如果劳动不是太沉重，在劳动的间隙，农民就会恢复"人的自然感性"，而他们自身也会在欣赏自然中显露出孩子似的心，不仅自身的美得以显现，而且与孩子之间的亲和力得到增强。谢宗玉发现当父亲在田间看燕子啄食的优美身姿时"那张焦皮似的脸上竟有稚嫩的笑容。我就想，很多时候父亲的心仍可与我们相通，是繁重的劳动才把我们的距离拉得很开。繁重的劳动把父亲那颗稚子之心蒙上了苍老尘灰，有时父亲不经意的一笑，就把那层灰给抹去了。母亲也能这样。有时在劳动的缝隙，母亲停下活计，抬起手拢拢耳边的碎发，用一双迷蒙的眼睛看着远方。那时也可以依稀看出她多梦的少女时代来"。谢宗玉并且感觉到"恰当的劳动可以产生亲和力，使一家人和和美美的；而劳动一过度，特别是长期过度，就会把一家人隔离起来，一个个然后像生了仇似的"⑤。

假如沉重的劳动能够带来富裕的生活，给劳动者带来幸福，也会给农民一点安慰，减轻心头的伤痛，但是经济的发展越发把农民抛入尴尬的境地，"农民一年的汗水养不活一张口了。农民就像棕树，一层层剥了，就只剩自

① 刘锋杰编:《重建人的自然感性》,《回归大自然》,北京大学出版社2006年版,第7页。
② 朝阳:《丧乱》,林贤治编选:《我是农民的儿子》,花城出版社2005年版,第71页。
③ 朝阳:《丧乱》,林贤治编选:《我是农民的儿子》,花城出版社2005年版,第71页。
④ 江子:《永远的暗疾》,林贤治编选:《我是农民的儿子》,花城出版社2005年版,第138页。
⑤ 谢宗玉:《乡村四季》,林贤治编选:《我是农民的儿子》,花城出版社2005年版,第188-189页。

家这肉身子光杆杆子。所以都只好出去了，只好丢下这份田地和这穷家了。"①
青壮年都去打工了，村庄里"曾经树木葱郁的青山已变得光秃，除了满目的
野荆和裸露的山岩，已听不见鹧鸪的叫声，看不见野兔和山羊箭一样射过清
清涧峡和枞树林。只有婆婆崖上依然贴满了红纸和鸡毛，一张红纸就有一个
新生儿的小名，这古老的习俗还保留着，那些红纸在冷寒的风中火苗一样抖
索。从前那些牧歌悠扬的美丽阡陌和田垄，此时被环槽弥漫，那些耕作的父
兄哪里去了？村庄上空斜着几缕炊烟，这偌大的村落，除了几声犬吠和鸡唱，
听不见人语"②。这种状况引发了作者的忧虑，作者既对农民对土地的人身
附部分地解脱感到些许欣喜，更对农民的现实处境、农村天地荒芜的现状及
中国农业的境况感到忧愁："'青壮打工去，妇孺留村庄'，这有点类似于杜
诗中的情景，只不过杜诗所述是兵荒马乱的年代，而如今是一派和平与繁荣
景象。接下来产生的社会问题是田园将芜，田园已芜。哪一个村子没有几十
亩撂荒地，长出青青的野草？而我穿行在乡村里，发现有些村庄只剩下妇女
与老人时，我感觉到，不仅是村子，而是整个中国农业，几乎已经成了座空
城。农民对土地的人身依附关系，终于得到了部分的解除。自由的目的，是
最终获得生存的尊严，作为一个人，作为一个平等国家的公民，辛勤地劳动、
幸福地生活。现在，这些还无从说起。我不知道，这些背弃土地的逃亡或者
说淘金，还将持续多久，最终会衍化成什么结局，我为之欣喜，也为之忧
愁。"③作者对农村的未来没有明朗的预见，心灵陷入深深的矛盾挣扎。这种
挣扎的矛盾中无疑有作者对农村当前状况的忧虑和无奈，从另一个角度表现
出乡情中的忧思。

　　农民无论是走入城市，还是把自己的田地贡献给城市，不少人仍脱离不
了穷人的生活，农民似乎只能是这个社会的边缘群体，社会的财富与农民无
关："社会的贫穷被广大的穷人隐藏起来，穷人越来越远离繁华、远离闹市。

①　刘鸿伏：《父老乡亲哪里去了》，林贤治编选：《我是农民的儿子》，花城出版社2005年版，第128页。
②　刘鸿伏：《父老乡亲哪里去了》，林贤治编选：《我是农民的儿子》，花城出版社2005年版，第124页。
③　程宝林：《民如鸟兽》，林贤治编选：《我是农民的儿子》，花城出版社2005年版，第122-123页。

把财富垒筑的城市让给富人们，这座城市不久前，还是他们的庄稼地和果园，后来就变成富人的天堂了。穷人退守到边缘，悄无声息地过自己的穷日子。"①这样的生活将长久地持续下去吗？作者不知道，他只能与父老乡亲们一起过这没钱的日子。

　　一段时间以来，考学是农村孩子跳出"农门"、改变自身命运的唯一途径，为了让孩子摆脱那片苦难深重的土地，作为农民的父亲母亲费尽千辛万苦送孩子念书，但是离开了那片苦难的土地，作者也没有找到自己的幸福，作者在城市里感到了更深的隔膜与孤寂，心中的苦难太深重了，它已化为一种命运深入到灵魂深处："我一步一步远离那里的田园、村舍和墓茔，一步一步走进城市的深处和宫墙的边缘。在这些繁华而有缺乏人气的地方，我无意间窥见了列祖列宗累死在田头、栽倒在逃荒路上的人为原因，感受到了世世代代积累下来的痛苦，我因此跟城市更加隔膜。我喘息在大街小巷，奔波在立交桥和林荫道旁，在极度喧嚣中咀嚼着为我所独有的孤独和寂寞。我跟城市原住民完全没有交往，成分复杂的白领阶层也让我感到陌生，即使是跟最纯洁最有良知的学人纵谈天下文章、喜论惊世学说，也难免感到怅惘，因为我内心最隐秘的一角，盛满了任何学说和文章都无法涵盖的乡村经验和农民苦难。这些经验和苦难才是决定我命运的最根本因素，而这些东西永远没有地方可以倾诉。我因此无法融入学术界、文学界或者文化界，我到哪里都只是一个孤独的异数，是一个真正的化外贱民。我仄身在城市的夹缝里，以格格不入的孤独情思，与乡野兄弟姐妹内心的苍凉遥相呼应。"②作者的"孤独情思"正是在闹市中的一种乡情显现，身居现代化的大都市却仍然有孤独感，自觉为城市的"异数"，说明其内心之中所牵挂的仍是那份割舍不断的乡野之情。

　　更重要的是离开了乡村的作者再也找不到回家的路，作者"蓦然觉得了

---

　　① 刘亮程：《做闲懒人，过没钱的生活》，林贤治编选：《我是农民的儿子》，花城出版社2005年版，第45-46页。

　　② 摩罗：《我是农民的儿子》，林贤治编选：《我是农民的儿子》，花城出版社2005年版，第21页。

悲凉、疼痛和忧伤，丢失的，远去的，再也找不回来了。每次回家，我都要四处看看，骑着摩托，像个外乡人一样，看到的都是熟悉的，但又是陌生的，以前的乡村中学人去屋空，斑驳的墙皮，破损的窗户，只是黑板还挂在讲台上。事实上，从市区进入的时候，越过丘陵，看到高耸连绵的山峰，我就感到了压抑和激动。激动的是可以看到父母和自己惦记的亲人了，压抑的是，总忍不住想起旧年的岁月。在高高的山上，一个少年，就那样，似乎风中的茅草一样，他的摇摆和成长，忧郁和梦想，都好像是冬日风中的灰尘。而更为残酷的是，热爱的亲人都老了，皱纹和白发，没有什么比它们更能刺疼我的心。当然还有村庄的风俗和人心，他们是比当年更为陌生，比刀子更为锐利"。①

在农村的生活经历，使作者们对乡村土地的苦难与伤痛有着异常的敏锐，在他们的作品中流露着一种真实的疼痛与迷茫。在他们笔下，乡村不再是诗化的田园，农民也不再是一个抽象的名词。他们的笔下再现了真正的农民，真正的农村：贫穷与忍耐，单调与寂寞，逃离与衰败。作为农民的儿子，作者们流露的是一种感同身受的疼痛，一种设身处地的悲悯。

三、家国：蕴含着作者的挚爱

安土重迁是中华民族的传统，我们祖先有个根深蒂固的观念，以为一切有生之伦，都有返本归元的倾向：鸟恋旧林，鱼思故渊，胡马依北风，狐死必首丘，树高千丈，叶落归根。但是传统也挡不住离乡的脚步，百余年来，许多人依然不得不离乡背井，乃至漂洋过海，谋生异域，更有大批怀抱理想、求学他乡的学子。求学的队伍随着社会的发展越来越壮大，学子们身处他乡，求学的艰辛更激发了对故乡及祖国的怀念，在他们的心里，家与国是一体的。新时期，在散文中表达自己对祖国对家乡的挚爱的首推季羡林，他的这部分

---

① 杨献平：《有一种忧伤，比路途绵长》，林贤治编选：《我是农民的儿子》，花城出版社 2005 年版，第174 页。

散文回忆了自己求学在外时对家人、对祖国的牵挂和思念。

季羡林的散文创作在新时期文学创作中占有重要的位置，他的大部分篇章体现了深沉的乡土情感和赤诚的爱国之心：心系土地，心忧祖国。

无论走到哪里，无论身在何处，季羡林都心怀乡土、心念亲人，在散文中以一片赤诚之心表达对乡土与亲人的热爱。如《月是故乡明》中的"心飞向故里"，又如《听雨》表达了"恋乡"情结："我血管里流的是农民的血，一直到今天垂暮之年，毕生对农民和农村怀着深厚的感情。" 季羡林是农民之子，正如沈从文等现代作家一样，季羡林从不忌讳自己的乡下人身份，他始终对农民和农村怀有深情，他即使身在城市也关心农民的收成，关心天气给农村带来的影响。尤其值得重视的是，在季羡林的散文中，母亲是一个崇高的形象，季羡林始终对母亲怀着深沉的思念和无尽的悔恨，如《母与子》表达了作者对母亲去世的无尽悲哀与痛苦，同时表达了对农村妇女丧子的同情和怜悯。又如在《赋得永久的悔》中，季羡林几乎是撕肝裂胆地写道："当我从北平赶回济南，又从济南赶回清平奔丧的时候，看到了母亲的棺材，看到了那简陋的屋子，我真想一头撞死在棺材上，随母亲于地下。我后悔，我真后悔，我千不该万不该离开了母亲。"这篇文章作于1994年，距离母亲去世已有六十余年，但季羡林仍是如此痛苦，可见母亲在季羡林心中是多么地崇高；季羡林生在孔孟之乡，深受儒家文化的陶冶，"不忘母恩"是他心中超越一般的信念，子曰："父母在，不远游，游必有方"，季羡林年轻时外出求学是时代必然，但他始终惦念着母亲，然而"子欲养而亲不待"，母亲的去世使季羡林未能尽孝，他的悲痛悔恨之情就更加深切了。再如《母与子》中的老妇人、《夜来香开花的时候》中的王妈，这些农村妇女同母亲一样，经历了一生的苦难，结局却异常凄惨，季羡林把这些农村妇女与母亲形象放置在一起，表达了对她们无限的同情和怜悯。

作为长年漂泊异乡的留学生，季羡林在国外既有凄清与孤独，又有对母亲和外祖母的无尽思念，季羡林的思乡之情是难以排遣的，爱国之情在思乡的基础上油然而生，如他在《海棠花》中写道："乡思并不是很舒服的事情。但是在这垂尽的五月天，当自己心里填满了忧愁的时候，有这么一团浓烈的乡思压在心头，令人感到痛苦。同时我却又爱惜这一点乡思，欣赏这一点乡思。它使我想到：我是一个有故乡和祖国的人。故乡和祖国虽然远在天边；但是现在它们却近在眼前。我离开它们的时间愈远，它们却离我愈近。我的祖国正在苦难中，我是多么想看到它啊！"在季羡林心中，故乡与祖国是统一体，思乡与爱国也是统一的，思乡之切体现的是爱国之深，如《去故国》写道："我真不愿意离开这祖国，这故国每一方土地，每一棵草木，都能给温热的感觉。但我终于要走的，沿了自己在心中画下的一条路走。我只希望，当我从异邦转回来的时候，我能看到一个一切都不变的故国，一切都不变的故乡，使我感到不到我曾这样长的时间离开它，正如从一个短短的午梦转来一样。"从乡思到爱国，是情感的升华。季羡林一生都关注着国家的发展，时代的进步，他在《一个老知识分子的心声》中写道："我生平优点不多，但自谓爱国不敢后人，即使把我烧成了灰，每一粒灰也还是爱国的。"季羡林对亲人的思念，对农民的同情，对故乡的追忆，对祖国的忧思，都是真情的喷发，是绝假纯真，是一念之本心，体现的是知识分子自觉的使命感与责任感。

四、乡思：连接作者的血脉之根

在漂泊者的心里永远有着故乡：那生养自己的一方土地，那血脉相连的亲人。心，永远与故乡连在一起。路遥在访问西德期间，深有感触地说："一切都是这样好，这样舒适惬意。但我想念中国，想念黄土高原，想念我生活的那个贫困世界里的人们。即使世界上有许多天堂，我也愿在中国当一名乞丐直至葬入它的土地。"① 故乡的一切成为自己的血脉，再也难以舍弃，外乡无论多么优越的物质条件与自然条件，都无法动摇自己对故乡的挚爱，中国

---

① 路遥：《早晨从中午开始——〈平凡的世界〉创作随笔》，《王安忆选今人散文》，上海文艺出版社1997年版，第407页。

人常说"金窝银窝不如家里的草窝",指的就是这种对家园的难以舍弃的情感。与路遥一样,韩少功访问法国后,对故乡的认识有了质的飞跃,在《访法散记》中他如此写道:

> 故乡存留了我们的童年,或者还有青年和壮年,也就成了我们生命的一部分,成了我们自己。它不是商品,不是旅游的去处,不是按照一定价格可以向任何顾客出售的往返车票和周末消遣节目。故乡比任何旅游景区多了一些东西:你的血、泪,还有汗水。故乡的美中含悲。而美的从来就是悲的。中国的"悲"字有眷顾之义,美使人悲,使人痛,使人怜,这已把美学的真理揭示无余。在这个意义上来说,任何旅游景区的美都多少有点不够格,只是失血的矫饰。
>
> 我已来过法国三次,我得虚心地供认,这个优雅富贵之邦,无论我这样来多少次,我也只是一名来付钱的观赏者。我与这里的主人碰杯、唱歌、说笑、合影、拍肩膀,我的心却在一次次偷偷归去。我当然知道,我将会对故乡浮粪四溢的墟场失望,会对故乡拥挤不堪的车厢失望,会对故乡阴沉连日的雨季失望,会对故乡办公室里的阴谋和新闻联播中常有的虚假失望,但那种失望不同于对旅泊之地的失望,那种失望能滴血。血沃之地将真正生长出金麦穗和赶车谣。
>
> 故乡意味着我们的付出——它与出生地不是一回事。只有艰辛劳动过奉献过的人,才真正拥有故乡,才真正懂得古人"游子悲故乡"的情怀——无论这个故乡烙印在一处还是多处,在祖国还是在异邦。没有故乡的人身后一无所有。而萍飘四方的游子无论怎样贫困潦倒,他们听到某支独唱曲时突然涌出的热泪,便是他们心有所归的无量幸福。①

"没有故乡的人身后一无所有",对精神漂泊者来说尤其如此。有永远

---

① 韩少功:《访法散记》,转自王尧:《乡关何处——20世纪中国散文的文化精神》,东方出版社1996年版,第110-111页。

的故乡，就有永远的漂泊。当离开故乡，故乡的一切反而会更加清晰，也能够更深切地体会到对故乡的感情，走过众多地方的余秋雨对此有过精辟的描述，他说："置身异乡的体验非常独特。乍一看，置身异乡所接触的全是陌生的东西，原先的自我一定会越来越脆弱，甚至会被异乡同化掉，其实事情远非如此简单。异己的一切会从反面、侧面诱发出有关自己的思考，异乡的山水更会让人联想到自己生命的起点，因此越是置身异乡越会勾起浓浓的乡愁。"①

只要有故乡，就有走出故乡小路的漂泊；漂泊是出发，思乡是回家。乡愁作为一种传统的情感，一直萦绕在知识分子的心头。流浪者要叶落归根，居住在家乡的人最后也要埋进祖辈在的那块地方。郁达夫说，故乡"任它草堆也好，破窑也好，你儿时放摇篮的地方，便是你死后最好的葬身之所呀"②！"摇篮"与"坟墓"，正是生命来路与生命去处的象征，故乡孕育了生命，生命的梦想从故乡展开，最后又梦想着回归到故乡。说到底，故乡是自己生命和心灵的一部分，新时期的散文作家刘亮程设想没有漂泊的人生，生在故乡，老在故乡，葬在故乡，他的摇篮与坟墓及壮年耕作的土地，都在故乡，即使有一天离开了，灵魂依然听从故乡的召唤："我将顺着你黑暗中的一缕炊烟，直直地飘上去——我选择这样的离去是因为，我没有另外的路途——我将逐渐地看不见你，看不见你亮着的窗户，看不见你的屋顶、麦场和田地。我将忘记。当我到达，我在尘烟中熏黑的脸和身体，已经留给你，名字留给你。我最后望见你的那束目光将会消失，离你最远的一颗星将会一夜一夜地望着你的房顶和路。那时候，你的每一声鸡鸣，每一句牛哞，每一片树叶的摇响都是我的招魂曲。在穿过茫茫天宇的纷杂声音中，我会独独地，认出你的狗吠和鸡鸣、你的开门声、你的铁勺和瓷碗的轻碰厮磨……我将幸

① 余秋雨：《乡关何处》，《王安忆选今人散文》，上海文艺出版社1997年版，第220页。
② 郁达夫：《还乡后记》，《郁达夫散文》，百花文艺出版社2004年版，第38页。

福地降临。"①

　　漂泊流浪是人的宿命，一辈子听从故乡的召唤，但总是不能回到故乡的怀抱，于是"许多更强烈的漂泊感受和思乡情结是难以言表的，只能靠一颗小小的心脏去满满地体验，当这颗心脏停止跳动，这一切也就杳不可寻，也许失落在海涛间，也许掩埋在丛林里，也许凝冻于异国他乡一栋陈旧楼房的窗户中。因此，从总体而言，这是一首无言的史诗。中国历史上每一次大的社会变动都会带来许多人的迁徙和远行，或义无反顾，或无可奈何，但最终都会进入这首无言的史诗，哽哽咽咽又回肠荡气。你看现在中国各地哪怕是再僻远的角落，也会有远道赶来的白发华侨怆然饮泣，匆匆来了又匆匆走了，不会不来又不会把家搬回来，他们不说理由也不向自己追问理由，抹干眼泪又须发飘飘地走向远方"②。

　　其实，"故乡，也只是祖先流浪途中的一个留驻点。由选择到难于选择，于是留驻成一种无奈；然而再大的无奈也没有堵塞后人选择的机会，因此人总会不断地寻家又弃家，成为永恒的异乡人，一再从无奈的留驻中重新找路，重新出发。"泰戈尔说："我抛弃了所有的忧伤与疑虑，去追逐那无家的潮水，因为那永恒的异乡人在召唤我，他正沿着这条路走来。"③漂泊是永恒的，召唤也是永恒的，思乡的曲子将永远唱下去，那抒发乡愁的史诗只会越来越浩大。当然，这支曲子里还有来自现代人对自然的渴慕与挽悼！

第二节　感受不尽的自然

　　自然孕育了生命，人类的生命里不可缺少自然的"元气"，否则，人类

---

①　刘亮程：《最后时光》，《一个人的村庄》，春风文艺出版社 2006 年版，第 280 页。

②　余秋雨：《乡关何处》，《王安忆选今人散文》，上海文艺出版社 1997 年版，第 222 页。

③　余秋雨：《〈出走十五年〉自序二》，南海出版公司 2004 年版，第 23 页。

的生命就会慢慢地枯萎衰竭。自然创造了人类，人类又依藉自然创造了一切。对人类来说，文化艺术上的"返璞归真"与"回归自然"，其实是对人类自身那日益背离了自然法则、压抑自身的现代道德文明的一种叛逆。西方艺术发展史上十八世纪的浪漫主义、二十世纪的现代主义思潮，实质上都是在直接或间接、正面或反面地表达着人类关于"人与自然"的关系的沉思。在中国，"天人合一"的中国文化中，强调君子有三畏：畏天地，畏鬼神，畏祖先，就是说对自然的敬畏同对鬼神的敬畏一样虔诚，对天地自然的祭祀与对祖先的祭祀同等重要，特别重视自然对人的重要性。

一、走：生命存在的一种方式

世人常用"在路上"形容人的生存状态，不过在奉行物质主义的今天，许多人却忘记了行路的本真方式，沉浸在舒服的座椅中安享"以坐代行"的闲适，从而错失了诸多美好的人生体验，于是祝勇提出"用脚思想"，在路上恢复人的身体功能，在大地上，让干瘪的身体重新活跃起来："道路把许多不可思议的事物呈现在我们面前，对我而言，它最大的贡献，就是让我得以从粗糙的现实中突围，直抵细致斑斓的古代。生命的奇迹孕育于道路中，对它的美意，我全部笑纳。我的视觉、听觉、触觉、记忆、想象、情欲，我所有的身体功能，都在行走中得以恢复和强化。我从现实的粗暴干预中解脱出来，我的脚重新与大地衔接，这让我觉得安妥，因为我的身体重又成为自然和历史的一部分。在大地上，即使死亡也是荣耀的。而城市里那些玻璃幕墙的高大建筑，正在抽干人们身体里的水分，使他们成为无足轻重的干瘪标本。"[①] 行走，让脚接触大地，本来就是生命存在的一种方式，恢复人的这一生存方式，拓宽人的生存空间，能够使人的思维活跃、心灵丰富、获得理想，来对抗日常生活的疲惫状态。

---

① 祝勇：《用脚思想》，转自 http：//blog.sina.com.cn/q110033。

　　行走对于唤醒人的主体性有着重要的价值，尤其对于习惯于书斋生活的学者、作家而言，甚至能够改变一个人的思维方式。中国自古有"读万卷书，行万里路"的说法，认为行路与读书对个体的修养同样重要。当代学人余秋雨在长期的书案生涯后，意识到游走对于学术、对于一个学者的重要意义，于是走出了书房的门。余秋雨在《文明的碎片》的序言中就说："我们这些人，为什么稍稍做点学问就变得如此单调窘迫了呢？如果每宗学问的弘扬都要以生命的枯萎为代价，那么世间学问的最终目的又是为了什么呢？如果辉煌的知识文明总是给人们带来如此沉重的身心负担，那么再过千百年，人类不就要被自己创造的精神成果压得喘不过气来？如果精神和体魄总是矛盾，深邃和青春总是无缘，学识和游戏总是对立，那么何时才能问津人类自古至今一直苦苦企盼的自身健全？""我在这种困惑中迟迟疑疑地站起身来，离开案头，换上一身远行的装束，推开了书房的门。"① 走出书房的余秋雨，是要用个体生命的体验去体悟中华文化的魅力，寻求"自身健全"的一条途径，说到底，仅有书案的研究，对古代文化的体会毕竟少了血肉的温度，还是有一层隔膜，亲自站到自然与历史交融的地方，脚踏大地，古代优秀的文化复活了，个体生命也冲动起来："自己特别想去的地方，总是古代文化和文人留下较深脚印的所在，说明我心底的山水并不完全是自然山水而是一种'人文山水'。这是中国历史文化的悠久魅力和它对我的长期熏染造成的，要摆脱也摆脱不了。每到一个地方，总有一种沉重的历史气压罩住我的全身，使我无端地感动，无端地喟叹。常常像傻瓜一样木然伫立着，一会儿满脑章句，一会儿满脑空白。我站在古人一定站过的那些方位上，用与先辈差不多的黑眼珠打量着很少会有变化的自然景观，静听着与千百年前没有丝毫差异的风声鸟声，心想，在我居留的大城市里有很多贮存古籍的图书馆，讲授古文化的大学，而中国文化的真实步履缺落在这山重水复、莽莽苍苍的大地上。大地默默无言，只要来一两个有悟性的文人一站立，它封存久远的文化内涵

――――――――――――

① 余秋雨：《出走十五年·自序二》，南海出版公司 2004 年版，第 20 页。

也就能哗的一声奔泻而出；文人本也萎靡柔弱，只要被这种奔泻所裹卷，倒也能吞吐千年。结果，就在这看似平常的伫立瞬间，人、历史、自然混沌地交融在一起，于是就有了写文章的冲动。"[①] 在自然的怀抱中，心灵自由放飞，文思就会不期而至，《中国艺术学》中就将"游"提炼为中国传统艺术精神的要素之一，书中说，游的心态为悟的审美思维方式提供了宽广的心灵空间和深厚的精神、情感动力。游的思想对于艺术，首先要求主体自我解脱、从主体的内部获得心灵的自由飘飞，最大限度地释放主体精神能量。

余秋雨的感受并非一家之言，同样有许多人对此有深切的体悟，他们与余秋雨同声相和，共同表达了行走在自然中的欣喜与快乐。贾平凹的《西路上·一个丑陋的汉子终于上路》中不仅写出了在西部行走对心情的愉悦，更有对身体康复的益处："西部对于我是另一个世界，纠缠了我二十多年的肝病就是去西部一次好转一次，以至毒素排出，彻底康复。更重要的是逃离了生活圈子的窒息，愈往边地去愈亲近了文学，我和我的影子快乐着。"[②] 看来，行走不仅是让思维开放了，更重要的是身体更健康了。身体的健康与思维的开阔应该是相辅相成的，两者并行不悖。

行走中，人的生存空间拓展了，心灵的空间也得到了拓展，自我在扩展中丰富。熊育群曾经用三个月时间走过了藏北的羌塘草原、阿里的神山圣水，爬过了珠峰，穿过了大峡谷。五次大难不死，像珠峰雪崩、大峡谷山体塌方、中印边境的暴雨雷击、藏北无人区的迷路，还有饥饿、翻车等都遇到了。在海拔 5000 米以上的高山上，心肌缺氧，回来后忙于写作不注意休息，致使心脏受到很大伤害。经历了这么多的历险与伤害后，熊育群却"决不后悔"。他说："西藏之行使我的心灵得到了洗礼。四次与死亡相遇，使我重获新生。心灵深处的改变更大。我认定了朴实的生活才是生命所需要的。一切奢华皆过眼烟云。"并深深体会到："在行动中，心灵的感受是变幻最大最丰富的。因此，我的创作得益于我的行动。人生重要的在于经历，多些经历，就多了

---

① 余秋雨：《〈出走十五年〉自序二》，南海出版公司 2004 年版，第 21—22 页。
② 贾平凹：《西路上·一个丑陋的汉子终于上路》，云南人民出版社 2001 年版，第 7—8 页。

生命的内容，等于延长了人生。我用空间来战胜时间。谁都知道个体生命终归走向虚无，我在这个句号前拼命行动。"熊育群行走西藏后，完成了《西藏的感动》、《走不完的西藏》及《灵地西藏》的创作，每一本书都得到读者的认可。祝勇认为，熊育群的书不能看做是游记，而要当作心灵史来阅读，这是对作品的肯定，更是对作者"行走"这一行为方式的肯定。

行走在改变了个体的生命状态的同时，也有利于作者的创作，这不仅在熊育群身上得到验证，而且得到众多作者的认可。行走文学的策划者之一，同时也是实践者的龙冬在《珍惜写作》一文中谈到他的《1999，藏行笔记》时说："我特别渴望读者能通过它，在认识西藏的同时也认识我。那么这个我是什么样的呢？它是行动着的我，从阿里赴西藏最西部，至今尚未民主改革的楚鲁松节，途中险象环生，几次晕倒；在新藏线上，翻越海拔六千多米的高山时'死人沟上背死人'……当然，行动不仅是冒险，行动是一个人在他的境遇中充满主动性的自我展现，因为是主动的，行动使自我扩展和丰富。"林白也对此次行动的意义作出自己的回应："我始终觉得日常生活对人的消磨很要命，通过出去行走，超越了日常生活。路上很累，全凭革命意志在坚持。但我不是为了写作而行走，而是想获得在路上的状态和感觉。写作是第二位的。"① 行走对个体生命的意义是不言而喻的，走本来就是生命存在的一种方式；在行走中，自我得以重新塑造。而与自然的零距离接触，被束缚的身心得到解放，人对自然的感受力在恢复的同时又得到增强。

二、走进自然，感受自然

中国的文人，不但特别喜欢，而且非常善于从自然的乡村旷野中去寻找人生的乐趣，抒写人生情怀，寄寓人生境界。源远流长的中国山水画与田园诗，字里行间流溢着中国文人的这种风韵而淡远的情致。自然的环境，往往

---

① 林白：《"行走"：媒体故事》，林建法、徐连源主编：《中国当代作家面面观——灵魂与灵魂的对话》，浙江文艺出版社 2004 年版，第 462—463 页。

能够放松身心、陶冶性情，重新建构个体的精神世界。新时期的散文作家不仅抒写自己在大自然怀抱中的沉醉，而且反思人与自然的关系，表达对自然的敬畏之情。

（一）生命在自然中沉醉

在《林泉高致》中，郭熙论述山水画的社会意义，进而论述了山水对于人的重要作用。他说："君子之所以爱夫山水者，其旨安在？……丘园养素，所常处也；泉石啸傲，所常乐也；渔樵隐逸，所常适也；猿鹤飞鸣，所常亲也；尘嚣缰锁，此人情所常厌也；烟霞仙圣，此人情所常愿而不得见也。"君子之所以爱山水，是由于山水使人感到快乐，感到舒适，感到亲近，一句话，感到美。与此相反，城市中远离自然的生活，让人感到孤独，感到造作，因为"城市是人造的巨量堆积，是一些钢铁、水泥和塑料的构造。标准的城市生活是一种昼夜被电灯操纵、季节被空调机控制、山水正在进入画框和阳台盆景的生活，也就是说，是一种越来越远离自然的生活"[①]。正因如此，韩少功向往一种融入自然的生活，一种自由和清洁的生活，在城市生活了多年后，他与妻子带着一条狗 ，回到了当年插队的地方，感受一种"画框"里的生活。

韩少功称自己是因为厌倦才来到这里的，他说："融入山水的生活，经常流汗的生活，难道不是一种最自由和最清洁的生活？接近土地和五谷的生活，难道不是一种最可靠和最本真的生活？我被城市接纳和滋养了三十年，如果不故作矫情，当心怀感激和长存思念。我的很多亲人和朋友都在城市。我的工作也离不开轰轰城市。但城市不知从什么时候开始已越来越陌生，在我的急匆匆上下班的线路两旁与我越来越没有关系，很难被我仔细看一眼；在媒体的罪案新闻和八卦新闻中与我也格格不入，哪怕看一眼也会心生厌倦。我一直不愿被城市的高楼所挤压，不愿被城市的噪声所烧灼，不愿被城市的电梯和沙发一次次所拘押。大街上汽车交织如梭的钢铁鼠流，还有楼

---

① 韩少功：《遥远的自然》，出版社编：《大自然与大生命——10年人与自然散文精品》，百花文艺出版社2003年版，第1页。

墙上布满空调机盒子的钢铁肉斑，如同现代的鼠疫和麻风，更让我一次次惊悚，差点以为古代灾疫又一次入城。侏罗纪也出现了，水泥的巨蜥和水泥的恐龙已经以立交桥的名义，张牙舞爪扑向了我的窗口。”这种脱离自然的生活、离开大地和泥土的生活让城市人感到疲惫，他们追问生活的意义却找不到答案，为了纪念童年和自然，他们在墙头挂一些带框的风光照片及风光绘画，自己却被久久地困锁在画框之外，生活只能这样吗？人还有没有感受自然的能力？“对于都市人来说，画框里的山山水水真是那样遥不可及？我不相信，于是扑通一声扑进画框里来了。”①

据学者分析，人的感性生命体现为两种基本形态：欲望感性和自然感性，它们共同构成人类感性生命的丰富性、复杂性与统一性。欲望感性以对物质利益的占有为目的，一旦发展过度，感官被物质的欲望阻塞，就会对自然无动于衷，甚至产生排斥自然的内在惰性。自然感性则是人对自然的感性经验所形成的感知自然的敏感性，与自然保持密切关联的感应能力，由生命深处所生发的对自然的亲近感，以及人对自然的归依感。对人而言，受神学的、理学的、政治的禁欲主义的束缚，使得欲望感性无足轻重，生命就会干瘪枯燥；而只是重建欲望感性，并在欲望的放纵中，使欲望感性取代理性，又会使人的生命单一化，造成生活的危机。要校正人类步履，需要理性的介入，但更要重建人的自然感性，它既是对过度的欲望感性的制衡，同时也是参与人类理性的重建，为人类理性提供尺度。若在人的生活及心灵中没有了自然，人不但会感到孤独，而且会失去快乐，失去一块审美的乐园。要重建人的自然感性，就要改变人对自然的态度，为自然复魅，体认自然正是以其永恒的不变性与广大的孕育性来托起人类的生存。② 韩少功的下乡，正是要体认自然，恢复对自然的感受力，重建人与自然间的亲密关系。

在这里，韩少功感受到了一个奇妙的世界：无限丰富又极端宁静。在这个地方，“只需要我随便找个什么地方蹲下来，坐下来，趴下来，保持足够

---

① 韩少功：《扑进画框》，《山南水北》，作家出版社2006年版，第1页。
② 参见刘锋杰：《重建人的自然感性》，《回归大自然》，北京大学出版社2006年版，第1—4页。

的时间，借助凝视再加一点想象，就可以投入一片灿烂太空"。作者在一片树叶前流连忘返："一片落叶是千里山脉，或者万里沙原。如果手中镜片有足够的放大功能，我们还可以看到奇妙的细胞结构，雪花状的或蜂窝状的，水晶状的或细胞状的。我们还可能看到分子以及原子结构，看到行星（电子）绕着恒星（原子核）飞旋的太阳系，看到一颗微尘里缓缓推移和熠熠闪光的星云。"① 抬头望天，作者看到，"月亮是别在乡村的一枚徽章"："我就是在三十多年的漫长白天之后来到了一个真正的夜晚，看月亮从树荫里筛下的满地的光斑，明灭闪烁，聚散相续；听月光在树林里叮叮当当地飘落，在草坡上和湖面上哗啦哗啦地拥挤。我熬过了漫长而严重的缺月症，因此把家里的凉台设计得特别大……"月光下的乡村，一切都是如此宁静，作者听到一声长啸，猜想"大概是一只鸟被月光惊飞了"②。

与自然融为一体的乡村人也成了自然的一个元素，单是他们的笑脸就具有自然的本色：天然、多样且自由。作者为这一幅天然的乡村笑脸景观图欣喜不已："下乡的一大收获，是看到很多特别的笑脸，天然而且多样。每一朵笑几乎都是爆出来的，爆在小店里，村路上，渡船上以及马帮里。描述这些笑较为困难。我在常用词汇里找不出合适的词，只能想象一只老虎的笑，一只青蛙的笑，一只山羊的笑，一只鲢鱼的笑，一头骡子的笑……对了，很多山民的笑就是这样乱相迸出，乍看让人有点惊愕，但一种野生的恣意妄为，一种原生的桀骜不驯，很快就让我由衷地欢喜。"③ 作者分析原因说："各行其是的表情出自寂寞山谷，大多是对动物、植物以及土地天空的面部反应，而不是交际同类时的肌肉表达，在某种程度上无政府和无权威的状态，尚未被现代社会的'理性化'流收编，缺乏大众媒体的号令和指导。他们没有远行和暴富的自由，但从不缺乏表情的自由。一条条奔放无拘的笑纹随时绽开，足以丰富我们对笑容的记忆。"这样自由的地方，怎么能不受到感染？作者

① 韩少功：《山南水北》，作家出版社 2006 年版，第 297—298 页。
② 韩少功：《山南水北》，作家出版社 2006 年版，第 46 页。
③ 韩少功：《山南水北》，作家出版社 2006 年版，第 25 页。

怀疑"在这里住过一段时间以后，我在镜中是否也会笑出南瓜或者石碾的味道，让自己大感陌生？"①

这些自由人的穿着也颇具特色，虽然挡不住外界的影响，但经过了自己的改造，一切都可以为我所用，这不，西服这一本来在正式场合穿着的套装，因为价格便宜就变成了乡村制服："西服成衣眼下太便宜了，已经涉及到绝大多数青壮年男人，成了一种乡村制服。不过，穿制服挑粪或者打柴，撒网或者喂猪，衣型与体型总是别扭，裁线与动作总是冲突。肩垫和袖扣的无用自不用说，以挺括取代轻便也毫无道理。如果频频用袖口来擦汗，用衣角擦拭烟筒，再在西服下加一束腰的围兜，或者在西装上加一遮阳的斗笠，事情就更加有些无厘头了。好在这是一个怎么都行的年头。既然城里人可以把京剧唱成摇滚，可以把死婴和马桶搬进画展，山里人为什么不能让西装兼围兜和斗笠？难道只准小资放火，不准农夫点灯？"② 不是作者为乡村人开脱，其实，物本就是为人所用的，自由惯了的乡村人不会拘束自己，他们才是真正的大地之子。

自然里包含着无数的生命，它们生生不已，是一个可以被无限感觉的对象。韩少功在这神奇的自然面前，听到了来自大地的遍地应答，消弭了孤独与城市生活中的焦虑："想想看，这里无处不隐含着一代代逝者的残质，也无处不隐含着一代代来者的原质——物物相生的造化循环从不中断，人不过是这个过程中的短暂一环。对于人这一物种来说，大自然是过去的驿站，是未来的驿站，差不多是人们隐形时宁静的伪装体。西方有人说：接近自然就是接近上帝。请问上帝是什么？不就是不在场的在场者么？不就是太多太多的陌生人么？就因为这一点，我在无人之地从不孤单。我大叫一声，分明还听到了回声，听到了来自水波、草木、山林、破船一石堰的遍地应答。"作者听出了"寂静中有无边喧哗"③。知道了"天并不是空，从来也不空"。这里，

① 韩少功：《山南水北》，作家出版社 2006 年版，第 24 页。
② 韩少功：《山南水北》，作家出版社 2006 年版，第 26 页。
③ 韩少功：《山南水北》，作家出版社 2006 年版，第 309 页。

人的心也变得细腻温柔起来，作者看到了"待宰的马冲着我流泪"。[①]身体朝向大地，思想也落到了实处，韩少功在乡村的生活经历、在自然面前的变化为当代人提供了一个鲜活的例证。

华语文学传媒大奖·二〇〇六年度杰出作家韩少功授奖辞说："韩少功的写作和返乡，既是当代中国的文化事件，也是文人理想的个体实践。他的乡居生活，不失生命的自得与素朴，而他的文字，却常常显露出警觉的表情。他把一个知识分子的生存焦虑，释放在广大的山野之间，并用一种简单的劳动美学与重大的精神难题较量，为自我求证新的意义。他的文字也因接通了活跃的感官而变得生机勃勃。出版于二〇〇六年的《山南水北》，作为他退隐生活的实录，充满声音、色彩、味道和世相的生动描述，并洋溢着土地和汗水的新鲜气息。这种经由五官、四肢、头脑和心灵共同完成的写作，不仅是个人生活史的见证，更是身体朝向大地的一次扎根。在这个精神日益挂空的时代，韩少功的努力，为人生、思想的落实探索了新的路径。"[②]这绝对不是虚美之辞，而是为现代人指出了一条解除生存困境的道路，是所有人的心灵共鸣。

韩少功在当年插队的地方恢复了对自然的感受力，摆脱了城市生活中形成的厌倦情绪，找到了一条解除生存困境的途径。然而，大自然是无限丰富的，要充分领悟自然之道，就要把自然看作是有生命的世界，与自然及自然中的一切平等对话，才能真正实现对个体生命精神世界的建构。歌德对自然的赞美情不自禁："自然！她环绕我们，围抱着我们……她永远创造新的形体；现在有的，从前不曾有过；曾经出现的，将永远不再来；万象皆新，又终古如斯。我们活在她的怀里，对于她永远是生客。她不断地对我们说话，又始终不把她的秘密宣示给我们。我们不断地影响她，又不能对她有丝毫把握。"[③]

---

① 韩少功：《山南水北》，作家出版社 2006 年版，第 95 页。
② 谢有顺：华语文学传媒大奖·二〇〇六年度杰出作家韩少功授奖辞，《当代作家评论》2007年第3期，第 113 页。
③ 刘锋杰编：《回归大自然》，北京大学出版社 2006 年版，封底语。

歌德这样说，是要告诉人们：自然太神奇了，神奇到人类无法想象它，更不用说去把握它了。在自然这生生不息的怀抱里，我们只能以自己的心和灵性去和自然中的生命对话。

把自然中的一切诸如山、水及一切生灵等都看作生命，就会与它们之间建立一种默契。新时期的散文作家楚楚去看武夷山，感觉武夷山是真山真水真性情，是有血有肉有灵性的，作者感叹道："人类之所以会以轻慢浮华的态度来面对天地造化，之所以会盛气凌人地来君临山水，正是由于不把它看成生命，不能以自身的文化感悟与山水构成宁静的往返与默契。武夷是朴实的，又是清高的，荣枯的故事都在里面，有缘无缘随你。""游客在看山的同时，山也在看游客。"[①] 同样，张抗抗理解了牡丹的拒绝，就有了另一番感悟，将一次失望之旅写得趣味盎然："任凭游人的扫兴和诅咒，牡丹依然安之若素。它不苟且不俯就不妥协不媚俗，它遵循自己的花期自己的规律，它有权利为自己选择每年一度的盛大节日。它为什么不拒绝寒冷？！"[②] 牡丹宁可承受徒有虚名的质疑，也要坚守自己的个性，遵循自己的花期，作者欣赏牡丹的倔强，学会了享受失落后的意外，达观、机智的人生态度由此建立，谁能说这不是与牡丹心心相通的结果？

把自然中的个体看作具有主体地位的生命，就会对自然中的生灵由衷地赞叹，李存葆看那些"雪野里的精灵"："当我走至巨石下面，呈现在面前的竟是一片美妍的小花。……小花一株株、一簇簇，攒攒挤挤，比肩争头。这些小花仅比米粒儿稍大，白的、紫的、蓝的、红的、黄的，五颜六色，星星点点。看到如此众多的小生命，坚忍不拔而又蓬蓬勃勃地活在这雪地里，我的眼睛被染得灿烂起来。我惊异地看着这些小生命，它们也仿佛睁着深情的眼睛凝望着我。这些米粒般大小的生命，像是在告喻我：希冀、渴望、追恋、向往，是一切生命的本质。即使天冷了地冷了宇宙的一切都冷了，它们也会

---

①　楚楚：《山看人》，林非选编：《中华游记百年精华》，人民文学出版社 2001 年版，第 555-556 页。
②　张抗抗：《牡丹的拒绝》，王景科主编：《精美散文读本》，山东友谊出版社 2004 年版，第 378 页。

顽强地举起美的萌芽，决不肯把生命的篷帆轻易降落。"①自然的美让人惊叹，更让人的心灵震颤："西双版纳的热带雨林，就是上苍从袖口撒落在华夏版图上的一卷翠得让人眼亮、美得叫人心颤、神秘得令人窒息的'绿色天书'。"作者简直被自然的大美超度了心灵。

　　自然是个大生命，融入它的生命，将为人类的生命注入无尽的活力，赋予人以新的生命精神。新时期散文作家屡次强调人在大自然面前的渺小和短暂，表达了人对大自然的敬畏之情。李存葆在神农架："踱步于金猴岭那由冷杉组成的原始林旁，大吐大纳，进行着气自丹田的呼吸。在这每立方厘米中含有十几万个负氧离子的特级氧吧里，我感到人生的倦意在消失，生命的倦意在消失，怀疑生活的理由也在消失。"面对断流的黄河，他在《大河遗梦》中感叹："神秘与威严同在，神秘与大美共存。神秘是诱发人类不断追求的因子，大自然的神秘与壮美，也是我们这些困在水泥方块中的现代人，那浮躁的灵魂能得以小憩的最后一隅。黄河，断流的黄河，你失却了神秘便失却了威严，失却了大美，从而也使我们失去了一块偌大的慰藉心灵的栖息地……"②这种对大自然神秘的寻求和对人类生命渺小的体认是对现代文明的合理超越。而走在西路上的贾平凹，空旷素寞的西部风景使作者收敛起张狂，丢弃了平日的烦恼和忧愁："我看到的西路是竖起来的。你永远觉得太阳就在车的前窗上坐着，是红的刺猬，火的凤凰，车被路拉着走，而天地原是混沌一片的，就那么在嘶嘶嚓嚓地裂开，裂开出了一条路。平原消尽，群山扑来，随着沟壑和谷川的转换，白天和黑夜的交替，路的颜色变黄，变白，变黑，穿过了中国版图上最狭长的河西走廊，又满目是无边无际的戈壁和沙漠。当我们平日吃饭、说话、干事并未感觉到我们还在呼吸，生命无时无刻都需要的呼吸就是这样大用着而又以无用的形式表现着；对于西路的渐去渐高，越走越远，你才会明白丰富和热闹的极致竟是如此的空旷和肃寂。上帝看我们，如同我们看蝼蚁，人实在是渺小，不能胜天。往日的张狂开始收敛，那

----

① 李存葆：《雪野里的精灵》，《大河遗梦》，解放军文艺出版社 2002 年版，第 198 页。
② 李存葆：《大河遗梦》，解放军文艺出版社 2002 年版，第 41 页。

么多的厌恼和忧愁终醒悟了不过是无病者的呻吟。"①

自然之道，也是人之道。对于个体的生命而言，死与生总是相对的，但对整个人类的历史而言，生命之流从未间断，自然中的生命与人的生命有相似之处，面对热带雨林中的"绞杀树"大青树，人们常把它咒为"恶魔"，但李存葆却认为，实则它们是上苍为雨林不断更新派遣的使者。正如雨林中那一生只在岁暮开一次花便寿终正寝的翠竹和贝叶棕一样，死并非是生的对立面，悲壮的死总是赓续着壮丽的生。正是有了绞杀树在忠诚地履行着它的天职，才使得雨林永远高吟着铁流似的生命进行曲。从死中看到生，从残酷中看到自然伟大的法则，是生态智慧的体现，也是体验人生智慧的一大法门。不仅如此，对所有人都是一视同仁地慷慨接纳的大自然，为每一个生命都留有一方位置，在它的怀抱里："万千生命中的每种生命，都能找到各自的生存位置。它们都有充分的权利谋求生机与繁荣。雨林下那仁慈的地母，对它们不分高低粗细，不分长短宽窄，不分三六九等，不分嫡生庶出，毫无取舍、毫无嫌弃地全部容纳了它们。"李存葆这《绿色天书》中那迷人的西双版纳，就是一个众生平等的乐园。在自然中，人们实现了自己的共和理想。

李存葆曾经说过，和谐是众美之源；人与自然的和谐，才能使人感到安闲、惬意、舒爽和怡乐。只有人与大自然的和谐才使人有了皈依，也才使大自然有可能避免被人类毁灭。但目标虽有，道路却遥远而曲折。

（二）人与自然的反思

人类对自然的过度开发占用引起了生态环境的恶化：物种异化、生物莫名奇妙地自杀、气候异常等自然异常现象时有发生，人与自然怎样才能和谐相处的问题成为大家关注的热点，反思人与自然关系的生态散文应运而生，目前进入读者阅读视野，引起大家注目的生态散文主要有如下篇章，它们从不同的角度来反思人与自然的关系：

"李存葆的散文集《大河遗梦》在关于黄河、泰山、沂蒙、洪洞、鲸殇

① 贾平凹：《西路上·爱与金钱，使人铤而走险》，云南人民出版社2001年版，第23—24页。

这些与自然相关事物的叙写中，表达对于生态危机的焦虑与改变生态现状的思考。林宋瑜的散文集《蓝思想》以海洋生态状况为视角揭示生命意识和生态文化的内涵。周晓枫的散文集《鸟群》在对仙鹤、乌鸦、啄木鸟等动物生存状态的描绘中，在揭露人类对自然界动物的戕害中，表露出对生态环境日益遭到破坏的忧患和不满。深受梭罗、利奥波德等人的自然思想和伦理观念影响的苇岸，创作了《一九九八：二十四节气》、《大地上的事情》等一系列生态散文，赋予冰冷的大地活泼的有韵律的生命，追求人和大自然的和谐与统一，表达其对工业社会的反省，反对人类和自然的对立。"① 生态作家于坚在 2008 年获得了首届《南方都市报》华语文学传媒盛典"生态致敬作家奖"，并出版了自己的散文集《相遇了几分钟》，既表现了自然原始的美，又包含对现代文明的批判。作家张炜的散文集《匆促的长旅》表达了对大地的敬重和爱；他单篇发表的散文《美生灵》透露出自己对弱小生命的热爱和对人类残害其他生命的谴责。韩少功的散文新作《另一片天空》，流露出对现代文明的排斥和对简单生活的向往之情。贾平凹的《溪流》蕴含着对大自然的深深眷恋。2009 年出版的李存葆的最新散文集《最后的野象谷》，收录了《鲸殇》、《净土上的狼毒花》、《最后的野象谷》等多篇生态散文佳作，反思了人类行为给众多动植物的生存所带来的灾难，促使人类去面对当今地球上的物种的快速灭绝，从而去思考人类应该怎样做才能挽生态平衡于艰危。

中国生态散文创作方兴未艾，李存葆尤其值得关注，他的生态散文格局宏大，意蕴深邃，《鲸殇》、《大河遗梦》、《霍山探泉》、《绿色天书》、《最后的野象谷》、《净土上的狼毒花》、《神农架启示录》等一篇篇生态意识鲜明、语言华美的散文的横空出世，预示着绿色大散文的诞生。

《大河遗梦》中，他写黄河几次断流，暴露人对自然肆意破坏带来的生存困境，以冷静理性的分析展示生存中的苦涩，引人反思。比如对黄河的断流所发出的追问："你乃百水之首，怎么会断流？""你这力能回天的大河，

---

① 杨剑龙、周旭峰：《论中国当代生态文学创作》，《上海师范大学学报》2005 年第 2 期，第 41 页。

尤瑞认为，凝视是通过标志和差异被建构起来的。凝视主体通过凝视对象从日常生活经验中分离出来，从而获得愉悦的情感体验。我们借助尤瑞对凝视的研究，认为西藏因其奇特的高原景观、神奇隽永的传说、神秘的宗教、虔诚的教徒等特征而成为一个值得凝视的地方，人们在凝视西藏的过程中，不仅得到情感的愉悦，而且在思想、心灵等精神方面都有新的建构。

1. 西藏：一个值得凝视的地方

世界第三极的高原景观、封闭的环境、神秘的宗教，当今的西藏，被人们喻为世界上最后的一片净土，她独具特色的人文地理吸引着国内外各方人士。人们游西藏、看西藏、写西藏，充分展现了西藏的神奇和美丽。然而它们大都是从旅游者的角度切入，给读者呈现的是旁观者眼中的西藏；色波主编的散文集《你在何方行吟》、加央西热的《西藏最后的驮队》以及平措扎西的《世俗西藏》，给我们呈现的则是西藏人自己的西藏。作为来自珠穆朗玛的本族写家，他们讲述西藏的过去，有传说，有神话；还描述了西藏的现在，有幸福，有迷茫。他们还原的才是一个具有民族特征的藏文化。

《你在何方行吟》的封底介绍说："在这个缺乏历险的时代，一个离太阳最近的高原民族，以文学的方式和自己的姿势伏下身来向你轻声述说——心灵其实应该翱翔。一群来自珠穆朗玛的本族写家，首次当代藏族文学的全面展示。这里，第一缕阳光都裹挟着一人惊心动魄的故事，每一座石碑都镂刻着一段神奇隽永的传说，每一片云彩都浸染着一袭古老悠远的梦想，每一方脚印都回旋着一股圆融质朴的民风。"这本《你在何方行吟》就是一本关于西藏的书。它辑录了十位藏族作家关于他们家乡的散文，组成了"玛尼石藏地文丛"的散文卷。

西藏是个神奇的地方，天气变化无穷，色波的"墨脱四日行"中，一会儿还是晴空当日，转眼间就下起瓢泼大雨，躲上一段时间，雨过天晴，让人捉摸不透；拉萨的八廓街，既有虔诚的教徒转经，又有繁华的商业，唯色看它犹如"喧哗的孤岛"，央珍看它则宗教与商业并重，是传统与现代的结合体；在班果眼里，宗教挡住了西藏经济发展的步伐，因此他说："一片羽毛似的贝叶飘临西藏，整座高原覆盖上了千年的忧郁和沉重。"①唯色面对拉萨八廓街上转经的人群，真切地体悟佛教的经典："这是一个无限循环的大圈，犹如无穷无尽的轮回，它体现了佛教的时间观，也寄托了佛教的空间观，实际上蕴含着佛教的全部思想。佛教的思想即包含着无限的意义。这种无限不仅体现在无穷无尽的轮回上，亦体现在无穷无尽的因果上。或者说，这二者是相互作用，相互影响的。……佛教是大慈大悲的诸佛菩萨恩赐给这块充满艰辛的高天厚土上的人民最好的礼物，所以藏人总是像爱护生命一般深深地珍惜着它，当他们走在无休闲循环的转经路上的时候，他们会从心底里感受到这一点。"②在西藏这片"如诗的高地"上，一切都是如此奇妙，但在这些藏族作家的笔下，一切又都是自然而然的，他们对自己民族的理解是日常的。

在西藏，最不同的当然还是人，索朗仁称笔下有"神奇的舅爷喇嘛"，扎西达娃的"西藏女人"更富有高原的爽朗与豪放："西藏女人，心胸宽广，坦然面对人生的不幸与快乐，绝不会因家中失火被盗而哇哇大哭，更不把针头线脑的琐事放在心头上。她们的笑声很爽朗，她们笑容很灿烂，她们脸上丰富的表情，是我在任何地方都难以见到的。她们生性乐观，在繁华的闹市街头，她们敢于旁若无人地纵情歌唱，不论是三岁的小女孩，还是八十岁的老太太，无一例外。她们心地善良，极富同情心，这种慈悲心肠有时使她们立场不坚定，她们的原则是，同情弱者。她们天性自由奔放，坦然面对爱情，很少有羁绊和精神枷锁，而对情人，她们也常常颜面羞涩，脸儿绯红，但这决不是内心冲突的心理障碍而是保留了外面世界现代女性逐渐丧失的一份魅力；她们从不读《如何赢得男人心》之类雕虫小技的实用工具书，一旦有了意中人，便以欧洲军团的方式，大张旗鼓地正面进攻，其大胆和执拗，常常令学问过多的书呆子跌破眼镜，最后落荒而逃。"③格央以姐妹般的情谊解

---

① 班果：《贝叶经河西藏》，色波主编：《你在何方行吟》，四川文艺出版社 2002 年版，第 308 页。
② 唯色：《圣地中的圣地》，色波主编：《你在何方行吟》，四川文艺出版社 2002 年版，第 290 页。
③ 扎西达娃：《西藏女人》，色波主编：《你在何方行吟》，四川文艺出版社 2002 年版，第 58 页。

读"牧场主的妻子"和"尼姑女人",她这样表白自己的感受:"作为一个自小在传统的藏文化氛围中长大的女性,我能够直接感受到在这个特殊的生存空间下,女性所面临的生存问题。带着这种感受,我写下了一些关于藏族女性的文字,对我自己来说,这不只是一次心灵的愉悦,也是对自己内心的交待。"①

《西藏最后的驮队》全景式立体地展现了藏民族的文化与民俗、历史与现实。作者加央西热,出生于藏北草原,是牧民的后代,不仅熟知驮队生活,小时还亲自参加了驮队的驮盐生活。对《西藏最后的驮队》的出版,以写西藏著称的作家马丽华以为"对读者而言,也许意味着你第一次听到来自藏北本土的声音。有了这一权威发言,你以往所见由我们这些'他者'的相关描述均可被略过"②。

藏族文化很大程度上都与驮盐联系在一起。1000多年以来,藏北男人每年都要赶着牦牛去盐湖驮盐,加央西热将浸透汗水的驮运路看做是自己民族的缩影。驮盐经过千百年来的历史沉淀,负载了丰富的文化符码。譬如,驮盐队拒绝女人参加,驮盐的男人们要专门组成临时家庭,驮盐人必须讲盐语等。但是,随着现代化运输工具的普及,驮盐已经成为了历史,而藏北的200多个盐湖除了"孔孔"湖以外,再也不能生产盐巴。对此,加央说:"我并不惋惜消失的历史。但是,我要忠实地记录它。"加央曾经带领摄制组全程拍摄了驮盐的过程,并且不断整理独具藏区特色的盐歌、盐语和与之相关的原始的交易过程,将其写进这本《西藏最后的驮队》之中。

书中不仅记述了西藏北部牧民历经数月,赶着牦牛找盐、采盐、驮盐的过程,还涉及一些与驮盐有关的仪式、用语及文化习俗以及驮盐牧民与农民间的盐粮交换等过程。《西藏最后的驮队》,对藏族牧民的生存状态做了真实的反映。作者不仅写到了驮盐,还写到了牧民的日常生活,触及牧民的日

① 色波主编:《你在何方行吟》,四川文艺出版社2002年版,第311页。
② 郭阿利整理:献给当代文坛的一份厚礼,http://info.tibet.cn/info/literature/200505/t20050508_27948.htm,发布时间:2004-10-08。

常劳作方式（如放牧、育羔、剪羊毛等）、婚丧嫁娶、饮食起居等许多方面。青年文学评论家李敬泽先生谈到这本书时说："它让我非常惊喜地或者非常新鲜地感受到了西藏生活的日常性和世俗性。因为这么多年的书写，我们已经习惯于把西藏的整个生活描写成一个巨大的精神生活。藏民族的生活本该有的日常性却被忽略了。在我们中国文化中，西藏始终是一个被发现的对象，某种程度上它也是一个不断自我发现、不断自我言说的对象。我认为，能够真正找到和发现西藏生活的日常性和世俗性本身就是一件非常有价值的事情。"①作者将笔墨重点放在了对延续了千百年的牧民生活所发生的深刻变化的揭示上，如因新的运输工具——汽车的兴起，用驮队驮盐和盐粮交换作为一种旧的劳作方式已告终结；短短的二十余年间，牧民们告别了用了几千年的牛毛帐篷，住进了房屋；一些牧民买了汽车，往返于城市与乡村，成为当地有名的富户……这些都真实地反映了西藏日新月异的变化。

称作民俗文化散文集的《世俗西藏》，既是文学的西藏，又是民俗的西藏。作者平措扎西为我们展示出一幅幅丰富而生动的民俗文化风情画卷，他带着我们回到了幼年时代，回到了藏南的生活习俗的情景之中，牵动了我们对流逝的时光的温馨记忆和对传统的民风习俗的亲情。他描写小酒馆里各色人士的举止与言行是如此情趣盎然："走进酒馆这一方小天地，犹如剥去了象征身份的衣裳，没有身份的贵贱，没有职务的高低，没有家境的贫富，一碗酒端平了外面世界的倾斜。在这方天地经常上演这样的情景：赌输了钱的贵人交不起酒钱，在墙上画一条条线标记赊账；一时暴富者大方地付给小费时的爽笑；酒客与酒娘间暧昧的眼神；酒客与酒客间不需要语言的交流。算不上多么豪华的小酒馆，给那些在颠簸中生存的人一些麻醉，一个暂时的忘忧处。"他在"藏乡酒话"一篇中多处描述酿酒、敬酒、醉酒的情景和对酒的感受认识等，表现出对民俗文化的深入研究和文化自觉。关于酒曲子的民间传说富有西藏的地方特色：酒曲子是狼的心脏，使人喝醉以后胆大如狼；

狐的嘴唇，喝醉了使人话多；牛的蹄子，喝醉了走路不稳。平措扎西看待民族的世俗风尚，有一份清醒与自觉，这在他的"藏乡酒话"、"西藏的甜茶馆"、"拉萨的朗玛歌舞厅"以及"圣官下的世俗村落"等篇章中都有充分表现。因此，《世俗西藏》是民俗文化的西藏，正如作者自己所介绍的："是想写一些别人没有涉足到，或者没有写透、写全的有关西藏文化知识和风土人情的内容，把鲜为人知的民俗文化和人物故事表述出来，把一个揭去面纱的西藏，真实地呈现在读者眼前。"[①]

　　神秘的西藏吸引了各方人士，召唤着富有生命激情的人对它的探险，而个体在西藏探险中得到锤炼，精神世界得以重建。汉族作家熊育群被人称赞是用生命来体验西藏的。他在出版过三本游历西藏的书后，面对记者的镜头，毫不掩饰自己对西藏的热爱和感激之情，他说西藏真是他所到过的地方中最奇特的，它把自己的整个心性都改变了。那里湛蓝的天，雪白的山峰，寂寥的山谷，像有一种巨大磁力吸引人去感觉她；西藏有一种巨大的力量，她来自于自然，也来自于生存，她能改变你的人生观，改变你的心态，让你更接近生存的本质。她给你一种坚定的力量，像信仰一样，不对现实屈服，坚持自己的理想；而这是我们这个时代最最缺少的。熊育群声称对西藏有一种感恩的心理，马丽华与熊育群对西藏的单纯感激不同，她直接把自己当作了一个西藏人，她写西藏，是以一个藏人的身份来描述的。

　　2. 马丽华：从他者到我们的转换

　　在表述西藏的所有散文作家中，至今已出版《藏北游历》、《西行阿里》、《灵魂像风》、《藏东红山脉》等系列作品的马丽华尤其特别，她在西藏生活工作了多年，用心体验了西藏的苦与乐，用笔给读者呈现了一个她眼里的真实的西藏，由于对西藏的书写，她被称为"西藏的马丽华"，完成了自己从一个西藏的"他者"到"我们"的身份转换。

　　一个外来"发现者"认同、热爱、理解一个民族，需要真诚、善良的心

---

　　①　平措扎西：《世俗西藏》，作家出版社 2005 年版，序言。

性和宽阔的胸怀，更需要融入自己的生命。作为藏北、阿里、藏东、藏南谷地的深入踏勘者，更作为西藏文化、藏民族现实生活、精神追求的"在场者"，马丽华所看到的、听到的、触摸到的、感受到的东西，是一个外来游客或者单纯文化人类学者、作家诗人难以想象的，甚至也是一个世代生活在西藏某个区域的当事者所无法想象的。西藏的神山圣水和人民启迪了马丽华，使她发现了自己，发现了自己的生命形态和价值，甚至发现了体验死亡的淡定从容。所以，马丽华是幸运的，她通过自己的西藏生活和散文创作，实现了生命的升华。她接受西藏和被西藏接受的同时，人生有了"一种意味，一种境界"。在《人文地理》试刊词里，这段话更能体现马丽华的写作立场："表述者与文化主人的地位关系，是一个巨大的命题。我们都知道，事实上为恩格斯的《家庭、私有制及国家的起源》启蒙的民族学大师摩尔根，曾被美洲原住民的部落接纳为养子。必须指出，养子，这个概念的含义绝非仅仅是形式而已。这是一位真正的知识分子对自己地位的纠正。这是一个解决代言人资格问题的动人的例证。"①接受西藏又被西藏接受的马丽华，是西藏的表述者，也是西藏的"主人"，她在内心深处已经把自己当成了"西藏人"，在这意义上，马丽华的确是西藏的"养子"。

作为"西藏人"，作为西藏的"养子"，马丽华是以文化相对主义的观点来表述西藏的，她的这一态度及写作视角，也得到了人类学家格勒和周星的认同，"人类学家格勒和周星都曾谈到马丽华的'文化相对主义'，认为他的写作体现了现代文化人类学的这一根本立场，但我认为，马丽华是个天生的文化相对主义者，即使她没有受过有关的学术熏陶她也会是，我宁可把她看成她本来就是的那种人：她是诗人、是文学家，而诗与文学的根本要义就是尊重和理解他人的真理，就是将世界从使它干涸的种种意识形态下解放出

---

① 索飒：《从他人到我们——拉丁美洲印第安人运动的崛起》，南帆等：《符号的角逐》，江苏文艺出版社2008年版，第97—98页。

来，恢复它的丰满和复杂。"①

　　文化相对主义认为，每一种文化都会产生自己的价值系统，人们的行为来自特定的社会文化环境，任何一种行为都只能用它所从属的价值体系来评判，没有也不可能有绝对的价值观念和标准。它的核心是尊重差别，强调多种生活方式的价值，在不同文化族群之间以寻求理解与和谐共处为目的。马丽华是以"自己人"的身份和态度来对待西藏的。所以，这些作品"虽然出自一个生长于黄海之滨的汉族作者之手，却无一丝一毫的民族偏见，相反的，作者'心悦诚服地接受了当代文化人类学界有关文化模式、思维方式并无高下优劣之分的观点'，认为'任何轻视和无视另一生存形态的思想都是愚蠢的五十步笑百步'。尤为可贵的是，作者为自己'可以在故乡人面前毫不自卑地称道自己为西藏人'而感到自豪。这正是当代人类学家必备的态度。"②西班牙当代作家胡安·戈伊蒂索洛说过："一种不承认边缘文化丰富性的文化注定要遭到诅咒，一个自私的、无视他人生存境遇的民族必定会受到惩罚。"③那么，为西藏的神山圣水骄傲、为西藏的文化惊叹、为西藏的发展忧虑的马丽华理应得到大家的认同和赞赏。

　　马丽华到藏北，到阿里，到藏东，到藏南，美丽的自然始终都是她追逐的目标之一：宁静澄澈的湖水、雄伟圣洁的雪山、茫茫无际的草原；深沉幽静的夜色、明朗蔚蓝的天空、绮丽似锦的夕照；自由舒卷的白云、透着雨气的微风、清脆的鸟声……美丽的西藏构成了作家个人存在的自由的空间，在自然中，无边的生命畅想成全了灵魂的放飞。作者震撼：

　　　　狂风过后，黄昏的草原格外安详。东方天际骤然映现一弯巨大的彩虹，七色分明，两端深深楔入南北方地平线之下的草野，美丽得叫人目

---

　　①　李敬泽：《山上宁静的积雪，多么令我神往》，林建法、徐连源主编：《中国当代作家面面观——灵魂与灵魂的对话》，浙江文艺出版社2004年版，第442页。

　　②　格勒：《西行阿里·1992年作家版序言》，《西行阿里》，中国藏学出版社2007年版，第16页。

　　③　索飒：《从他人到我们——拉丁美洲印第安人运动的崛起》，南帆等：《符号的角逐》，江苏文艺出版社2008年版，第102页。

瞪口呆。当彩虹渐渐褪色，有窄渐宽，由亮而暗，灿然直射中天，岂止万丈之遥！①

——《藏北游历·文部远风景》

也不乏沉醉：

　　纳木湖碧波粼粼，一个永远风平浪静的海洋。还是在多年前的一个夏日里，我曾乘坐捕鱼的小船滑行在水面，探身将手长时间地浸入清亮亮的湖中。置身于雪山蓝湖间的享受，至今犹不能忘怀。②

——《藏北游历·西部开始的地方》

　　生命因对苦难的承受而散发出光辉，马丽华赞扬西藏同胞在苦难烛照下，生命存在的价值和焕发的绚烂光彩：藏民在苦寒的雪域高原上艰难地生存着，他们忍受着恶劣的生存考验，但是他们的生存却"不仅仅代表一个民族，而是代表了人类坚守在这里"。朝圣者以身体丈量万里朝圣路途，以微弱身躯抗拒风霜雨雪，但是他们对信仰的忠贞、对宗教的虔诚却赢得了全世界人们惊异与钦佩的目光；还有藏族人对待雪灾的那份坦然，更让作者自叹弗如，"他写的是'洼地的雪可以淹没一匹马'的大雪天，大雪那件死神的白披风里，牧人总是鸟一样地飞出，并且总唱着自信的歌"，"这样的诗，我写不出"；在牧人千百年来与雪灾的悲壮抗争中，作者看到了招摇在藏北上空的火红的橘黄的深蓝的经幡们的象征意蕴，它们"是环境世界的超人力量和神秘的原始宗教遗风的结合，可以理解为高寒地带人们顽强生存的命运之群舞，是与日月星光同存于世的一种生命意兴，具有相当的美学魅力"。

　　北大学者、当代作家曹文轩说："物质的苦难，是一种深刻的苦难，这

---

① 马丽华：《藏北游历》，中国社会科学出版社 2002 年版，第 17 页。
② 马丽华：《藏北游历》，中国社会科学出版社 2002 年版，第 44 页。

种苦难是实在的，而且它既是肉体的也是灵魂的。"[1] 对于生活在高原上的人来说，承受无处不在的苦难简直就是日常的生活，苦难给生命造成的摧残触目惊心：患大骨节病的村民骨节严重畸形，走路只能像鸭子一样摇摇摆摆；为了驱除发病时的剧烈疼痛，只能用烧红的烙铁灼烫关节，将彻骨之痛转向为皮肉之痛，以致膝盖、肘间伤痕累累；发病早的小孩子再也不能长高，只见一颗大脑袋与短小四肢；最可怜的是在娘胎里就发病的胎儿，一出生就是残废，"痛起来只会啼哭"……情景惨不忍睹。更让人忧虑的是，由于偏远、落后，大骨节病虽久已存在，但并没有引起相关部门的重视，致使情况日愈严重，到作者来时，已经是不足三万人的总人口中，竟然有 4000 多人患病。

物质的匮乏是西藏最大的苦难，为了寻求物质的满足，保证躯体的存活，西藏人忍受着不同寻常的折磨：为了维持生活，寻觅一片好草场，牧人往往要远离人群，到无人区，到海拔高达 5000 米的高原上忍受着风沙、雨雪、苦寒与寂寞，经年累月的风沙侵袭及烟熏火燎使他们的眼睛失去光彩；长久孤独的生活，使他们的交际能力退化，思维迟钝，并且一些牧人由于长久地生活在偏僻的、无人的地区，他们的形容面貌已呈现出自然人的状态；由于与人群隔离，无法解决一些基本需要，缺乏医疗护理，妇女生完孩子三天后，婴儿的脐带还没有剪掉……仅仅生存就已经耗去了绝大多数藏民全部的时间与精力，物质的苦难是西藏人最迫切地需要解决的问题。面对西藏的现实，马丽华认识到经济的发展才是解决问题的关键，因此，在后期散文创作中，马丽华将创作主题转向西藏经济的发展。

马丽华对狮泉河镇取暖方式的变化而高兴：由无节制的烧红杨林到利用太阳能，不仅城市发展了而且生态得到保护，这对当今西藏的经济建设具有积极的启示意义；从科加既传统又现代的生活方式中，作者发现在保存传统文化特色的基础上，大步追求现代化社会发展的前景。在对科加的藏文化的展现中，马丽华的散文使我们真切地感受到了传承西藏传统文化、追寻西藏

---

① 曹文轩：《只有苦难和美才能抵达人心》，《新作文（高中版）》2005 年第 9 期。

文化现代化道路的重大责任与意义。

马丽华用笔表达了自己的西藏，我们用心灵感受马丽华的西藏，体悟西藏的马丽华：她不仅仅是个西藏的游历者，她还是西藏的在场者、发现者，她更是属于西藏的马丽华。马丽华表现了一个如此令人神往的世界，领悟马丽华散文中的美的意蕴，对于我们的心灵有新的建构。李敬泽评价马丽华的那篇文章《山上宁静的积雪，多么令我神往》说出了读者的心声：

> 西藏的高山和山谷深深地吸引了我，我决定不久就去游览。我定过许多计划，打算过许多旅行，其中一想起来就使我高兴的就是准备去游历西藏的名湖玛旁雍措和附近积雪的冈仁钦波山。这是十八年前的事了。直到现在我始终没有去过这两个地方。甚至西藏我尽管向往也一直没有去成。我忙于工作、赚钱、看电视以及生儿育女，走不开。我用日复一日的生活代替爬山渡海以满足我的游历热。可是我仍然定计划，这是一种虽然在日常生活中也没有人能禁止的快乐。我常常梦想有那么一天，我漫游喜马拉雅山，越过这大山去看望我所向往的山和湖，然而年龄不断增加，青年变成中年，中年以后的时代更坏。有时我想到也许我将要衰老得不能去看冈仁钦波和玛旁雍措了。这种旅行即使走不到目的地也是值得一试的。
>
> 这些高山出现在我的心头，山虽然危险，染上了玫瑰色的晚霞，多么美丽。山上宁静的积雪，多么令我神往！ ①

凡高（Vincent Willem van Gogh）曾经说过：我们实际上穿越大地，我们只是经历生活。马丽华穿越西藏的东西南北，经历了在西藏的二十年的生活。独特的时空经纬把马丽华的世界织成了一个令人神往的艺术世界。马丽华则成为一个实实在在的西藏人。

---

① 李敬泽：《山上宁静的积雪，多么令我神往》，林建法、徐连源主编：《中国当代作家面面观——灵魂与灵魂的对话》，浙江文艺出版社 2004 年版，第 436 页。

　　新时期散文作家在行走中延展了自己的生存空间，在自然的陶醉中激活了自己的生命形态，在对自然的凝视中重新构建了自己的生命主体。他们跨足外在世界，激扬自己的生命活力；书写自己的内在世界，丰富思想、升华生命的境界。从旅游者到旅游散文作者，不仅是身份的转变，更是个体生命从外在到内在的超越，是个体生命的主体建构。

第三章　新时期散文中生命情感的书写

　　情感是主体心理活动的心理动力。情感状态影响着主体能力的发挥，影响着主体活动的效果，情感对主体具有激化作用、选择作用和维系作用，列宁指出："没有'人的情感'，就从来没有也不可能有人对于真理的追求。"[①]同样，恩格斯也强调激情的普遍存在："在社会历史领域内进行活动的，是具有意识的、经过思虑或凭激情行动的、追求某种目的的人；任何事情的发生都不是没有自觉的意图、没有预期的目的的。"[②]情感作为一种非理智的力量在人类的生存发展中发挥了重大的作用，培根（Francis Bacon）在提出"知识就是力量"的同时，又肯定了意志和情感这些非理性因素在认识中的作用。他认为"人的理智并不是干燥的光，而是有意志和情感灌输在里面的"，而且"情感以无数的，而且有时是觉察不到的方式来渲染和感染人的理智"。[③]柏格森与培根对理性的强调不同，他认为，生命是一种不可捉摸的、不可言状的时间上的绵延和生命之流。要去把握生命之流，只能靠非理性的直觉。他说："所谓直觉，就是一种理智的交融，这种交融使人们自己置身于对象之内，以便与其中独特的、从而无法表达的东西相符合。"[④]柏格森所谓的理性的交融，是指超出正常的感性和理性的一种非理性的心理体验，在这种体验中，主体和客体完全直接地融合在一起。情感因其感染性而具有非理性的

---

① 《列宁全集》第二十五卷，人民出版社 1988 年版，第 117 页。
② 《马克思恩格斯选集》第四卷，人民出版社 2012 年版，第 253 页。
③ 胡敏中：《理性的彼岸——人的非理性因素研究》，北京师范大学出版社 1994 年版，第 21 页。
④ 胡敏中：《理性的彼岸——人的非理性因素研究》，北京师范大学出版社 1994 年版，第 26 页。

心理体验特征，情感的感染性是指在一定的情境中，一个人的情感可以感染别人，使别人产生和自己相同或相联系的情感；同样，别人的情感也可以感染自己，使自己产生和别人相同或相联系的情感。情感的这种感染性最明显地表现为情感的共鸣和同情心。新时期散文作品中的情感表达，无论是两性世界，还是两代之间，家庭成员之间，以及对在自己的生命历程中烙下印记的人物的书写中，都真诚地表现了人与人之间的这种情感的共鸣和同情。

第一节　生命中的另一半

劳伦斯说："我们彼此需要。"因为"世上几乎没有一个男人能在没有女人的情况下活得十分开心，当然啰，除非他另找一个男人作为替代。反过来也一样。缺乏同男人的亲密关系，女人在这个地球上也不会活得很高兴，除非她去找个女人来充当男人的角色"[①]。作为一种性别的存在，男与女彼此需要，是一种自然需求，更是一种精神需求，社会经济的发展又为两性间的交往渗入了社会及文化的因素，因此，两性之间的关系实际上荷载了历史、文化、经济发展的重负。每一个时代有每一个时代的爱情，两性之间要平等对话，必须在社会发展到一定程度，男与女之间在生理上互补，在精神上相互吸引，确实能够做到"心心相印"时，才能够真正实现。新时期散文对两性间的幸福和谐做出了自己的理解和回答。

一、两性间的理解与体验

无论在恋爱阶段还是在婚姻生活中，作为个体的男性和女性，都是在不

[①]（英）劳伦斯：《我们彼此需要》，崔宝衡等主编：《世界散文精品大观·生命篇》，花山文艺出版社1996年版，第106页。

断的交往中完成的。雅斯贝尔斯（Karl　Jaspers）曾将交往分为两类：存在的交往和生存的交往。存在的交往主要是指失去了自我意识的、完全融于共性中或者彼此完全对立起来，失去了共性的交往，雅斯贝尔斯把这两种情况作为一类，都是无个性的交往，因为没有自我意识，谈不到交往，而对待其他人就像对待物一样，无视别人的自我，交往同样不能进行。存在的交往不能称之为交往，只有生存交往才是真实的、具有个性的交往，在此，个人摆脱了对他人的依赖，是作为自主的、独立的个人参与交往的。"个人与他人的交往既不丧失于他人之中，又不与他人相对立，而是在彼此保持自己的个性、人格、自由的同时又把自己的心揭示给他人，并领悟他人之心，即做到彼此心心相印。个人正是在这种心心相印中发现自己的生存和自由，这种心心相印的过程是'爱的斗争'的过程。它以人所固有的'爱和友谊'这种活生生的感觉为基础。个人之间的这种交往将导致人们之间以友爱和无限信任为基础的关系。这种关系并不抹杀人们之间存在的猜疑、成见、利己主义、恐惧、虚伪、嫉妒、仇恨等等关系，但通过相互心心相印，可以取得彼此谅解。"① 雅斯贝尔斯所提倡的这种在"心心相印中发现自己的生存和自由"并"彼此谅解"的原则同样适合于新时期男女之间的交往，应该说这是理想的交往，只有在这样的情况下，个体的男性和女性才会彼此性情相契、琴瑟和鸣。当然，交往的前提是各自都有独立的人格。

首先，新时期散文作者是以确立自己的性别存在建立自己独立、自主的生命意识的。女性，作为一种性别存在，个体的性别意识一直是被遮蔽的，封建礼教的束缚、国家政治体制对女性性别的漠视都使女性个体的生命意识一直没有建立起来，依附性是女性重要的特性，这阻碍了女性与男性的平等对话，只有男性的"颐指气使"，所谓的和谐家园也不可能组建。新时期的思想解放促发了人们对人性的思考，使人开始尊重生命的个性和主体精神，于是，性别存在和孕育这一"人之初"的生命事件都具有了重要的意义，并

---

① 刘放桐等编著：《现代西方哲学》（下），人民出版社 1981 年版，第 626 页。

以女性生命自我经验的方式重新理解自我和世界。女性意识的苏醒和重建是新时期散文的重要内容。80 年代前期，叶梦以《羞女山》确立了她鲜明的性别意识，以对羞女裸身形象的坦然赞叹打破了几千年来蒙在女性身体上的禁忌。在冲出"身体禁忌"的旅程中，叶梦无疑是一位先行者。随后，以叶梦为代表的女性作者完成了一系列以女性身体经验为表现对象的作品，如叶梦的出生（《紫色暖巢关于我出生时的浪漫回想》）、初潮（《我不能没有月亮》）、初吻（《月之吻》）、初夜（《今夜，我是你的新娘》）、流产（《失血的灵肉苍白如纸》），王英琦的孕育（《七月的馈赠》），张立勤的长发的飘落（《痛苦的飘落》），女性身体经验的诗意表达，表现了女性独立于男性的性别意识的建立。

独立的性别意识还体现在女性对生育的自我选择上，女性身体不再是一个容器似的生育工具，它体现着女性的生命意志。对新时期的女性而言，生育不再受自然本能的驱使，更不单纯是为了延续生命，生育是一个自我选择的结果，而不是女性价值的全部。叶梦以她亲身经历的孕育经验生动形象地表达出世纪末女性心理的深层变化。她告诉人们：今天，女性不再是生育工具，孕育不再是女性被动的结果，而是主动选择并视为神圣创造的实践。她提升了女性向往自由的精神境界，张扬了现代女性生命的尊严。孕育生命在女性的现代意识中不再是女人命运中必然承担的生命自然行为，而是主体可以选择的生命过程，是女性生命必须有的权利，她们突破了传统文化对女性生育问题的种种禁忌与规范。

在生命的孕育过程中，女性的性格、思想等都会发生显著的变化。池莉的散文就告诉我们，尽管孕育是女性生命自我的选择方式，但这并不能排除"烦恼人生"对生命的考验与冲击。

其实也就是十个月。我吃的苦很多，想的事很多，悟出的道理则更多。我变得果断了，独立了，务实了。我不再为一些小小的情调所动心所陶醉。我的虚荣心也少多了。人坦率多了，胸怀也宽阔多了。我家阳台前有棵大树，我伏在阳台上的时候觉得我很像它，我很低，根扎在土里，我又很高，头昂在云空。后来的研究者和评论家都说我成名于《烦恼人生》，我想这种说法也许有道理，而我自己当时真没有成名的感觉。……什么也比不过人的重要，比不过一个幼小的生命重要。怀孕真是一种奇特的经历，女人既造就了一个新生命又造就了一个新自己。①

孕育生命本身就是宇宙万物生生不已的象征形式，因此胎儿的发育成长自然要引起女性人格的变化，她在以母性胸怀温暖地保护胎儿的同时，也宽厚地包容着身边的世界，此时，她自己与宇宙处于完全的平衡之中。或许，这就是池莉所感觉到变成了"大树"的状态，根深扎在土里，头高昂在云天，深邃高远的人生境界就产生于母亲对胎儿与世界与自我的关系的默想中。孕育，作为生命的事件，启示生命在创造中通向澄明、智慧之路。

其次，探讨两性相处的艺术，向往心心相印的爱情是新时期散文的重要主题，男性与女性的彼此向往是构建完整生命的基础。

《晏子》中的一句话"生相怜，死相捐"早已深入中国人的爱情理想里，后来卢照邻的"借问吹箫向紫烟，曾经学舞度芳年。得成比目何辞死，愿作鸳鸯不羡仙"更是道出了天下男女的心声，对忠贞爱情的向往一直伴随着两性历史的发展，不论社会如何进展，生死相依的爱情一直是人们的美好愿望。美好的爱情应该是建立在异性相引基础上的两情相悦，是灵魂的互洽互融。王英琦通过自己的亲身经历，对两性间的爱有了深切的体验，她感悟到："爱的内驱力除了生物本能种属繁殖的冲动外，主要是个体灵魂渴望情感、渴望圆满、渴望充盈的精神需求，以获得对有限人生的归宿感、永恒感。爱既是外在阳光和内在温煦，也是生命能量的巨大释放和转换。"②作者进一步认识到两个人的结合建立于灵魂相通的基础上的重要性："爱在本质上更是一种情感和意志的行为。是以自己的全部对另一个人的全部所作的承诺。它包括

① 池莉：《怎么爱你也不够》，江苏文艺出版社 2000 年版，第 21 页。
② 王英琦：《背负自己的十字架》，东方出版中心 1999 年版，第 13 页。

忠贞责任义务等诚信的品质。它还应具有温柔细腻欣赏等对爱的艺术无限追求和关注的情操。它不仅是两个生物身体的交合，更关涉两颗心两个灵魂的互洽互融。"① 王英琦并没有排除异性间的互相吸引，这是美好爱情的开端，然而她更注重两颗心之间的精神交流和性情相契。

周国平谈论两性的散文较多，也较有代表性，如《性爱五题》、《男人眼中的女人》、《调侃婚姻》、《宽松的婚姻》、《欣赏另一半》、《婚姻反思录》、《婚姻中的爱情》、《本质的男人》、《女性拯救人类》等，其观点主要集中在《性爱五题》里，他站在一个男性的角度对两性关系的和谐进行了有意义的探讨："对待女人的最恰当的态度是，承认我们不了解女人，永远保持第一回接触女人时的那种新鲜和神秘的感觉。难道两性差异不是大自然的一个永恒奇迹吗？对此不再感到惊喜，并不表明了解增深，而只表明感觉已被习惯磨钝。两性间的愉悦要保持在一个满意的程度，对彼此身心差异的那种惊喜之感是不可缺少的条件。"② 在这里，新鲜感是保持两性愉悦的基础，拥有了新鲜感，就要给对方以"哀怜"："爱就是对被爱者怀着一些莫须有的哀怜，做一些不必要的事情：怕她（他）冻着饿着，担心她遇到意外，好好地突然想到她有朝一日死了怎么办，轻轻地抚摸她好像她是病人又是易损的瓷器。爱就是做被爱者的保护人的冲动，尽管在旁人看来这种保护毫无必要。"③ 如此缠绵的两性当然会相互束缚，要不，"哀怜"又如何体现？于是作者设想："相爱者互不束缚对方，是他们对爱情有信心的表现。谁也不限制谁，到头来仍然是谁也离不开谁，这才是真爱。"④ 正是这种理想化的两性想象使作者认定：良好的两性关系兼具弹性和灵性。作者说："好的两性关系有弹性，彼此既非僵硬地占有，也非软弱地依附。相爱的人给予对方的最好礼物是自由。两个自由人之间的爱，拥有必要的张力。这种爱牢固，但不板结；缠绵，

---

① 王英琦：《背负自己的十字架》，东方出版中心1999年版，第13页。
② 周国平：《性爱五题》，《周国平自选集》，海南出版社2004年版，第34页。
③ 周国平：《性爱五题》，《周国平自选集》，海南出版社2004年版，第35页。
④ 周国平：《性爱五题》，《周国平自选集》，海南出版社2004年版，第36页。

但不粘滞。没有缝隙的爱太可怕了，爱情在其中失去了自由呼吸的空间，迟早要窒息。好的两性关系当然也有灵性，双方不但获得官能的满足，而且获得心灵的愉悦。现代生活的匆忙是性爱的大敌，它省略细节，缩减过程，把两性关系简化为短促的发泄。两性的肉体接触更随便了，彼此在精神上却更陌生了。"① 周国平对两性间的要求简而言之就是：新鲜感、哀怜、不束缚（即自由）、弹性、灵性，这些充满了感性色彩的词汇凸现出周国平对爱情的浪漫幻想多于现实中的思想交融。事实上，没有相互间的支持交流、彼此的珍重，也难以维持长久的婚姻生活，找不到幸福的婚姻。

　　什么是灵性？什么是两个灵魂的互洽互融？乐黛云和孙少山的经历虽然没有理性的提升，但因为彼此间有精神的支持鼓励，有共度一段艰难岁月后彼此的感激和珍重，因此更能提供带有自己血肉思想的现实的爱情范例。乐黛云在回忆下放农村的生活时，对于老伴对自己精神上的支持与鼓励简直是赞不绝口，"我那时下放到农村，虽然很累，但是精神上很平静，因为我的老伴对我特别好，每个星期都一定给我写一封信，这对我非常重要。依然爱说爱笑，并没有像有的人被压得抬不起头。过年的时候我们右派开联欢会，我还带着他们唱歌，唱的是'祖国，歌颂你的明天'，结果第二天把我抓去斗了一顿，说：'你还歌颂明天！你对今天怎么看？'"② 可见，两个人之间的鼓励与支持对彼此战胜困境有着多么大的作用。这段时光经过时间的沉淀后，留在两个人的生命旅程中，成为美好的回忆，更增添了爱情生活的美满。孙少山年轻时独自在东北林场，母亲从老家带去一位从未谋面的姑娘就成了他的妻子，他们之间的爱情体现在哪里呢？在经历了与妻子打打吵吵的艰难岁月后，孙少山找到了爱情的立足点：对艰难岁月中相互扶持的感激。他说："到今天来回想一下，我再也找不到那么一个能挨骂又能抬树的女人了。她能咽得下气，可又绝不算是窝囊废。以我那坏透了的脾气，老天爷专门造了这么个女人给我。看电影《白蛇传》，老艄公的那句唱词叫我感动得不知

---

① 周国平：《性爱五题》，《周国平自选集》，海南出版社 2004 年版，第 37 页。
② 乐黛云：《一念之差差百年》，《探索人的生命世界》，中国广播电视出版社 2007 年版，第 214 页。

如何是好：'十年修来同船渡，百年修来共枕眠。'我常常觉得和她这一辈子真正是不算轻易。哎，这个傻乎乎的女人。"对妻子的爱怜与珍重溢于言表，"若把人生比作是从此岸到彼岸，那么，那段最艰难的航程上是她和我扶持着走过来的。即便这是一根棍子也是不能不感激它的。"[①]感激的不仅是与妻子共度的那段时间，的确如雅斯贝尔斯所言，孙少山在与妻子心心相印的婚姻生活中，找到了自己生存的根基。

男与女本就是不同的两种性别，要找到彼此的另一半，平等地对话，就要互相独立又彼此包容，潘向黎认为在保持各自的特性基础上的互相欣赏是两性关系的理想境界："如果女人处处向男人看齐、丢掉女性美好的特质，路一开始就是错，结果还是错。""也许两性之间急需建立的是这样一种关系：承认自然差异基础上的平等、和谐、互相谅解、互相支持的关系，就像双人花样滑冰那样，自由无拘，若即若离又相得益彰，珠联璧合，男性刚劲洒脱，女性优美飘逸，两种不同的美，在强烈对比和相互衬托中表现得淋漓尽致。那真是两性关系的理想境界。""在追求理想秩序的路途上，男性和女性是谁也离不开谁的同路人，不论东风想压倒西风，还是西风想压倒东风，都会归于破灭，最终的结局，要么双赢，否则就是双输。"[②]潘向黎的思考浪漫中有理性，但她"男性和女性是谁也离不开谁的同路人"的说法，没有人可以反对，双赢或双输的警告给了人们思索的空间。相信男与女之间做到了平等、独立、包容，就能实现双赢。

再次，现实中的爱情依然美好，性情相契的两性不仅实现了对话，而且能够彼此承担。

在物质化欲望化的今天，爱情还能纯洁吗？很多人表示疑虑，如韩少功的《性而上的迷失》和鲁枢元的《性与精神生态》就表达了自己对两性爱情发展的担忧。在很多时候，两性容易迷失，但人们对纯洁高贵的爱情的向往

---

① 孙少山：《妻子和房子》，《王安忆选今人散文》，上海文艺出版社1997年版，第102-103页。

② 潘向黎：《双赢或双输》，张胜友、蒋和欣主编：《中华百年经典散文·男人女人卷》，作家出版社2004年版，第458页。

却从来没有中断过，它将伴随人类生活相始终，无论在什么社会、什么条件下，都会有美好的爱情存在。新时期散文中，王小波与李银河的情书《爱你就像爱生命》、叙述徐晓与周郿英爱情生活的《永远的五月》及《爱一个人能有多久》等均是反映美好爱情的不可多得的文章，它们的出现告诉人们：今天，现实生活中依然有美好的爱情存在，性情契合的两性不仅实现了对话，更能以生命彼此承担，生死相依的爱情给予人的幸福、对于个体生命的铸造无可估量。

王小波给李银河的情书中有句话说："爱你就像爱生命"，这是王小波给予李银河的爱情告白，也是陷于爱情中的王小波的内心独白，他们两人以生命相许，彼此珍重。在《爱你就像爱生命》这本情书集中，互相倾诉了爱情对于自己的塑造及给自己带来的心理情绪的变化。

正如梁实秋与韩菁菁、徐志摩与陆小曼，先去的人留给尚在人世的人以莫大的痛苦，却也有无尽的甜蜜。陆小曼在徐志摩去世后，为整理编辑《志摩全集》倾尽全力几近呕血，总算"遗文编就合君心"，可谓功莫大焉。李银河在王小波去世后也结集出版了她与王小波的情书《爱你就像爱生命》，以此纪念王小波给予自己的诗一样的美好的爱情。如果说徐志摩给予陆小曼的爱情是甜美的，情书的文字是浓丽的，而王小波的情书，字里行间沸腾着孩子般的纯真、顽皮、忧伤、无助，那种对爱人的依恋几乎溢出来，却通篇难以看到一句甜腻的文字。

王小波的情书充满了孩子般的稚气，但又有机智的幽默，一个陷入爱情的小伙子的情态从文字中流溢出来："告诉你，一想到你，我这张丑脸上就泛起微笑……""我整天哭丧着脸。你要是回来我就高兴了，马上我就要放个震动北京城的大炮仗"① "我想我现在了解你了。你有一个很完美的灵魂，真像一个令人神往的锦标。对比之下我的灵魂显得有点黑暗。我来回答你的问题吧。你已经知道我对你的爱有点自私。真的，哪一个人得到一颗明珠不

---

① 王小波、李银河：《爱你就像爱生命》，朝华出版社 2004 年版，第 72 页。

希望它永远归己所有呢。我也是。我很知道你的爱情有多美好（这是人们很少能找到的啊！）我又怎能情愿失去它呢。"①"你要我告诉你我过的什么生活，可以告诉你，过的是没有你的生活。这种生活可真难挨。"②把对方赞美为"一个令人神往的锦标"，说自己过的是没有对方的生活，并直言"这种生活可真难挨"，王小波的感情如此纯真，率真的倾诉表达了自己坦荡的心地。

王小波给李银河的爱是大气而细腻的，并因此而显出独特的风格。他有时候像是一个孤独的骑士，有时候则孤独得像一个孩子，而他的感情又是多么的透明而纯粹。高级情书不仅仅表达爱情，更多的是表达自我的精神世界，向一个恒定的对象诉说：

> 银河，你好！你给我带来一个多么美好的东西，就是说，一个多么好的夜晚！想你，想着呢。你呀，又勾起我想起好多事情。我们生活的支点是什么？就是我们自己。自己要一个绝对美好的不同凡响的生活，一个绝对美好的不同凡响的意义。你让我想起光辉、希望、醉人的美好。今生今世永远爱美，爱迷人的美。任何不能令人满意的东西，不值得我们屈尊。我不要孤独，孤独是丑的，令人作呕的，灰色的。我要和你相通，共存，还有你的温暖，都是最迷人的啊！可惜我不漂亮。可是我诚心诚意呢，好吗我？我会爱，入迷，微笑，陶醉。好吗我？你真可爱，让人爱得要命。你一来，我就决心正经地、不是马虎地生活下去，哪怕要费心费力呢，哪怕我去牺牲呢。说傻话不解决问题。我知道为什么要爱，你也知道为什么了吧？我爱，好好爱，你也一样吧。（不一样也不要紧，别害怕，我不是大老虎。）③

更重要的是思想的交流，王小波与李银河进行一种最贴近灵魂的对话：

---

① 王小波、李银河：《爱你就像爱生命》，朝华出版社 2004 年版，第 39 页。
② 王小波、李银河：《爱你就像爱生命》，朝华出版社 2004 年版，第 70 页。
③ 王小波、李银河：《爱你就像爱生命》，朝华出版社 2004 年版，第 66—67 页。

"可是我有一个最高的准则，这也是我的秘密，我从来也不把它告诉人。就是，人是轻易不能知道自己的，因为人的感官全是向外的，比方说人能看见别人，却不能看见自己；人可以对别人有最细微的感觉，对自己就迟钝得多。自己的思想可以把握，可是产生自己思想的源泉谁能把握呢。有人可以写出极美好的小说和音乐，可是他自己何以能够写这些东西的直接原因却说不出来。人无论伟大还是卑贱，对于自己，就是最深微的'自己'却不十分了然。这个'自我'在很多人身上都沉默了。这些人也就沉默了，日复一日过着和昨日一样的生活。在另外一些人身上，它就沸腾不息，给它的主人带来无穷无尽的苦难。"①

　　李银河在接受记者采访时坦然承认自己是被王小波的这句话感动的："做梦也想不到我会把信写在五线谱上吧。五线谱是偶然来的，你也是偶然来的。不过我给你的信值得写在五线谱里呢。但愿我和你，是一支唱不完的歌。"②像她自己所说的那样，"我不相信世界上有任何一个女人能够抵挡如此的诗意，如此的纯情。"正因如此，所以李银河成为世间最幸福的未亡人。只要这些情书还在这个世界上存在着，就足以使最痛苦的未亡人在即使最不堪的人世间活下去。王小波留给李银河的情书，每一个字都是一颗维他命丸。"我只希望我们的灵魂可以互通，像一个两倍大的共同体。你知道吗，孤独的灵魂多么寂寞啊，人又有多少弱点啊（这是使自己哭泣的弱点）。一个像你这样的灵魂可以给人多么大的助力，给人多少温暖啊！你把你灵魂的大门开开，放我进去吧！本着这些信念，我很希望你绝对自由，我希望你的灵魂高飞。只希望你和我好，互不猜忌，也互不称誉，安如平日，你和我说话像对自己说话一样，我和你说话也像对自己说话一样。"③两颗对话的心"互不猜忌，互不称誉"，两个生命"你和我说话像对自己说话一样，我和你说话也像对自己说话一样"，不分你我，彼此融合是纯洁深厚的爱情生活的真谛，

---

①　王小波、李银河：《爱你就像爱生命》，朝华出版社 2004 年版，第 39—40 页。
②　王小波、李银河：《爱你就像爱生命》，朝华出版社 2004 年版，第 96 页。
③　王小波、李银河：《爱你就像爱生命》，朝华出版社 2004 年版，第 41 页。

王小波给予李银河的爱情是如此纯洁如此深厚。在王小波亡故后，李银河更体会到王小波的深情及自己得到的这份爱情的可贵，她的怀念王小波的文章《浪漫骑士·行吟诗人·自由思想者》以对王小波的准确把握而得到大家的认可，同时成为解读理解王小波的重要的文章。李银河珍重这份感情，为这段美好爱情的湮灭深深遗憾，甚至感到不平，她在《爱你就像爱生命》的序言中写道："今天我去给他扫墓。他的生命就像刻着他名字的那块巍峨的巨石，默默无语。小波离去已经七年了。七年间，树叶绿了七次，又黄了七次。花儿开了七次，又落了七次。我的生命就在这花开花落之间匆匆过去。而他的花已永不再开，永远地枯萎了。翻检他当初写给我的情书，只觉得倏忽之间，阴阳两隔，人生真是一件残酷的事。既然生命是如此的脆弱和短暂，上帝为什么要让它存在？既然再美好的花朵也会枯萎，再美好的爱情也会湮灭，上帝为什么要让它存在？没有人能给我一个答案。也许根本就没有答案。"[①] 美好的爱情存在过，就足以让人感动、让人振奋，给人以好好活下去的力量。李银河得到过自己生命中的另一半，享受过两颗心的彼此交融，体验到了心心相印的美好爱情，应该说李银河是幸福的。但是美好的事物存在的时间总是太短。正像王小波正值壮年撒手而去，给予李银河无尽的悲伤一样，周郿英病痛三十年，终于离去，爱人徐晓在记住那"永远的五月"的同时，作为一位女性，不仅又追问"爱一个人能有多久"。

散文《永远的五月》和《爱一个人能有多久》是《今天》刊物的重要参与者周郿英与徐晓的爱情的描述与见证。由于一次误诊，周郿英得了三十年的肠瘘，在生命的最后三年，周郿英躺在床上，生活完全不能自理。每一次治疗的尝试都是失败的打击，对周郿英的身体心理都是一次更严重的摧残，徐晓只能选择让丈夫活着，看着他一天天的痛苦，周郿英只有忍受，这个过程就像两个善良人的相互折磨，痛苦无助，崇高的爱情在其中展现。

《爱一个人能有多久》中最让人感动人的是为了让周郿英能活下去，徐

---

① 王小波、李银河：《爱你就像爱生命》，朝华出版社 2004 年版，序。

晓的那种甘愿泯灭自己的疯狂。她为了获得那脂肪乳静脉注射液辗转奔波，无数次在黑暗中清点可以变卖的家当，四处求人。她必须以牺牲她自己来拯救那生命，她说她天经地义只有为他选择生的权利，所以无从选择，她以她全部的力抵抗在他的生死之间，这种意志力，用最简单的回答，就是爱。对自己的丈夫，她觉得应该长年累月照料病榻上的他，因为自己爱他、在乎他，因为他是孩子的父亲，而不愿去考虑什么才是共患难的夫妻，也不是刻意去成为一个贫贱相依甘苦共尝的好老婆——似乎有意识这样做，便是名利心遮掩了纯真的爱心，变味了。徐晓在这篇文章中还讲述了一件事：因救治丈夫家徒四壁，单位校对科的一个女同事塞给她一百元钱，因为她的弟媳妇离开了她患病的弟弟，受到打击的弟弟不久就去世了。她对徐晓说："如果我弟妹有你的四分之一，我的弟弟就不会死，起码不会死得这样快。"徐晓写道："我想，我不会像她的弟妹一样，丢下丈夫出走。可是，为什么是四分之一？四分之一又是多少？我只知道我会尽全力，不会偷一点懒，我不会放弃哪怕一点点儿希望。"① 徐晓之所以对"四分之一"感觉不舒服，是因为真实的情感是不能量化的，要么不付出，要付出便是全部。

徐晓写到爱情，她问"爱一个人能有多久"？她向上帝提问，也向心灵提问。在《永远的五月》里，她做了回答："如果时光可以倒流，我愿意用二十多岁的热情，加上四十岁的理性，重新理解他、爱他。即使他生病时间再长，我也甘愿留在这个位置上，做我该做的，做我能做的……"② 周郿英最后的三年多时间都是在病床上度过的，徐晓能做的就是照顾他、孩子，还有家庭，并在朋友的帮助下艰难维持生活，四处请医求药……不尽的艰苦无法想象，但作者却在一场一场危机中回击上帝的考验，大概是爱情才让她所向披靡，她认为："一个人为另一个人做什么，或者不做什么，做得多还是做得少，都是极其自然的。世上没有一杆称得出感情斤两的秤。……那杆秤在

① 徐晓：《半生为人》，同心出版社 2005 年版，第 40 页。
② 徐晓：《半生为人》，同心出版社 2005 年版，第 17 页。

心里，它的砝码始终只可能在心里。"①徐晓的叙述是平静的，但平静的文字托扬着一场惊心动魄的普通爱情。

她在丈夫病重后做了妻子应该做的一切，但是却又坦白："我并不像别人想象的那么坚强。如果可以选择，我宁愿嫁给一个健康的男人。"她甚至描写了自己在白云观求佛保佑手术成功，如不成功，保佑周郿英尽快解脱。这何尝不是对她的考验？"我坦白我的罪，罪名是自我亵渎，它将抹杀我所做过的一切。"她自责她是一个女人，无论如何也不能完全抛弃了女人的种种特征，她也期待丈夫的爱、哄骗、慰藉，可是很多都是失望。所以她追问爱一个人能有多久。这种真实的审视，是痛彻心扉的、是深入肺腑的，然而又是最为真实的。她放弃了狡辩与伪饰，把人性剥离得透彻，呈现了自我与时代的交叉欲求，也给了我们一次审读自己的机会。陀斯妥耶夫斯基深刻反省过自我与他人的关系，他认为自己不能成为没有别人的自我，应在他人身上找到自我，在自己身上发现别人。在徐晓的身上，我们看到了：爱就是要以生命来担当。当生命中的一半需要你做出努力时，那就毫无保留地付出，"我"与"你"共同构成一个生命的整体。

爱是什么？每一个时代、每个人都有不同的回答，有的人能够长相厮守，实现自己的爱情理想，而有的人则只能一生牵挂，只能牵挂不能牵手的也应该是种爱情，只要这种感情是纯洁的，都值得人们尊敬。据王蒙记载，我国著名的词作家、人人称乔老爷的乔羽，在一次晚会中，激动地宣布说：要唱一首《恨不相逢未嫁时》，献给在座的一位美丽的姑娘。底下这首歌，乔羽先生唱得几乎声嘶力竭声泪俱下。没有人笑话乔羽掉了老爷的分儿，却对老人的真情所感动。能够让一个人牵挂一生的情是值得尊重的。玛格丽特·杜拉斯（Marguerite Duras）在《情人》的开始，有一段话说出了广大男女的心灵诉求，这也应该是《情人》能够畅销不衰的原因："我已经老了，有一天，在一处公共场所的大厅里，有一个男人向我走来。他主动介绍自己，

---

① 徐晓：《半生为人》，同心出版社 2005 年版，第 42 页。

他对我说：'我认识你，永远记得你。那时候，你还很年轻，人人都说你美，现在，我是特为来告诉你，对我来说，我觉得现在你比年轻的时候更美，那时你是年轻女人，与你那时的面貌相比，我更爱你现在备受摧残的面容。'"①爱情经岁月而不老，反而更像陈年的老酒，越来越散发出醉人的芬芳，而被爱情润泽过的生命，也因两性的融合而感受到人生的甜美。

二、彰显独立女性生命的尊严

文学是人学，任何文学创作不仅以人为中心，而且是对人的生命律动和生活流程的具体展现。现代美学家苏珊·郎格（Susanne K. Langer）说："艺术品表现的是关于生命、情感和内在现实的概念"②，艺术形式是一种"生命形式"③。作为展现心灵的艺术，散文更是作家思想与情感的真实流露，显示着作家的人格情操与价值追求，是"生命、情感和内在现实"的直接外化。相比其他文学样式，散文对真实的要求格外高，真正的散文家会在作品中毫不保留地袒露她的真情实感，优秀的散文展示的是散文作家真实的心灵世界与精神轨迹。在散文中，作者即是我，我也就是写作主体。杨绛的散文就真实地展现了她的心灵世界与精神轨迹，显示着杨绛的人格情操与价值追求。正如牛运清所言："为杨绛赢得文坛最大声誉的却是她的散文。散文笔下最有神采的形象，似乎不经意间绘出的人物，却恰恰是散文家本人。"④的确，散文家本人给广大读者留下了非常美好的印象。牛运清对作为写作主体的杨绛赞不绝口："活跃在杨绛散文中的杨绛即杨季康，是个爱读书，爱写作，爱家庭，爱人与人之间真情的善人；是个世事洞明，处事练达、有识见、有胆量、有几分儿童式好奇心，爱冒险，喜欢包打听，经常冷眼观世却又善

① （法）玛格丽特·杜拉斯著：《情人·乌发碧眼》，王道乾等译，上海译文出版社2006年版，第3页。
② （美）苏珊·朗格：《艺术问题》，刘大基等译，中国社会科学出版社1983年版，第25页。
③ （美）苏珊·朗格：《艺术问题》，刘大基等译，中国社会科学出版社1983年版，第41页。
④ 牛运清：《杨绛的散文艺术》，《文史哲》2004年第4期，第130页。

于与人沟通的能人；是个爱父母、爱丈夫、爱女儿的柔美女人；也是个百折不挠、不服输、不服软、不怕啃硬骨头的女强人。春风得意时不得意忘形，运交华盖时不气馁志短。世界有千般变化，我有做人的基本底线。困难情况下求生存，泥泞路上求前进，黑云压顶时望光明，孤苦伶仃时顽强地点亮生命之火自我烤暖。杨绛式的聪明，杨绛式的颖悟，杨绛式的韧性，杨绛式的荣辱无惊，在当前讲究利益的社会，愈加难能可贵。"① 由此可见，杨绛在自己的散文作品中，彰显了自己作为一个女性的个体生命的尊严。

杨绛的散文创作从"我"起笔，思考的却是"关于人"的问题，这样她的作品中就充满了深刻的生命意识。生命意识往往是衡量一个作家及作品优劣高下的重要标准，著名的作家常常有强烈的生命意识，如鲁迅反抗绝望的人生哲学，张爱玲的人生苍凉感等，都给人以撼动心魄的震撼力。阅读杨绛的作品，强烈地打动读者的是"生命要有尊严"的思想意识。杨绛说过："有关人的问题，我不妨从最亲切、最贴切的我问起，就发现一连串平时没想到的问题。我，当然不指我个人，我是一切人的代名词。如问我是谁？答我是人——人世间每个具体的人。"② 正是这种我是一个人的意识使她的作品中渗透着深深的生命意识，深刻地拨动读者的心弦。从一个人是一个生命存在的角度去思考，进而深入探究人类是生命的存在，是中外作家、思想家的共性，这种思维方式、思考问题的角度使他们有了思想的深度和广度比一般人站得高，看得远。日本哲学家池田大作也说："人类是生命的存在。无论哪种社会，哪个国家，哪个民族，这都是一个具有普遍性和绝对性的命题，而由于不同的时代、民族、国家，作为社会存在的人也是不同程度的。从这个意义上来说，我相信，要想像一个真正的人一样生活，首先当然应该从人类是这种生命的存在这一点来考虑问题。"显然，作为人类是生命的存在这一命题是没有国界、时代乃至种族的区别的。

杨绛的散文中，作者就是从我是一个人、我是一个生命的存在的视角进

---

① 牛运清：《杨绛的散文艺术》，《文史哲》2004 年第 4 期，第 130 页。
② 杨绛：《走到人生边上》，商务出版社 2007 年版，第 101 页。

行创作的，因此我们在杨绛的艺术世界里于含蓄蕴藉中更进一步地感受到一种大家气象，它超越琐碎的世俗世界和琐碎的个人情感，达到了一种俯视人生、超拔情感的效果。杨绛散文中的主体形象，以自我为视角、以独立的个性出色地承担了自己的女性角色与知识分子角色，在本我中，凸显出超我的气质。

在二十世纪的中国，做一个具有独立意识的女性并不容易，做一个具有独立人格的女性知识分子就更是难上加难了。无论是传统的男尊女卑观念的束缚，还是动荡的岁月对个体生命的漠视，都使一个弱女子要保持个体的独立几乎是"难于上青天"，杨绛却凭借自己的智慧和勇气，在家庭与社会中都葆有个体的独立，不论从哪个视角看她都能保持住自己作为一个女性的个体生命的尊严。

首先，杨绛个性的独立体现在与钱钟书的家庭关系中。杨绛是二十世纪初期出生的，当时的社会正处于激荡不安时期，一方面要求民主、自由的思想甚嚣尘上，一方面几千年的封建残余依然还有力量。封建时代的"男尊女卑"、"男强女弱"、"女子无才便是德"的观念往往淹没了古代女性自强自立的独立人格和自我意识。它不仅造成了女性的自卑感，还造成了古代妇女在婚姻问题上的惰性依赖心理：婚姻成为妇女终身有靠的归宿，丈夫成为妇女谋生的靠山。千年封建礼教的积淀根深蒂固，尽管经过民主人士的斗争及五四新文化的洗礼，女性的地位并没有得到根本的改善，女性的惰性依赖心理也就不可能完全改变，"出嫁从夫，良人者，所仰望终身也"正是这种依赖心理的直观显现。直到今天，"男怕选错行，女怕嫁错郎"的观念还依然盛行，即使是现代女性，对婚姻、对丈夫的选择也真是慎之又慎，一着不慎、满盘皆输的担忧中凸现出女性的自卑感与依赖性。而与杨绛同时代的冰心，也曾发出过这样的感慨：男人在女人累了的时候，就应该是一根可靠的柱子。要强如冰心者，也会有这样的渴望。然而杨绛的文章中，我们找不到这样的渴望，我们看到的是杨绛勇于承担的个性和勇气。在《我们仨》中，杨绛回忆道：不记得是在伦敦还是在巴黎，钟书接到政府当局打来的电报，派他做一九三六年"世界青年大会"的代表，到瑞士日内瓦开会。代表共三人，钟书和其他二人不熟。我们在巴黎时，不记得经何人介绍，一位住在巴黎的中国共产党党员王海经请我们吃中国馆子。他请我当"世界青年大会"的共产党代表。我很得意。我和钟书同到瑞士去，有我自己的身份，不是跟去的。参加这样世界性的大会，即使跟去也应该是值得骄傲、值得自豪的事情，杨绛却只是得意于有自己的身份，并强调不是跟去的。不跟去，说明杨绛不倚赖钱钟书，不沾丈夫的光，她身上没有传统女性那种强烈的依赖心理；强调有自己的身份，表明杨绛有独立的自我意识和人格尊严。正是这种独立的意识，使杨绛对己对人始终有清醒的认识，不迷信、不盲从。在钱钟书成为文化名人，并且因为《围城》的出版及电视剧《围城》的热播而风靡全国乃至闻名海外后，杨绛依然以一颗平常心描述钱钟书，在《记钱钟书与〈围城〉》一文中，钱钟书是一个"痴"性十足的人：小时候既懒又顽劣，有了女儿后与女儿捉迷藏能够百玩不厌，还在夜里钻出热被窝，拿着长竹竿帮自己家的猫打架，这个痴而又顽的钱钟书，由杨绛写来，增添了作为名人钱钟书的可爱可亲的情趣，描绘了钱钟书作为一个普通人的形象。文中有夫妻间的平等互爱，更有杨绛不仰视、不攀附的宽广胸怀，一个自尊自爱又独立的杨绛也就鲜活地展现在读者的眼前。

其实，杨绛不仅不依赖钱钟书，在家庭中更是钱钟书的依靠。他们在留学期间，杨绛租房、收拾房子、做饭，真的是一把好手，被钱钟书称为贤妻良母。杨绛在生小孩住院的那段时期，钱钟书只能一个人过日子，他每天都到产院探望，常苦着脸说：我做坏事了。他打翻了墨水瓶，把房东家的桌布染了。杨绛说：不要紧，我会洗。钱钟书放心回去。然后又做坏事了，把台灯砸了。下一次他又满面愁容，说是门轴弄坏了，门轴两头的门球脱落了一个，门不能关了。每次杨绛都说不要紧，钱钟书真的就放心了，因为他很相信杨绛说的不要紧。钱钟书信任杨绛，而杨绛果真不负丈夫的期望，回去后将钱钟书弄坏的东西全部修好。杨绛不仅在日常生活中是个能工巧匠，而且在护士的指导下做过一次护理。他们在伦敦探险时，钱钟书颧骨上生了一个疗。一位英国护士教杨绛做热敷。她安慰钱钟书说：不要紧，我会给你治。她认认真真每几小时为他做一次热敷，没几天，就把粘在纱布上的最后一丝脓连根拔去，脸上没留下一点疤痕。钱钟书感激之余，对杨绛说的"不要紧"深信不疑。杨绛凭借自己的生活智慧，不仅把他们的日常生活料理得井井有条，而且给了钱钟书精神上的抚慰。他们回国后，有人讥笑钱钟书只会读书，不会写书，钱钟书决心写部小说，证明自己的才能。这时候杨绛就甘当"灶下婢"，主动承担起全部家务，并鼓励钱钟书赶紧写，还担任钱钟书小说的第一个读者。杨绛以自己的聪明才智给钱钟书的生活、学习及工作撑起了一片晴空，赢得了钱钟书的感激、信任与尊重，展现了自己女性的才能与智慧，彰显了身为女性的尊严，更重要的是为两人营造了一个幸福的港湾，在风雨飘摇的二十世纪，两人能够遮风避雨，携手共进，最终取得事业的辉煌，在世人面前展示出学者风采、学者尊严。

其次，杨绛的独立个性还表现为不受世俗的影响敢于选择自己想要的生活，敢于坚持自己对知识的不懈追求，富有生存的智慧。二十世纪的中国，多灾多难，这个世纪更是知识分子的多事之秋，杨绛作为一个弱女子，作为一个女知识分子，不仅活着，而且还有尊严地活着，身上没有丝毫的悲戚与苟且，这真是一个女学者的生存奇迹。德里达（Derrida）在去世前感叹所有的人都是缓期的幸存者，他说生存即幸存，生存在死亡的威胁中乃每个人的命运，只有那些幸运儿可以避开自然与人世的威胁而幸存。显然杨绛就是这样的幸存者。那么，是什么给她看似柔弱的生命以坚韧呢？一个普通的女性，一个学者，在中国历史上灾难和不幸最为深重的百年靠什么力量、智慧和耐心生存下来，并生活得如此具有人的尊严？杨绛是把知识变成智慧，并以出世的精神来入世的。杨绛与钱钟书一样，一生都淡泊名利，对于世俗的东西，他们比一般学者都更加超脱。她不光是要把自己隐匿在普通百姓之中，而且还甘于卑微。她在《隐身衣》一文中说："这种隐身衣的料子是卑微，身处卑微，人家就视而不见，见而无睹。"① 这种为了躲避世俗的名利困扰而甘愿身处卑微的人生追求，不是一般人所能达到的精神境界。她喜欢"万人如海一身藏"，更羡慕老庄的"陆沉"，她要使自己消失于众人之中，如大海之中的一滴水，又如万花丛中隐藏的小野花。这样一种表面消极的"出世"态度，并不是为了"无为"，而是为了更好地"有为"。她唯一的人生目标是"保其天真，成其自然，潜心一志完成自己能做的事"②。杨绛回忆自己年轻时住在上海，受季玉先生的委托代理一段时间的中学校长，约定的时间一到，立即就辞去校长职务，安心当自己的小学代课教员。杨绛老年，走到了人生边上，曾经回忆说："当时我需要工作，需要工资，好好的中学校长不做，做了个代课的小学教员。这不是不得已，是我的选择，因为我认为我如听从季玉先生的要求，就是顺从她的期望，一辈子承继她的职务了。我是想从事创作。……我坚决辞职是我的选择，是我坚持自己的意志。"③ 可见，她的选择、意志，就是要穿上"隐身衣"去追求精神世界的大自由。能够如此彻底地抛弃名利、执著追求于精神的满足，在当代文坛应该是屈指可数的。夏衍在杨绛 80 寿辰的题词里这样说："无官无位活得自在；有才有识独铸伟词"，这是杨绛个性以至人格的真实写照。正是因为她舍弃了很多世俗的东西，才使她赢得了宝贵的时间，获得了创作及学术上的令人注目的成绩。杨绛的这种思想不光是中国传统的儒道内核的反射，同时还有西方追求自由思想的因素。她要抛弃名利，但并非"无为"；她要入世，但要做自己想做的事情。这样的智慧、境界，是只有她这样受东西方文化的深厚影响、自身又深具慧根的人才可能拥有的。

知识给了杨绛生存的智慧，更给了她维护自我尊严的勇气。我们知道，在二十世纪的中国，尤其是动荡的年月，作一个独立的个体并不容易。启蒙、救亡、革命给个人留下的生存空间总是如此狭仄，个人总是被划归到某一个

---

① 杨绛：《杨绛文集·散文卷》(下)，人民文学出版社 2004 年版，第 192 页。

② 杨绛：《杨绛文集·散文卷》(下)，人民文学出版社 2004 年版，第 195 页。

③ 杨绛：《走到人生边上》，商务出版社 2007 年版，第 66 页。

阶级，某一个群体中，这极不利于个体价值的实现。群体意识为推诿责任提供了借口，一个随波逐流的人在任何时候、任何情况下，都会把责任推卸给集体。只有一个存在的个体才会为自己选择和参与的后果承担全部责任。经历过"文革"的人都会有此体验。多少知识分子在"文革"中受尽屈辱却不敢申诉，为了在群体中占得一席之地甚至不惜说谎、诬害友人，哪里还有什么个人的存在？杨绛，作为一个女性，并且是一位弱不禁风的女性，在"文革"时期却敢于坚持自己的意志，勇于承担责任。"文革"这场突如其来的倾盆大雨迫使一个个所谓的"走资派"和"反动学术权威"低下高贵的头，面对一张张大字报的满篇不实之词，只能咽下痛苦的泪水，敢怒而不敢言。但在学部大院内却发生一例意外：一张揭发"反动学术权威"钱钟书的大字报竟被另一位"资产阶级权威"提出质疑，一张小字报贴在那张大字报的一角，对大字报中的不实之词进行澄清。此人不是别人，正是"弱女子"杨绛。她的胆大包天受到了惩罚。杨绛马上被揪到本单位大会议室与其他牛鬼蛇神一起示众。他们一个个被勒令屈辱地低着头，出乎人们意外，偏偏杨绛拒绝服从，她满面怒容地昂着头！人们叱问她为什么如此顽固？她怒不可遏地跺着脚吼道："就是不符合事实！就是不符合事实！……"这件事在杨绛的《干校六记》中的《误传记妄》和《丙午丁未年纪事》中都提到并描述过。杨绛敢于捍卫自己和钱钟书的人格尊严挺身而出的豪迈之气使当时在场的许多同事心中引起共鸣或心灵震撼。二十多年以后，当年的同事叶廷芳还在自己的文章中深情地回忆说："从此我对她刮目相看，觉得在她的柔弱的外表之内，蕴含着刚直不阿的精神情操和对丈夫的真挚、深厚的爱。这是我与杨绛共事三十多年来，她给我留下的第一个最深刻的印象。"[①] 个体的独立性使杨绛敢爱，爱使她不顾个人的安危去护卫爱人的尊严；个体的独立性又使杨绛敢说，敢于在知识分子人人噤若寒蝉的时代发出自己的声音，揭去"革命群众"的不实的疮疤；个体的独立性更给了杨绛在艰苦的环境里生存的勇气。对于勇

---

① 叶廷芳：《杨绛先生印象记》，韩小蕙编：《20 世纪 90 年代散文选》，上海文艺出版社 2000 年版，第 210 页。

气的内涵，雅斯贝尔斯说："它不只是生命力那种公然挑衅的能量。它可以仅仅在于挣脱生存桎梏的自由，在于勇猛无畏的灵魂连同其坚定性及真实性一道所显示的从容赴死的能力。勇气是所有人共同持守的东西——只要他们是人，哪怕在信仰上有所差异。"[①] 在那样的时代，一个弱女子，能够葆有这种公然挑衅的勇气、英勇无畏的勇气，葆有这种所有人共同持守的个体生存的勇气，是多么令人敬佩啊！这个时候，她不隐身，不"陆沉"，而是彰显自己的勇气，这勇气应该就是她作为个体生命尊严的最耀眼之处吧？看来叶廷芳先生的心灵震撼与深刻印象确实不是无端得来的。

丰富的知识给了杨绛生存的智慧和勇气，智慧和勇气又使杨绛葆有独立坚强的个性，而往往只有具有独立个性的人才能够最大限度地实现自我。马斯洛（Abraham Harold Maslow）认为，自我实现者常常具有一些突出的个性特征，如他们有一种积极肯定自我的观念；有超然于世的品质和独处的需要，尤其是具有"超然独立的特性"，他们"受自己的个性原则而不是社会原则的支配"，"是自己的主人，具有自由意志"，"对自己的命运负责"[②]，秉持这种独立个性的人虽然也跟常人一样有着生理的或生存的需要，但他们中不少人往往对此不够重视，甚至以牺牲生理、生存的需要来换取自我实现的需要，以最大限度地体现出生命的价值和意义。杨绛做到了这一切。杨绛和钱钟书在下放期间，一次杨绛指着一个四面透风的窝棚对钱钟书问，就给我们这样一个住处，行不行？钱钟书想了想说：没有书。杨绛感慨地说：一个知识分子什么都可以放弃，就是不能没有书。这何尝不是杨绛自己的心声呢？旧社会他们与所有人一样为五斗米操劳过；新社会，靠边站过，被批斗过、下放过，游街示众过；杨绛扫过厕所，凿过井，种过菜……甚至年老这一似乎不可逾越的自然规律都在杨绛的勇气面前悄悄隐去了。没有什么困难能够阻止杨绛对知识的追求，天道酬勤，杨绛也终于在学术上、在文学创作

---

① （德）卡尔·雅斯贝尔斯：《悲剧的超越》，亦春译，工人出版社1988年版，第78页。
② （美）马斯洛：《动机与人格》，转自张亚新：《人格的独立——从屈原到陆游》，济南出版社2007年版，第43页。

上都获得了丰硕的成果。杨绛为从西班牙语直接翻译《唐吉诃德》，五十多岁开始学习西班牙语，最后获得了西班牙国王卡洛斯授予的"智慧国王阿方索十世勋章"，并填补了我国直接由西班牙语翻译《唐吉诃德》的空白，至今人民文学出版社出版的《唐吉诃德》还是杨绛的译本。杨绛在老年时的创作同样令人刮目相看，其旺盛的创作激情让人觉得她仿佛"老夫聊发少年狂"，她的《干校六记》、《我们仨》等都是当代文学中的杰作。杨绛的创作不仅获得了文学评论家的厚爱，在读者群中也有广泛的影响，据说长篇散文《我们仨》出版当年就售出了五十多万册，被誉为出版界的奇迹。一位出版界人士在杨绛一本书的序言里说：杨绛的文字，如一方玉。外表朴素，不炫示，叫人望去油然生宁静心情；她还准确、节制、不枝不蔓，叫人体会到一种清洁之美；玉，当然又绝不冷硬，她显出温和，淡淡却持久地散发；还有润泽，透露着内在丰富的生命律动……许多优秀文字都叫人有只觉其美却无从言说的为难，杨绛文章亦是这样。有多少读者可能要说：杨绛的人就像她的文章、她的文字一样，宁静、温和、润泽、清洁，富有生命的美。

一个懂得自尊自爱的人也知道如何去爱别人，尤其是一个自尊自重的女知识分子，身上更有一种悲天悯人的情怀。在杨绛的散文中，心心念念的是她的钟书，字里行间的爱意感染了每一位读者，她的阿媛、她的父母，哪一位的身上没有寄托杨绛的体贴与厚爱呢？在女师大风潮中被鲁迅痛打落水狗的三姑母，杨绛更多的是给予理解与同情，她在《回忆我的姑母》的结尾中写道："如今她已作古；提及她而骂她的人还不少，记得她而知道她的人已不多了"[①]。杨绛是个知道她的人，姑母的确在女师大风潮中犯过错误，被鲁迅痛骂，但居住苏州期间为保护本地居民与日本人斗争最终又被日本人杀害了，姑母一定程度上也是社会的牺牲品。意味深长的结尾寄寓着杨绛作为一个后辈的哀痛。杨绛不仅对自己的家人关爱有加，对与自己接触交往的其他人同样充满了关爱：她给陈衡哲家带鸡肉包子，到傅雷家夜谈。这份关爱

---

① 杨绛：《杨绛文集·散文卷》（下），人民文学出版社 2004 年版，第 133 页。

甚至使弱不禁风的杨绛有了一股仁侠之气：给她帮佣的顺姐被丈夫和家人欺负，杨绛出主意，代写状子，维护一个弱小者的生存权利。杨绛的爱也获得了大家的认可与回报，蹬三轮车的老王临死前把自己舍不得吃的鸡蛋和香油送给杨绛，作为对杨绛平时关爱的感谢。作为一位女性，杨绛身上更多爱的温情与爱的光辉，这使她更富有女性的魅力。冰心在四十年代初的一本书《关于女人》的后记里说过："你说，叫女人不爱了吧，那是不可能的！上帝创造她，就是叫她来爱，来维持这个世界。"[①] 杨绛出色地完成了上帝赋予一个女性的使命。

杨绛已经走了，她在 105 岁时离开了这个世界，一个自爱自重又爱人类的生命静静地熄灭了生命的火光。杨绛生前很喜欢十九世纪英国诗人兰德（W. S. Landor）的一首诗：我双手烤着 / 生命之火取暖；/ 火萎了 / 我也要走了。作为一个生命，杨绛不可能永存，但是一个生命发出的圣洁的光辉，会留存在生命长河里，照耀着、温暖着其他的生命，这生命的光永存！这也是杨绛作为一个生存过的生命的尊严！

第二节　血浓于水的亲情

亲情在个体生命中占有重要的位置，有时甚至成为个体生存的支撑，映写亲情是散文的特长，无论是代际之间的生命故事，还是家人之间的相亲相爱，都在新时期散文中得到充分表现，并呈现出不同于往昔的特点。

---

① 俞元桂、姚春树、汪文顶：《中国现代散文十六家综论》，华东师范大学出版社 1989 年版，第 96 页。

一、代际之间的生命故事

代际关系主要是指家庭中因血缘和姻缘而产生的关系，即亲代与子代之间的关系，在社会学中通常是指代与代之间通过资源的分配与共享、情感的交流和沟通以及道德义务的意识与承担等诸多中间媒介，发生这样那样的联系，呈现出不同态势的胶着状态。当然，在一个家庭中，两代之间即父母和子女之间的关系是最基本的代际关系，父子之情、母女之爱是最基本的人伦之情，它出于人的天性，纯乎天机，纯乎天理，其真诚纯真无与伦比，具有天生的文学性，然而一度在我们的文学中人伦之情也被作为资产阶级情调被禁止，这种人生中最基本的事实，最单纯的、最普遍的、最近人情的经验被摒弃于文学之外，作为文化与文学的糟粕丢弃于历史的暗角。但是，人伦之情是砍不尽、斩不断的，朱自清先生的《背影》尽管屡遭"砍杀"的厄运，依然不断影响着一批批知识分子，现在更是作为中学语文的经典篇目濡染孩子们的心灵与精神。当个人的生命重新回到文学表现的中心时，人伦之情必然在文学中得到充分的表达，尤其在最擅长表达个人的感情、能够最自由地表现个人性情的散文中，无论是父母对子女的关爱，还是子女对父母的尊敬，以至在各自角色中的自审与他审意识，都在新时期散文作品中尽情展现，表现人伦之情的散文构成了新时期文学的一道靓丽的风景线，池莉的《怎么爱你也不够》、周国平的《妞妞——一个父亲的札记》、阎纲的《我吻女儿的额头》、张洁的《世界上最疼我的那个人去了》等等一大批表现人伦之情的散文作品受到读者的推崇，引起广泛的影响。

（一）长对幼：亲与爱的超凡脱俗

中国的人伦关系自五四以来发生了极大的变化，五四时期表现为"审父"、"审母"的反叛情结，对两千年来"三纲五常"的人伦道德进行彻底的反省与颠覆。鲁迅就认为依据生物的规律，人也无非是保存生命、延续生命及发展生命这几项使命，做父亲的像一切生物一样，也就是这样做的，"对于子女当然算不了恩。——前前后后，都向生命的长途走去，仅有先后的不同，分不出谁受谁的恩典。"① 从根本上否定了孝的必要，聂绀弩以自己亲身的经历，诉说自己的母亲，却只是吸大烟，对于儿子的教育，只是打打骂骂，并且不问青红皂白，以至于自己有了屈打成招的经历后，在以后的人生道路上竟有了说谎的恶习，因此聂绀弩说："怎样做母亲呢？让别人去讲大道理吧，我却只有两个字：不打。"② 传统的"长者本位"思想，使中国的父母对子女有绝对的权威，以关心、爱护的名义包办孩子的事情、打骂子女成为长者教育幼者的主要方式，孩子没有自主权，往往懦弱，对家长极其依附，这限制了自身的发展。"少年强则国强，少年弱则国弱"，五四知识分子立足现实，反叛传统，审视长辈，提出要"废去祖先崇拜，改为自己崇拜——子孙崇拜"③。但是自己做了长辈，对子女应该怎么做呢？如何建构父母子女间的新关系是大家关注的焦点，鲁迅的话颇有代表性："自己背着因袭的重担，肩住了黑暗的闸门，放他们到宽阔光明的地方去；此后幸福的度日，合理的做人。"具体说来就是"用无我的爱，自己牺牲于后起新人。开宗第一，便是理解。往昔的欧人对于孩子的误解，是以为成人的预备；中国人的误解，是以为缩小的成人。直到近来，经过许多学者的研究，才知道孩子的世界，与成人截然不同；倘不先行理解，一味蛮做，便大碍于孩子的发达。……第二，便是指导。时势既有改变，生活也必须进化；所以后起的人物，一定尤异于前，绝不能用同一模型，无理嵌定。长者须是指导者协商者，却不该是命令者。不但不该责幼者供奉自己；而且还须用全副精神，专为他们自己，养成他们有耐劳作的体力，纯洁高尚的道德，广博自由能容纳新潮流的精神，也就是能在世界新潮流中游泳，不被淹没的力量。第三，便是解放。子女是即我非我的人，但既已分立，也便是人类中的人。因为即我，所以更应该尽教育的义务，交给他们自立的能力；因为非我，所以也应同时解放，全部为他们自己所有，成一个独立的人。""这样，便是父母对于子女，应该健全的产

---

① 钱理群编：《父父子子》，复旦大学出版社 2005 年版，第 2 页。
② 聂绀弩：《怎样做母亲》，钱理群编：《父父子子》，复旦大学出版社 2005 年版，第 93 页。
③ 周作人：《祖先崇拜》，钱理群编：《父父子子》，复旦大学出版社 2005 年版，第 12 页。

生，尽力的教育，完全的解放。"① 如今，距离鲁迅先生写这篇文章已经接近一个世纪之遥，百年后的今天，为人父母者对孩子做到理解、指导以至完全的解放了吗？还是又走进了新的误区，新的问题在缠扰着父母？池莉、摩罗、周国平、阎纲、莫言、李国文等的回答颇有启发性，他们的作品富有新时期的人伦特征。

池莉的《怎么爱你也不够》是一本母爱之书，她对女儿出生与成长过程的描写是如此刻骨铭心又生动细腻，作者自己由单纯女性到成熟母亲的心路历程也尽情展现。池莉的母爱主要体现在对孩子的充分理解与尊重上，不管自己受多少委屈，吃多少苦受多少累，只要孩子的要求是合理的，都尽力尊重孩子的意见，满足孩子的要求，当然池莉对女儿不是溺爱，而是一种理解，可以说，池莉的母爱颇有民主作风，体现了一位现代母亲的平等观念。为了能有个家，能好好照顾孩子，她愿意不辞辛劳地跑到遥远又偏僻的武汉郊区安家，为了女儿上幼儿园，为了一天天长大的女儿有个独立的生活，不久又换房子搬家，身为母亲的池莉奔波、操劳，但是看到女儿满意的笑容，池莉觉得一切都有了价值。重要的是女儿无论是要求自己单独睡觉，还是到幼儿园的生活自理问题，当女儿自信地说能自己做时，池莉给了她充分的信任，池莉坚决认为："我的女儿与众不同，我坚定不移地相信我的亦池（池莉女儿名）。我的亦池对理想的追求何等执着只有我知道。""我要重视我女儿的每一个愿望。我希望我们母女永远亲密无间，永远是最好的朋友。"② 池莉这样想，也这样做了。女儿要与伙伴和老师一起过生日，他们就买了蛋糕到幼儿园去，女儿喜欢玩，就让女儿无忧无虑地玩，不让女儿像有些孩子似的很早就接受专业教育，如学习画画、音乐、外语等。等女儿想学钢琴时，提醒孩子学钢琴很艰苦，而且钢琴很贵，及时给孩子指导，但由于女儿的坚持，最终还是满足了孩子的愿望。不强求孩子，尽力让孩子感到自在和快乐，是池莉养育女儿的经验。她对女儿不仅有无私的母爱，而且有由衷的感谢，因

① 鲁迅：《我们现在怎样做父亲》，钱理群编：《父父子子》，复旦大学出版社 2005 年版，第 71 页。
② 池莉：《怎么爱你也不够》，江苏文艺出版社 2000 年版，第 205 页。

为是女儿让自己成为一位成熟的母亲，就像作者自己说的："我深深感谢她给了我另一种生活。我对她没有任何要求。如果她的盛开需要肥沃的土壤，那么我情愿腐朽在她的根下。"①池莉对孩子不仅是慈母，还是平等的伙伴，体现出丰富、自由的现代特征。无疑，池莉是成功的，在该书于 2000 年修订出版时，1992 年出生的女儿已经能够调侃说"妈妈这人有点怪"，并以此作为该书的后记了。

摩罗的《第一年——一个人文学者的育儿手记》是摩罗在儿子万樟笑出生以后，为孩子写的日记，记述了孩子每天的身体状况、发育情况、行为表现。日记止于孩子周岁生日那一天。文章记述了父亲对儿子的万般宠爱：自从宝宝出院回到家那一天起，做父亲的就抱着儿子四处游走，并拖长声调轻轻念："宝喂宝喂——宝是爹的命哟——爹的命哟——"，自己在深情地呼喊中得到精神的极大满足，同时又给予儿子美好的情感，父子之间最初的交流在呼喊中完成。父亲对儿子疼爱有加，别人对儿子的关心照顾作者怀着感激一一记录，自己对儿子的养育和呵护也尽心尽力，声称只要儿子的一声哭喊、一声呼召，本老爹马上全力侍候在鞍前马后。作者对儿子的悉心照料不仅是父子血脉相连，更是为父者出于对弱小生命的关爱，作者认为："一个孩子最为重要的事情就是得到父母的充分养育和呵护。因为一个小生命初到这个陌生的世界，一切都觉得不适应，甚至常常充满恐惧和惊慌，只有在父母的怀里才会得到灵魂的安宁，生命之花才会愉悦而又潇洒地尽情开放。"②对一个弱小的生命的关爱使作者特别不能忍受别人尤其是医护人员对幼儿的粗暴：宝宝打完吊瓶，胶布粘在头上，护士猛然一拉，疼得宝宝身子突然一阵痉挛，这时作者抑制不住自己的愤怒，气愤之余不禁大骂："我看着那个女人的背影，不知那是人还是畜生，我怎么也不理解，中国的医院为什么充满了野蛮动物，尤其不能理解的是，儿科的医护人员对于如此弱小的婴儿竟然也没有一点怜爱之心。他们没有孩子吗？""幼吾幼以及人之幼"，作者在怜

① 池莉：《怎么爱你也不够》，江苏文艺出版社 2000 年版，第 216 页。
② 摩罗：《第一年——一个人文学者的育儿手记》，二十一世纪出版社 2005 年版，第 312 页。

爱幼子时，不自觉地对别的幼儿也产生怜爱之情：好多次站在这位"断胳膊的小病号床前，心想要是万一治疗不好，这个孩子岂不是太多灾多难了？眼睛还没有睁开，仅仅伸出一只胳膊就给折了，这个世界为什么如此杀机四伏、凶险暴虐？一个生命要想每个环节都顺利、都平安，那是多么不容易达到的目标——是多么值得庆幸的幸运啊。"①作者写宝宝日记，是因为孩子出生不顺利，落下颅内出血、脑细胞水肿等疾病，这可能留下后遗症，作者仔细观察孩子的日常表现，用日记记述下来，予以分析研究。当知道孩子病情不是很严重后，心情一天天放松下来，孩子一天天健康可爱起来，日记成了孩子的可爱记录，摩罗自己在孩子的成长中、在记述中获得幸福与快乐，并因此怀有感激之情。作者在日记结束时由衷地说："为了让孩子日后知道他今天的可爱而写作，不是出于责任，而是出于对生命的虔敬与热爱。孩子的一颦一笑、一招一式中，宇宙的诗意和上帝之爱扑面而来，给父母带来这么多的幸福。我写宝宝日记只会使得这种幸福变得更加强烈、更加深刻、更加持久，真是感激不尽——不禁感激生命，也感激我的孩子。我不叫它父亲日记，而是命名为宝宝日记，就是出于对孩子的感激之心。这一切的欢乐、幸福，都是因为宝宝的出现而拥有、而体验到的。"摩罗把自己知道孩子病时的精神崩溃丢到脑后，把那时决心要陪护孩子一生的谋划也扔掉，当孩子健康成长时，摩罗把对孩子的爱化为感激：感激孩子，感激生命。作者在生命成长的诗意展现中，深深体悟到：每一个婴儿的诞生，都带来了上帝对于人类的希望。摩罗对孩子的爱，因为这本日记的见证，更显现出博大、深广的特点。

可怜天下父母心，父母对孩子的关心照顾自幼年时的衣食住行，直至成年后的关心体贴，可谓无微不至，最让家长揪心的其实是孩子成长关键时刻的考试，高考因性质的特殊及对孩子终身的影响而备受社会家庭的关注，短短三天的高考，成为家长与孩子共同参与的一场战斗，参加高考的孩子无疑处于极度紧张状态，而陪考的家长也因担心而焦虑，莫言的《陪考一日》就

---

① 摩罗：《第一年——一个人文学者的育儿手记》，二十一世纪出版社 2005 年版，第 86 页。

以时间顺序记录了自己陪同女儿参加高考的经历。打车去陪考，预订带空调的房间，照顾女儿的饮食起居，疏导女儿紧张的情绪，陪考第一天战战兢兢度过，一个紧张焦虑的父亲也活跃在读者的视线里。文中父亲的心理栩栩如生：看到号码心中暗喜，对女儿的期望溢于言表，预订的房间恰到好处，为了这好运气，心中满是感动，入住的晚上，女儿睡不着，我则心中暗暗盘算，要不要给她吃安定片。不给她吃怕折腾一夜不睡，给她吃又怕影响了脑子。终于听到了女儿轻微的鼾声，却不敢开灯看表。凌晨鸟叫，生怕鸟叫声吵醒女儿，女儿醒来后，自己又因是喜鹊在叫而心中欢喜。女儿考前紧张，像当年奶奶听到日本鬼子来临一样一趟趟跑厕所，我哀叹：这高考竟然像日本鬼子一样可怕了。女儿进考场了，我加入到陪考行列，家长们觉着蝉鸣格外刺耳，有个小胖子考试迟到了，家长们几乎是一起看表，有个考生有病不能坚持了，大家一致感慨同情，我则另有一番庆幸：自己的女儿平平安安地坐在考场里了。语文考试结束了，看清了女儿脸上的笑意，心中更加欣慰。晚上，女儿临睡前为化学考试时自己无意写的一个字而心情越来越坏，我极尽劝慰想尽办法，等女儿心事重重地睡着了，我则躺在床上，暗暗地祷告着：佛祖保佑，让孩子一觉睡到八点，但愿她把化学卷子的事忘掉，全身心地投入到明天的考试中去。作为一个父亲，陪考第一天，真是紧张焦虑到极点，文章首尾的佛祖保佑把陪考父亲对女儿的关切与自身惊魂未定的无助凸现得淋漓尽致，无边的父爱弥漫在字里行间。

爱孩子，但爱要适度，否则就会变成"泥爱"，李国文的两篇文章就为当代的父母敲响了警钟。《名父之子多败德》借清末著名的爱国主义思想家龚自珍的儿子龚橙不但不能继承父亲的衣钵，相反成为火烧圆明园的引狼入室者的惨痛教训，告诫作为名人之子，当以此为戒，慎之又慎。《泥爱》一文将爱子到"爱呆了，爱傻了爱到不清醒，爱到不问是非的程度"[1]的父母之爱称为"泥爱"，以谨言慎行、遵纪守法的老朋友的儿子被"双轨"的教训，

---

① 李国文：《李国文散文》，人民文学出版社 2005 年版，第 162 页。

并以历史人物杨士奇泥爱其子的故事，提醒为父母者："你疼你的儿子，但你的儿子不一定疼你！"父母希望孩子比自己生活得更好本是人之常情，鲁迅先生早就说要自己背着因袭的重担，肩住了黑暗的闸门，放他们到宽阔光明的地方去，但是如果做父母的自己挑起重担，却不能教育好儿女那宽阔光明的地方是要靠自身的努力去寻找的，终有一天，你会发现：儿子背叛了你，他也失去了爱父母的能力，伤害父母甚至伤天害理都是有可能的。

孩子能够健康地成长是天下所有父母的心愿，但是生命的长度无法控制，孩子亡于父母之前也是无可奈何的事情，尽管父母极其痛苦，但除了面对、接受毫无办法。美国著名的思想家、诗人、散文家爱默森（Ralph Waldo Emerson，1803 年 5 月—1882 年 4 月）在写给亲人的一封信里，表达了自己发自肺腑的哀子之痛："我的宝贝，全世界最奇妙的孩子——因为我无论在我自己家里或是别人家里都没有看见过一个可以与他比拟的孩子——他从我怀中逃走了。像一个梦一样。他像一颗晨星，使我的世界更为美丽，使我日常生活内的每一个细节都美丽起来。我睡在他近旁，一醒来就记得他。我们……我们从来没有——也没有任何人给他坏影响，他没有被泥土所玷污——我现在想到这一点，觉得很高兴。大家对他总是尊敬，几乎有宗教的感觉，因为天真实在总是伟大的，使人肃然起敬。但是我现在只能告诉你，我的天使消失了。虽然你几乎没有看见过他的面貌，你也会为这小旅人悲痛。"① 孩子是父母的天使，孩子的夭亡给父母的打击是沉重的，阎纲比爱默森更加悲痛的是，女儿在生命的黄金时期丢下了一家老小、放下了蒸蒸日上的事业，老年丧子一直被中国人列为人生的三大不幸之一，阎纲遭遇了这一不幸，他在《我吻女儿的额头》中，同样表达了一位丧失女儿的父亲的悲痛，但作者在女儿的死中超越了死亡："吻别女儿，痛定思痛，觉得死亡也没有什么可怕。死后，我将会再见先我一步在那儿的女儿和我心爱的一切人，所以，我活着就要爱人，爱良心未泯的人，爱这诡谲的宇宙，爱生命本身，爱

---

① （美）爱默森:《寄玛丽·穆地·爱默森》，崔宝衡等主编:《世界散文精品大观·生命篇》，花山文艺出版社 1996 年版，第 306 页。

每一本展开的书，与世界上第一流的思想家做精神上的交流。"① 珍惜存在的，爱别人，爱世界，这就是对死亡的超越。

新时期散文依然表现了父母对孩子的爱，但这种爱又不同于传统的慈母严父的爱。首先，新时期散文中的父母勇于并乐于承担为父为母的责任，对孩子的爱更富有牺牲精神。池莉能够为孩子而写作也能为了孩子暂时放弃写作，她第一次到北京领奖，因为与女儿的分离，竟然"觉得名利像浮云一样抓不牢靠不住，飘飘荡荡没什么实际内容。在热闹、喧哗、音乐、欢笑、赞美、流光溢彩的宾馆以及整座北京城之中，我始终惦念的就是我女儿的那张小脸"②。摩罗得知儿子出生时脑部积液可能留下后遗症时，他经过精神崩溃般的折磨后，竟然要放弃自己钟爱的写作，重新学做医生，下半辈子就做儿子的"陪护"，周国平为生下不久就得肿瘤的女儿想尽一切办法，尽自己最大的能力给女儿以快乐，在明知女儿将不久于人世的情况下，仍然给女儿上了户口。肖复兴教儿子作手抄报，陪儿子买书、看画，支持儿子集邮，为儿子的教育绞尽脑汁，写下十四篇父亲手记，记录儿子成长过程。新时期父母能够为孩子舍弃自己的一切，这种牺牲精神，也是对自己为人父母的责任的承担，像朱自清笔下打孩子嫌弃孩子吵闹的现象绝迹了。第二，把孩子作为独立的个体，能够尊重孩子，尤其在教育孩子时，富有民主作风。池莉对女儿的教育是协商的方式，给予孩子充分的信任，肖复兴在教育儿子时能够注意保护儿子的爱心，培养儿子要懂得尊重别人。节日之夜，儿子为一位孤单老人有个快乐的春节，把自己所有的烟花都放了，不知情时训斥儿子，一旦知道了儿子这样做的原因，立即又给儿子买了许多烟花。儿子的同学为他带来笔记，儿子随口说的一句"明天我找班长的笔记抄吧"震动了父亲的心，于是教育儿子怎样尊重普通人，宽容别人但不能原谅自己。新时期父母更重视儿女健康的成长、快乐的生活、健全的人格养成，表现出自由、博大的父母之爱。第三，对儿女的感激之情。这是在古代散文甚至五四散文中所没有

---

① 阎纲：《我吻女儿的额头》，林非选编：《当代永恒主题散文精品》，济南出版社2005年版，第310页。

② 池莉：《怎么爱你也不够》，江苏文艺出版社2000年版，第76页。

的，并且这种感激是如此强烈和真挚。池莉、摩罗、周国平的作品中都有直接的表达，在周国平的《妞妞——一个父亲的札记》中这种感情表现得尤其震撼人的心灵。周国平认为，孩子使一个男人的父性、一个女人的母性——人性中最人性的部分得以实现，一个成年男女的人性得以完整。孩子给了成人一个家，"摇篮才是家园的起点和核心。在摇篮四周，和摇篮里的婴儿一起，真正的家园生长起来了。"[①]孩子带引父母重新回到那个早已被遗忘的非功利的世界，为了孩子，心甘情愿的辛苦是有滋有味的，忘记了孩子曾经给予自己快乐的父母是忘恩负义的。"自己做了父母，才真正学会了爱。""养育小生命是世上最妙不可言的一种体验了。一个人无论见过多大世面，从事多大事业，在初当父母的日子里，都不能不感到自己面前突然打开了一个全新的世界。小生命丰富了大心胸。"[②]孩子使父母的生命得以圆满。一个孩子给了父母重新打量世界、联系世界的视角和方式，父母的世界由此而改变，周国平对孩子的感激之情真挚厚重中融入了形而上的思考，这是新时期散文中的亮点。

（二）子女对父母：理解与超越

只有失去了才知道珍贵，新时期子女表达对父母之爱的散文中，很好地印证了这句话，当父母永远地离开了自己后，回首父母曾经给予自己的关心和爱护，才深刻体会到父母的无私及父母在自己生命旅程中的重要作用：父母的爱永远不能忘记，父母在自己生命中的作用无人能够代替。

一个残疾的儿子对于母亲意味着什么，知道儿子的痛苦却无能为力、爱莫能助，那母亲的无奈尴尬痛苦该有多深？当母亲故去后，史铁生在《合欢树》、《秋天的怀念》、《我与地坛》等文章中一遍遍地追问，一遍遍地想象母亲当时所受的煎熬："当我不在家里的那些漫长的时间，她是怎样心神不定坐卧难宁，兼着痛苦与惊恐与一个母亲最低限度的祈求。他被命运击昏了头，一心以为自己是世上最不幸的一个，不知道儿子的不幸在母亲那儿总是要加

---

① 周国平：《周国平文集》第五卷，陕西人民出版社 2002 年版，第 18 页。
② 周国平：《周国平文集》第五卷，陕西人民出版社 2002 年版，第 24—25 页。

倍的。她有一个长到二十岁上忽然截瘫了的儿子，这是她惟一的儿子；她情愿截瘫的是自己而不是儿子，可这事无法代替；她想，只要儿子能活下去哪怕自己去死呢也行，可她又确信一个人不能仅仅是活着，儿子得有一条路走向自己的幸福；而这条路呢，没有谁能保证她的儿子终于能找到。——这样一个母亲，注定是活得最苦的母亲。"①"儿子的不幸在母亲那儿总是加倍的"这句话让母亲听到，母亲就会心安了，有了儿子的理解，母亲所有的辛酸都可以换成甜美，其实做母亲的可能根本就没有期望儿子能够理解自己的苦，母亲只是希望儿子能够找到自己的幸福。史铁生在沉思默想中，心灵与母亲连在了一起。与史铁生对母爱的理解殊途同归的是马瑞芳的《等》，这也是新时期散文中描写母爱的不可多得的佳作。作者于浓浓真情、拳拳之爱中让人们感受到母爱的纯洁与伟大。开篇作者以一望洁白中烘托出母亲"满头青丝，娴雅淑静，若悲若喜"的善良而又可敬的慈母形象，然而这位慈母首先是位严厉的母亲，她慈爱与严厉并举。母亲对子女从不娇生惯养，必要时施以棍棒，"寄望儿成峰陵、成钟彝，女成芝兰、成珠玉。"母亲注意培养儿女的吃苦精神："苦就再苦三年。自在不成材，成材不自在。"这近乎残酷的爱却成就了儿女，母亲的七个儿女全部成为大学生。然而，儿女们各奔东西工作以后，母亲却又在时时盼、天天等他们的消息，特别是在弥留之际，虽然神志不清可还仍像在等她远在山西的儿子，满满的慈母之爱溢于笔端。"母亲一辈子都在望穿秋水、无休无止地等"，母亲的"等"，展示了母亲的博大胸怀，饱含了一位伟大而又寻常的母亲的不同寻常的爱。

张洁的长篇散文《世界上最疼我的那个人去了》达17万字，淋漓尽致地描述了母亲去世的过程及母亲的过世对自己的打击，作者在母亲去世后更体会到母爱的无私及对母亲的依赖。因为母亲的宠爱，自己在母亲面前可以肆无忌惮，毫无顾忌："我在生人面前还能做个谦谦君子，忍而不发。在妈面前却忍不下去，也不忍了。""知道不论跟谁都得进入角色，只有跟自己妈

---

① 史铁生：《我与地坛》,《史铁生散文选》,人民文学出版社2005年版，第12—13页。

才不必着意'关系'，才能知无不言，言无不尽，畅所欲言。干脆说，母亲就是每个孩子的出气筒。""只要妈多说我几句，或是不听我的安排，让我一而再、再而三地说来说去，我就来火了。即使为了她好，也做得穷凶极恶。"①但是在母亲去世后，作者终于明白："爱人是可以更换的，而母亲却是唯一的。人的一生其实是不断地失去自己所爱的人的过程，而且是永远地失去。这是每个人心理的最大伤痛。在这样的变故后，我已非我。新的我将是怎样，也很难预测。妈，您一定不知道，您又创造了我的另一个生命。"②母爱的方舟倾覆，什么将再是女儿安放心灵的精神家园？人世间除了母与女血缘亲情之爱，还会有纯粹的生命之爱吗？张洁在经历了自身痛切的人生经历后，才有了对母女亲情和男女情爱孰重孰轻的判断，这个生命伦理问题的确棘手。或许，正因为"人的一生其实是不断地失去自己所爱的人"，才使生命中爱的碎片弥足珍贵，它使生命有了感动和盼望，人生在此显示出意义。对张洁来说，母亲去世决不仅仅是一个死亡事件，而是关系到她的自我存在的生命现象，所以，她在文本中事无巨细地记录了母亲临终前后母女之间的生命交流，其目的就是要在对母爱情感的回忆中，梳理见证自己的生命史，确定母亲亡故后，我已非我的现实存在意义。母爱于张洁，是生命永恒的力量，是母亲让她看见了自己的灵魂。通过与自己灵魂的精神对话，她与母亲永远在一起，超越了生与死。

　　与张洁所表现的母爱有异曲同工之妙的是熊育群的《生命打开的窗口》，作者在奔丧的途中想到母亲的死亡首先是属于母亲的那个世界走向了虚幻："母亲的世界随着她纷纷走向幻灭——这只是母亲一个人的世界，她带来这个世界，就像打开的魔瓶；她带走一个世界，万事万物都随她而去——世界再也没有了，在她闭上眼睛的时刻，归于永远的黑暗。"但是作为母亲的儿子，作者却像蝉蜕一样，由母亲的世界打开了自己的世界，这个世界随着母亲的梦而展开："但是我还能张开眼睛，看到一个世界的表象，这是谁的世

---

①　张洁：《世界上最疼我的那个人去了》，人民文学出版社 2006 年版，第 149 页。
②　张洁：《世界上最疼我的那个人去了》，人民文学出版社 2006 年版，第 203 页。

界？是人人的世界吗？它能独立于每一个人而存在吗？对母亲而言这世界再也不存在了。而我从母亲的血脉中分离，开始另一种时间。我感到自己幻影与泡沫一般从母亲的世界逃逸，这是一种生命的蝉蜕……母亲虚幻了，我能真实起来吗？这张最普通的面容对我从没显得这么重要过，我突然感到一条根被拔，我要漂浮于某种坚固的存在。生命的空虚一阵一阵向我袭击。"[①] 失去了母亲，就再也不是那个自己了，熊育群与张洁有同样的母爱体验，但与张洁不同是，熊育群意识到了母亲打开了儿子生命的窗口，当儿子成人以后，母亲又通过儿子来打量世界，从一定意义上说，生命打开的窗口在母与子之间是相互的，贯通的，"母亲，多少年后，我才知道你常常会借我的眼睛打量这个世界。某些瞬间，我真切体验到了你看世界的心情和对人世间的感叹。许多我们曾经共同经历的事情，当它们旧景重现，不论纷纭的时间堆积有多么深厚，从前的时光仍然在重现出来！而天际低垂的阴云，总像你别梦依稀的脸。生命的感受是这样奇妙，我的眼里不再只有看到的景象，它还包含了过去、现在和未来。我不过是生命打开的一扇窗口。母亲，是你从尘土中开启了我。"[②] 母与子在时间的纽带中重又连接起来。

李晓愚的《黏糊的男人》以反讽的手法表达对父爱的理解。父亲对女儿的关爱可说是无微不至，路上碰到了希望捎带女儿一程，女儿不顺心时及时开导，这在女儿看来父亲真是"黏糊"，还有，父亲与女儿之间的审美观总是因为时代、阅历的关系而略有差异，有时甚至迥然不同，作者就写了父女间的一次交锋：对于女儿的新裙子，爸爸批评'布料太少了，当睡裙穿还凑合'。年轻的作者愤怒地转过身，仿佛看见一根又一根的刺从父亲眯着的眼睛里掉出来。这样看来女儿似乎并不领父亲的情，其实作者正是以"黏糊"抓住了父爱的特征，这不过是女儿初长成时的叛逆，是处于青春期的女儿对父爱的一种逆反，其实作者对父亲还是充满理解和感激的。自己在外打拼不顺利，父亲为自己卸下负担：这个黏糊的男人坐在我身边，悄悄告诉我他和

---

① 熊育群：《生命打开的窗口》，林非选编：《当代永恒主题散文精品》，济南出版社2005年版，第336页。

② 熊育群：《生命打开的窗口》，林非选编：《当代永恒主题散文精品》，济南出版社2005年版，第344页。

妈妈的积蓄足以供养我过虽不富裕但却衣食无忧的生活，并安慰说："真正让我们骄傲的是你的懂事，是你的善良，而不是你外在的光环。"父亲的抚慰让年轻的作者感动："有的时候，最简单的期望却能给人最大的动力。"作者对父爱的理解还是深刻的："我清楚地知道世界上没有哪一个男子会给我这样的爱，世界上也没有哪个男子会得到我这样的爱。茫茫人世，纷纷红尘，有一种爱，它是惟一。"[①] 俏皮的语言中有青春的搏动，更有对深沉父爱的领悟，血脉相连的父与女"心有灵犀一点通"。

王景科教授的《苦涩的父爱》是一位知识分子怀着愧疚之感对卑微而又艰辛的父亲的倾诉。妻子的突然亡故使贫穷的生活雪上加霜：大女儿三岁，小女儿刚刚会爬，贫穷、累赘、痛苦让这个老实巴交的男人"一夜之间就愁白了头"！接下来以一麻袋粮食的代价卖掉大女儿以求两全的打算、准备续娶的念头，让父女之间又平添了一道无形的鸿沟。岳母的猜疑、女儿的抱怨、生活的拮据与困顿，让这个"性格内向、不善言谈"的男人，承受了巨大的压力。面对生活的艰辛，这个卑微的男人常常默默流泪，而最让人心酸的是他用自己的血汗钱给女儿买花布却遭到了埋怨的那次！他只有承受、硬挺，终身没有续娶，把自己全部的爱，毫无怨言地给了儿女们。长大成人后的女儿不仅理解了父爱的苦涩，更体会到一个生活在底层最弱小又最坚强的一个男性的悲哀。从内心深处发出的愧疚是对父爱理解后的一种超越："是我的无知害得父亲没能找一个陪他说话的女人，是我的不懂事害得父亲没能找一个给他做饭缝衣的女人，更是我的任性害得父亲没能再找一个他心中理想的老伴，致使他独自一人饮完了人生的苦酒，是心中的苦与愁伴他走完了人生之路。至今想起来我仍深深感到对不起他老人家！"[②]

周国平在父亲去世后，体悟到父母对一个孩子的重要性："一个人无论多大年龄上没有了父母，他都成了孤儿。他走入这个世界的门户，他走出这

---

① 李晓愚：《黏糊的男人》，易磊主编：《感动中国的名家随笔——伞殇》，内蒙古文化出版社2006年版，第121页。

② 王景科：《苦涩的父爱》，王景科主编：《精美散文读本》，山东友谊出版社2004年版，第368页。

个世界的屏障，都随之坍陷了。父母在，他的来路是眉目清楚的，他的去路则被遮掩着。父母不在了，他的来路变得模糊，他的去路反而敞开了。"并且感到"父亲的死使自己住的屋子塌了一半，女儿的死又使我觉得我自己成了一间徒有四壁的空屋子"①。

一个父亲，把全部的老年展示给儿子。没有父亲的引路，儿子只能在黑暗的孤独中走下去，儿子需要教会怎样面对衰老和死亡。"如果你在身旁，我会早早知道，自己的腿在多大年龄变老，走不动路。眼睛在哪一年秋天花去。这一年到来时，我会有时间给自己准备老花镜和拐杖。我会在眼睛彻底失明前，记住回家的路，和那些常用物件的位置。我会知道你在多大年龄开始为自己准备后事。""没有一个叫父亲的人，白发飘飘，把我向老年引。我不知道老是什么样子。我的腿不把酸痛告诉我。我的腰不把弯曲告诉我。我的皮肤不把皱纹告诉我。我老了我不知道。"②"你在世间只留下名字，我为怀念你的名字把整个人生留在世间。我的身体承受你留下的重负，从小到大，你不去背的一捆柴我去背回来，你不再干的活我一件件干完。他们说我是你儿子，可是你是谁，是我怎样的一个父亲。我跟你走掉的那部分一遍遍地喊着父亲。我留下的身体扛起你的铁锨。你没挖到头的一截水渠我得接着挖完，你垒剩的半堵墙我们还得垒下去。"③ 儿子从父亲那里承继身体，父亲把一个生命衰老直至死亡的过程展示给儿子，父子之间的关系也包含着生命之间的指引和继承，这种理解超越了传统的父子养育关系，是对父子关系的重新体认，刘亮程对父子关系的重新解读有着哲理的沉思，更有着生命的厚重。

二、家是爱的载体

在汉语中，家是最含温情、最令人心动的一个词，它是一个物质与精神

---

① 周国平：《父亲的死》，《周国平自选集》，海南出版社 2004 年版，第 64-65 页。
② 刘亮程：《先父》，林贤治编选：《我是农民的儿子》，花城出版社 2005 年版，第 38 页。
③ 刘亮程：《先父》，林贤治编选：《我是农民的儿子》，花城出版社 2005 年版，第 32 页。

的结合体。台湾歌星潘美辰的歌《我想有个家》唱出了多少人的心事与对家的向往，它不需多大，也不需要多么豪华，只要人们受伤的时候、恐惧的时候能够给人以安慰就可以了。新时期的散文作家对家的阐释与理解有自己的特色：第一，家要适合自己。第二，家人在爱的基础上尊重彼此的个性，可以说，家人之间的关系是"和而不同"。

首先，要有一个适合自己的家并不容易，无论是精神还是物质，都要根据自己家人的能力量力而行，不要得陇望蜀。肖复兴在《说家》中就体现了一个现代人对家的理性思索。他特别强调人不能贪心，物质与精神要和谐发展。"物质与精神，都是无止境的，所谓'上穷碧落下黄泉，两处茫茫皆不见'。对家这两重要求，给了人快乐，也给了人苦恼。家，是一根扁担，挑起这都不轻的两头。家中的人，就是挑担的肩，这两头的比例如何，看肩在这扁担上的位置了，当然，也得看肩的力量了。比例失调，扁担必然倾斜；力量不支而强起肩，扁担也得倾斜；弄不好，扁担折了，担子倒了，都是常事。"① 基于此，肖复兴对家的要求尤其是物质的要求并不高。也许这一代人的成长正好是我们国家的困难时期，孩子的独立意识得不到满足，因此对家的基本要求首先是有一个像点样的房子，不能窄得父母和子女挤在一屋，即使是夫妻之间，肖复兴也希望能够一人一床，保持一定的距离。对一人一屋、一人一床及一个书柜、一张写字台的要求，体现了一个知识分子对独立空间的强烈要求，而简单的需求也传达出传统的知识分子"一箪食，一瓢饮，住陋巷"而不改其乐的追求。简单的物质要求与创造欲望是中国知识分子的一贯作风，根据自己的能力做到精神与物质和谐发展是知识分子的理想。在新时期散文中，作家对家的物质要求依然有传统知识分子的影响，但是对家庭氛围、对家人之间的关系的处理则不同于传统的家庭伦理关系。

其次，夫为妻纲、父父子子的传统家庭伦理关系在新时期散文中遭到彻底颠覆，平等互爱的新型家庭伦理建构起来。王蒙在《珍惜家庭》中说："人

---

① 肖复兴：《说家》，《当代散文名家精品文库·肖复兴卷》，四川人民出版社1997年版，第215页。

需要与人共处，需要与人分享自己的喜怒哀乐、见闻经验，人更需要爱，没有爱的人生是沙漠里的人生，是难以忍受的。家庭是爱的结果，是爱的载体，是爱的'场'。而爱是家庭的依据，家庭的魅力，家庭的幸福源泉。有了爱，生命是生存的见证，交流是活着的见证。夫妻、父子或母子、父女或母女，互为生存的依据与见证。没有爱，也就没有了生存，或者虽生犹不生。"①把家人之间的互爱、相互依存作为家庭存在的理由是人们情感的需要，更是"文革"结束后人们对温馨的家的向往的情感皈依，当劫难来临，家是躲避风雨的港湾。据王蒙了解，"文革"期间，妻离子散者生存欲望比较低，经受打击的能力也低，往往不能承受灾难的摧折；而不论多么艰难的物质条件、多么困苦的处境，若有家人的相依为命，常常能够跨过坎坷。李国文的《母亲的酒》就表达了家对自己在特殊时期的重要价值，可以说是对王蒙这段话的最好的注解，李国文回忆道："现在回想起故去的老母亲那句话'酒这个东西，真好'！就会记起当时饭桌上的温馨气氛，在那个讲斗争哲学的大风大浪里，家像避风港一样，给你一个庇护所，在老少三代同住一室的小屋子里，还有一缕徐徐萦绕在鼻尖的酒香，那充实的感觉，那慰藉的感觉，对一个屡受挫折的人来说，是最难得的一种幸福。我怀念那有酒的日子，酒，意味着热量，意味着温暖，那时，我像一头受伤的动物，需要躲起来舔我流血的伤口，这家，正是我足以藏身，可避风霜的洞穴。"李国文是幸运的，家让他能够躲避风霜，抚平自己流血的伤口；没有家的温暖，常会使人失去生存的信心："那时候，很有一些人，从无名之辈，到声名鼎沸的诸如我的同行之流，最终走上了绝路，很大程度是由于内外相煎的结果。如果我经受了大会小会的批斗以后，拖着沉重的身子回到家来，若是再得不到亲人的抚慰鼓励，而是白眼相待，而是划清界限，这样雪上加霜的话，家庭成了一座冷冰冰的心狱，还有什么必要在这个世界上存活下去呢？"②家人的支持对个体生命能够渡过难关有着重要的作用，经历过"文革"灾难的人对家的认识

---

① 王蒙：《王蒙自述：我的人生哲学》，人民文学出版社 2003 年版，第 288 页。
② 李国文：《母亲的酒》，《李国文散文》，人民文学出版社 2005 年版，第 101 页。

会更加深刻，也会更加珍重家人。

有了家人的相扶相依，苦，不觉其苦，甜，更增其甜。新时期散文作品中，杨绛的《我们仨》道出了中国现代知识分子的家庭理想，她的家堪称现代家庭的典范。同时，杨绛对家的理解也引起了广大读者的共鸣，据说《我们仨》当年的发行量超过 50 万册。从接受的角度来讲，读者认同杨绛对一个家庭的阐释。

家人之间的相守相聚是家庭存在的根本，一个朴素的家，因为家人的聚合会变得不同寻常。杨绛的家很平凡："我们仨其实是最平凡不过的。谁家没有夫妻子女呢？至少有夫妻二人，添上子女，就成了我们三人或四个五个不等。"幸福的家庭是相似的，家人能够同甘共苦是家庭幸福的保障，杨绛称她们仨是不寻常的遇合，根本原因就是他们之间能够同甘苦、共患难。"我们这个家，很朴素；我们三个人，很单纯。我们与世无求，与人无争，只求相聚在一起，相守在一起，各自做力所能及的事。碰到困难，钟书总和我一同承当，困难就不复困难；还有个阿瑗相伴相助，不论什么苦涩艰辛的事，都能变得甜润。我们稍有一点快乐，也会变得非常快乐。所以我们仨是不寻常的遇合。"[①] 共同的追求，共同的担当是杨绛家庭幸福的原因，尤其是夫妻间的支持在艰难困苦中显得更加珍贵。当不幸来临时，夫妻之间的坚守对家庭的稳定至关重要，任何一方的逃避都会给家庭带来倾覆之灾，这在周国平与摩罗的散文作品及家庭经历中也能得到印证。周国平与摩罗都生有一个病患儿，他俩都因此而各自写就自己的重要作品《妞妞：一个父亲的札记》、《第一年：一个人文学者的育儿手记》，他俩经营的家，结局却截然相反：周国平与妻子终于分手，而摩罗则终于使儿子康复，一家人快乐地生活在一起。在周国平的札记中，他并没有说出最终与妻子分手的原因，仅在后记中说是一对平凡夫妻不能免俗的分手。其实，当失去女儿的不幸降临时，他们夫妻不能共守一处、相互抚慰，应该是其中的原因之一。而摩罗在儿子康复

---

① 杨绛：《我们仨》，《杨绛文集·散文卷》（上），人民文学出版社 2004 年版，第 175 页。

的过程中，则能照顾到妻子的感受，他们是夫妻共同去承担帮助儿子康复的重任的。家人之间的相互支持是家庭存在的基础，家人间的依存减轻了个体生命生存的孤独感，正是在这个意义上，杨绛说："三里河寓所，曾是我的家，因为有我们仨。我们仨失散了，家就没有了。剩下我一个，又是老人，就好比日暮途穷的羁旅倦客；姑顾望徘徊，能不感叹'人生如梦'、'如梦幻泡影'？但是，尽管这么说，我却觉得我这一生并不空虚；我活得很充实，也很有意思，因为有我们仨。也可说：我们仨都没有虚度此生，因为是我们仨。"① 家人之间的关系直接影响一个人对生存意义的理解和感悟，个体生命在孤独、寂寞时，只有家能够给予抚慰，所谓家是心灵的港湾即是在此意义上界定的。

"和而不同"是杨绛家庭中三人关系的生动写照，她们有共同的追求、相似的爱好，又能尊重彼此的个性，的确是个令人羡慕的家庭，他们的家是爱的场域和载体。"我们两人每天在起居室静静地各据一书桌，静静地读书工作。我们工作之余，就在附近各处'探险'，或在院子里来回散步。阿瑗回家，我们大家掏出一把又一把的'石子'把玩欣赏。阿瑗的石子最多。"他们三人之间的角色随时在变化，角色的变化中体现的是家人的体贴与爱护："我们仨，却不止三人。每个人摇身一变，可变成好几个人。例如阿瑗小时才五六岁的时候，我三姐就说：'你们一家呀，圆圆头最大，钟书最小。'我的姐姐妹妹都认为三姐说得对。阿瑗长大了，会照顾我，像姐姐；会陪我，像妹妹；会管我，像妈妈。阿瑗常说：'我和爸爸最哥们，我们是妈妈的两个顽童，爸爸还不配做我的哥哥，只配做弟弟。'我又变为最大的。钟书是我们的老师。我和阿瑗都是好学生，虽然近在咫尺，我们如有问题，问一声就能解决，可是我们决不打扰他，我们都勤查字典，到无法自己解决才发问。他可高大了。但是他穿衣吃饭，都需我们母女把他当孩子般照顾，他又很弱小。""他们两个会联成一帮向我造反，例如我出国期间，他们连床都不铺，

---

① 杨绛：《我们仨》，《杨绛文集·散文卷》（上），人民文学出版社 2004 年版，第 175 页。

预知我将回来，赶忙整理。我回家后，阿瑗轻声嘀咕：'狗窠真舒服。'有时他们引经据典的淘气话，我一时拐不过弯，他们得意地说：'妈妈有点笨哦！'我的确是最笨的一个。我和女儿也会联成一帮，笑爸爸是色盲，只识得红、绿、黑、白四种颜色。其实钟书的审美感远比我强，但他不会正确地说出什么颜色。我们会取笑钟书的种种笨拙。也有时我们夫妇联成一帮，说女儿是学究，是笨蛋，是傻瓜。"[1] 融洽的家庭氛围中，彼此间的打趣，相互间的体谅都洋溢着幸福，彼此独立又相互尊重的家庭关系给了每一个成员宽松的环境、温馨的气息。

家庭的温暖为家庭成员在事业上的成功奠定了基础，家是休憩的场所、人生的加油站，但是个体生命的价值毕竟不是躺在家里实现的，"齐家、治国、平天下"的儒家文化已经渗透到中国知识分子的血液中，实现个体的社会价值往往是知识分子的终极理想，尤其是做父母的，即希望自己的子女能够有所作为、有所建树，能够做出超越自己的成绩，为子女感到自豪。杨绛夫妻两人对唯一的女儿钱瑗就是这样，既为女儿骄傲，又怕女儿太劳累，"我们眼看着女儿在成长，有成就，心上得意。可是我们的'尖兵'每天超负荷地工作——据学校的评价，她的工作量是百分之二百，我觉得还不止。她为了爱护学生，无限量地加重负担。例如学生的毕业论文，她常常改了又责令重做。我常问她：'能偷点儿懒吗？能别这么认真吗？'她总摇头。我只能暗暗地在旁心疼。""阿瑗是我生平杰作，钟书认为'可造之材'，我公公心目中的'读书种子'。她上高中学背粪桶，大学下乡下厂，毕业后又下放四清，九蒸九焙，却始终只是一粒种子，只发了一点芽芽。做父母的，心上不能舒坦。"[2] 怜爱之情溢于言表，一位母亲的对女儿的期望、遗憾与对女儿的疼爱交汇在一起，心里的矛盾与挣扎清晰可见，而对丈夫钱钟书，杨绛又去担当另一重角色，"钟书的小说改为电视剧，他一下子变成了名人。许多人慕名从远地来，要求一睹钟书的风采。他不愿做动物园里的稀奇怪兽，我只好守

---

① 杨绛：《我们仨》，《杨绛文集·散文卷》（上），人民文学出版社 2004 年版，第 258-259 页。
② 杨绛：《我们仨》，《杨绛文集·散文卷》（上），人民文学出版社 2004 年版，第 260 页。

住门为他挡客。"杨绛一家人在事业上都取得了骄人的成绩，这与家人间的相互支持、相互关照是分不开的。

汪曾祺的系列散文《我的祖父祖母》、《我的父亲》、《我的母亲》、《多年父子成兄弟》、《我的家》等是作者对家庭成员的回忆，文中充溢着作者对往昔家庭温暖的回味，更有作者对家庭成员间平等地位的追求与珍惜，尤其是《多年父子成兄弟》一文，更是直接表达了作者父子间应平等相待的现代理念。作者首先回忆了父亲对待自己的态度与方式。在作者的印象里，父亲极其聪明，对待孩子很随和，爱孩子，喜欢跟孩子玩。春天，父亲带领孩子们到麦田里放风筝，孩子们在田野里奔跑跳跃，身心畅快；我十七岁初恋，暑假里，在家写情书，他在一旁瞎出主意。我十几岁就学会了抽烟喝酒。他喝酒，给我也倒一杯。抽烟，一次抽出两根他一根我一根。他还总是先给我点上火，我们的这种关系，他人或以为怪。父亲说："我们是多年父子成兄弟。"汪曾祺从父亲那里承继了这种父子兄弟的平等关系，并把它发扬光大，孙女也和自己"没大没小"："我的孩子有时叫我'爸'，有时叫我'老头子'！连我的孙女也跟着叫。我的亲家母说这孩子'没大没小'。我觉得一个现代化的、充满人情味的家庭，首先必须做到'没大没小'。父母叫人敬畏，儿女'笔管条直'最没有意思。""儿女是属于他们自己的。他们的现在，和他们的未来，都应由他们自己来设计。一个想用自己理想的模式塑造自己的孩子的父亲是愚蠢的，而且，可恶！另外作为一个父亲，应该尽量保持一点童心。"[①] 汪曾祺认为，做父亲的保留一点童心并给孩子设计自己未来的自由，是父子间能够平等相待的关键，也是一个现代化的、充满人情味的家庭的基础。他的父亲这样对待他，他也这样去对待自己的儿子孙女，家人之间传承的是平等的爱。

和家人共同拥有的地方是家，没有了家人的相随相伴，家不像家，杨绛在失去了钟书与阿瑗的陪伴后，感觉"世间好物不坚牢，彩云易散琉璃脆"，

---

① 汪曾祺：《随遇而安》，京华出版社 2006 年版，第 259 页。

家里只有了一个人，杨绛"清醒地看到以前当作'我们家'的寓所，只是旅途上的客栈而已。家在哪里，我不知道。我还在寻觅归途"①。杨绛把没有了家人的地方称作"客栈"，刘亮程也认为和家人共享生活情节的地方才叫"家"，不管这个地方有多么陈旧，他在《住多久才算是家》中对家的诠释别有一番道理："不知道住多少年才能把一个新地方认成家。认定一个地方时或许人已经老了，或许到老也无法把一个新地方真正认成家。一个人心中的家，并不仅仅是一间属于自己的房子，而是你长年累月在这间房子里度过的生活。尽管这房子低矮陈旧，清贫如洗，但堆满房子角角落落的那些黄金般珍贵的生活情节，只有你和你的家人共拥共享，别人是无法看到的。走进这间房子，你会马上意识到：到家了。即使离乡多年，再次转世回来，你也不会忘记回这个家的路。"② 因为拥有了与家人共同的生活情节，这个地方也就变成了自己生命的一部分，成为永久的"家"，因此刘亮程觉得即使转世回来，也认得回家的路。

当家变成了自己生命的一部分，这个地方处处都留有自己生活过的痕迹，这个家就搬不走了，房子可以换，曾经的生活痕迹却无论如何也带不走的，刘亮程留恋的正是自己生命的轨迹，因此他说："我怎么会轻易搬家呢？我们家屋顶上面的天空，经过多少年的炊烟熏染，已经跟别处的天空大不一样。当我在远处，还看不到村庄，望不见家园的时候，便能一眼认出我们家屋顶上面的那片天空，它像一块补丁，一幅图画，不管别处的天空怎样风云变幻，它总是晴朗祥和地贴在高处，家安安稳稳坐落在下面；家园周围的这一窝子空气，多少年被我吸进呼出，也已经完全成了我自己的气息，带着我的气味和温度；我在院子里挖井时，曾潜到三米多深的地下，看见厚厚的土层下面褐黄色的沙子，水就从细沙中缓缓渗出；而在西边的一个墙角上，我的尿水年复一年已经渗透到地壳深处，那里的一块岩石已被我含碱的尿水腐蚀得变了颜色。看看，我的生命上抵高天，下达深地。这都是我在一个地方

---

① 杨绛：《我们仨》，《杨绛文集·散文卷》（上），人民文学出版社 2004 年版，第 261 页。
② 刘亮程：《住多久才算是家》，《一个人的村庄》，春风文艺出版社 2006 年版，第 2 页。

地久天长生活的结果。我怎么会离开它呢。"①在一个地方天长地久地生活过，这个地方就成为家了。

新时期散文中对家的理解有家人之间的艰难与共、平等相处，更有那些平常的生活的轨迹，是一种长相随的"爱"支撑了一个家。

第三节　曾经的生命之光

黑格尔（G.W.F.Hegel）曾经这样说过，历史的东西虽然存在，却是在过去存在的，如果它们和现代生活已经没有什么关联，它们就不是属于我们的，尽管我们对它们很熟悉；我们对过去事物之所以发生兴趣，并不是它们一度存在过。因此，对于历史的审视只有与现代意识相结合才有意义，才能真正让读者认识历史。无论是李辉对《时代周刊》封面人物的重新解读，还是梁衡抓住周恩来、瞿秋白的人格进行的建构，黄永玉以艺术的笔调描述的比他老的老头儿，王蒙不成样子的怀念，都是作者用今天的眼光对人物的重新审视，所有的人物都因为融入了作者的眼光、情怀而获得了生机和活力。

经济的发展、社会的进步使人们能够追求丰富、趣味的生活。王小波在《红拂夜奔·序》里曾这样宣布："每一本书都应该有趣。对于一些书来说，有趣是它存在的理由；对于另一些书来说，有趣是它应达到的标准。"②因此作者又在《我的精神家园·自序》中进一步强调有趣的重要性："看过但丁《神曲》的人就会知道，对人来说，刀山剑树火海油锅都不算严酷，最严酷的是寒冰地狱，把人冻在那里一动都不能动。假如一个社会的宗旨就是反对有趣，那它比寒冰地狱又有不如。""在社会伦理的领域里，我还想反对

---

① 刘亮程：《住多久才算是家》，《一个人的村庄》，春风文艺出版社 2006 年版，第 3 页。
② 王小波：《红拂夜奔》，江苏文艺出版社 2005 年版，序言第 2 页。

无趣，也就是说，要反对庄严肃穆的假正经。"① 与趣味背道而驰的生活是黑暗而违背人性的。现在，网络报纸的发达，为每一个人表达自己最个人也最真实的想法提供了可能，生活从过去那种单一的政治空间里解放出来，多维丰富的生活得以呈现，人们开始追求生活本身的趣味性、丰富性和多元化。正是根植于这个信念，一些散文作者，开始着力于在生活中发现细节和细节中的趣味性。周作人在三十年代就说过："我很看重趣味，以为这是美也是善，而没趣味乃是一件大坏事。"黄永玉的《比我老的老头儿》就是这样一本富有趣味的书。读这本书，不仅可以得到快感，而且非常有用："当某一文学作品成功地发挥作用时，快感和有用性这两个'基调'不应该简单地共存，而应该交汇在一起。文学给人的快感，并非从一系列可能使人快意的事物中随意选择出来的一种而是一种'高级的快感'，是从一种高级活动，即无所希求的冥思默想中取得的快感。而文学的有用性——严肃性和教育意义——则是令人愉悦的严肃性，而不是那种必须履行职责或必须记取教训的严肃性；我们也可以把那种给人快感的严肃性称为审美严肃性（aesthetic seriousness）。"② 黄永玉以艺术家的才能使读者在书中得到一种"高级的快感"和"令人愉悦的严肃性"，他用风趣且另类的语言给我们讲述他相识的那些"比他老的老头"：钱钟书、沈从文、李可染、张乐平、林风眠、张伯驹、许麟庐、廖冰兄、郑可、陆志痒、余所亚、黄苗子……通过这些中国当代最优秀的艺术家们鲜为人知的感人故事，在与这些艺术大师的相遇、相识、相知中，细细品味他们的精神追求和人格魅力。

"幽默是对于人生细深的观察，精妙的感应，奇特的表现。人们生长在这样的世界，假若你六根都给泥土泥得不大灵通的时候，你还可以昏昏冥冥地过着；虽然你有时候也会有一点灵性透露，而感到此生的空虚，痛苦……但是刹那间，千万分之一秒的辰光，又被泥土塞住了你那灵性透露的窍穴，你又昏昏沉沉的了。所以幽默家需要将这些人的灵性所不能透照的地方，你

---

① 王小波：《我的精神家园》，北京工业大学出版社 2012 年版，序言第 4 页。
② （美）韦勒克·沃伦：《文学理论》，刘象愚、邢培明等译，北京三联书店 1984 年版，第 20 页。

用灵性将它照住着，你若是幽默家，你所受到的感应，一定要比众人间或透照到的感应要来得精妙，你所表现的也自然会奇特起来，这是必然的。"① 黄永玉的书中充满了这样富有灵性的幽默的描述，如他写钱钟书家：钱先生一家四口四副眼镜，星期天四人各占一个角落埋头看书，这样的家我头一次见识。钱先生一家惜时如金，即使在春节拜年时也不例外：有权威人士初二去拜年，一番好意也是人之常情，钱家都在做事，放下事情走去开门，来人说了春节好跨步正要进门，钱先生只露出一些门缝说："谢谢！谢谢！我很忙！我很忙！谢谢！谢谢！"钱先生这样珍惜时间是一如既往的：

> "四人帮"横行的时候，忽然大发慈悲通知学部要钱先生去参加国宴。办公室派人去通知钱先生。钱先生说："我不去，哈！我很忙，我不去，哈！"
>
> 即使来人说是江青点名要他去的，他只是说："我不去，哈！我很忙，我不去，哈！"
>
> "那么，我可不可以说你身体不好，起不来？"
>
> "不！不！不！我身体很好，你看，身体很好！哈！我很忙，我不去，哈！"
>
> 钱先生没有出门。②

作者介绍第一次拜见齐白石老人的情景：老人见到生客，照例亲自开了柜门的锁，取出两碟待客的点心。一碟月饼，一碟带壳的花生。月饼剩下四分之三；花生是浅浅的一碟。寒暄就座之后我远远注视这久已闻名的点心，发现剖开的月饼内有细微的小东西在活动；剥开的花生也隐约见到闪动着的蛛网。这是老人的规矩，礼数上的过程，倒并不希望冒失的客人真正动起手

---

① 陈筱梅：《〈幽默文选〉前奏曲》，柯灵主编：《中国现代文学序跋丛书·散文卷》，海南人民出版社1998年版，第1098页。

② 黄永玉：《比我老的老头》，丁聪绘，作家出版社2007年版，第16页。

来。然后就吃螃蟹。老人显然很高兴，叫阿姨提去蒸了。阿姨出房门不久又提了螃蟹回来："你数！"对老人说，"是四十四只啊！"老人"嗯"了一声，表示认可。阿姨转身之后轻轻地嘀嘀咕咕："到时说我吃了他的……"

对于齐白石老人的这种种"怪癖"，作者非但没有怪罪，相反倒给以充分的理解和尊重："老人一生，点点积累都是自己辛苦换来，及老发现占便宜的人环绕周围时，不免产生一种设防情绪来保护自己。"[①] 作者对老人的理解和尊重显示了一位艺术家的敏感和善解人意。作为一位艺术家，本来就有敏锐的感觉，再对这些人有精细的观察、精妙的感应，神来之笔可谓俯拾皆是，他写廖冰作曲的情形，简直就是一幅漫画：

那么纷扰、那么艰苦的生活中，有时候他居然雅兴大发而作起曲来。他可能还认为自己有音乐才能，这一点，肯定是他对自己估计过高。尽管他宣称曾经担任过音乐教员之类的职务，老远就分辨得出他是不是要作曲了。

一只脚跷在座位上，左手紧紧地抱住不放，右手捏着刚刚画完画的铅笔，桌子上摊着纸，眼望天花板，用捏着铅笔的手剥着下嘴唇发干的嘴皮（剥得过火有时还流血），忽然，灵感来了俯身便写，嘴里连忙唱着。

每一次的灵感都是"3"音，我这个最接近作曲家的人都不免认为，鸭子要成为作曲家，恐怕比他要容易得多。

冰兄作曲就是这样，就连偶尔拉开嗓子唱两句歌，跟退休的老母鸡一样，也叫不出什么名堂。[②]

黄永玉的幽默无处不在，他的表叔沈从文，人死在北京，消息却从海外传来；北京报纸最早公布的消息是在一周之后了。对此，作者以埋怨的语气说道："表叔呀表叔！你想你给人添了多少麻烦！全国第一家报纸，要用一

---

① 黄永玉：《比我老的老头》，丁聪绘，作家出版社 2007 年版，第 52 页。
② 黄永玉：《比我老的老头》，丁聪绘，作家出版社 2007 年版，第 161 页。

个星期的智慧才能得出你准确斤两的估价。"① 深刻的语意蕴含于调侃的语调中，让人既为沈从文的遭遇叹惋，又对作者抑制不住的诙谐赞叹。

作者对那帮老头充满了感情，幽默的笔调下，不由溢出作者的伤感："那一帮年轻的先行者，今天已进入老年，可算是历尽艰辛委屈。故事一串串，像挂在树梢尖上的冬天凋零的干果，已经痛苦得提不起来。"② "年轻人是时常错过老人的。一梦醒来，我竟然也七十多岁了！他妈的，谁把我的时光偷了？把我的熟人的时光偷了？让我们辜负许多没来得及做完的工作，辜负许多感情！"③ 如今，黄永玉把那些感情倾泻在笔下，读者不仅一睹老头儿们的风采，而且随着作者一起哭、一起笑，黄永玉没有辜负那些感情！

黄永玉对幽默的理解与识见相当深刻，幽默成为他的一种人生观念。他在一次回答记者提问时说："世界上是没有'幽默课'这种说法的。没有幽默课就谈不上培养。在我看来，幽默的前提是对生活拥有正确的看法，一旦某种正常的事物失去平衡，幽默就会从中油然而生。幽默是一种人生态度，从容、平静、不嚣张，具有自嘲的勇气，遇到苦难的时候，幽默的人可以坦荡沉着地面对。"能够如此幽默地表现那些老头儿，应该说是作者具有正确的人生态度：从容，有自嘲的勇气，更是作者对人的一种精妙的感应，还有作者那天生的艺术家的灵性！

如果说黄永玉的幽默建立在对人的精妙的感应上，那么王蒙的幽默则建立在与人物心灵相通的基础上。王蒙写人主要写文化界的翘楚，如邵荃麟、冰心、夏衍、丁玲、铁凝、巴金等等，他们都在作者生活中刻下过深浅不等的烙印。作者饱经忧患，仍一秉真诚："活到 70 岁了，一想，那么多师长关心过我，帮助过我，为我付出了那么多。那么多年轻人令我神往，令我怜惜，而又禁不住对他们说点什么。而一代一代的人活得都那么不容易。而他们也是和我们或者更年轻的人一样的人，一样的喜怒哀乐，一样的冲动与计

---

① 黄永玉：《比我老的老头》，丁聪绘，作家出版社 2007 年版，第 128 页。
② 黄永玉：《比我老的老头》，丁聪绘，作家出版社 2007 年版，第 206 页。
③ 黄永玉：《比我老的老头》，丁聪绘，作家出版社 2007 年版，第 38 页。

算，一样的得失与矛盾，一样的诚挚与悲欢，也一样的冒傻气和软弱，有时候却又是豪气满乾坤。我不想'审父'，也不想在子侄辈们面前一味地被审。我对师长们有时确实是感激涕零，但又不想仅仅是感激涕零。我只能平视他们。在视他们为师长的同时视他们为益友，好友，诤友，需要关爱的老人。如果仅仅从年龄上说，他们处于'弱势'。对于比我年轻的人，就更是这样了，我非常羡慕他们，也知道他们未必能避免我们年轻时的幼稚与冒失，自以为是与自我作古。同时我特别想从他们身上得到冲击，好保持自己老得慢一点点。世界是你们的，也是我们的，但是归根结底是他们——更年轻的一代的。我渴望的是一种相通，一种直言，一种不被什么代沟不代沟围住的爱心和善意。"① 不审父，不被审，在爱心和善意基调上的相通和直言，是作者写作的基准，与黄永玉灵性飞动的笔调不同，王蒙用理解同情的眼光去打量描述那"不成样子的怀念"。

王蒙的一生与时代社会紧紧联系在一起，他写人物，也能够理解时代对一个人造成的影响。以小说《我们夫妇之间》获罪的萧也牧，人们已很难在现成的文献中找到他更多的资料，王蒙的《萧也牧，一个甘于沉默的人》，写了他与萧也牧的数年交往，萧也牧除了谈论小说时"两眼放着光"，更多的时候"话里带着一种苦味"，"脸上总有一种苦相，有一种生理痛楚的表情。""他好像越来越知道写小说是一件'凶事'，而他又遏制不住自己。"这既让人看到了"批判"如何改变着一个人的命运，改写着一个人的性格，也让人看到了一个作家是怎样为文学而痴迷，又怎样为文学而困惑。写到老一辈文学家如何酷爱工作到一种下意识和无意识的地步，王蒙只用几个小小的细节，便表现得活灵活现；写荒煤，已经住进医院而且身体相当衰弱，但见了王蒙，依然开口就是"关于电影……"；写周扬，已患脑血管障碍在家疗养，"而且说话词不达意，前言不搭后语"，但当要告辞的来访者不经意中提到一个会，他竟然立刻"眼睛一亮，'什么会'"？这些微小又典型的细节，活画

---

① 王蒙：《不成样子的怀念》，人民文学出版社 2005 年版，序。

出了人物的性格特征，让人们既为他们的忘我和敬业而钦佩，也对周扬这样的"目光如炬"而心存畏悸。

王蒙笔下的胡乔木，个性既复杂又莫测，作为长期以来党内主管意识形态的主要领导人，具有懂政治的革命家和深谙文艺的思想家的双重身份，肩负着批评错误倾向、维护新兴力量的双重使命，这种双重身份、双重使命使胡乔木批判了王蒙，又在私下里向王蒙道歉，维护王蒙的"意识流"创作；批评了周扬又赠诗于周扬，这种矛盾的做法也反映出深深的时代印记。曾经得到过"昨日文小姐，今日武将军"的高度评价的丁玲，实在是当代文坛各种矛盾错综纠合的一个典型个案。新时期复出之后，丁玲因为"就是不服"而对当时的中青年作家的写作颇有微词；因想证明自己"不右"与"革命"，而一再否定自己过去的小说创作。王蒙从自我意识和严峻处境的角度，分析了丁玲某些说法和做法的来龙去脉；讲述丁玲从"真诚的信仰"到"利害的考虑"，"对于革命"、"对于新的阶级的真情实感"，以及以种种别人所不理解的行为来为她的"革命老作家"的身份做自我证明。充满了善解人意的真知灼见，让人看到在丁玲有些变形的晚年里，风云变幻的历史、矛盾重重的恩怨在她身上的深重投射。

王蒙的这些怀人的文章，投入了自己的性情去激活描写对象的性情，正如他在《序：人与时间》里所说的，他追求的是"一种相通，一种直言"。这种相通和直言表明作者与笔下的人物是平等的，这在许多大文化散文中就做不到，卞毓方的《长歌当啸》（东方出版中心 2000 年 9 月版），通过对中国历史上，尤其是 20 世纪最有影响力的思想文化人物作较为具体而全面的回顾与反思，记录着对于历史人物的崭新理解，展示着历史帷幕后的真实面貌。书中一共写了二十位文化名人（其中多数生活在二十世纪，如毛泽东、蔡元培、鲁迅、胡适、郭沫若、钱钟书等人），作者通过描述这些人物的存在旅程和精神轨迹，有力地呈现出一个现代书生与文化伟人对峙时的复杂景象。《韶峰郁郁 湘水汤汤》以韶峰湘水为依托，描绘了世道人心的巨大变化，写出了人们对一代伟人毛泽东从仰视而到平视的全过程，且点出了许多有关毛泽东的神话传说;《高峰堕石》运用历史心理学的方法，试图从周作人充满争议的驳杂人生中，找寻一条前后连贯的文化心理线索，理性而超拔地反映其重大的政治际遇及文学经历;《文天祥千秋祭》则扣住"正气"这一围绕文天祥最本质的属性展开，在如歌如叹的行文风度中，不断提示死与生的转换可能，引领人们进入一种苍凉悲壮的意境;《煌煌上庠》、《思想者的第三种造型》、《凝望那道横眉》、《隔岸听箫》、《张謇是一方风水》等同样雄厚丰繁，沉郁悠远，堪称其中的代表。作品始终表现出对人的生命旅程与存在价值的关怀，努力开掘蕴藏丰富复杂的人文主义遗产。但是因为作者要面对的都是"须仰视才见"的高大人物，即便作者把眼光和姿态放得再平，主导的语调还是景仰和赞美，很难真正逼近人物的内心。卞毓方力图在创造一种能与伟人平等对话的语体，也极力想通过史论的方式，显示出自己言说的价值依据。可惜，正如学者谢有顺所指出的:"文化大散文有一个普遍而深刻的匮乏，那就是在自己的心灵和精神触角无法到达的地方，作家们几乎无一例外地请求历史史料的援助。甚至，在一些人的笔下，那些本应是背景的史料，因作者的转述，反而成了文章的主体，留给个人的想象空间就显得非常狭窄，自由心性的抒发和心灵力度的展示也受到了很大的限制。"①

对于散文中如何表现历史、表现历史人物，谢有顺的论述可谓真知灼见。他认为，"对于散文而言，历史这个阔大命题的诱人之处，并不在于诉诸史料的历史传奇和历史苦难的演义，而是在于那些长年沉潜在民间的独特段落和瞬间。这些段落和瞬间里面所蕴含的精神消息，往往才是巨大的，震撼人心的，它与在野的文明，异质的文化，民间的传统一脉相承。如何更多地发现这些段落和瞬间，并为这些段落和瞬间找到合适的心灵形式，使之被缝合到一个大的精神气场之中，是历史文化散文作者急需共同解决的难题。"② 英

---

① 谢有顺:《不读"文化大散文"的理由》,《中国新时期散文研究资料》,山东文艺出版社 2006 年版,第 207 页。
② 谢有顺:《不读"文化大散文"的理由》,《中国新时期散文研究资料》,山东文艺出版社 2006 年版,第 208 页。

国著名的哲学家卡尔·波普尔在《通过知识获得解放》一书中说："理解我们自己的世界和我们自己还不够。我们也想去理解柏拉图或戴维·休谟，或伊萨克·牛顿。好的历史学家会增强这种好奇心，他会使我们想去理解我们以前所不了解的人们和情境。"正因为如此，谢有顺说，好的文化散文作家面对历史，他们不该热心于"去纠正"，而是要谦卑地学会"去理解"，这二者有着不同的精神指向：前者指向材料和事实，后者指向人性和精神。当下历史文化散文的正确发展，不是依靠"历史的方式"，而是寻求"非历史的力量"；不是追求"历史的正解"，而是指向"在野的文明，异质的文化，民间的传统"；不是"去纠正"，而是"去理解"；不是表现"历史的意义"，而是寻找"生活的意义"；不是"探求历史的隐蔽意义"，而是"给予历史一种意义"。按照这个标准去阅读新时期的文化大散文，非常遗憾，能贯彻如此识见的历史文化散文作者并不多见。对于卞毓方的文化散文《长歌当啸》的写作，谢有顺批评道，如何在连篇累牍的史料中建立起"非历史"的、"去理解"的读解方式，卞毓方似乎还没有足够的自觉，所以，他还是经常受制于公共层面的历史结论（最典型的是写马寅初的《思想者的第三种造型》一文，如果抽掉那些我们耳熟能详的马寅初的光辉事迹和豪壮言行，以及由此生发出的知识分子的骨气方面的慨叹，属于作者自己的独特识见实在不多），而难以找到一条线索，将个人的眼光和史识贯彻到底；个别的篇章，甚至还有在转述史料中被史料淹没的危险。没有作者自己的识见，也就是作者在写作过程中没有融入自己的血脉、性情，自然也不可能塑造出具有血脉性情的历史人物。

梁衡写人物就避免了一般文化大散文的弊端，他写人物主要抓住人格来塑造。梁衡认为，一个人外在的功业有大小之分，内蕴的人格也有高下之别，这是另外一个做人的系列，另一种标准。一个人格高尚的人并不一定就能创造多么惊天动地的功业。这与其人的学识、机遇、时势有关。比如白求恩、张思德、雷锋、焦裕禄，都没有什么惊天动地的大功大业，但他们的人格却足以照亮所有的人，包括身处要位、执掌大权的人。在人格这一点上，人人都向他们高山仰止，景行行止。人格所展示的是作为人所特有的一种本质的力量，这种力量一旦被开发，一旦与其他外在的力量相结合，便威力无穷，就像蕴藏在铀原子里的能量被裂变释放一样。人格人人有，人格不因其人的外在职位、权力、功业的大小而分高下。人格是人的本质意志，是人的世界观、价值观。人格虽与外在的功业无关，但人格的展示却要有外在的机遇，在这个机遇下，小人物也能发出异样的光彩。外部条件能更深刻地考验出一个人的人格，进一步锻炼成就一个人的人格。特别是复杂的背景、跌宕的生活、严酷的环境、悲剧式的结局更能考验和拷问出一个人的人格。按照梁衡对人格的理解，瞿秋白就是这样一个典型：他有内在的人格，又有外在的功业，还有才未尽、功未成的悲剧，所以他是一个永远议论不完的话题，是一幅永远读不完的名画。正是基于这样的理解，梁衡写瞿秋白就是抓住他的人格来塑造的。梁衡评价瞿秋白的散文《觅渡　觅渡　渡何处》，突出地评述了瞿秋白对生、对死、对名的态度，这三者体现了瞿秋白的人格。"对生，秋白本来才华横溢，如果他静坐书斋，作文、绘画、行医、治印，必能真正实现他的文化价值，但他不怀才自惜，一旦民族大众需要，就以书生之躯扑向大风大浪，好像用一块纯玉代替一块石头，去堵决口。梁衡认为这是一种最大的无私。对死，秋白不追求轰轰烈烈，而以柔弱之躯，靠理性力量淡然处之。梁衡认为这是靠肉体的耐力和感情的倾注所无法达到的。用勇敢、坚强已无法概括他，秋白是'达到了自由阶段的知识分子'。对名，秋白在生命就要画完整句号之时，偏偏抢着写了一篇《多余的话》，将自己的灵魂仔仔细细剖析一遍，向世人昭示他是一个多重色彩之人。"几十年来，描写、纪念以及评价瞿秋白的文章浩如烟海，而梁衡第一个从人格上剖析瞿秋白，他一层层逼近瞿秋白人性的最高境界，用他的人格魅力在读者心中搅起了轩然大波。

将自己的性情融入历史，能使历史获得生机。李辉的历史写作就拥有自己的眼光和史识，他按照《时代周刊》对封面中国人物和事件的剖析，以独特的眼光进行严谨而朴素的解读。他说过自己非常欣赏意大利历史学家克罗齐（Benedetto Croce）的一句话："其实，历史就在我们每个人身上。它的资料在我们胸中。我们的胸仅是一个熔炉"。的确，他也是循着这种特别的方法，以自己的思想和文采在融化和凝固历史、观照现实。如对于历史人物，他不满足于一般的政治评价，不满足于画出扁平的图像就算了事，而是竭力发掘出他们性格的复杂性和多面性来。比如，直系军阀曹锟，因"贿选总统"而被钉在历史的耻辱柱上，但李辉却写道："我感到费解的是，一个出身低微的士兵，后来成为叱咤风云的直系领袖，难道一个'贿选总统'的名称就能概括一生？他统率千军万马，左右政局，一定有过人之处才是。"他在寻找资料的过程中，发现当时的外交总长顾维钧在回忆录里也在思考这一问题，就引了其中一段话来印证自己的疑问："我发现他有几件事给了我的探索以答案，表明他虽然几乎从未受过学校教育，却是个天生的领袖。举个例子，曹锟不仅能得到他的政治追随者的忠心拥戴，还能使他的军中将领们如吴佩孚大帅之流感到心悦诚服。"① 虽然顾维钧也是语焉不详，但提出这种思考，仍能给人以启发。又如冯玉祥将军，因后来反蒋态度坚决，过去的事就轻描淡写一笔带过了。但他在历史上却是以善变著称，是一个有名的倒戈将军，由此而促成了中国现代的一些历史变局。如果不写出这一面，不但不能全面认识冯玉祥，而且也无法解释某些历史变化。对此，李辉采取直视的态度，用原始材料表现出真实的过程。李辉的投入自己思考、渗透自己血脉的历史写作得到了读者及专家的认可，华语文学传媒大奖·二〇〇六年度散文家：李辉授奖辞这样评价李辉的写作："李辉的写作坚韧沉实、端庄耐心。他的文字，不求绚丽的文采或尖锐的发现，而是以一种责任和诚意，为历史留存记忆，为记忆补上血肉和肌理。他在史料上辨明真实，在人物中寻求对话。他的一系列著作，作为文化史研究的生动个案，为理解二十世纪的中国增加了丰富的注释。他发表于二〇〇六年度的'封面中国'系列散文，以《时代》杂志封面人物为引，重新讲述现代中国的光荣与挫折，并在历史的缝隙

---

① 李辉：《封面中国》，东方出版社 2007 年版，第 25—26 页。

里忠实地解析人心和政治的风云。这些旧闻旧事、陈迹残影的当代回声，融入了讲述者的感情，也敞开了历史新的可能性和复杂性。李辉的写作告诉我们，真正的历史就在每一个人身上，热爱现实者理应背着历史生活。"①

---

①　谢有顺：华语文学传媒大奖·二〇〇六年度散文家：李辉授奖辞，《当代作家评论》2007 年第 3 期，第 115 页。

第四章　新时期散文中个体生命的感悟

微信"智慧城市"，累计用户数达 6.2 亿，较 2018 年底增长 8.8%。各级党委、政府、社会团体等纷纷开设政务微博，经过新浪平台认证的政务机构微博达到 13.9 万个，其中河南省各级政府共开通政务机构微博 10256 个，居全国首位；其次为广东省，共开通政务机构微博 9842 个。各级党政机关共开通政务头条号① 81168 个，较 2018 年底增加 2988 个，其中，开通政务头条号数量最多的省份是山东，共开通 8241 个政务头条号；开通数量在 3000 个以上的省份有 7 个。随着"互联网+政务服务"进一步深化，在线政务服务用户规模已达 5.09 亿，占总体网民的 59.6%；全国已有 297 个地级行政区政府开通了"两微一端"② 等新媒体传播渠道，总体覆盖率达 88.9%。我国政务新媒体整合管理、一体化在线政务平台建设取得明显成效，互联网政务服务整体水平持续向好，人民群众的知情权和满意度得到极大提升。

总之，经过 20 多年的发展，我国互联网建设成果卓著，网络走进了千家万户，网民数量列居世界第一，"网络大国"的称号已经是名副其实。但是我国还不是网络强国，互联网基础设施跟发达国家相比还有很大差距，在信息化推进工业化方面相对落后，电子政务发展水平不高，在网络内容上怎么设立起一个社会主义核心价值观指引的先进的网络文化这个问题迫切地摆在我们面前。可以预见，随着网络强国战略的实施，我国的互联网将会得到进一步的发展，也将变得更加成熟。

第二节　公民政治参与相关问题概述

公民政治参与是现代国家政治生活的重要组成部分，公民政治参与的程度是衡量现代国家政治民主化和政治现代化的重要指标。作为一个古老的政治思想，古希腊时代就有了关于政治参与的理论和实践。随着现代政治体系

---

① 政务头条号，指今日头条的政务公共信息发布平台。
② 两微一端，指政务微博、政务微信以及客户端等政务新媒体平台。

中政治参与成为公民的一项重要政治行为，学者们开始对政治参与进行关注和研究，取得了丰富成果。阐释清楚传统政治参与的含义、方式和局限性，理解其基本概念，对进一步推进新兴媒体背景下公民有序政治参与的研究，加强社会主义民主政治建设具有十分重要的意义。

一、 传统的政治参与

在历史的长河中，传统的政治参与可以追溯到古希腊伯利克里时期的雅典城邦。按照当时的规定，城邦内的大小政治事务由全体成年男子组成的公民大会决定，这种政体也被称为直接民主制。当时政治尚未从社会生活的领域中完全分离出来，政治生活延伸到社会生活的方方面面，公民直接参与城邦的公共事务既是一种生活方式更是一种政治原则。

（一） 传统政治参与的含义

由于研究的视角和方法上的差异，研究者们对传统政治参与的界定也非常丰富，争论的焦点集中在以下几方面：

第一，政治参与的主体是一国的普通公民还是全体社会成员。这个问题的争论点主要在于政治家、政府官员等职业政治人士的政治领导、政治决策、政治协调是否属于政治参与活动。有的学者认为政治参与的主体是一国的普通公民，如杨光斌教授认为政治参与就是普通公民的政治行为。他在《政治学导论》一书中写道："政治参与就是普通公民通过一定的方式去直接或间接地影响政府的决定或与政府活动相关的公共政治生活的政治行为。"[①] 美国政治学者塞缪尔·亨廷顿也持这种观点，他在《难于抉择》中提及："我们所说的政治参与，是指平民影响政府决策的活动。"[②] 还有一部

---

① 杨光斌：《政治学导论》，中国人民大学出版社 2011 年版，第 230 页。
② ［美］塞缪尔·亨廷顿：《难以抉择——发展中国家的政治参与》，华夏出版社 1988 年版，第 3 页。

分学者持不同的观点，认为政治参与的主体是全体公民。如戴维·米勒就认为，政治参与是"参与制定、通过或贯彻公共政策的活动。这一宽泛的定义适用于从事这类行为的任何人，无论他是当选的政治家、政府官员还是普通公民，只要他是在政治制度内以任何方式参与政策的形成过程"①。

第二，政治参与是否包括政治态度。有的学者认为，政治参与不但包括政治行为而且包括与政治相关的思想观点。美国学者巴恩斯将公民阅读政治文章、了解政治知识也视为政治行为。阿尔蒙德在《公民文化》中也表达过类似观点。我国部分学者认为政治参与就是普通公民影响政府活动的政治行为。如王邦佐认为，"政治参与就是公民或公民团体影响政府活动的行为，可以是直接或间接"。② 孙关宏、胡雨春、任军锋在《政治学概论》中也论述道："政治参与是特定体制框架内普通公民或公民团体试图影响政府人事构成和政府政策制定的各种行为。"③

第三，政治参与是否只包括合法范围内的政治活动。一种是给予肯定的回答，认为政治参与只包括在法律框架内的活动，并将消极抵制、集体不服从、政治暴力甚至是革命等排除在外。如诺曼·尼和西德尼·伏巴认为，政治参与指的是"平民或多或少以影响政府人员的选择及（或）他们采取的行动为直接目的而进行的合法活动"④。一种是持否定的观点，认为政治参与既包括合法参与，也包括非法的暴力抗议。亨廷顿在《难以抉择》中就提出："并不考虑这些活动根据政治系统的既定准则是否合法，因此，抗议、暴乱、示威流行甚至那些企图影响公共当局的叛乱行为，都属于政治参与

① ［英］戴维·米勒、［英］韦农·波格丹诺：《布莱克韦尔政治学百科全书》修订版，中国政法大学出版社 2002 年版，第 608—609 页。
② 王邦佐：《新政治学概要》，复旦大学出版社 1998 年版，第 39 页。
③ 孙关宏、胡雨春、任军锋：《政治学概论》，复旦大学出版社 2008 年版，第 189 页。
④ 转引自 ［美］格林斯坦、［美］波尔斯比：《政治学手册精选》（下卷），商务印书馆 1996 年版，第 290 页。

形式。"①

综上所述，对于传统政治参与的内涵界定各执一词。有的认为，政治参与包括政治态度和政治人士的全部活动；有的认为，合法范围内的行为才属于政治参与。我们认为，政治参与是一国普通公民通过各种途径表达自己的政治意愿从而试图影响政府活动的行为，是对政府行为的制约，也是实现公民政治权利的手段。其主要内涵表现在以下几个方面：

第一，政治参与的主体是一国的普通公民，但并不意味着职业政治人士的所有政治行为都不是政治参与。如他们的投票行为属于政治参与的范畴，而制定政策并参与、监督其实施的行为就不属于政治参与，应是一种政治管理活动。

第二，政治参与仅指一种行动并不包括政治态度，客观存在的政治态度和主观意义上的政治态度是两个不同的概念。政治参与的目的在于表达自身的政治意愿，并影响政府活动。而现实政治生活中很多人对政治话题很感兴趣，甚至对政治基础理论也有很深的造诣，但他们对政治发表的评论并不一定试图影响政府的活动，所以政治参与也就无从谈起。

第三，为了影响政府决策，公民政治参与的方式是多种多样的。静坐、游行、示威都是公民表达自身政治意愿的渠道。如果体制内的渠道不能完全表达人们的利益诉求，人们往往会选择极端的方式表达自己的利益诉求，其结果必然引起上级政府的高度关注，从而改变政府有关决策。但职业革命者以推翻现存政府为目的暴力活动就不属于政治参与。

（二）传统政治参与的方式

随着经济的发展及社会的进步，社会公众的政治素养有了大幅提高，权利意识和主人翁意识正在逐步增强，公民逐渐以更加积极的姿态来参与政治

---

① ［美］塞缪尔·亨廷顿：《难以抉择——发展中国家的政治参与》，华夏出版社1988年版，第5页。

活动，表达自己的利益诉求或意见。公民传统政治参与的方式可以分为制度化参与和非制度参与两大类。

1. 制度化参与

政治制度化就是政治活动的组织原则与组织程序不断取得社会认可并得到大多数社会成员普遍遵守的过程。① 在学术界把这种遵守组织原则和组织程序的政治参与活动称为制度化参与，比如信访、座谈、投票、参加听证会等。在此我们把制度化参与主要分为政治投票、政治选举、政治接触、政治表达和政治结社。

其一，政治投票。政治投票是指有法律权利的公民个人在竞争性的候选人之间，或有争议的其他政治问题面前表示其政治态度或政治偏好的一种政治行为方式。政治投票是最广泛的政治参与，一般来说有三个目的：一是选举代替自己行使某些权利的代表，如我们选举人大代表代为行使相应的法定权利；二是选举令自己满意的政府官员，这在西方国家比较普遍，如美国的总统选举；三是决定具体的国家事务，如全国人民代表大会或者全国人民代表大会常务委员会的决定都是我们的人大代表政治投票通过的。无论目的如何，政治投票都是参与者对政治事务表达政治态度或政治偏好的一种政治行为方式。但政治投票的过程中受舆论影响很大，而且会存在贿赂选民、操纵选票等不良行为影响实际的结果。

其二，政治选举。对于政治选举我们并不陌生，我国的全国人民代表大会和地方各级人民代表大会都通过选举产生，各级人大代表也由我们直接或间接选举产生。政治选举是指国家或其他政治组织按照一定的规则和程序，由全体或部分成员选择一个或少数人承担国家或该组织的某种权威职务的政治过程。但这要与政治投票区分开来，投票只是政治选举中一个至关重要的环节，政治选举还包括宣传、动员、选民登记、政治捐助以及划分选区和游说等多个环节，所以相较之，政治选举是一个更为宽泛和复杂的概念。政治

---

① 孙关宏、胡雨春、任军锋：《政治学概论》，复旦大学出版社 2008 年版，第 202 页。

选举在诸多政治参与方式中是影响最大、规模最广的政治活动，也是公民参与政治生活最重要、最为制度化的手段。一方面公民可以通过选举选出符合自身心意的代表或官员；另一方面能锻炼积极参与人士的政治能力。

其三，政治接触。政治接触是指公民主动接触政府官员或机构来表达自己利益需求的政治行为。这与政治选举和政治投票存在明显的差异，政治选举和政治投票是程序化的政治参与，所讨论决定的事务一般是可控的，但政治接触是公民陈述表达自己所关心的问题，内容具有不可控性。在我国，政治接触的形式有很多，比如来访来电、座谈会、公民接待日等。一般来说，公共权力部门必须及时妥善解决公民反映的问题，并在解决的过程中和公民保持良性的沟通。在西方国家，政治接触主要分为两种形式：一种是个别接待，指人们为了交通、安全、就业等问题接触议员或行政官员的行为；另一种是院外活动，指利益集团为了自身利益游说政治领导人或政府官员的行为。

其四，政治表达。政治表达是指参与者通过一定的方式或时机表达自己的政治立场、观点或态度，以期影响政府活动的行为。主要有政治集会、游行示威、政治请愿、发表政治言论等制度化或非制度化的方式。从这些形式也可以看出来，政治表达通过集体效应向政府表达利益需求或支持意向，若不加以正确的规范引导，极有可能转变为非法的暴力活动。

其五，政治结社。政治结社是指为了某种共同的利益，具有共同政治目的的公民结成团体的行为。政治结社主要分为参加政党和参加社团活动两大类。参加了该组织后，无论公民是否参与该组织影响政府行为的活动，就结社这一行为本身来说就意味着政治参与。在西方国家，公民多在选举期间参加政党活动，其目的是获取选票争得议席成为执政党，因此公民参加政党往往与政治选举、政治投票是相一致的；在我国，参加政党是一种独立性的活动，其主要形式包括参政或执政、监督、政治协商、批评或建议等。在西方国家，不同的社会团体代表着不同群体或阶层的利益，参加社团活动主要是公民参加不同的压力集团，通过经济、舆论等方式表达自己的意见影响政府公共政策；在我国社团有很多种，参与政治的社团一般是共青团、工会、妇联这样的社会政治社团，公民只要参加了这种性质的社团也就意味着进行了广泛的政治参与活动。

2. 非制度化参与

非制度化政治参与同制度化的政治参与一样，都是公众进行利益表达的一种形式，但非制度化政治参与通常被认为是一种超出规则的利益表达方式。阿尔蒙德认为非制度化的政治参与属于强制性的利益表达，包括罢工、暴乱、政治恐怖和暗杀等。[1] 我国的学者对此也表达了不同的见解，胡伟认为非制度化的政治参与与制度化的政治参与是相伴而生、不可分割的两个方面，当合法的、制度化的政治参与路径不通畅时，非制度化政治参与就成为人们表达利益诉求的手段。[2]

非制度化政治参与并非全部都是违法行为，有时是在众多复杂的因素作用下才演变为违法行为，如比较常见的公众聚集、示威游行时发生的打砸抢行为。这些有可能是自发的个体行为，也可能是在煽动下产生的团体活动。总而言之，非制度化政治参与是存在于规范化、有序化的政治参与范围之外的一种特殊的非常态化下的公众政治参与。

（1）非制度化政治参与的类型

非制度化政治参与的类型划分标准多种多样。杨光斌教授在《当代中国政治制度导论》一书中，按照时间阶段将非制度性参与分为 20 世纪 80 年代的大学生"街头政治"和 90 年代开始的弱势群体"群体性事件"。[3] 孙关宏等学者在《政治学概论》一书中，根据参与主体的多寡将非制度政治参与分为个体行为和群体性自发行为。[4] 按照参与主体积极性的不同可将非制度政

---

① ［美］加布里埃尔·A. 阿尔蒙德、［美］小 G. 宾厄姆·鲍威尔：《比较政治学：体系、过程和政策》，曹沛霖等译，上海译文出版社 1987 年版，第 210—225 页。

② 胡伟：《政府过程》，浙江人民出版社 1998 年版，第 200 页。

③ 杨光斌：《当代中国政治制度导论》，中国人民大学出版社 2015 年版，第 230 页。

④ 孙关宏、胡雨春、任军锋：《政治学概论》，复旦大学出版社 2008 年版，第 35 页。

治参与分为以下两种类型：

其一，消极抵抗型。这种类型主要包括公民个体的政治冷漠、非暴力不合作等消极行为，如近几年在人大代表的选举过程中出现的"黄焖鸡"现象①等。这都是公民消极化的行为在政治参与中的一种表现形式，虽然没有触犯法律，但这种政治参与的效能是极低的。出现这种情况的直接原因是公民没有从制度性的政治参与中获取预期的利益和满足感，导致民众产生了消极的政治态度，从而在现实的政治活动中放弃自己的权利或者选择敷衍了事。正如阿尔蒙德所言："如果合法的、常规的方法似乎有效，利益集团就会加以使用。如果没有这些方法，或者似乎没有效用，利益集团就要么不用，要么转而采取非常规的、甚至非法的手段，例如示威游行、罢工、暴动和恐怖行为。"②

其二，积极抵制型。积极抵制与消极抵抗的不同之处就在于民众有表达自己情绪、意愿或利益诉求的愿望和动力，且大多衍生为群体性事件。这主要分为两种情况：一种是激动性表达，如极端上访、围堵党政机关、静坐示威、堵塞交通等。这些行为的社会危害性比较大，既影响社会秩序，又可能给不法分子可乘之机，而且也极易恶化演变为暴力事件。另一种是采取极端暴力的方式进行宣泄表达，这是在现行法律制度框架下，抛弃正常政治参与途径，采取非常态的、甚至极端性的方式去实现政治参与，属于严重的违法行为。比如中日钓鱼岛事件，全国各地都爆发了规模不等的抗议游行活动，但有些地方发生了针对日系汽车、厂商的恶性"打、砸、抢"事件，这就属于极端型的非制度化政治参与。

（2）非制度化政治参与的特点

一是参与主体政治素养低。非制度化参与主体一般为政治职业者以外的

---

① 2016 年 11 月 16 日，上海松江区人大代表投票中，因种种原因有些选民擦掉候选人名单，写上了黄焖鸡或其他无效名称，导致废票过多候选人未达到所需票数，故安排 17 日重选。

② ［美］阿尔蒙德、［美］小鲍威尔主编：《当代比较政治学——世界展望》，朱增汶、林铮译，商务印书馆 1993 年版，第 90 页。

农民阶层、城镇平民阶层、下岗工人等弱势群体。① 在大多数情况下，当他们有政治诉求或遇到个人利益受损的情况时，不会去求助于政府机关，也不相信依靠制度能解决问题，而是习惯通过"靠人情""送礼""攀关系"等方式解决问题。这部分民众较为缺乏政治参与能力，不知道如何有效通过制度化的途径来维护自身的利益，在一些特殊情况下，公民甚至可能因为不理智的情绪而通过非制度化的途径来实现自身的利益诉求。

二是参与过程非程序性、低组织化。我国虽然对游行、示威等活动有明确的法律性规定，但民众对其了解程度不高，大多的游行示威活动是未经过相关部门批准和允许的，并不符合现行的法律规定。与此同时，这类群体性的行为具有强烈的随机性和自发性，只有个体聚集并联合行动时才表现出组织性，其他大部分时间则是处于零散状态中，组织性低。

三是参与结果具有极大的消极性和破坏性。非制度化政治参与归根结底是一种公民进行政治参与表达利益诉求的方式，其结果在某种程度上有一定的创造性，但从根本上来说，无论是激动性的积极抵制还是极端的暴力抵制都会对社会秩序和人们的正常生活产生极大的影响。消极抵抗看起来人们处于一种"温和"的状态，但实际上对社会稳定的危害性也是极高的，由于政治参与达不到预期的效果使参与者产生挫败感，不仅降低民众的政治效能感，还易降低民众对政府的信任度。

（3）非制度化政治参与带来的挑战

其一，妨碍政府决策的实施，不利于实现公共利益的预期目标。公民有序的政治参与不仅能监督与制约政府权力，保护公民的公共利益，防止政府"不作为""乱作为"，还能提升民众对政府决策的认识，保障政策能顺利实施，间接实现民众的公共利益。然而，大多数非制度化参与往往忽视公共利益而只关注个人利益，参与的动机具有一定的狭隘性，政府决策得不到应有

---

① 王洛忠、阚萍主编：《政府决策过程中非制度化参与：现实挑战与治理对策》，《新视野》2014 年第 2 期。

的贯彻实施或预期效果受损。① 更为关键的一点是，这种非制度化、非常态化的政治参与方式在一定程度上具有极大的负面影响力，一旦成功极容易被众人效仿，这将对正规性的制度政治参与方式产生难以估计的侵蚀作用，同样这也将对公共利益造成巨大的损害。

其二，扰乱社会秩序，不利于社会的稳定。非制度化政治参与的形式、目的、动机是多种多样的，公共部门无法进行精准的监控。同时非制度化政治参与很有可能还会发生进一步的演变，成为不合法运动，激化社会矛盾、加剧公众对权力部门的不信任感。如果非制度化政治参与被不法分子利用，在其过程中煽动蛊惑群众，将对社会稳定产生巨大冲击。

其三，影响公民素质的提升，不利于和谐社会的培育。虽然非制度化政治参与在某种程度上极大地激发了公民的参与热情，但是并不能引导公民形成正确的政治态度和良好的政治素养，也无法帮助公民形成正确的公民意识和法律理念，这与制度化政治参与的目的完全是背道而驰的。同时，非制度化政治参与严重缺乏规范性、合法性、组织性和程序化，其政治效能是极低的，更容易打击公民政治参与的主动性和积极性。公民政治素养无法提高，参与热情受到打击，这将会形成恶性循环，和谐社会的培育也就无从谈起。

（三）传统政治参与的局限性

第一，参与方式落后。前面所论述的政治参与方式，无论是政治投票、政治选举，还是政治接触甚至是非制度化的游行示威，在一定程度上都需要耗费大量的人力、物力、财力，才能达到政治参与的目的。例如，我国各级人大换届选举就需要复杂的现场组织及大量的幕后工作，才能让选民们充分行使民主政治权利。从验证处、发票处、选民登记处、解说处、写票处、代书处、秘密写票处等有序布置，到投票现场的规范管理，时间成本、人力成

---

① 王洛忠、阚萍：《政府决策过程中非制度化参与：现实挑战与治理对策》，《新视野》2014年第2期。

本都非常高。随着经济的发展，出现了更为科技化、信息化、便利化的电子设备，比如电子表决器、电子选票、电子计票器。特别是信息化时代出现的网络政治参与，有效地克服了政治投票、政治选举、政治接触等传统政治参与方式的弊端，提高了政治参与的效率。

第二，参与过程复杂。传统政治参与一般都需要大量的前期准备工作，这就决定了它的过程具有复杂性。比如政治投票，在正式的政治投票之前要进行充足的时间、地点和空间上的准备，还需要一定的资金作为保障，投票工作才可能顺利开展；投票还需要有特定的选票、投票程序、计票程序，这也需要投入大量的资源才能完成；投票一般是按固定周期举行，两次投票之间具有间断性，有时无法及时反映公民意愿的变化。政治选举则比政治投票更为复杂，不仅包括政治投票这一方面的工作，还有政治宣传、政治捐助等活动。政治集会也需要公众组织起来在一定的空间内进行，就如游行示威需要得到政府的批准在指定路线进行，虽然也能起到一定的作用，但耗费的资源是巨大的，而且容易影响社会秩序。综上所述，传统政治参与不可避免地具有一定的复杂性和高代价性。正如日本学者田中善一郎在《降雨选举学》中，根据日本1976年、1979年、1980年的三次选举与降雨量之间的比例关系得出降雨量影响投票率的结论，传统政治参与受多方面条件的限制，比如时间、地域、交通条件、经济条件甚至是天气。而在当今快节奏的生活环境中，人们的时间观念越来越强，传统政治参与的方式所花费的"成本"也越来越高，人们对传统政治参与的积极性也逐渐降低。

第三，参与主体受限。唯物史观认为经济基础决定上层建筑，作为一个国家上层建筑的政治生活，归根结底是由该国家经济发展水平决定的，经济发展水平越高，所赋予的政治参与价值也就越高。美国学者亨廷顿也表达了相同的观点，他认为社会经济的飞速发展可以为公民政治生活提供丰富的物质基础，这恰巧证明了"富裕者比非富裕者拥有更多参与政治活动所需的资本和动力，也比非富裕者更加有效地利用参与的机会"①。生活在经济较为落后地区的社会成员在通信设施、受教育程度、收入水平、政治观念，甚至是职业上都与经济较为发达地区人员存在很大的差异。大量研究证明这些因素都与人们的政治参与有着极大的关联性。如农村地区的一些群众对政治敏感度较低，政治事件大多是作为人们饭后的谈资，对常规的政治参与渠道缺乏认识，这与现代意义上的公民生活相距甚远。总而言之，政治受社会经济条件的限制，政治参与主体在大多数情况下只是表面上的"全体参与"。而在实践过程中，政治资源分配不合理是客观存在的，经济社会发展较好地区的参与主体在事实上拥有更多、更优质的政治参与信息及渠道。

第四，参与积极性不高。其一，受传统文化的影响，我国公民的民主价值理念普遍较为薄弱，公民政治参与的主动性、积极性都不高。文化是影响人们行为的内在因素，政治文化往往影响着人们对一定政治行为方式的选择。我国有着丰富的传统文化，在几千年的文明发展中我国形成了许多优秀的传统政治文化，如民本思想、大同社会、仁爱等。但也有一些思想需要我们加以批判，如"官本位""家天下"等，这些传统政治文化中的糟粕也让公民对政治参与形成了恐惧、冷漠的潜在心理。这些心理的产生使公民对自己在政治生活中的应有作用和地位缺乏正确的认识，其政治参与的积极性也会处于较低水平。其二，传统政治参与不仅需要组织部门投入大量的人力、物力、财力，而且也要求参与主体在参与过程中投入一定的时间、精力甚至资金成本，参与的程序比较烦琐，也在一定程度上限制了公众参与的积极性与主动性。

二、 网络政治参与

网络政治参与是网络社会公民参与政治的新现象，虽然与传统意义上的公民政治参与有着难以分割的联系，但毕竟是一个新的实践领域，有着自己

---

① ［日］蒲岛郁夫：《政治参与》，解莉莉译，经济日报出版社 1992 年版，第 34 页。

独特的品质，因而从理论上进行新的梳理是非常必要的。

（一）网络政治参与的内涵

要阐述清楚网络政治参与的内涵，首先必须厘清"政治参与"和"网络政治参与"的概念。在现代政治学的研究范畴之中，"政治参与"是其最重要的专业术语之一。现代意义上的政治参与理论源于近代国家的出现及公共权力领域的拓展，传统的臣民被具有独立权利和义务的公民所取代，政治权力和政治空间逐渐由垄断性和封闭性向流动与开放的状态转变，公民成为政治事务中参与的主体，通过政治选举、政治投票、政治表达、政治接触、政治结社及其他政治活动和行为影响社会政治生活。许多国内外学者从以下三个维度对"政治参与"的概念下过定义。一是合法性维度，有学者认为，政治参与的前提是依据法定程序，只有这样，才能称之为"政治参与"。国内大多数学者持这一观点，如王浦劬教授指出："政治参与是公民通过合法方式参加政治生活，并影响政策决策的过程。"[1] 二是价值实现维度，王金水教授认为："政治参与是政治主体采用一定的方式和手段参与选择政治领导、影响政治决策和监督政治行为的政治运行过程。"[2] 塞缪尔·亨廷顿和琼·纳尔逊则把政治参与定义为平民试图影响政府决策的活动。[3] 三是行为动力维度，有学者认为政治参与不仅仅是主体表现出的政治行为，也包括了政治相关的认识等观念形态以及利益的权衡、比较和选择，而公民的政治参与，实质是"精英人物"与处于政治边缘的普通大众在一定利益关系下的选择结果。[4]

虽然学者们的研究方法和研究立场不同，对政治参与的理解也不尽相

---

① 王浦劬：《政治学基础》，北京大学出版社 1995 年版，第 207 页。

② 王金水：《网络政治参与与政治稳定机制研究》，中国社会科学出版社 2013 年版，第 1 页。

③ ［美］S. 亨廷顿、［美］J. 纳尔逊：《难以抉择——发展中国家的政治参与》，汪晓寿等译，北京华夏出版社 1989 年版，第 6 页。

④ 陶冬生、陈明明：《当代中国政治参与》，浙江人民出版社 1998 年版，第 155 页。

同，但其内涵却有共通之处，即从政治参与的主体、方式、动机和目标等方面展开研究和界定。网络政治参与作为一般意义上政治参与的拓展和延伸，其定义及内涵也离不开网络政治参与的主体、方式手段及目标，但是相较于传统的政治参与，又有新的变化发展。从汉语结构来看，"网络"作为"政治参与"的一个修饰与限定，说明二者有着千丝万缕的联系，但又有着相区别的质的规定性。在我国，由于互联网介入政治行为的时间比较晚，网络政治参与的研究成果并不太多，但也有一些学者对网络政治参与进行了深入研究。李斌教授认为："网络政治参与是以网络为载体和途径参与社会政治生活的一切行为。"① 安云初教授认为："网络政治参与是网络时代社会政治活动的相关者为维护和实现自身的利益，以网络为参与工具和利益实现途径的政治参与活动。"② 总之，无论给网络政治参与所下定义的具体内容是什么，都应该包含网络政治参与的主体、手段和方式以及目标等要素。

从网络政治参与的主体上来看，传统意义上的政治参与主体主要是普通民众；网络时代，政治参与的主体既可以是传统意义上的人，又可以是虚拟身份的网民或网络共同体。网络共同体是相对于现实社会生活中的社会团体或公民团体而言的，一方面，在现实政治生活中的人们借助网络的便捷性和交互性，在网络中最大限度地寻求共同利益诉求；另一方面，在互联网的发展过程中，逐渐自发形成了以不同观点政见、兴趣爱好、利益诉求的网民组成的"社区""平台""团体"乃至"组织"。在网络空间里，这种政治共同体比比皆是，因为有其诉求一致性和行为统一性，在某种意义上，这类网络共同体具有"政治共同体"的意义。有学者还从精英主义理论出发，认为有必要突出普通网民与精英网民的区别，强调意见领袖和民意推手的作用，进而将网民细分为普通网民和精英网民。精英网民虽然在网络空间具有较强的号召力和动员能力，但其本质仍属于单个网民。在快速发展的网络世界中，

---

① 李斌：《网络政治学导论》，中国社会科学出版社 2006 年版，第 33 页。
② 安云初：《执政安全视阈中的网络政治参与》，湖南师范大学出版社 2007 年版，第 1 页。

去中心化趋势越发明显。一系列网络平台媒介的发展已经极大地消除了传统政治参与中话语权分配不均的情况，为个体网民提供了政治表达的空间舞台，普通网民和精英网民的区别和界限正逐渐模糊。网络政治参与是网民群体共同参与以实现对现实政治影响的合力过程，很多时候在某一事件中并非仅仅只有一位网民领袖，而是随着事件的发展呈现出网民领袖多元化和接力性的特点。因此，单个的网民和聚集起来的网络共同体构成了网络政治参与的主体。

从网络政治参与的形式来看，传统政治参与的形式比较单一，网络政治参与形式具有多样性的特点，主要有参与网络参政问政、开展网络民主监督、进行网络政治表达等。在一定意义上来说，网络政治参与行为的本质是网民运用网络语言行为进行政治互动的过程①，其极为重要的内容之一就是公民直接借助网络参政问政，充分利用网络媒介平台实现与政府共商社会公共事务，向政府建言献策、表达诉求。政府部门也为网民积极搭建网络参政平台，2006 年 8 月，人民网创办了"地方领导留言板"栏目，供广大网民群众向省市县三级领导干部表达诉求、反映问题、提出意见建议，建立起了在全国产生巨大影响的政府领导及网民新型互动平台。截至 2019 年 2 月，各级领导干部通过"地方领导留言板"与网民群众直接互动，帮助解决各种问题超过 110 万项。每年举办全国两会时，"我有问题问总理"互动栏目都会征集网友问题，让民意直通总理。同时，随着微博在网民间走红，微博问政已经成为潮流，全国各地越来越多的政府机构、政府官员纷纷开设微博。截至 2019 年 6 月，经过新浪平台认证的政务机构微博达 139270 个，政务微博不仅发布政策信息，也为公众提供了一个与党政机关互动交流的重要渠道。此外，网络监督也是网络政治参与的重要表现形式，并通过网络舆论监督及网络反腐得以实现。网络舆论监督是指网民利用网络舆论的聚焦和放大

---

① 黄春莹、孙萍：《公民网络政治参与的内涵界定与行为识别》，《理论导刊》2016 年第 3 期。

功能，通过网络进行转发跟帖、发微博或转发朋友圈等方式，对热点社会事件及切身重要利益发表意见和建议，由于网络的发展及网民人数的不断增加，网络舆论也被政府部门日益重视，在孙志刚事件、"东方之星"客船翻沉事件等社会热点事件中，网络舆论有力地推动了政府部门回应公众疑问、出台改进措施，影响了社会政治生活。近年来，网络逐渐成为不同于传统的反腐败和监督的新形式，网络反腐开始成为网络民主监督最突出的表现形式之一。在党的十八大之后掀起的反贪风暴中，中纪委监察部网站（2018年3月20日改版为中纪委国家监委网站）发挥了重要作用，成为反腐败的权威信息来源，也成了公众举报的快速通道。改版升级以来，网民通过网站的举报量达到日均800余件。除了官方监督渠道，网民运用互联网的透明性、无门槛、及时发布等特点，通过发帖跟帖、知情人举报等方式，让一大批诸如"房叔""表哥""雷冠希"的贪腐官员通过网络曝光并最终受到法律制裁，成为司法监督和行政监督之外的有力补充，对腐败官员形成了巨大的威慑力。此外，进行网络政治表达是网民较为普遍的政治参与，除了在常见的政治门户网站、政治论坛浏览留言外，还有撰写政治微博及推文、参与网络签名请愿、开展网络公祭等。①

从网络政治参与的功能来看，一方面，网络政治参与的发展和实现极大地弥补了政治资源分配的不平衡性，借助网络媒介，改变了传统意义上普通大众政治参与热情不高、能力不强、意识不够的困境，公众利用网络独有的信息资源透明、参与主体平等、参与方式便捷等特点，轻点鼠标键盘就可以打破传统政治参与时间、地点、信息的限制，直面政府权力部门，表达自身的政治态度以及政治诉求。另一方面，网络政治参与催生了新的政治文化。由于历史原因，中国公众普遍接受封闭式、依附式、围观式的政治参与，而网络政治参与的蓬勃发展，极大地提升了公民的政治主体意识、培养了公民

---

① 化建琼：《当代中国公民网络政治参与的主体及形式》，《哈尔滨市委党校学报》2009年第1期。

政治责任，塑造了独立政治人格，促使平等型、开放型、参与型政治文化的形成。此外，网络政治参与也推动转变着社会治理模式和管理体制，极大地提升了广大公民政治参与的热情、效率和机会，传统政府高度集中的金字塔权力结构必然随着网络时代政治权力的去中心化和分散化，逐步朝权力组织结构扁平化转变。同时，政府为了回应网络政治参与发展的趋势和要求，也由被动回应逐渐变为主动参与，不断提升工作效率，制定科学决策，健全监督机制。

综上所述，网络政治参与是公民在网络空间进行各类政治活动的总称，是公民为实现自身或群体利益，在符合政治程序认可和法律规定的情况下，以网络为媒介或工具参与政治生活，直接或间接对共同权力部门施加影响的过程。

（二）网络政治参与的特点

随着网络信息技术的飞速发展特别是 4G 技术的普遍运用，公民网络政治参与的终端已经突破了台式电脑的限制，朝着更加便携的智能手机、平板电脑发展。网络政治参与呈现出以下特点：

第一，网络政治参与主体身份的隐匿性和地位的平等性

网络政治参与主体身份的隐匿性主要体现在两个方面：一是网民虚拟身份与现实身份的不同步性，在网络空间里，网民运用虚拟身份来表达政治观点及态度，虽然有越来越多的网络政治参与平台提供了实名制和实名验证的功能，但在大多数情况下，个人信息透露的多少完全取决于参与者个人，其虚拟身份仅是网络 ID 或者一串 IP 地址，因而公民在网络政治参与过程中的表达和行为很难对现实身份造成影响，形成了一个安全空间。二是网民身份信息的不对称性，传统政治参与如政治演讲、政治示威等需要在公众场合以真实身份直接阐明政治立场、表达政治诉求，具有鲜明的行为参与性和信息透明性，而网络政治参与大多数时候是在网络政治团体的组织和推动下进行

的网民集体行动，网民们在网络上为共同的利益诉求而一致发声的行动，但大家又分布于天南海北，在现实生活中并无交集，身份处于隐匿状态。

网络政治参与主体地位平等性主要表现在两个方面：一是获取和发布信息的能力平等，网络政治参与也是一种信息的制造、分享和传递的过程，网络最大限度地跨越了信息鸿沟，打破了信息垄断，让网民获取等量信息源的同时也拥有一样的观点发表平台，现实信息对等。二是参与机会的平等，网络政治参与主体的身份隐匿性一定程度上造成了地位平等性，网民能够掩盖现实生活中地域、时间、年龄、性别、职业、社会地位的区别，消解了现实社会中被财富和权力支配的不对等的传统话语体系，在这个网络技术空间中，普通大众拥有了和精英群体同等的利益表达机会和渠道。

第二，网络政治参与形式的多样性和行为的便捷性

在网络时代，公民政治参与的方式和渠道越来越多，原来公民参与政治仅限于投票、选举、信访等集中简单的方式，而且依赖于报纸、期刊、广播、电视等传统信息传播媒介。这些传统政治参与的各种形式互相独立，缺乏内在的有力联系，对于公民而言，在现实生活中参与投票和进行信访可能要花费数天的时间及精力。但在网络时代，这种境况已经发生深刻改变，网络政治参与的所有方式都内嵌于互联网之中，人们只需要用一部连接网络的电脑或手机，便能轻松登录门户网站、政治论坛或使用QQ、微博、微信等多种工具来进行电子投票、发表见解、参与讨论。随着经济社会发展及网络基础设施的完善，人们接触网络的机会将会越来越多，网络政治参与形式的多样性和行为的便捷性将进一步凸显。

第三，网络政治参与动因的复杂性和过程的难控性

动因复杂性是指当今网络如同一张大网，覆盖囊括了形形色色的社会公民，他们来自不同的民族和地域、有不同的社会职业和经济地位，因而有不同的政治诉求、利益需求和政策要求，他们进行网络政治参与的动机千差万别。网络政治参与的动因也随着社会发展呈现出动态变化的特点，网络政治发展的初期，公众进行参与的主要动力是保障个人物质利益，往往通过对具

体事务、个人及机构的监督建议实现，但现今公众网络政治参与的动因已从侧重物质利益向现实公民权利拓展，更加关注相应制度和体制的完善。网络空间的流动性和开放性削减了政治参与的严肃性与准入性，除了因现实利益和理想信仰参与政治活动，非理性参与、娱乐式参与、跟风式参与也时有发生。参与动因的复杂性加大了参与过程的难控性，随着参与主体数量的增多，网络政治参与行为呈现出爆炸式增长趋势，不同网络政治群体之间的舆论争锋此起彼伏，但因讨论内容空洞，共识凝聚不够等原因，讨论话题往往不能成为有效议题，争论的结果及归宿也难以合理引导。因为网络的参与主体虚拟化、信息海量性及传播迅捷性，网络主管部门在技术层面很难及时对发布信息的真实准确性进行有效监控，在制度尚不完善的情况下，网络信息失真、非规范性参与等都加剧了参与过程的难控性。

第四，网络政治参与成本的低廉性和效能的有效性

一是个体的参与成本的低廉性，在网络时代，只需要有连接网络的终端设备，参与者便可以在短时间内高效获取政治信息，并自由顺畅地进行电子投票、开展网络请愿等活动，除了时间及精力，参与者并不需要在网络政治参与中额外付出其他费用。二是网络政治参与有效消除了客观存在的隐形制度成本，在现实政治参与中，有着非常严格的过程控制和程序要求，在社会动员及社会参与中会消耗大量社会资源，而网络借助其交互性和便捷性的特点，搭建起各种参与平台，最大限度地降低了政治参与的经济成本和政治运行成本，最大限度地消除了政治参与的门槛性和限制性。

效能有效性体现在网络政治参与的过程高效性和产生的巨大能量。网络政治参与网络可以直观反映参与者利益诉求、政治态度，更便捷地建立公众与权力部门的沟通渠道，特别是借助网络舆论的聚焦放大作用，可以倒逼公众—政府的双向沟通机制的完善，缩短传统政治参与中民意信息层层传递的过程，实现公众—社会—政府三者的直接平等对话，促使政府在某些社会事件中回应公众关切，调整政策和改进行为。如"孙志刚案"引发的巨大网络舆论浪潮，直接促成了流浪乞讨遣送制度的强行废止；"微笑局长"视察车

祸现场照片引起网民众怒，网民合力寻找其违纪犯罪证据促使纪检部门介入调查。可以预见，随着互联网的发展，网络政治参与将会不断提高政治发展的效能。

（三）网络政治参与在中国的发展

互联网最早诞生于 20 世纪 50 年代的美国，最初的设计是为了在美苏冷战背景下保障美国军事通信安全，在 1983 年首次对民用领域开放，之后迎来了世界互联网发展的迅猛期。中国在 1994 年 4 月由 "中关村地区教育示范网络" 通过美国 Sprint 公司连入互联网的 64K 国际专线开通，成功实现了我国与互联网的首次全功能连接。在网络发展的同时，中国的网络政治参与也在与时俱进地发展，其历程可以大致分为以下阶段：

第一，网络政治参与的萌芽起步阶段（1994—2002 年）

在这一时期，互联网刚刚进入中国，用户较少且设施也不普及，处于缓步发展的阶段，但为后一阶段网络政治参与的稳步发展奠定了重要基础。从微观角度来看，又可分为政府部门准备、资本技术准备、参与主体准备等。在此阶段，政府部门开始推进以 "三金工程" 为代表的电子信息基础工程建设，主要目的是建设一个供政府内部使用的经济信息网，这是中国网络建设的起步工程。同时，中华网、网易、搜狐、新浪等国内网络巨头纷纷赴美上市，网络设备公司也蓬勃发展，积极争夺网络市场。与之相应，中国网民规模有了初步发展，网民人数从 1997 年的 63 万人增长至 2002 年 7 月的 4580 万人，网上 "冲浪"、玩游戏、发邮件成为时尚。总体而言，这三者的准备处于互相平行、相对独立、互动极少的状态，因而这一时期，较小规模的网民也间歇性地参与了一些偶发个案，网络政治参与具有明显的外部动因，主要是在外部政治事件的冲击刺激下主动聚集发声。如在 1997 年 "印度尼西亚排华事件"、1999 年 "北约轰炸中国驻南斯拉夫大使馆事件"、2001 年 "中美南海撞机事件" 中，网民在网络中讨论抗议，表达愤怒不满，网络政治参与目的具有明显的爱国主义性质。1999 年 5 月 8 日清晨 5 时 50 分，我国驻南联盟大使馆遭到导弹袭击，5 月 9 日《人民日报》网站就开通了"抗议论坛"，这是我国传统媒体所办网络版中的第一个论坛。到 5 月 18 日，短短 10 天时间论坛上就张贴了世界各地华人的帖子 4 万多篇，充分反映了社会各阶层对此事件的态度。① 在一些国内重大事件中，网络政治参与也开始发挥着重要作用，如 1999 年 11 月 24 日，山东烟大轮船轮渡有限公司大舜号滚装船在烟台附近海域遇难，② 事故发生以后，严格控制各路媒体的追踪报道，网民们自发聚集在天涯论坛等国内几大著名论坛展开了热烈的交流、讨论，并逐渐抱团一直发展到联合签名，一致要求问责相关官员和直接责任者，首次让互联网成了替代性的信息源泉。这一年，网民们开始活跃起来，网民力量开始凸现，不仅浏览新闻，也尝试参与政治表达和行动，网络政治参与逐渐崭露头角。

第二，网络政治参与的快速发展阶段（2002—2008 年）

在这一阶段，经过前一时期的准备，政府开始主动构建电子政务平台，更加重视网络民意。2002 年中央成立国务院信息化工作办公室并出台《国家信息化领导小组关于我国电子政务建设指导意见》，电子政务建设第一次有了科学顶层设计和统筹规划。2003 年被称为"网络政治参与元年"，在这一年发生了震惊全国的"孙志刚事件"，3 月，27 岁的大学毕业生孙志刚因未携带身份证件被广州警方当作"三无"人员收容拘禁，在收容遣送转站中遭受工作人员及其他收容人员的野蛮殴打后死亡。这一事件被媒体曝光之后

---

① 1999 年 6 月 19 日，完成任务的抗议论坛改为强国论坛。在很短的时间里，该论坛注册用户直线飙升，每天上帖量在 7000—10000，在线人数一般都在 2 万左右，遭遇重大事件时更是人声鼎沸。这里后来被海外媒体称为中国的"超级政治聊天室"。参见李立：《强国论坛：投石问路？》，《中国新闻周刊》2001 年第 23 期。

② 1999 年 11 月 24 日，山东烟大轮船轮渡有限公司大舜号滚装船，载客 304 人，汽车 61 辆，从烟台地方港出发赴大连，途中遇风浪于 15 时 30 分返航。调整航向时船舶横风横浪行驶，船体大角度横摇。由于船载车辆系固不牢，产生移位、碰撞，致使甲板起火，船机失灵，经多方施救无效，于 23 时 38 分翻沉，造成 285 人死亡，5 人失踪，直接经济损失约 9000 万元。船上共有旅客船员 312 人，生还者仅为 22 人。

在网络上掀起轩然大波，网民纷纷要求政府彻查原因并严惩凶手。国务院在当年 6 月 22 日废止了自 1982 年实施的《城市流浪乞讨人员收容遣送办法》，公布施行新的救助管理办法，网络舆论锋芒初现。也是这一年，在"非典"事件中，网民要求政府及时公布信息，政府逐渐意识到网络信息公开的确有助于稳定社会情绪，引导社会舆论，于是也开始借助网络和公众进行有效的良性沟通。2006 年 1 月 1 日，我国中央人民政府门户网站正式开通，各级政府的门户网站也基本建成，公民网络政治参与的官方渠道和主阵地基本建立。随后在"三鹿毒奶粉事件""重庆出租车罢运"等事件中公民网络舆论都促使了公共事件的解决。2008 年 6 月，中国网民总人数达到 2.53 亿人，规模首次跃居世界第一，网络开始全面渗透到社会各阶层，覆盖全地域，融入日常生活。2008 年 6 月 20 日，时任国家主席胡锦涛同志来到人民网，在人民网强国论坛（bbs. people. com. cn）与网民在线交流，这不仅体现了党和国家领导人对网络时代到来的战略认识，也标志着互联网正式地进入中国政治发展的话语体系。随后，"许多党政官员纷纷通过网络与公众进行互动、交流，越来越多的政务部门更加重视利用政务微博、微信等新兴媒体，及时发布各类权威政务信息，着力建设基于新兴媒体的政务信息发布和与公众互动交流新渠道，掀起了一轮又一轮网络问政的热潮"[①]。网民的政治参与向民主决策、舆论监督、问责追责等多个领域挺进。2008 年相继发生的"江油打人官员"事件、"信阳最牛官员别墅群"事件等，引起了网民的大规模关注，并激活了"人肉搜索"这一中国特色的舆论监督方式。但在这一时期，网络政治参与的热点议题一般是最先由传统媒体如报纸或电视报道后，网民们在网络空间进行的"二次讨论"，网络空间产生的原生性政治议题较少。

第三，网络政治参与的整合发展阶段（2009—2013 年 9 月）

[①] 孙丽丽、杨佳、时伟：《新兴媒体背景下公民有序政治参与的困境及其多维治理》，《云南行政学院学报》2015 年第 6 期。

以 2009 年微博平台的出现为标志，网络政治参与进入"微时代"。2009 年之后微博用户迅猛发展，2011 年腾讯公司推出手机微信，用户数量急剧上升。借助着智能手机和移动网络的普及，微博及微信已经成为公众获取信息、交流想法的核心平台，众多政府部门纷纷注册微博账户和微信公众号，截至 2013 年 6 月 26 日，新浪认证的政务微博总数已经达到 79372 个①，各地政府也纷纷出台微博运营和考核机制，将政务微博作为日常工作的重要部分，微博已经成为最有效的政民沟通平台之一，"社交型"网络政治参与初步显现。2009 年 5 月，网民组织后援团支援用修脚刀杀死求欢官员的邓玉娇，在社会舆论的强大压力下，邓玉娇被免除刑事处罚，标志着网络参政向现实行动的过渡。2011 年，天涯网站上晒出了中石化广东分公司购买茅台和拉菲酒的四张发票复印件，总金额达 168 万元。"互联网技术的高速发展和互联网运用的广泛普及，尤其是以微博、微信为代表的新兴媒体的应用，不仅为传播党和政府的声音提供了重要渠道，也为公众反映社情民意、表达利益诉求、参与公共事务、进行舆论监督提供了重要渠道，更为提高公众政治参与的水平搭建了一个自由广阔的平台，拓宽了公众的政治视野，增强了公众的自我效能感，加速了公众与政治体系的互动，公众政治参与意识空前高涨。"② 这类开放式发散型的信息发布平台在网络空间赋予每个公民同等的政治参与权与话语权，在突发事件中成为网络舆论的聚集地。与此同时，政府门户网站、政治论坛等网络政治参与方式也不断深入发展，与微博、微信产生同频共振的效果，公民网络政治参与的大格局形成。一个公共事件，往往是在网络上通过多个渠道同时报道，一起推动事件解决。

第四，网络政治参与的规范发展阶段（2013 年 9 月至今）

伴随着互联网的飞速发展，网络政治参与现象在国家和社会生活中发挥

---

① 《2013 上半年新浪政务微博报告发布微博问政新局面》，见 http：//media. people. com. cn/n/2013/0731/c40606-22390592. html。

② 孙丽丽、杨佳、时伟：《新兴媒体背景下公民有序政治参与的困境及其多维治理》，《云南行政学院学报》2015 年第 6 期。

的作用越来越大。但是，利用网络实施的攻击、恐怖、淫秽、窃密、诽谤、欺诈等犯罪活动时有发生，网络群体极端化、网络谣言、网络低俗信息等屡见不鲜，网络政治参与的渗透性、非法性、非理性、失衡性已经成为影响国家安全、社会公共利益的突出问题，网络的隐匿性、便捷性、低成本也使一些不法分子肆意妄为，"网络推手"和"网络水军"任意发布散布虚假信息，网络谣言甚嚣尘上，有时甚至引发群体性事件，造成社会秩序混乱。2014年3月30日发生的茂名市民"反PX游行"就是最初网上的谣传和虚假照片误导了公众的视线，引起一些网民通过QQ群、网站论坛等方式联系聚集走上了街头。如何化互联网"变量"为促进稳定发展的"增量"，是我们必须面对的问题。党的十八大以来，以习近平同志为核心的党中央站在国家安全和长远发展的战略高度，高度重视互联网、发展互联网、治理互联网。2013年9月10日，《最高人民法院、最高人民检察院关于办理利用网络实施诽谤等刑事案件适用法律若干问题的解释》（下称《解释》）施行，标志着网络政治参与进一步朝着有序化、规范化发展。《解释》明确规定，同一诽谤信息实际被点击、浏览次数达到五千次以上，或者被转发次数达到五百次以上的，应当认定为刑法第二百四十六条第一款规定的"情节严重"，依法予以刑事处罚，这极大地规范了网络政治参与行为，净化了网络政治环境。2014年2月27日，中央网络安全和信息化领导小组成立，习近平总书记在中央网络安全和信息化领导小组第一次会议上明确提出："网络安全和信息化是事关国家安全和国家发展、事关广大人民群众工作生活的重大战略问题，要从国际国内大势出发，总体布局，统筹各方，创新发展，努力把我国建设成为网络强国。"① 这一战略布局吹响了我们这个拥有近8亿网民的"网络大国"加速向"网络强国"迈进的时代号角。同时，党的十八届五中全会通过的"十三五"规划建议提出"网络强国"基本战略，将网络政治安全提升到一个全局性的高度。2016年4月19日，习近平总书记在网络安

---

① 《习近平谈治国理政》，外文出版社2014年版，第197页。

全和信息化工作座谈会上明确指出："让互联网成为我们同群众交流沟通的新平台，成为了解群众、贴近群众、为群众排忧解难的新途径，成为发扬人民民主、接受人民监督的新渠道。"① 并要求："各级党政机关和领导干部要学会通过网络走群众路线，经常上网看看，潜潜水、聊聊天、发发声，了解群众所思所愿，收集好想法好建议，积极回应网民关切、解疑释惑。"② 进一步将"以人民为中心"的观点拓展至网络信息化工作中。随后不久，2016年11月，中共中央办公厅、国务院下发《〈关于全面推进政务公开工作的意见〉实施细则》，从政府层面规范了政务信息公开程序，要求政府加大信息公开力度，确保政务平台运行公开化、透明化，保障人民群众政治参与权利。2017年6月1日，《中华人民共和国网络安全法》正式施行，以正式法律条文形式规定了公民、政府以及网络运营者在网络政治参与中的权利与义务，进一步规范了网络政治参与行为。2018年4月20日，习近平总书记在全国网络安全和信息化工作会议上特别强调："各级领导干部特别是高级干部要主动适应信息化要求、强化互联网思维，不断提高对互联网规律的把握能力、对网络舆论的引导能力、对信息化发展的驾驭能力、对网络安全的保障能力。各级党政机关和领导干部要提高通过互联网组织群众、宣传群众、引导群众、服务群众的本领。让人民群众在信息化发展中有更多获得感、幸福感、安全感。"③ 2017年10月18日，习近平总书记在党的十九大报告中八处提到互联网，囊括网络文化、网络安全、网络管理等多个方面，特别强调："加强互联网内容建设，建立网络综合治理体系，营造清朗的网络空间。"④ 这也为未来互联网监管与建设指明了方向。网络政治参与已经日益规范化，顶层设计及配套法规已经成熟定型。

---

① 《习近平谈治国理政》第二卷，外文出版社2017年版，第336页。

② 《习近平谈治国理政》第二卷，外文出版社2017年版，第336页。

③ 习近平：《敏锐抓住信息化发展历史机遇 自主创新推进网络强国建设》，《人民日报》2018年4月22日。

④ 《党的十九大报告辅导读本》，人民出版社2017年版，第65页。

（四）网络政治参与的主要方式及效果

2019年8月，中国互联网络信息中心（CNNIC）发布的第44次《中国互联网络发展状况统计报告》显示，截至2019年6月，我国网民规模为8.54亿，互联网普及率已达61.2%。①，随着网络普及率的提升及网民数量的增多，我国公民网络政治参与的方式也在不断丰富。在现阶段，主要有以下方式：

第一，电子邮件。电子邮件是在虚拟网络世界中通过网络进行电子信息交换的交流方式，是网络提供的最早、最广泛的服务。传统政治参与中，人们为了自身或某一群体的利益，主动接触权力部门或政府官员来表达自身诉求，这类制度化的政治接触渠道主要就是信访。随着网络时代的到来，各级政府纷纷申请了电子邮箱并公布了邮件地址，如"县长信箱""市长信箱"已在全国范围普及，国内主要网络服务商也提供了免费邮箱服务，公民也可以几乎零成本的代价，直接将自身的建议、诉求通过电子邮件的方式传递给相关部门或人员。此外，一些政府部门也开通了监督邮箱，丰富了公民民主监督的渠道。

在网络时代，电子邮箱已经成为一般网民的"必配"工具，电子邮件也不仅仅作为简单的通信渠道存在，而是兼具信息储存、信息交流的功能，电子邮件既可以有文字信息，也能插入图片、视频、音频等文件，可以准确表达意见建议，较传统的信件有无法比拟的优势。电子邮件更具有信息传达精准性、及时性的特点，能够减少民意传达的中间环节，提高信息接收效率，直接将相关意见送到决策者的眼前。电子邮件为公民提供了简单迅捷的政治参与方式，有利于疏通民意反映渠道，缓解矛盾冲突，减轻政府社会压力。

第二，网络论坛。网络论坛最初是由"电子公告板"（Bulletin Board

---

① 中国互联网络信息中心：第44次《中国互联网络发展状况统计报告》，见 http://www.cac.gov.cn/2019-08/30/c_ 1124938750.htm。

System，简称 BBS）发展演变而来，最开始仅仅是发布股票涨跌信息。之后一大批网络爱好者不断投入精力改进，使得 BBS 的功能越来越完善。随着互联网的发展，拥有相同兴趣爱好或共同利益诉求的网民主动聚集，以网络为媒介平台，就相关社会或政治话题自由开展讨论，并能和其他网民进行观点互动。在我国，较为有名的网络论坛有天涯论坛、铁血论坛、强国论坛等，还有诸多有地方特色的地区性论坛。

随着手机智能移动端的发展，微博、微信迅速普及，分流了大量网络论坛传统用户，网络论坛的活跃度和发言质量已远不如以前，作为 PC 时代最具代表性的网络互动平台，必须承认，如今的论坛正逐渐走向没落。但作为网民可以自由表达和交流信息的平台，在一些热点事件中，网络论坛也会形成强大的网络舆论，直接或间接影响政府的决策行为。

第三，两微一端平台。"两微一端"是指微信、微博及政务客户端。"截至 2019 年 6 月，我国手机网民规模达 8.47 亿，使用手机上网的网民比例达 99.1%，在线政务服务用户规模达到 5.09 亿，占总体网民的59.6%。"① 在公民手机上网已成为趋势的今天，"两微一端"已经成为我国公民网络政治参与最主要的渠道。

截至 2019 年 3 月 31 日，微信及 WeChat 的合并月活跃账户数达 11.12亿，微博用户规模已超过 3 亿人，新浪微博认证的政务机构微博达 139270个。自 2012 年微信开通公众号功能之后，政府部门也开始建设政务公众号。有机构问卷调查网民在社交平台上政治参与情况，问题为："您在下列网络空间就时事政治或国家大事发表过评论、点赞或转发吗"，选项有"博客、网络论坛、微信、微博、人人网/开心网等"，45.6%的受访者表示通过微信进行过网络政治参与，24.4%的受访者通过微博进行过网络政治参与，通过网络论坛（5.7%）、博客（4.9%）、人人网/开心网（3.1%）等方式对时事

---

① 中国互联网络信息中心：第 44 次《中国互联网络发展状况统计报告》，见 http：//www.cac.gov.cn/2019-08/30/c_ 1124938750.htm。

政治或国家大事发布评论、点赞或转发的情况较少。①

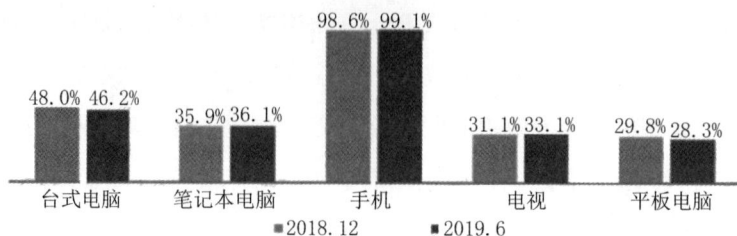

图 1-1 互联网络接入设备使用情况

资料来源：第 44 次《中国互联网络发展状况统计报告》，中国互联网信息中心 2019 年 8 月 20 日发布。

表 1-1 网络社交平台的政治参与

	样本量	比例（%）
博客	96	4.9
网络论坛	112	5.7
微信	897	45.6
微博	479	24.4
人人网/开心网等	61	3.1

资料来源：《中国政治参与报告（2018）》。

　　在此背景下，政府部门大力推进政务线上化，打造"互联网+"政务服务，整合不同系统、部门的职能及资源，公众只需下载政务客户端 APP，就能在手机上一站式解决问题，享受政府提供的便捷公共服务，同时也为广大公民提供了一个新的重要的网络政治参与平台，如在 2016 年两会前夕推出的国务院移动客户端，就集新闻报道、政策解读、公共服务、投诉举报、建言献策等栏目于一体，界面简约明了，功能齐全强大。公众只需要点进 APP，便能轻易进行网络政治参与。除国务院移动客户端之外，各地省、市

---

① 房宁：《中国政治参与报告（2018）》，社会科学文献出版社 2018 年版，第 258 页。

政府也纷纷推出了移动客户端，基本完善了线上政务体系。

　　"两微一端"的迅猛发展使网络政治参与真正意义上进入"微时代"。首先，"两微一端"的应用有效地打破了传统媒介的话语权长期在政治参与中的垄断地位，实现了话语权的下移与分散。在微博、微信平台，每个用户都是自媒体，可自由发表政治观点及意见，使普通群众的声音更加容易进入决策层的视野，弥补了过去来自底层声音不足的缺点。其次，"两微一端"的发展拓宽了公民政治参与的渠道，推进了官民互动的新趋势。政务微博和政治微信号的建立使政府部门在微信与微博空间中也成了独立的政治参与主体，普通网民可以直接与政府部门"零距离"交流。同时，微博、微信以较短文章或信息为主，符合现代生活中人们在碎片化的时间里获得政治信息的习惯，网民只需大致浏览便可掌握相关信息并形成自己的观点态度，借助于微博、微信开放性的粉丝圈和朋友圈，通过评论、转发甚至发文的形式，便可以让相关信息呈指数型爆炸传播，短时间内即可形成巨大的舆论场，对公共权力部门进行强有力的监督。

第二章　新兴媒体背景下公民
政治参与的理论基础

新兴媒体背景下公民政治参与是一种具有多重效应和功能的政治行为，在促进我国民主政治发展的过程中起着越来越重要的作用。引导和规范新兴媒体背景下公民有序政治参与，离不开思想理论资源的支撑。我们需要从马克思恩格斯政治参与思想中汲取智慧，广泛借鉴西方政治参与思想的精华和有益之处，不断开阔视野，紧密结合中国实际情况，进一步丰富和发展中国网络政治参与理论与实践，实现全民有序政治参与之目标。

第一节　马克思恩格斯政治参与思想

马克思主义经典作家以唯物史观为指导，在实践上总结了无产阶级的革命斗争经验，在理论上创立了马克思主义的政治参与思想。马克思主义强调广大人民群众是政治参与的主体，国家公共政治生活是人民群众政治参与的目标与对象。人民群众参与管理国家事务、管理国家经济和文化活动是政治参与的主要内容。政治参与思想是马克思恩格斯政治理论体系中的重要组成部分，确立了政治参与在社会主义民主中的地位，真正明确了无产阶级在人类解放斗争中的地位与作用，为实现人类历史上最高类型的社会形态——共产主义社会奠定了理论基础，为全世界劳动人民争取和实现人民民主指明了方向，为我们认清西方资本主义国家打着"自由、民主"的旗号推行霸权主义、殖民主义、强权政治与"和平演变"的图谋提供了锐利的思想武器。

一、　马克思恩格斯政治参与思想的哲学基础

在《黑格尔法哲学批判》及其"导言"、《论犹太人问题》等著作中，马克思开始认识到对于国家与政治的探讨不能只从表面探索，而是要从经济方面追寻其根源。《1844年经济学哲学手稿》和《巴黎笔记》是马克思第一次通过对古典经济学家的理论考察，实现了对政治分析的转向。《德意志意识形态》通过对政治经济学的系统研究，第一次形成了体系化的唯物史观，为马克思关于市民社会与政治民主的研究奠定了哲学基础。在《德意志意识形态》中，马克思认为社会历史和政治问题，首先是必须要有人的最基本的物质资料生产，"一切人类生存的第一个前提也就是一切历史的第一个前提，这个前提就是：人们为了能够'创造历史'，必须能够生活。但是为了生活，首先就需要衣、食、住以及其他东西。因此第一个历史活动就是生产满足这些需要的资料，即生产物质生活本身。同时这也是人们仅仅为了能够生活就必须每日每时都要进行的（现在也和几千年前一样）一种历史活动，即一切历史的一种基本条件。"①

《德意志意识形态》深化了对私有制、市民社会和国家的认识，进一步探究国家社会与私人生活、公共利益与私人利益内部分裂的缘由。马克思认为，社会分工导致国家和市民社会之间的矛盾，随着矛盾的激化，所有制和阶级矛盾的冲突不断增加，市民国家应运而生。"目前国家的独立性只有在这样的国家里才存在：在那里等级还没有完全发展成为阶级，比较先进的国家中已经被消灭了的等级还构成一种不定形的混合体继续起着一定的作用，

---

① 《马克思恩格斯全集》第3卷，人民出版社1972年版，第31—32页。

因而在那里任何一部分居民也不可能对其他部分的居民进行统治。"① 马克思同时指出，国家只是一个虚幻的共同体，与人民的利益是根本对立的。由资产阶级主导的资本主义国家是典型代表，在自由、民主的外衣下，国家只是私有者满足自己利益的工具。因此，当社会分工、阶级利益分化和阶级对立都消失，实现了共产主义社会，国家自然就消失了。正如马克思所指出的，在真正民主制中国家会随之消失，人民群众成为国家的主人。

二、 马克思恩格斯政治参与思想的实质分析

马克思认为，资产阶级国家用议会制代替了君主制，用选举制代替了世袭制，用任期制代替了终身制，用制约机制代替了独断机制，具有一定的历史进步性。但是其阶级局限性同样也暴露出来，因为其实质是资产阶级专政，是资产阶级掌握政权，资产阶级国家政权的实质是整个资产阶级共同事务的管理委员会，资产阶级的普选制无非是决定一次由资产阶级里的什么人在议会里掌管事务并压迫劳动人民。马克思指出："先生们，不要用自由这个抽象字眼来欺骗自己吧！这是谁的自由呢？这不是每个人在对待别人的关系上的自由。这是资本榨取工人最后脂膏的自由。"② 在私有制的条件下，无产阶级与资产阶级在经济上是不平等的，无产阶级不掌握任何生产资料，因此两者在政治上不可能有任何平等可言。因此，实现真正的政治参与，应该是人民掌握政权。而这种实现应该是历史的产物，是无产阶级在推翻资产阶级统治的斗争中保存民主共和国的机构，并把它作为改造社会的工具，建立真正的社会主义国家。而这种民主共和国的形式，无产阶级是可以利用的。这才是真正的民主，真正实现公民的政治参与，因为"它是由人民自己当自己的家"③。马克思这一思想的形成，也是在批判黑格尔的国家观的过

---

① 《马克思恩格斯全集》第3卷，人民出版社1972年版，第70页。
② 《马克思恩格斯全集》第4卷，人民出版社1972年版，第457页。
③ 《马克思恩格斯全集》第17卷，人民出版社1965年版，第565页。

程中形成的。马克思首先批判了黑格尔的颠倒的国家观，明确提出要消除其国家的虚伪性，就要坚持人民主权。只有实现真正的人民主权，才能消除人与国家的异化，实现真正的人的解放。马克思集中对黑格尔的逻辑论证过程进行了批判，批判其将主权寄托于君主身上是一种幻想，他指出："如果要谈同君主主权对立的人民主权，那也是可以的。但是这里讲的已经不是存在于两个方面的同一个主权，而是两个完全对立的主权概念，一个是能在君主身上实现的主权，另一个是只能在人民身上实现的主权。"① 黑格尔表面上化解了君主主权和人民主权的对立，调和了二者矛盾，本质上是要维护君主专制制度，是资产阶级的代言人。马克思通过对黑格尔的批判，指出未来国家的实现是人民的自我规定性的实现。

三、 马克思恩格斯政治参与思想的现实路径

马克思的民主思想的终极目标是在一个消灭阶级、消除两极分化的社会里实现每一个人的民主，并非现实制度下的有限的民主，而是充分体现自由个性的现实的民主。社会主义的民主不否定自我的个性、自由，相反，它能够使人获得真正的全面自由的发展。但是马克思并没有抽象地谈论这种民主，而是要将其与社会生产力发展结合起来考察。因为人的自由只有在一定生产力水平下才能得以实现，人的自由发展和劳动是紧密相连的，是具有社会性与历史性的。尤其是面对资产阶级的民主制度，只有依靠无产阶级才能实现无产阶级民主。马克思认为，巴黎公社是工人阶级的政府，是工人阶级通过武装起义在经济上获得了解放的政权形式。巴黎公社既保留了共和国的国家形式，又赋予了共和国以真正民主的内容，无产阶级可以按照自己的面貌去改造新社会。这是对资产阶级虚伪的普选制的有力打击，是让无产阶级成为真正民主的代表的国家形式。

正是人民革命的力量推动了欧洲历史的发展进程，同时也让所有人认识

---

① 《马克思恩格斯全集》第 1 卷，人民出版社 1956 年版，第 279 页。

到，在革命实践中，只有依靠工人阶级领导力量才能获得真正的民主和解放。马克思对无产阶级的历史地位的评价是："罗马的无产阶级依靠社会过活，现代社会则依靠无产阶级过活。"① 由此可见，只有在无产阶级的领导下，革命才能取得胜利。同时马克思也指出，无产阶级只有依靠，也必须依靠专政的力量来镇压资本家以及封建势力这些敌对力量，才能完成社会经济革命，从而实现真正的民主。而无产阶级领导掌握领导权，带领劳动人民进行民主斗争的直接结果就是，"无产阶级就愈益团结在革命社会主义周围，团结在被资产阶级叫作布朗基思想的共产主义周围。这种社会主义就是宣布不间断革命，就是实现无产阶级的阶级专政，把这种专政作为必经的过渡阶段，以求达到根本消灭阶级差别，消灭一切产生这些差别的生产关系，消灭一切和这些生产关系相适应的社会关系，改变一切由这些社会关系产生出来的观念"②。无产阶级专政是实现真正民主的制度保证，是保证人民实现政治参与的制度基础。它与资产阶级国家的区别就是，封建国家、资产阶级国家是为了巩固阶级社会，是为了维护阶级统治的利益，而无产阶级专政则是具有过渡性质，是人类从阶级社会过渡到无阶级社会的桥梁，是走向真正民主国家的必经之路。

第二节　西方政治参与思想

西方公民政治参与的思想最早可追溯到古希腊的政治学说中，而随着西方现代化进程中民主的扩展和演进过程而不断凸显和扩大。一般来说，西方民主政治的发展往往沿袭着两种轨迹：一是政治参与权利的项目逐渐扩大，二是享有政治参与权利的人数逐渐增加。前者具体表现为公民逐渐享有选举权、请愿权、担任公职权和结社权等权利，后者则表现为政治参与权利的条

---

① 《马克思恩格斯全集》第 16 卷，人民出版社 1972 年版，第 406 页。
② 《马克思恩格斯全集》第 7 卷，人民出版社 1972 年版，第 104 页。

件限制的逐渐放宽，享有政治参与权的人数不断增加。甚至在一定历史时期，其政治发展史本质上就呈现为"政治参与渠道"的扩展史。从古希腊时期的直接参与式民主模式到近代西方的代议制参与模式和现代西方的政治参与模式，在不同时期，学者们围绕着政治参与提出了一系列的观点，形成了较为系统的思想，这些思想为中国的政治参与理论和实践提供了有益借鉴。

一、　西方古典政治参与思想

当代西方政治参与思想的理论源头要追溯到古典西方公民政治参与理论，虽然西方的公民政治参与思想在历史上发生了几次转变，但当代西方公民政治参与思想是在古典西方公民政治参与理论的基础上实现继承和发展的。古典公民政治参与思想主要体现于古希腊城邦的政治实践以及代表人物亚里士多德的公民政治参与思想。

（一）古希腊城邦实践中蕴含的政治参与思想

第一次提出"民主"这一概念来描述古希腊城邦的是希腊历史学家希罗多德。希腊城邦是政治实践的代表，城邦十分注重民主的实行与维护。在城邦中，公民组成公民大会，公民大会的成员可以就公共事务进行公开讨论和投票表决，最终决定国家事务的管理方式。因此，古典的公民政治参与思想是与古典的民主政治密不可分的。在经过梭伦和克里斯蒂尼的改革后，古雅典的民主政治体制最终形成，在伯利克里时代进入顶峰，各阶层都能实现较为广泛的政治参与活动，民主制度一再发展。氏族制度是古希腊的城邦文明建立的基础，公元前800—前500年，古希腊开始出现城市文明。在这时期内，古希腊的各部族开始大规模迁移，随后展开了一系列的海外殖民，数以百计的主权国家得以出现。加上古雅典的海外贸易十分繁荣，人民的民主意识也逐渐萌发并兴盛起来，例如部分社会成员通过民主形式参与国家重大问题的讨论，采取民主选举的形式，可以说这种最初形式的公民政治参与构成了古希腊雅典时期的城邦民主制度。当然这种民主制度是一种直接民主，直接体现了按照多数人的意志决策公共事务。在古希腊的民主中，选举并非直接特征，公民直接参与、治理城邦生活才是它的本质特征。在这种城邦实践中，蕴含了原始的同时也丰富了公民政治参与思想的内涵。

古希腊城邦民主实践中包含了公民政治参与的三个要素，即公民积极地参与精神、主权在民的原则、相对应的民主化制度。首先，古雅典城邦的公民普遍信奉公正、智慧、正直等公民美德，人们普遍对公民美德达成了共识："人们献身于共和国，私人生活隶属于公共事务和公共的善。"① 对于公民来说，公共事务优先于私人事务，人们的意志只有在城邦中才得以体现。而且人们信奉自由与平等，自我管理意识较强，逐渐形成了一种自治的体制。其次，古雅典城邦倡导公民积极实行自我管理的观念，公民通过公民大会可以直接参与公共事务的管理，包括参与立法、追责的权利以及直接表达管理城邦事物的权利。最后，城邦具有严格的法律制度，保障公民参与的权利，同时还设立了"轮番而治"的议事制度，公民可以轮流担任城邦公职人员，轮流对国家事务进行管理。

（二）代表人物亚里士多德的政治参与思想

对古希腊的民主政治最有研究的可以说是亚里士多德了，他的民主理论成为当代西方公民政治参与理论的理论渊源。亚里士多德在观察与分析城邦政体的实践中，建立了两个思想源头，一个是明确了公民的含义，另一个是分析了民主共和政体的本质。首先，对于公民的问题，亚里士多德的界定是"凡得参加司法事务和治权机构"② 的人们，也就是成为公民的条件就是参与行政统治，既包括有任期制的官员，还包括非任期制的官员，以及陪审员，同时还有公民大会的成员即所有参与政治事务的人。可以说公民政治参

---

① ［英］戴维·赫尔德：《民主的模式》，燕继荣等译，中央编译出版社 2006 年版，第 20 页。

② ［古希腊］亚里士多德：《政治学》，商务印书馆 2008 年版，第 114 页。

与的首要条件就是要有政治参与权。其次，亚里士多德还认为，要想真正实现民主，完善的制度必不可少，也就是对于城邦的统治方式，人们只有在城邦公共体中才能体现自己的意志，达到善治。但是世界上完美的政体是不存在的，但是可以选择缺陷最少的政体，也就是共和政体。这种政体形式里包含了较多的民主成分，兼顾了各阶层的利益，权力对于全社会来说是平等的，同时以法律为保障处理社会纷争。这种政体能够让各阶层实现平等的参与政权管理，决策的最终指向是公共利益。在这样的城邦里，蕴含了最基本的民主原则，实现了公民平等自由的政治参与，是公民自由参政的共同体。

二、 西方近代政治参与思想

在近代西方，思想家们对国家事务的公共属性的论述，极大地激发了公民的政治参与意识，并且为民主理论的兴起、发展提供了重要的思想基础。西方民主理论的实质就是国家事务不是少数人的特权，必须限制政府的权力来保障公民的权利，要体现国家主权在民的原则。

（一）洛克的政治参与思想

洛克是英国革命后期的资产阶级政治思想家，被称为近代资产阶级民主理论的开创者，他的民主思想奠定了西方公民政治参与思想的根基。首先洛克以人为基点，论述了人的本质。在《政府论》上篇中，洛克批判了菲尔麦君权神授的思想，否定了国家权力源于上帝，下篇则论证了国家的权力源于人民，同时也是属于人民的。人民的同意是国家权力合法性的来源与基础，强烈突出了人民主权的思想。通过论述人权的来源，洛克提出要建立政治社会，因为人在"自然状态"下，虽然是一个和平、善意、互助和安全的状态，但是缺少一种明确判断是非的标准来裁决人们的纠纷，社会陷入一个缺少权力来保证判决的执行的困境中。为了更好地保护每个人的自由权利，人们在保留自我生命、自由和财产权利的同时，让渡出自己的权利交给指定的专门人员,这就形成了国家。政治社会的形成过程是人民自我同意并协商的结果,民主政治是人民行使自由权利的产物。洛克所提出的社会契约论中的人民同意、协商、自由的观念,可以说是当代民主政治的重要思想来源。

(二)卢梭的政治参与思想

卢梭是18世纪法国著名的启蒙思想家,他的核心思想是人民主权论,由于出身于平民,他的思想中强烈地体现了平民主义的平等倾向。首先,卢梭认为人生而平等,在自然状态中,人人平等,没有压迫和统治。之所以产生了不平等是由于精神上和政治上的不平等,是社会发展的结果。当人们推翻暴政之后可以建立一个新的平等的社会,这个社会是通过社会契约建立起来的人民主权的社会。在这个共同体中,每个人都是平等的公民,是有主权的政治参与者同时也是对法律的服从者。其次,卢梭论证了民主的重要性。他认为政府只是具有执行人民意志的权力,人民与政府的关系是委托者与受委托者的关系,并非主人和奴隶的关系。每个人都是这个国家的主权者,国家的权威就是人民的权威。当国家出现暴政或者压迫时,人民有权力推翻并重新建立一个新的平等而民主的社会。人民的主权具有独立性、统一性和绝对性。

(三)约翰·密尔的政治参与思想

约翰·密尔是继卢梭之后,对西方的公民政治参与思想有重要影响的思想家,他的核心理论强调个人的自由不可侵犯,是民主的前提,也是民主的目标。密尔理论的突出之处在于,倡导公民积极行使自我权利,参与公共事务的管理,民主制度倡导代议制。密尔认为在专制制度限制人们的自由权利与感知能力时,只有让人们亲自参与公共政治的实践,人的能力才能得到提升。当然这离不开教育的重要作用。随着参与权的不断扩大,公民精神应该得到相应的提升,教育会促使人们的意识与理念的提升与更新。人民享有公民权，在实践中，每个公民都要能够有机会轮流负责某些社会公共事务的管理。同时，密尔也坚持要实行代议制政府。在他看来，一个政治体制的好坏，不仅与社会中人民的素质有关，更重要的在于该体制是否能让公民亲身参与公共事务的管理，并由此培养起人们的公共情操。当然密尔也认识到了代议制的缺陷，因为当每一个社会因子都不完善的时候，代议制的实行难以奏效。因此他推崇地方民主，推崇古雅典的民主制度，认为应当从地方层次上锻炼人民的民主意识，全国性的政治参与才能实现。

（四）托马斯·杰斐逊的政治参与思想

托马斯·杰斐逊是美国独立战争时期和建国初期著名的资产阶级政治家、思想家以及民主派的领袖。他接受了洛克、卢梭的自然权利、社会契约的思想，并将这些思想付诸《独立宣言》，从法律的角度论证和维护了"天赋人权"。连马克思都称《独立宣言》为"第一个人权宣言"。杰斐逊的天赋人权的思想中包含了平等权和自治权，他的核心思想是自治。这个自治包括个人自治和团体自治。而自治的前提是承认人的基本人权，即思想自由、人身自由和民主权利。杰斐逊倡导建立代议制民主共和国，国家治理要辅以法律保障，因为没有法律，民主的目标将无法实现。他还提出人民监督的思想，人民对代表和政权组织有检查和罢免权。可以说杰斐逊的思想中更多地体现了公民的权利，同时也细化了公民政治参与的内容，对美国资产阶级民主政治制度的建立与发展产生了重要作用。

三、 西方当代政治参与思想

西方的民主理论在经历了中世纪的曲折和洗礼之后，至近代已基本形成自由主义与民主的结合。这种占据主流地位的民主思想的特征就是认为公民参与政治活动存在内在的危险性，可能引发"多数人的暴政"。但 20 世纪中期以来，自由主义民主自身的各种缺陷不断暴露，参与式民主思想逐步复兴与发展。

（一）自由主义的政治参与思想

自由主义的公民政治参与思想主要体现为人民通过投票选举，选出国家领导人及各个层级与各领域的代理人，这些代理人被认为是可代表人民意志的，可以受选举者的委托来制定社会公共政策、管理国家公共事务。严格来说，政治参与思想是伴随着政治参与本身的实践而展开的。意大利的莫斯卡、帕累托，作为早期的精英主义政治理论的代表人物，认为大多数人统治的民主是一种虚构，一切的政治统治都是"少数人"对"多数人"的统治。马克斯·韦伯力图把精英论和民主结合起来，既强调精英的作用，又重视公民的政治参与对国家政治产生的影响。熊彼特作为精英主义的集大成者，对公民政治参与的能力提出质疑，认为"人民意志"的达成是不现实的。萨托利对传统民主的内涵进行了批驳，认为民主应该是"有限的多数"，现代民主只能是"被统治的民主"。这种民主的关键在于有效制约统治的少数，多数的统治受少数限制，代议制则是最有效的方式。

（二）兴起阶段的政治参与思想

20世纪60年代，自由主义的政治参与思想遭受各方质疑。因为在这种民主制度下，公共生活衰落、政治实践实际上的不平等、个人自由遭受压制，而参与式民主理论在批判自由主义民主理论的基础上，逐步复兴。道格拉斯·柯尔是英国费边社会主义后期的代表人物，他的公民政治参与思想的核心是否定代议制，认为公民应积极参与政治管理。柯尔认为，人们在一定的目的之下一定会结成某种团体，每种团体都有自己明确而特殊的职能。这就是柯尔的"职能原理"理论。在此基础上他提出了职能民主制来代替代议制民主。这种职能民主制本质上是一种参与式的民主，人人可参与，并且可以反映选民的真实意志。汉娜·阿伦特的公共领域行动参与民主理论则是以公共领域理论范式为基础，对代议制进行了批判，强调了公民性格中存在的参与的本性，认为参与是公民自我存在价值的体现，使得古典民主的积极参与理念在她这里得以复兴。

（三）发展阶段的政治参与思想

基于社会发展的需要与现实的需求，20 世纪 60 年代的参与民主概念被广泛提出与应用。麦克弗森在批判了自由主义民主理论的同时也给了自由主义民主一个解决方案，就是对公民的政治参与的实现模式、政治参与实现的社会基础、政治参与如何与政党体制的结合以及如何培养公民的政治参与思想等方面进行了阐释，丰富了公民政治参与思想。卡罗尔·佩特曼系统地阐述了公民政治参与思想的基本理论，对参与和民主的关系进行了详细的剖析，并分析了自由主义民主理论的缺陷，并在此基础上进行了弥补与修正。本杰明·巴伯的强势民主理论开创了民主领域的新理论，他将自由主义民主称为弱势民主，具有严重的缺陷，进而他提出了相应的改革方案——强势民主。这是一种独特现代模式的参与型民主，崇尚公民的参与，并以公民身份为基本立足点，以共同体为依托，化解了冲突，为当代西方公民政治参与思想做出巨大贡献。在此基础上，米尔布拉思将政治参与区分为以投票行为为代表的"旁观者的活动"，以与政治领袖接触、捐助竞选款项等活动为代表的"过渡的活动"，以参加政党助选活动、担任公职为代表的"斗士的活动"三种类型①，但是这些分类也仅是在选举活动层面展开的。

第三节　中国共产党政治参与思想

发展社会主义民主政治，实现中国政治的良性发展，离不开人民群众的自觉支持和主动参与。中国共产党是全心全意为人民服务的党，为了保障广

---

① Milbrath，Political Participation，Chicago：Ran McNally，1965，pp. 17–22.

大人民群众能够参与国家的政治生活，维护人民的合法权益，尊重人民的主人翁地位，在领导中国革命、建设和改革的实践过程中，始终坚持以马克思主义为指导，将马克思主义基本原理同中国具体实际相结合，不断进行理论创新，逐步形成了中国公民政治参与的一系列制度，继承和发展了马克思主义的公民政治参与思想，探索出一条符合中国国情的中国特色社会主义道路。为中国广大人民能够参与国家的政治生活提供了重要的制度保障。

一、 建立公民政治参与的宪法保障

1949 年 9 月 21 日，中国人民政治协商会议第一届全体会议通过了《中国人民政治协商会议共同纲领》，作为全国各族人民的意志的体现，《共同纲领》一直起着"临时宪法"的作用。随着国民经济的逐渐恢复，加强政治建设的任务很快提上日程。1954 年 9 月 15 日，第一届全国人民代表大会第一次会议全票通过了《中华人民共和国宪法》，标志着中华人民共和国第一部"人民的宪法"由此诞生。"五四宪法"以根本大法的形式把中国共产党在过渡时期的总路线作为国家在过渡时期的总任务确定下来，明确规定了中华人民共和国的性质、国体、政体，对中华人民共和国的人民民主制度做出了明确解释，指明了全国人民今后的前进道路——走社会主义道路。中华人民共和国第一部宪法是中国特色社会主义民主制度的根本法律保障，为中国的民主事业筑起了坚实的保障，在中国民主发展历程上具有里程碑式的意义。

在宪法中，对政体与国体的规定是我国政治参与的根本法律基础。在颁布宪法之前，毛泽东就对政体与国体做出了明确分析。在《新民主主义论》中，毛泽东在论述中国革命胜利之后建立一个什么样的中华人民共和国时，提出了国体和政体的概念。他认为，国体与政体作为国家问题的两个方面，是相互联系、相互制约的。国体，是指社会各阶级在国家中的地位，是国家的实质；政体，是指一定的阶级采取什么方式组织反对敌人来保护自己的政权机关。中国的国体就是人民民主专政，是以工人阶级领导的以工农联盟为基础的国家。与人民民主专政相适应的政体形式就是人民代表大会制度，其核心就是一切权力属于人民。毛泽东多次强调要"实行真正的人民民主""共同建设人民民主"。① 这充分体现了人民民主的精神，是中国共产党政治参与思想的理论前提，更是社会主义国家公民政治参与的最大特色。这项制度能够保证人民真正享有各项公民权利，享有管理国家和社会公共事务、管理经济和文化事业的权利，是社会主义国家民主制度的根本所在。

二、 确立公民政治参与的政治制度

在巴黎公社之后，人民代表大会制度作为无产阶级政权的代表，是人民当家作主的重要保障，是人民参与国家事务管理的重要政权形式。毛泽东同志在《新民主主义论》中首次提出中国最根本的政治制度是人民代表大会制度。他指出："中国现在可以采取全国人民代表大会、省人民代表大会、县人民代表大会、区人民代表大会直到乡人民代表大会的系统，并由各级代表大会选举政府，但必须实行无男女、信仰、财产、教育等差别的真正普遍平等的选举制。"② 这反映出毛泽东等中国共产党人对于平等享有政治参与权利的高度重视。北京和平解放后，全国各级人民政府开始筹备建立各级民主政权。在人民代表大会制度建立之前，由于当时普选人民代表的条件尚不具备，中共中央决定先暂时邀请各界人民代表参会以过渡。这些代表的组成一部分来自各界协商选举，一部分来自人民政府的邀请。1949 年 8 月 26 日，中共中央明确指示，3 万人以上人口的城市及各县一律召开各界人民代表会议。1950 年至 1952 年，全国掀起了一个民主建设的高潮。中共中央十分重视各界代表组成的代表会议，代表会议的召开激发了人民群众主动参政议政的热情，全国范围内的民主氛围良好。经过这几年的过渡期，建立人民代表

---

① 《建国以来毛泽东文稿》第一册，中央文献出版社 1987 年版，第 38、82 页。
② 《毛泽东选集》第二卷，人民出版社 1991 年版，第 677 页。

大会制度的时机已趋成熟，人民群众普遍要求成立全国人民代表大会的愿望愈加强烈。随着我国第一部宪法的颁布，人民代表大会制度随之正式确立。

作为党的第二代中央领导集体的核心，邓小平高度评价了人民代表大会制度，并始终坚持人民代表大会制度是我国基本的政治制度。他指出："我们实行的就是全国人民代表大会一院制，这最符合中国实际。如果政策正确，方向正确，这种体制益处很大，很有助于国家的兴旺发达，避免很多牵扯。"①面对社会主义市场经济大潮，江泽民指出："人民代表大会制度体现了我们国家的性质，符合我国国情，既能保障全体人民统一行使国家权力，充分调动人民群众当家作主的积极性和主动性，又有利于国家机关分工合作，协调一致地组织社会主义建设。"②他强调："建设社会主义民主政治，最重要的是坚持和完善人民代表大会制度。"③2004年9月，在首都各界纪念全国人民代表大会成立50周年大会上，胡锦涛指出："在我国实行人民代表大会制度，是我们党把马克思主义基本原理同中国具体实际相结合的伟大创造，是近代以来中国社会发展的必然选择，是中国共产党带领全国各族人民长期奋斗的重要成果，反映了全国各族人民的共同利益和共同愿望。"④党的十八大以来，人民代表大会制度不断得到巩固和发展，展现出蓬勃生机与活力。习近平指出："在中国实行人民代表大会制度，是中国人民在人类政治制度史上的伟大创造，是深刻总结近代以后中国政治生活惨痛教训得出的基本结论，是中国社会100多年激越变革、激荡发展的历史结果，是中国人民翻身作主、掌握自己命运的必然选择。"⑤"人民代表大会制度是中国特色社会主义制度的重要组成部分，也是支撑中国国家治理体系和治理能力的根本政治制度。新形势下，我们要毫不动摇坚持人民代表大会制度，也要与

---

① 《邓小平文选》第三卷，人民出版社1993年版，第220页。
② 《十三大以来重要文献选编》（中），人民出版社1991年版，第941—942页。
③ 《江泽民文选》第一卷，人民出版社2006年版，第111页。
④ 胡锦涛：《在首都各界纪念全国人民代表大会成立50周年大会上的讲话》，人民出版社2004年版，第8页。
⑤ 《十八大以来重要文献选编》（中），中央文献出版社2016年版，第53页。

时俱进完善人民代表大会制度。"① 人民代表大会制度是保障公民政治参与的基本制度，不断推进其健康发展，能够更好地实现国家的兴旺发达和长治久安。

三、 扩大公民政治参与的渠道

中国共产党领导的多党合作和政治协商制度鼓励和支持民主党派人士、社会各界人士参与国家事务管理，从而在很大程度上扩大了公民政治参与渠道，保证了社会各界政治参与的规范化、制度化。1949 年 6 月 15 日，毛泽东同志就提出："必须召集一个包含各民主党派、各人民团体、各界民主人士、国内少数民族和海外华侨的代表人物的政治协商会议，宣告中华人民共和国的成立，并选举代表这个共和国的民主联合政府，才能使我们伟大的祖国脱离半殖民地和半封建的命运，走上独立、自由、和平、统一和强盛的道路。"② 各民主党派和各族各界人士热烈响应这一号召，并认真参与了相关的筹备工作。毛泽东强调，这些人的参政议政，在一定程度上能够扩大人民的政治参与面。甚至，他们当中所积聚的大量人才，能够提出一些具有建设性的和批评性的意见，能够做到对人民代表大会的监督。另外，毛泽东还提出把民主党派人士安排到人民代表大会、政府和司法等重要机构和部门，使他们充分地发挥自己的决策权、监督权和管理权，从而保证了民主党派人士直接参与国家事务的权利。

改革开放新时期，邓小平从政治协商制度与社会主义民主相结合的角度，对人民政协做出了民主形式的鲜明定位。他指出："人民政协是发扬民主、联系各方面群众的一个重要组织"③，"也是我国政治体制中发扬社会主义民主和实行互相监督的重要形式。"④ "新时期统一战线和人民政协的任

---

① 《十八大以来重要文献选编》（中），中央文献出版社 2016 年版，第 54 页。
② 《毛泽东选集》第四卷，人民出版社 1991 年版，第 1463 页。
③ 《邓小平文选》第二卷，人民出版社 1994 年版，第 187 页。
④ 《邓小平论统一战线》，中央文献出版社 1991 年版，第 239 页。

务，就是要调动一切积极因素，努力化消极因素为积极因素，团结一切可以团结的力量，同心同德，群策群力，维护和发展安定团结的政治局面，为把我国建设成为现代化的社会主义强国而奋斗。"① 1982 年宪法把人民政协的性质、地位和作用载入序言，为人民政协事业提供了根本的制度保障。在改革开放新时期民主政治建设的发展中，政治协商制度的价值功能逐渐得到显示。1991 年，江泽民指出："人民通过选举、投票行使权力与人民内部各方面在选举、投票之前进行充分协商，尽可能就共同性问题取得一致意见，是我国社会主义民主的两种重要形式。"② 并且，把中国共产党领导的多党合作与政治协商制度确立为中国的一项基本政治制度并写入党章，不断推动人民政协实现制度化、规范化和程序化。党的十六大以来，中共中央坚持发展社会主义民主政治、建设社会主义政治文明的战略，要求人民政协推动制度创新和工作创新。先后颁发《关于进一步加强中国共产党领导的多党合作和政治协商制度建设的意见》《关于加强人民政协工作的意见》《关于巩固和壮大新世纪新阶段统一战线的意见》等与人民政协事业发展密切相关的重要文件，为新世纪新阶段人民政协事业发展提供了理论基础、政策依据、制度保障。胡锦涛指出："在我们这个幅员辽阔、人口众多的社会主义国家里，关系国计民生的重大问题，在中国共产党领导下进行广泛协商，体现了民主与集中的同意。人民通过选举、投票行使权利和人民内部各方面在重大决策之前进行充分协商，尽可能就共同性问题取得一致意见，是我国社会主义民主的两种重要形式。"③ 党的十八大以来，以习近平同志为核心的党中央，加强对社会主义协商民主的建设，开启民主建设的新阶段。2017 年 10 月 17 日，党的十九大做出了"社会主义协商民主全面展开"④ 的部署，习近平总

---

① 《邓小平文选》第二卷，人民出版社 1994 年版，第 187 页。
② 《江泽民论中国特色社会主义》（专题摘编），中央文献出版社 2002 年版，第 347 页。
③ 《人民政协重要文献选编》（下），中央文献出版社 2009 年版，第 762 页。
④ 习近平：《决胜全面建成小康社会 夺取新时代中国特色社会主义伟大胜利：在中国共产党第十九次全国代表大会上的报告》，人民出版社 2017 年版，第 4 页。

书记指出："要发展社会主义协商民主，健全民主制度，丰富民主形式，拓宽民主渠道，要发展社会主义民主政治。"① "协商民主是在中国共产党领导下，人民内部各方面围绕改革发展稳定重大问题和涉及群众切身利益的实际问题，在决策之前和决策实施之中开展广泛协商，努力形成共识的重要民主形式。"② 他还强调："中国共产党领导的多党合作和政治协商制度是我国的一项基本政治制度，是从中国土壤中生长出来的新型政党制度。协商民主是实现党的领导的重要方式，是我国社会主义民主政治的特有形式和独特优势。要发挥好人民政协专门协商机构作用，把协商民主贯穿履行职能全过程，坚持发扬民主和增进团结相互贯通、建言资政和凝聚共识双向发力，积极围绕贯彻落实党和国家重要决策部署情况开展民主监督。"③ 习近平总书记关于协商民主理论的重要论述为我国社会主义民主建设指明了方向，同时也为公民的政治参与提供了理论基础与实践依据。中国共产党领导的多党合作与政治协商制度充分拓展了公民政治参与的广度和深度，有效提高了公民政治参与实效性。

四、 拓展公民政治参与的方式

基层群众自治制度是我国的一项基本政治制度。它是中国共产党对农村和城市社区的基层群众自治性组织不断加以规范和引导，使广大基层群众依照宪法和法律参与国家和社会事务、经济文化事业管理，以实现基层群众自我管理、自我服务、自我教育、自我监督为目标的中国特色社会主义民主政治制度。坚持和完善基层群众自治制度，是发展社会主义民主政治的一项基础内容，也是人民群众直接参与管理国家和社会事务、直接行使民主权利的

---

① 习近平：《决胜全面建成小康社会 夺取新时代中国特色社会主义伟大胜利：在中国共产党第十九次全国代表大会上的报告》，人民出版社 2017 年版，第 22 页。

② 《十八大以来重要文献选编》（中），中央文献出版社 2016 年版，第 307 页。

③ 习近平：《在中央政协工作会议暨庆祝中国人民政治协商会议成立 70 周年大会上的讲话》，《人民日报》2019 年 9 月 21 日。

重要制度保证。

在领导中国革命和建设的过程中，为了调动广大人民群众政治参与的积极性，毛泽东提出了民主管理理论。他主张用民主的方法去解决人民内部矛盾，用民主的监督方式来解决领导与群众的矛盾和克服官僚主义现象，即用说服教育和批评与自我批评的方法，而不是强制、压服的方法。这种民主管理方式是人民群众基于政治平等权利而广泛地直接参与管理政治、经济、社会生活的一种有效方式，既是尊重人民群众参与管理国家的意愿和要求，也是"扩大民主""发扬民主"的一种有效途径。他非常重视工人、农民直接参与经济上的管理。1957年4月7日，《关于研究有关工人阶级的几个重要问题的通知》指出，"必须扩大企业管理工作中的民主，扩大职工群众参加企业管理的权利，发挥职工群众对于企业行政的监督作用"，并且确定了职工代表大会（在较小企业中为全体职工大会）的组织形式，并规定要"适当地扩大它的权力"。毛泽东的民主管理理论强调扩大人民群众参与管理，以充分实现国家政治、经济、社会生活的民主化。也包含有民主监督的要求，拓宽民主监督渠道，充分发挥群众监督的作用，使民主管理与民主监督内在地结合起来。

邓小平非常重视社会主义民主建设。他指出："没有无产阶级的民主和无产阶级的集中，也就没有社会主义，资本主义就要复辟。"① "党的十一届三中全会提出一系列新的政策。就国内政策而言，最重大的有两条，一条是政治上发展民主，一条是经济上进行改革，同时相应地进行社会其他领域的改革。"② 他认为，基层民主的实质就是把权力下放给群众，让人民群众能够真正有效地管理社会事务，发展基层民主就是新时期贯彻群众路线的体现。为了加强基层民主建设，保障人民直接参与政治生活的权利，邓小平提出民主建设：一要坚持中国特色，必须从中国的具体实际出发，开展基层民

---

① 《邓小平文选》第一卷，人民出版社1994年版，第304页。
② 《邓小平文选》第三卷，人民出版社1993年版，第116页。

主制度的建设；二要坚持党的领导，使基层民主建设在党的领导下有序有步骤地开展。江泽民在继承毛泽东、邓小平等人的基层民主思想的基础上，立足于世情、国情提出了具有时代特色的基层民主建设思想。他不仅强调了基层民主建设工作的重要性，还提出了基层民主建设的目标。在党的十五大上，江泽民指出："城乡基层政权机关和基层群众性自治组织，都要健全民主选举制度，实行政务和财务公开，让群众参与讨论和决定基层公共事务和公益事业。"① 在党的十六大报告中，他强调："扩大基层民主，是发展社会主义民主的基础性工作。健全基层自治组织和民主管理制度，完善公开办事制度，保证人民群众依法直接行使民主权利，管理基层公共事务和公益事业，对干部实行民主监督。完善村民自治，健全村党组织领导的充满活力的村民自治机制。完善城市居民自治，建设管理有序、文明祥和的新型社区。坚持和完善职工代表大会和其他形式的企事业民主管理制度，保障职工的合法权益。"② 胡锦涛依据中国新世纪新阶段的阶段性特征，提出："扩大基层民主，保证人民群众直接行使民主权利，依法管理自己的事情，是社会主义民主最广泛的实践，是社会主义民主政治建设的基础性工作。必须深刻认识发展社会主义基层民主政治的重大意义，推动社会主义基层民主政治建设不断取得新进展。"③ 党的十八大以来，习近平总书记就推进社会主义民主政治建设做出一系列重要论述，多次强调要坚持和完善基层群众自治制度，发展基层民主，保障人民依法直接行使民主权利，为基层民主建设提供有力指引和重要理论支撑。一是必须始终坚持党的领导，把党的领导贯穿于基层群众自治机制建设全过程、各方面，确保基层民主建设始终沿着中国特色社会主义政治发展道路前进；二是必须长期坚持、全面贯彻人民当家作主的要求，不断丰富民主形式、拓宽民主渠道，既保证人民依法实行民主选举，也

---

① 《十五大以来重要文献选编》（上），中央文献出版社 2000 年版，第 32 页。
② 《江泽民文选》第三卷，中央文献出版社 2006 年版，第 554 页。
③ 胡锦涛：《胡锦涛在中共中央政治局第三十六次集体学习上的讲话》，《光明日报》2006 年 12 月 2 日。

保证人民依法实行民主决策、民主管理、民主监督，切实防止出现选举时漫天许诺、选举后无人过问的现象；三是必须依法推进基层群众自治制度建设，用法治保障基层民主，切实防止出现人民形式上有权、实际上无权的问题，避免出现无章可循、混乱无序的状况；四是必须积极推进社会治理创新；五是必须全面夯实基层基础，把问题解决在基层，把矛盾化解在基层；六是必须适应基层实际，顺应群众需要，切实把协商民主落实到基层决策管理的各个方面。① 基层群众自治制度是人民当家作主制度体系的一项重要内容，也是基层民主最广泛的实践，必须充分拓展其覆盖范围，确保公民政治参与真正落到实处，持续地为推进国家治理体系和治理能力现代化积累群众基础和现实经验。

_____

① 中共民政部党组：《党的十八大以来中国特色基层民主建设的显著成就》，《求是》2017 年第 11 期。

第三章　新兴媒体背景下公民
政治参与的积极效应

随着网络政治参与的不断发展，一个逐渐清晰的事实逐渐显现，即公民政治参与的进程和形式不仅受到经济、政治和文化的影响，还日渐受到互联网等新兴媒体技术的影响。[①] 换言之，互联网等新兴媒体在公民政治参与中日渐发挥着重要的作用。从积极效应来看，互联网飞速发展为公民政治参与创造了新的形式和途径，提升了公民的政治素质，促进了服务型政府的建设，有利于中国民主政治的发展。

第一节　丰富了政治参与的形式，
激发了政治参与的热情

当前，网络已走进我国公民的日常生活，成为不可或缺的重要部分，我国业已形成了一个由数亿网民组成的超大规模的网络社会。互联网为公民政治参与提供了新的形式。在这种背景下，公民通过互联网这一载体自由地获取信息、交流思想、发表观点、表达诉求、建言献策，广泛地参与到社会热点和公共事件的讨论中，政治参与的积极性空前高涨。

---

① 崔永刚、郝丽：《网络政治生态中的公民政治参与研究》，《理论学刊》2017 年第4 期。

一、 拓宽了公民政治参与的途径与渠道

在传统时代，进行政治参与通常要通过政治投票、政治选举、政治表达和政治冷漠等方式。由于政治精英在受教育水平、政治认知能力、政治表达能力等领域具有先天优势，故而在传统时代的政治参与中长期占据主导地位。普通公民的政治参与则因为种种限制条件而难以得到应有的重视，尤其是一些社会中下层民众在受到社会不公正待遇时，往往难以有效表达自己的利益诉求，即使有机会、有渠道进行政治参与与利益表达，也常常因为传统时代相对缓慢烦琐的处理机制而得不到及时回应。互联网等新兴媒体的出现则改变了这一局面，传统时代相对单一的政治参与方式逐渐瓦解，公民政治参与的途径与渠道不断增多。①

（一） 较之于传统媒体，互联网具有巨大的优势

互联网不仅拥有超大的信息容量、丰富的信息资源和传输速度快等性能，而且具有交互性强、覆盖范围广、传播速度快等特点。一方面，互联网改变了传统时代的信息传播和接收方式，信息的传播和接收不再受地域、时间和空间的限制，公民可以通过互联网进行高效率、低成本的自由接收、发布和交换信息。在这种背景下，每个公民都可以通过互联网接触最新的理论和思想，掌握海量多元的信息，自由地表达对日常生活的观点、想法。公民不再受时间和地点等物理条件的限制，可以随时随地地搜索获取相关信息，满足其对相关信息的需求。不仅如此，互联网还使公民超越语言、文化、民族等限制，在平等的基础上与具有不同文化背景、不同种族的人进行自由沟通和交流。另一方面，互联网具有强大的信息存储功能，拥有海量多元的各类信息资源，不仅融合了各类报纸杂志、影视传媒，还包括广播电台、动画

---

① 房正宏：《网络政治参与与意识形态安全》，中国社会科学出版社 2017 年版，第 3 页。

艺术等众多的媒体形式，公民可以通过互联网强大的搜索功能，按照自己的需求在短时间内找到数量众多的相关信息。而且，互联网使各类信息能够自由平等地流动，公民可以利用互联网平台进行充分的信息检索、沟通和交流，共同讨论社会公共事务。此外，在互联网背景下话语权的下移和分散趋势非常明显，最直接的表现就是在传统时代占据主导地位的政治精英的话语权逐渐被弱化、下移，而普通公民的话语权得到了极大的体现和拓展。其根本原因就在于互联网赋予了公民在传统时代政治参与中所未有的自由与平等，同时建构起了一种自由表达的机制，越来越多的普通公民尤其是弱势群体通过网络等新兴媒体进行政治参与。

（二）互联网为公民政治参与提供了新的途径和手段

互联网能够消除公民在现实生活中信息交流和沟通的障碍，实现公民在政治参与中的平等性。[①] 在传统时代，公民的政治参与和利益表达主要依赖于投票、上访等有限途径，信息向上传递很大程度上需要依赖报纸、电台、电视等渠道，而这些既有的参与途径和渠道往往存在处理速度慢、回应时间长等种种限制，在一定程度上限制了公民政治参与的有效性。伴随着互联网的快速发展和广泛普及，网络正在从公民日常生活中不可或缺的组成部分逐渐走进政治生活领域。一方面，具有平等、便捷、去中心化特征的互联网降低了参与主体政治参与的准入门槛。另一方面，互联网的技术性特征又丰富了公民政治参与的手段，一系列新的政治参与的举措应运而生，出现了"网络政治表达、网络投票、网络社群、网络动员"等相关概念。在某种程度上而言，网络政治参与拓展了公民政治参与的新渠道和新途径，在互联网空间中，公民可以自由地选择相关议题，通过丰富的政治参与渠道，与其他独立的公民相互沟通交流、发表意见、达成共识，从而使得公民政治参与过程不

---

① 熊光清：《网络公共领域的兴起与话语民主的新发展》，《中国人民大学学报》2014 年第 5 期。

断走向完善，极大地改善公民政治参与的状况。总而言之，互联网新媒体赋予了公民政治参与新的活力，拓宽了公民政治参与的途径与渠道，使得公民政治参与由单一化走向了多样化，由平面化走向了立体化，由单向转为互动，由静态转为动态。

二、 拓展了公民政治参与的广度和深度

公民政治参与的广度和深度，是衡量一个国家民主政治发展状况的重要标尺。[①] 网络正成为公民政治参与的主要选择和首要平台，网络政治参与的人数持续增长，与此同时，公民的参与意识与权利意识也逐渐觉醒并不断走向强化。可以说，网络政治参与的兴盛与发展极大地拓展了公民政治参与的广度和深度，提高了公民政治参与的广泛性和普遍性。[②]

（一） 互联网拓宽了公民政治参与的广度

公民政治参与的广度是一个国家民主政治程度的重要衡量标准，也是实现民主化进程的重要标志。公民政治参与的广度包括参与主体的广泛性、参与领域的广泛性以及参与方式的广泛性。首先，从参与主体的广泛性来说，不同于传统时代政治参与时附带的身份标签，互联网所具有的去中心化特征消解了准入者的身份限制，隐去了参与者的身份标签，公民可以自由平等地通过发帖、留言、评论等形式进行政治参与，且相互之间可能并不知道对方的真实身份，如此一来使得工人、农民、官员、知识分子等社会各群体成员都能平等地享有获取信息的机会，都可以参与到某一社会热点和舆情事件的讨论中去，真正实现了参与主体的广泛性。其次，从参与领域的广泛性来说，在网络空间中，公民政治参与的领域涉及经济、政治、文化、社会、生态等方方面面。随着社会发展水平的提高，人们对美好生活提出了更高的要

---

① 田改伟：《党内民主与人民民主》，天津人民出版社 2015 年版，第 195 页。
② 郑艳：《公众网络政治参与研究》，《党史文苑》2017 年第 2 期。

求，在涉及经济发展、政治体制改革、文化自信、社会保障、生态污染等各种议题背后都存在公民政治参与的身影，通过相互之间的交流沟通、高频互动，真正实现了参与领域的广泛性。最后，就参与方式的广泛性而言，公民进行网络政治参与的方式广泛多样，常见的有网络选举、网络问政、网络监督等。以网络问政为例，公民将自身的利益诉求完整地表达给相关政府部门，并就与自身利益相关联的问题向政府质询，政府则针对公民关心关切的问题及时做出回应，使得公民与政府在网络平台上能够良性互动，促进政府决策过程的民主化、科学化。

（二）互联网拓展了公民政治参与的深度

同公民政治参与的广度一样，公民政治参与的深度也是民主化程度的重要衡量标准。公民政治参与的深度主要包括政治参与活动的充分性、政治参与目标的实现性、政治参与结构的层次性等方面。首先，从政治参与活动的充分性来看，传统政治参与模式主要是一种"动员型"模式，在这种模式下公民获取信息往往是被动且受限制的。而在互联网时代，公民政治参与的模式呈现出明显的自主性特征，即公民可以利用互联网信息传播方向的双向优势，由原来在传统时代的被动政治参与变为主动政治参与，公民不仅可以随时随地关注和搜索自己需要的信息，也可以随时随地发表个性化的观点或建议，了解政治参与过程，满足自己的政治参与需求。其次，从政治参与目标的实现性来看，公民通过政治参与表达自身利益诉求，其政治参与一定基于一个明确的预期目标，换言之，政治参与必然具有一定的目标性，而没有目标、盲目的政治参与则不是真正意义上的公民政治参与。网络空间主体的平等性、传输的快捷性、交往的虚拟性等特征都有利于公民随时随地追踪自己政治参与的效果，并通过微信、微博、博客、网络论坛等新兴媒体形式同政府保持沟通互动，及时向政府表达自身利益诉求，进而保证政治参与的目标能够及时达成。最后，从政治参与结构的层次性来看，在传统时代，受限于单一的传播方式和传播渠道，公民政治参与的影响范围往往较为狭窄、参与方式的层次性往往较为简单。20 世纪原创媒介理论家马歇尔·麦克卢汉在60 年代就预言过："随着信息活动的频繁，政治发展的趋势是一定范围内选民代表政治的力量逐渐削弱，全体公民影响中央决策的形势将会产生。"[1]在网络时代，公民网络政治参与可以在比较短的时间内，利用各种类型的图片、文字资料来描绘政治参与的进展情况。由于不再受时间、空间和身份等限制，一方面，公民政治参与的影响范围不仅仅局限于特定的政府基层部门，甚至某些合理重要的政治参与诉求还可以直接影响更高层次的部门，当基层部门解决不了或难以解决时，公民可以通过网络直接向上表达，如此一来，参与的影响范围便得到最大限度的扩大。另一方面，公民网络政治参与方式也不再局限于投票、上访这些单一的形式，而变得更加丰富、更加多元，形成了形式多样且富有层次的参与形式。

三、 增强了公民政治参与和表达的热情

互联网的出现及其应用的飞速发展，使网络政治参与成为当下公民政治参与的重要方式。[2] 在网络空间，公民可以真实地表达自己的政治愿望和意见，不受现实社会的种种限制和约束，也能够感受到在整个政治参与过程中所享受到的自由、平等的地位，这种自由和平等的参与过程极大地刺激了公民政治参与的热情，可以说互联网的出现使公民政治参与过程从被动参与变为主动参与。

（一） 互联网激发了公民政治参与和表达的积极性

在传统时代，公民政治参与受到诸多因素的制约。首先，在传统时代的

---

① ［加］马歇尔·麦克卢汉：《人的延伸——媒介通论》，何道宽译，四川人民出版社1992 年版，第 234 页。

② 华昊：《新生代网民的网络政治参与及其多元治理》，《南京社会科学》2016 年第5 期。

政治参与中，社会地位和社会机会对公民政治参与有着重要影响。例如，一个公民的社会地位越高、社会机会越多，其政治参与的方式就越丰富、政治参与的途径就越多，政治参与的有效性就越强、政治参与的效果就越明显。而如果一个公民的社会地位相对较低、社会机会相对越少，则该公民的政治参与的方式就会越简单、政治参与的途径就越单一、政治参与的有效性就越弱，政治参与的效果就难以彰显。长此以往，就会造成在政治参与领域的马太效应，即在社会地位和社会机会方面占据优势地位的公民政治参与的积极性较强，而在社会地位和社会机会方面处于弱势地位的公民的政治参与的积极性将逐渐被削弱，造成了政治参与领域的两极分化现象的存在。其次，传统时代公民政治参与虽然在形式上有一整套的规定，但在具体的实践过程中却受限于既有规定的限制，参与的渠道不够畅通，公民参与的权利往往难以得到切实有效的保障。我们知道政治表达是政治参与的重要体现形式。在传统时代，由于受到物质条件的制约，公民虽然名义上拥有政治表达权利，但在实际操作过程中往往困难重重，公民政治参与存在着明显的形式主义、走过场的现象。正是基于以上原因，公民在传统时代政治参与的热情常常被压制，政治参与的积极性普遍不高，随之而产生的政治冷漠现象十分明显。互联网的出现打破了传统时代对公民政治参与的种种阻碍和限制，激发了公民政治参与的热情和积极性，使公民政治参与过程从被动参与变为主动参与。正如罗伯特·达尔所指出的那样："政府如果能够为公民提供一个广阔畅通的参与环境，公民的参与就会越来越便捷，参与的次数也会不断增加。只要能够克服小的困难与障碍，人们就会去行动、去参与，如果遭受的阻碍很多，人们就不愿意去参与。"[①]

（二）互联网提升了公民政治参与和表达的效能

首先，互联网打破了传统时代主流媒体和政府对舆论信息生成、传播的

---

① ［美］罗伯特·达尔：《论民主》，商务印书馆 1999 年版，第 52 页。

控制，削弱了主流媒体和政府的信息领导权，使得信息的生成和传播不再呈现出一种自上而下的单一方式，而能够以一种发散式和裂变式的方式和速度进行生成和传播，从而打开了信息时代的新局面。"在互联网新媒体环境中，人们获得了自由平等地获知新闻的权利与自由表达的权利。"[①]

其次，互联网的开放性削弱了政治精英的话语权，赋予了广大公民自由、平等的表达自身利益诉求的途径和平台。一方面，互联网的广泛普及打破了报纸、期刊、电视等传统媒介对于信息的垄断，消解了政治精英对信息的控制权，赋予了普通公民发声的机会和能力。另一方面，网络本身的特性也使得公民政治参与更加安全、便捷与高效。网络的匿名性特征使得参与主体的身份标签被隐去，从而增加了政治参与主体的安全感；网络的平民化和低成本特征使政治参与变得大众化，省去了在传统社会中许许多多不必要的程序和规则，让政治参与变得简单易行；互联网技术的发展和无线电子设备的升级，彻底改变了信息传播的方式。[②] 网络信息传播的高速性与高效性特征使得公民能够快速掌握相关信息，利益诉求能够快速被政府相关部门感知并做出回应，提升了政治参与的效能。总而言之，由于互联网新媒体的出现，公民政治表达渠道逐渐拓宽，政治参与的话语权也在逐渐增加，政治参与的热情逐渐高涨，凡此种种都充分证明了互联网新媒体对公民政治参与的促进作用。

第二节　提升了公民的政治素质，
有利于公民文化的培育

近年来，网络已发展成为潜在的重要力量，网络政治的参与已经对政治

---

① 张淑华：《网络民意与公共决策：权利与权力的对话》，复旦大学出版社 2010 年版，第 12 页。
② 参见陈雪：《浅析新媒体环境下传统媒体应对危机的策略》，《新闻研究导刊》2018 年第14 期。

生活产生了重要影响。① 一方面，公民借助微博、微信、新闻客户端、论坛等各种各样的新途径和新方式，突破传统社会的种种限制简单而直接地参与政治，在网络参与过程中亲自体验参政议政的意义和价值，也深深地感受到了一个普通公民在政治生活中所必须享有的权利和义务以及承担的责任，从而极大地增强了自身的政治认知感，提高了自身的政治素质。另一方面，公民通过互联网等新兴媒体积极参与社会政治生活，有助于培养公民意识、促进公民文化建设，为政治文化发展提供了新的契机。

一、提升了公民的政治素质

在互联网广泛普及和应用的今天，公民应该能熟练而规范地运用互联网表达利益诉求并参与政治生活，这应是现代公民必须具备的一项政治参与技能。网络政治参与为公民的政治参与实践提供了重要平台，增强了公民参政议政的能力，使得公民在丰富而复杂的政治参与实践中得到了反复锻炼的机会。同时，广泛的网络政治参与也让公民在参与实践中受到了政治熏陶，有助于培育公民的政治认同感和参与获得感，这些对于公民的政治素质发展非常有利。

（一）网络政治参与增强了公民的民主责任意识

从本质上讲，公民政治参与是一种基于自身利益诉求表达的自愿性活动，而不是一种必须进行的强制性活动。在互联网出现之前，人们的政治参与主要是通过选举代表和新闻媒体等间接手段。因为存在时间和空间等物理条件的限制，加之当时政治参与成本较高，公民的政治参与受到种种约束难以有效展开，使得人们往往忽视自身具有的民主权利，而不愿意参与到政治生活中，可以说，在前互联网时代，政治冷漠现象十分明显。随着互联网新

---

① 陈晓波、王玮：《倾听网络民意，构建服务型政府》，《人民论坛》2017 年第 18 期。

技术的发展，民众政治参与的渠道也日益多样化，网络政治参与已经成了一种全新的政治参与方式。互联网拥有海量多元的信息资源，可以使公民轻松便捷地获取相关的政治信息，了解动态的政治生活，掌握政治参与的规则和方式，借助已掌握的政治信息表达自己的观点和意见，影响政治决策，甚至还可以同政治精英直接对话。互联网塑造出了扁平化的网络权力结构，赋予了人们更加直接的接触政治过程的机会，使公民在政治参与中产生一种被接纳感和责任感，从而激励公民积极主动地参与到政治生活当中。在这种条件下，公民意识到自身被动的"接受者"，而成为需要承担公共责任积极关注政治和社会问题的"参与者"。如此一来，使得公民在参加过程中就能够感受到自身具有的权利与应该履行的义务与责任，公民的政治责任感不断增强，民主意识不断提高，对推进和谐社会进程具有积极意义。

（二）网络政治参与增强了公民的自由平等意识

互联网使得公民可以自由且平等地参与到公共讨论中，他们无须担心自己受到在现实社会中职业、地位、背景等各种身份因素的制约。只要他们学会合理合法地通过互联网使用自己的民主权利，就可以自由地表达对公共政策和公共议题的观点和见解而不受相关因素的制约。随着互联网使用的广泛普及，公民的政治参与影响力也在不断积累和扩大，今时今日互联网已经成为公民进行政治参与和利益表达的最佳场所。[①] 其中，互联网为每一位普通公民的政治参与开辟了新的渠道，作为政治参与民主化扩大的必然趋势，网络政治参与所具有的不同于传统公民政治参与方式的技术特性，把政治参与携入了一个新的虚拟领域。[②] 互联网在公民政治参与中发挥了突出的重要作用，一个最明显的标志就是互联网使得少数政治精英垄断政治话语权的时代一去不复返，网络中具有的大量信息源可以给公民学习政治知识与文化带来

[①] 江凌：《大众狂欢语境下的网络群体性事件及其治理》，《河南大学学报》（社会科学版）2016 年第 3 期。

[②] 熊威：《网络公共领域研究》，中国政法大学出版社 2016 年版，第 165 页。

很好的平台，公民可以利用网站、微博、微信等方式获取一些当前的时事动态，这种方式十分便捷与简单。简言之，互联网的赋权功能将更多的权力委托给了公民个人，让更多的普通公民能够反映自身的观点和愿望。当公民逐渐在网络空间真正行使自己的政治权利，真正表达自己的政治观点和政治看法，平等的参与公共政治生活时，他们自然而然就会在这种反复的政治实践中自发地提高与强化自由平等意识。

（三）网络政治参与培育了公民的公平正义意识

公民在网络空间积极参与公共事务，可以充分发挥其自身被赋予的民主权利。在反复的政治参与过程中公民逐渐感知公平正义的重要性，有助于培养公民的公平正义观念。公民积极地进行网络政治参与，在一定程度上能够保护公民个人权利，充分发挥公民的主体性，有助于纠正政治运行过程中出现的权力异化，还可以通过重新界定自身的公共地位和需要承担的公共责任，树立对政治参与的正确认知。在这个不断训练过程中，公民会逐渐感知和意识到自身的政治权利，并开始为了获得、传播公平正义而奋斗。除此之外，每位公民都有权利和机会表达自己的观点和见解，即使在与政府的良性互动讨论中，他们的意见被拒绝了；即使政府最后采纳的意见不一定与公民提出的意见相符合，但都证明公民有机会表达自己的意见，并且这些意见被政府所听取且得到相应的回应。通过这种方式，公民会逐渐形成这样的认知，即公共政策的决策和实施过程是公平合理的，自己在网络政治参与的过程是得到尊重和重视的，如此一来公民在这种公平正义的政治氛围下便会逐渐养成公平正义的意识。

（四）网络政治参与提高了公民的参与能力

首先，网络政治参与培养了具有良好知识储备的公民。一般来说，拥有较强的知识储备是有效政治参与的重要前提和基础。伴随着互联网的快速发展和广泛普及，越来越多的人为了表达自身利益诉求选择参与政治生活，通过互联网更好地参与政治生活成为人们的重要选择。为了更好地表达自己的政治观点和看法，公民必须投入相应的时间和精力来收集整理所需信息，学习掌握各种专业知识和技能。在这个过程中，公民无形之中学习掌握相关知识和技能，形成了相应的知识储备。其次，网络政治参与促进了公民表达能力的提高。[1] 政治表达能力的提升需要不断地进行训练才能获得理想的效果，公民只有在一次又一次政治参与的实践中才能逐步掌握必要的知识和智慧，通过在公共议题上反复的讨论和辩论，公民讨论和谈判政治问题的能力将会不断提高，其政治表达能力自然而然也会随之提高。最后，网络政治参与促进了公民理性判断能力的提高。随着教育的广泛普及和教育水平的不断提高，当前公民的政治参与基本都在合法有序的框架内进行，但也仍然存在大量的非理性和情绪化的政治参与和话语表达，干扰了正常的政治生活秩序。随着政治参与从现实社会逐渐转移到网络空间，公民在网络空间自由平等的氛围中相互交流沟通，不断碰撞思想的火花，在相互讨论中不断形成理性的判断。可以说，公民通过有效的高频互动逐渐培育了理性意识，并逐渐应用于政治参与的进程中，在此过程中，公民的理性参与能力不断得到强化。

二、 有利于公民文化的培育

在传统时代，信息的传播方式往往是单向式，信息的流动往往受到诸多限制，公民常常需要被动地接收政治信息，政治参与的积极性普遍不高，不利于公民文化的培养。而在互联网新媒体时代，信息传播发生了巨大变化，由原来的单向式变成了多向式，深刻地改变了信息生成与传播格局。[2] 这一过程促进了公民文化的培育。

---

① 杨嵘均：《网络虚拟社群对政治文化与政治生态的影响及其治理》，《学术月刊》2017年第5期。

② 何晶：《新媒体时代的应急响应模式变革》，《中国行政管理》2012年第4期。

（一）　网络政治参与促进了传统政治文化的转型

一方面，中国传统政治文化是在两千多年的封建传统社会中逐渐形成和发展起来的，这一过程中传统政治文化经历了丰富的政治实践，历朝历代都对其做了拓展和发扬，形成目前这一历史悠久、内涵丰富、包罗万象、系统庞大的文化形式，在传统政治文化发展演变的漫长历史进程中，凝聚了众多古人的政治智慧，具有重要的研究与参考价值，亦成为当代中国政治文化的重要理论来源和价值支撑。[1] 另一方面，在两千多年封建专制统治长期稳固的环境下，传统政治文化不免被浸染上了王权专制的底色，这与当今强调自由、民主与平等的价值观存在较大的落差，专制的底色成为制约当代中国政治文化向现代化迈进的一个主要制约因素。在政治生活中，作为政治参与主体的公民应当自觉履行自己的权利和义务，积极参与到政治生活和政治进程中来。故而，实现政治文化的现代化转型，培育公民意识和公民文化是主要内容和关键措施。近代以来，我们在经历无数次的挫折与失败后选择了马克思主义作为社会主义政治文化的指导思想，但中国的传统政治文化已经发展演变了两千多年，其本身具有超强的稳定性和发展惯性，在政治文化的现代化转型过程中它的影响仍然根深蒂固，并没有随着封建专制制度一同消失，而是缓慢的渐进式的转变。尤其在当下，互联网已经成为意识形态工作的主阵地、最前沿，社会思潮和网上舆论越来越多元多样多变，无形中加大了中国政治文化由传统向现代转型的难度。

（二）　网络政治参与为公民文化创造了生成空间

在巨大信息容量和海量的信息资源面前，公民不再被动地接收信息，而是主动选择、主动获取信息，并与其他主体进行充分的沟通交流。互联网为

---

[1]　肖唐镖、余泓波：《近 30 年来中国的政治文化研究：回顾与展望》，《政治学研究》2015 年第 4 期。

公民政治参与提供了一个自由、平等与开放的空间，进一步提高了公民政治参与的积极性和效能。首先，互联网为公民之间的对话和沟通机制创造了新的格局。在网络空间中，原来阻碍公共政治参与的诸多因素被一一消解，公民既有机会也有平台来表达他们的政治理念，并且这种政治表达是自由平等的表达。在这种背景下，代表公民利益诉求和政治意愿的声音可以在很短的时间内迅速集聚，形成一种集群效应，并最终演变为一个强大的公众舆论或公众呼声，进而影响某一具体的政治决策过程。当公民的意愿被政府采纳时，则进一步增强了政治参与的信心和意愿。其次，在传统时代，存在一个非常普遍的政治冷漠现象，即由于存在种种规则的制约，公民在政治参与时往往因为有所顾忌而选择沉默，隐藏他们对公共事务的真实看法。而在网络环境下，这种现象出现了巨大的改观。互联网的虚拟性与去中心化保证了公民身份的匿名性和隐蔽性，它可以隐藏公民在现实生活中的身份、外貌、年龄、职业等相关信息，进而为公民提供了更好的讨论环境与沟通平台。[①] 客观来讲，互联网的这种隐蔽性可以消除公民在政治参与过程中的心理障碍和心理顾忌，避免受制于在传统时代的种种限制，为政治参与营造出了一种轻松愉快的氛围，促进了公民政治参与的有效性。概言之，在网络环境下，公民的政治参与发生了巨大变化，为公民文化的培育提供了天然的空间和平台。

（三）网络政治参与促进了公民意识的形成

公民文化在日益广泛的网络政治参与中被逐渐培育起来。在传统时代，社会整体的利益关系和利益格局较为稳定，难以出现公民对政治参与的强烈诉求。公民之间即使存在相应的利益冲突，往往也会选择私下协商，而不会选择通过政治参与的方式来解决。随着中国现代化进程的不断推进，整个社

---

① 赵颖、张明：《网络公共话语空间中的文化公民身份与认同建构》，《求实》2014 年第 10 期。

会正经历着剧烈的转型和深刻的变革，原有的社会利益关系和利益格局出现了重大调整和变化，而这种调整和变化带来的最直接的后果就是公民政治参与意识和利益表达诉求的高涨，当然这也是现代化转型所必须要经历的阶段。在这种时代背景下，为了维护自身利益，公民会逐渐选择政治参与的方式来表达政治诉求，积极广泛地参与国家的政治生活，主张其政治权利、表达其政治诉求，以期通过表达政治诉求、干预政治运行过程来实现自身利益最大化。因此，网络政治参与的快速兴起刚好契合了公民政治参与与利益表达的广泛需求，改变了传统时期公民对政治参与的冷漠态度，激发了公民政治参与的积极性，也逐渐促进了公民文化的形成。

（四）网络政治参与推动了公民文化逐渐走向成熟

网络政治参与推动了公民文化逐渐走向成熟，具体表现在以下方面。其一，公民在政治参与中通过不断的政治积累和政治认知会逐渐懂得合理使用自身所拥有的权利义务，并逐渐感知自由平等、公平正义等价值准则在政治参与中的重要性，这一政治学习过程塑造了公民的社会责任感和公共精神。其二，公民的网络政治参与行为有助于塑造公民独立的政治人格，而独立的政治人格是培育公民文化的重要基础和根本保障。[①] 具体表现为，在网络政治参与过程中，公民可以充分掌握政治信息，理性思考政治观点，自由表达自身的政治诉求，通过与其他公民、政府机构的沟通交流，公民会逐渐感知行使自身民主权利、维护自身利益的重要性，这一过程既不受时间和空间等物理条件的限制，也不受公共权力的影响，真正体现了公民政治参与的自由性与独立性。在网络空间中，公民获得了极大的独立性和自主性。总的来说，网络政治参与催生了具有开放性、平等性、民主性等特性的公民文化，为培养公民独立的政治人格、维护公民利益、培育公民意识做出了重要

---

① 伍俊斌：《网络政治参与的内涵、价值与限度分析》，《黑龙江社会科学》2015 年第 1 期。

贡献。

<h2 style="text-align:center">第三节　强化了政治监督的效力，
促进了服务型政府建设</h2>

随着互联网的快速发展，传统的政治监督方式逐渐发生变革，互联网信息技术消解了公民在传统政治监督过程中遇到的许多障碍和困难，拓展了政治监督的手段和方式，开创了网络监督的新时代。同时，互联网创造的网络空间为公民自由表达意见提供了条件和机会，有利于促进政府决策的科学化水平，在一定程度上使得政府决策有可靠的民意基础，公共政策更接近民意，促进了服务型政府的建设。

一、　强化了政治监督的效力

在传统的政治生态中，信访是实现民意表达的有效途径，也是公民在传统时代实现政治监督的常用手段。但由于各种原因，这种监督形式常常受到诸多限制，使得公民民意表达渠道总体上不畅通，并且参与的最终结果也很不理想。而在网络空间中，公民可以随时随地地观察和获取政府部门的工作职责、工作成就以及工作不足，进而准确及时地了解政府的相关事务，为公民监督政府工作提供了必要的依据。

（一）公民网络政治参与切实增强了政治监督的有效性

在公民行使这种监督形式的过程中，由于不可避免地会存在时间的延迟和信息的不完整，再加上在此过程中可能会出现的诸多异常因素的干扰，常常会使得公民的政治监督诉求落空，难以达到满意效果。在网络空间下，公民可以不受时间和空间的约束，通过互联网表达自身对政府公共事务的意见和看法，当这种意见和看法获得多数网民认同时，便会逐渐形成具有较大影响的舆论热点，迫使政府不得不及时做出回应，进而促进公民对政府的监督和约束。在这一过程中，公民可以选择跳过中间环节，直接将自身的意见传达给上级机构，而不需要一层层向上反馈，从而大大提高了公民获取反馈的速度，进一步扩大了政治监督的范围和深度。通过这种强有力的政治监督，提高了政府工作的透明度，促进了政府工作的高效、廉洁。党的十八大以来，一股声势浩大的反腐风暴在全党范围内展开，政治监督尤其是反腐方面的措施取得了大量成效。在这种背景下，网络监督进一步弥补了传统监督手段的疏漏，对政治监督的实效性做出了重要贡献。① 不同于传统时代的监督手段，互联网的广泛应用使监督的主体再也不必局限于纪检监察部门，而成为一种大众化监督的手段，每个网民只要有意愿都可以成为监督的主体。前面说到，网络具有其特有的开放性、自由性与平等性，公民在网络空间的身份标签被隐去，使得公民可以随时随地地发布监督信息与获取监督信息。如此一来，对于政府工作人员的监督就变得更为方便快捷，不再像传统时代那样受限于诸多的制约因素。毫无疑问，这种安全、方便又快捷的监督方式使得网络监督具备了广泛而坚实的群众基础，逐渐成为公民行使政治监督权利的主要手段。总的来说，网络政治监督解决了传统政治监督中出现的监督者数量有限、监督成本较高、监督效果不明显等突出问题。首先，在互联网新媒体时代全体公民都有可能成为监督者，② 并且成为监督者的成本几乎可以忽略不计，手机、电脑都可能成为行使政治监督权利的技术载体，微博、微信、网络论坛也可以成为行使政治监督权利的途径。其次，互联网新媒体具有虚拟、便捷与去中心化的特征，使得网民在行使政治监督权利时能有一种安全的环境而几乎不必担心受到报复，解除了公民的心理负担，增强了公民政治监督的安全感。

---

① 陈党、陈家欣：《惩治和预防腐败中的网络监督》，中国法制出版社 2016 年版，第2 页。

② 侯勇：《E 时代网络反腐范式的实践困境及其治理》，《求实》2013 年第 3 期。

(二) 公民网络政治参与极大地拓宽了政治监督的范围

公民通过互联网新媒体进行政治参与不仅是公民在现代社会中争取和扩大其基本政治权利的重要途径，同时也是监督和限制公共权力、实现有效政治监督的关键因素。权力容易滋生腐败，为了防止权力的滥用和腐败，必须对其进行监督和限制。只有不断扩大网络政治参与的广度和深度，强化公民的政治监督意识，促使公共权力在公民的监督下合法行使，才能使权力走向透明，更加具有公信力。目前来看，网络政治监督已成为公民政治监督的主要形式和手段。其一，网络监督突破了传统政治监督的时间和空间因素的制约，既极大地拓展了监督的对象和监督的范围，也扩大了监督的广度和深度，使得公民政治监督焕然一新，公民监督意识逐渐高涨，呈现出旺盛的生命力。其二，网络监督还可以全面展现公民对政府及其工作人员的行为的看法和态度，这些看法和态度通过互联网新媒体迅速得以传播，并逐渐成为舆论热点，进而使政府内部贪污腐败分子得到快速处理，同时也对其他具有腐败行为的官员具有强烈的震慑作用。通过互联网新媒体高效快捷的信息传播速度，公民可以将监督的触角延伸到比传统时代的政治监督更远更深的地方，全面的观察和分析政府各部门和政府官员的各种公共行为，在整个过程中公民不需要亲自在场，只需要在电脑或手机旁就可以完成政治监督。公民广泛的网络政治监督，不仅可以预防和纠正政府公共权力运行中存在的各种缺陷和错误，确保政府公共政策的有效性和政治制度的健全运作，还可以使公民感受行使政治权利的满足感和获得感，促进民主政治的发展。其三，庞大的网民数量有助于及时高效地收集政府工作人员的腐败证据，并为纪检监察部门提供强有力的证据支撑。网络反腐不仅已成为公民政治参与的重要形式，也成为当代中国反腐败的重要手段和有力武器。[①] 互联网新媒体天然具

---

① 龙钰：《互联网扩张背景下的权力监督》，《理论月刊》2018 年第 10 期。

有的隐蔽性、实时性、开放性等特点及其具备的强大的信息资源和强大的信息检索能力，可以促使政府官员的腐败行为在互联网上迅速传播，及时引起公众和政府纪检监察部门的重视，迅速引导网络和整个社会的普遍关注。与此同时，网络反腐因其具有的特殊性，能够迅速引起舆论的广泛关注，无形之中也对一些不法官员和腐败分子起到巨大的威慑作用。近年来，一系列腐败官员都是通过互联网新媒体的曝光被绳之以法的，切实体现了网络政治参与的监督作用。随着通过互联网新媒体政治参与进行政治监督机制的逐渐完善，网络监督也逐步得到党和政府的支持和肯定，网络监督已成为当代中国政治监督的重要平台和渠道。

二、 促进了服务型政府建设

服务型政府，是指在坚持公民本位、社会本位理念的基础上，在整个社会民主政治秩序的框架范围内，通过相应的法定程序，按照公民意志建立起来的以公民服务为宗旨并承担着服务责任的政府。服务型政府强调以服务公民为导向，治理模式由政府单一治理模式转变为政府、社会、公民合作的多元化治理模式，让公民积极参与到公共治理中来，是目前政府建设的重要方向和目标。一般来说，建设服务型政府需要不断提升政府决策的科学化和民主化，保证政府的公开透明。当前，互联网在信息沟通、社会监督和政治参与方面的影响持续扩大，网络政治参与已成为推动服务型政府建设、促进政治文明建设的一种新渠道。

（一）公民网络政治参与有助于促进政府的科学民主决策

服务型政府是当下政府建设的重要目标和价值追求，打造服务型政府是我们党全心全意为人民服务宗旨的重要彰显。一般来说，建设服务型政府需要完善民主制度、拓宽民主渠道，尽可能保障公民的知情权、参与权、表达权和监督权等基本民主权利。在服务型政府建设的过程中，其核心与关键环节是确保政府公共决策的科学化与民主化,只有保证公共政策的科学化与民主化,才能最大限度地促进政通人和,提高政府的民意基础,获得广大公民认同,进而推动政府服务水平的不断提升。在没有普通公民广泛参与的情况下,公共政策的制定过程可能会被政治精英所垄断,在这种情况下做出的公共决策很可能是片面性的。换句话说,公共政策的制定过程不应该只由政府一方参与,不是政府一方的独角戏,而需要广泛地听取公民的意见和建议。然而要做到这一点,不仅需要普通公民公众积极参与公共政策的制定,还需要公民具备良好的公共精神与公民意识,更为重要的是需要一种平台或载体以供公民同政府之间开展广泛的交流沟通。在传统时代,公民同政府之间的沟通途径和沟通手段都较为单一,更不用说在涉及公共政策制定时的深入交流了,这种沟通的不畅通无形中制约了公共政策的科学化和民主化。随着互联网新媒体的广泛发展,这种困境逐渐被打破,互联网创造的网络空间突破了传统时代信息传播的种种限制,不仅为公民参与政治、利益表达提供了一个畅所欲言的场所和空间,同时也为公民与政府之间对公共政策的交流提供了一个重要平台。一方面,对于公民而言,互联网新媒体为他们提供了一个表达的平台;另一方面,对于政府来说,互联网新媒体使得他们能够更快地获得公民在某一特定公共政策上的观点和意见。在此基础上,政府通过全面准确的梳理分析,从而获取有益的意见,进而弥补他们在公共政策制定中存在的缺陷与不足,促使公共政策更加科学有效。总的来说,公民网络政治参与使得公民能够有效地参与到政府公共政策的制定中来,提升了公共政策的民意基础,增强了公共政策的科学性、合法性与民主性。

（二）公民网络政治参与有助于促进政府信息的公开透明

服务型政府的核心在于服务,而有效提高政府服务水平的前提就是要确保政府相关信息的公开透明,只有在公开透明的政府信息环境下,公民与政府的互动才能够更加真诚,进而提高政府服务水平。在具体的实践过程中,政治监督是促进政府信息公开透明的重要方式，而实现政治监督的有效途径则是公民的政治参与。在互联网新媒体广泛使用之前，公民的政治参与和政治监督主要通过明确的中介组织和渠道进行，参与方式和监督方式极为不便，不仅要受到时间空间的限制，还要承担一定的政治风险，因此在公民政治参与和政治监督渠道不畅通的情况下，政府的相关信息由于没有收到来自公民的公开诉求，所以常常是不对外公开的，而这也反向制约了公民政治参与和政治监督。随着以互联网为中心的新媒体的发展，网络政治参与和网络监督应运而生，不仅让公民能及时在网络平台上行使个人权利，还能让政府能获得一手信息，及时了解公众的诉求，精准制定更富有针对性的科学决策。在互联网的推动下，公民的政治监督渠道被大大拓宽，如此一来，就使得监督的主体从过去的少数人监督变成了多数人监督。在互联网新媒体环境下，公民的政治参与已经打破了传统时代的种种限制，成为一种简单快捷的参与形式。在这种情况下，一方面，政府迫于民众压力不得不公开相关的政治信息。另一方面，相关政治信息的公开又提升了公民政治参与和政治监督的有效性，进而推动了政府服务水平的提升。总而言之，互联网新媒体改变了公民的政治参与和政治监督的方式，促进了政府的公开透明，为推进服务型政府建设做出了重要贡献。

第四节　维护了公民政治权利，推动了
我国民主政治发展

当前，通过网络政治参与表达政治观点、政治看法与政治期望已成为新时期公民政治生活显著特色。① 通过网络政治参与，公民的政治权利得到了有效维护和保障。同时，网络政治参与也改变了传统政治参与的结构和方

---

① 李社亮：《从无序到有序：新媒体时代公民政治参与的发展态势和正确引导》，《河南师范大学学报》（哲学社会科学版）2016 年第 3 期。

式，消除了传统代议制民主的弊端，在一定程度上缩短了实现民主的道路，使民主政治生活更加向普通公民开放，为政治民主化和现代化开辟了广阔前景。

一、 维护了公民政治权利

自改革开放以来，我国社会各领域都在不断发生着深刻的变化。改革涉及利益的深刻调整与变革，打破了原有的利益格局，也使得社会冲突逐渐显现，社会矛盾错综复杂。在这种背景下，迫切需要一种有效的方式来引导公民理性表达利益诉求、正确参与政治生活，以此化解社会积怨和矛盾，互联网的发展和应用为缓解这种社会冲突、化解社会矛盾提供了新的渠道，① 在维护公民政治权利方面发挥着积极意义。

（一） 网络政治参与能够维护公民了解国家大政方针的权利

互联网打破了传统时代政府对政治信息的控制，使得信息的生成传播突破了时间和空间等物理条件的限制。在这种背景下，公民可以随时随地地利用互联网获取政府的政治信息，掌握国家发展的最新政策，了解最新的法律法规。首先，作为一种新的信息传播方式，互联网改变了传统媒体传播信息的形式，创新了社会传播方式。在网络空间中，公民能够在短时间内获取所需的各种政治信息，突破传统时代对信息传播的种种限制，它不仅为公民获取和传播相关政治信息、了解公共政策的制定和执行提供了便利，还使得每个公民都可以成为政治信息的发布者和接受者，提高了信息传播和互动的普适性，使公民能够更好地彼此沟通交流对国家大政方针的看法，促进了公民政治参与能力和政治素质的提升。其次，网络政治参与提高了公民政治参与的积极性。在互联网出现之前，普通公民与政府官员对信息的掌握和控制程

---

① 刘英基：《大数据时代的社会冲突治理创新研究》，《中国特色社会主义研究》2016 年第 1 期。

度是非常不对称的，往往是政府官员控制着各种信息，而普通公民只能被动地接受已经被政府官员过滤的信息，这种信息鸿沟严重制约了公民对相关政策的认知。互联网改变了传统时代信息被政府官员和主流媒体把持的局面，拓宽了信息传播渠道，逐渐形成了一种全方位、多层次的信息传播格局，弱化了政府对政治信息的控制力度。同时也满足了公民了解和参与政治生活的需要，使公民能够全面深入地了解国家的大政方针。最后，不同于传统媒体信息来源和传播渠道的单一化，互联网具有信息来源的多样化、信息传播渠道的多样化与信息传播速度的快捷化等特点，避免了在信息传播过程中受到扭曲和干扰，提高了信息交流和传播的可靠性和完整性。总的来说，互联网新媒体技术的发展，重塑了信息传播格局，打破了传统时代公民获取信息的众多障碍，赋予了公民随时随地掌握相关信息的能力，自然也方便了公民及时了解国家大政方针。

（二）网络政治参与能够保障公民表达自身利益诉求的权利

在政治生活中，公民进行利益表达的权利是实现公民政治参与权利的重要基础，也是保障公民权益的首要前提。随着我国社会利益群体不断分化、利益差距不断扩大，公民利益表达诉求也日益增多，互联网的出现为公民表达自己的利益诉求提供了平台和机会，保障了公民的表达权利。一方面，互联网从技术层面完善了公民政治参与的手段和途径，打破了传统时代公民政治参与受到的种种制约和限制，使得政府难以再对政治信息进行有效的控制和垄断，从而为公民表达利益提供了新的平台。不同于传统信息媒体，互联网新媒体在信息传播方面具有成本低、隐匿性强、速度快、影响大、范围广等优点，[①] 而这些优点为公民政治参与扫清了障碍，激发了公民政治参与的积极性，增强了公民参与政治的主观意愿，深刻改变了传统时代公民政治参与存在的被动局面。另一方面，互联网使得公民参政议政的权利得到保障。

---

① 周蔚华：《坚守传媒之道 善用科技之术》，《传媒》2018 年第 8 期。

我们知道，公民能够充分享受民主政治权利是社会进步的标志，也是公民对民主政治不懈追求的表现。在传统时代，公民虽然名义上拥有政治权利，但实际上却往往难以有效行使，互联网实现了普通公民自由地传播信息、表达意见，让公民自由、平等和不受限制地参与政治成为可能。在互联网环境下，公民可以在一种开放平等的环境中实现公民与公民之间、公民与政府之间的交流、沟通与互动，公民从而拥有了向政府提问和申诉的权利。更重要的是，这种改变使得公民不再像传统时代被动地接收政府的政策，而能够公平、平等地参与政府公共事务的讨论，切实保障了公民参政议政的民主权利。不仅如此，互联网还发挥着社会情绪泄压阀的作用，它为公民提供了发泄情绪、释放积怨的平台，有效防止了公民负面情绪积累可能对社会造成的危害。[①] 总的来说，互联网新媒体为公民的政治参与和利益表达提供了新的空间和通道，有效保证了公民表达自身利益诉求的权利，培养了公民有序参与政治生活的素养。

（三）网络政治参与能够促进公民政治参与机制的完善

在传统时代，公民政治参与的途径和方式较为单一，在信息掌握程度方面政府官员同公民之间也存在较大的距离，鲜有相互之间的交流互动。公民在这种环境下参与政治生活时，缺乏获得感和满足感，参与的积极性普遍不高，政治冷漠现象较为明显，对政府政策的认同感也相对较低。互联网的发展为政府与公民之间搭建了一个平等沟通交流的平台，为密切双方关系提供了新的契机。在互联网的推动下，公民能够同政府开展良性的交流沟通与互动，拉近彼此之间的关系，营造一种官民和谐、良性互动的新局面，从而促进了公民政治参与机制的不断完善。一方面，在传统时代，公民政治参与的途径较为单一，只能通过选举、上访等制度化和非制度化的手段进行。在互

---

① 杨嵘均：《网络空间公民政治情绪的宣泄方式及其治理策略》，《江海学刊》2015 年第 6 期。

联网环境下，公民可以借助微信、微博、多种新闻客户端等新媒体形式来参与政治生活，如此一来，既实现了公民政治参与的简单便捷性，[①] 也减少了中间环节存在的人为因素的干扰，公民的政治观点、政治诉求和政治意愿将更加快捷地被政府获取，更加真实地反映在政府的各种公共政策中，长此以往将必然提高公民政治参与的能力与政治参与的质量。另一方面，在网络政治参与过程中，公民可以获得充分交流和讨论的机会，并将自己对现有社会问题的观点、看法及时同其他公民分享讨论，通过自由、理性的交流就某种特定问题达成普遍一致的意见。总的来说，互联网具有的开放性和互动性，提升了公民政治参与的能力和水平，[②] 极大地激发了公民政治参与的兴趣和热情，不仅为公民政治参与提供了天然的空间和舞台，更促进了公民政治参与机制的完善。

二、 推动了我国民主政治发展

改革开放四十多年来，我国现代化进程不断加快，经济发展不断迈向新台阶。经济基础决定上层建筑，经济发展水平日益提升使得对社会主义民主政治的发展和完善变得愈发重要。网络政治参与深刻改变了我国的政治参与格局，推动形成了现代化的新型政治文化，大大推动了我国民主政治的发展。

（一） 网络政治参与推动了政府决策科学化

互联网解决了传统时代公民参与成本高、参与渠道窄、参与手段少、回应时间长等问题，为公民及时有效地获取信息、交流信息、沟通信息开辟了新路径。此外，互联网还保障了公民知情权的实现。通过互联网，公民能够

---

① 李文玲：《新媒体背景下公众社会参与权该如何实现》，《人民论坛》2018 年第 13 期。
② 徐鸣、徐建军：《论新媒体的技术特性与新发展理念的耦合》，《湖南科技大学学报》（社会科学版）2017 年第 3 期。

及时地获取、筛选和分析与自身利益密切相关的政府决策和法律法规，更加快捷有效地表达自身的利益诉求，维护自身的合法权益。我们知道，公共政策在整个政府决策中占据着重要的地位。在具体的实践中，公共政策的对象是广大普通公民，因此，政府在制定公共政策的过程中不仅需要相关专业人员的参与，也需要吸纳普通公民的意见和诉求，让公共政策尽可能地体现公开、合法、科学、民主的原则。合法有序地参与政治生活是我们每个公民具有的权利和义务。在传统时代，公民进行政治参与的渠道较为有限。进入网络时代后，公民的参与热情被激发，纷纷通过便捷高效的网络空间积极参与政治生活。与此同时，政府及时地认识到在互联网环境下，政治参与和民意表达的方式发生了巨大变化，也积极倡导与引导公民通过网络有序参与政治事务。网络政治参与作为在新的历史条件下形成的新的参与方式，具有传统时代政治参与无可比拟的优势。平等便捷的互联网促进了公民与政府官员之间的直接对话，为官民沟通提供了一种自由平等的平台，使得政府能够在制定相关政策法规时充分吸纳民情民意，体现政策法规的民意基础。可以说，互联网新媒体以其超强的便捷性、快速性、隐蔽性和低成本等优势，极大地提升了公众政治参与的速度和规模，为政治决策开拓了新的局面。在这种形式下，每个公民都可以通过互联网直接表达自己的观点，并与其他公民彼此交流看法，形成自己的理性观点，促进了政府决策的科学化。

（二）网络政治参与塑造了新型政治文化

网络政治参与具有的文化建构能力，推动形成了现代化的新型政治文化。[①] 普通公民在网络政治参与的过程中逐渐培养起了对政治生活的新的情感与信仰，而公民这种政治情感和政治信仰的变化也逐渐导致了整个政治文化的变化。政治文化作为政治认知和政治行为的集中体现与高度凝练，影响着政治参与者的行为模式。互联网改变了传统时代的参与方式，这种深刻的

---

① 王树亮：《网络政治文化论纲》，《理论与改革》2012 年第 5 期。

变化将有助于中国的政治文化向参与式政治文化方向转变，进而有助于培育现代公民政治文化。我国传统政治文化作为一种博大精深的政治文化体系，其合理和积极的因素，对我国的现代化建设有着深远的意义。但是，传统政治文化中也存在不少专制性和保守性的因素，这些因素给我们的生活带来了消极影响。网络政治参与的兴起改变了这种局面，在网络政治参与的过程中，公民通过搜集相关信息、学习相关知识、接受相关教育会逐渐形成明确的权利义务意识、独立平等意识，逐渐培养出具备自由、民主特征的公民意识，进而有利于公民政治文化的形成。[①] 互联网为公民政治参与提供了一个自由、平等、透明的空间和平台，在这种环境下的政治参与自然而然地也反映出一种更加自由、开放和透明的色彩，而这种开放平等的政治参与行为也必将进一步培育公民的民主意识与公平意识，进而促进中国政治文化走向更加民主和公平。总的来说，在互联网新媒体的推动下，中国政治文化中的参与性、公民性、民主性、平等性等因素将不断增加，而这种政治文化的变革也必将继续推动中国民主政治朝着自由、平等、开放的方向发展，从而推动中国民主政治的发展。

（三）网络政治参与促进了民主政治现代化

任何民主形式都需要借助相关的技术，以技术为基础和手段。自从互联网广泛应用之后，给我国民主政治的发展带来了重要影响，推动了我国民主政治的发展。可以说，如果没有现代意义上的互联网新媒体，在某种程度上现代民主往往难以有效运转。其一，公民网络政治参与促进了我国基层民主自治体系的发展。在过去由于存在时间、空间等众多条件的限制，大多数公民没有系统地接受过政治训练，对政治参与的重要性重视不够，对基层公共事务漠不关心，基层的政治冷漠现象十分明显。随着网络时代的到来，基层政治参与的途径和手段不断拓展和增加，同时基层政府回应公民利益诉求的

---

① 王磊、刘亚男：《近年来我国网络民主研究述评》，《社会主义研究》2016 年第 5 期。

渠道和方法也在不断完善，这种新变化为基层民主释放了新的活力。其二，公民政治参与促进了我国法治体系的发展。目前，中国社会正处于一种由人治社会向法治社会过渡的阶段，这一过程的关键在于要通过多种途径重塑社会的法律秩序、提升司法的公信力、促进法治体系更加完备。随着互联网的出现和发展，公民可以对一些重大舆情和突发事件进行广泛的讨论，如果这一被公民广泛讨论的社会事件存在法律漏洞，或者既有的立法难以有效解决这一问题，再或者现有立法难以获得公民的认同，那么它将会被纳入政府设定的公共议程讨论，最终达到修改、完善既有法律规则的满意效果。可以预见的是，随着我国互联网的快速发展，公民网络政治参与将在未来促进法律法规完善方面发挥更重要的作用。① 其三，公民网络政治参与推动了政治体制改革。社会主义政治体制的自我完善和发展需要改革，改革的主要目的就是为了动员新兴群体加入政治体制，以获得这些新兴群体的政治支持。因此，从这个意义上来说，扩大公民政治参与是改革成功的必然选择。一般而言，政治体制改革的方式有两种，一种是从体制内部推进，另一种是从体制外部推进。从内部推进政治体制改革一般需要政府的强力推进，但现实情况是，政治体系具有很强的稳定性和适应能力，除非受到压力，否则从内部进行改革往往最后难以获得有效的支持。因此，推进政治体制改革往往在大多数时候需要依靠体制外部的力量，即通过充分发挥公民政治参与，获得公民的广泛支持，进而来推进政治体制改革。在传统时代，由于受到诸多限制，公民政治参与积极性相对不高，制约了从外部推进政治体制改革的力度。互联网的出现及其飞速发展弥补了现实生活中的不足，激发了公民政治参与的积极性和主动性，也逐步提升了公民政治参与的能力和水平，进而为推动我国政治体制改革提供了强有力的支持。

---

① 刘红凛：《网络舆论监督的发展态势与有效运用》，《中共中央党校学报》2017 年第 3 期。

第四章　新兴媒体背景下公民政治参与的发展困境

"每一种技术或科学的馈赠都有其黑暗面。"互联网无疑是个典型。互联网等新媒体的飞速发展重塑了公民政治参与的格局，为公民政治参与创造了众多新的发展机遇，网络政治参与已逐渐趋于常态化，成为影响政治生活的一个重要方面。在具体实践中，公民在运用互联网等新媒体进行政治参与时仍然存在着诸多制约因素，如参与的不平等性、参与的非理性化、参与的可操纵性以及政府引导机制不健全等，降低了公民政治参与的质量，严重制约网络政治参与的持续、快速、健康发展。扩大公民有序政治参与是当今我国政治发展面临的重要课题，只有正确认识和分析这些制约因素，政府才能有针对性地提出解决办法，更好地推动公民政治参与规范、有序发展，顺利推进政治民主的进程。

第一节　政府回应能力不足，弱化
网络政治参与有效性

在现代政治的视角下，政府回应作为现代政府治理能力的重要内容，不仅仅指政府对公众利益需求的满足，它更是一种善治的理念，揭示的是政府与社会基于现实矛盾和公共问题的解决而产生的互动现象、关系及过程，即政府不仅要向全社会提供正常的行政管理、公共服务，还应当具有前瞻性和及时性，对公众提出的显性需求和隐性需求做出公正、即时的反应和回复，并通过相关的政策和法规来实现预期的结果。政府回应作为一种公共管理的实践过程，强调的是平衡和协调社会利益，维护公共秩序，促进社会公平正义。这就意味着政府领导者要具有高瞻远瞩的战略眼光，为公众参政议政搭台唱戏，将公众的利益放进公共决策的考量上来，引领全社会一起为共同的目标而奋斗。政府回应能力是善治政府的关键要素，同时也是衡量一个国家或社会善治程度的重要标杆。政府回应能力能否适应新媒体背景下公民政治参与的需求，进而提高公民网络政治参与的有效性，是新媒体背景下推进国家治理体系和治理能力现代化不得不面对并解决的重要课题。

一、 网络政治参与视阈下政府回应能力不足的表现

伴随着网络信息技术的发展，特别是智能手机和平板电脑等智能移动终端设备的普及，互联网等新媒体成为公民政治参与的重要途径和手段，孕育着政府、公民等政治行为主体的新型互动模式。近年来，公民通过网络政治参与表达政治诉求的规模大幅增长，民生热点类议题、社会问题类议题、时事政治类议题和焦点人物类议题都是网民关注的"热点事件"。网络在成为政治互动的重要场域和媒介的同时，也赋予了政治舆情演化的多种可能性。网络政治参与过程需要政府与民众进行良性互动，民众通过网络表达自己的政治诉求和切身利益，政府有责任对此给予适当的回复与反馈，及时满足民众合理合法进行政治参与的愿望，并且确保网络平台互动渠道的畅通，从而能有效地进行对话沟通，以协调双方的利益冲突。在全面深化改革过程中，我国各级政府不断加强回应能力建设，政府主动回应意识日渐提升，政府回应渠道日益丰富，政府回应也日趋公开透明，政府施政能力和服务水平进一步提高，树立了良好的政府公信力和政府形象。但从总体上看，政府的回应

能力仍然较弱，存在诸多问题，还有许多需要改善的地方。

（一）缺乏主动性，常常是事后被动回应

政府回应的主动性是指当社会生活中突发一些事件时，政府应该最先站出来回应、处理、解决。长期以来的管制思维使作为政府治理主体的政府工作人员缺乏主动性，对网络舆情的迅猛发展没有充分的思想准备，对可能引发的网络热点缺乏足够认识，对可能发生的突发事件缺乏预判能力，在实际工作中忽视或轻视网络舆情的管控及应对处置。在面对网络舆情时，要么不闻、不问、不说，使其形成星火燎原之势，最终难以控制，错失应对处置的良机；要么消极应对、乱说一气，待一些事件经网上热炒形成社会热点、焦点话题后才开始重视。比如近年来发生的张海超开胸验肺事件、上海外滩踩踏事件、毒塑胶跑道事件等都蕴含着深刻的教训。面对一件件突发事件，以及其所带来的强烈不良影响，我们不禁要问：为什么没有把这些突发事件扼杀或控制在萌芽之中呢？为什么有些会引发全民围观，甚至演变成群众的冲突？其实，政府最应该反思！探本溯源，往往是由于政府消极、被动的回应态度，较少去深入探查问题存在的根源，而且政府的应急管理体系跟不上网络舆情的发展，难以契合大众的诉求，经常是在矛盾激化后才引起足够重视，采取一些事后的补救措施。这种被动政府回应最直接的后果就是使政府失去了介入的最佳时机，而给民众留下了政府不负责任的印象。事实证明，由于严重缺乏主动回应的意识，也就根本无法达到民众的预期。

在互联网发展新形势下，主动升级舆情回应能力，不仅有助于提高政府的公信力，也能让公众知情权得到进一步满足。政治学和传播学中"沉默的螺旋"理论描述了这样一个现象：人们在表达自己想法和观点的时候，如果看到自己赞同的观点受到广泛欢迎，就会积极参与进来，这类观点就会得以大量传播；反之，则沉默。政府部门只有主动回应公众的需求，把人民群众的期待融入政府的决策和工作之中，才能建立让群众"看得到、听得懂、信得过"的政府，才会提升政府的公信力。

（二）缺乏迅捷性，未能及时回应公众诉求

政府回应的迅捷性主要是强调政府及其工作人员对网民所提出的各种需求和问题要及时地、负责地回复和解决，引导网络民意向积极方面转化，不能故意回避、拖延。迅捷性是现代政府回应的基本特性之一。"'现代政府'，一个很重要的标志，就是要及时回应人民群众的期盼和关切。"① 实践证明，凡在重大事件中主动及时公开信息，积极回应社会关切，就会赢得民众的理解；但如果遮遮掩掩，不及时发布权威信息，就会引发舆论批评，甚至谣言满天飞。政府只有做到及时回应，才能建立良好的党群关系，有效地缓解社会矛盾，维护好社会的稳定和谐。然而，现实社会中，一些地方政府仍然存在迟缓、拖延、回避等问题，导致很多可以在萌芽阶段解决的问题积聚而引发一些舆情风波，甚至使一些小事件演化为大冲突，造成不良的社会影响。

传统媒体时代，突发事件新闻发布奉行"黄金 24 小时法则"。自媒体时代，突发事件一旦发生，往往几分钟后就有目击者用手机将现场图像和相关信息发到微博、微信上，十几分钟后就会有网站转载，1—2 小时后网上讨论就可能热闹起来，形成舆情热点。2010 年上半年，人民网舆情监测室提出了"黄金 4 小时法则"。2016 年 8 月，国务院办公厅印发《关于在政务公开工作中进一步做好政务舆情回应的通知》，要求各地各部门对重特大政务舆情最迟应在 24 小时内举行新闻发布会，对其他政务舆情应在 48 小时内予以回应，并根据工作进展情况，持续发布权威信息。② 同年 11 月，国办又出台实施细则，明确涉及特别重大、重大突发事件的政务舆情，最迟要在 5 小时内

---

① 李克强：《现代政府要及时回应人民群众的期盼关切》，《中国应急管理》2016 年第 2 期。

② 《国务院办公厅关于在政务公开工作中进一步做好政务舆情回应的通知》，2016 年 8 月 12 日，见 http://www.gov.cn/zhengce/content/2016-08/12/content_ 5099138.htm。

发布权威信息，在 24 小时内举行新闻发布会。① 因此，面临事关群众生命财产安全、影响社会公共秩序、容易引起舆论高度关注甚至揣测的重大敏感突发事件，更要快速抢占信息发布先机和话语主动权。实现好、维护好、发展好最广大人民的根本利益是党和国家一切工作的出发点和落脚点，建设服务型现代政府就必须做到以人为本、执政为民。"民之所望，施政所向"，网络舆论是广大民众关于民声、民愿、民意的汇集，相关政府部门必须提高网络舆论的敏感度，密切关注、科学研判、及时引导，唯此，才能实现政策"不偏移""零失误"；才能保证施政"顺民意""从民心"。

（三）缺乏有效性，回应结果难以服众

政府回应的有效性主要是强调要把握好"时度效"中的"效"的问题，面对社会大众的各种利益诉求，政府该采取何种措施来应对、处理这些问题，不仅要高效地解决问题，还要使民众满意这种处理。民众期待自身利益得到政府的有效关注与回应，政府回应作为对民众利益表达的一种反馈，有效回应也是增进政府公信力的一种有效途径。近年来，在中央"公开及时、准确透明"的明确要求下，不少地方对热点事件和民众诉求的回应速度快了，态度也变好了。但是，一些政府部门及其工作人员对于网络舆情回应的认识和理解仍存在偏差，将其视为"对付媒体""应付百姓""走走过场"，最终损害了政府公信力。有的回应的内容不到位、不到点，抓不住核心与重点，流于形式，无法满足舆论对于信息公开的需求，甚至出现"回应不成反损公信""有了回应倒扣分"的新问题。有的在回应时频频出现信息公开"烂尾"的情况，往往在事件尚处于调查阶段就承诺"查清后会进一步通报"，但再也没有后续发展情况的跟进，"调查中"最终都成了信息发布的"口头禅"。例如，某地发生火灾，消防和公安类官微及时通报了火情和出警

---

① 《国务院办公厅印发〈关于全面推进政务公开工作的意见〉实施细则的通知》，2016 年 11 月 15 日，见 http://www.gov.cn/zhengce/content/2016-11/15/content_ 5132852.htm。

情况，但没有公布后续的调查信息如起火原因、处理情况等。还有的在发声、回应、与民互动时忘却了公职身份和职业伦理，发布过度个人化、情绪化、对抗性的内容，造成网友抵触，形成部门的负面标签。网络舆情素有社会"晴雨表"之称，立足实际、加强公开、有效回应、解决问题日益成为政府提升治理能力的内在要求。

（四）缺乏针对性，难以解决民众实际问题

政府回应的针对性主要是强调政府的回应要具象化，要与大众的切身利益相契合，能够给民众带来实实在在的利益，共享这种看得见、摸得着的幸福。网络舆情事件中的核心问题是政府应真正回应的对象，而现实中有些政府对于网络舆论的回应往往是重形式而轻内容，缺少网络舆情环节的实际应对措施，自然无法满足公众利益诉求，也就难以得到大众的认同，甚至会滋生各种谣言、怨言。

二、 网络政治参与视阈下政府回应能力不足的原因

（一）政府行政理念存在偏差

政府行政理念是行政机关在管理社会事务和机关内部事务时所持有的思想观念和价值判断，它决定着政府行政管理的职能核心，以及政府的机构组织模式和行为方式方法等。[①] 长期以来，几千年封建社会流传下来的官本位文化积习影响至深，以及过去在高度集中的计划经济体制下形成的"以政府为本"的行政理念要求将行政权和行政秩序置于整个社会之上，一些政府部门及其工作人员以居高临下的管理者自居，习惯高高在上、发号施令、以我为主，缺乏深入群众为民服务的行为，滋生了一些扭曲的政绩观。他们害怕

---

① 刘力锐：《基于网络政治动员态势的政府回应机制研究》，东北大学出版社 2012 年版，第 133 页。

公众反映问题，认为公众反映问题是对自己政绩的否定，尤其是那些"官本位"思想严重的官员将反映问题的群众放在了自己的对立面，千方百计地压制、打击甚至报复。也正是在这种利己主义"官本位"思想的支配下，一些政府的行政理念也随之发生偏向，"政府本位"占据主导，取代了"民众本位"，公共服务意识缺乏，回应的主动性不强，这在无形中就高高筑起了政府与民众之间的"隔离墙"，公众也日益不信任政府的所作所为，甚至是即便政府做的是正确的、于民有益的事也难以得到公众的认可。网络社会的快速发展，确实让很多未能及时转变思维的基层政府措手不及、无所适从，但"防民之口，甚于防川"，实施政务公开，加强舆论监督，是现代民主政治的重要特征。

（二）政府回应主体不明确

政府是由履行不同职能的行政机构构成的有机的政治体系，在这个体系内每个部门或机构执行某一方面的政府职能。改革开放四十多年来，我国集中进行了8次政府机构改革，改革的重点就是要推动建立与市场经济相适应、结构合理、精干高效的政府机构体系，明确部门间职责划分，走向权责一致，避免权责脱节、多头管理、推诿扯皮等问题。长期以来，我国网络监管存在各自为政、"九龙治水"的弊端。网络舆情工作往往被简单地视为各级宣传文化部门的事，缺乏各部门之间的协调和统筹安排，存在管理漏洞与薄弱环节。舆情事件发生以后，涉事主体的回应是解决问题中必不可少的环节，它的效果如何将直接影响到整个事态的走向。由于各个政府部门之间没有形成协调的联动机制，出现了哪个部门都想管却管不了的情况，导致政府网站也难以做出及时的信息回应，由此造成政府回应权威性降低。

（三）政府回应制度建设不健全

科学合理的政府回应制度是提升政府回应能力的制度保障。随着网络的发展和网络舆情不断出现，一些地方政府纷纷建立起各种形式的回应制度，如网络发言人制度、网络领导接待日、网络热线、专家咨询制度等。这些对网络舆情制度化的接纳、回应和引导，有效地缓解了网络诉求的压力，建立了解决社会问题的网络之道。但制度不健全、不规范、不配套等问题也普遍存在，各地制度的差异化也非常明显，这些也使政府回应的效果大打折扣。第一，网民的诉求千姿百态，但制度主要是原则性的要求和规范，不可能对所有可能的情况都做出预见，并形成详尽的规定。因此，应根据网络舆情的性质和内容不同，建立和完善分类分级的处置办法，政府及其职能部门依据不同的诉求内容、不同的严重程度可以选择不同的回应主体、时间和手段。第二，一些地区和部门没有真正把网络舆情回应情况作为政务公开的重要内容纳入考核体系，也缺乏有效的行政问责机制，权力脱离责任而单独存在，导致个别官员敷衍应付民意，甚至干扰记者正常采访，常常给突发事件的处置和领导干部的形象造成负面影响。因此，应重视公众的监督与评价作用，将政府回应纳入政府的绩效考核体系，对网络发言人、回应热线、职能部门中的工作人员等进行绩效考核，将回应效果作为综合绩效评估的重要标准。同时建立舆情回应通报批评和约谈制度，定期对舆情回应工作情况进行通报，对于回应缺失、回应迟钝、不良回应等情况进行约谈；对不按照规定公开政务，侵犯群众知情权且情节较重的，会同监察机关依法依规严肃追究责任，避免制度的空转。

（四）政府回应利用大数据技术不明显

伴随着互联网和信息技术的迅猛发展，人类社会进入大数据时代。大数据不是仅仅停留在对事物性质的描述层次上，而是通过挖掘和分析来更具体地量化人们思想和行为的各个方面，它已成为人们思想分析和行为观察的显微镜。① 在大数据时代，数据就是信息和"决策源"。如果政府有关部门能够及时搜集反映广大民众思想动态、社会民生、公共服务等事项的数据，并在此基础上运用大数据技术对这些数据进行分析整理，政府回应质量必将大大改善，不仅可以迅速地为广大民众提供科学的价值引导，而且可以精准施政化解矛盾。但是，实践中一些政府部门公众诉求的数据分析研判能力不足，无数据挖掘和辅助决策，政府的前瞻性回应有待加强。大数据技术为政府提供一个了解社会民众呼声和意愿的重要方式，政府一方面可以即时、全面地把握社会民众的诉求，为公民提供更加智能化、高效率的公共服务，另一方面还可以对公民诉求进行度的细分，使政府的回应更加精准，更加个性化。因此，政府需要利用大数据建立网络舆情及网络社会思潮的日常的监测搜集机制，高效的研判机制，完善的传播引导机制，这样就有可能对网络舆情实现早发现、早引导、早应对，将有可能把酿成舆论危机的舆情苗头化解在萌芽状态。

第二节　网络内容多样多变，消解主流意识形态话语权

随着世界多极化、经济全球化、文化多样化、社会信息化的深入发展，思想文化交流交融交锋更加频繁，互联网已经成为思想文化信息的集散地和社会舆论的放大器。在外部环境、内部环境以及网络环境的交互影响下，网络空间容纳了太多复杂的观点和声音，个性温和、中性的主张难以吸引网民关注，为此，网络社会思潮发动者为了宣扬其观点，获得曝光率，不惜利用极端言辞给网民思想以冲击，一些思想领袖不惜挑动派系争端，以各种极端行为获得网民关注，甚至一些所谓"公知"与"大V"打着学术思想讨论的

---

① 郭明飞、陈兰兰：《网络空间意识形态安全的情势与策略——基于大数据背景的考察与分析》，《江汉论坛》2016年第5期。

幌子，公然挑战社会主义意识形态。因此，各种反马克思主义、假马克思主义、非马克思主义等错误思想在网上激荡、蔓延和泛滥，许多在中国沉寂多年的社会思潮以各种形态借助网络复苏并蔓延，搅乱着人们的思想，撕裂着社会共识，对我国政治、经济、文化、社会建设带来了恶劣的影响。

一、 网络社会思潮多元庞杂

互联网的快速发展不但改变了现实社会中人们的日常生活方式，也为人类精神文明的衍生和发展开创了一个全新的广阔空间。现实社会的各种思潮不断谋求在网络空间的呈现与传播，出现了现实社会思潮的网络化。同时，"网络特定的信息交流方式、社会交往结构及话语情感模式，促使网络社会不断孕育在指向、诉求、主张等方面与思潮原初形态相异的变种，如网络民粹主义、网络消费主义等"[1]。此外，"网络社会作为新的社会空间，也在不断创造和传播新的思想潮流，虽然这些思想潮流缺乏特定、明确的代表人物、理论体系和政治主张，但其对网民以及民众思想、认知甚至行为等都产生了巨大影响，如网络仇官仇富思潮、网络审丑思潮、网络戏仿思潮等"[2]。网络社会思潮比现实社会思潮更为多元和庞杂，呈现出与现实社会思潮相异的发展动向，多方面、多角度地影响着人们的思想意识。

（一）历史虚无主义沉渣泛起

2010—2015 年，《人民日报》旗下杂志《人民论坛》连续六年推出了年度国内外十大思潮的调查评选。对比历年入选的十大思潮，历史虚无主义思潮入选四次。其中，在 2015 年中外十大思潮调查评选中，历史虚无主义以9.2 的关注度、9.8 的活跃度、8.4 的影响力、9.06 的综合得分跃居第二。从本质上讲，历史虚无主义是一种错误的唯心主义历史观，是一种以否定客

---

[1] 方付建：《网络社会思潮的发展动向与引导策略》，《光明日报》2015 年 7 月 30 日。
[2] 方付建：《网络社会思潮的发展动向与引导策略》，《光明日报》2015 年 7 月 30 日。

观存在的历史、罔顾历史事实为基本特征的社会思潮，其要害"是从根本上否定马克思主义指导地位和中国走向社会主义的历史必然性，否定中国共产党的领导"①。

近年来，在网络全球化与全球网络化、公民网民化与网民公民化、现实虚拟化与虚拟现实化的多元进程中，历史虚无主义又沉渣泛起，有抬头蔓延趋势，不仅在学术界暗流涌动，时隐时现，而且开始在网络空间大行其道，恣意妄为，成为最具负面影响力的非主流意识形态。"在某些网文中，充斥着刻意否定中华文明、歪曲党史国史的现象；在一些微博微信圈内，质疑党的领导、诋毁国家形象、丑化革命英雄的言论更是屡见不鲜。"② "灭人之国，必先去其史；夷人之祖宗，必先去其史。"③ 这些历史虚无主义思潮在网络空间的沉渣泛起会在潜移默化中消解人们的共同信念和社会凝聚力、动摇人们的政治信仰、挑战主流意识形态的权威，进而导致网民群众的信仰危机。习近平总书记曾经意味深长地指出："苏联为什么解体？苏共为什么垮台？一个重要原因就是意识形态领域的斗争十分激烈，全面否定了苏联历史、苏共历史，否定列宁，否定斯大林，搞历史虚无主义，思想搞乱了，各级党组织几乎没任何作用了，军队都不在党的领导下了。最后，苏联共产党偌大一个党就作鸟兽散了，苏联偌大一个社会主义国家就分崩离析了。这是前车之鉴啊！"④

历史虚无主义原本只是局限于学术界的一种社会思潮，利用"学术无禁区"和"学术民主"来传播其错误理论和错误观点，混淆视听。随着互联网与大众日常生活深度融合，具有空间与文化双重属性的网络媒体不可避免地成为历史虚无主义制造话语、传播思想、争夺权力的新场域。借助互联网

---

① 中共中央党史研究室：《历史是最好的教科书——学习习近平同志关于党的历史的重要论述》，《人民日报》2013 年 7 月 22 日。
② 陈定家：《网络空间的历史虚无主义症候》，《红旗文稿》2016 年第 7 期。
③ 龚自珍：《龚自珍全集》，中华书局 1959 年版，第 21—22 页。
④ 《十八大以来重要文献选编》（上），中央文献出版社 2014 年版，第 113 页。

的传播特性，历史虚无主义思潮演化出一套与网络境遇相适应的话语表征，呈现新的发展趋势。

一是从传播主体上看，由精英阶层向普通网民转变。过去历史虚无主义的传播主体大多是拥有话语权和影响力的精英阶层。在"人人都是通讯社、个个都有麦克风"的新媒体时代，精英阶层垄断话语权的局面被打破，历史虚无主义传播主体向普通网民转变。他们游走在网络空间，参与信息生产和传播。与以前的"说教式"传播不同，普通网民传播的碎片化信息更具有体验感和互动性，更容易使受众产生共鸣，在无形中被接受。

二是从媒介渠道上看，由传统媒体向新兴媒体转变。在传统媒体时代，历史虚无主义主要通过报纸、杂志、电视等媒介进行传播，而在移动互联网时代，则主要通过论坛、博客、微博、微信、贴吧以及视频网站等新兴社交媒体传播。同时，人们以前主要通过电脑、固定终端接触历史虚无主义信息，而现在则主要通过平板电脑、智能手机等移动终端接触。这些新兴媒体具有社群化、裂变式传播特性，常常能推动一个话题从小到大、由浅入深，进而引发社会关注的"蝴蝶效应"。

三是从内容呈现上看，由显性方式向隐性方式转变。以前，历史虚无主义信息主要以学术论文、文艺作品等方式传播，内容辨识度相对较高。现在，历史虚无主义者将传播内容改编成一篇哗众取宠的"解密"网文、一段视频、一篇微信朋友圈文章等大众化、通俗化的信息，借助微博文章、微信公众号、恶搞视频、图片文字、网络段子等大众喜闻乐见的方式，在贴近大众消遣娱乐、获取信息、表达思想的习惯中进行传播。特别是充分利用微博微信内容短小易传播的特点，传播者随意裁剪历史、截取历史片段，用小细节小故事来歪曲大历史，使习惯浅阅读的人们很难做出正确判断。这些看似很小的只言片语却在不经意间产生了累积效应，形成了一种消解社会主义意识形态的舆论氛围。

四是从传播受众上看，由局部小众向整体大众转变。过去基于媒介技术和相关管理制度，历史虚无主义的受众面较窄，主要是知识分子和关注历史的小众群体。伴随传播手段的网络化，历史虚无主义的传播对象越来越广泛，从青少年到中老年，从小学生至博士，从农民到白领，各个阶层，各种人群，无一不涵盖其中。其中，中小学生和大学生正处于世界观、人生观、价值观形成时期，缺乏辨别是非和真相的能力，历史虚无主义所谓"新颖性"和"否定性"特点容易适应青少年的标新立异和叛逆特点，致使青少年群体极易受到历史虚无主义错误思潮的影响、蛊惑和毒害。

五是从传播效果上看，从单向传播向放大化传播转变。传统媒体主要以单向传播的方式来面对大众，但这种信息交流的不平等使得接收信息的大众无法公开表达自己的观点意见，只能被动地接收来自大众媒介所施加的影响，甚至在媒体的议程设置下成为被"催眠"的对象。在新媒体环境下，信息的传播不仅是点对点，更是点对面、面对面的传播，即所有人向所有人进行传播，这就导致信息的扩散速度和传播面积快速增加。一旦有错误的信息流入网络，就会在短时间内产生恶劣的影响。而且通过网络留言板的交流，使得错误信息的传播出现"放大效应"，加速历史虚无主义的扩散传播，潜移默化地影响着人们的思想。

事实上，历史虚无主义网络话语生产的过程，也是价值重塑、移植和再造的过程。历史虚无主义者在对形形色色的"史实""材料""细节"的加工改造和主观阐释中，重新书写历史"真相"，巧妙而隐晦地将错误立场渗透其中，以更加潜在微妙、不易察觉的方式参与意识形态竞逐，争夺网络话语权，误导青少年的思想认知和价值观念。

（二）网络民粹主义愈发膨胀

网络的平等性、开放性、匿名性、互动性、聚集性等特征，使得人人都能自由地在网络上发表各种言论且不必对其言论负责，各种极端言论、煽动性言语乃至谣言在网络上大肆传播。互联网技术的不断发展和交流平台的多样化扩大加快了民粹主义的传播面和速度，今天的民粹主义因为互联网沾染了不同于过往民粹主义的新色彩，且有越演越烈之势。民粹主义在网络空间中愈发膨胀甚至泛滥，并加速了与其他社会思潮的交锋对峙，增加了网络舆论中的不稳定因素。网络民粹主义研究也掀起了新一轮热潮，越来越多的学者以既有的理论范式为基础，从多维度、多视角深刻解读和阐释了其基本内涵，结合广阔的经济、社会、文化背景，从"技术"进路去探讨网络民粹主义崛起的根源，寻找破解路径。综合学者们的研究，我们认为，网络民粹主义是民众依托互联网等现代技术，借助网络宣泄自己内心情绪与利益诉求的一种话语方式或社会思潮，是传统民粹主义思潮在网络空间形成与传播的结果，是民粹主义发展的新阶段。

导致网络民粹主义的原因是多元的，既有社会改革矛盾多发的客观因素，也有网民理性不足的主观因素，既有政府处理不当的内部因素，也有外部势力介入捣乱的外部因素。

第一，精英阶层与大众阶层利益冲突激烈且利益协调机制不健全是网络民粹主义产生的根本原因。恩格斯指出："人们自觉地或不自觉地，归根结底总是从他们阶级地位所依据的实际关系中——从他们进行生产和交换的经济关系中，获得自己的伦理观念。"① 改革开放以来，在中国共产党的领导下，人民生活日益改善，综合国力显著增强，但同时也产生了城乡和地区发展不平衡、贫富差距过大、资源分配不公平、环境污染严重、腐败现象多发、基本公共服务有待完善等问题。在后发现代化国家里，经常会出现这样一种现象：经济增长以某种速度促进物质福利提高，但却以另一种更快的速度造成社会的怨愤。② 由于社会转型加快带来了社会利益格局变动和分化等各种社会风险，精英阶层与大众阶层利益冲突激烈，大众阶层的部分人"相对贫困化"，且底层上升通道受阻，社会阶层固化趋势加剧，加上原有的某些社会管理观念、方式已经不适应当前社会发展的需要，而新的社会管理规

---

① 《马克思恩格斯选集》第 3 卷，人民出版社 1995 年版，第 434 页。

② ［美］塞缪尔·亨廷顿：《变化社会中的政治秩序》，王冠华、刘为等译，上海世纪出版集团 2008 年版，第 39 页。

则还没有发挥作用，社会管理规则处于"真空"状态，社会整合和社会管理难度加大，这为打着人民旗号、追求平等的民粹主义蔓延提供了滋长土壤，"沉默的大多数"便以网络民粹主义反抗利益结构失衡，提醒人们关注改革过程的公正性和人民性问题。

第二，"微用户"的非理性及"微传播"的不确定性是网络民粹主义产生的直接原因。马克思指出："人的本质不是单个人所固有的抽象物，在其现实性上，它是一切社会关系的总和。"① 人离不开社会，社会也是人的社会，所以，网络虚拟社会中的民粹主义思潮与网络虚拟社会里作为主体的"微用户"的非理性息息相关。"微用户"具有草根性，因其缺乏网络知识的学习和训练，在网络政治参与中往往掺杂着严重的主观色彩，不能做到全面、客观、公正地看待复杂的社会现象和公共事件。"微传播"的匿名性、便捷性、交互性以及不确定性导致信息碎片化，失真程度高，在涉及平民利益的事件中极易被利用与引发民粹式关怀。正因为"微传播"的低门槛、草根性特征，那些在现实中满足不了自身利益的"微用户"才能够借助网络公共平台发出代表自身利益的观点，导致网络传播加剧，使社会底层群众的交流超越时空的限制，并且在容有自己一身之地的虚拟空间里享受着网络民粹主义的狂欢。

第三，党群关系紧张及政府公信力下降是网络民粹主义滋生蔓延的温床。良好的政府公信力与高度的政治认同相联系，政府公信力处于良好状态，社会就具有普遍的政治认同，政府的管理效率也就较高，管理的成本也随之降低。纵观我们党和政府发展、执政的历程，都在以领导能力、执政绩效和共同理想构筑着自身在人民群众中的公信力。在总体态势上，我国各级政府公信力呈现普遍上升的趋势。新常态下经济社会发展对党的执政能力和政府治理能力提出了更多更高的要求。而一些地方政府职能定位不合理、政府决策不科学、政策执行不透明、危机管理不公开，广大群众对利益诉求的

---

① 《马克思恩格斯选集》第1卷，人民出版社2012年版，第60页。

声音就会越来越多，一些局部地区或少数单位、部门仍遵循"一拖，二赖，三认，四撤"的模式，穷于应付，导致党群关系紧张、恶化、冲突乃至政府公信力流失。甚至互联网曝光事件后，有的地方政府部门迫于压力放弃手中维护正义的权力，采取"花钱买平安"的"权宜性治理"方式获得短暂的稳定。这种党群关系在一定范围内恶化的巨大风险以及"权宜性维稳"思维方式的蔓延为网络民粹主义思潮的滋生蔓延提供了温床。

第四，西方敌对势力从幕后到台前插手国内公共热点事件是网络民粹主义滋生蔓延的重要原因。进入 21 世纪后，国际政治生态发生了重大变化。一些西方国家将自身的价值观奉为神灵，欲将其推行至全世界。随着我国网民规模的增加和互联网应用的发展，西方敌对势力在我国国内栽培所谓"公知"与"大 V"，收买网络写手，组织一些极端分子进入网络舆论场，互联网已经成为西方敌对势力对我国进行意识形态渗透的主要阵地。在一些国内突发公共事件中，西方敌对势力和国内的分裂势力相互勾结在网络空间凸显夸大矛盾、扭曲事实真相，利用网络炒作来放大我国社会现阶段的热点事件与敏感问题，刻意丑化政府，宣扬、传播西方所谓的人权观、自由观，甚至试图诱导民众反政府、反体制。那些对西方价值缺乏理性认识的人群被煽动起来了，他们借助网络公共平台聚众反对现实社会，并逐渐形成一股网上思潮，在一定程度上推动了网络民粹主义的发展，进一步诱发网络群体性事件给社会稳定带来的影响。

综上所述，网络民粹主义是当今时代一种新型社会思潮，是现实中的民粹主义向网络空间延伸的一种新型民粹主义。虽然网络民粹主义的集中场域是在虚拟空间中，但其影响范围已经到了现实生活中。从近年的发展趋势来看，网络民粹主义已经逐渐超出了普通的意见表达范畴，开始不断向政治化方向演进，依托其所聚集的强大社会力量，网络民粹主义正试图影响和干预政治进程。而且网络民粹主义的参与主体多为社会底层人民，他们拥有一定的平民化倾向，其意见表达的思维方式也经常因缺乏理性思考导致网络民粹主义向极端化方向发展。另外，网络民粹主义极易同其他社会思潮形成合流，呈现出越来越强的社会动员能力，持续形成并渲染高昂的社会情绪，对传统主流媒体的话语权造成一定的冲击和干扰，甚至会误导社会舆论向无序化方向发展。

二、　西方话语霸权试图主导网络空间

当今，作为社会主义国家的中国在国际秩序中发挥着越来越重要的作用，而美国作为超级大国成为资本主义世界的领头羊，在全世界的政治、经济、文化、军事、科技领域具有无可撼动的霸权地位，中美两国在政治制度、价值观念、意识形态等方面存在巨大差异。随着信息技术的快速发展和互联网应用的普及，以美国为首的西方国家利用其掌握的网络技术优势和话语优势，通过互联网这个特殊的媒介，不遗余力地向我国推销其思想文化和政治观念，借助强大的数据截取和分析能力进行隐性的意识形态渗透，导致我国网络空间意识形态建设呈现出复杂多样的态势。

"意识形态"与"话语权"是一对紧密联系的概念。意识形态往往以话语为主要载体，通过建构一定的话语体系反映其思想观念，影响其文化形式；而话语之所以产生权力，是由其蕴含的意识形态因素所决定的。话语是意识形态的重要表现形式，抢夺话语权是当今西方国家进行意识形态渗透的基本手段。在微博、微信等社交网络全方位覆盖的今天，各个关系主体不再局限于通过掌握某一特定的阵地来实现舆论操控、政治宣传以及价值观念渗透等，而是更多地通过争夺话题的话语权和解释权来表达自身的利益诉求。能否掌握话语权，决定一个国家能否在意识形态博弈过程中占有主体地位。网络意识形态话语权不仅指在网络空间中说话的"权利"和"权力"，更侧重话语主体在互联网空间，经过话语载体的传播，影响话语客体的认知、判断与评价，最终达到影响与控制网络舆论走向的效果。其中，话语主体的传播权、话语主题的设置权以及话语载体的使用权是三个至关重要的节点。

第一，话语主体传播权是前提。互联网技术的深入发展，使得去中心化

和去中介化趋势进一步加剧，尤其是在信息传播领域，人人都是自媒体，人人都有麦克风。在互联网上每个人都拥有平等说话的权利，表面上实现了互联网意识形态话语权的平权化。事实上，由于享有的网络资源不同，所以在传播权上使得个人表达出来的"声音"往往十分微弱，并不能形成对网络舆论的影响和控制。要生成完整的意识形态话语权，表达权与传播权都是权力链条中不可或缺的要素。互联网拓宽了话语表达的渠道，赋予了普通个体以平等的"说话"或"表达"权，在这样的情况下，话语主体享有的传播权就成为意识形态话语权生成的关键环节和前提。就此而论，话语权优势仍然掌握在拥有网络资源的大媒体手中。

第二，话语主题设置权是枢纽。在传统媒体中，由于信息传播渠道的有限性和传播成本的高昂性，国家对于信息传播的主体和内容具有较强的控制力。随着互联网的高速发展和网民规模的迅速增长，享有话语权的主体空前扩大，因此舆论控制的主要焦点不再是"谁来说"，而是"说什么"。因此想要达到意识形态宣传的效果，必须抢先通过某一个话题将网民吸引、聚集起来，话题发布的主体可以选择性提供信息、利己式解读信息，影响人们对于事件的判断，进而主导舆论，影响普通网民想什么、怎样想。美国是世界传媒产业大国，有《纽约时报》《华盛顿邮报》《华尔街日报》《今日美国》等世界最具影响力的新闻网站，被认为是世界传媒的风向标。在很多事件上，西方国家凭借网络信息技术优势，鼓动西方媒体、西方代理人构建庞杂的新媒体环境，早发布、早解读相关网络信息，大肆宣传其自由、民主、人权、平等等议题，通过不同解读赋予事件不同的意义，左右人们的判断思路和方向，引发认知混乱，进而抢夺宣传美式价值观的话语权。通过"传言发酵—反转—再发酵"的信息传播过程，使事件或现象变得更加混乱。因此，近年来国内网络舆论场中频频出现"呲必中国、捧必美国"的网络怪象。

第三，话语载体使用权是根本。从表面上看，互联网的广泛运用和普及带来了一系列新兴传播媒介和传播工具的迅速发展，极大地丰富了人们使用的话语载体。实际上，这种技术垄断和信息霸权导致的话语载体的使用不平等更加突出。美国是互联网的发源地，无论是硬件设备和软件操作，还是网站设立和全球信息发布，都具有绝对优势。全球有 13 个 DNS 根服务器，其中有 10 个在美国；全球 80% 以上的网上信息和 95% 以上的服务器信息由美国提供；互联网上的英文信息占 95% 以上，中文信息不到 1%；超过 2/3 的全球互联网信息流量来自美国，而我国在整个互联网的信息输入、输出流量中仅占 0.1% 和 0.05%。美国掌握着对互联网的绝对的管理权，不仅有助于美国对他国进行网络监控，获得大小数据，为美国对他国进行议题设置提供整体判断，而且有助于美国对互联网信息进行二次加工，左右舆论走向，塑造他国的负面形象。2013 年暴发的"棱镜门"事件，很好地证实了这一点。互联网在美国手中正发挥着暴力、金钱无法实现的负面作用。

总体上说，美国等西方国家凭借其网络技术优势、资金优势，动辄利用百万人关注的微信公众号、微博、短视频等网络媒体工具传播负面信息，有针对性地对我国网民，特别是青少年网民群体施加意识形态影响，对我国意识形态安全形成极大冲击，这主要表现在：一是消解社会主义意识形态的主导地位。互联网已经成为意识形态斗争的主战场、主阵地。西方意识形态渗透的强态势、网络新媒体特性和网民社会的反主流倾向，三者交互影响加大了主流意识形态构建难度。二是污染社会主义意识形态文化软环境。西方意识形态网络渗透，使得一些网站已经成为政治谣言的发源地、多元化社会思潮的集散地和社会群体性事件的引爆地，造成了网络生态环境的污染。三是弱化我国意识形态管控方式与能力。我国与发达国家在信息技术水平上存在明显的"数字鸿沟"，在网络意识形态管控能力上呈现相对弱势，使我国传统意识形态管控方式和管控能力受到严重挑战。

第三节　网络环境复杂难控，扰乱
网络政治参与有序性

正式接入国际互联网二十多年来，网络已经深深嵌入当前中国社会的各个领域，特别是政治领域。网络政治参与正在成为中国公民参与的重要方式，越来越多的中国公民选择通过网络政治参与这一途径来实现政治社会化过程。因此，众多官员和学者对网络政治参与给予了更多的关注和期待，普遍认为网络政治参与必将大大促进中国民主政治的健康发展。然而，正如任何技术都具有两面性一样，网络在以其独特的技术特性推动网络政治参与发展的同时，也带来了日趋严重的无序化参与问题。在新时代，深入研究和认真解决网络政治参与的无序性问题，对于发展社会主义民主政治、建设社会主义政治文明具有重要的理论和实践意义。

一、　网络政治参与的非法性

公民在宪法和法律所允许的范围内进行政治活动是政治参与有序性的重要标志。虽然互联网为民意表达提供了一个重要平台，公民可以自由地表达意愿与诉求，但如果超出了宪法和法律所允许的范围，公民的政治参与就无法可依、无章可循，无法保障有效的政治参与效果。互联网的开放性、离散性、匿名性、交互性、个性化等助长了网络政治参与的非法性，给那些对现实不满的组织和个人进行非法政治参与提供了可乘之机。

（一）网络色情泛滥

随着网络技术的发展以及一些商业化的运作方式，网上色情活动或者通过网络进行变相的色情活动已经无孔不入，而且这种网上"激情"视频采用互动的方式，更直接、更具有挑逗性，对已成为"网络一代"的青少年的身心健康产生极大危害。为依法严厉打击利用互联网制作传播淫秽色情信息行为，我国自 2011 年开始了"净化网络环境专项行动"即"净网行动"，在打击网络涉黄、净化网络环境方面取得了重大成果，如今网上"赤裸裸"的淫秽信息已不多见。但不少互联网企业，仍然游走在"以色动人"的边缘。在某些网站的弹窗、侧栏以及二三级网页，较为隐晦、充满挑逗的"淡黄"信息随处可见。有的弹窗和广告，充斥着挑逗性甚至"诱人犯罪"的画面与文字，虽然未必真的链接到黄色内容，但其价值导向昭然若揭。这些游走在色情边缘的"擦边球"行为在网上呈现出愈演愈烈的趋势，成为蔓延在网络上的一大"毒瘤"。

2016 年，中国青年报社会调查中心对 2001 人进行的一项调查显示："92.0%的受访者直言遇到过网络色情'擦边球'现象，其中 71.7%受访者表示网络色情'擦边球'情况严重；64.8%的受访者表示任由此类现象发展会对青少年的人格和人际交往造成障碍，60.3%的受访者认为会导致青少年形成错误的人生观，52.6%的受访者认为会导致社会风气与道德畸形发展。"[①] 2019 年 3 月，由共青团中央维护青少年权益部、中国互联网络信息中心联合发布的《2018 年全国未成年人互联网使用情况研究报告》显示，截至 2018 年 7 月 31 日，我国未成年人互联网普及率已经达到 93.7%，30.3%的未成年人曾在上网过程中接触到暴力、赌博、吸毒、色情等违法和不良信息。"沉迷于网络色情的青少年往往会出现生理、心理、情绪以及社会关系等诸多方面的消极变化，严重者会带来生理发育迟缓、心理情绪抑郁、社会交往障碍以及人格发展变态等问题。"[②] 网络不良信息还会严重影响未成年人的社会化，容易诱发未成年人的违法犯罪。目前，网络色情这朵"罪恶之花"不仅未能根除，而且从虚拟的网络伸向了现实，导致网下行为

---

① 杜园春、高虹：《92.0%受访者直言遇到过网络色情"擦边球"》，《中国青年报》2016 年 2 月 23 日。

② 刘斌志、赵茜：《我国青少年网络色情研究的回顾与前瞻》，《前沿》2019 年第 2 期。

失范，甚至诱发多种犯罪，长此以往将会影响整个社会的风气。

我国刑法第三百六十三条明确规定，以牟利为目的，制作、复制、出版、贩卖、传播淫秽物品的，处三年以下有期徒刑、拘役或者管制，并处罚金。第三百六十四条的第一款和第四款规定，传播淫秽的书刊、影片、音像、图片或者其他淫秽物品，情节严重的，处二年以下有期徒刑、拘役或者管制。向不满十八周岁的未成年人传播淫秽物品的，从重处罚。尽管如此，还是有不少人利用网络在法律边缘游走。对于网络色情的打击，需要尽快完善相关法律，针对未成年人网络安全方面进行立法，为公众提供一个健康良好的网络环境。

（二）网络谣言猖獗

网络的迅猛发展在给信息交流带来快捷方便的同时，也给谣言"插上了翅膀"。特别是近年来，随着微信群、朋友圈、QQ群、抖音、快手、微博、贴吧及其他网络平台的兴起，网络谣言也呈激增之势。网络民意表达过程中充斥着大量网络谣言，更容易误导民众的思维和判断，使得网络民意来势汹汹，进而影响民众参与行为的热情、理性与效果。这不仅不利于网络谣言所表达的那些社会事务的正常解决，而且可能从总体上造成网络民意正面价值被异化和消融。网络谣言既有针对公民个人的诽谤，败坏个人名誉，给受害人造成极大的精神困扰；也有针对公共事件的捏造，影响社会稳定，给正常的社会秩序带来现实或潜在的威胁，甚至损害国家形象。例如，2011年3月，在日本发生特大地震后仅一周，中国多地发生群众抢购食盐的事件，而这一切都源于一则"食盐能抵御核辐射"的网络谣言。"抢盐"闹剧不但破坏了正常的市场秩序，影响了群众的日常生活，甚至闹成了国际笑话，被外国媒体广泛报道，给国家形象造成了损害。

客观全面的信息是公民政治参与的必要前提和基础，而作为信息的网络谣言本身具有先天性不真实的缺陷，使得它与新闻信息有着天壤之别，从而使建立在谣言基础之上的民意表达也不具有合法性。网络信息交流与网络民意表达在官民之间有效信息沟通不畅的环境下能起到一定的促进社会和解的作用，网络谣言的出现会夸大社会事务的反面意义，从而引起社会公众对真相的片面认识，并使得网络谣言中的民意表达向着非理性的不正确的方向发展，最终歪曲了民意，甚至引起社会的动荡不安。网络谣言之所以能够产生并广泛传播，既有技术原因，也有社会原因。就技术原因来说，互联网便捷、快速、广泛等传播特征极大地促进了信息的流动，一则小小的谣言通过网络等途径可以瞬间传送至数百万甚至上千万用户，在转发和评论中，其影响力被成倍放大。就社会原因来说，随着我国经济体制深刻变革、社会结构深刻变动、利益格局深刻调整、思想观念深刻变化，各种矛盾纠纷不断增加，并呈现出复杂性、多样性、专业性等特点。人民群众对于贪污腐败、分配不公、公权滥用等现象深恶痛绝。网络谣言正是利用这种社会心理，捏造、夸大、扭曲相关事件，误导公众。部分网民也通过对这些网络谣言的参与、传播，宣泄自身的负面情绪，导致政治参与行为的非法性。总之，借助现代信息技术，网络谣言不仅限于特定人群、特定时空、特定范围传播，其传播速度与影响范围呈几何级数增长，危害巨大，后果十分严重，必须引起全社会的高度警惕。

2015 年 11 月 1 日施行的《中华人民共和国刑法修正案（九）》第三十二条明确规定，编造虚假的险情、疫情、灾情、警情，在信息网络或者其他媒体上传播，或者明知是上述虚假信息，故意在信息网络或者其他媒体上传播，严重扰乱社会秩序的，处三年以下有期徒刑、拘役或者管制；造成严重后果的，处三年以上七年以下有期徒刑。新规定明确了在网络上传播 4 类不实信息，造成严重后果所需要承担的法律责任，对网络造谣、传谣行为设立了法律高压线，给网络行为划上了一道"硬杠"，使广大网民对法律心存敬畏。但此条有个兜底条款，便是严重扰乱社会秩序。也就是说，侵犯的客体是社会管理秩序，达到怎样的情节属于严重扰乱，怎样的后果属于造成严重后果，后续需要司法解释予以进一步明确，以防止刑法滥用的情况。

（三）网络煽动兴起

当前，网络已经渗透到政治、经济、文化等社会生活的方方面面，人们对网络的依存度越来越高，整个社会运转已经与网络密不可分。煽动活动也由现实社会快速地进入了网络空间。根据《现代汉语词典》的解释，"煽动"有两个释义：第一个是煽惑、鼓动；第二个是流动、掀动。网络煽动是指在互联网这一介质上，通过使用具有鼓动性的文字、图片、音频、视频等作为传播符号来激化受众情绪，有意识或无意识地促使受众按照传播者意愿进行相关活动。从国际来看，借网络煽动民族对立，煽动社会动荡的事情也有发生，给国家的稳定带来隐患。从国内来看，网络煽动打破了网络政治参与的正常秩序，影响了网民意见的真实互动，冲击着我国的政治稳定和社会和谐。如2018年9月3日下午，正当广东省汕头市潮阳区政府全部工作人员全力以赴在灾区一线开展排涝抗洪、发放救援物资、安置灾民、救治防疫等工作时，一名叫"大秀"的网民在微信群上发布辱骂政府工作人员、歪曲事实、扰乱视听的违法言论，煽动群众、义工、救援人员对抗政府，潮阳公安机关以涉嫌利用网络煽动扰乱公共秩序之由将其拘留。① 这种在网络上公然煽动对抗政府的非法政治参与行为，势必会制造网络和社会的暴戾之气，随时可能引发群众聚集扰乱公共秩序，打破网络政治参与的正常秩序，影响网民意见的真实互动，冲击我国的政治稳定和社会和谐。

此外，在恐怖主义思想蔓延的过程中，网络和社交媒体成为重要的传播、煽动与招募平台。从破获的昆明"3·01"、乌鲁木齐"4·30""5·22"等多起暴恐案件来看，暴恐分子几乎都曾收听、观看过暴恐音视频，最终制造暴恐案件。网络恐怖活动犯罪不仅成为传统恐怖活动的"扩音器"，而且成为新的恐怖活动犯罪的生成平台，影响和危害都日益巨大。"没有网

---

① 《涉嫌利用网络煽动扰乱公共秩序——女青年被潮阳警方依法拘留》，《汕头日报》2018年9月5日。

络安全就没有国家安全"，为了全面适应未来网络安全的发展，我们需要尽早制定出更具体、更有操作性、更适应我国网络反恐事业发展现状的法律法规，健全和完善我国网络安全法律体系，避免让网络成为孕育恐怖分子的安全空间。网络恐怖主义也是全球的威胁，近几年各国不断增强打击网络恐怖主义的政治共识，加大了反恐信息共享力度，但在网络空间中，国际社会仍然没有形成统一的网络反恐准则，包括各国对网络恐怖主义的范围界定还存在诸多分歧，影响国际网络反恐体系的建立。世界各国应联合起来，实现对网络空间的"共同治理"。

二、 网络政治参与的非理性

互联网的开放性、匿名性、互动性等特征，为公民提供了更为自由、即时、充分的意见表达空间，越来越多的人通过网络平台来表达政治意愿和利益诉求，公民网络政治参与的热情空前高涨。有序政治参与应该是合法、理性的政治参与。总的来说，我国公民在网络政治参与中呈现出来的主流意识与社会主流意识基本保持一致。但是，公民在网络政治参与过程中也经常掺杂着非理性成分，带有一些冲动性、情绪化、极端化等非理智因素，给正常的政治参与带来消极影响。

（一）网络盲从

盲从是指自己没有主见、没有原则、没有见地，随着别人说话、做事。盲从现象古今都有，像众所周知的"东施效颦"，大家耳熟能详的"邯郸学步"，以及鲁迅笔下的"看客"形象，等等。日常生活中，盲从是一种较为常见的社会心理和行为现象。盲从者的主要表现就是没有主见、人云亦云。互联网作为一种信息交流平台，给我们提供了一个互相关联的世界，由于人们通过社交网络获取的不计其数的弱纽带关系，盲从者的从众行为被放大了，隐含着更多负面的影响。人们人云亦云的盲从倾向被现代技术和社交网络扭曲得更为严重。

在互联网出现之前，传统的社交网络主要依靠血缘、业缘、地缘，亲属、同事、邻居是主要的社交对象。有了互联网之后，在技术主宰的虚拟网络中，弱纽带关系诱发了更多的负面态度和行为，甚至是真实世界中的伤害。一是虚拟社交网络助长了盲从者对他人想法和形象的过度痴迷，一些极端化、非理性的观点和言论很容易获得点赞和转发，导致一些不真实的网络意见的出现。如果一味跟风，势必走进低俗盲从的"怪圈"，最初可能是满足"凑热闹"的心理，但久而久之，就会失去网络素养的"免疫力"，成为践踏网络文明的"始作俑者"。当然，即便没有互联网，盲从者也是悲剧，但互联网迅速扩大了这一阵容，并放大了其影响。二是由于网络这种弱关系弱化了线下社交群体的传统制约机制，在道德上可以不用承担线下社交关系中被别人"八卦"的后果，喷子、网络流氓的语言暴力以及歧视链的盛行也就随处可见。更有甚者会将网络暴行延续到线下，破坏真实的社会关系。

（二）网络群体极化

所有的政治参与都是意见的表达，当这种意见表达出现了非理性、情绪化现象时，群体极化就随之产生。根据众多学者研究成果可知，"群体极化"（Group Polarization）一词最早由美国传媒学者詹姆斯·斯托纳于1961年提出，他认为，在一个组织群体中，个人决策因为受到群体的影响，容易做出比独自一个人决策时更极端的决定，这个社会现象被称为群体极化。完整诠释群体极化概念的代表性学者是美国芝加哥大学法哲学教授凯斯·桑斯坦，他将"群体极化"定义为："团体成员一开始即有某些偏向，在商议后，人们朝偏向的方向继续移动，最后形成极端的观点。"[1] 由此可见，群体极化现象是群体成员意见不断交锋、融合后朝着极端化方向动态演进的结果，具有情绪化与非理性等显著特征。

---

① ［美］桑斯坦：《网络共和国：网络社会中的民主问题》，黄维明译，上海人民出版社2003年版，第41页。

网络公共领域的虚拟性、超空间性和去中心化的特点，让过去现实生活中难以聚合的个体更容易集群，让过去靠口口相传的信息呈现爆炸式传播。因此，群体极化现象开始在网络上发生并变得更为突出。凯斯·桑斯坦说："毫无疑问的，群体极化正发生在网络上。网络对许多人而言，正是极端主义的温床，因为志同道合的人可以在网上轻易且频繁沟通，但听不到不同的意见。持续暴露于极端的立场中，听取这些人的意见，会让人逐渐相信这个立场。各种原来无既定想法的人，因为他们所读不同，最后会各自走向极端，造成分裂的结果……如果团体成员已经倾向于某个方向，他们就会在这个方向提供更多的论点，只有极小部分的论点会转到另一个方向。其讨论结果就是让一开始的倾向往前再跨一步……整体而言，如果团体需要一个决定，绝不会向中间靠拢，而是走向极端。"[1] 在网络空间，人们之间的交往是一种匿名化的缺场交往，这种"身体缺场"和"符号化"交往方式极大地张扬了人的生存自由，使民众获得了选择与表达的权利，他们可以凭借虚拟身份游弋于网络社会的各个角落，并就其所关注的网络议题随心所欲地发出自己的声音。网络中"沉默的螺旋"机制进一步加剧了群体极化效应的产生。萨拉·凯拉尔在研究中发现："网络中的群体极化现象更加严重，大约是现实生活中面对面的两倍多。"[2]

综合近年来国内学术界对网络群体性事件的研究，我们发现，当突发事件发生以后，除传统媒体传播外，网络媒体成为另一层面上的传播者，迅速将事件推向新的热点来引起更多网民关注。之后，网民聚集起来发表对事件的看法，意见领袖也发表看法。然而，许多网民似乎沉浸在网络的狂欢中，开始散播政治谣言、诋毁政府、制造混乱，以致非理性的表达大量充斥其中。"人肉搜索""网络推手"等互联网的劣根性一度甚嚣尘上，助长了负

---

① ［美］桑斯坦：《网络共和国：网络社会中的民主问题》，黄维明译，上海人民出版社2003年版，第48—51页。

② ［美］Patricia Wallace：《互联网心理学》，谢影、苟建新译，中国轻工业出版社2001年版，第88页。

面的消极情绪，使群体间观点强化或同化，继而形成群体极化现象。网络群体极化现象是一种群体理性思维缺失、情绪渲染极端化的非理性产物，极易对网民的道德伦理、社会舆论导向产生严重的干扰。网络上的群体极化现象一般可分为两个层面。其一是网络言词极化，网民的意见偏向一个观点，向一个极端偏斜。其二是现实行为极化，由"网络群体极化"走向现实社会"群体激化"，形成"多米诺效应"，诱发公共危机事件。

（三）网络暴力

随着网络 2.0 时代的到来，当人们享受着互联网在讯息搜寻、言论表达、交流互动、资源共享及娱乐消遣等方面便捷的服务时，网络暴力层出不穷，似乎有越来越严重的趋势。"网络暴力"真正触及社会舆论的兴奋点，始于 2006 年"虐猫女""铜须门"等典型网络事件的频繁发生。《社会蓝皮书：2019 年中国社会形势分析与预测》显示，近三成青少年曾遭遇过网络暴力辱骂，而"当作没看见，不理会"则是青少年最常用的应对暴力辱骂信息的方式，占比达 60.17%。与传统暴力相比，网络暴力是现实暴力在虚拟网络世界的体现，它是指"网民通过对未经证实或已经证实的网络事件的发帖、回帖或网络创作，打着道德的名义对自认为不道德、不公正的现象进行讨伐，对网络事件的相关人群发表进攻性、侮辱性、谩骂性、诽谤性的言论，人肉搜索并公布当事人及其亲友的真实信息，以侮辱、谩骂、人身攻击和发布追缉令等方式来达到维护社会正义和伦理纲常，以实现群体性情绪宣泄为目的的网络行为"①。

网络暴力的动机有两种：一是道德审判，这是基于朴素正义的动机，围绕某一具体的舆论热点事件而产生的暴力行为。这类事件没有特定的舆论发起人，也没有限定性的攻击对象，凡是与道德正义相关的普通人都可以作为

---

① 侯玉波、李昕琳：《中国网民网络暴力的动机与影响因素分析》，《北京大学学报》（哲学社会科学版）2017 年第 1 期。

网络暴力的目标人群。大量的网民在网络舆论中就这一热点事件表达自己的看法，随之愈演愈烈，越来越多不明真相的网民开始人肉搜索此事件相关当事人的真相与隐私，正义和道德的初衷逐渐被掩盖扭曲，最后演化为通过打着道德旗号肆意谩骂、曝光隐私、现实谴责等方式来实现道德审判，给当事人造成了严重的心理困扰。二是不良情绪的宣泄，这是始于情绪宣泄和网络舆论所进行的纯恶意性攻击，由于网络的匿名性，许多网友将自己生活中的压力、挫折等不良情绪投射到网络评论中，也称为网络欺凌。这类事件有特定的舆论领袖和特定的回应。某一热点事件发生后，当目标人群发布的信息与大众群体的观点或情绪有较大差异时，此条原始信息受到指责，在意见领袖的引导下凡是与此条信息相关的人和事物都会被迫卷入，事态不断扩大。如果目标人群为政府官员、富人、明星或其他网络红人，则会引发范围更广和影响更大的网络暴力。在这类网络事件中，所谓的公知往往充当着网络推手的作用，进一步加深了受害者的无力感。

网络暴力的影响因素来自多方面，主要体现在以下三个方面：一是社会环境因素。随着改革开放的不断深化和市场经济的深入发展，现代社会竞争日益激烈，生活节奏不断加快，紧张、焦虑、困惑、不满、失望、愤怒等负面情绪日积月累，网络社会给这些负面情绪提供了绝佳的排解和宣泄平台。在虚拟的网络世界中，人们把对现状的不满借网络热点事件尽情地宣泄排解，很容易出现一些极端言论，从而形成网络暴力。因此，网民在现实中的人格以及所表现出的行为会与网上的行为有明显差异就不难理解了。二是网络环境因素。网络平台的开放性、网民身份的隐匿性、网络参与的交互性、网络互动的多元性为网络暴力的形成提供了土壤，网络媒体追求点击率是产生网络暴力的推手，"人肉搜索"是产生网络暴力的内在原因，网络法制不健全和监管缺失是产生网络暴力的重要原因。三是网民心理因素。网民的趋同心理、猎奇和娱乐心理等因素也是造成网络暴力的社会心理基础。大多数人存在趋同心理，当自己意见与周围人相背离时，会产生孤独感和恐惧感。"网络空间存在一种'前10效应'，即对网络上出现的某些新闻或社会现象，前十位网友的意见和评论决定了后续的数十甚至成百上千的意见和评论的内容与态度，从而形成网络舆论。"① 网络暴力盛行会侵害公民的合法权益，会给公民的人身安全和社会秩序带来威胁，并逐渐消解互联网带给我们的正面红利，引发人们的种种恐慌。

第四节　数字鸿沟日趋严重，损害网络政治参与平等性

平等是政治民主和政治参与的必要前提和重要基础。互联网技术的突飞猛进打破了信息垄断，鼓励广大网民更加珍惜自己的权利，更为积极履行自己的义务，勇敢地同社会不公平现象进行斗争；随着网民规模的持续增长，其精英结构被稀释，网络朝着草根化、平民化、平等化的方向发展，任何阶层都拥有相对平等的话语权。然而，网络技术发展在推动人人平等的同时，也造成了信息富有者与信息贫穷者之间的"数字鸿沟"，从而造成了网络政治参与的不平等性。当前，数字鸿沟的问题错综复杂，已渗透到人们的经济、政治、文化和生活当中，已经成为一个在信息时代凸显出来的社会问题。在数字鸿沟的冲击下，公民政治参与缺乏合理有效的组织和引导，参与的不平衡现象日趋突出，严重影响公民政治参与的积极性和效果。

一、数字鸿沟概述

"数字鸿沟"是信息技术发展中的普遍现象。对"数字鸿沟"的概念，学者们并没有形成统一的认识。根据经合组织（OECD）的定义，"数字鸿沟"（Digital Divide）是指不同社会经济水平的个人、家庭、企业和地区在接触信息通信技术和利用互联网进行各种活动的机会的差距。这种差距既存在

---

① 李良荣、于帆：《网络舆论中的"前10效应"——对网络舆论成因的一种解读》，《新闻记者》2013 年第 2 期。

于不同国家之间，也存在于一国内部不同人群之间。① 一般认为，"数字鸿沟"是网络时代强与弱、贫与富、落后与先进差距的新型表现形式。"数字鸿沟"实际上代表着一种阶层的分化，即由于接入、使用信息通信技术和通过信息通信技术创造新知识的能力的差异而导致的社会阶层分化。对此，曼纽尔·卡斯特曾明确指出："在全球化经济环境和网络社会里，几乎所有的事情都依赖于以互联网为基础的网络结构。切断网络的连接，就会被推到社会的边缘……这种排外会因不同的机制而引发：缺乏科技基础；接入网络的经济或政策上的壁垒；因缺少教育和文化知识能力而不能以自己决定的方式上网；在利用网络沟通时对提供内容方面处于劣势。这些会引发排外的机制作用的积累结果就是使我们这个星球上所有的人被分化了，但这种区分不再是按南方人北方人来分了，而是把那些在不同节点上与全球性的价值创造网络相连接的人和那些与网络断开了的人区别了开来。"②

一般来说，"数字鸿沟"包括三个层面。一是发达国家与发展中国家之间在进入网络方面的差距，也称"全球鸿沟"，即"发达国家经济水平及信息化程度与发展中国家之间所形成的信息不对称"③。如果从阿帕网的发明算起，网络技术已经存在 50 多年了。发达国家由于工业化起步较早，在掌握和应用互联网方面具有成熟的技术和丰富的经验，移动互联网发展以及普及程度相对成熟。由于互联网先进设备的成本较高，很多发展中国家在相关基础设施上的投资不足，导致这些地区信息经济的发展水平较低，离信息化目标还十分遥远。以网络和计算机技术为核心的数字革命成就了微软、谷歌等林林总总的"数字帝国"的同时，一大批国家和人群被排斥在获取信息技术的机会之外，他们因无法分享新技术文明的成果而与现代化和全球化脱离。由此我们看到了

---

① 孙敬水：《数字鸿沟：世界各国面临的共同问题》，《国际问题研究》2002 年第 6 期。

② ［美］曼纽尔·卡斯特：《网络星河：对互联网、商业和社会的反思》，郑波、武炜译，社会科学文献出版社 2007 年版，第 293—294 页。

③ 邵培仁等：《关于跨越中国数字鸿沟的思考与对策》，《浙江大学学报》（人文社会科学版）2003 年第 1 期。

"信息高原"与"信息盆地"共存的局面。国家间信息化差异的扩大也势必给全球化社会的治理带来巨大障碍。2019 年 9 月 4 日，联合国贸发会议（UNCTAD）发布的关于《2019 数字经济报告》称，互联网连接不足的国家与高度数字化的国家之间差距趋于扩大，如不尽快有效地加以解决，则全球数字经济不平等现象将加剧，并最终拖累全球经济增长。

二是每个国家内部所存在的由于种族、性别、年龄等造成的信息富有者和信息贫穷者之间的差距，也称"社会鸿沟"，即人们获取信息的能力的差异性导致了信息资源和信息技术在不同社会成员之间的配置出现分化的现象。美国学者蒂奇诺等人曾提出这样一个假设：由于社会经济地位高者通常比社会经济地位低者更快地获得信息，因此大众媒介传送的信息越多，这两者之间的知识鸿沟也就越有扩大的趋势。随着信息技术的飞速发展，不同地域、群体间获取和利用信息资源的不均衡趋势日益明显，出现了拥有且能够充分利用互联网新媒体的"信息富有"阶层与缺少且不会使用互联网新媒体的"信息贫穷"阶层。信息富有者和信息贫困者的两极分化可能带来新的社会矛盾，正如美国著名未来学家阿尔温·托夫勒所说"国民分裂成信息富有者和信息贫困者两部分是高技术国家的政府所面临的一种潜在的威胁"。

三是人们在是否使用数字技术去从事、动员和参与公共生活方面的差距，也称"民主鸿沟"，即不平衡的网络发展进一步拉大了人与人之间信息利用能力的差距。美国学者安东尼·奥罗姆研究发现，"一旦参与的机会，至少在小范围内，能够反映财产和教育的社会不平等时，社会经济地位和公民参与政治的关联性就会体现出来。处于较高社会经济地位的人参与政治的比例必然要比处于较低社会经济地位的人们高些"[1]。因此，信息分化必然导致公民网络政治参与深度和广度的差异。

对于数字鸿沟未来的发展趋势，目前学术界存在着几种截然不同的观

---

① ［美］安东尼·奥罗姆：《政治社会学——主体政治的社会剖析》，张华青、孙嘉明译，上海人民出版社 1989 年版，第 290 页。

点。第一种观点认为，人们不需要为数字鸿沟而忧心忡忡，数字鸿沟将随着技术的进一步发展而缩小甚至消失。我国学者金兼斌就认为，互联网扩散如同历史上很多的技术创新一样遵循相似的规律，随着时间的推移，数字鸿沟将逐渐缩小。与之相反，另一种比较悲观的观点认为，一切技术的进步都是有代价的，每项技术都包含着无法预料的后果。就数字鸿沟的问题而言，随着信息技术的迅猛发展，数字鸿沟只会扩大不会缩小。

二、 我国网络政治参与中数字鸿沟的表现及成因

公民政治参与的目的很明确，即通过政治参与，表达诉求，影响公共决策，切实维护自身的合法权益。由于性别、年龄、学历、职业、收入和居住的地理区域等差异，带来了人们网络话语权的巨大差距，使得理论上平等的网络政治参与权利和机会在实际上呈现出严重的不平等状态，造成了网络政治参与的不均衡。[1] 目前中国的数字鸿沟也比较大，我们借助中国互联网络信息中心（CNNIC）在 2019 年 8 月公布的第 44 次《中国互联网络发展状况统计报告》[2]，简要地分析目前存在于公民之间的数字鸿沟。

从网民的城乡结构来看（见图 4-1），截至 2019 年 6 月，我国网民规模达 8.54 亿。其中农村网民规模为 2.25 亿，占网民整体的 26.3%；城镇网民规模为 6.30 亿，占网民整体的 73.7%。我国非网民规模为 5.41 亿，其中城镇地区非网民占比为 37.2%，农村地区非网民占比为 62.8%，非网民仍以农村地区人群为主。虽然，随着农村互联网普及率的提升，互联网在农村的生产、生活、娱乐中的重要性正在逐步显现。但是，农村网民对互联网依赖的程度仍然明显低于城镇网民。

从非网民不上网的原因来看（见图 4-2），缺乏必要的使用技能与文化

---

① 孙丽丽、杨佳、时伟：《新兴媒体背景下公民有序政治参与的困境及其多维治理》，《云南行政学院学报》2015 年第 6 期。

② 中国互联网络信息中心：第 44 次《中国互联网络发展状况统计报告》，见 http：//www.cac.gov.cn/2019-08/30/c_1124938750.htm。

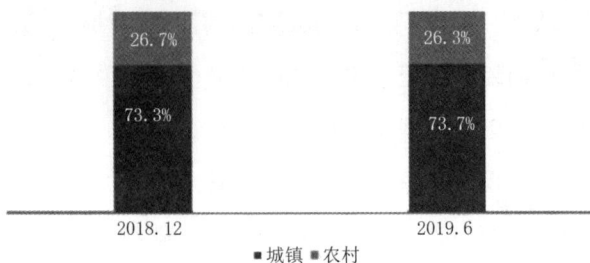

图 4-1　网民城乡结构

水平的限制是制约非网民使用互联网的主要原因，也是城乡数字鸿沟存在的现实因素。而地区经济发展不平衡，农村居民缺少使用互联网的需求，则是造成这一问题的深层原因。

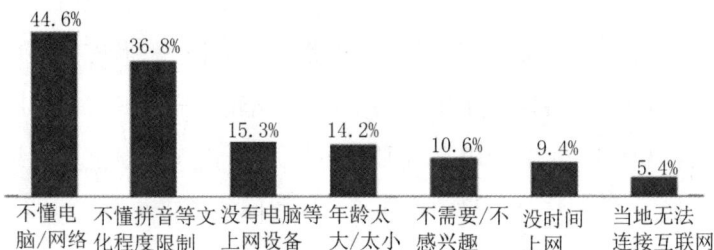

图 4-2　非网民不上网的原因

　　从网民的年龄结构来看（见图 4-3），截至 2019 年 6 月，10—39 岁网民群体占网民整体的 65.2%；其中 20—29 岁网民群体占比最高，达 24.6%；其次是 30—39 岁网民群体，占比达 23.7%。另外，40—49 岁网民群体占比由 2018 年底的 15.6%提升至 17.3%，50 岁及以上的网民群体占比由 2018 年底的 12.5%提升至 13.6%，互联网持续向中高龄人群渗透。

　　从网民的职业结构来看（见图 4-4），学生在整个网民群体中占比最大，达到 26.0%，而农村外出务工人员仅占 3.3%。

　　从网民的收入结构来看（见图 4-5），月收入在 2001—5000 元的网民在

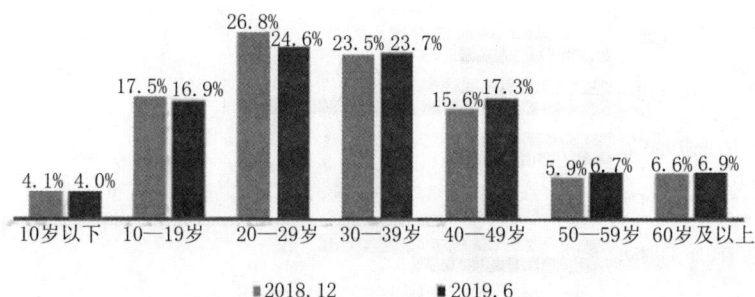

图 4-3 网民年龄结构

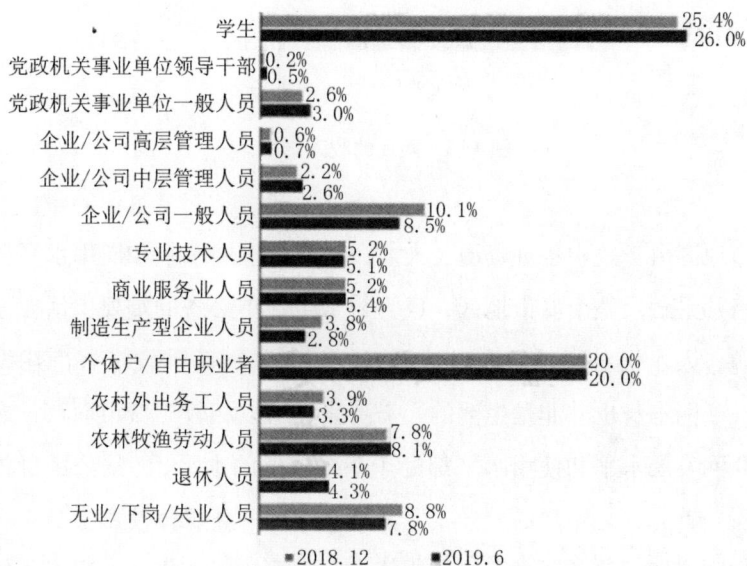

图 4-4 网民的职业结构

整个网民群体中占比最高，超过网民整体的三分之一。2000 元以下的相对低收入者占比较少。

根据以上数据分析得出，公民网络政治参与的"数字鸿沟"主要体现在两方面：其一是城乡间互联网发展的不均衡；其二是公民群体内部在使用互联网的能力和水平方面存在较大差异。从城乡间互联网发展的不平衡情况来

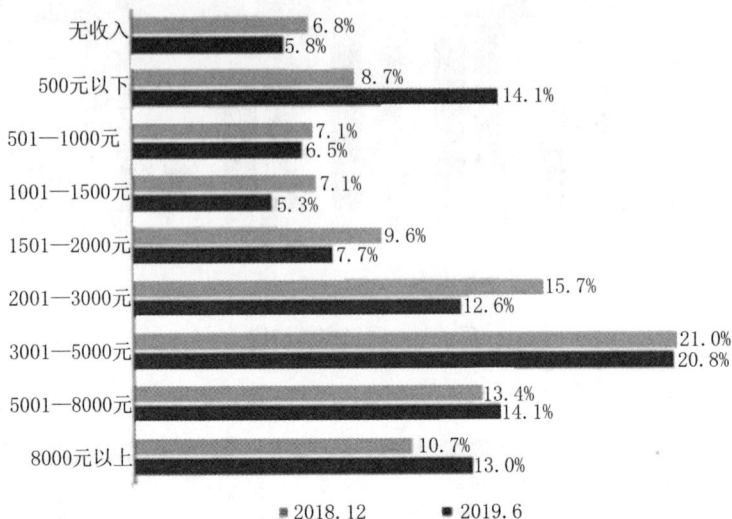

图4-5　网民的收入结构

看，城市地区由于集中各种资源、人才，互联网发展水平和使用水平普遍较高，网络几乎触及整个城市地区，成为日常生活中必备的重要生活要素。而对于资源、人才相对匮乏的农村地区来说，互联网基础设施有待建设和完善，且互联网本身也并非是生活的必需要素，所以相较于城市而言，农村地区的互联网发展水平和使用水平都处于一个较低的水平。① 从公民群体内部差异来看，首先，是年龄的差异，尤其是在互联网新媒体使用上，年轻一代无论是在网络知识储备还是网络使用能力上都要优于老年人。当下年轻人喜欢通过网络追赶时代潮流，表达所闻所见、所思所想，在日常生活中积极参与网络生活，尤其通过网络进行政治参与，行使政治权利，网络政治参与的积极性较高。而这种能力和习惯对于相当一部分老人来说却是望而却步。一方面是由于老年人在时间精力方面难以比得上年轻人，且掌握日新月异的网络知识具有一定的难度；另一方面是互联网新媒体也并非老年人生活的必备

---

① 纪秋发：《中国数字鸿沟基于互联网接入、普及与使用的分析》，社会科学文献出版社2010年版，第50页。

要素，是否学习掌握对自身影响不大。因此，老年人网络政治参与的主动性和积极性普遍不高。其次，知识水平或受教育程度的差异也是数字鸿沟的重要诱因。一般而言，像学生、教师、医生、警察等接受过良好教育、具有一定知识水平的群体在使用互联网新媒体时能够得心应手，基本不会遇到相关的阻碍。并且，随着互联网技术的飞速发展和互联网应用的普及，互联网新媒体已深深嵌入这类群体的工作、学习、生活中，成为这类群体日常生活必需的工具和要素。因此，互联网在知识水平和受教育程度较高的群体中更受欢迎，通过网络进行政治参与十分普遍。而对于没有接受过良好教育或不具备一定知识背景的群体，例如部分农村外出务工人员，互联网就显得不是那么的友好，相对而言这一群体在使用互联网时会面临一定的阻碍，也就出现了"农民工给铁道部写信，反映网购车票太折磨人"的事情。这样一来也就造成了这一群体使用互联网进行政治参与的积极性不高。另外，经济因素也是造成"数字鸿沟"的重要原因。受到经济情况的限制，一些收入低或无收入者无力购买计算机设备，更没有能力充分利用网络资源获取大量信息，逐步转变为"信息赤贫者"，这部分群体在网络政治参与领域往往被日益边缘化，长此以往，造成了网络政治参与的失衡。因此，城乡互联网发展的失衡加之公民内部互联网使用能力的差异合力造成了当下网络政治参与中数字鸿沟现象，这一现象严重制约了公民政治参与的公平性、均衡性与有序性。

三、　数字鸿沟对我国公民网络政治参与的影响

"在信息社会，信息不仅是一种经济资源，而且是一种重要的权力资源，控制和垄断信息就意味着具有了权力，就有了对他人支配的能力。"[1] 普遍地接入和平等地使用互联网已成为网络时代实现民主的前提之一。民众在接入网络、获取和占有信息上的不平等，必将导致公民网络参与权和话语权的不平等。因此，随着"数字鸿沟"的产生和扩大，公民网络政治参与正在逐

---

① 陶文昭：《电子政务与民主参与》，《电子政务》2010 年第 9 期。

渐走向不公平、不均衡和无序性，给我国网络政治参与带来了不小的挑战和冲击。

（一）数字鸿沟挑战公民网络政治参与的平等性

与任何新生事物一样，公民网络政治参与也具有两面性，也存在着平等悖论，它虽然可以促进公民对自由平等的追求，但也可能扩大公民之间业已存在的不平等或造成新的不平等。[①] 从我们对网络政治参与中数字鸿沟的表现及成因的分析中可以看出，高学历和高收入群体在互联网使用率上远远超过低学历、低年龄、低收入群体，在互联网中占据主要地位，成为网络主导性力量。这些人掌握更多的信息资源，更有机会成为信息富有者，而其他的群体则有可能沦为信息贫穷者。信息富有者因技术熟练、信息丰富，拥有较多的体制内外的组织资源、经济资源和文化资源，很可能影响公共事件的舆论走向，进而操纵控制民众，对现实政治施加利己影响。信息贫穷者因缺乏参与影响活动能力而被排除在网络之外，不能发出自己的声音，不能表达自己的利益诉求，在"沉默的螺旋"社会心理机制影响下，话语权越来越少，因此可能"失声"，甚至"被代表"、被边缘化，进而形成了一种信息发展的不平衡状态，即信息富有者掌握的信息远远超过信息贫穷者所掌握的信息。而在现实中，这些群体往往是最需要获得信息、最需要行使话语权来改变自身状况的。[②] 因而，美国政治学者阿尔温·托夫勒指出："各个高科技国家的政府所面临的一种潜在的可怕威胁来自国民分裂为信息富有者和信息贫困者两部分，下层阶级和主流社会之间的鸿沟实际上是随着传媒系统的普及而扩大了，这条大峡谷一样深的信息鸿沟最终会威胁到民主。"[③] 这表明，

---

① 崔文奎：《公民网络政治参与的平等性及其主要限度》，《山西大学学报》（哲学社会科学版）2013 年第 4 期。

② 孙丽丽、杨佳、时伟：《新兴媒体背景下公民有序政治参与的困境及其多维治理》，《云南行政学院学报》2015 年第 6 期。

③ ［美］阿尔温·托夫勒：《力量转移，面临 21 世纪的知识、财富和权力》，刘炳章、卢佩文译，新华出版社 1991 年版，第 348 页。

由于"数字鸿沟"的存在，理论上平等的网络政治参与权利和机会在实际上呈现出严重的不平等状态，有可能加强或扩大政治参与的鸿沟。

（二）数字鸿沟导致公民网络政治参与的失衡性

2019 年 10 月 20 日，第六届世界互联网大会发布的《中国互联网发展报告 2019》公布了 2019 年中国互联网发展指数综合排名情况，其中，北京、上海、广东、浙江、江苏、山东、天津、福建等省（直辖市）互联网发展水平位居全国前列。再结合中国互联网络信息中心每年发布的《中国互联网络发展状况统计报告》可以看出，互联网在我国不同地区之间的发展非常不平衡。经济相对发达的省份信息基础设施建设发展迅速、人们受教育的程度普遍较高、互联网政务服务高质量发展，互联网已经成为人们生活中必不可少的物品之一，这些省份的网民可以充分利用互联网的优势，更方便地参与政治生活、享受民主权利。而经济欠发达地区的互联网信息资源相对贫瘠、人们受教育水平相对较低，拥有、使用计算机对很多人来说是无法实现的梦，从而导致他们缺少利用网络获取各种信息、表达利益诉求、进行政治参与的机会。这就产生了不同省份网络政治参与主体利用信息能力不平衡的现象。例如，杨斌艳在《"2012 年两会"互联网专题报道效果分析》中，对新浪网、中华网、凤凰网和千龙网等八家网民高度关注的网站进行了分析，从页面浏览量来看，2012 年"两会"新闻报道浏览用户前十位地区分别为广东、山东、江苏、浙江、北京、河南、河北、上海、辽宁和安徽。[①] 从统计数据上看，这十个地区几乎都是经济比较发达的东部地区。另外，由于城乡之间经济发展水平的限制以及公共资源投放不均衡等原因，虽然农村网民数量迅猛增长，也不能掩饰城乡横向差距的扩大，农民无法享有与城市居民平等的网络政治参与机会，从而造成我国城乡之间公民网络政治参与发展的不平

---

① 参见尹韵公主编：《中国新媒体发展报告》，社会科学文献出版社 2012 年版，第 230—232 页。

衡。因此，这种在不同地区、区域之间客观存在的"数字鸿沟"，扩大了政治参与的不平衡，导致信息贫困者在网络政治参与中的政治贫困，影响了政治参与的实际效果，甚至造成社会断裂，从而对政府决策和社会正常健康的发展产生巨大威胁。

（三）数字鸿沟影响网络政治参与的有序性

互联网技术及其应用的飞速发展，不仅增强了人们搜集、整理和利用信息的能力，而且为编辑、传播和操纵虚假信息提供了更加先进的工具。互联网在给我们带来实时互动、快速传播及高度共享信息的同时，网上也充斥着大量的垃圾信息和一些病毒数据，给人们造成极大的经济损失，甚至一些邪教组织、贩毒集团、黑社会势力也在利用这一新的传媒手段进行新的犯罪活动。客观全面的信息是公民政治参与的前提和基础。对信息贫困者而言，如何在浩瀚的网络信息资源中，对信息进行梳理和甄选，是对其网络生存能力的巨大挑战，也是保持其理性网络政治参与的重要前提。由于数字鸿沟所造成的信息资源分配不均衡，使得一部分团体或个人利用网络编造、散布谣言，进行煽动和制造混乱，导致网络政治参与行为的无序性发展。大量无序的、情绪化参与一同涌向政治系统，造成了亨廷顿所说的"参与爆炸"困境，不仅会使党和政府无法从网民们的意见和建议中及时提炼出真正属于大多数人的真实意愿和想法，而且会造成党和政府的政策不能及时得到受信息蒙蔽或信息缺失影响的群众的理解和支持，从而对传统的政治秩序和政治控制造成巨大的威胁。因此，"数字鸿沟"已不仅是一个技术问题，还是一个社会政治问题，如果任由其不断加剧，必定对政治稳定和社会和谐造成巨大伤害。

第五章　新兴媒体背景下公民有序政治参与的引导与规范

　　"移动互联网已经成为信息传播主渠道。随着 5G、大数据、云计算、物联网、人工智能等技术不断发展，移动媒体将进入加速发展新阶段。"①这既为人们享有知情权、参与权、表达权和监督权提供了前所未有的便利条件和直接渠道，也为政府了解人民意愿，满足人民需要，维护人民利益发挥了日益重要的作用。互联网以其独特的方式成为中国公民政治参与的新途径。网络政治参与是信息时代公民政治参与的新方式，也是公民实现民主权利的重要组成部分。亨廷顿认为，发展中国家政治发展应该避免参与不足和参与过度的问题，参与不足就会使政治制度建设滞后于其他经济和社会发展，而参与过度则会造成公共资源浪费和社会政治的混乱。新兴媒体背景下公民有序政治参与是当代中国政治发展的现实需要。当然，"公民有序政治参与的发展一方面不能落后于社会和经济变革，另一方面必须避免政治参与的急剧增长而引起的不稳定"②。因此，政府应当以更为开明、积极、主动的姿态，重视互联网的积极作用，提供有效的制度设计，引导公民有序的网络政治参与，实现公民与政府的良性互动。

---

　　① 习近平：《加快推动媒体融合发展 构建全媒体传播格局》，《求是》2019 年第 6 期。
　　② 王明生、杨涛：《改革开放以来我国政治参与研究的回顾与展望》，《清华大学学报》（哲学社会科学版）2011 年第 6 期。

第一节　强化意识，以国家战略加强网络顶层设计

"战略问题是一个政党、一个国家的根本性问题。战略上判断得准确，战略上谋划得科学，战略上赢得主动，党和人民事业就大有希望。"① 20 多年来，我国加快推进建设网络基础设施、努力增强网络自主创新能力、不断繁荣网络经济，进一步推动网络空间日渐清朗，互联网已经成为经济社会发展的驱动力。但是，由于我国正处于发展关键期、改革攻坚期、矛盾凸显期，一些社会矛盾、问题开始借助互联网凸显、放大，网络空间成为不稳定、不安全因素的集散地和社会舆论的放大器，直接影响着国家安全与社会稳定。另外，与世界上的先进水平相比，我国在互联网技术创新能力、信息资源共享、产业实力，尤其是互联网思维模式和范式等方面还存在不小差距。因此，必须加强战略规划和统筹，从国家战略的高度对网络发展与治理进行统一谋划、统一部署、统一推进、统一实施，使互联网及相关技术成为国家治理体系和治理能力现代化的新路径，提升综合国力和保障国家安全的新利器。

一、　世界网络强国信息安全的战略动向

随着互联网迅速普及推广，世界各国高度重视网络空间安全问题，尤其是美国、英国、俄罗斯、法国等信息化大国开始从国家战略层面整体谋划网络安全发展，竞相制定网络空间国家战略，积极谋取网络空间国际竞争中的战略优势，国际社会已进入一个网络安全战略深度调整与实施期。

美国从 20 世纪 90 年代后期开始着手研究网络空间安全威胁应对策略，形成了最为完整、最为先进的网络安全国家战略体系和支持保障体系，一直

---

① 《十八大以来重要文献选编》（中），中央文献出版社 2016 年版，第 45—46 页。

掌控互联网主导权和话语权。一是把网络安全纳入国家安全战略范畴。1998年5月，《保护美国的关键基础设施》的总统令首次明确网络安全战略的概念、意义、目标。2000年1月，《信息系统保护国家计划V1.0》提出了美国政府在21世纪初若干年的网络空间安全发展规划，将网络安全正式列入国家安全战略框架。二是战略重心从网络防御转向网络威慑。从里根时代"星球大战计划"布局，到克林顿时期网络基础设施保护的"全面防御"，到小布什时期反恐上的"积极防御、攻防并举"思想，再到奥巴马时期颁布《网络空间国际战略》强调"主动进攻"，以及特朗普上任伊始采取"大国战略竞争、向前防御、备战"的强硬治网新理念，美国网络空间战略逐渐完善。三是战略目标从信息安全扩展到全球网络空间安全。美国最早以信息的保密性和完整性为网络安全重点，后来网络安全保护范围逐步拓展，2003年2月发布《网络空间国家安全战略》，把保护对象拓展到全球网络空间，这是美国历史上第一部专门针对网络安全发布的国家战略文本，确立了维护网络空间安全的重点发展方向，标志着美国网络空间安全战略初步形成。

与美国相比，英国政府并不谋求网络空间的主导地位，而是将注意力集中在维护本国网络安全、加强本国网络安全产业竞争力、创造网络安全商业机遇等方面，努力确保网络空间的优势，服务于国家政治、经济发展目标。一是网络安全战略框架较完备。2009年6月、2011年11月、2016年11月英国连续发布了三份国家网络安全战略，网络安全战略不断优化完善，已经建立起较为完备的国家网络安全战略框架。二是加强跨部门及公私协作。在应对网络安全威胁的过程中，英国政府一直推动与政府相关行政管理部门合作，与私营和公共部门合作，确保个人、企业和组织采用措施保持自身的网络安全。三是重视开展国际交流合作。英国政府逐渐意识到，仅凭自身无法提供国家各个领域的网络安全，为确保英国在网络空间的优势地位，让网络空间朝着有利于英国经济繁荣和国家安全的方向发展，必须加强国际治理交流和促进双边与多边合作。

面对日益严峻的信息安全形势，俄罗斯逐步形成了以《俄罗斯联邦宪法》为依据，以《信息、信息技术和信息保护法》为基础，以《国家信息安全学说》《2020 年前俄罗斯国家安全战略》等纲领性文件为主要内容的信息网络安全战略思想。日本在 21 世纪初逐步确立了"IT 立国"的战略，2013 年发布首份《网络安全战略》，旨在"实现网络安全立国"。2015 年 5 月发布新版《网络安全战略》，要"积极建设自由、公正、安全的网络空间，实现经济活力的不断增强及可持续发展，构建国民能够安全安心生活的社会，促进国际社会的和平与稳定，同时保障日本的安全"。法国政府于 2008 年公布《法国国防与国家安全白皮书》，首次将网络安全提升到国家安全的层面。2009 年 7 月成立了国家信息系统安全办公室（FNISA），2011 年 2 月颁布法国历史上第一份国家信息安全战略报告——《信息系统防御与安全：法国战略》，明确"成为网络安全强国、保护主权信息，确保决策能力、国家基础设施保护和确保网络空间安全"等目标。

网络安全直接关乎国家安全，网络安全的战略地位已在全球形成普遍共识。世界各国纷纷加快战略推动步伐，目前已有 70 多个国家制定了网络安全方面的国家战略，以应对日趋复杂激烈的网络空间竞争。可以说，网络空间对人类物质文明、精神文明以及政治文明的影响还在逐步深化中，其进程远未终结。网络空间必将成为人类社会进一步发展的新基础，对传统社会带来颠覆式的改变。谁能在战略上及时调整，充分应对，就能把握机遇，顺势而为。

二、 十八大以来我国网络强国战略发展探索

党的十八大以来，以习近平同志为核心的党中央做出了实施网络强国战略的重大决策部署，发表了一系列具有重大现实意义和深远历史意义的重要讲话，不断推进理论创新和实践创新，系统回答了新形势下"建设一个什么样的网络强国、怎样建设网络强国"的重大问题。

（一）深刻认识互联网，把网络大国建设成为网络强国

党的十八大以来，习近平总书记紧扣住互联网时代的主题和脉搏，坚持历史唯物主义的世界观、方法论，科学诠释了人类社会发展新阶段的时代特征，准确定位了人类社会发展进程的时代坐标，深刻阐述了互联网给人类生产生活和国际经济社会带来的巨大影响，从国内和国际两个维度为我国互联网发展与治理指明了方向，拉开了我国互联网全面发展的大幕。一方面，充分肯定互联网的作用及产生的变革意义，强调做好互联网发展与治理工作的重要性和紧迫性。习近平总书记指出："现在人类已经进入互联网时代这样一个历史阶段，这是一个世界潮流，而且这个互联网时代对人类的生活、生产、生产力的发展都具有很大的进步推动作用。"① 他还强调："互联网真正让世界变成了地球村，让国际社会越来越成为你中有我、我中有你的命运共同体。互联网发展对国家主权、安全、发展利益提出了新的挑战，迫切需要国际社会认真应对、谋求共治、实现共赢。"② 另一方面，阐释了做好互联网发展和治理工作的努力方向——建成网络强国。习近平总书记指出："网络空间是人类共同的活动空间，网络空间前途命运应由世界各国共同掌握。国际社会应该在相互尊重、相互信任的基础上，加强对话合作，推动互联网全球治理体系变革，共同构建和平、安全、开放、合作的网络空间，建立多边、民主、透明的全球互联网治理体系。"③ 他还强调："发展好、运用好、治理好互联网，让互联网更好造福人类，是国际社会的共同责任。各国应顺应时代潮流，勇担发展责任，共迎风险挑战，共同推进网络空间全球治理，

① 习近平：《习近平纵论互联网》，《人民日报海外版》2015 年 12 月 16 日。
② 习近平：《习近平向首届世界互联网大会致贺词 共建和平安全开放合作网络空间》，《人民日报海外版》2014 年 11 月 20 日。
③ 习近平：《在第二届世界互联网大会开幕式上的讲话》，《人民日报》2015 年 12 月 17 日。

努力推动构建网络空间命运共同体。"①

（二）依法管理互联网，掌握网络竞争和发展主动权

"面对互联网技术和应用飞速发展，现行管理体制存在明显弊端，主要是多头管理、职能交叉、权责不一、效率不高。同时，随着互联网媒体属性越来越强，网上媒体管理和产业管理远远跟不上形势发展变化。特别是面对传播快、影响大、覆盖广、社会动员能力强的微客、微信等社交网络和即时通信工具用户的快速增长，如何加强网络法制建设和舆论引导，确保网络信息传播秩序和国家安全、社会稳定，已经成为摆在我们面前的现实突出问题。"② 一方面，要加大依法管理网络力度，完善互联网管理领导体制。2013 年 11 月 12 日，党的十八届三中全会把"加大依法管理网络力度，完善互联网管理领导体制"作为全会确立的 60 项改革任务之一，要求加强统筹协调和顶层设计，建立起多重层面的网络安全保障体系，推动形成网络工作"一盘棋"新格局，确保互联网可管可控。2014 年 2 月 27 日，中央网络安全与信息化领导小组正式成立，习近平总书记亲自担任组长并主持召开第一次会议。这是一次历史性突破，真正实现了立足中国全局、立足全球的顶层设计，标志着我国从网络大国向网络强国的迈进完成制度设计，具有重大战略意义。另一方面，要依法治网，让互联网在法治轨道上健康运行。2014 年 10 月 23 日，十八届四中全会明确将"依法治网"纳入"依法治国"的范畴，明确提出："要加强互联网领域立法，完善网络信息服务、网络安全保护、网络社会管理等方面的法律法规，依法规范网络行为。"③ 2016 年 11 月 7 日，《中华人民共和国网络安全法》通过，规定："国家制定并不断完善网络安全战略，明确保障网络安全的基本要求和主要目标，提出重点领域的网

---

① 习近平：《习近平向第六届世界互联网大会致贺信》，《人民日报》2019 年 10 月 21 日。
② 习近平：《关于〈中共中央关于全面深化改革若干重大问题的决定〉的说明》，《人民日报》2013 年 11 月 9 日。
③ 《十八大以来重要文献选编》（中），中央文献出版社 2016 年版，第 163 页。

络安全政策、工作任务和措施。"① 为我国有效应对网络安全威胁和风险、全方位保障网络安全提供了上位法依据，必将促进我国互联网治理模式转变和治理能力的提升。

（三）合作共享互联网，构建网络空间命运共同体

"互联网是人类的共同家园。让这个家园更美丽、更干净、更安全，是国际社会的共同责任。"② 为此，我国倡导举办世界互联网大会，研究互联网发展趋势，共商互联网发展大计，凝聚互联网共识。从 2014 年到 2019 年，我国共举办了 6 次世界互联网大会，习近平总书记 3 次致贺信、1 次致贺词、1 次发表视频讲话、1 次亲临现场并发表重要讲话。习近平总书记强调，如何治理互联网、用好互联网是各国都关注、研究、投入的大问题。没有人能置身事外。"网络空间前途命运应由世界各国共同掌握。各国应该加强沟通、扩大共识、深化合作，共同构建网络空间命运共同体。"③ 习近平总书记旗帜鲜明地指出，推进全球互联网治理体系变革应该坚持"尊重网络主权、维护和平安全、促进开放合作、构建良好秩序"④ 四项原则，并发出"加快全球网络基础设施建设，促进互联互通；打造网上文化交流共享平台，促进交流互鉴；推动网络经济创新发展，促进共同繁荣；保障网络安全，促进有序发展；构建互联网治理体系，促进公平正义"⑤ 五点主张。习近平总书记还多次倡导："大家的事大家商量着办，做到发展共同推进、安全共同

---

① 《中华人民共和国网络安全法》，中国法制出版社 2016 年版，第 3 页。
② 习近平：《在第二届世界互联网大会开幕式上的讲话》，《人民日报》2015 年 12 月 17 日。
③ 习近平：《在第二届世界互联网大会开幕式上的讲话》，《人民日报》2015 年 12 月 17 日。
④ 习近平：《在第二届世界互联网大会开幕式上的讲话》，《人民日报》2015 年 12 月 17 日。
⑤ 习近平：《在第二届世界互联网大会开幕式上的讲话》，《人民日报》2015 年 12 月 17 日。

维护、治理共同参与、成果共同分享。"① "走出一条互信共治之路，让网络空间命运共同体更具生机活力，让互联网发展成果更好造福世界各国人民。"② 六年间，从"互联互通，共享共治"到"共建网络空间命运共同体"，从"创新驱动，造福人类"到"发展数字经济促进开放共享"，再到"创造互信共治的数字世界"，六届世界互联网大会共建共享的意识与成果在不断变化、扩大，我国不仅为世界互联网治理贡献了中国方案、中国智慧，也体现了我国致力于构建安全、清朗网络空间的决心与担当始终如初，更彰显了我国在互联网全球治理体系变革中的自信、格局与担当。

（四）创新发展互联网，确立实施网络强国战略

互联网不仅是一种工具，更代表着跨界融通的思维模式，我国互联网发展进入全新的发展阶段。一是以互联网培育经济发展新动能。2015 年 3 月 5 日，李克强指出："制定'互联网+'行动计划，推动移动互联网、云计算、大数据、物联网等与现代制造业结合，促进电子商务、工业互联网和互联网金融健康发展，引导互联网企业拓展国际市场。"③ 第一次把"互联网+"行动计划纳入国家战略。2015 年 10 月 29 日，"十三五"规划建议明确提出："实施网络强国战略，实施'互联网+'行动计划，发展分享经济，实施国家大数据战略。"④ 进一步明确互联网已成为中国创新发展的强劲引擎。当前，我们要"把握这一历史契机，以信息化培育新动能，用新动能推动新发展"⑤。二是让网络文化根植网络强国。习近平总书记指出："互联网技术和新媒体改变了文艺形态，催生了一大批新的文艺类型，也带来文艺观念和文

---

① 习近平：《习近平致第四届世界互联网大会的贺信》，《人民日报》2017 年 12 月 4 日。
② 习近平：《习近平向第五届世界互联网大会致贺信》，《人民日报》2018 年 11 月 8 日。
③ 《十八大以来重要文献选编》（中），中央文献出版社 2016 年版，第 388 页。
④ 《十八大以来重要文献选编》（中），中央文献出版社 2016 年版，第 794 页。
⑤ 习近平：《加快推进网络信息技术自主创新 朝着建设网络强国目标不懈努力》，《人民日报》2016 年 10 月 10 日。

艺实践的深刻变化。由于文字数码化、书籍图像化、阅读网络化等发展，文艺乃至社会文化面临着重大变革。要适应形势发展，抓好网络文艺创作生产，加强正面引导力度。"① 切实发展和壮大中国网络文化产业，提升网络文化影响力，是我国建设网络强国的根本路径。三是重视发挥互联网在加强民主政治建设中的作用。互联网所具有的开放性和便利性，决定了它在政治信息公开、决策民主、阳光行政等方面能起到更好的监督作用，其中舆论监督的作用尤为明显。习近平总书记指出："要把权力关进制度的笼子，一个重要手段就是发挥舆论监督包括互联网监督作用。这一条，各级党政机关和领导干部首先要做好。"②

三、 我国网络强国战略的着力点

努力把我国建设成为网络强国是习近平新时代中国特色社会主义思想中关于网络观的重要内容，也是实现"两个一百年"奋斗目标、实现中华民族伟大复兴中国梦的必然要求。党的十九大报告在论述加快建设创新型国家时，将建设网络强国与建设科技强国、质量强国、航天强国、交通强国、数字中国、智慧社会等并列，作为建设现代化经济体系和创新型国家的重要举措。在十九届中央政治局第二次集体学习时，习近平总书记特别强调推动实施国家大数据战略、加快建设数字中国的战略视野和战略谋划，为新时代推动我国从网络大国迈向网络强国指明了着力点和路线图。

（一）建设网络强国，必须以人民为中心

网络强国建设是一项长期、复杂、艰巨的系统性战略工程，必须坚持用历史唯物主义的格局和视野推动网络发展与网络空间治理，整合多方资源，

①　《十八大以来重要文献选编》（中），中央文献出版社 2016 年版，第 126 页。
②　习近平：《在网络安全和信息化工作座谈会上的讲话》，人民出版社 2016 年版，第4 页。

创新多种举措，凝聚多方力量，形成政府主导下的多向互动网络空间治理新格局。2016 年 4 月 19 日，习近平总书记在网络安全和信息化工作座谈会上发表重要讲话，明确指出："网信事业要发展，必须贯彻以人民为中心的发展思想。"① 2017 年 10 月 18 日，党的十九大报告明确提出："必须坚持人民主体地位，坚持立党为公、执政为民，践行全心全意为人民服务的根本宗旨，把党的群众路线贯彻到治国理政全部活动之中。"② 以人民为中心成为新时代坚持和发展中国特色社会主义的基本立场。中国特色社会主义进入新时代，必须科学认识和全面把握我国社会主要矛盾的变化，把人民对网络强国的向往作为奋斗目标。首先要加强信息基础设施建设和信息化服务普及，让人民群众真实感受到信息化社会发展的实际成果。其次，要学会通过网络走群众路线，积极回应网民关切、解疑释惑。让党和政府的声音及时进入网络空间，推动网络空间政府与民众的顺畅沟通和良性互动。此外，对网民的观点和看法要多一些包容和耐心，努力宽容忠诚的"反对者"。良好网上舆论氛围，不是说只能有一种声音、一个调子，应充分尊重各个表达主体，善于洞察表达与评价背后的真相，认真探求民情民意的真实心理，晓之以理动之以情加以引导，凝聚网络最大公约数。

（二）建设网络强国，必须培育风清气正的网络生态

"网络空间是亿万民众共同的精神家园。网络空间天朗气清、生态良好，符合人民利益。网络空间乌烟瘴气、生态恶化，不符合人民利益。"③ 因此，必须"建设网络良好生态，发挥网络引导舆论、反映民意的作用"，④ 为决

---

① 习近平：《在网络安全和信息化工作座谈会上的讲话》，人民出版社 2016 年版，第 2 页。

② 《十九大报告辅导读本》，人民出版社 2017 年版，第 31 页。

③ 习近平：《在网络安全和信息化工作座谈会上的讲话》，人民出版社版 2016 年版，第 4 页。

④ 习近平：《在网络安全和信息化工作座谈会上的讲话》，人民出版社版 2016 年版，第 3 页。

胜全面建成小康社会、实现"两个一百年"奋斗目标、夺取新时代中国特色社会主义伟大胜利提供正确的思想保证、有力的舆论引导和强大的精神力量。首先，坚定不移地把党管媒体的原则贯彻到新兴媒体领域，牢牢掌握网络舆论生态建设工作领导权，确保网络强国建设始终沿着正确方向前进。尤其是各级领导干部要强化互联网思维，不断提高"对互联网规律的把握能力、对网络舆论的引导能力、对信息化发展的驾驭能力、对网络安全的保障能力"①，确保互联网舆论阵地牢牢掌握在党的手中。其次，要"加强互联网内容建设，建立网络综合治理体系，营造清朗的网络空间"②。一方面，"要加强网上正面宣传，旗帜鲜明坚持正确政治方向、舆论导向、价值取向，用新时代中国特色社会主义思想和党的十九大精神团结、凝聚亿万网民"③；另一方面要尊重网络传播规律，不断推进网上宣传方法、手段等创新，以网民喜闻乐见的方式进行内容传播，提升网络内容传播质量，弘扬网络正能量。此外，还要坚持以法治思维和法治方式推动构建网络生态环境。网络空间从不是"法外之地"，推进网络社会治理法治化，是进一步促进互联网空间规范、有序、协调、健康发展的必然之举，也是我国数亿网民的共同愿望。

（三）建设网络强国，必须突破核心技术

技术是互联网产生、发展的第一推动力。互联网核心技术水平已成为衡量一个国家在网络空间的掌控力、竞争力的重要标志。国际互联网发展至今，众多的核心技术基本都掌握在西方国家特别是美国手中。如果不加强提升互联网技术，不掌握核心技术，不领先于他人，我国网络强国建设无异于

---

① 习近平：《习近平在全国网络安全和信息化工作会议上强调 敏锐抓住信息化发展历史机遇 自主创新推进网络强国建设》，《人民日报》2018 年 4 月 22 日。

② 《十九大报告辅导读本》，人民出版社 2017 年版，第 41 页。

③ 习近平：《习近平在全国网络安全和信息化工作会议上强调 敏锐抓住信息化发展历史机遇 自主创新推进网络强国建设》，《人民日报》2018 年 4 月 22 日。

一纸空谈。习近平总书记指出："互联网核心技术是我们最大的'命门'，核心技术受制于人是我们最大的隐患。"① 因此，"要下定决心、保持恒心、找准重心，加速推动信息领域核心技术突破"②。一方面，"要立足自主创新、自立自强。市场换不来核心技术，有钱也买不来核心技术，必须靠自己研发、自己发展"③；另一方面，"要坚持开放创新，只有跟高手过招才知道差距，不能夜郎自大"④。不能只坚持自主创新，而忽略开放创新；也不能只坚持开放创新，而忽略自主创新，要辩证地处理自主创新和开放创新的关系。此外，加快核心技术创新，"要摒弃简单模仿、一味跟跑的惯性思维，着眼下一代互联网技术，努力实现'弯道超车'或'变道超车'，赢得未来竞争的先机"⑤。"没有信息化就没有现代化。"⑥ 突破核心技术，让信息化成为发展的引擎，我们就一定能更好地实现高质量发展，不断谱写社会主义现代化新征程的壮丽篇章。

（四）建设网络强国，必须切实维护网络安全

"没有网络安全就没有国家安全。"⑦ 互联网的出现使得传统的政治模式受到冲击，成为影响社会变革的"双刃剑"。从"阿拉伯之春"到"英国骚乱"，再到"占领华尔街""香港占中"等重大抗议活动，网络成为其迅猛发展的幕后推手，向全世界展示了跨国活动借助网络的力量挑战国家安全的

---

① 习近平：《在网络安全和信息化工作座谈会上的讲话》，人民出版社 2016 年版，第 5 页。

② 习近平：《习近平在全国网络安全和信息化工作会议上强调 敏锐抓住信息化发展历史机遇自主创新推进网络强国建设》，《人民日报》2018 年 4 月 22 日。

③ 习近平：《在网络安全和信息化工作座谈会上的讲话》，人民出版社 2016 年版，第 6 页。

④ 习近平：《在网络安全和信息化工作座谈会上的讲话》，人民出版社 2016 年版，第 6 页。

⑤ 谢新洲：《迈向网络强国建设新时代》，《人民日报》2018 年 3 月 23 日。

⑥ 《习近平谈治国理政》，外文出版社 2014 年版，第198 页。

⑦ 《习近平谈治国理政》，外文出版社 2014 年版，第198 页。

可能。网络安全已不仅仅是网络自身的安全问题，其影响已辐射至国家安全和国家利益的方方面面，网络空间治理问题也日益受到关注。网络安全是一个复杂的体系安全问题，包括网络空间意识形态安全、网络技术安全、网络数据安全、网络应用安全等。其中，网络空间意识形态安全是第一位的。互联网已经成为意识形态斗争的最前沿、主阵地和主战场，直接关系到改革发展和社会稳定的大局，必须牢牢掌握网络意识形态斗争的主动权，打好网络意识形态斗争主动仗，切实守护国家的主权、政权和发展权。而数据安全、技术安全、应用安全、资本安全、渠道安全、关防安全则要依靠不断的技术进步和以法治网动态的实现。总之，网络安全就是要实现网络空间内容健康、上网秩序规范良好、依法治网卓有成效、防控攻击手段管用，为网络强国建设保驾护航。

（五）建设网络强国，必须增强互联网企业的使命感、责任感

英国学者欧利文·谢尔顿最早将道德因素融入公司责任之中，开创性地提出企业在追求股东利益过程中，需要考虑产业内外其他社会人的需求。社会责任是企业的重大命题，只有积极承担社会责任才能赢得竞争力和生命力。当前，互联网不再是一个简单的技术和工具，更是信息发布平台、信息交互平台、信息利用平台和交易平台，具有媒体属性、社交属性、商品交易属性，这些社会属性要求互联网企业承担更多的社会责任。但是，近年来有些互联网企业不认真履行自己的主体责任，再加上网络监管力度不够，有的网站为了博取眼球、增加点击率，追求更大的商业利润，在网络上传播色情、暴力、凶杀等低俗内容；有的网店提供盗版的文化产品，导致网上侵犯他人知识产权的现象屡见不鲜；还有的网络社交平台把关人弱化甚至缺失造成真相往往被谣言击败，社交媒体渐渐成为造谣、传谣的主要领地。"网络强国建设是全社会共同责任，需要政府、企业、社会组织、广大网民共同参与。"[1] "办网站的不能一

---

① 习近平：《在网络安全和信息化工作座谈会上的讲话》，人民出版社 2016 年版，第 9 页。

味追求点击率，开网店的要防范假冒伪劣，做社交平台的不能成为谣言扩散器，做搜索的不能仅以给钱的多少作为排位的标准。"① "企业要承担企业的责任，党和政府要承担党和政府的责任，哪一边都不能放弃自己的责任。"② 互联网企业应该紧紧抓住中国特色社会主义进入新时代这一千载难逢的发展机遇，把主动履行社会责任与服务人民日益增长的美好生活需要紧密结合起来、把发挥互联网企业社会效益与加快创新发展紧密结合起来、把落实企业主体责任与依法诚信经营紧密结合起来、把促进互联网行业发展与加强行业自律紧密结合起来，系统推进互联网企业社会责任建设，促进中国互联网可持续发展。

（六）建设网络强国，必须重视人才的培养和使用

人才是第一资源，是兴国之源、创业之本。"建设网络强国，没有一支优秀的人才队伍，没有人才创造力迸发、活力涌流，是难以成功的。"③ 经过二十多年的发展，我国网络人才经历了从无到有、从少到多、从弱到强、从粗放到集约的快速发展过程。当前，我国网络人才建设仍面临着人才总量不足、能力素质不高、结构不够合理、人才流失严重等问题，与网络强国目标仍有较大差距。随着全面实施和深入推进"互联网+"战略和网络强国战略，我国互联网人才建设迎来了难得的发展机遇。习近平总书记鲜明地指出："建设网络强国，要把人才资源汇聚起来，建设一支政治强、业务精、作风好的强大队伍。'千军易得，一将难求'，要培养造就世界水平的科学家、网络科技领军人才、卓越工程师、高水平创新团队。"④ 政治强，就是要把党的政治建设摆在首位，"具备坚定正确的政治方向、政治立场、政治观点等政治素养，始终不渝地坚持'党管宣传、党管媒体、政治家办网'的

---

① 习近平：《在网络安全和信息化工作座谈会上的讲话》，人民出版社2016年版，第10页。
② 习近平：《在网络安全和信息化工作座谈会上的讲话》，人民出版社2016年版，第9页。
③ 习近平：《在网络安全和信息化工作座谈会上的讲话》，人民出版社2016年版，第10页。
④ 《习近平谈治国理政》，外文出版社2014年版，第199页。

方针，对一切突破'七条底线'的思想及言论旗帜鲜明、态度坚定地亮剑"①，形成风清气正的网络空间。业务精，就是要努力实现关键技术重大突破，不断提高互联网从业者的业务水准。作风好，就是要发扬爱国奉献、淡泊名利的优良传统，以身作则，严格自律。

第二节　夯实内容，掌握网络空间话语主导权

"一个时代所提出的问题，和任何在内容上是正当的因而也是合理的问题，有着共同的命运：主要的困难不是答案，而是问题。因此，真正的批评要分析的不是答案，而是问题。……问题就是时代的口号，是它表现自己精神状态的最实际的呼声。"② 在互联网业已成为人们的精神家园的当下，各种价值观念、思想观点、社会"主义"等思潮游弋于这个自由开放的虚拟世界，各种传统与现代、精华与糟粕、真实与虚假、高尚与低俗等东西汇聚于这个浩如烟海的网络世界，既包含了大量弘扬社会真善美的"正能量"信息，也隐藏着一些冲击核心价值观和主流意识形态的"负能量"因素。于是便引发了网络意识形态安全这一时代命题，尤其是对一个拥有8亿多网民的网络大国而言，必须要以互联网内容建设为着力点，实施网络内容建设工程，坚决维护我国网络意识形态安全。

一、坚持马克思主义的指导地位，引领复杂多变的网络社会思潮

马克思主义是我们立党立国的指导思想和理论基础，历史经验表明，中国社会主义革命和建设的伟大胜利，中国改革开放的巨大成就，中国特色社

---

① 孙丽丽：《网络环境下我国意识形态危机及其治理之道》，《理论导刊》2015年第9期。
② 《马克思恩格斯全集》第40卷，人民出版社1982年版，第289—290页。

会主义建设的伟大实践，都离不开马克思主义的指导。什么时候坚持了马克思主义的指导地位，社会主义革命和建设就取得了成功，反之，背离马克思主义就会给革命和建设带来巨大的损失。网络社会的崛起让现实社会思潮进入网络空间发展传播后形成新的网络社会思潮，呈现出许多新特点。为加强主流意识形态、引领网络社会思潮，更应当巩固和加强马克思主义的指导地位。

（一）坚定马克思主义伟大信仰，放大主流意识形态的主导力

网络以其独特的技术魅力，打破了物理空间的限制，压缩了历史时空的跨度，空前地增强了不同文化场域、不同社会制度背景下的人们之间的联系的频度、广度和深度，使得各种声音、思想观点在这里相互激荡、碰撞，自由主义、个人主义、民主主义、拜金主义、历史虚伪主义等社会思潮"百花齐放、百家争鸣"，让网民不知所措、无所适从，出现了精神迷茫、思想混乱的迹象。事实上，网络空间里的"主义之争、意识形态冲突，从来就不是纯粹的思想观念的斗争，而是由谁执政、为谁执政、如何执政的制度选择，是领导权之争"①。从 21 世纪初的"颜色革命"到 2010 年底的"阿拉伯之春"，历史以铁一般的事实警示我们：网络在激发民众政治参与热情、增强民众政治参与技能和推动民主政治发展的同时，更是西方发达国家向其他发展中国家和非资本主义国家推销自己的意识形态的前沿阵地。网络时代，意识形态可以"转场"，但从未"离场"，更谈不到"终结"。

"过不了互联网这一关，就过不了长期执政这一关。"② 网络信息化时代，全球范围内"意识形态领域看不见硝烟的战争无所不在，政治领域没有枪炮的较量一直未停"③，我国网络社会面临着更为复杂、更为严峻的形势。国际上，

---

① 王伟光：《中国特色社会主义理论体系研究》，人民出版社 2012 年版，第 235 页。

② 《习近平总书记重要讲话文章选编》，党建读物出版社、中央文献出版社 2016 年版，第 421 页。

③ 《习近平关于社会主义政治建设论述摘编》，中央文献出版社 2017 年版，第 18 页。

一些敌对势力凭借网络技术霸权和话语优势，大肆渲染"中国威胁论"，企图对我国进行和平演变，以实现"历史的终结"。在国内，一些所谓的"专家学者""自由人士""网络名人"公开为错误思潮"摇旗呐喊"、为西方故事"背书"，迷信西方制度、张扬"普世价值""呲必中国、棒必西方"。某拥有 200 万"粉丝"的知名经济学家，不仅十分艳羡西方的"自由主义"，甚至在微博上公开宣称共产主义"此路不通"；一个微博名为"红玫瑰 lawyu"的匿名用户，公然以"社会民主主义"为口号，诋毁马克思恩格斯为"反人类分子"，预言"只要有共产主义这个制度前提，就别想有'自由人的广泛联合'"。① 一些网民以"呲必中国"为快事，以攻击体制为能事、以博取"声望"为幸事。编造散播"焦裕禄的事迹是两个人拼凑起来的"等谣言，鼓吹"体制之恶"导致中国国民性"低劣"，认为西方国家国民素质高源于"几百年宪政民主，养成文明素质"，企图使人进入一种"此朝此代是邪恶"的语境，为"来生不做中国人"这样的叫嚣做铺垫。② 由此可见，网络社会的交互性、匿名性、开放性和去中心化的特征，使其成了网络意识形态"世界大战"的主战场，各方力量在这个场域里竞相角逐。此时此刻，如果马克思主义不去占领网络空间这块新阵地，各种非马克思主义就会去占领。鉴于此，必须要毫不动摇地坚持和巩固马克思主义在网络意识形态领域的主导地位，高举旗帜，坚持理论自信，不断提升运用马克思主义的基本立场、观点和方法来分析、研究与引领复杂多变的网络社会思潮的能力，有效消解网络空间里的各种杂音噪声，指引网络政治文化的发展方向，充分释放马克思主义"定海神针"的能量。

（二）创新马克思主义的理论内容及表现形式，增强主流意识形态的吸引力

唯物辩证法认为，任何事物都是内外因的有机统一。对事物发展而言，

---

①　李艳艳：《维护微博意识形态安全必须纠正的几种倾向》，《红旗文稿》2014 年第 23 期。
②　宋丽丹：《维护移动网络时代国家意识形态安全》，《红旗文稿》2015 年第 6 期。

外因是影响其发展的重要条件，内因则是其发展的根本保障。在维护我国网络意识形态安全的过程中，主流意识形态的理论内容是影响其安全系数的内在因素，而主流意识形态的话语表达方式、传播策略等则是制约其影响力的外在条件。提升主流意识形态的凝聚力、吸引力和辐射力，必须要推动其内容及形式的改进和创新，既要注重"内容为王"，开发出适应网络社会特性、契合网民需求的政治文化产品，也要强调"形式为圣"，加快马克思主义的创造性转化和话语叙事方式的大众化创新，构建网民喜闻乐见的"网语体系"和立体式的网络传播方式。正如习近平总书记所强调的那样："当前，社会上思想活跃、观念碰撞，互联网等新技术新媒介日新月异，我们要审时度势、因势利导，创新内容和载体，改进方式和方法，使精神文明建设始终充满生机活力。"①

首先，坚持内容为王，不断推进马克思主义的理论创新。"理论在一个国家实现的程度，总是决定于理论满足这个国家的需要的程度。"② 新兴媒体背景下，马克思主义之所以会遭遇被"空泛化""边缘化"的危险，除了各种社会思潮的剧烈冲击外，最根本的原因在于马克思主义理论创新能力与网络社会发展要求的"倒挂"。故而，加强网络意识形态工作，必须要强化马克思主义理论创新力度，将马克思主义与变化发展的实际相结合，丰富其内涵，拓展其视野，"自觉坚持以改革开放和社会主义现代化建设的实际问题、以正在做的事情为中心，时刻关注社会发展的客观要求和人民群众的实践创造"③，用中国化的马克思主义引领复杂多变的社会思潮，不断提升主流意识形态话语的说服力和感召力。一要理好文本和时代的关系。马克思主义经典著作是我们进行理论创新的精神食粮和力量源泉，必须要"追根溯源"，刻苦钻研马克思主义经典著作，掌握马克思主义理论的文本精神，揭

---

① 《习近平谈治国理政》第二卷，外文出版社2017年版，第324页。
② 《马克思恩格斯全集》第1卷，人民出版社2002年版，第209页。
③ 习近平：《中国共产党90年来指导思想和基本理论的与时俱进及历史启示》，《学习时报》2011年6月27日。

示其对意识形态建设的指导意义和推动网络政治参与的现实意义，提升文本的理论价值；也要"与时俱进"，关照信息化时代发展要求，回应社会重大问题，对马克思主义做出符合社会发展潮流的时代化、大众化解读。二要处理好理论与实践的关系。"批评的武器不能代替武器的批评"，马克思主义理论创新不能脱离社会实践和群众生活，必须要坚持网上群众路线，及时把那些反映网络社会发展规律、符合主流意识形态的网络语言升华为基本理论。唯有如此，才能保证主流意识形态的生机和活力，才能实现"改变世界"的目的。党的十八大以来，习近平总书记根植于新的历史条件下治国理政的伟大实践，提出了一系列旨在加强新时代意识形态工作的新思想新理念新战略，如"网络空间命运共同体""讲好中国故事""传播好中国声音""互联网+"等，极大丰富了主流意识形态话语内涵。三要处理好一元与多元的关系。坚持和巩固马克思主义在网络空间的主导地位，并不是意味着天下"唯我独尊"，粗暴地否定其他非主流社会思潮，而是指"在事关大是大非和政治原则问题上，必须增强主动性、掌握主动权、打好主动仗，帮助干部群众划清是非界限、澄清模糊认识"[1]，绝不能陷入西方"价值陷阱"和话语体系，搞指导思想的多元化。这是因为"一个政权的瓦解往往是从思想领域开始的……思想防线被攻破了，其他防线就很难守住"[2]。因此，必须要坚持网络空间马克思主义的一元主导地位，兜住思想底线、守好思想阵地。同时，我们也应该认识到复杂多变的社会思潮是社会经济结构转型的必然产物，是不以人的意志为转移的客观事实。应在维护主流意识形态权威的前提下，坚持开放包容和批评创新相结合，坚决抵制批判各种西化、分化思潮，积极吸收借鉴那些契合社会发展潮流、反映群众心声的思想观念，不断丰富主流意识形态的话语体系。

其次，坚持形式为圣，不断创新马克思主义的表现形式。马克思主义辩

---

① 《习近平谈治国理政》，外文出版社 2014 年版，第 155 页。
② 《习近平关于社会主义文化建设论述摘编》，中央文献出版社 2017 年版，第 21 页。

证法认为，内容决定形式，形式反作用于内容。要想把"灰色"的马克思主义理论变得多姿多彩、引人入胜，需要依靠一定的方式和载体。如果方式恰当、载体合适，就会取得事半功倍的效果，否则便会"出力不讨好"，达不到理想的传播效果。一要适时转变主流意识形态的话语表述方式。话语方式"选择越合理，意识形态话语所拥有的'权势量'就越大"①。新媒体时代，人人都是信息的生产者、传播者和消费者，往往根据自己的喜爱偏好和价值取向，在碎片化、海量化的网络世界选择感兴趣的信息与议题以及志同道合的交流对象。但主流意识形态理论的抽象性、严肃性、政治性和思想性的内在特质，使其难以满足网民快速阅读的习惯要求，大多处于"遮蔽"状态。"最高限度的马克思主义＝最高限度的通俗化"②，必须要适应网络社会的快速化、即时性和娱乐化，把意识形态的政治性话语和学术性语言进行创造性转换，建立适合不同社会群体、富有生活气息且通俗易懂的大众话语体系，使其"飞入寻常百姓家"。进入新时代，"中国梦""空谈误国、实干兴邦""四个全面""五位一体""老虎苍蝇一起打""打铁必须自身硬""绿水青山就是金山银山""洗洗澡、治治病、照镜子、正衣冠""人类命运共同体"等一大批来源于群众日常生活又高于民众生活的新概念新表述不断涌现，向社会大众生动地诠释了中国特色社会主义的内涵、要义。同时，还要把握网民的心理特征和语言风格及其变化规律，注重借鉴运用个性化、多样性的网络语言，构建活力四射的"网语体系"和亲民话语体系，以简约生动的形式把网络意识形态的政治属性"剥离"出来，提升其亲和力，增进网民对主流意识形态的认同与支持。二要全面把握媒体发展趋势和规律，加快推动新旧媒体融合发展，构建全媒体传播格局。随着大数据、云计算、5G、人工智能等技术的快速发展及其深入应用，出现了全程媒体、全息媒体、全员媒体和全效媒体，深刻改变着原有的舆论生成方式和传播方式以及舆论生态，也使

---

① 杨昕：《中国共产党意识形态话语权的构成要素及其实现》，《湖北行政学院学报》2013 年第 3 期。

② 《列宁全集》第 36 卷，人民出版社 1959 年版，第 468 页。

得传播风格、传播语言和传播模式等方面与以往有了很大的不同。"工欲善其事，必先利其器。"信息化时代，必须引入互联网思维，由传统的纸质传播、固定传播、在场传播、平面传播走向屏幕传播、移动传播、互动传播、立体化传播，增进传播主体和受众之间的互动性、平等性，切实提升传播效果。为此，要对传统媒体进行升级换挡，在充分发挥传统媒体自身优势、做大原平台的基础上，秉承互联网思维，积极注入新媒体元素，推动传统媒体和新兴媒体在内容、渠道、平台、经营、管理等方面的深入融合①，真正形成新旧媒体优势互补、线下线上"珠联璧合"的传播格局。作为党和国家的机关报，近年来，人民日报社坚持移动优先发展战略，加快推动媒体融合向纵深发展，不断拓宽新媒体平台，目前已形成以人民日报"两微两端"为代表的移动传播新格局。同时还积极探索人工智能在新闻采集、生产、分发、接收、反馈中的运用，不断扩大地域、人群和内容的覆盖面，让党的声音传得更开、更广、更深。② 最后，要创新完善主流意识形态的宣传教育方式。新媒体时代，以往那种忽视个体差异性，简单划一地强制"灌输"、口号式、教条式的宣传教育方式不仅难以为继，还往往会适得其反，加剧人们对主流意识形态的反感和离心力。必须要适应自由平等、多样开放的网络社会环境，深入了解受众的文化程度、行为习惯、心理结构、接受方式等方面，坚持"三贴近"原则，进行"嵌入式"的隐性宣传和"菜单式"的个性化宣传，"把握好时、度、效，增强吸引力和感染力，让群众爱听爱看、产生共鸣"③。用生动形象的事例和幽默诙谐的语言将主流意识形态的基本内容表现出来，提高与大众生活的契合度。以被称为史上"尺度最大"的《领导人是怎样炼成的》为例，该短片首次以动漫卡通人物的方式展示了我国国家

---

① 习近平：《共同为改革想一招一起为改革发力 群策群力把各项改革工作抓到位》，《人民日报》2014 年 8 月 19 日。

② 《做大做强主流舆论——习近平总书记在中共中央政治局第十二次集体学习时的重要讲话引领媒体融合发展新作为》，《人民日报》2019 年 1 月 27 日。

③ 《习近平谈治国理政》，外文出版社 2014 年版，第 155 页。

领导人的形象，并通过轻松幽默的语调和讲故事的形式，简要介绍了国家领导人的产生机制，改变了以往相对生硬的宣传方式，吸引了全世界的眼球。再如，《习主席的时间都去哪儿了?》《十三五之歌》等动漫短片，整个画面轻松愉快、内容趣味可读，实现了政策解读与百姓故事的有机结合，纷纷走红网络、得到民众追捧，"润物细无声"般地实现了对网民的浸润和熏陶。与此同时，要进一步创新对外宣传方式和话语表达体系，讲好中国故事，增进国外受众对我国的了解和支持。要借助新兴媒体向世界讲好中华民族的优秀传统文化，让世界人民体会到中华文化的博大精深、认识到中国人民的智慧和力量;讲清楚党和国家的故事，"着力打造融通中外的新概念新范畴新表述"①，让世界人民明白党和政府的施政方针与政策主张、了解中国来之不易的发展成就、理解"中国梦"与"人类命运共同体"的和平蕴含，传播好中国维护世界和平、促进共同发展的声音。

（三）注重马克思主义话语权的利益关切，提升主流意识形态的亲和力

利益是人们行动的动力源泉，"人们奋斗所争取的一切，都同他们的利益有关"②。从根本上讲，主流意识形态是占统治地位的阶级在思想领域的反映，是为其利益所服务的，这是意识形态的根本特性。全心全意为人民服务，是社会主义意识形态的价值依归。我们党不仅要在理论上贴近民众生活、反映民众的利益诉求，也要在实践工作中回应群众期盼、解决民众的现实问题，实现话语的"人民性"和"实践性"的有机统一，让民众发自内心地接受、喜爱和认同。当前，我国正处于发展的关键期、改革的攻坚期和矛盾的凸显期，利益主体日益多元化、社会贫富差距日益拉大，这在一定程度上冲击着马克思主义的传统认知。"一些非法牟利行为破坏了马克思主义

---

① 《习近平谈治国理政》，外文出版社 2014 年版，第 156 页。
② 《马克思恩格斯全集》第 1 卷，人民出版社 1956 年版，第 82 页。

的认同基础，部分未获益与利益受损群体对马克思主义感到不满，贫富分化的加大消解了人们对马克思主义的认同信度，利益矛盾的加剧增加了马克思主义的认同难度。"① 因而，社会主义意识形态话语必须要体现民众的利益诉求，坚持以人民为中心的价值取向，构建切实反映群众切身利益的话语体系。"通过把意识形态的价值追求转化为可操作性的政策，最大限度地满足人民群众日益增长的物质和精神方面的利益需求"②，让人民群众在改革发展过程中获得实实在在的利益，使马克思主义理论真正内化于心并外化为自觉的行动，进而提升主流意识形态的号召力和吸引力。与此同时，主流意识形态话语还应保障好网络社群利益和国家利益。自互联网问世以来，一些西方国家和敌对势力就利用互联网"无疆界"和即时互动的特性对我国进行"和平演变"，他们"凭借网络渠道直接有重点地收买、策反目标国的网民群体或个体，让其从事窃取情报、秘密传教、造谣传谣、煽动颠覆等危及我国国家安全和社会安全的犯罪活动"③。对此，我们要坚决发出维护"网络空间命运共同体"的最强音，掌握捍卫网络主权的道义制高点和话语权，严厉打击"利用网络鼓吹推翻国家政权，煽动宗教极端主义，宣扬民族分裂思想，教唆暴力恐怖活动"④，做到"守土有责、守土负责、守土尽责"，共同守护好亿万民众的网络精神家园。

二、　深入学习习近平总书记关于意识形态工作的重要论述，坚决维护网络意识形态安全

信息化网络时代，意识形态和政治领域的较量从未"离场"，也没有

---

① 汪勇、任健：《利益分化视阈下的中国马克思主义认同问题》，《中共天津市委党校学报》2012 年第 5 期。

② 冯刚：《新形势下意识形态相关问题研究》，光明日报出版社 2014 年版，第 99 页。

③ 刘永志：《西方意识形态网络渗透新态势及我国对策研究》，《马克思主义研究》2017 年第 12 期。

④ 习近平：《在网络安全和信息化工作座谈会上的讲话》，《人民日报》2016 年 4 月 19 日。

"终结"，只不过是进行了"转场"。"在互联网这个战场上，我们能否顶得住、打得赢，直接关系我国意识形态安全和政权安全。"① 作为一个国家的立国根本和指导思想，主流意识形态是论证一个国家政治系统合法性的核心理据，倘若国家主流意识形态在网络空间的主导地位被其他价值理念所"窃取"，就有可能导致人心不稳和社会失序，甚至政治系统崩溃。对此，各级党政机关及领导干部要高度重视，深入学习贯彻习近平关于新时代网络安全和意识形态建设重要论述，增强对网络意识形态安全的政治鉴别力，敢于担当、勇于作为，不断提升斗争本领和执网能力，坚决维护我国网络意识形态安全。

（一）强化意识形态的战略地位，增强思想领导力

意识形态工作不仅是一项争夺人心的思想工作，也是论证统治者权力合法性的重要理论武器，"凡是要推翻一个政权，总要先造成舆论，总要先做意识形态方面的工作。革命的阶级是这样，反革命的阶级也是这样"②。尤其是在"人人手中都握有麦克风"的网络时代，做好意识形态工作就显得极其迫切和极为重要。这是因为它"事关党的前途命运，事关国家长治久安，事关民族凝聚力、向心力"③。

第一，意识形态事关党的前途命运。办好中国的事情，关键在党。我们党之所以能够从小到大、由弱变强，关键在于"我们党始终重视思想建党、理论强党，使全党始终保持统一的思想、坚定的意志、协调的行动、强大的战斗力"④。然而，一段时间以来，有的党员干部理想信念动摇，对马克思主义和共产主义产生怀疑，"不信马列信鬼神"；有的党员干部宗旨意识淡

① 习近平：《胸怀大局把握大势着眼大事努力把宣传思想工作做得更好——在全国宣传思想工作会议上的讲话》，《光明日报》2013年8月21日。
② 《建国以来毛泽东文稿》第十册，中央文献出版社1996年版，第194页。
③ 《习近平总书记系列重要讲话读本》，学习出版社、人民出版社2016年版，第193页。
④ 习近平：《在纪念马克思诞辰200周年上的讲话》，《人民日报》2018年5月5日。

漠，把实现和追求个人的经济利益当作唯一的目的；个别党员干部"三观"发生扭曲，贪图享乐、追求纸醉金迷的奢靡生活等。如果理想信念不坚定，我们党便会失去灵魂、迷失方向。因此，必须要大力加强党的思想建设，用习近平新时代中国特色社会主义思想武装全党，深入开展"不忘初心、牢记使命"主题教育活动，坚定理想信念，永葆党的先进性和纯洁性。

第二，意识形态事关国家长治久安。意识形态是整个国家政治大厦的基石，一旦一个国家的思想安全防线被突破，国家政权的瓦解也就不远了。"苏联为什么解体？苏共为什么垮台？一个重要原因就是意识形态领域的斗争十分激烈，全面否定苏联历史、苏共历史，否定列宁，否定斯大林，搞历史虚无主义，思想搞乱了。"[1] 长期以来，一些敌对势力利用新兴媒体，打着"学术自由"的旗号，肆意传播极具迷惑性和煽动性的错误思潮，恶意歪曲历史事实，极力丑化党的历史和英雄人物，企图否定党的领导、颠覆社会主义政治制度。因而，我们必须要高度重视意识形态工作，并将之置于国家安全的战略高度，坚持党对意识形态的领导，坚决打赢意识形态这场"网络大战"。

第三，意识形态事关民族凝聚力、向心力。互联网的迅速发展及其广泛应用，推动了网络宗教的兴起与发展。网络的虚拟性、即时性、平等性、交互性等特征，"使得以互联网为载体的宗教活动，打破了传统宗教活动在寺院、清真寺、教堂等宗教活动场所进行的限制，传播更快，范围更广，影响更大，监管更难"[2]。一些敌对势力往往趁机炒作中国宗教问题，既想利用宗教问题实现抹黑中国、攻击我国宗教政策的意图，又想通过网络煽动、蛊惑信教群众，进行所谓的宗教抗议乃至政治抗争，妄图使之成为改变中国社会制度最重要的民间"民主力量"。[3] 与此同时，一些民族分裂势力利用网

---

[1]　习近平：《在新进中央委员会的委员、候补委员学习贯彻党的十八大精神研讨班开班式上发表重要讲话》，《人民日报》2013年1月6日。

[2]　王作安：《我国宗教状况的新变化》，《中央社会主义学院学报》2008年第3期。

[3]　刘永志：《西方意识形态网络渗透新态势及我国对策研究》，《马克思主义研究》2017年第12期。

络宗教作为掩护，借机大肆散布政治谣言、传播极端思想、煽动民族仇恨、宣传民族分离，严重威胁着我国各民族团结和睦的局面。故而，为了防止互联网这个"最大变量"成为敌对势力妄图"扳倒中国"的工具，必须要在"事关大是大非和政治原则问题上，增强主动性、掌握主动权、打好主动仗"①。

（二）牢牢掌握意识形态话语权，提升舆论引导力

伴随着信息社会不断发展，新兴媒体影响越来越大。国际国内、线上线下、虚拟现实等界限愈益模糊，形成了越来越复杂的大舆论场，网络往往容易成为负面舆情发酵、错误思想传播的策源地和放大器，大大增加了舆论引导和内容管理的难度。社会越是进步，媒体越是发展，社会思潮越是多样，就越要重视掌握意识形态领域的话语权。

首先，创新话语体系，提升主流意识形态内容的含金量。意识形态话语权是指"说话和发言的资格和权力"②。在纷繁复杂、浩如烟海的信息世界，谁能掌握话语权，谁就能拥有"牧师的职能"③，引导网络舆论的走向，引领网民的政治情感。"谁的话语体系更具道义感召力和思想穿透力，谁的话语和叙事最终能打动人"④，谁就能夺取人心、赢得优势。因此，我们要大力推进主流意识形态话语体系创新，时刻关注改革开放过程中的重大问题、人民群众关切的焦点问题，创造具有生活气息和时代气息的网络语言，实现马克思主义理论语言和大众生活语言、网络用语的有机结合。同时，还应改变以往公式化、空洞化的表述方式和居高临下的说教方式，并要"加强国际传播能力建设，精心构建对外话语体系，发挥好新兴媒体作用，增强对外话

---

① 习近平：《胸怀大局把握大势着眼大事 努力把宣传思想工作做得更好》，《人民日报》2013 年 8 月 21 日。

② 张国祚：《关于"话语权"的几点思考》，《求是》2009 年第 9 期。

③ 《列宁选集》第 2 卷，人民出版社 1995 年版，第 478 页。

④ 蔡泉水：《新媒体环境下我国主流意识形态安全研究》，博士学位论文，南昌大学马克思主义学院，2016 年，第 50 页。

语的创造力、感召力、公信力"①。

其次，以中国梦为感召，增强话语的凝聚力。实现民族独立、人民解放和国家富强、人民富裕是近代以来中华民族的两大历史任务。进入新时代，中华民族迎来了伟大复兴的光明前景。但是，我们也面临着不少困难与挑战：发展不平衡不充分问题依然突出、生态环境保护仍然任重道远、民生领域还有不少短板、贫富差距依旧较大等。这些问题严重制约了主流意识形态的说服力和解释力，不同程度地动摇了人们对社会主义的理想信念。故而，当下中国迫切需要一个强魄铸魂、凝心聚力、鼓舞斗志的"精神武器"——中国梦。它"以诗一般的语言魅力，以对未来美好生活憧憬的感染力，以呼唤体现民族精神与自豪感的震撼力，激发着每一个中国人的意志与信念，成为凝聚人心、提振士气的具有中国特色、中国气派、中国风格的社会主义意识形态新话语"②，形成了最大的同心圆，激励着全体中华儿女为实现民族伟大复兴而团结奋斗，得到了全社会的肯定和认可。同时，"中国梦是和平、发展、合作、共赢的梦，与世界各国人民的美好梦想息息相通。"③ "一带一路"和亚投行等惠及世界发展的倡议的实施，有力彰显了中国梦的内涵与实质，得到了国际社会的普遍理解和认可，充分释放了中国梦的独特魅力。

最后，弘扬优秀传统文化，传播好中国声音。"文化是一个国家、一个民族的灵魂。文化兴则国运兴，文化强则民族强。"④ 中华传统文化是社会主义意识形态的精神源泉，源源不断地为主流意识形态的创新发展提供动力。中华文化源远流长，有"民惟邦本""仁者爱人"的民本思想，有"天

---

① 《习近平在中共中央政治局第十二次集体学习时强调 建设社会主义文化强国着力提高国家文化软实力》，《人民日报》2014年1月1日。

② 蔡泉水：《新媒体环境下我国主流意识形态安全研究》，博士学位论文，南昌大学马克思主义学院，2016年，第49—50页。

③ 《习近平关于实现中华民族伟大复兴的中国梦论述摘编》，中央文献出版社2013年版，第73页。

④ 习近平：《决胜全面建成小康社会 夺取新时代中国特色社会主义伟大胜利》，人民出版社2017年版，第40—41页。

下兴亡，匹夫有责""苟利国家生死以，岂因祸福避趋之"的爱国主义精神，也有"老吾老以及人之老，幼吾幼以及人之幼"的敬老爱幼美德，也有"言必信、行必果"的诚信观念，等等。这些传统文化中的瑰宝，应是网络内容建设的重要组成部分。要大力推动优秀传统文化的数字化转换，制作适应新媒体传播要求、反映传统文化精髓、大众喜闻乐见的文化作品，让传统文化"活起来"。比如，人民网推出的"培育和践行社会主义核心价值观"的主题网页。通过开设"好人365""随手拍"活动、专家解读、网上讨论、网上讲堂、典型人物等专栏，使抽象的核心价值观具象化、生活化，让网民看得见、记得住、感受到，有效提升了核心价值观的感召力和影响力。

（三）坚持辩证统一的思维方法，提高工作战斗力

方法是通往成功的桥梁。意识形态建设不仅是一项理论构建工作，也是一项实践操作工作，需要以科学的方法论为指导，只有运用恰当有效的方法策略，才能顺利到达成功的彼岸。

一是坚持党性与人民性的有机统一。作为中国人民和中华民族的先锋队，中国共产党来源于人民、根植于人民，始终践行全心全意为人民服务的根本宗旨，"党性和人民性从来都是一致的、统一的"[1]。坚持党性，就是要求在意识形态建设中坚持党的领导，"坚持正确政治方向，站稳政治立场，坚定宣传党的理论和路线方针政策，坚定宣传中央重大工作部署，坚定宣传中央关于形势的重大分析判断，坚决同党中央保持一致，坚决维护中央权威"[2]。确保意识形态工作不会迷失方向、不犯颠覆性错误。坚持人民性，就是要切实反映人民群众的主体地位，做到发展为了群众、依靠群众，通过真真切切地为民举措、实实在在地为民工作，把党的理论路线、大政方针与人民切身利益紧密结合起来，转化为人民群众的自觉行动，夯实意识形态建

---

① 《习近平谈治国理政》，外文出版社 2014 年版，第 154 页。
② 《习近平总书记系列重要讲话读本》，学习出版社、人民出版社 2016 年版，第 193 页。

设的群众基础。

二是坚持用联系的观点看网络意识形态建设。网络意识形态建设绝不是某一领域的单项工作，而是一项事关全局的系统性工作，既需要线上线下的有机互动，也需要经济、政治、文化等其他工作的协同推进。曾经几何，我们党在一段时期内没能正确处理好思想工作和经济发展的关系，要么犯了"唯意识形态论"的错误，要么犯了"唯经济中心主义"的错误。"只有物质文明建设和精神文明建设都搞好，国家物质力量和精神力量都增强，全国各族人民物质生活和精神生活都改善，中国特色社会主义事业才能顺利向前推进。"① 同时，还要注重运用联系的观点处理好线上与线下、主流意识形态与非主流意识形态、继承与创新、斗争与建设的关系。

三是坚持用发展的观点推动主流意识形态理论创新。"坚持马克思主义，坚持社会主义，一定要有发展的观点。"② 进入新时代，以习近平同志为核心的党中央，提出了一系列治国理政的新思想新观点新论述，创造性地提出了习近平新时代中国特色社会主义思想，极大地推动了马克思主义理论创新。此外，网络技术的迅速发展、受众群体及其需求的多样化，促使我们要"勇于创新、勇于变革，推进理念、内容、手段、体制机制等全方位创新"③，创新性发展党的意识形态工作。

三、 以社会主义核心价值观为引领， 营造良好的网络生态

网络社会不仅是一个技术性的社会，也是一个道德社会，需要核心价值观的引领。社会主义核心价值观是中国特色社会主义文化的精神灵魂，是国家的压舱石、社会的定盘星、个人的指明灯。"培育和弘扬核心价值观，有

---

① 《习近平谈治国理政》，外文出版社 2014 年版，第 153 页。
② 习近平：《毫不动摇坚持和发展中国特色社会主义 在实践中不断有所发现有所创造有所前进》，《人民日报》2013 年 1 月 6 日。
③ 习近平：《坚持军报姓党坚持强军为本坚持创新为要 为实现中国梦强军梦提供思想舆论支持》，《人民日报》2015 年 12 月 27 日。

效整合社会意识，是社会系统得以正常运转、社会秩序得以有效维护的重要途径，也是国家治理体系和治理能力的重要方面。"[1] 因此，加强互联网内容建设，必须要以社会主义核心价值观为内核，将其贯穿到互联网内容建设的各个方面、各个过程和各个环节，弘扬主旋律、传播正能量，营造风清气正的网络环境。

（一）以"富强、民主、文明、和谐"的国家价值观为导向，提升国家优化网络人文环境的保障力

一是加大优秀网络文化作品的供给力度。"理论只要说服人，就能掌握群众；而理论只要彻底，就能说服人。所谓彻底，就是要抓住事物的根本。"[2] 在互联网内容建设过程中，要找准穴位、抓住事物的根本，坚持"内容为王"。推动文化体制改革，激发文化创造活力，创作出更多更好的网络文化作品。"运用网络文学、网络剧、网络动漫、网络音乐等丰富多样的载体形式，充实、丰富网上革命文化、红色文化和社会主义先进文化等优秀文化内容，打造网络文艺精品和网络文化品牌。"[3] 2016 年以来，支付宝开始推出春节集五福活动，网民在集齐爱国福、富强福、和谐福、友善富、敬业福五个福字之后，即能分享"红包"，每年吸引了 1 亿网民参与，充分实现了社会主义核心价值观和传统年俗"贴福字"的有机结合。这不仅弘扬了传统文化，也有力传播了社会主义核心价值观。

二是提升对非主流价值观念的政治鉴别力。互联网作为一个集技术、媒介、文化等因素于一体的综合性平台，为社会大众提供了一个广阔的思想交流的新天地，成了一个无所不包的"百花园"。各种价值观念泥沙俱下、良

---

① 《习近平论社会主义核心价值观——十八大以来重要论述选编》，《党建》2014 年第 4 期。

② 《马克思恩格斯选集》第 1 卷，人民出版社 1995 年版，第 9 页。

③ 邓海林：《网络文化自觉：论网络文化建设中的价值引领及其路径构建》，《江苏社会科学》2018 年第 3 期。

莠不齐，充斥着"红色""黑色""灰色""黄色"等内容，公民社会论、宪政民主论、价值中立论、历史虚无主义、军队国家化等声音喧嚣尘上，不断蚕食主流意识形态的认同基础。人民论坛"千人问卷"曾做过一项调查，显示"社会主义主流价值观边缘化危机将成为未来十年的十大挑战之一"①。因此，面对来自四面八方的话语攻击和观点交锋，我们必须要不断提高政治鉴别力和政治敏锐性，分清哪些属于敌我矛盾，哪些属于人民内部矛盾，对待敌我矛盾要守土尽责、敢于亮剑、勇于发声，坚决维护我国网络主权和意识形态安全。

三是积极打造健康向上的网络人文环境。网络政治参与的快速发展不仅推动了我国政治民主化的进程，也带来了网络参与的泛娱乐化、低俗化与快餐化等不良倾向，产生了网络暴力、网络谣言、网络民粹等负面问题，严重破坏了网络空间的生态环境。因此，必须要重视网络政治文化建设，发挥"以文化人、以文育人"的作用，创造反映核心价值、具有中国精神、充满民族元素的政治文化产品，以优秀的作品鼓舞人、以高尚的精神塑造人，引领网民争做文明人，创建网络文明社会。

（二）以"自由、平等、公正、法治"的社会价值观为取向，加强社会构建网络空间伦理道德的行动力

互联网内容建设是一项庞大的系统性工程，既需要加强政府的治理与监管，也需要网络社群与广大网民的自觉和自律；既需要法律法规的硬性规定为保障，也需要伦理道德的软性约束为支撑。要按照社会主义核心价值观的基本要求，大力推动网络媒体职业道德、网络社会公德、网民个人品德建设，倡导健康文明的上网行为，维护好人们共同的精神家园。

首先，网络媒体要注重自我规范与管理，加强行业自律与职业道德建设。作为发布政治信息、传播先进文化、宣传国家政策的"先锋队"，网络

---

① 高源、马静：《"未来10年10大挑战"调查报告》，《人民论坛》2009年第24期。

媒体应以社会效益为首要原则，坚持职业道德操守，恪守职业纪律，不传播违背社会公德、损害国家利益、扰乱社会秩序的虚假内容，坚决杜绝为了经济效益传播色情、暴力、恐怖等不良内容，以良好的职业行为规范、高尚的职业道德素养，塑造网络空间的"蓝天白云"。2017年，旨在规范行业力量、传播正能量、弘扬真善美的"网络直播行业自律联盟"宣告成立，共吸引了战旗TV、映客直播、斗鱼TV等18家直播平台企业，采取了制定联盟章程、建立举报平台和实施黑名单制度等措施，极大地规范了直播平台自律行为和直播服务业态，净化了网络直播发展生态。

其次，要加快构建网络社会道德体系建设，自觉规范公民的网络政治参与行为。国家无德不兴旺，个人无德不自立。社会主义核心价值观是一个社会评判是非曲直的根本标准，也是公民判别个人行为规范的基本标尺。针对网络空间中存在的侵犯他人合法权益、泄露他人隐私、散布虚假信息等网络道德失范现象，应以构建网络社会道德体系为着力点，发挥道德的软约束作用。一方面，要积极借鉴美国网络社会伦理建设的有益经验，制定中国式的"网络社会戒律"，为公民提供行为标杆和参照坐标。另一方面，要深入开展社会主义核心价值观教育，增强公众文明上网、文明用网意识，辨是非、明得失、知荣辱，自觉抵制消极腐化的网络文化产品，充分发挥网络把关人的引领与示范作用，引导公众养成健康的上网习惯，合法有序地参与政治，确保网络空间的持久清朗。2012年，一个网名叫"新儒家小子"的用户在微博上率先发起倡议，将每年的9月28日（孔子诞辰日）作为"中国网民自律日"，倡导广大网民以实际行动响应自律公约，发扬"爱TA精神"，短短一天时间就得到了数万网民的支持。

（三）以"爱国、敬业、诚信、友善"的个人价值观为标准，增强个人规范网络政治参与行为的内生力

"互联网是一个社会信息大平台，亿万网民在上面获得信息、交流信息，

这会对他们的求知途径、思维方式、价值观念产生重要影响，特别是会对他们，对国家、对社会、对工作、对人生的看法产生重要影响。"① 在公民即网民的时代，网络已成为人们的"类存在"，深刻改变了人类生存状态，也改变了人们的价值认知。网络社会虚拟性、自由性的特质，使得公众以数字化、符号化的身份出现，现实社会中制约个人行为的准则、理性等因素在虚拟空间里却"销声匿迹"了。"这种'身体缺场'式的体验容易诱发网络个体道德的虚无、感官的沉浸和诚信的危机，并使网络成瘾、网络异化等网络疾病纷至沓来。"② 产生侵犯他人合法权益、任意泄露他人隐私、滥用人肉搜索等非理性参与行为。为此，有必要加强网络思想政治教育，提升网民网络素养和政治技能，做一名合格的"网络政治人"。

首先要重点加强对青少年的网络思想政治教育。青少年是国家的未来，也是上网群体中的主力军。他们对社会主义核心价值观的认知、对社会主义政治制度的情感，不仅影响着他们自身的健康成长，也关系到国家的政治安全。近年来，一些西方国家认识到青年群体中所蕴含的巨大的政治能量，频频借助网络对目标国的青年群体进行意识形态渗透，借机煽动"街头政治"，引发政治动荡和社会骚乱。从前些年发生的"阿拉伯之春"，到最近发生的"黄马甲"运动等，无一不是以网络发酵为起点、以青年参与为主体的。因此，我们要高度重视青少年的"三观"教育，把社会主义核心价值观搬进学校课堂、移到学习教材、融入学生生活，创造出更多符合青少年口味、乐观向上的政治文化产品，扣好他们人生的第一颗扣子，使他们从内心自发地生成对党和国家的忠诚和拥护，确保青年一代成为社会主义建设者和接班人，这是意识形态安全，也是事关执政地位的政治安全。

其次要加强对广大普通网民的网络思想政治教育。在人人都是记者、人人都是发言人的网络时代，网络的开放性、平等性使人人都有表达自身意愿

---

① 《习近平谈治国理政》第二卷，外文出版社 2017 年版，第 335 页。
② 万雪飞：《以社会主义核心价值观引领网络内容建设》，《南华大学学报》（社会科学版）2018 年第 2 期。

和观点的权利和机会。但是，有些网民缺少必要的政治知识和技能，缺乏独立分析问题的政治思维和能力，很容易被网络意见所误导，盲目跟风、人云亦云，"群体极化"现象不时涌现；有些民众网络素养和自我管理能力不高，把网络空间当作宣泄个人情绪的"后花园"，将自己在现实生活中的不满情绪和愤怒观点"淋漓尽致"地发泄到网上……对此，要加强普通网民的政治知识教育，采取灵活多样的方式，把日常的基本政治知识融入平常的时政新闻报道中，通过专业人士的权威讲解，提高民众正确分析各类政治问题的能力，培育理性、乐观的政治心理，保障网络政治参与的良性发展。为了推动思想教育的创新发展，提升广大网民的政治觉悟和科学素养，2019年1月，中宣部推出了一个综合性和权威性的学习平台——"学习强国"。该平台由PC端和手机客户端组成（其中平台PC端共有17个板块180多个一级栏目，手机客户端共有两大板块38个频道），不仅开设了"新思想""十九大时间"等重点栏目，也有主要宣传单位提供的优质内容，同时也聚合了大量免费阅读的图文和视频学习资料，成了亿万网民进行政治学习的"加油站"和理性表达政治观点的"发声筒"。

第三节　完善机制，优化网络政治参与环境

在互联网环境下，公民政治参与的内容、对象、范围和方式都发生了重大变化，必须综合运用法律约束、行政管理、思想教育、行业自律等手段，加快形成依法监管、行业自律、社会监督、主体理性、规范有序的网络政治参与环境，不断优化网络政治参与秩序，牢牢占据舆论引导、思想引领、文化传承、服务人民的网络传播制高点，确保网络政治参与的规范化、有序化和持久化发展。

一、　全面推进网络空间法治化，　规范网络政治参与秩序

马克思强调："自由就是从事一切对别人没有害处的活动的权利，每个人所能进行的对别人没有害处的活动的界限是由法律规定的，正像地界是由地标确定的一样。"[①] 依据宪法、法律的规定，公民有参与国家政治生活的权利，并在各种法律法规中细化和落实具体的政治权利。网络对于政治参与，特别是对于政治参与自由归根结底首先是一种工具性的作用。要把这种工具性的作用上升到制度性的安排，法律具有不可或缺的地位和作用。党的十八大以来，党中央对加强网络社会管理、推进网络依法规范有序运行提出了一系列要求，特别是党的十八届四中全会《决定》提出："加强互联网领域立法，完善网络信息服务、网络安全保护、网络社会管理等方面的法律法规，依法规范网络行为。"[②] 全面推进网络空间法治化是规范公民有序政治参与的必然要求。

（一）　推动科学立法

伴随着互联网新技术新应用的迅速发展，许多法律空白和立法漏洞被暴露出来。网络色情泛滥、网络欺诈猖獗、网络煽动兴起，一下子打破了网络政治参与的正常秩序。法律法规在赋予网络主体权利的同时又要求其承担相应的责任，将网络主体的责、权、利固定下来，充当着网络主体行为的指示器。

1994 年以来，我国相继颁布了一系列与互联网管理相关的法律、法规、规章，在不同时期起到了积极作用。随着网络应用向纵深发展，原有立法已经明显滞后，主要表现在：一是立法位阶整体不高，缺乏系统化的网络基本法。目前，在互联网的专项立法中，法律有五部，行政法规有十部，大部分

---

① 马克思恩格斯：《马克思恩格斯全集》第 1 卷，人民出版社 1956 年版，第 438 页。

② 《十八大以来重要文献选编》（中），中央文献出版社 2016 年版，第 322 页。

立法形式表现为部门规章和规范性文件，法律效力低，适用范围也有限。特别是互联网发展及应用的重点领域，仅有网络和电信安全保护以及电子商务活动方面的专项立法，而个人信息保护、知识产权保护、未成年人上网保护以及隐私安全等重点领域，还缺乏统领性的立法。二是立法机关多，法条之间统一性、协调性不足。之前，许多部门都有互联网监管权，各部门从工作方便的角度出台了一些规章和规范性文件。由于缺乏国家互联网信息办公室这样的机构的统一规划和协调，导致"政出多门，多头立法"，不可避免地出现了内容交叉、重复，甚至各自为政的现象，最突出的表现是上位法和下位法冲突，前法和后法矛盾。而且这种分散立法导致规范网络的规则散落于不同的决定、条例、办法之中，既难以知法，又难以执法。三是立法重管理轻治理，重义务轻权利。目前的网络立法大多是从有利于政府管理的维度出发，侧重规定管理部门的管理权限、管理方式以及处罚措施等内容，方式上以市场准入和行政处罚为主，内容上以禁止性规范为主，缺乏激励性规范措施，"管制"色彩较重。另外，大部分网络立法片面强调管理相对人的责任和义务，忽略了管理相对人的实体权利和救济权利，权利义务结构不平衡。四是立法存在空白，法律体系不完善。法律具有一定的滞后性，不能适应当前网络社会的飞速发展和深刻变革，因此在互联网涉足的许多领域（如电子商务税收、虚拟财产等）存在立法空白。

面对互联网发展带来的问题，我们必须运用法治手段进行主动干预，加快推进网络空间立法进程。通过立法过程，可以对网络政治参与的内容、途径和形式做出明确的规定，进一步规范公众网络政治参与机制，不断健全有序政治参与的法律法规体系，为网络政治参与提供法律和制度保障，促进公众网络政治参与由无序走向有序。一是主动适应互联网规律，加强立法整体规划。加强对互联网新业务新技术新问题的跟踪分析和前瞻性研究，合理规划、设计相关法律制度。由条块立法向统筹立法转变，建立"政府管平台、平台管用户"模式来提高监管效率，在用好法律手段的基础上，综合运用好其他手段。二是传统法律适用和互联网专门立法相结合，提高立法效率。可以直接适用、修订适用、司法解释等具体方法推动传统法律适用互联网，也可以通过互联网专门立法来解决新型的社会关系。三是发挥行业自治能力，通过多元、多工具治理，弥补立法空白。在立法过程中，应处理好政府、企业和用户之间、行政管理与公民合法权利保护之间、公共利益和个人利益之间的关系，既要促进信息产业的持续健康快速发展，又要充分保障用户的合法权益。四是加强重点领域立法，完善网络法律体系。没有任何一个国家或地区曾制定过一部大一统式的、系统完整的"互联网管理法"，大多数国家和地区是通过单行法对各类互联网行为和相关的法律问题相应地予以调整，我国也应当借鉴这种专门立法的模式加强重点领域立法。其一，在网络安全保护领域，不同行业具有不同特点，面临不同的网络安全问题和形势。可以考虑在《网络安全法》的基础上，进一步围绕网络安全重要制度，对具体行业的网络安全问题进行专门立法，如医疗、金融、交通、能源等行业。其二，在网络信息服务领域，仍然存在立法内容交叉，标准不一的情况。比如网络游戏、网络视频、网络直播等业务在表现形式上存在共同点，却由不同部门制定的管理规定予以规范。未来可以制定《互联网信息服务法》等高位阶立法明确信息内容管理总体要求，针对同类业务制定统一的内容管理标准。其三，在网络社会管理领域，诸多新业态的集中出现亟须推动相关立法活动。比如分享经济，需要通过立法活动来调整分享经济活动中的社会关系，对现有立法做出调整或创新，既要保障参与主体的合法权益，同时也要给新型互联网产业营造宽松环境。

（二）坚持严格执法

网络执法是实现网络空间法治化的关键，也是维护网络秩序促进公民有序政治参与的根本保障。没有严格的执法，依法治网就难以落到实处。数据显示，54%的网民表示在2018年上半年中曾遇到过网络安全问题，其中，遭遇个人信息泄露问题占比最高，达到28.5%，遭遇网上诈骗的占比为

26.3%，较 2017 年末略有降低，但人均损失已经上涨至 1.61 万元，损失金额 4 年来上涨近 8 倍。① 网络违法犯罪如此猖狂，根本原因是网络执法基本处于"执法真空"状态，没有发挥遏制网络违法犯罪，维护网络秩序，保障网民合法权益的功效。

习近平总书记曾强调："定了规矩就要照着办。"② 有了法律就要严格按照法律规定办事，绝不能让法律成为一纸空文。"法律的生命力在于实施，法律的权威也在于实施。"③ 网络法律法规制定后，各级网络监管部门要严格按照相关法律法规的要求，妥善处理网络空间产生的各种事件，尤其是关乎国家、社会整体发展方向的重大事件，依法惩治各种网络违法犯罪行为，规范网络空间政治参与活动，不让网络成为法外之地。一要进一步理顺网络执法体制，不断提高网络执法效能。长期以来，因为网络空间本身具有的特殊性，"网络安全监管'九龙治水'现象仍然存在，权责不清、各自为战、执法推诿、效率低下等问题尚未有效解决，法律赋予网信部门的统筹协调职能履行不够顺畅"④。要按照减少层次、整合队伍、提高效率的原则，推进网络执法体制改革，明确各网络执法主体的执法权限，不断完善网络执法协作机制，既要防止职能交叉、多头管理，又要避免执法推责、管理空白，保障网络执法的全面有序进行。二要进一步完善网络执法程序，保障网络主体的合法权益。公正是法治的生命线，程序公正是实现司法公正的重要保障。网络执法作为行政执法的重要领域，也要按照《法治政府建设实施纲要（2015—2020 年）》的部署，不断完善网络执法程序、明确具体操作流程，

---

① 中国互联网络信息中心：第 42 次《中国互联网络发展状况统计报告》，2018 年 8 月 20 日，见 http://www.cnnic.net.cn/hlwfzyj/hlwxzbg/hlwtjbg/201808/t20180820_70488.htm。

② 习近平：《中央军委召开专题民主生活会 习近平发表重要讲话》，《人民日报》2013 年 7 月 9 日。

③ 《十八大以来重要文献选编》（中），中央文献出版社 2016 年版，第 324 页。

④ 《全国人民代表大会常务委员会执法检查组关于检查〈中华人民共和国网络安全法〉〈全国人民代表大会常务委员会关于加强网络信息保护的决定〉实施情况的报告》，2017 年 12 月 24 日，见 http://npc.people.com.cn/n1/2017/1225/c14576-29726949.html。

避免出现"执法违法""执法无序"等问题，保障公民网络空间的合法权益不受侵害。三要进一步加强网络执法队伍，维护良好的网络生态环境。"工欲善其事，必先利其器"。高素质的网络执法队伍是打造风清气正的网络生态环境的关键。由于网络执法工作的特殊性，网络执法人员不但要具备法律素养和职业能力，而且要具有扎实的计算机信息技术和网络技术。应严格按照"政治合格、作风过硬、纪律严明、业务精通、廉洁勤政"的要求，严把"入口"关，选好网络执法人员；加强"过程"管理，不断提高网络执法人员素质；建立"出口"机制，及时清理网络执法队伍的"毒瘤"。

（三）促进全民守法

习近平总书记指出："法律要发挥作用，需要全社会信仰法律。"[1] 法治的真谛，在于全体人民的忠实信仰和严格践行。只有竭力地推进全民守法，才能增强整个社会的法治观念和法治意识，才能形成自觉、主动守法的良好道德风尚，才能让公民的法治素养得到真正的提升。党的十八届四中全会将守法提升到与立法、执法、司法同等重要的高度，并作为全面推进依法治国总目标的内容，特别强调："增强全社会厉行法治的积极性和主动性，形成守法光荣、违法可耻的社会氛围，使全体人民都成为社会主义法治的忠实崇尚者、自觉遵守者、坚定捍卫者。"[2] 党的十九大报告再次强调："必须坚持厉行法治，推进科学立法、严格执法、公正司法、全民守法。"[3] 新时代，人民群众在民主、法治、公平、正义、安全等方面的要求日益增长，更需要尽快形成人人尊崇法律的氛围。网络空间在本质上是现实社会的反映和延伸，它绝不是法外之地，促进全民守法必然是网络空间法治化的目标。

一要开展普法教育，让网络法治精神进课堂、进教材、进头脑。当前，我国网民多为青年群体，尤其以在校学生居多。截至 2019 年 6 月，8.54 亿

---

① 《习近平关于全面依法治国论述摘编》，中央文献出版社 2015 年版，第 72 页。

② 《十八大以来重要文献选编》（中），中央文献出版社 2016 年版，第 172 页。

③ 《十九大报告辅导读本》，人民出版社 2017 年版，第 38 页。

网民中 20—29 岁年龄段的网民占比最高，达 24.6%；网民中学生群体最多，占比达 26.0%。① 因此，教育行政部门和各级各类学校应当按照党的十八届四中全会的部署，"把法治教育纳入国民教育体系，从青少年抓起，在中小学设立法治知识课程"②。通过开展网络法治教育，引导青年网民形成正确的人生观、价值观，理性对待网络空间的各种现象，并能克制自己网络行为的失范。二要建立健全法律公共服务体系，积极开展网络法制服务与宣传。党的十八届四中全会强调："建设完备的法律服务体系，推进覆盖城乡居民的公共法律服务体系建设，完善法律援助制度，健全司法救助体系。"③ 构建法律公共服务体系根本目的就是落实以人民为中心的发展思想，帮助人民群众认识到"法律既是保障自身权利的有力武器，也是必须遵守的行为规范"④，网络空间不是"法外之地"，一样要受到监管。通过法律公共服务人员的法律服务与宣传活动，进一步增强全社会学法尊法守法用法意识，让基层群众共同维护网络生态环境。三要将网络违法行为纳入征信体系，完善守法诚信褒奖机制和违法失信行为惩戒机制，逐步建立依法处罚和退出机制。

二、 健全网络舆论引导机制， 占领网络思想舆论高地

舆论是影响一个政权长治久安的重要变量。历史的经验和教训告诉我们："做好党的新闻舆论工作，事关旗帜和道路，事关贯彻落实党的理论和路线方针政策，事关顺利推进党和国家各项事业，事关全党全国各族人民凝聚力和向心力，事关党和国家前途命运。"⑤ 随着网民规模和普及率逐年上升，互联网与经济社会各领域的融合越来越深入，网络已改变了我国社会变

① 中国互联网络信息中心（CNNIC）：第 44 次《中国互联网络发展状况统计报告》，2019 年 9 月 30 日，见 http://www.cnnic.net.cn/hlwfzyj/hlwxzbg/hlwtjbg/201908/t20190830_70800.htm。
② 《十八大以来重要文献选编》（中），中央文献出版社 2016 年版，第 172 页。
③ 《十八大以来重要文献选编》（中），中央文献出版社 2016 年版，第 173 页。
④ 《十八大以来重要文献选编》（中），中央文献出版社 2016 年版，第 158 页。
⑤ 《习近平谈治国理政》第二卷，外文出版社 2017 年版，第 331—332 页。

革中的舆论格局，传统主流媒体的话语权垄断被逐渐消解，抓紧利用互联网开展舆论宣传成为争夺思想舆论阵地的制高点。舆论阵地没有真空，正确的思想不去占领，必然被各种错误的思想占领。

党的十八大以来，习近平总书记反复强调："要把网上舆论工作作为宣传思想工作的重中之重来抓。"① "必须科学认识网络传播规律，提高用网治网水平，使互联网这个最大变量变成事业发展的最大增量。"② 在习近平网络强国战略思想指引下，我国网络舆论向上向好发展态势正在形成。但是网络舆论主体、客体、载体、本体出现了新的特点，网上舆论形势依然严峻复杂。一是舆论主体多元化衍生一些舆论乱象。互联网信息传播反映了我国民众的公民意识、参与意识增强。但由于社会焦虑情绪的普遍存在，公民网络信息素养不够高以及缺乏相关法规制度，干扰了网络传播秩序，降低了网络舆论的社会信任度和影响力。二是舆论客体复杂化引发个别极端表达。当前，"互联网+"等深入发展，舆论客体日趋复杂，使得舆论高度关注公共管理和民生领域引发的社会问题。每遇敏感时期，总有人抓住公共服务的供需矛盾、社会保障体系制度不完善、转型时期结构化的贫富差距以及部分公众产生的社会剥夺感等，在网上发表主观臆测的言论，强化或极化某种特定观点，直至上升到对社会体制和国家制度的否定。这些网络偏激言论虽未形成大气候，但潜在的有意带偏舆论的苗头依然存在。三是舆论载体多样化降低意识形态凝聚力。互联网新技术催生各类新兴平台，移动视频直播、网络电台等为受众提供更多表达方式和渠道，也让舆论环境日趋复杂多变，加大了我国意识形态的控制难度。有的信息服务平台大打"擦边球"，热衷精神传销，操纵大众情绪。有的互联网企业推卸主体监管责任，使得舆论触点呈现出不可控的趋势，传统意识形态凝聚力有所下降。四是舆论本体分散化弱

① 《习近平关于全面建成小康社会论述摘编》，中央文献出版社 2016 年版，第 105—106 页。
② 《举旗帜聚民心育新人兴文化展形象 更好完成新形势下宣传思想工作使命任务》，《人民日报》2018 年 8 月 23 日。

化社会共识形成。凝聚社会共识是舆论工作的重要任务。传统媒体时代，公众比较能够达成社会共识。互联网等新兴技术的发展及其应用，每一个人只关心自己关心的话题，只跟与自己相同的人来往，而将其他话题和其他阶层的人拒之门外，无法包容和吸纳多元意见，影响了社会共识的形成。

面对日益复杂的网络舆情环境，如何不断提高网络工作能力和水平，牢牢掌握网上舆论工作的主动权，努力让网络成为我们党治国理政的重要工具，正是我们需要进一步思考、探索的问题。

（一）积极疏导社会不良情绪，培育公众良好网络社会心态

党的十九大报告提出："要加强社会心理服务体系建设，培育自尊自信、理性平和、积极向上的社会心态。"① 网络社会本质上由现实社会的人组成，不是虚假社会，而是现实的延伸，网络社会反映的很多问题有着现实的基础。从当前现实看，必须全方位畅通社情民意的表达渠道，创新化解社会矛盾和疏导社会不良情绪的体制与机制，构建起社会成员诉求表达的通路，使长期积累的怨气怨言得以发泄。

一要主动转变政府执政理念。各级党委和政府不能习惯于把自己看成权威主体，倚重于权威性干涉，要尊重公民权利，习惯于"你说我听"，心甘情愿去倾听民众诉求，积极与民众互动、协商对话。要善用网络"到群众中去""经常上网看看，潜潜水、聊聊天、发发声，了解群众所思所愿，收集好想法好建议，积极回应网民关切，解疑释惑"② "善于运用互联网技术和信息化手段开展工作"③，不断提高网络工作能力和水平，真正做到权为民所用，利为民所谋，情为民所系。

二要积极推动媒体融合发展。在社会转型期，公共事件频发，公众更愿意在社交媒体上表达自己的观点和看法，纷纷转向以微博微信为主的民间舆

---

① 《党的十九大报告辅导读本》，人民出版社 2017 年版，第 48 页。
② 《习近平谈治国理政》第二卷，外文出版社 2017 年版，第 336 页。
③ 《党的十九大报告辅导读本》，人民出版社 2017 年版，第 67 页。

论场，形成网络舆论。而长期存在的官僚主义作风使政府习惯于自说自话，导致了权威舆论与网络舆论的鸿沟越来越大。要在权威舆论与网络舆论之间最大程度寻求重叠、共识，政府就必须遵循舆论引导的"接近性原则"，善于从人民群众角度出发，把经济社会发展中的各种问题与人民群众的关注点结合起来，学会"怎么说""说什么""在哪说"，积极推动媒体融合发展，统筹处理好传统媒体和新兴媒体的关系，打造新型传播平台，建成新型主流媒体，改变现有舆论表达和舆论引导的被动状态，全面增强舆论引导能力，使主流媒体牢牢掌握舆论场主动权和主导权，这是营造良好舆论生态环境的关键所在。

三要努力宽容忠诚的"反对者"。网络媒体的兴起与迅猛发展，为长期受压制而形成的民间舆论"堰塞湖"打开了一个缺口。一些官方机构出于对批评和反对声音的过度敏感，往往运用过激手段对待发出批评声音的个体，以权代法、捏造罪名，以消灭批评和反对声音。删除公民微博及其他网络账号等做法虽有压制负面声音的作用，但显然是治标难治本的幼稚办法，且这种强硬蛮横手段往往激发舆论更大的反弹，最终把权力自身带入尴尬境地。因此，各级党政机关和领导干部在推进社会治理中，一定要允许民众表达，哪怕是情绪化的表达、非理性的评价，也要耐心倾听。更要洞察表达与评价背后的真相，认真探求民情民意的真实心理，充分尊重各个表达主体，晓之以理动之以情加以引导。

（二）提升领导干部媒介素养，重塑政府网络话语权

领导干部媒介素养，是指领导干部对传媒及传媒信息的综合认知、解读、评判、驾驭、引导的基本素质和实际能力，即对媒介的认知程度及运用能力、行政服务的能力。在新的舆论环境下，领导干部的媒介素养关系到执政水平的高低，关系到民心向背。只有提升领导干部媒介素养，才能重塑政府网络话语权，从而真正引导网络舆论向良好的方向发展。

一要增强"学习意识",克服"鸵鸟心态"。重视学习、善于学习是党的优良传统和宝贵的历史经验。我们正是靠学习不断取得新胜利,开辟新天地,走出新境界。领导干部必须顺应媒体格局改变和舆论环境变化的新形势,自觉增强学习意识,全面掌握网络信息技术自主创新、数字经济发展、网络管理、网络空间安全防御、网络空间主权等方面的业务知识和技能,"不断提高对互联网规律的把握能力、对网络舆论的引导能力、对信息化发展的驾驭能力、对网络安全的保障能力"①,切实提高网络舆论传播力、引导力、影响力、公信力。

二要增强"身份意识",克服"路人心态"。领导干部在网上的身份首先是公职人员、党员,其次才是网民,他们在网上发表观点、宣泄情感或多或少都代表了党和国家的形象与利益,都将直接影响人民群众对党和国家的信任和支持,因此,领导干部的网络行为不能等同于一般网民,要有严于一般网民的自我要求。要坚持正确政治方向,慎言、慎行、慎独,传播正能量、弘扬主旋律,共筑网上网下同心圆。要站在党员干部高度来客观阐释问题,站在解决问题的角度来科学分析问题,让工作和生活经得起网络监督、群众评判和时间检验。要主动运用各种新兴媒介塑造和展示党委、政府及新时代领导干部的良好形象,在潜移默化中密切党群干群关系,不断提升网络问政的能力。

三要增强"为民意识",克服"家长心态"。现实生活中,有的领导干部"家长式"作风严重,习惯"颐指气使""呼来唤去""前呼后拥",到了网上也掩饰不住惯常的霸道,屡屡有引起网民吐槽、引发网络舆情事件。领导干部上网,绝不是换个地方"摆架子""打官腔""耍威风",而要把网络作为了解民情、听取民意,与网民交流的重要渠道和平台,通过网络察民情、听民意、暖民心,为网民解难事、干实事、做好事,努力维护好人民的

---

① 习近平:《习近平在全国网络安全和信息化工作会议上强调 敏锐抓住信息化发展历史机遇 自主创新推进网络强国建设》,《人民日报》2018年4月22日。

根本利益。要科学运用网络语言的技巧，准确把握交流发声的尺度，确保上接天线、下接地气，坚持说百姓能听得懂的大白话，不要官腔，不打诳语。通过网络走好群众路线，不断提高网民的满意度、信任度和获得感。

（三）增强网络自律意识，推动网络持续健康发展

网络时代是一个喧嚣多于理性的时代，自律意识不仅对网络政治参与的健康良性运转有一定的制约作用，而且对现实社会政治生活有着重大的影响。增强网络自律意识必须做好以下工作：

一要加强网络政治文化建设，培养网民的公民意识。公民是民主政治的主体，公民意识是公民权利与责任的统一，是公民素质的重要体现。政府应努力改变片面强调意识形态形式化宣灌而忽视公民理性宽容人格精神塑造和民主政治文化建设的不足之处，必须站在政治文明建设的高度，以求真务实的态度不断加强网络政治文化建设，优化网络政治环境，完善网络政治参与机制，为公民意识的发展提供良好的舆论文化环境。

二要营造网络空间商谈平台，规范网民政治参与行为。要按照全面推进政务公开和"互联网+政务服务"的要求，加强政务博客平台、电子政务平台、网络问政参政平台、政府网络发言人平台制度化建设，营造日常性、规范性的网络公共协商平台，把网络互动、网络论政、网络监督等新型公民政治参与方式与传统政治生活有机连接，促进网络政治生活的健康有序发展。

三要普及网络技术和知识，提高网民政治参与水平。塞缪尔·亨廷顿认为，由于"穷人缺乏有效参与的资源——足够的信息、适当的接触、金钱和充裕的时间"[①]，他们通常很少参与政治。例如：第44次《中国互联网络发展状况统计报告》显示，截至2019年6月底，学生、个体户/自由职业者、公司/企业一般职员分别占整体网民的26.0%、20.0%和11.8%，而农林牧

---

① ［美］塞缪尔·亨廷顿：《变化社会中的政治秩序》，王冠华、刘为等译，上海人民出版社2008年版，第42页。

渔劳动者占 8.1%，无业/下岗/失业人员占 7.8%，月收入在 500—2000 元的网民群体占 19.5%，个人月收入在 500 元以下的网民占 14.1%，无收入网民群体占 5.8%。① 这组数据表明：虽然我国网民人数不断增长，但是大量的农村劳动人口、无业者及失业者等处于政治的边缘，无法平等有效地利用网络参与和影响政治，日益成为网络社会中的"弱势群体"。因此，必须加强网络应用技术的培训和普及，开展网络信息知识、能力教育，努力消除由于基础设施知识水平的限制带来的差距，改变我国公民政治参与的不平衡状况，才能使所有公民的政治参与行为走向规范和有序。

三、 构建网络公共理性， 引导有序政治参与

随着互联网新媒体日益广泛和深入地融入公民的日常生活中，网络政治参与逐渐成为互联网时代公民政治生活发生显著变化的重要标志。对于公民政治参与而言，互联网新媒体的出现如同一把双刃剑。一方面，互联网自身所具有的虚拟性、开放性与隐蔽性消解了身份的限制，使得公民在政治参与时可以有效减少在现实社会政治参与中带来种种不安全感，增强公民政治表达的热情与积极性。另一方面，由于网络空间自身去中心化、便捷性等特征，使得其缺乏必要的制约与规范，较之于传统时代的话语表达，公民在网络空间进行话语表达时几乎很难受到相应的制约。如此一来，缺乏必要的制约，加之公民本身的政治素质和政治素养参差不齐使得公民在网络空间进行政治参与时很容易进行非理性的话语表达。在这种背景下，培育网络空间的公共理性，引导公民理性参与政治生活就变得尤为重要。在具体的实践中，公共精神影响公民的政治生活和政治参与的过程，是公民有序政治参与的重要基石。② 我们知道，网络政治参与的非理性话语表达存在着消除公共精神

---

① 中国互联网络信息中心（CNNIC）：第 44 次《中国互联网络发展状况统计报告》，2019 年 9 月 30 日，见 http://www.cnnic.net.cn/hlwfzyj/hlwxzbg/hlwtjbg/201908/t20190830_70800.htm。

② 邓肄：《罗尔斯政治哲学解读》，中国政法大学出版社 2014 年版，第 181 页。

的风险，而公民理性、有序的话语表达正是为了有效抵制这种危险发生，防止公民政治参与走向极端化。通过培育公民的公共理性精神，使公民在政治参与的话语表达中自觉摒弃非理性话语表达，以达到抑制互联网的非理性政治参与的目的，使公众舆论回归理性状态。改革开放四十多年来，中国的经济、政治、文化与社会都经历快速的发展和剧烈的转型，在这种背景下，社会出现了各种矛盾与冲突，网络空间是现实社会空间的一种折射，故而当下网络空间也出现了纷繁多变、错综复杂的局面。种种矛盾和冲突此起彼伏，出现了较为明显的群体两极分化与意识形态的强烈对抗、非理性和极端化的网言网语充斥网络空间，凡此种种，都严重地破坏了目前中国的网络舆论生态格局。因此，培育网络空间的公共理性不仅是我们推动建设和谐网络空间、网络文明的重要抓手，也是确保有序公民政治参与的重要手段。然而，网络空间的公共理性并非天然存在和发生的，它需要各方在网络实践中协同努力，不断将其塑造和构建。在这个过程中，政府、社会和个人公民需要共同努力、共同发力，优化网络政治参与环境。

（一）从政府层面来讲，培养网络公共理性，需要政府提高自身的回应能力、加强网络舆情的制度化与技术化双重规范、努力提升政府话语权和公信力

首先，政府应尽最大努力提高其对网络舆论的回应能力。我们知道，网络舆论的回应能力对政府而言至关重要，它不仅是衡量政府相关部门权威性、公信力的重要标准，也是目前解决非理性网络政治参与的重要手段。[①]网络舆论的背后常常是公民利益诉求的表达，而公众则迫切期望政府能够及时有效地回应网络舆论，解决网民诉求。一旦政府相关部门难以有效、及时、公平地回应公民所提出的要求，那么政府势必要面对公民产生的情绪波

[①]　周萍：《公共理性：政府应对网络舆情危机的价值选择》，《南京工程学院学报》（社会科学版）2016年第2期。

动以及群体极化现象，更有甚者，可能会出现网络暴力和网络群体性事件，演变为我们常见的非理性政治参与现象。一方面，政府有关部门需要及时、准确地针对公民利益诉求公布相关信息，尤其是涉及公民养老保障、住房保障、医疗保障等民生问题，更加需要给予充分重视并提供及时准确的回应和支持。另一方面，政府相关部门要在不断畅通公民网络表达的相关渠道，不断培养公民的表达意识，让公众能够发言、愿意发言，尽可能让来自社会不同阶层的诉求，尤其是社会中下层民众的诉求得到有效的彰显和表达。此外，作为网络舆论反应的主体，政府相关部门要树立这样一种明确的意识，即网络舆论本身具有较强的公共身份，它是政府制定和施行公共政策的重要出发点，而不仅仅是一种理所当然的现象。① 在此基础上，政府相关部门要整合各方资源，全面了解和判断网络热情舆情背后的诉求，综合运用整体思维，进行多角度、多层次的处理和回应。同时，还需要进一步建立健全网络舆情预警研判机制，密切关注网络舆情发展演化，避免网络舆情走向非理性和极端化，防止网络舆论危机的爆发，将非理性政治参与扼杀在萌芽中，从而为网络舆论创造良好的沟通交流氛围。

其次，政府应加强网络舆论的制度化和技术化规范。公民在网络空间中不受限制地发表言论、表达观点，难免会产生不同的认识观和价值观，出现语言冲突甚至是利益冲突，当这种冲突不断加深时，非常容易产生网络舆论危机，进而威胁正常的网络舆论秩序。一方面，互联网实名制是解决这一问题的重要途径与手段，在网络实名制下，公民由于受到自身身份信息的制约和对相关惩罚机制的担心，因此在进行话语表达时往往有所顾忌，尽量不去表达或者转发那些非理性和极端化的网络言论，如此一来便能够有效遏制这种肆无忌惮的非理性言论的产生和传播。另一方面，网络责任制也是化解这一问题的重要选择。网络责任制的实施可以有效规范互联网的使用，具体来

---

① 杨维东、王南妮：《新时代政府网络舆论治理的路径拓展》，《重庆社会科学》2018 年第 1 期。

看，它表现在当出现公民传播非理性言论时，可以通过相关手段找到其本人，明确其本人应该承担的责任，从而杜绝了之前非理性言论无人认领、扯皮推诿的局面。在解决了公民非理性言论表达与传播的基础上，政府要通过多种途径和手段尽可能在网络空间传播公共理性，引导网民在话语表达时形成伦理约束，从而规范自己的话语行为。

最后，政府应该不断增强自己的话语权和公信力。目前来看，一些地方政府的行为不当和公务人员素质低下引起了公民的不满，受到了公民的怀疑和指责。一些地方政府由于不当行为陷入"塔西佗陷阱"，其话语权与公信力受到严重损害。而政府公信力与话语权的缺乏反过来又加剧了网络空间舆论的极化现象。因此，提升政府话语权的可信度和公信力势在必行。一方面，提升政府话语权的可信度与公信力有助于遏制民间网络话语权的扩张。另一方面，政府话语权的公信力建设也可以有效促进政府引导和完善网络空间，培育理性的网络氛围。① 政府掌握着信息、技术、人才的绝对优势，在发生舆情事件时能够引导网民进行正确、理性的公共讨论。在这种背景下，只要政府能够在网络公共领域遵循"平等对话，公开公正"的原则，那么毫无疑问就可以引导、教育公民进行理性客观的沟通交流。而要构建政府话语权和公信力，需要政府及其工作人员在日常工作中做到自我约束，不断改善自身形象。在遇到舆情危机时，政府部门能够及时有效地发布权威信息，迅速占领舆论高地。通过以上途径，政府能够拉近与网民之间的距离，获得网民的信任与支持，并在这一过程中不断引导网民理性表达和思考，进而有效地培育网络空间的公共理性，营造和谐理性的公共空间。

---

① 王春艳：《公共理性视野下转型期服务型政府的构建》，《广西社会科学》2017年第1期。

（二）从社会层面来讲，培养网络公共理性，需要培育合格的网络社会组织，推动对网络舆情的多元治理，实现政府、社会与公民的良性互动

首先，在具体的实践经验中，一个健全的网络社会组织可以有效激发公众政治参与与话语表达的热情与积极性，充分平衡各方利益诉求，尽可能地让各方力量达成理性共识，进而在网络政治参与中形成一种集体行动力量。这种集体行动力可以有效制约和规范网络政治参与中出现的网络暴力和舆论冲突，进而遏制非理性政治参与的出现。[①] 目前来说，可以通过"技术赋权"和"话语授权"两种方式来不断加强网络社会组织的培养，促进网络空间的理性表达。为了有效培育这种网络社会组织，我们需要从两方面着手。一方面，应该引导网络社会组织以主流意识形态为价值取向，维护公众的长远利益。充分发挥其本身所具有的作为公共政策部门和维护者的桥梁作用。另一方面，网络社会组织需要明确自身所需要承担的责任和义务，界定自身的权力界限和行为范围，制订行动方案，同时使自身处于公开、透明的状态，接受政府相关部门与公众的舆论监督，以此不断提高自身的公信力和建设力。

其次，网络舆论治理如果单单依靠政府一方参与似乎十分薄弱，在这一过程中必须有社会和公众的参与，实现对网络舆论的多元治理，达到政府、社会与公众三方的良性互动。作为社会公共利益的核心代表，政府应该具有公共理性，这就要求公共管理主体始终以正义和善良为价值取向，将社会的公共利益作为管理的基本价值依托。其一，政府需要尊重和保护公民的网络话语权。事实上来看，许多网民的话语表达是具有建设性作用的。因此，政府应该尊重公民的网络话语权，认真对待公民的话语表达内容，并在此基础

[①]　徐选国、侯利文、徐永祥：《社会理性与新社会服务体系建构》，《中州学刊》2017年第1期。

上全面审视隐藏在这些网络话语背后的公民利益诉求，以便更好地让公共政策符合公民心理期待。与此同时，政府还需要广泛采取措施来保护公民网络表达权，并在公民的个人隐私和安全方面提供支持和保护。其二，要不断建立健全政府、社会与公民之间的互动平台，以达到三者间的良性互动。不得不承认，在具体的实践过程中，政府对社会需求与民众诉求的漠视，是导致网络空间不能和谐共存的重要原因。① 举例来说，政府网站作为公民话语表达的主阵地，如果不能受到及时有效的关注和重视，那么，这些意见和建议将以更多的形式出现在非官方网站上。一旦这些意见和建议被别有用心的人所利用，那么可能会导致公民对政府失去信心，政府公信力将受到严重打击。正因为如此，政府应该及时、主动地去建立健全一个同公民进行话语互动的交流沟通平台。在这个平台上，各种话语主体彼此交流互动，不仅会增强相互间的理解和支持，更会在这种理解和支持中形成一种理性的氛围，引导网民理性表达，有利于网络舆论生态和谐共存。

（三）从公民个人层面来讲，培育网络公共理性，需要畅通公民表达意志的渠道、塑造具备公共理性精神特质的现代公民

我们需要采取积极的措施不断拓宽和延伸公民话语的广度和深度，增加公民话语表达的途径和手段，尤其是要重视社会中下层民众等弱势群体的价值诉求。因为在实际过程中，这些群体舆论表达的方式和渠道过于单一，往往难以科学理性地表达自身想法，而且在话语表达的过程中，这些社会中下层民众常常会遇到来自不同方向的阻力，而这极有可能会打断他们的利益表达进程。公共精神作为现代公民所应具备的基本素质，具有独特的公共性决定了其本身超越了狭隘的自私自利性，并在维护公共利益和价值诉求。② 公共精神的这种特征已经成为突破公民单一个体自利壁垒，维护公共利益，实

---

① 贾晓强、闻竞：《互联网思维视域下政府回应机制创新的路径探析》，《桂海论丛》2017 年第 6 期。

② 张宇：《公共理性：公民政策参与的条件》，《社会科学研究》2011 年第 2 期。

现公共价值，建构公共秩序的重要思想保证和价值依托。在公共生活中，作为行为主体的公民之间的利益诉求和利益关系从简单的个人利益升级到个人利益和公共利益，并与自身利益和共同利益共存。我们知道，网络理性的产生不仅需要理性的表达环境，更需要大量具有公共理性特征的现代公民，而具备公共理性的公民并不会自然形成，它的出现离不开良好的公民教育。换言之，目前来看，我们的教育体制更多的是注重对公民进行各种知识的灌输，而缺乏对公民的公共理性精神以及健全人格的培育。① 故而，对于当下教育而言，加强公民教育，培育中国公民的公共理性精神，乃是教育的重中之重。具体来说，我们应该努力培养公民的法律意识，尽可能提高公民的道德意识，增强公民政治参与和利益表达的积极性，合理引导广大网民在网络空间就自身关心关注的问题进行公共讨论。引导网民学会平衡热情和理性，懂得兼顾权利和责任。与此同时，需要加强网民的公共理性精神教育能力建设。应正视目前我国公民教育体制中教育方法和教育内容所存在的不足，及时采取应对措施和弥补手段。具体而言，对公民公共理性精神的教育应该尽可能地改变传统的说教方式，探索丰富多样的教育方式方法，注重培养网民的法律观念和责任意识，塑造公民的公共理性。

第四节　健全队伍，推动公民有序政治参与

　　"谁掌握了信息、谁控制了网络，谁就将拥有整个世界。"② 作为信息化网络社会的主力军，网络人才是维护我国网络空间安全的守护者，是推动我国网络社会健康发展的参与者，他们的素质如何将直接影响我国网络政治参与的质量和水平。因而，必须要以队伍建设为保障，着力打造一支政治过

---

　　① 高伟：《现代犬儒主义教育哲学批判》，《华东师范大学学报》（教育科学版）2014 年第 2 期。
　　② ［美］阿尔温·托夫勒：《第三次浪潮》，朱志焱、潘琪、张焱译，三联出版社 1984 年版，第 229 页。

硬、技术过硬、思想过硬的网络人才队伍。

一、　加强网络技术人才队伍建设，维护网络空间安全

信息化和网络安全紧密相连，犹如鸟之两翼、车之两轮。如果没有网络安全，国家安全也无从谈起；如果没有信息化，现代化也恐为奢谈。网络信息化时代，"网络空间的竞争，归根结底是人才的竞争。建设网络强国，没有一支优秀的人才队伍，没有人才创造力迸发、活力涌流，是难以成功的"①。目前，我国网络安全人才面临着数量缺口较大、能力素质不高、结构不尽合理等问题。据相关统计数据显示，近年来我国培养的信息安全专业人才仅有 3 万余人，但总需求量却已超过了 70 万人，存在着高达 95% 的人才缺口；现有安全专业人员从事安全运维、应急响应的相对较多，而从事战略与法规制定、安全体系设计、安全态势分析等岗位的则严重不足。与此同时，持有各类信息安全资质证书的专业人员所占比例也不容乐观，我国网络安全"人才荒"问题较为严重。② 因此，必须要高度重视网络人才队伍建设，树立新的网络人才观念，发挥举国体制优势，努力构建政府、学校、企业、社会组织等多元主体共同参与的人才培养体系，建设一支业务精、作风好、技术强的网络技术人才队伍。

（一）从国家层面来说，要坚持新时代总体国家安全观，高度重视网络信息安全人才建设

"功以才成，业由才广。"建立一支政治强、业务精、作风好的网络安全人才队伍是维护我国网络信息安全和建设网络强国的关键所在，必须要强化国家的顶层设计和战略指导。

---

① 《习近平总书记引领推动网络强国战略综述：朝着建设网络强国目标不懈努力》，《人民日报》2017 年 12 月 2 日。

② 《2018 网络安全人才发展白皮书》，2018 年 12 月 28 日，见 http：//www.cac.gov.cn/2018-12/28/c_ 1123919726.htm。

一要制定实施国家网络安全人才战略计划。作为一项长期性、战略性、基础性的工作，网络安全人才建设必须要有国家的战略部署和宏观指导。这也是世界各国的普遍做法和基本经验，美国早在 2008 年就已经制定了一个国家网络安全人才战略计划。今后，我国更要重视网络人才建设的顶层设计，建立完善网络安全人才发展机制，创新丰富人才培养、管理和激励机制，为网络人才健康成长提供强有力的政策支持。近年来，我国先后出台了一些旨在推动网络社会健康发展的政策法规，如 2016 年 7 月颁布的《关于加强网络安全学科建设和人才培养的意见》，同年 11 月出台的《网络安全法》，同年 12 月实施的《国家网络空间安全战略》等。此外，我国还要做好网络人才队伍建设中长期规划工作，明确人才队伍建设的任务目标、路线图和责任体系等。

二要积极借鉴西方发达国家的有益做法，不断完善互联网管理领导体制，成立联合领导小组（委员会），加强对网信事业的集中统一领导，充分整合各个部门、各个领域的资源和力量，进一步提高网络安全防御和保障能力。2014 年 2 月 27 日，中央网络安全和信息化领导小组的成立，有效地改变了我国现行管理体制中存在的多头管理、职能交叉、效率低下等弊端。

三要实施"引才计划"，着力打造世界水平的科学家、网络科技领军人才、卓越工程师和高水平创新团队。"火车跑得快，全靠车头带。"领军人才作为网络人才队伍中的"精兵强将"，是一个企业、一个团队、一个组织的"最强大脑"，他们的水平直接决定着该组织的竞争力和影响力。目前，我国不仅面临着网络安全人才不足的问题，也面临着高端人才稀缺的困扰，而且人才流失现象较为严重。网络空间安全依赖网络人才队伍，而网络人才队伍建设又需要高端人才的领导。我国必须要采取科学有效的人才吸引政策，改革相关管理体制和人才评价机制，"聚天下英才而用之"，营造吸引人、留住人的宽松环境，为其提供施展才华的广阔平台。近年来，我国大力实施了"千人计划""万人计划""青年拔尖人才计划"等政策，吸引了大批高端人才，极大优化了我国网络人才队伍的整体结构。

四要建立健全优秀人才奖惩机制，加大对网络人才的奖励力度，让其真正感受到职业尊荣，获得更加充实的幸福感。近年来，我国高度重视网络人才的价值和作用，在 2016 年 9 月举办的国家网络安全宣传周上，对网络安全杰出人才进行了重金表彰，极大地鼓舞了广大网络人才的斗志和信心，这无疑对加快我国网络安全人才建设具有十分重要的促进作用。

（二）从社会层面来看，高等院校、科研机构、行业企业、专业培训部门等单位组织要进一步协同配合，不断创新完善网络安全人才培养体系，实现人才培养和技术发展双向驱动的良好局面

首先，高等院校作为网络信息人才培养的主阵地，要增强历史使命感和社会责任感，"下大功夫、下大本钱，请优秀的老师，编优秀的教材，招优秀的学生，建一流网络安全学院"[①]。一是要加强学科专业和院系建设。由于"网络空间安全"专业在 2015 年才正式成为一级学科，目前正处于起步阶段，学科设置、师资配置、教学模式、学生质量等方面还不完善。因此，需要高等院校根据各自实际，进一步拓展网络安全专业研究方向，合理调整专业招生比例，完善本专科、研究生和在职教育体系，鼓励有条件的学校加大经费投入，建设一流网络安全实验室，构建网络安全人才综合培养平台，进而成立网络安全学院。二是要创新网络安全人才培养方式。打造多层次、多类型的大数据人才队伍，必须要不拘一格降人才，根据网络安全专业的特殊性，灵活设置"少年班、特长班"，缩短学制，实行"本硕博连读"，推免优秀本科应届生继续深造。三是要加强教师队伍建设，提升教学质量。针对目前专业教师队伍薄弱的状况，学校应建设一支专兼结合的网络安全教师队伍。一方面鼓励相关学科专业的老师转换学科方向，并对他们进行"速成式"培训，使其尽快胜任网络安全教学、科研工作；另一方面打破选人用人

---

① 习近平：《在网络安全和信息化工作座谈会上的讲话》，《人民日报》2016 年 4 月 23 日。

和评价体制，聘请经验丰富的网络安全技术和管理人员、民间特殊人才担任兼职教师，充实师资力量，营造宽松的工作环境，充分调动他们在实践教学中的积极性和主动性。四是要加强教学方式改革。鼓励学校建设开放式的在线教学平台，大力开展网络安全基础公共课程，充分发挥技能竞赛、知识竞答等活动的激励作用，让优秀人才脱颖而出。此外，要进一步加强与企业的合作，建立协同创新中心和仿真模拟实训平台，强化实验课程设计和网络攻防演练，并鼓励学生积极到企业实践训练。

其次，网络安全专业培训机构（主要是网络企业的培训部门和 IT 培训认证机构）要进一步发挥自身"加油站"功能，着力加大培训内容研发力度，使其更加符合网络安全岗位能力要求；更加注重 MOOC、SPOC、MOOE 等学习模式的研发和应用，不断丰富培训方式，积极开展项目培训、定制式培训和入职培训等立体化、多维度的培训，提供各类线上线下融合的网络安全终身学习服务。

最后，企业是网络安全人才施展才华和发挥聪明才干的用武之地，也是增强自身技能的重要场所。在网络空间博弈日益炽烈的当下，企业应树立人才是第一资源的理念，注重网络安全从业人员的技能培训，为公司发展和推动我国网信事业发展提供强有力的人才保障。近年来，腾讯公司在网络安全人才培养方面进行了生动探索，形成了"技术+人才"的"腾讯模式"。腾讯公司一方面加大校企联合力度，通过举办国际化专业性赛事（如腾讯信息安全争霸赛 TCTF）为高校学生提供实践对抗平台，选拔优秀人才，将其列入"百人计划"并获得腾讯安全联合实验室资深老师的指导以及专属培养计划和国际历练机会。同时，该公司还联合高校共同打造 TCTF 公开课，给学生提供专业指导。另一方面，积极为安全人才提供多维度的成长空间，通过校园招聘、社会招聘、培训晋升、薪酬福利等方式逐渐形成一套完善的人才培养体系。这不仅为公司发展插上腾飞的"翅膀"，也为我国加快网络安全人才建设提供了宝贵经验。

（三）就网络安全人才自身而言，要不断提升其政治素养、法律素养和专业素养

一是要坚持正确的政治方向和树立新时代总体国家安全观。认真学习贯彻习近平总书记关于网络安全的重要论述，从网络强国的高度看待网络安全问题。要充分认识到网络安全"牵一发而动全身"的重要性，它不仅仅影响到我国网络空间安全，也会危害到我国的经济安全、社会安全、国家安全等方面。因此，网络安全专业人员要增强历史使命感和政治责任感，勇于攻坚克难、研发关键核心技术，为维护我国网络空间安全和建设网络强国贡献自己的一份力量。

二是要增强法律意识、培养法律思维，不断提升自身法律素养。网络安全专业人员作为网络社会的"卫士"和"医生"，每天都要在这个虚拟的自由化世界里同有关数据打交道，易于获知相关核心信息，如有不慎便会泄露相关信息、侵犯他人合法权益甚至走上违法犯罪的道路。鉴于此，网络安全专业人员必须要注重培养法律思维，熟知《网络安全法》《保密法》《国家安全法》等法律法规，并了解掌握国家针对互联网发展所出台的一系列条例、规定，自觉规范自身行为，提高知法、懂法、守法能力。

三是要树立终身学习理念，不断提升自身专业素养。当前，我国网民人数已经超过8亿人，已经是一个名副其实的网络大国，但远不是一个网络强国。据《2018年上半年中国网络安全报告》显示，我国86%以上的高端芯片、智能系统、操作系统、数据库、服务器、核心路由器依赖美国企业；政府、金融、能源、电信、交通等领域的信息化系统装备中一半以上采用外国产品；基础网络中七成以上的设备来自美国公司，60%重要信息系统运行维护依赖国外厂商。网络技术人员作为网络社会的生力军，必须要增强忧患意识和历史使命感，以时不我待的紧迫感和只争朝夕的奋斗精神，着力提升自身专业能力，刻苦钻研关键核心技术，不断增强我国网络信息技术的自主

性，牢牢掌握网络空间的主动权。此外，要高度重视网络治理工作，打造一支思想坚定、业务能力强的专业网络警察队伍。注重提升他们在网络系统被动攻击监督跟踪、主动防御与系统恢复等方面的能力，使其努力掌握一般防火墙、入侵检测、漏洞扫描以及病毒防杀等系统的基本知识①。加大对网络信息传播和网络政治参与的监管力度，严厉打击利用网络鼓吹推翻国家政权、煽动宗教极端主义、宣扬民族分裂思想、教唆暴力恐怖活动②等违法犯罪行为，坚决维护我国网络空间安全。

二、 注重培养网络"把关人"， 增强网络舆论引导力

任何事物都有其两面性，网络技术自然也呈现出"双刃剑"的特征。它在丰富民主的实现形式、催生新型民主的同时，也使得公民政治参与出现了一些非理性、失序性和失衡性的问题以及主流意识形态遭到剧烈冲击的现象。网络呼唤治理、网络需要把关，网络政治参与同样期待把关引导。作为网络社会的"交通警察"，网络"把关人"在网络社会里起着十分重要的作用，犹如老百姓家里安装的"纱窗"，既能挡住苍蝇蚊子，又能呼吸新鲜空气，对传播网络社会正能量、净化网络社会生态环境以及促进网络政治参与有序发展具有积极意义。

（一）大力加强网络舆情工作队伍的建设

网络舆情是民众意见在网上的汇集，集中体现了广大网民的意愿、情感和态度，是政府充分了解民情、知悉民意的重要渠道，具有突发性、直接性和偏差性等特点，一旦对网络舆情监管不力，热点问题恶化为突出事件，就会严重影响社会的和谐稳定。因此，应着力选拔一批讲政治、懂政策、业务

---

① 吴一敏：《网络强国主引擎——网络人才先行》，知识产权出版社 2018 年版，第12 页。
② 习近平：《在网络安全和信息化工作座谈会上的讲话》，《人民日报》2016 年 4 月26 日。

强、专业化的网络舆情分析和研判队伍，积极吸纳相关专业人士（如高校学者、政策研究人员、宣传工作者、媒体资深从业者等）的加入，强化业务培训和实战演练，不断提升网络舆情的应对能力：一是分析网络舆情能力。网络舆情瞬息万变，涉及领域众多，需要持续性和日常性地跟踪关注，要深入研究总结网络舆情发展规律，及时倾听、了解网民的心声，收集整理出舆情的焦点、分布范围，并迅速对其做出客观理性的分析与评价以及把握其走向。二是引导网络舆情能力。要根据舆情的发展情况，通过信息公开、设置议程、参与讨论等方式，对网络舆论进行科学合理的引导、疏通，使其朝着善的方向发展。三是处理社会热点事件能力。社会热点事件是网络舆情的"酵母"，最容易吸引公众眼球，能够在短时间内成为舆论焦点，掀起强大的舆情风潮，一旦对社会热点事件处理不当（如长春疫苗、郭美美事件、三鹿奶粉、王立军事件等），一些谣言便会喧嚣尘上，就有可能导致人心不安，扰乱稳定和谐的社会秩序。以专业化的人民网舆情监测室为例，自 2006 年起人民日报社就开始研究网络舆情，并于 2008 年组建网络中心舆情监测室，招募了 50 多名具有传播学、社会学、经济学、管理学、统计学等专业背景的研究人员，在相关专家学者的指导下，形成了一套完整的网络舆情监测理论体系、工作方法和作业流程，并实现了对网站新闻跟帖、社区论坛、BBS、微博、网站等主要载体的全天候监测。

（二）大力加强网站把关人的培育

作为网络把关人的重要组成部分，网站把关人（如网站编辑、网络记者等）往往凭借自身的价值取向、兴趣爱好、专业知识和情感倾向等对网络信息进行"去伪存真""去粗取精"的加工整理。这就直接影响到网络社会的议题设置和舆论导向，也必然决定着宣传思想工作的成效。因此，必须要重视网站把关人的地位和作用，增强他们尤其是主流网站编辑、记者的政治意识、大局意识、核心意识、看齐意识，牢固树立为政治服务、为人民服务的理念，从党和国家的工作大局、路线方针政策出发来分析与选择新闻，设置好相关议题，整合不同空间的话语，通过自由热烈的讨论，把网络舆论引导到健康正确的轨道上。同时，要注重提升网站把关人的职业技能，努力掌握熟练运用多媒体能力，网页制作、设计和发布能力，运用超文本能力，新闻鉴别能力，自我控制和平衡能力，自我更新能力等①。准确无误地过滤网络社会的"糟粕"内容，及时有效地删除缺乏事实依据的言论以及违反相关规定的信息，不断净化网络政治生态。

（三）大力加强网络"意见领袖"的培养

网络是一张容量巨大的信息网，每个信息的接受者或发布者都可能是这个网络上的一个结点，成为舆论浪潮的掀起者。② 在这样一个信息海洋面前，强大的信息洪流往往使大众陷入其中，常常产生一种无所适从的感觉。网络"意见领袖"作为大众传播中的评介员、转达者，是组织传播中的闸门、滤网，是人际沟通中的"小广播"和"大喇叭"③，被广大网民视为草根代言人，具有很高的地位和威望，因而他们的言论在很大程度上能够直接影响甚至左右网民的判断乃至整个网络舆论的走向。鉴于此，要公开聘请一批政治素质高、理论知识强、了解网民心理、熟悉网络语言、影响力强的专业人士来做舆论意见领袖，当遇到突发事件或争议话题时，适时购买其服务，让其及时发出事实依据充分、分析问题深刻、吸引力十足的"最强音"，强化主流言论、辩驳非理性言论，牢牢掌握网络话语权，充分发挥其激浊扬清的作用，引导网民理性看待热点问题。

---

① 高桂云：《公众网络政治参与的引导与规范研究》，中国社会出版社 2014 年版，第 262 页。

② 高桂云：《公众网络政治参与的引导与规范研究》，中国社会出版社 2014 年版，第 260 页。

③ 邵培仁：《传播学》，高等教育出版社 2000 年版，第 228 页。

（四）大力加强网络新闻发言人队伍的建设

新闻发言人是政府与群众进行沟通的纽带，在舆论引导中承担着信息把关人、议程设置者、公众舆论领袖、政府形象公关等多种角色①，肩负着释疑解惑、澄清事实、引导舆论等重任，对传播正能量、优化政治参与环境等方面具有重要意义。作为在网络社会的延伸和拓展，网络新闻发言人是信息化时代进行舆论引导的现实需要，必须要建立完善网络新闻发言人制度，广泛选拔政治立场坚定、责任心强、知识面广的专业人员，定期开展专题培训，加强理论政策、专业知识、语言表达和政治技巧等方面的训练，不断提升独立思考、理性判断和快速反应能力，并注重实战化演练，使他们能够"召之即来、来之能战"，对社会热点问题或突发事件迅速做出有效反应，及时准确发布相关权威信息，澄清事实真相、化解误信民众怨恨，正确引导网络舆论，降低网络谣言的生存空间。此外，要建立完善网络新闻发言人绩效考核体系，对他们的工作（主要包括政治态度、反应速度、引导频率、跟帖效果等内容）进行量化考核，对优秀人员进行物质和名誉上的奖励，让他们充分享有职业的尊荣。

三、 加强宣传思想队伍建设， 培养主流话语传播者

网络无国界、无法律、无管制的特征，使其成为一些网络技术强国和话语霸权国家进行价值观输出、思想文化渗透，策动"颜色革命"的重要工具。维护当前网络空间的安全，必须要高度重视宣传思想队伍建设。他们不仅是主流价值观的传播者，也是核心价值观在现实生活中的践行者，其素质的高低直接关系到整个思想工作的全局。要进一步提升宣传思想人员的政治素养、业务素养和媒介素养，努力打造一支"政治强、技术高、作风好、业

---

① 叶皓：《突发事件中的舆论引导》，江苏人民出版社 2009 年版，第 201 页。

务精"的主流话语传播者。

一是要坚持正确的政治方向，坚持党性和人民性的统一。

"思想战线上的战士，都应当是人类灵魂工程师。"① 宣传思想工作归根结底是一项意识形态教育的政治性工作，宣传思想人员要想成为人类灵魂的工程师，必须坚持为人民服务的根本宗旨，深入基层、深入群众，贴近实际、贴近生活，充分反映广大人民群众的心声；必须要坚持正确的政治方向，坚持"两个巩固"，坚定社会主义理想信念，积极宣传党的理论路线方针政策；必须要增强政治意识、大局意识、核心意识、看齐意识，在思想上政治上行动上同党中央保持高度一致，坚决维护党中央权威，坚定不移地宣传习近平新时代中国特色社会主义思想；必须要坚持解放思想、实事求是、与时俱进，坚定不唯书、不唯上、只唯实的立场，尊重客观事实，直面问题、针砭时弊。

二是要加强理论学习，打牢理论功底。

"打铁必须自身硬。"宣传思想工作面向整个社会和各个领域，具有面广、线长、人多的特点，对工作人员的综合素质要求较高。因而，宣传思想工作者必须要以增强自身看家本领为第一要务，系统掌握马列主义、毛泽东思想和中国特色社会主义理论体系以及党和国家的路线方针政策，提高自身运用马克思主义世界观和方法论分析问题、解决问题的能力，了解熟知宣传思想工作的基本理论和业务知识，全面提高宣传思想工作者的基本功。同时还要努力"学习一点社会主义市场经济和科学技术知识，学习一点文学史、音乐史、美术史，了解中国文化和世界文化发展的梗概"②。懂得社会学、心理学、教育学、法学、传播学、文学等方面的知识。

三是要努力掌握新媒体技术，提升自身媒介素养。

当今时代，网络已经成为人们生活的一种"类存在"，触角延伸到每个

---

① 《邓小平文选》第三卷，人民出版社 1993 年版，第 40 页。
② 《毛泽东邓小平江泽民论思想政治工作》，学习出版社 2000 年版，第 254 页。

角落，人们不是"自投罗网"，就是被"网罗其中"。"明者因时而变，知者随事而制。"作为宣传思想战线上的"先锋战士"，党和政府各级宣传部门人员，各级党校、行政学院、社会主义学院和干部学院的理论工作者，各高校思想教育工作者，新闻记者、编辑和新媒体从业人员等工作者必须要适应社会信息化持续推进的新情况，充分运用新技术新应用创新媒体传播方式，占领信息传播制高点。为此，宣传思想工作者要努力学习各种办公软件；要了解新媒体传播运营、受众心理、议程设置等方面的知识，提升新闻敏感性和捕捉能力；有的还要"熟悉音视频节目的采、编、播流程，能进行影视制作、音视频拍摄、非线性编辑及节目包装；有的还要具备美术设计功底，能设计制作 Flash 动画，具有将文本、照片、图表、音频和视频材料结合起来进行多媒体处理的能力"①。努力使其成为视野开阔、博学多识、熟练掌握传统和现代技能的复合型人才。

此外，各级领导干部要主动顺应信息化发展要求，积极学网、用网、懂网，强化互联网思维，不断提升"对互联网规律的把握能力、对网络舆论的引导能力、对信息化发展的驾驭能力、对网络安全的保障能力"②，坚持走好网上群众路线，经常上网看一看、必要时发发声，不断提高网络群众工作的能力。

---

① 郭超海：《中国共产党执政能力建设与舆论引导机制研究》，博士学位论文，中央党校党的建设教研部，2010 年，第 165 页。
② 习近平：《习近平在全国网络安全和信息化工作会议上强调 敏锐抓住信息化发展历史机遇 自主创新推进网络强国建设》，《人民日报》2018 年 4 月 22 日。

主要参考文献

《马克思恩格斯全集》第 1 卷，人民出版社 2012 年版。

《列宁全集》第 42 卷，人民出版社 2012 年版。

《毛泽东选集》第 1—4 卷，人民出版社 1991 年版。

《邓小平文选》第 1—3 卷，人民出版社 1993 年版。

《习近平谈治国理政》，外文出版社 2014 年版。

《习近平谈治国理政》第二卷，外文出版社 2017 年版。

《习近平总书记系列重要讲话读本（2016 年版）》，学习出版社、人民出版社 2016 年版。

《习近平新时代中国特色社会主义思想学习纲要》，学习出版社、人民出版社 2019 年版。

《十八大以来重要文献选编》（上），中央文献出版社 2014 年版。

《十八大以来重要文献选编》（中），中央文献出版社 2016 年版。

《十八大以来重要文献选编》（下），中央文献出版社 2018 年版。

《十九大以来重要文献选编》（上），中央文献出版社 2019 年版。

《习近平新闻思想讲义》，人民出版社、学习出版社 2018 年版。

蔡翠红：《网络时代的政治发展研究》，时事出版社 2015 年版。

陈畴镛、王雷、周青：《网络强国战略与浙江实践》，科学出版社 2016 年版。

陈世华：《微博参与社会治理研究》，中国社会科学出版社 2016 年版。

陈士玉：《当代中国公民政治参与的模式及其发展趋势研究》，吉林大学出版社

2010 年版。

程玉红：《网络时代的政治参与和政党变革研究》，知识产权出版社 2013 年版。

董国旺：《网络强国负熵源：网络空间法治》，知识产权出版社 2017 年版。

东鸟：《2020，世界网络大战》，中南出版传媒集团、湖南人民出版社 2011 年版。

邓兆安、张涛：《中国式网络问政："胶东在线"的标本意义》，南方日报出版社 2010 年版。

方滨兴：《论网络空间主权》，科学出版社 2017 年版。

付宏：《基于社会化媒体的公民政治参与》，国家行政学院出版社 2014 年版。

樊浩等：《中国大众意识形态报告》，中国社会科学出版社 2010 年版。

房宁：《中国政治参与报告（2015）》，社会科学文献出版社 2015 年版。

房宁：《中国政治参与报告（2017）》，社会科学文献出版社 2017 年版。

房宁、周庆智：《中国政治参与报告（2018）》，社会科学文献出版社 2018 年版。

方兴东、胡怀亮：《网络强国：中美网络空间大博弈》，电子工业出版社 2014 年版。

房正宏：《网络政治参与与意识形态安全》，中国社会科学出版社 2017 年版。

高桂云：《公众网络政治参与的引导与规范研究》，中国社会科学出版社 2014 年版。

高红玲：《网络舆情与社会稳定》，新华出版社 2011 年版。

官建文：《中国移动互联网发展报告（2016）》，社会科学文献出版社 2016 年版。

顾丽梅、翁士洪：《网络参与下的地方治理创新》，上海人民出版社 2015 年版。

郭明飞：《网络发展与我国意识形态安全》，中国社会科学出版社 2009 年版。

高明勇：《微博问政的 30 堂课》，浙江人民出版社 2012 年版。

郭萍：《网络强国新业态：网络产业创生》，知识产权出版社 2018 年版。

郭小安：《网络民主的可能及限度》，中国社会科学出版社 2011 年版。

化长河：《网络强国导航仪：先进文化引领》，知识产权出版社 2018 年版。

黄丽萍：《媒介化时代党的执政能力研究》，中央编译出版社 2014 年版。

何明升等：《虚拟社会与现实社会》，社会科学文献出版社 2011 年版。

黄少华：《城市居民网络政治参与行为研究》，科学出版社 2017 年版。

胡泳：《网络政治》，国家行政学院出版社 2014 年版。

惠志斌：《全球网络空间信息安全战略研究》，上海世界图书出版公司 2013 年版。

姜振宇：《俄罗斯国家安全问题研究》，社会科学文献出版社 2009 年版。

罗爱武：《互联网对政治参与平等化的影响研究》，中国社会科学出版社 2015 年版。

李斌：《美国国家信息安全战略》，学林出版社 2009 年版。

吕本修：《网络道德问题研究》，中国社会科学出版社 2012 年版。

黎慈、孟卧杰：《法治视域中网络政治参与的效度研究》，苏州大学出版社 2017 年版。

刘静：《网络强国助推器：网络空间国际合作共建》，知识产权出版社 2018 年版。

陆路、颜彦：《与官员谈如何应对新闻媒体》，国家行政学院出版社 2010 年版。

刘力锐：《基于网络政治动员态势的政府回应机制研究》，东北大学出版社 2012 年版。

李慎明：《领导权与话语权："颜色革命"与文化霸权》，社会科学文献出版社 2016 年版。

刘上洋：《中外应对网络舆情 100 例》，百花洲文艺出版社 2011 年版。

刘西平、连旭：《中国网络问政长效机制研究——基于网络问政行为偏好的实证研究》，中国传媒大学出版社 2015 年版。

《美国网络安全法》，陈斌译，中国民主法制出版社 2016 年版。

门洪华：《构建中国大战略的框架》，北京大学出版社 2005 年版。

欧仕金：《网络强国守护神：网络安全保障》，知识产权出版社 2017 年版。

人民网研究院：《中国移动互联网发展报告（2017）》，社会科学文献出版社 2017 年版。

人民网研究院：《中国移动互联网发展报告（2018）》，社会科学文献出版社 2018 年版。

人民网舆情检测室：《网络舆情热点面对面》，新华出版社 2012 年版。

宋超：《当代中国网络政治参与研究》，山东大学出版社 2016 年版。

孙大为：《思想政治教育视野下的大学生网络民主参与发展研究》，知识产权出版社 2015 年版。

孙光宁等：《网络民主在中国：互联网政治的表现形式与发展趋势》，知识产权出版社 2015 年版。

宋海龙：《网络强国快车道：基础设施铺路》，知识产权出版社 2018 年版。

沈逸：《美国国家网络安全战略》，时事出版社 2013 年版。

唐绪军、吴信训、黄楚新：《中国新媒体发展报告 No. 7（2016）》，社会科学文献出版社 2016 年版。

唐绪军、吴信训、黄楚新：《中国新媒体发展报告 No. 8（2017）》，社会科学文献出版社 2017 年版。

唐绪军、吴信训、黄楚新：《中国新媒体发展报告 No. 9（2018）》，社会科学文献出版社 2018 年版。

王恒桓：《网络强国制高点：技术创新支撑》，知识产权出版社 2017 年版。

王金水：《网络政治参与与政治稳定机制研究》，中国社会科学出版社 2013 年版。

王景玉：《网络问政的政府规制研究》，中国社会科学出版社 2016 年版。

王立京：《中国公民参与制度化研究》，武汉大学出版社 2011 年版。

王明生：《当代中国政治发展的历史与逻辑》，南京大学出版社 2014 年版。

王明生等：《当代中国政治参与研究》，南京大学出版社 2012 年版。

汪旻艳：《网络舆论与中国政府治理》，南京师范大学出版社 2015 年版。

王浦劬：《政治学基础》，北京大学出版社 2006 年版。

吴庆：《青年政治参与与共青团工作》，中国青年出版社 2015 年版。

王舒毅：《网络安全国家战略研究：由来、原理与抉择》，金城出版社 2015 年版。

汪业周：《政治哲学视野的网络政治文化论纲》，南京大学出版社 2017 年版。

薛宝琴：《网络舆论引导机制研究》，人民日报出版社 2018 年版。

谢新洲等：《互联网等新媒体对社会舆论影响与利用研究》，经济科学出版社 2013 年版。

闫欢等：《积极网络舆论引导论》，中国社会科学出版社 2017 年版。

杨金卫：《网络：一种新的反腐利器——网络反腐的制度规范与机制创新研究》，山东人民出版社 2012 年版。

杨金卫：《网络环境下党的群众工作创新研究》，山东人民出版社 2018 年版。

严利华：《从个体激情到群体理性：新媒体时代公民参与的理论与实践》，武汉大学出版社 2013 年版。

杨立英、曾盛聪：《全球化、网络化境遇与社会主义意识形态建设研究》，人民出版社 2006 年版。

杨雄：《网络时代行为与社会管理》，上海社会科学院出版社 2007 年版。

周滨：《"微博问政"与舆情应对》，人民出版社 2012 年版。

郑保卫：《传媒话语权与影响力：新时期舆论引导能力的提升》，湖南人民出版社 2018 年版。

中国软件与技术服务股份有限公司党委"互联网+基层党建"研究中心：《互联网+基层党建》，党建读物出版社 2017 年版。

周宏仁：《中国信息化形势分析与预测》，社会科学文献出版社 2010 年版。

郑洁等：《网络媒体传播社会主义核心价值观研究》，中国社会科学出版社 2012 年版。

赵莉：《中国网络社群政治参与：政治传播学的视角》，中国广播电视出版社 2011 年版。

郑丽勇：《媒介管理学》，浙江大学出版社 2008 年版。

张明新：《参与型政治的崛起：中国网民政治心理和行为的实证考察》，华中科技大学出版社 2014 年版。

左晓栋等：《美国网络安全战略与政策二十年》，电子工业出版社 2017 年版。

郑元景：《虚拟生存研究》，社会科学出版社 2012 年版。

周裕琼：《当代中国社会的网络谣言研究》，商务印书馆 2012 年版。

赵志云、钟才顺、钱敏峰：《虚拟社会管理》，国家行政学院出版社 2012 年版。

曾白凌：《国家权力与网络政治表达自由》，法律出版社 2018 年版。

曾凡斌：《互联网使用与中国中间阶层的政治参与研究》，中国社会科学出版社 2016 年版。

曾凡斌：《互联网使用与政治参与》，中国人民大学出版社 2018 年版。

曾静平等：《网络文化概论》，陕西师范大学出版总社有限公司 2013 年版。

曾令辉:《虚拟社会人的发展研究》,人民出版社 2009 年版。

[英]安德鲁·查德威克:《互联网政治学:国家、公民与新传媒技术》,任孟山译,华夏出版社 2010 年版。

[英]安德鲁·海伍德:《政治学核心概念》,吴勇译,天津人民出版社 2008 年版。

[美]安德鲁·基恩:《网民的狂欢:关于互联网弊端的反思》,丁德良译,海南出版社 2010 年版。

[英]安东尼·吉登斯:《社会学》,北京大学出版社 2009 年版。

[美]阿尔文·托夫勒:《第三次浪潮》,黄明坚译,新华出版社 1996 年版。

[美]彼得·德鲁克:《后资本主义社会》,张星岩译,上海译文出版社 1988 年版。

[美]本奈特、恩特曼:《媒介化政治:政治传播新论》,董关鹏译,清华大学出版社 2011 年版。

[美]丹尼尔·C. 哈林、[意]曼奇尼:《比较媒介体制》,陈娟、展江译,中国人民大学出版社 2011 年版。

[美]格林斯坦、波尔斯:《政治学手册精选》,上海人民出版社 2008 年版。

[法]古斯塔夫·勒庞:《乌合之众——大众心理研究》,冯克利译,广西师范大学出版社 2011 年版。

[德]哈贝马斯:《公共领域的结构转型》,曹卫东译,学林出版社 1999 年版。

[美]亨利·詹金斯、[日]伊藤瑞子、[美]丹娜·博伊德:《参与的胜利:网络时代的参与文化》,高芳芳译,浙江大学出版社 2017 年版。

[美]加布里埃尔·A. 阿尔蒙德:《比较政治学:体系、过程和政策》,东方出版社 2007 年版。

[美]加布里埃尔·A. 阿尔蒙德、西德尼·维巴:《公民文化——王国的政治态度和民主》,东方出版社 2008 年版。

[美]科恩:《论民主》,聂崇信等译,商务印书馆 2005 年版。

[美]罗伯特·达尔:《多头政体——参与和反对》,谭君久、刘惠荣译,商务印书馆 2003 年版。

［美］李侃如：《治理中国——从革命到改革》，胡国成等译，中国社会科学出版社 2010 年版。

［美］利普塞特：《政治人——政治的社会基础》，刘刚敏、聂蓉译，商务印书馆 1993 年版。

［英］麦奎尔、温德尔：《大众传播模式论》，上海译文出版社 2008 年版。

［美］曼纽尔·卡斯特：《网络星河——对互联网、商业和社会的反思》，郑波译，社会科学文献出版社 2007 年版。

［美］曼纽尔·卡斯特：《网络社会的崛起》，夏铸九译，社会科学文献出版社 2009 年版。

［美］曼纽尔·卡斯特：《网络社会：跨文化的视角》，周凯译，社会科学文献出版社 2009 年版。

［加］莫斯可：《数字化崇拜：迷思、权力与赛博空间》，黄典林译，北京大学出版社 2010 年版。

［加］马歇尔·麦克卢汉：《理解媒介：论人的延伸》，何道宽译，译林出版社 2011 年版。

［加］马歇尔·麦克卢汉：《人的延伸——媒介通论》，译林出版社 2011 年版。

［俄］姆什韦尼耶拉泽：《政治现实与政治意识》，王浦劬等译，中国社会科学出版社 1999 年版。

［美］尼葛拉庞帝：《数字化生存》，胡泳等译，海南出版社 1997 年版。

［美］奈斯比特：《大趋势——改变我们生活的十个新方向》，梅艳译，中国社会科学出版社 1984 年版。

［日］蒲岛郁夫：《政治参与》，解莉莉译，经济日报出版社 1989 年版。

［美］塞缪尔·P.亨廷顿：《第三波——20 世纪后期民主化浪潮》，刘军宁译，上海三联书店 1998 年版。

［美］桑斯坦：《网络共和国——网络社会的民主问题》，黄维明译，上海人民出版社 2003 年版。

［美］扎哈里亚迪斯：《比较政治学：理论、案例与方法》，宁骚等译，北京大学出版社 2018 年版。

［美］詹姆斯·E. 凯茨、罗纳德·E. 莱斯：《互联网使用的社会影响》，郝芳、刘长宁译，商务印书馆 2007 年版。

白毅：《政治现代化进程中网络政治文化的形成机理》，《学术论坛》2013 年第 36 期。

常泓：《非正式网络政治参与的双面效应及其应对》，《社会主义研究》2013 年第 1 期。

陈龙国：《当代青年网络政治参与特点及其对虚拟社会治理的启示》，《中国青年研究》2014 年第 11 期。

池上新、吴迪：《社会资本与当代大学生网络政治参与》，《中国青年社会科学》2015 年第 2 期。

崔文奎：《公民网络政治参与的平等性及其主要限度》，《山西大学学报》（哲学社会科学版）2013 年第 36 期。

曹妍：《试论网络时代中国的政治沟通》，《人民论坛》2013 年第 20 期。

曹妍：《农村网络政治沟通薄弱之原因与对策分析》，《领导科学》2014 年第 5 期。

陈永峰：《德治、法治与善治：网络政治参与治理路径选择》，《学习与探索》2017 年第 9 期。

段会平、吕永红：《民族地区公民网络政治参与问题研究》，《贵州民族研究》2018 年第 3 期。

戴均、徐文强：《公民网络政治参与探究——基于有序性兼有效性二维结构的视角》，《社会主义研究》2017 年第 3 期。

戴锐、马文静：《网络政治参与与青年政治意识的发展》，《学术交流》2013 年第 2 期。

董文芳：《网络政治与中国政治发展》，《理论探讨》2013 年第 6 期。

董文芳、郭秀萍：《网络政治的兴起、概念及研究意义》，《理论学刊》2013 年第 11 期。

邓秀华：《社会转型期农民工的政治参与渠道探析》，《东南学术》2013 年第 3 期。

范军、王晓琳：《非理性主义对大学生网络政治参与的负面影响及对策》，《学校党建与思想教育》2018 年第 20 期。

方然：《政府教育部门应对网络舆情引发高校群体性事件的机制研究》，《电子政务》2013 年第 2 期。

付文科：《治理视域下执政党与网络政治参与互动研究》，《领导科学》2014 年第 26 期。

葛峰、金博：《公民网络政治参与法治化基本原则探讨》，《人民论坛》2014 年第 35 期。

郭建民、冀天：《微博时代：我国网络政治参与的整合机制探析》，《山西师大学报》（社会科学版）2013 年第 40 期。

高奇琦、陈建林：《网络政治参与对治理腐败的意义及其影响路径》，《电子政务》2015 年第 2 期。

葛宁、黄忠伟：《我国网络领域青年有序参与研究——从"中东变局"中阿拉伯青年无序政治参与谈起》，《中国青年政治学院学报》2013 年第 32 期。

葛玮华：《网络政治参与相关问题辨析》，《人民论坛》2016 年第 14 期。

龚宪军、吴玉锋：《社会资本与大学生网络政治参与研究》，《天津行政学院学报》2013 年第 15 期。

高小平：《化被动为主动构建网络治理机制——〈网络政治参与与政治稳定机制研究〉一书评介》，《中国行政管理》2013 年第 7 期。

郭彦森：《网络政治参与研究的进程、议题和趋势》，《郑州大学学报》（哲学社会科学版）2014 年第 47 期。

高中建、王子月、孟利艳：《青年网络政治参与过程与参与机制研究》，《南京政治学院学报》2014 年第 30 期。

侯万锋：《新媒体背景下青年政治意识表达的教育引导———一项基于 906 份问卷的实证分析》，《中国青年研究》2013 年第 4 期。

何正玲：《协商民主与中国公民网络政治参与之前景探析》，《云南行政学院学报》2013 年第 15 期。

黄春莹、孙萍：《公民网络政治参与的内涵界定与行为识别》，《理论导刊》2016

年第 3 期。

侯典丽：《网络与公民政治参与分析》，《云南行政学院学报》2014 年第 16 期。

韩国立：《从无序到有序：网络政治参与的规范化发展路径》，《中学政治教学参考》2014 年第 30 期。

华昊：《新生代网民的网络政治参与及其多元治理》，《南京社会科学》2016 年第 5 期。

郝丽、崔永刚：《网络政治参与对公民政治认同的影响和对策研究》，《新视野》2014 年第 4 期。

胡蕊：《大学生网络政治参与：行为、关注及动机》，《青年记者》2017 年第 11 期。

黄少华：《社会资本对网络政治参与行为的影响——对天津、长沙、西安、兰州四城市居民的调查分析》，《社会学评论》2018 年第 2 期。

黄少华、黄凌飞：《文化资本对网络政治参与的影响——以城市居民为例》，《甘肃行政学院学报》2015 年第 5 期。

黄少华、姜波、袁梦遥：《网络政治参与行为量表编制》，《兰州大学学报》（社会科学版）2016 年第 6 期。

黄少华、谢榕：《政治动机、政治技能和社团参与对网络政治参与行为的影响——基于公民自愿模型的分析》，《兰州大学学报》（社会科学版）2017 年第 3 期。

胡晓、闫志军：《群众路线网络化实践与路径优化》，《重庆社会科学》2014 年第 5 期。

黄鑫：《大学生网络政治参与：阻碍因素、形成机理与引导对策》，《当代青年研究》2014 年第 6 期。

韩晓宁、吴梦娜：《微博使用对网络政治参与的影响研究：基于心理和工具性视角》，《国际新闻界》2013 年第 35 期。

韩晓宁、王军：《网络政治参与的心理因素及其影响机制探究》，《新闻大学》2018 年第 2 期。

姜华、黄蓉生：《大学生网络政治参与论析》，《西南大学学报》（社会科学版）2017 年第 6 期。

季海菊：《试论新媒体时代大学生网络政治参与及其发展趋势》，《南京社会科学》2014 年第 7 期。

蒋建华：《网络政治参与的理性探求——评〈互联网使用与政治参与〉》，《传媒》2018 年第 21 期。

金太军、李娟：《虚拟与现实的互动：网络政治文化的社会作用机理》，《社会科学研究》2014 年第 3 期。

金毅、许鸿艳：《当代中国公民网络政治参与的特征、困境与出路》，《中州学刊》2013 年第 3 期。

金毅、许鸿艳：《公民网络政治参与的能力基础及其构建路径》，《中共天津市委党校学报》2016 年第 2 期。

金毅、许鸿艳：《公民网络政治参与的能力基础及其夯实路径》，《理论导刊》2016 年第 4 期。

金玉萍：《少数民族网络政治参与研究的价值与路径》，《青年记者》2016 年第 24 期。

简臻锐：《从网络政治参与谈大学生民主意识的培养》，《思想教育研究》2016 年第 2 期。

李斌：《网络政治社会化的涵义、特点及影响因素》，《理论导刊》2014 年第 4 期。

李兵：《青年参与网络政治活动的理论基础与政治稳定》，《中国青年研究》2014 年第 12 期。

李奋生：《新生代农民工网络政治参与研究》，《农业经济》2013 年第 2 期。

梁刚：《社会资本视角下我国大学生网络政治参与研究》，《中国青年政治学院学报》2013 年第 32 期。

蓝刚、吴怡涛：《浅析网络政治参与中网络原教旨主义对执政安全的影响》，《电子政务》2014 年第 7 期。

刘国普：《统一战线与扩大公民有序政治参与的路径探析——基于协商民主制度建设的视角》，《中央社会主义学院学报》2013 年第 5 期。

刘辉、王成顺：《青年的基本身份要素对网络政治参与的影响》，《中国青年社会科学》2015 年第 1 期。

刘辉、王越、韦文笔：《从社会行动视角看青年网络政治参与行为》，《青年探索》2014 年第 6 期。

刘娟、张国军：《少数民族网络政治参与研究》，《广西民族研究》2014 年第 6 期。

刘建军、沈逸：《网络政治形态：国际比较与中国意义》，《晋阳学刊》2013 年第 4 期。

鲁良、黄清迎：《论网络时代大学生政治信任生成：现状、维度与路径》，《湖南师范大学教育科学学报》2014 年第 13 期。

罗良清：《中国公民网络政治参与中的身份认同》，《当代传播》2013 年第 5 期。

刘倩：《民主生态视域下的青年网络政治参与及引导路径研究》，《学术论坛》2013 年第 36 期。

李素芳、徐华伟：《马克思主义视域下的公民网络政治参与能力特征研究》，《学校党建与思想教育》2016 年第 9 期。

刘姗姗：《网络政治与少数民族农民政治认同的辩证分析》，《广西社会科学》2014 年第 10 期。

陆士桢：《当代中国青年网络政治参与的深度研究》，《青年探索》2014 年第 6 期。

陆士桢、潘晴：《当代中国青年网络政治参与基本状况研究报告——全国范围内的基础调查》，《中国青年社会科学》2015 年第 1 期。

陆士桢、王蕾：《青年网络政治参与影响因素研究——基于定量研究的过程分析》，《中国青年政治学院学报》2013 年第 32 期。

陆士桢、郑玲、王骁：《青年网络政治参与：一个社会与青年共赢的重要话题》，《青年探索》2014 年第 6 期。

卢涛：《青年网络政治参与的作用与发展》，《中国青年社会科学》2016 年第 6 期。

龙太江、周光俊：《网络政治社团兴起对中国政治发展的影响及对策——以新浪微博微群为例》，《湖南师范大学社会科学学报》2013 年第 42 期。

楼天宇：《政务微博的兴起、意义与建设》，《人民论坛》2014 年第 19 期。

李伟：《大学生网络政治参与》，《中国青年社会科学》2015 年第 2 期。

陆伟：《基于河北省学校调研的大学生网络政治参与现状与机制构建》，《中国成人教育》2015 年第 15 期。

李文静、谢佳奇：《网络政治参与的宏观环境培养及发展策略分析》，《人民论坛》2015 年第 8 期。

李学楠：《网络社会、政治参与与执政空间——现代政党建设的新维度》，《湖北社会科学》2013 年第 10 期。

李雪彦：《贫困地区乡村妇女网络政治参与研究》，《云南民族大学学报》（哲学社会科学版）2014 年第 31 期。

刘小燕、崔远航：《作为政府与公众间距离协调机制的网络政治沟通研究》，《新闻大学》2013 年第 2 期。

刘远亮：《网络政治传播对当代中国政治发展的影响——基于政府与民众关系的分析》，《天津行政学院学报》2013 年第 15 期。

黎志强、景君学：《网络政治文化的舆论影响特征及个体伦理向度分析》，《学术论坛》2013 年第 36 期。

刘中元：《网络政治参与与公民人格培养》，《中学政治教学参考》2016 年第 12 期。

马发亮：《政治社会化途径探析——以青年学生为例》，《中学政治教学参考》2014 年第 24 期。

廖茂吉：《群体心理效应与大学生网络政治参与优化》，《思想理论教育》2015 年第 12 期。

毛牧然：《网络技术政治负价值的表象析因与消解》，《求实》2014 年第 10 期。

孟天广、季程远：《重访数字民主：互联网介入与网络政治参与——基于列举实验的发现》，《清华大学学报》（哲学社会科学版）2016 年第 4 期。

孟桢：《网络政治参与治理研究》，《河南社会科学》2013 年第 21 期。

宁德强：《公民网络政治参与背景下的高校网络评论员队伍建设》，《重庆邮电大学学报》（社会科学版）2015 年第 3 期。

聂伟：《网络影响下的青少年生活方式研究》，《当代青年研究》2014年第4期。

秦浩、郭薇：《网络民主视域下大学生网络政治参与研究》，《教育理论与实践》2013年第33期。

上官酒瑞：《论变动社会中政治信任建设目标的有限性——以社会生态为视野的分析》，《浙江社会科学》2013年第11期。

宋欢：《大学生网络政治参与的现状分析与对策研究——基于广东五所高校的调查》，《人民论坛》2013年第5期。

宋欢、汪路勇：《高校稳定与大学生网络政治参与》，《青年记者》2014年第17期。

孙洪波：《网络政治参与视域下的协商民主问题探新》，《社会科学》2014年第3期。

孙凌寒、何欣：《多元而积极向上的青年网络政治参与动》，《青年探索》2014年第6期。

孙丽丽：《网络虚拟社会视阈下精神文明建设的路径前瞻》，《学校党建与思想教育》2014年第23期。

孙丽丽：《网络环境下我国意识形态危机及其治理之道》，《理论导刊》2015年第9期。

孙丽丽、杨佳、时伟：《新兴媒体背景下公民有序政治参与的困境及其多维治理》，《云南行政学院学报》2015年第6期。

宋伶俐：《现代性视域青少年网络政治参与思辨力培养》，《中学政治教学参考》2018年第27期。

孙萍、黄春莹：《现阶段公民网络政治有序参与的特点》，《理论探索》2013年第3期。

孙萍、黄春莹：《国内外网络政治参与研究述评》，《中州学刊》2013年第10期。

孙萍、黄春莹：《公民网络政治道德建设应注意的几个关系》，《东北大学学报》（社会科学版）2014年第16期。

时伟：《网络虚拟社会精神文明建设的困境及其破解》，《理论月刊》2013年第12期。

时伟：《对推进我国网络虚拟社会善治的思考》，《学校党建与思想教育》2013 年第 18 期。

时伟：《努力推进我国网络社会精神文明建设》，《红旗文稿》2014 年第 23 期。

时伟：《新兴媒体背景下舆论生态的困境及其多维治理》，《云南行政学院学报》2019 年第 2 期。

时伟、孙丽丽：《刍论加强我国网络虚拟社会精神文明建设》，《理论导刊》2013 年第 12 期。

孙英臣：《信息网络时代执政党建设面临的挑战和机遇》，《河北学刊》2014 年第 34 期。

孙玉敏：《网络政治参与法治化建构》，《中学政治教学参考》2015 年第 30 期。

孙璇：《台湾网络政治参与的兴起及其对政治生态的影响》，《理论探索》2016 年第 3 期。

沈自友、罗友晖、高春娣：《从大学生网络政治参与看社会责任感的培养》，《思想教育研究》2014 年第 5 期。

唐平秋、李勇图：《微文化背景下大学生网络政治参与的现实审视与思考》，《教学与研究》2015 年第 5 期。

唐庆鹏、郝宇青：《互动与互御：公民网络政治参与中的主体性问题研究》，《人文杂志》2018 年第 2 期。

童文胜、王建成、曾润喜：《中国网络反腐：研究议题与内容》，《电子政务》2014 年第 7 期。

谭秀英：《现代政府网络治理的理性思考——评〈网络政治参与与政治稳定机制研究〉》，《太平洋学报》2013 年第 21 期。

王法硕：《大学生网络政治参与的途径与影响因素——基于上海市十所高校的实证研究》，《电子政务》2014 年第 2 期。

王帆宇、朱炳元：《网络政治空间背景下的公民理性政治参与之道——基于政府善治的视角》，《行政论坛》2013 年第 20 期。

王帆宇、朱炳元：《论网络政治空间和公民理性政治参与——基于政府善治的视角》，《科学经济社会》2013 年第 31 期。

王国胜：《公民政治参与和公民文化建设探论》，《河南师范大学学报》（哲学社会科学版）2014年第41期。

王红梅、字振华：《试论网络民主对我国民主政治建设的影响及其引导对策》，《郑州大学学报》（哲学社会科学版）2013年第46期。

吴洁：《加快提升公民网络政治参与的有序性》，《人民论坛》2019年第6期。

伍俊斌：《网络政治参与的内涵、价值与限度分析》，《黑龙江社会科学》2015年第1期。

伍俊斌：《网络政治参与的实现路径分析》，《理论与现代化》2015年第2期。

王娟娟：《我国网络政治参与现状研究》，《继续教育研究》2015年第1期。

王江燕：《网络政治参与和人民政协履职方式创新》，《中央社会主义学院学报》2014年第1期。

吴亮：《网络民主与政治协商：互联网时代的治理应对》，《电子政务》2013年第3期。

吴铭、孟祥栋：《当前大学生政治参与的新特征及教育对策——以网络热点事件的大学生政治参与为例》，《思想理论教育》2013年第19期。

魏然：《中国网络政治参与的社会文化解析》，《湖北社会科学》2015年第10期。

王淑华：《网络公共领域的结构转型》，《重庆社会科学》2014年第6期。

翁士洪：《参与—回应模型：网络参与下政府决策回应的一个分析模型——以公共工程项目为例》，《公共行政评论》2014年第7期。

翁士洪、叶笑云：《网络参与下地方政府决策回应的逻辑分析——以宁波PX事件为例》，《公共管理学报》2013年第10期。

王树亮、钟婧：《网络政治文化内涵探析》，《理论与改革》2013年第5期。

吴世文、石义彬：《新传播技术扩散与使用对我国政治发展的影响研究》，《福建论坛》（人文社会科学版）2013年第12期。

吴世友、余慧阳、徐选国：《国外青年网络政治参与研究述评》，《中国青年研究》2013年第7期。

王晓芸：《刍论我国民主政治建设中网络政治参与之改进完善》，《理论导刊》2015年第1期。

王英：《台湾青年学生网络政治参与行为分析——以反服贸运动为例》，《世界经济与政治论坛》2016年第5期。

王雁：《大学生网络政治参与的困境探讨——以浙江10所高校为例》，《中国青年研究》2014年第2期。

王雁、王鸿、谢晨、王新云：《大学生网络政治参与：认知与行为的现状分析与探讨——以浙江10所高校为例的实证研究》，《浙江社会科学》2013年第5期。

王云彪：《大学生网络政治参与现状分析》，《学校党建与思想教育》2014年第22期。

武彦斌、彭涛、卢文忠：《当代大学生网络政治参与的问题与对策探讨》，《学校党建与思想教育》2014年第24期。

王一程：《网络政治参与背景下的政府治理——评〈网络政治参与与政治稳定机制研究〉》，《社会科学研究》2013年第5期。

王艳红、叶文明、杨倩：《大学生网络政治行为规制研究》，《电子政务》2013年第2期。

王玉龙：《话语权视域下的网络政治参与的价值引导——以政治价值评价标准为例》，《湖北大学学报》（哲学社会科学版）2014年第41期。

王艳玲、孙卫华、唐淑倩：《网络论坛：一种全民的民主政治参与新形式——以"强国论坛"和"天涯杂谈"为例》，《新闻与传播研究》2013年第20期。

王艳秋：《传播学视域下网络政治文化研究》，《人民论坛》2013年第29期。

王征：《青年网络政治参与存在的问题及其解决》，《人民论坛》2013年第29期。

王知春、陆伟：《大学生网络政治参与现状与对策研究》，《中国成人教育》2015年第15期。

王子薪：《网络政治参与影响地方政府治理的路径和限度》，《行政论坛》2017年第1期。

徐迪：《网络政治参与的功效性探讨——以"懒人行动主义"现象为例》，《江汉论坛》2016年第10期。

熊光清：《中国网络政治参与的形式、特征及影响》，《当代世界与社会主义》2017年第3期。

谢金林：《网络舆论生态系统内在机理及其治理研究——以网络政治舆论为分析视角》，《上海行政学院学报》2013 年第 14 期。

谢加书：《日常生活理论视阈下西方对我国意识形态渗透研究》，《湖北社会科学》2013 年第 12 期。

谢加书：《美国对华和平演变信息化趋势分析》，《南京政治学院学报》2014 年第 30 期。

徐黎明、李虎城：《网络政治参与的矛盾分析与解决对策研究》，《新疆社会科学》2017 年第 3 期。

徐文强：《国家治理视域下网络政治参与的价值》，《中学政治教学参考》2016 年第 12 期。

徐晓霞：《扩大公民有序网络政治参与的困境与消解》，《中学政治教学参考》2015 年第 33 期。

谢新洲：《网络政治：理论与现实》，《新闻与写作》2013 年第 2 期。

谢新洲、杜智涛：《公民网络政治参与平台的基本架构与运行机理研究》，《新闻与写作》2013 年第 7 期。

杨爱杰、杨雅光：《论网络政治参与背景下社会治理机制的创新》，《学校党建与思想教育》2016 年第 6 期。

严冬：《网络民主视角下的政治参与研究——以"网上两会"（2009—2013 年）为例》，《天津行政学院学报》2014 年第 16 期。

燕道成：《网络亚文化视域中的青少年网络政治参与》，《湖南师范大学社会科学学报》2016 年第 1 期。

燕道成：《论国外青少年网络政治参与的监管及启示》，《湖南师范大学社会科学学报》2017 年第 1 期。

燕道成、徐蕊：《青少年网络政治参与的现状及引导》，《当代青年研究》2017 年第 3 期。

杨峰：《论网络政治参与权的法治保障》，《电子政务》2016 年第 6 期。

杨峰：《我国公民网络政治参与权的宪法保护——基于协商民主的视角》，《西安电子科技大学学报》（社会科学版）2015 年第 1 期。

闫合占：《网络政治的政治学分析与实践支撑体系的构建》，《领导科学》2014年第26期。

杨萍：《网络政治参与的特征、形态及政治功能》，《东岳论丛》2014年第35期。

杨小明：《中国共产党政治动员问题研究述评》，《云南行政学院学报》2014年第16期。

杨秀英、张永汀：《基于典型案例研究的中外青年网络政治参与比较及启示》，《电子政务》2014年第6期。

杨宇：《网络政治舆论的疏导与治理》，《湖北大学学报》（哲学社会科学版）2014年第41期。

杨志强、孙冉冉：《网络政治参与视域下青年网络群体极化形成机制研究》，《青年探索》2014年第6期。

张盛：《网络政治参与的特征与治道变革》，《现代传播》（中国传媒大学学报）2014年第36期。

赵春丽、贺玉珍：《北京市网络政治传播的挑战与思考》，《电子政务》2014年第5期。

张传文、徐俊：《论网络政治参与中新意见阶层的伦理冲突及其规范》，《海南大学学报》（人文社会科学版）2014年第32期。

朱春阳：《政治沟通视野下的媒体融合——核心议题、价值取向与传播特征》，《新闻记者》2014年第11期。

赵玎、陈贵梧：《大学生微博政治参与的现实审视与思考——基于调查数据的实证分析》，《电子政务》2013年第3期。

张帆：《后真相时代的假新闻与网络政治参与》，《当代传播》2018年第5期。

张凤玲、辛刚国：《维护政治权威，推进协商民主建设——学习习近平关于加强和改进党对人民政协工作领导的思想》，《上海市社会主义学院学报》2019年第1期。

张宏伟：《网络政治参与对政协民主监督职能的优化》，《领导科学》2016年第5期。

周静：《网民政治参与非理性表达及其规制》，《人民论坛》2014年第8期。

赵静：《规范与创新：促进网络政治健康发展》，《中学政治教学参考》2014年第

33 期。

周朗生：《网络政治参与的成效、问题及其治理研究》，《云南行政学院学报》2014 年第 16 期。

赵娜：《信息化时代下大学生网络问政研究》，《山西财经大学学报》2014 年第 36 期。

张楠：《关于社会转型时期青年网络政治参与的思考》，《内蒙古社会科学》（汉文版）2015 年第 6 期。

曾凡斌：《论网络政治参与的九种方式》，《中州学刊》2013 年第 3 期。

赵强：《跳出媒体自身局限 促进国民相互理解》，《新闻战线》2017 年第 23 期。

赵强：《增强舆论管理的理论自信和制度自信》，《红旗文稿》2014 年第 18 期。

张铤：《大学生网络政治参与的现状与对策》，《中州学刊》2015 年第 8 期。

张涛、杨丽：《民族地区大学生网络政治参与行为影响因素分析——以云、桂、黔三省区部分高校为例》，《民族教育研究》2019 年第 1 期。

周薇：《网络政治参与系统构成及运行环境分析》，《编辑之友》2013 年第 4 期。

张燮、张润泽：《论网络监督的逻辑及其民主意蕴》，《深圳大学学报》（人文社会科学版）2014 年第 31 期。

郑兴刚：《从"数字鸿沟"看网络政治参与的非平等性》，《理论导刊》2013 年第 10 期。

郑兴刚：《网络政治参与概念辨析》，《重庆邮电大学学报》（社会科学版）2015 年第 3 期。

郑兴刚、梁丽辉：《关于推进网络政治参与平等化的思考》，《电子政务》2014 年第 4 期。

郑兴刚、梁丽辉：《网络参与在政治决策中的优化效应分析》，《当代传播》2014 年第 6 期。

郑兴刚、梁丽辉：《网络政治参与非理性化析论》，《中共福建省委党校学报》2014 年 8 期。

郑兴刚、梁丽辉：《网络政治参与需正确处理自律与他律》，《青年记者》2014 年第 29 期。

郑兴刚、田旭：《网络政治参与：涵育参与型文化的重要途径》，《学习论坛》2015 年第 1 期。

郑兴刚、郭海成：《法治：网络政治参与治理的良方》，《中共天津市委党校学报》2017 年第 3 期。

周小李、刘琪：《大学生网络政治参与对其政治认同影响的实证研究》，《高教探索》2018 年第 12 期。

张晓萌、崔海峰：《网络政治参与对社会治理的影响分析》，《学校党建与思想教育》2014 年第 12 期。

周小情：《网络政治参与泛娱乐化表达引导策略》，《编辑学刊》2015 年第 5 期。

张筱荣：《当代中国网络政治文化发展态势与构建策略》，《甘肃社会科学》2013 年第 2 期。

张银爽：《社交网络时代大学生政治参与及引导机制研究》，《当代青年研究》2014 年第 6 期。

张永桃：《以理性和战略的眼光透视网络政治参与——评〈网络政治参与与政治稳定机制研究〉》，《政治学研究》2013 年第 4 期。

周一叶、王胜利：《公民网络政治参与的双重特征与有效引导》，《人民论坛·学术前沿》2016 年第 23 期。

庄志浩：《青年网络政治参与过程及参与机制探析》，《中学政治教学参考》2014 年第 33 期。

张子轩、吴伟超：《两会融媒体产品中的网络政治参与》，《青年记者》2017 年第 27 期。

陈代波：《治理网络群体性事件要讲究策略》，《人民日报》2016 年 11 月 25 日。

花勇：《网络政治参与热潮的冷思考》，《中国社会科学报》2015 年 8 月 26 日。

刘大伟：《德法共治提升网络经济治理水平》，《中国社会科学报》2019 年 7 月 17 日。

彭波、张璁、倪弋：《迈出建设网络强国的坚实步伐》，《人民日报》2019 年 10 月 19 日。

王一彪：《新时代呼唤构建良好网络舆论生态》，《人民日报》2018 年 4 月 19 日。

周方：《全面提升网络意识形态话语权》，《中国社会科学报》2019 年 5 月 16 日。

赵春丽：《网络政治参与：协商民主的新形式》，《中国社会科学报》2009 年 9 月 12 日。

赵强：《回应舆论关切 怎能语焉不详》，《人民日报》2014 年 8 月 11 日。

赵强：《警惕"悬疑新闻"背后的"标题党"》，《人民日报》2014 年 9 月 12 日。

赵强：《别当"标签化"思维的俘虏》，《人民日报》2014 年 10 月 14 日。

赵强：《别被标签化思维所累》，《人民日报》2017 年 4 月 12 日。

赵强：《透视西方传播权力转移的背后》，《人民日报》2018 年 4 月 16 日。